國家社科基金重大招標項目"漢字發展通史"
(11&ZD126)階段性成果

明清小說俗字研究

曾 良 著

商務印書館
The Commercial Press
2019 年·北京

圖書在版編目(CIP)數據

明清小説俗字研究/曾良著.—北京:商務印書館,
2017(2019.5重印)
ISBN 978-7-100-12950-3

Ⅰ.①明… Ⅱ.①曾… Ⅲ.①古典小説—小説
研究—中國—明清時代 Ⅳ.①I207.419

中國版本圖書館CIP數據核字(2017)第030101號

權利保留,侵權必究。

明清小説俗字研究
曾良 著

商 務 印 書 館 出 版
(北京王府井大街36號 郵政編碼100710)
商 務 印 書 館 發 行
北京冠中印刷廠印刷
ISBN 978-7-100-12950-3

2017年7月第1版　　開本850×1168 1/32
2019年5月北京第2次印刷　印張15⅛
定價:49.00元

目　　錄

第一章　引言……………………………………………… 1
第二章　明清俗字研究的價值…………………………… 7
　一、研究俗字，有利於理清詞義演變的線索 ………… 7
　二、糾正古籍中的訛誤，為古籍整理服務 …………… 18
　三、為文字規範化提供參考 …………………………… 25
　四、可以探討簡體字的來源 …………………………… 28
　五、俗字研究有助於日本等漢字文化圈國家
　　　文字的探討 ………………………………………… 34
　六、俗字研究有助於古籍語義理解 …………………… 35
第三章　明清俗字的構形和分析 ………………………… 39
　一、俗字類型 …………………………………………… 40
　二、俗寫分析 …………………………………………… 61
　三、俗字構形的幾個角度 ……………………………… 72
第四章　解讀俗字應注意的問題 ………………………… 74
　一、一字記錄多詞 ……………………………………… 74
　二、注意變通 …………………………………………… 86
　三、注意文字相通、相混的條例 ……………………… 92
　四、注意具體古籍文本的特殊情況 …………………… 106

五、有的俗字解讀不能受今簡體字的干擾 …………… 114

第五章　明清俗寫的多種形體表現 ……………………………… 116

第六章　識讀俗字的方法 …………………………………………… 141
　　　一、比較歸納 …………………………………………………… 141
　　　二、弄清俗字的構形原理 …………………………………… 143
　　　三、利用異文 …………………………………………………… 153
　　　四、利用音韻學知識 ………………………………………… 157
　　　五、利用古籍俗寫相混例 …………………………………… 164
　　　六、利用古籍提供的有用信息 ……………………………… 171
　　　七、根據複現率判斷俗字 …………………………………… 173

第七章　符號化簡省的俗字構形 ………………………………… 176
　　　一、重文符號的利用 ………………………………………… 176
　　　二、符號代替字形中的某部件 ……………………………… 183

第八章　漢字體系對創造俗字的影響 …………………………… 190
　　　一、表示動詞往往增旁或改旁為"扌"旁 ………………… 191
　　　二、為後起區別俗字加上符合漢字體系的形旁 ………… 201

第九章　明清小說疑難俗字考 …………………………………… 205

第十章　音借與俗字的探討 ……………………………………… 222
　　　一、文字的長期通借 ………………………………………… 225
　　　二、明白音同的關係，有助於理解古籍語義 …………… 236
　　　三、本字難明而造俗字或用音借字 ………………………… 246
　　　四、語音的變化造成音借字或俗寫 ………………………… 262
　　　五、利用音借俗字可以幫助探討詞義 ……………………… 271

目　錄

第十一章　明清小説俗寫的語義解讀……………………… 278
第十二章　明清古籍俗寫訛誤例析 …………………………… 299
　　一、俗寫的錯誤還原 ………………………………………… 299
　　二、俗寫形近致訛 …………………………………………… 313
　　三、古籍俗訛往往有一定規律 ……………………………… 334
第十三章　俗字與歷時詞彙的探討 …………………………… 347
　　一、方俗讀音 ………………………………………………… 347
　　二、不能用正字來釋讀俗字 ………………………………… 358
　　三、口語詞往往有多種俗寫 ………………………………… 363
　　四、借助俗寫將詞語的歷時演變有機串聯起來 …………… 387
　　五、特别要關注方俗音的詞彙擴散 ………………………… 423
第十四章　古籍整理中的俗寫訛誤舉例 ……………………… 438
第十五章　俗寫與辭書編纂 …………………………………… 450
　　一、糾正辭書的錯誤 ………………………………………… 450
　　二、增加辭書的義項 ………………………………………… 452
　　三、補充辭書的語例 ………………………………………… 457
　　四、明白字詞之間的有機聯繫 ……………………………… 458

附録：俗字待考録 ……………………………………………… 465
參考文獻 ………………………………………………………… 469
後記 ……………………………………………………………… 475

第一章　引　　言

自宋代出現話本這樣的白話通俗小說以來，到明清時期，通俗小說達到了高峰，品種數量繁多，在社會上流行廣泛，它們是中國古代燦爛文化中不可或缺的重要組成部分。通俗小說作為當時流行的文學形式，其中包含着大量的俗字。中國歷代社會上通行的典籍，並不像我們想象的都是權威的規範漢字（規範字古人稱之為"正字"）載錄，而是夾雜着大量的俗字。關於俗字的概念，蔣禮鴻師在《中國俗文字學研究導言》中說："俗字者，就是不合六書條例的（這是以前大多數學者的觀點，實際上俗字中也有很多是依據六書原則的），大多是在平民中日常使用的，被認為不合法的、不合規範的文字。應該注意的，是'正字'的規範既立，俗字的界限纔能確定。"[①]張涌泉《漢語俗字研究》中說："所謂俗字，是區別正字而言的一種通俗字體。"[②]黃征《敦煌俗字典·前言》謂"俗字就是歷代不規範異體字"[③]。由此我們可以總結這麽幾點認識：一是"俗字"實際上是與"正字"相對待出現的概念。二是俗字必須被一定的人

[①] 蔣禮鴻《中國俗文字學研究導言》，《杭州大學學報》1959年第3期《中國語文專號》。又見《蔣禮鴻語言文字學論叢》第116頁，浙江古籍出版社1994年版。

[②] 張涌泉《漢語俗字研究》第1頁，岳麓書社1995年版。

[③] 黃征《敦煌俗字典》第2頁，上海教育出版社2005年版。

群默認使用（即約定俗成）。這個群體可大可小，大可以是一個國家，小可以是某個地區；既可以是民間流行，也不排斥官員也寫俗字。俗字也許一開始是某個人寫的訛字（錯別字），但如果在一定人群中流行起來了，被默認使用了，這個訛字就可稱為俗字。這些俗字也不是雜亂無章的，其中還遵循着一些約定俗成的規律，它們的構形也有一定的原理。特別是自漢字隸變以後的今文字階段，漢字發展和演變的面貌到底如何，漢字發展的脈絡遵循着什麼樣的規律等，這些東西作為漢字發展歷史的重要組成部分，去進行梳理和研究是很必要的。明清時期也不例外，依舊依照漢字發展的規律在緩慢演進。這個時期的古籍文本中，正字基本上延續着唐宋以來的正字系統保持穩定。而俗字部分，一方面繼續傳承前代流行的俗字，各種俗字形體大量積澱下來；另一方面，針對社會的需要和當時的俗語、俗音，產生了不少俗字。正字和俗字這一對矛盾，在一定條件下，可以互相轉化。明清時期社會流行大量的通俗小說，這些刻本和抄本，反映了當時社會的文字實際使用狀況，明清時期的文字有什麼內在的規律，值得學界重視和研究。明清通俗小說中俗字眾多，很需要我們深入細致地研究。

對於這一時期的俗字，相對來說，研究的著作較少。劉復、李家瑞有《宋元以來俗字譜》，對明清小說中常見的俗字有一些簡單的羅列，抽樣性地揭示了古籍俗字流行的狀況。因當時學界尚沒有系統的漢語俗字學理論，也談不上研究俗字的規律，還來不及運用俗字學知識和理論來探討小說俗字的系統解讀方法。應該說，清代像段玉裁、王念孫等這樣的大家，對古籍俗寫的一些規律還是有深刻的認識的，我們從他們的論著中，常常能看到他們處理具體

第一章 引言

文本字詞時的真知灼見。但畢竟這些學者對俗字是持排斥態度的，故不可能去系統地加以理論探討。20世紀50年代蔣禮鴻先生曾撰《中國俗文字學研究導言》，大力呼籲研究俗字的重要性；郭在貽、張涌泉、黃征等先生後來在敦煌文獻俗字的研究和解讀上，成績卓著。張涌泉著有《漢語俗字研究》《敦煌俗字研究》《漢語俗字叢考》等，對漢語俗字學理論建設有開創之功。針對明清小說的俗字，周志鋒有《明清小說俗字俗語研究》和《〈大字典〉論稿》，其中對明清小說的不少俗字做了精闢的考證。張涌泉《漢語俗字研究》、曾良《俗字及古籍文字通例研究》，其中有涉及明清小說俗字的例子。另外，學界還有不少俗字解讀和考證的論文。將俗字學理論和知識運用到明清小說的研究中去，還有許多事情要做，目前還較為薄弱，需要探索較為穩妥的具體處理和解決俗寫的條例和方法，值得學界深入研究和討論。我們再從明清小說的整理和出版情況看，為適應通俗小說閱讀和研究的需要，出版界陸續點校出版了大量的明清小說作品。對於通俗小說的文字整理，我們一般都是採用將俗字、別字徑改的辦法，且一般不出校勘記；古籍整理時徑改文字隨意性大。對於一些看起來不合現代漢語文字"規範"的字詞，不少整理者採用"以今律古"的方式，"規範"成現代漢語的用字方式了，如"鬪引"改為"逗引"，"理採"改為"理睬"等。實際上，理睬義較早寫"採"字，後來纔逐漸俗寫"睬"作為分化字。《古本小說集成》清刊本《說唐演義全傳》第二十四回："早被咬金一把扯住，道：'咄！瞎眼的勢利小人，為甚的不採我？'"（423頁）明清通俗小說俗字俗語充斥，現在回過頭來看，我們對小說中俗字的解讀和處理，很多做法甚不可取，還有許多不足，對於俗字還需要深入研究。還有許多俗寫，有的被誤改，有的還沒有得到正確解讀，在今天看來，依據俗字學原理，通過古籍原始文獻的比較互證和構形比較，是可以得到正確解讀的。從這個角度說，對俗字的研究還很迫切。

我們這裏對明清小說的俗字研究，以上海古籍出版社影印《古本小說集成》（以下簡稱《集成》）作為主要研究材料。此叢書是國家教育委員會全國高校古籍整理研究工作委員會重點項目，收錄以通俗小說為主，明代和清初小說基本全收，清乾、嘉小說選取精品，兼顧稀見，晚清小說則選其影響較大者；多有孤本，如《三教開迷歸正演義》《二度梅全傳》《五鼠鬧東京》等，《壺中天》《跨天虹》等則為個人皮藏秘笈。《集成》實際上"為學術界提供一部搜羅完整、版本優良、保持原貌、考核精審的大型古代小說文庫，為公私藏書家提供宏富完整之古代小說總匯，為學術界提供真實詳備的研究資料"[1]。我們這次的研究選取其中三百餘種小說，基本上能反映明清時期的文字使用情況，並以中華書局的《古本小說叢刊》和其他版本作為參考。旨在從明清通俗小說的善本入手，對原始古籍中的大量俗字的構形和特點，加以歸納總結，深入研究，發現新的規則，破解疑難俗字。明清通俗小說的俗字研究不僅能幫助我們更好地閱讀古籍，總結俗字規律，有利於為古籍整理服務，還可為現在的異體字規範提供借鑒；而且在研究俗字中追根溯源，探討文字結構，可能會讓我們發現一些原先單從正字發現不了的規律，有利於文字學的發展和文字學體系的完善。

---

[1] 《古本小說集成·編輯弁言》，上海古籍出版社 1990 年版。

第一章 引言

我們的研究雖然以明清小說的俗字為中心,但是,漢語俗字存在很強的歷史繼承性,明清的很多俗寫能夠追溯到很久遠的時代,故明清小說中的許多俗字並不是那個時期新造的。在研究中,我們將注意把握俗字的共時比較和歷時探討兩個層面,注意研究俗字的共通性和地域(或文本)特殊性,務必重視文本具體語境。許多以前未被識出或缺乏瞭解的構形因素,或是看似孤立的構形形態,其初形及發展脈絡,通過各個時代俗字材料的字形分析和精密排比,會漸漸變得清楚明白。我們的研究重視同刊本中俗寫用例的比較;不少刊本直接注有俗字讀音,我們在研究中,將重視俗字的讀音這一線索,為解讀俗字服務。在俗字考釋中,實際上還是有規律可循的,俗字的背後,絕大多數都遵循着俗字構形學和動態變化原理。文字畢竟是記錄語言的符號體系,研究時必須注意聯繫詞的音和義。中國傳統語言文字學有很好的形、音、義互相求的傳統,段玉裁《廣雅疏證序》說道:"小學有形、有音、有義,三者互相求,舉一可得其二。有古形、有今形,有古音、有今音,有古義、有今義,六者互相求,舉一可得其五。"王念孫《廣雅疏證自序》說:"竊以詁訓之旨,本於聲音。故有聲同字異,聲近義同;雖或類聚群分,實亦同條共貫。譬如振裘必提其領,舉網必挈其綱,故曰'本立而道生','知天下之至嘖而不可亂也'。此之不寤,則有字別為音,音別為義,或望文虛造而違古義,或墨守成訓而尟會通,易簡之理既失,而大道多岐矣。今則就古音以求古義,引伸觸類,不限形體。"我們在研究俗字字形時,也必須注意關照到詞音和詞義,應該從更大的層面去考慮俗字問題。進一步推闡乾嘉學派的理念,從廣泛聯繫的觀點看問題,所謂有正字,有俗字,有正音,有俗音,有雅言,有俗語,六者互相求,舉一可得其五。重視俗字、俗音、俗語(口語詞)的有機聯繫。

我們這裏以三百餘種明清小說作為突破口,探討明清時期的俗字問題,希望能以此拋磚引玉,推動這方面的研究有進一步的發展。我們力圖以具體原始材料為依據,材料盡量保持客觀真實,從材料中概括規則和條理;而不以今人以現代漢語文字規範人為"規範"的點校本為研究材料,因為這些本子不能反映歷史的真實,得出來的結論不可靠。也不採用主題先行地規定某種觀點再去傅會的辦法,這樣並不能真正揭示明清時期俗字的本質。如果讀者能夠通過閱讀本書,從而找到了破解古籍俗寫的方法和條例,那我們的努力就算沒有白費。本質上說,俗字的背後是存在種種潛在的規律的,明白了其中的原理,對我們閱讀古籍、整理古籍會有諸多好處。

本書所引用的原始古籍引文,如果字庫中有此俗字形體,則儘量保留俗字原貌,讓讀者瞭解古籍的真實狀況。所引《集成》語例,在引文後標明起始頁碼;明清小說的刻本或抄本,如明確知道刊刻朝代的,則以"明刊本""清抄本"之類標明之;對於一時無法確認者,則以"《集成》本"稱之。

第二章　明清俗字研究的價值

明清時期流行大量的小説,因大多爲坊間刻本或手抄本,俗字充斥其中。如果没有一定的漢語俗字的理論和知識,閲讀上都會碰到一定的障礙,更遑論做深入的研究。當然,明清時期流行的俗字,不一定就是那一時期創造的。有些俗字出現甚早,到明清時期依然在使用,説明俗字也有歷史繼承性。俗字積澱下來,數量非常龐大。因此,研究明清俗字,具有多方面的價值。

一、研究俗字,有利於理清詞義演變的線索

研究漢語歷時詞彙的變化,其中往往涉及俗字問題,同一個詞,會有不同字形。明白字形之間的正俗關係,就能將詞義的脈絡有機地串聯起來,弄清漢語詞義的錯綜複雜的關係。

挑

《集成》本《型世言》第一回:"又道濟南要地,催倩民夫,將濟南城池築得異常堅固,挑得異常深闊。"(13頁)《集成》明刊本《隋唐兩朝史傳》第五十一回:"二人去訖,秦王遂深挑溝塹,按兵不動,安撫居民,使其復業耕種,掛榜禁約,軍士與民秋毫無犯。"(609頁)這個"挑"不是挑擔的"挑",它就是今天"掏"的意思。"挑""掏"表

示取出、挖取的意思時,均是俗字,正字作"揢"。《大正藏》本《阿毘達磨順正理論》卷三十一:"有烏駮狗,撲令僵仆,齧首斷足,䶩頸擘胛,攫腹揢心,攎掣食噉。"(29/516/c)①慧琳《一切經音義》卷七十一釋《阿毘達磨順正理論》"揢心"條:"他勞反,《說文》:揢,掐也。掐,一活反。中國言揢;江南言挑,音土彫反。"②慧琳《一切經音義》卷七十二"揢心"條:"上討刀反,《周書》云:拔兵揢刃也。《考聲》云:揢,謂取也。《說文》云:揢,掐。音一活反,從手、舀聲。舀音遙小反。"③可見"揢""挑"表示取出義是同出一源,或因區域口語方音變化而製"挑"字。

"揢"或作"掏",慧琳《一切經音義》卷二十五"掏出"條:"徒勞反,《通俗文》:掐出曰掏。掐,音烏活反。"④同前卷七十五"揢叩"條:"吐刀反,《考聲》云:深取也。或作掏,《說文》從手舀聲。叩音口。"⑤行均《龍龕手鏡·手部》:"**掏**:俗。**掏**:正。徒刀反,擇也,掐出也。"⑥按:行均"掏"的"擇也"義,就是今天"挑選"的"挑"。《龍龕手鏡》已將"掏"字當正字看待,說明俗字與正字在一定條件下可互相轉化。

《大正藏》本《續高僧傳》卷二十三"釋靜藹"條:"山本無水,須便飲澗。嘗於昏夕,學人侍立,忽降虎來前,掊地而去;及明觀之,

---

① 日本《大正新修大藏經》,簡稱《大正藏》,佛陀教育基金會印。凡引大藏經,注明冊數、起始頁碼和欄號。下同。
② 慧琳《一切經音義》第2818頁,日本獅谷白蓮社本,上海古籍出版社1986年影印。
③ 同上,第2848頁。
④ 同上,第931頁。
⑤ 同上,第2963頁。
⑥ 行均《龍龕手鏡》第208頁,中華書局1985年影印。

第二章　明清俗字研究的價值

漸見潤濕。乃使洮淈，飛泉通注。"(50/626/a)校勘記曰："洮淈"字，宋本、元本、明本、宮本作"挑掘"。慧琳《一切經音義》卷九十四"搯淈"條："上討刀反，《傳》文從水作洮。孔注《尚書》云：'洮，洗手也'，非本義，今不取。搯，《左傳》云：左旋左搯。《周書》云：師乃搯兵拔刺擊之。《說文》云：搯，捾。音椀活反，從手舀聲。舀音滔。下音鶻、骨二音。《字書》：淈，攪令濁也。《蒼頡篇》云：水通貌。治水之淈又作汩。《爾雅》云：汩，治也。賈逵注《國語》云：通其川也。《廣雅》云：流也。《說文》從水屈聲。淈、汩（汩）皆音同也。"[①]上揭語例，不論是寫"洮淈"，還是"挑掘"，意思是一樣的，均是掏掘義。

湯

《集成》明刊世德堂本《西遊記》第三十四回："那小妖不知好歹，圍著行者分其乾糧，被行者掣出棒，著頭一磨，一個湯著的，打得稀爛；一個擦著的，不死還哼。"(844頁)"湯"即碰觸義。《集成》清刊本《西湖拾遺》卷三十六《賣油郎繾綣得花魁》："吹彈歌舞多餘事，常把西湖比西子，就是西子比他還不如！那個有福的湯着他身兒，也情願一個死。"(1330頁)同前："王美兒似木瓜空好看，十五歲還不曾與人湯一湯，有名無實成何幹。"(1332頁)《集成》本《封神演義》第九十二回："湯着他，爍石流金；遇着時，枯泉轍涸。"(2522頁)"湯"是個音借俗字，也見於元代戲曲。《元曲選》關漢卿《杜蕊娘智賞金線池》第二折："既你無情呵，休想我指甲兒湯着你

---

① 慧琳《一切經音義》第3543頁，日本獅谷白蓮社本，上海古籍出版社1986年影印。

皮肉。"①《元曲選》關漢卿《溫太真玉鏡臺》第二折："我不曾將你玉笋湯,他又早星眼睜,好罵我這潑頑皮沒氣性。"②

或作"盪",義同。《集成》清刊本《續西遊記》第四十九回:"那小妖見八戒不吃,便把手内臭物向八戒打來;八戒將手一搪,那臭物盪着手背,登時腫痛起來。"(870頁)同前第五十回:"若被妖怪拿去,盪了他邪氣一迷,那時把世事連你師父們都認不得。"(888頁)

"湯""盪"的碰觸義,較早寫作"振""根"。《玉篇·手部》:"振,直庚切,摐也。"古籍俗寫中,木旁、扌旁不别非常普遍,以至於寫作"根"者居多。《抱朴子·内篇·勤求》:"此亦如竊鐘根物,鏗然有聲。"《集成》清刊本《花月痕》第二回:"東越癡珠,秋日遊錦秋墩,讀富川荷生陶然亭花神廟詩,根觸閒情,倚聲和之。"(19頁)因是口語詞,還寫作"唐""棠""堂"等,敦煌卷子伯4535《觀彌勒菩薩上生兜率天經》:"一一龍王,雨五百億七寶行樹,莊嚴垣上;自然有風,吹動此樹,樹相棠觸,演説苦空无常无我諸波羅蜜。"(32/21)③"棠觸"即碰觸、根觸,"棠"是個音借字。"棠"字,《大正藏》第14册《佛説觀彌勒菩薩上生兜率天經》作"振"(14/419/a)。按:"振"字當是"振"字之訛。《法苑珠林校注》卷六十二《祭祠篇》:"婦女珠環相振妙響,器物缸甖自然有聲。"④"振"字有誤,當是"振"之訛。影宋

---

① 臧懋循《元曲選》第568頁,浙江古籍出版社1998年影印。

② 同上,第55頁。

③ 所引"伯"字開頭敦煌卷子,均出自《法藏敦煌西域文獻》,上海古籍出版社1995－2005年版,標明册數和頁碼。

④ 周叔迦、蘇晉仁《法苑珠林校注》第1833頁,中華書局2003年版。

第二章 明清俗字研究的價值

《磧砂藏》本作"棠"①。《大正藏》本正文作"榖"(53/752/b),校記曰:宋本作"棠",元本、明本作"振"。按:"榖""振"均可,"棠"是音借字。"相根妙響"即相碰觸發出妙響。《永樂北藏》第141冊《法苑珠林》作"振"字(141/427/b),卷末《音釋》曰:"振,直庚切,觸也。"(141/464/a)慧琳《一切經音義》卷十六"相棠"條:"借音,文(丈)庚反。字宜作撞、榖、根、榖四形,同,文(丈)衡反,謂相觸也。"②今天的"唐突","唐"也是冒觸義,詳參拙著《敦煌文獻字義通釋》"棠突"條③。

或寫作"撞""撡"等。《法苑珠林校注》卷六十九《受報篇》:"又《譬喻經》云:'風撞水,水撞地,地撞火。強者為男,弱者為女。風火相撞為男,地水相撞為女。'"④"撞"即是碰觸義。《法苑珠林校注》卷三十四《攝念篇》:"婿無心懶墮,婦恐將來入地獄中,即復白婿,欲懸一鈴,安著戶上。君出入時,撡鈴作聲,稱南無佛。婿曰:甚善。如是經久,其婿命終,獄卒扠之,擲鑊湯中。扠撡鑊作聲,謂是鈴聲,稱南無佛。獄官聞之,此人奉佛,放令出去,得生人中。"⑤"撡"字,這裏是碰觸義,實際是在"棠"的基礎上增旁"扌"。

找尋

"找尋"一詞,來自"爪尋","爪"或俗作"抓"。慧琳《一切經音義》卷八十四"抓甲"條:"上責絞反,俗字也,正單作爪,像形字,古

---

① 道世《法苑珠林》第450頁,上海古籍出版社1991年影印。
② 慧琳《一切經音義》第615頁,日本獅谷白蓮社本,上海古籍出版社1986年影印。
③ 曾良《敦煌文獻字義通釋》第144頁,廈門大學出版社2001年版。
④ 周叔迦、蘇晉仁《法苑珠林校注》第2054頁,中華書局2003年版。
⑤ 同上,第1081頁。

文作叉。"①《集成》明刊本《近報叢譚平虜傳》卷二《五城捕軍捉獲囚犯》:"廿八夜,便也在四處抓尋逃囚。"(115頁)《隋唐演義》第十回:"手下人三四個在鋪上抓尋,影兒也沒有一個。"(224頁)《集成》清刊本《西湖拾遺》卷三十九《負雙骸孝子感神》:"伯華四處尋覓喊叫,並不見個影兒,心下慌張,不顧性命抓尋。"(1549頁)同前卷四十一《宿宮嬪鬼戀情人》:"且説鄒師孟的兩個僮僕,經日不見相公回來,好生着忙,四處抓尋,並不知一毫踪影。"(1615頁)標點本《西湖拾遺》改"抓尋"為"找尋"②,實際上是沒有歷史觀。"找"實為後起俗字,"爪""抓"本字。敦煌卷子伯2167《正法念處經》卷六:"身極柔軟,指抓纖長,睎怡含笑。"(7/332)"指抓",《大正藏》本作"指爪"(17/32/a)。伯2245《四分戒本疏》卷第三:"第二、言自手掘者,律云:若用鋤钁,或椎打刀刺,指搯扴傷。"(10/15)"搯"是"掐"的俗字,"扴"是"抓"之俗。同前:"律云:若比丘如上所傷之地,若用鋤钁,乃至指抓損傷,及地上燃火,但使地作地想,一切皆墮。"(10/15)"指抓"即指爪義。《集成》清刊本《大清全傳》第五十六回:"他那抓牙甚多,河南撫標把總常興也被他擒上山去。"(736頁)"抓牙"即爪牙。《集成》清刊本《説唐演義全傳》第二回:"手執虎頭鎗,暗插囚龍棒,坐下抓蹄白虎馬。"(26頁)"抓蹄"即爪蹄。"爪"也用為動詞,《集成》明刊本《孫龐鬥志演義》卷三:"那些軍校鷹挈雁爪,把龐涓扭了就走。"(70頁)《集成》清刊本《飛龍全傳》第五十一回:"楊業一馬趕到,提起金刀,正劈個着,只聽得一聲霹靂,

---

① 慧琳《一切經音義》第3278頁,日本獅谷白蓮社本,上海古籍出版社1986年影印。
② 《西湖拾遺》第545頁、567頁,浙江古籍出版社1985年版。

第二章　明清俗字研究的價值

匡胤頂上現出真龍,伸足往上爪住,金刀便不能下。"(1238頁)"爪"字,今標點本《飛龍全傳》作"抓"①。《集成》清刊本《說唐演義全傳》第十二回:"出得店時,只見街上燈燭輝煌,也不像日間了,叔寶盼咐抓熱路看燈。"(211頁)"抓熱路"即找尋熱鬧之路。"抓""爪"在近代漢語中沒有明確意義分工,是異體字。我們甚至還能發現"找"字作"爪"用的例子,《集成》清刊本《金雲翹傳》第十八回:"夫人叫:'找起頭來,看我是甚人?'軍士吆喝一聲,把他頭髮找起,秀媽認得是王翠翹。"(219頁)《集成》明刊本《警世通言》卷三十三《喬彥傑一妾破家》:"當時公人逕到高氏家,捉了高氏、周氏、玉秀、洪三四人,關了大門,取鎖鎖了,找到安撫司廳上。"(1369頁)"找"字,今標點本徑改為"逕"②,非。"找"就是抓的意思。《古本小說叢刊》第一八輯明刊本《征播奏捷傳》第五十回:"羅浮曰:我前奉楊主公嚴命,前來找(音爪)尋五司七姓,原非作反,汝何擅人馬侵吾地界?"(299頁)原注標明了"找""爪"同音。明顧起元《客座贅語》卷一《詮俗》云:"覓人而抓梳求之曰'爪'。"③故後世"爪尋""抓尋"漸漸寫作"找尋"④。

今人或因不知"抓"有尋找義,誤改古籍。《集成》清刊四雪草堂本《隋唐演義》第十回:"他賣了馬,又受着王小二的暗氣,背着包兒,想着平日用馬慣的人,今日黑暗裏徒步,越發着惱,闖入山裏

---

①　吳璿《飛龍全傳》第358頁,中華書局2004年版。
②　錢伯城《新評警世通言》第537頁,上海古籍出版社1992年版。《警世通言》第514頁,陝西人民出版社1985年版。
③　顧起元《客座贅語》第8頁,中華書局1987年版。
④　關於"找尋"的來源,另可參曾良《明清通俗小說語彙研究》第276頁,江西教育出版社2009年版。

去,迷了路頭,及至抓到天明,上了官路,回頭一看,潞州城牆還在背後,却只好五里之遙。"(213頁)"抓"字,江蘇古籍出版社標點本改為"行"①,該標點本是以四雪草堂本為底本,所改不必。此"抓"音zhǎo,這裏"抓到天明"謂尋找路頭到天明。江蘇古籍出版社標點本《隋唐演義》第十回:"眾友道:'這個也難怪你,只是如今你却辭不得勞苦,還往潞州找尋叔寶兄回來,纔是道理。'"②"找尋"二字,據《集成》四雪草堂本《隋唐演義》作"抓尋"(232頁),不當改。標點本《隋唐演義》第十一回:"樊建威道:'小弟姓樊,山東齊州人,往潞州找尋朋友,遇此大雪,暫停寶宮借宿一宵,明日重酬。'"③"找尋"二字,四雪草堂本亦作"抓尋"(238頁),不能按現代漢語寫法改古籍。標點本《隋唐演義》第十一回:"今日托建威兄來打尋,只為愛子之心,不知下落,放你不下。""打"字,四雪草堂本實作"抓"(244頁)。標點本中,將"抓尋"改為"找尋"的,還有很多例,此不備舉。當然,四雪草堂本也有寫作"找尋"的,說明寫法處於過渡階段。如《集成》清刊四雪草堂本《隋唐演義》第十三回:"那轅門內藍旗官,地覆天翻喊叫:'老爺坐後堂審事,叫潞州解子帶軍犯秦瓊聽審!'那裏找尋?直叫到尉遲下處門首,方纔知道。"(302頁)

或作"招尋"。《集成》清刊本《儒林外史》第十二回:"不多幾日,換船來到蕭山,招尋了半日,招到一個山凹裏,幾間壞草屋,門上貼著白。"(414頁)

---

① 褚人穫《隋唐演義》第67頁,江蘇古籍出版社1996年版。
② 同上,第72頁。
③ 同上,第75頁。

揀、撿

古籍中有"揀""簡""闁""撿"等表示選擇義,實際上這些均是俗字。《集成》明刊本《魏忠賢小說斥奸書》第二回:"就將衆人送的揀了二兩,遞與趙黑子,道:'這還他本錢,你那二百錢,與他作利錢,討那欠票付咱嫂子扯壞了。'"(38頁)同前:"嫂子,你揀好人家,你自做主嫁去。"(39頁)同前第五回:"爺這遭差幾個能幹心腹,到裡八府,把那些向來揀退淨身男子,選那精壯有氣力的,招他來標下做兵。"(79頁)這些"揀"字,《明代小說輯刊》第一輯第一冊《魏忠賢小說斥奸書》均改為"撿"[1],實在不必,"撿"也是後出俗字。《集成》清刊本《後三國石珠演義》第一回:"衆人看見,欢喜無限,便將旗幟埋(理)出,內中撿取一幅大紅繡字旗,立起長竿,豎於大門之外。"(16頁)同前:"將刀劍各人檢取一把,佩在身邊。"(16頁)或俗寫"簡"。《集成》明刊本《魏忠賢小說斥奸書》第三回:"恰好那年是萬曆十七年,司禮監題一個本,為監局乏人事,奉聖旨着簡選淨身男子充用。"(42頁)或俗寫"闁"。《集成》明刊本《近報叢譚平虜傳》卷一《奴酋陷順義良鄉縣》:"凣督撫有建牙之責者,聞報即執精銳,整率器甲,闁授良將,星馳急赴應援。"(28頁)"闁"是"簡"之俗,選擇義,俗寫"艹"旁、"竹"旁不別。

"揀""簡""撿"等的本字是"柬"。《說文》:"柬,分別簡之也。"段注:"《釋詁》曰:'流、差、柬,擇也。'《韻會》無'簡'字,為長。凡言簡練、簡擇、簡少者,皆借簡為柬也。柬訓'分別',故其字從八。"段

---

[1] 《明代小說輯刊》第一輯,第一冊,《魏忠賢小說斥奸書》第818頁、834頁,巴蜀書社1993年版。

注說得很明確，"柬"有選擇、擇別義，蓋"柬"字後人多用請柬義，故俗寫對表示選擇義加上"扌"旁，成為"揀"字，且又是動詞；較晚的時候，又換聲旁，造出俗寫"撿"。而寫作"簡""間"是同音假借。故明白一個詞的種種俗寫，對研究漢語詞匯史是有莫大的好處的，其語義的關聯就清楚了。

"撿"字還表示拾取義，先看下面的例子。《集成》清刊本《十二笑》第三回："辛割豬便解開藥包，簡取那蒙汗藥。"（147頁）《集成》明刊本《詳刑公案·徐代巡斷搶劫段客》："代巡曰：'我要買上等緞絹數十疋，汝作經紀，必知誰有上等的。汝即於各舖或行商坐賈處，緞絹綾羅，每樣各揀一疋進來。如用得的，即來領價；如不用，原貨退還。'"（258頁）題目中"段"是"段"的俗寫。《集成》清刊本《續西遊記》第九十五回："回頭四望，不見園主人來，乃撿那熟大的，摘了一個，剖開，三嚼兩嚥，連皮一頓吃個乾淨。"（1691頁）由於"揀""撿"字常常用於挑選而取的語境，受組合關係的影響，後來引申出專指拾取的意思。至少明清已見"揀""撿"有拾取義的語例。如《集成》本《三教開迷歸正演義》第四十回："好歹檢一個大石，當他頭上一下了帳罷！"（601頁）同前："尚家僕就去地下撿了一塊大石，纔要來打道士，只見那石頭就是一塊火，把尚家僕的手燒焦了。"（601頁）《集成》明刊本《咒棗記》第八回："乃低着個頭撿將起來，拂去其塵垢。"（108頁）同前："昨日吊下一顆明珠，不知甚人撿得？"（114頁）該小說還有多例。《集成》清刊本《娛目醒心編》卷一第三回："因撫骨大慟，忙脫下着肉布衫，將骨細細撿齊，包藏衣內。"（38頁）或作"檢"，《集成》明刊本《警世通言》卷五《吕大郎還金完骨肉》："偶然去坑廁出恭，見坑板上遺下個青布搭膊，檢在

第二章 明清俗字研究的價值　17

手中,覺得沉重。"(154頁)同前卷三十四《王嬌鸞百年長恨》:"侍兒擡頭,見是秀才,便上前萬福,道:'相公想已檢得,乞即見還,感德不盡。'"(1390頁)《集成》清刊本《紅樓幻夢》第九回:"只怕是他才來的時候掉在地下,被你檢了。"(411頁)《集成》清刊本《豆棚閒話》第五則:"那人道:'在下出門三年,受了許多艱難辛苦,掙得幾兩銀子,近來聞得母親有病,心急行程,不料遺失中途。尊兄檢得,若有高懷憐憫在下,情願將一半奉酬。'"(143頁)同前第六則:"次日,元帥又在火堆中,放些細白石頭,都道檢得許多舍利子。"(180頁)《集成》清抄本《忠烈俠義傳》第二回:"忽然間綠光不動,包公急忙向前撲住,揀起看時,却是古鏡一面。"(86頁)可以看出,古籍中表示拾取這一詞義時,字面也是不固定的。

在用字方面,我們對《集成》清刊本《七俠五義》作了粗略的統計:表示拾取義多寫"檢"(撿),30次,一般不寫"揀";表示選擇義寫"揀",35次,"揀"一般不表示拾取義。說明"揀""撿"有了一定的分工,只有極少例外,如《集成》清刊本《七俠五義》第一百二十回:"智化道:'偏偏的小弟手無寸鐵,止於揀了幾個石子。也是天公照應,第一石子就把那廝打倒,趕步搶過刀來,連連搧了幾下。兩個採藥人又用藥鋤刨了個不亦樂乎。'"(819頁)當然,這個"揀"既可理解為拾取,又可理解為選取。值得注意的是,小說內容基本一致的《集成》清抄本《忠烈俠義傳》沒有這種文字上的分工,均寫"揀"字。我們覺得,拾取義後來漸漸固定為"撿",可能還有表示收拾、檢點的"檢"的影響,此"檢"可俗寫為"撿",《集成》本《型世言》第四回:"就略撿了些自己衣物,託言要訪定慧,離了庵中。"(191頁)多種因素促成了"撿"的拾取義。"檢點"也偶有寫"揀點"

的,《集成》清刊本《說唐演義全傳》第五回:"叔寶聞言,如醉方醒,似夢初覺,暗暗自悔失了揀點。"(76頁)《集成》清刊本《玉嬌梨》《賽花鈴》拾取義均寫"檢"。

吆喝

今天"吆喝"一詞,即大聲叫喚的意思。字典中"吆"有大聲喊的意思,語例出現很晚,《漢語大詞典》舉的是現代的例子。我覺得"吆喝"的"吆"本是幺的意思,俗謂一為幺,指骰子上或骨牌中的一點。賭博中常常幺喝,即喝采,故有"幺呼""幺喝"之語,因口語中"幺呼""幺喝"經常結合在一起使用,"幺"受"呼""喝"的影響,增旁為"吆"。同時,也因為一般人不知"吆"本是"幺"(一)的意思,以為跟"呼""喝"意思差不多,故讓"吆"也沾染上了呼喚的意思。《集成》清刊本《說唐演義全傳》第三十七回:"只見程咬金坐在席上,呼吆喝六,大碗酒大塊肉吃個不住。"(655頁)《集成》明刊本《今古奇觀》第十三卷《沈小霞相會出師表》:"料得家鄉已遠,就做出嘴臉來,呼幺喝六,漸漸難為他夫妻兩個來了。"(482頁)《集成》明刊本《今古奇觀》第三卷《滕大尹鬼斷家私》:"滕大尹到得倪家門首,執事跪下,幺喝一聲。"(96頁)

"吆"俗或作"吙"。《集成》明刊本《征播奏捷傳通俗演義》:"楊七酒醉,延(沿)途吙喝,迤邐來到陳策門首。"(138頁)

二、糾正古籍中的訛誤,為古籍整理服務

我們可以利用俗字學知識,糾正古籍的一些失誤,恢復古籍文本的原始面貌,更好地為古籍整理服務。

剝啄

沈璟《紅蕖記》第四十齣：" 〔生上〕方掩茨，〔旦上〕剛點脂。〔淨上，合〕門前剝喙誰在斯？〔小丑〕車馬崔銜來到此。"①這是崔伯仁去鄭衙拜訪鄭德璘，"剝喙"是不好理解的。"剝喙"當是"剝啄"之訛無疑。宋蘇軾《次韻趙令鑠惠酒》："門前聽剝啄，烹魚得尺素。"可重疊使用，唐韓愈《剝啄行》："剝剝啄啄，有客至門。""剝啄"，象聲詞。敲門或下棋聲。也可作動詞，敲擊。《集成》清刊本《西湖拾遺》卷十八《蘇小小慧眼風流》："不是晚輩不叩門，因初到於此，無人先致殷勤，倘遂突然剝啄，只道少年狂妄，豈不觸令甥女之怒？故爾鵠立，以候機緣。"(643頁)清和邦額《夜譚隨錄·汪越》："向山西行七八里，果見叢樹中，有茅屋數椽，門懸葦箔，繞以笆籬。方將剝啄，而老人已扶笻出。"另外，"啄"字訛作"喙"也是有俗寫原因的，如"琢"的俗寫或作"瑑"，敦煌卷子俄 Дx00666《妙好寶車經》："欲忍辱作瑑，斫却六〔入之机株〕。"(7/39)②《唐代墓誌彙編》貞觀〇一一《譚氏之志》："丹穴靈鳳，崑山文玉，不待剪拂，何繁彫瑑。"③據《唐代墓誌銘彙編附考》第一冊一九此碑拓片，"瑑"字作"瑑"。④ "瑑"就是"琢"的俗字。所以，"啄"的俗字與"喙"很相似而致訛。又如"逐"的俗寫或作"遂"，《邙洛碑誌三百種》三八《隋韻智孫墓誌》："可謂蘭生芳苑，遂芳風而益馨；桂殖月輪，隨月形

---

① 沈璟《沈璟集》第146頁，上海古籍出版社1991年版。
② 所引俄藏敦煌卷子均出自《俄藏敦煌文獻》，上海古籍出版社1992—2001年版，標明冊數和頁碼，下同。
③ 周紹良主編《唐代墓誌彙編》第17頁，上海古籍出版社1992年版。
④ 毛漢光《唐代墓誌銘彙編附考》第1冊，第105頁，"中研院"歷史語言研究所專刊之八十一，1984年版。

而轉茂。"①"逐"就是"逐"的俗字。又同前:"但恐陰陽改革,氣序推遷,山逐風移,林從雨變,於是雕茲翠石,刊此瓊文。"②敦煌卷子伯2922《佛說善惡因果經一卷》:"為諸獄卒,挫斬其身;鐵嘴之鳥,啄兩眼睛。"(20/87)同前:"無量惡鳥,集在其身,食噉肉盡,啄其筋骨,受苦無窮。"(20/88)"啄"即"啄"的俗字。《集成》明刊本《雲合奇蹤》第五則:"忽然仙鶴一隻從東南飛來,喙開眾鳥,頃間,仙鶴也不見。"(51頁)"喙"當作"啄"。

古籍中還見"啄"訛為"喙"的。《集成》清刊本《後三國石珠演義》第二十三回:"只見一隻金鷹騰空而起,飛到趙士仁面上,將他眼睛亂喙。"(401頁)"喙"當作"啄",可比較同前第二十四回:"王彌道:'呼延晏智勇兼備,更聞淂他身邊有隻金鷹,專會啄人眼目,恐將軍不知,被他暗算,故此收軍。'"(415頁)《集成》清刊本《續西遊記》第二十二回:"却說狐妖看見樹林枝上喜鵲撕書,他也搖身一變,變個鷂鷹飛來喙鵲,不匡靈虛子到廟復了原身。"(387頁)《集成》清刊本《飛龍全傳》第二十八回:"那鶯見人捉他,也弔過頭來,把鄭恩手上狠命的一喙,再也不放。"(692頁)"喙"當即"啄"字,今標點本《飛龍全傳》錄作"啄"③。

喝、唱

《集成》清刊本《忠烈全傳》第四十九回:"此獸又只服得蠻王,俺兵已認得蠻王模樣,只消選一勇士,扮假蠻王一船(般)模樣,待他此獸之時,俺只(這)边假蠻王出去唱住他,不許走動咬人,此獸

---

① 趙君平《邙洛碑誌三百種》第44頁,中華書局2004年版。
② 同上。
③ 吳璿《飛龍全傳》第199頁,中華書局2004年版。

畢竟是個獸心,沒有人的智慧,自然誤認為真,伏地不動。"(723頁)"唱"當是"喝"字之訛,蓋"喝"字俗寫作"唱",與"唱"形近易訛。可比較《忠烈全傳》第五十回:"巨靈神哥才出陣去,正要施威,被他營中一個將士假扮我邦模樣,喝住巨靈神哥。"(736頁)《新出魏晉南北朝墓誌疏證》一五二《李椿墓誌》:"公不事不爲,有文有武,恩以接下,清以奉上,揚善唱惡,昭德塞違。"①"揚善唱惡"是不通的,"唱"當是"喝"的俗寫"唱",因形近而誤認。《全隋文補遺》此碑文亦誤錄為"唱"。"喝惡"謂喝止壞惡。《集成》清刊本《前明正德白牡丹傳》第三十二回:"〔劉瑾〕就牽馬要上前,衆人唱曰:'尓的馬莫不要來踢死人麼?請須退在後面。'"(411頁)"唱"即"喝"之俗。同前第四十回:"張氏進内,正德方醒来,唱問:'何人入来耶?'"(513頁)這個"唱",顯然當作"喝"。《集成》清刊本《後三國石珠演義》第十五回:"戰有一个多時,兩下並無勝負,叚(段)琨暗暗唱采,提起畢燕撾打来。"(256頁)"唱采"當作"喝采"。《集成》清刊本《紅樓幻夢》第二回:"小鬼得意昂昂,向老鬼道:'幸虧聽了你的話,依了你的計,此去若得了賞,回來偺們大夥兒打酒唱。'"(47頁)"唱"當釋讀作"喝"無疑。

宁

標點本《明代小說輯刊》第一輯《魏忠賢小說斥奸書》第十一回:"朝寧滿賢良,邪謀頓紛解。"同前:"寧知朝寧間,匡維竟誰賴。"②這兩例"朝寧"均當作"朝宁",《集成》明刊本《魏忠賢小說斥

---

① 羅新、葉煒《新出魏晉南北朝墓誌疏證》第433頁,中華書局2005年版。
② 《明代小說輯刊》第一輯,第一册,《魏忠賢小說斥奸書》第869頁,巴蜀書社1993年版。

奸書》第十一回正作"朝宁"(167頁),是。這裏"宁"並不是"寧"的俗字,而是指古代宫室門屏之間。《禮記·曲禮下》:"天子當宁而立,諸公東面,諸侯西面,曰朝。"鄭玄注:"宁,門屏之間。""朝宁"猶朝廷。《集成》明刊本《孫龐鬪志演義》卷十六:"生憎貪佞盈朝宁,料得歸時詐掩棺。"(467頁)

《明代小說輯刊》第一輯《魏忠賢小說斥奸書》第三十四回:"當寧有神堯,夔龍在百僚。四凶隨斥逐,兩觀就夷裛。"①"寧"字,底本《集成》明刊本《魏忠賢小說斥奸書》實作"宁"(389頁),是。又"裛"字,底本同,文意不通,疑是"梟"之訛。俗寫中"衣""木"二旁往往互混,如"梟""裛"相混,《集成》清刊本褚人穫《隋唐演義》第七回:"正吟之間,忽聞脚步響聲;漸到門口,將門上梟吊兒到叩了。"(158頁)"梟"字下音注:"音鳥。"同前:"說完這些言語,把那梟吊兒放了,自去了。"(61頁)標點本也作"梟弔兒"。根據音注,"梟"當是"裛"字之訛,"裛"與"鳥"音同。"裛弔"即了弔,指門的搭手,因懸垂狀,故稱"裛弔"。古籍中還有"裛""梟"相訛者,《集成》本《清平山堂話本·陳巡檢梅嶺夫妻記》:"那草寇怎敵得陳巡檢過?鬬無十合,一矛刺鎮山虎於馬下,裛其首級。"(205頁)"裛"當作"梟"。《集成》清刊本《續西遊記》第六十六回:"孃娜身軀臥在床,形容憔悴實堪傷。"(1181頁)"孃"當是"嬝"之訛無疑。

段匹

標點本《明代小說輯刊》第一輯《魏忠賢小說斥奸書》第三十三

---

① 《明代小說輯刊》第一輯,第一册,《魏忠賢小說斥奸書》第961頁,巴蜀書社1993年版。

回:"金銀酒器緞匹衣服四五十箱,俱都鎖了,僉上封皮,着十餘個的當家人看守。"①"緞"字,據《集成》明刊本《魏忠賢小說斥奸書》作"段"(385頁)。按:明代以前一般作"段匹",不寫"緞匹"。同篇小說中都寫"段",如《集成》明刊本《魏忠賢小說斥奸書》第七回:"南京花紬綢紗、蘇州彭段線絨、杭州綾羅各二十件。"(146頁)同前第二十七回:"到了本日,聖上宣賜他金花二枝、彩段八匹、羊酒。各宮妃子各以珠穿成'福''壽'字,及金銀八寶織金彩粧'福''壽''喜'字段匹相贈。"(284頁)

江蘇古籍出版社標點本《隋唐演義》第十七回:"正月初一,踢到這燈節下來,把月臺上用五彩裝花緞匹,搭起漫天帳來,遮了日色,正面結五彩球門,書'官球臺'三字。"②同前:"江湖上的豪傑朋友,不拘鎖腰、單槍、對拐、肩妝、雜踢,踢過彩門,公子月臺上就送彩緞一匹,銀花一封,銀牌一面。憑那人有多少謝意,都是這兩個圓情的得了。"同前:"踢過圈兒,就贏一匹緞彩、一對銀花,我可踢得動麼?"又同前:"月臺上家將,把彩緞銀花,拋將下來。"同前:"此時踢罷行頭,叔寶取白銀二十兩、彩緞四匹,搭合兩位圓情的美女。"上面這些"緞"字,據底本《集成》清刊四雪草堂本《隋唐演義》第十七回,均作"叚"字,是"段"的俗寫。明清雖有寫"緞匹"的,但"緞"字是晚出的寫法,故改錄為"緞"字非。《四庫全書辨正通俗文

---

① 《明代小說輯刊》第一輯,第一册,《魏忠賢小說斥奸書》第959頁,巴蜀書社1993年版。
② 褚人穫《隋唐演義》第121頁,江蘇古籍出版社1996年版。

字》云："段，徒玩切，體段、片段。凡錦段，旁从糸者俗字。"①《康熙字典》"緞"字條："按：今以為紬緞字，非是。"翟灝《通俗編》卷二十五"緞"字條云："《康熙字典》緞音遐，履跟之帖也。又音斷，義同。今以為紬緞字，非是。按：今所呼緞者，宋時謂之紵絲，《咸淳臨安志》染絲所織，是也。《三朝北盟會編》雖有索猪肉、段子之文，所云乃段疋之段，《說文》帛分而未麗曰疋，既麗曰段，並非其一種名也。此字之誤用，似直起于明季。"②標點本《西遊記》第四十回："那皇帝與三宮妃后、太子諸臣，將鎮國的寶貝，金銀緞帛，獻與師父酬恩。"③同前第七十八回："八戒聽說，左右觀之，果是鵝籠，排列五色彩緞遮幔。"④"緞帛""彩緞"，《集成》明世德堂本《西遊記》作"segment帛"（994頁）、"彩segment"（1990頁），"segment"即段的俗寫。按：徑改非。

《集成》日本尊經閣本《隋唐兩朝史傳》第二十六回："即將府庫珍寶、金銀、段帛賞賜三軍，招募海賊，以拒諸侯之兵。"（300頁）"段帛"字，今標點本《明代小說輯刊》（其底本也是日本尊經閣本）改作"緞匹"⑤，非。《集成》明刊本《隋唐兩朝史傳》第二十六回："化及准其議，晝夜收拾隋煬帝之后蕭氏、宮嬪綵女，及傳國璽、珍寶段帛，奔走聊城。"（306頁）"段帛"二字，《明代小說輯刊》徑改作"緞匹"⑥，非是。

---

① 陸費墀《四庫全書辨正通俗文字》，《續修四庫全書》第239冊，第536頁，上海古籍出版社2002年版。
② 《續修四庫全書》第194冊，第526頁，上海古籍出版社2002年版。
③ 吳承恩《西遊記》第483頁，人民文學出版社1980年版。
④ 同上，第944頁。
⑤ 《明代小說輯刊》第三輯，第1冊，第221頁，巴蜀書社1999年版。
⑥ 同上，第223頁。

三、為文字規範化提供參考

民國初曾有學者主張漢字改革,如 1922 年何仲英刊於《國語月刊》第一卷第七期的《漢字改革的歷史觀》一文引用了錢玄同減省漢字筆畫的主張,"新擬的借義字"有"'鬼'作'甴'","新擬的減省減畫字:如'厲'作'厉','蠱'作'蛊','襲'作'袭'"①。其實這些所謂的"新擬",都是民間已流行的俗字。下面舉一些例子:《集成》清刊本《梁武帝西來演義》第二十一回:"吉祥會起甘羅門,孤魂甴子降臨來。"(534 頁)同前:"以此振鈴伸召請,孤魂甴子願遙聞。"(537 頁)同前:"諸甴子等,會也麼?"(539 頁)同前:"汝等孤魂甴子,向甚麼安身立命。"(539 頁)"甴"即"鬼"的俗字。"厲"或作"厉",《集成》明刊本《唐三藏出身全傳》卷一《玉帝降旨招安》:"巨灵神厉声高叫:'潑猴,你認得我麼?吾乃神霄托塔李天王部下先鋒巨灵神,今奉玉旨拿你。'"(34 頁)《集成》清刊本《錦香亭》第六回:"只見旁邊站着條大漢,厉声說道:'我看你相貌堂堂,威凤凜凜,怎不处戮立(力)主家,建功立業,却來尋着瞽目的優伶何幹?'"(103 頁)"襲"或作"袭",《集成》清刊本《前明正德白牡丹傳》第八回:"帝曰:'此言雖是,但今英国公張茂在大金未回,徐大江又未頂袭,無人保駕。'"(97 頁)同前第十四回:"這張茂乃張德之子,自十八歲袭職至今。"(175 頁)

---

① 參李中昊編《文字歷史觀與革命論》第 191 頁,北平文化學社 1931 年版。

年青

《集成》清刊本《大清全傳》第四十二回:"忽見從那大門內,出來一个年青之人。"(530頁)同前第六十八回:"寶二墩動了手,睄那徐勝人雖年青,精神百倍,刀法純熟。"(918頁)《集成》清刊本《人中畫·柳春蔭》:"老者見春蔭青年俊秀,因舉手道:'兄年正青,怎肯這等用工?'"(61頁)《集成》清刊本《玉支璣小傳》第十五回:"我見你年甚青,人物也甚聰俊,既久住南方,想來文字或有可觀。"(261頁)《集成》清刊本《幻中真》第六回:"因見吉扶雲年青俊雅,十分留意。"(146頁)《集成》清刊本《兩交婚小傳》第二回:"衆親友看見甘頤年紀又青,人物又美,忽然進了案首,刁直並不見有人來報,便驚驚喜喜,又將奉承刁直的面孔來奉承甘頤了。"(45頁)同前第八回:"茶罷,辛祭酒就說道:'甘兄年正青,怎詩才如此之美?實天生也!'"(267頁)還有一個詞面是"年輕"。其實,從語源上說,"年青"更為合理,五行學說東與木、青、春、角等相配,"青春"是同義并列,"青"就比喻人年少的時光,故有"青春""年青"的說法。文字規範化也要考慮合乎語源。

也見古籍中"青年"寫"輕年"的,《集成》清刊本《綠牡丹全傳》第六十一回:"洛(駱)宏勳輕年眼亮,早看明白。"(578頁)

提防

"提防"的"提"本是俗寫,《集成》清刊本《走馬春秋》第十三回:"若去趕他,提防他的暗器要緊。"(223頁)本字當作"隄"或"堤",《集成》清抄本《胡少保平倭記》:"獨東門這一支是我陳東統領,他不聽吾言,不肯觧圍,你們可自用心隄防。"(39頁)但在作動詞時人們覺得俗寫"提防"的"提",用"扌"旁似乎標明動作,故流行開來。《集成》日本抄本《郭青螺六省聽訟錄新民公案・斷妻給還原夫》:"小人不自提防,舟中不分尔我。"(74 頁)《集成》清刊本《海公小紅袍全傳》第十六回:"料想急切之間,他必不提防我們。"(157 頁)《集成》清刊本《飛龍全傳》第五十四回:"守寨將于吉、趙季礼二人把守,雖知周兵伐蜀,心下只仗着前關堅固,不甚提防。"(1310 頁)同小說也有寫"隄防"的,同前第五十六回:"只得差人暗中打聽,加意隄防。"(1370 頁)同前:"張萬未曾隄防,躲閃不及,應弦而倒。"(1378 頁)俗寫的這些流行情況,在明清小說中得到充分反映。在現代漢語中,動詞"提防"字形反而被視為規範寫法,這是俗字顛覆了正字。

閆

今天我們往往見到"閻"俗寫作"閆",這個字在古籍中也習見。《集成》明世德堂本《西遊記》第五十八回:"慌得那第一殿秦廣王傳報與二殿楚江王、三殿宋帝王、四殿卞城王、五殿閆羅王、六殿平等王、七殿太山王、八殿都市王、九殿忤官王、十殿轉輪王。"(1477 頁)《集成》明刊本《大宋中興通俗演義》卷七《刘太尉叠橋破虜》:"錡自與步將閆充、統制趙樽、韓直等,部軍士出清溪前。"(634 頁)《集成》清刊本《續西遊記》第三十六回:"閆王說:'你也忒受用過分了,也設(該)受些苦惱。'遂令獄卒驅入餓鬼道中。"(631 頁)《集成》清刊本《豆棚閒話》第四則:"不曉得他心事,却說閆布政該有這個敗子。"(111 頁)同小說還有多例。《集成》清刊本《唐鍾馗平鬼傳》第一回:"在閆君面前,將他致死的情由,從頭至尾訴了一遍。閆君甚是嘆惜。"(2 頁)

四、可以探討簡體字的來源

今天我們使用的許多簡體，實際上是繼承了古籍中的俗字寫法，在民間通行已久。通過古籍的一系列俗寫，可以探討其來歷。

节

"節"字，今簡體作"节"，也是可以解釋的。《集成》清刊本《綠牡丹全傳》第四十回："二人自早飯時候，閒至中飯時𥫗，彼此精神加倍，毫無空漏。"（395頁）《集成》清刊本《後宋慈雲走國全傳》第三回："也罷，不免立個主見，明天如此如此，以尽為臣之𥫗，方能見得吾包祖于地下。"（39頁）《集成》清刊本《品花寶鑑》第三十五回："那晚睡後，即不見了，委係無同謀窩竊情𥫗。"（1396頁）由"節"簡省為"𥫗"。又因俗寫中"竹"旁與"艹"旁往往不別，故又俗寫為"节"。《集成》清刊本《綠牡丹全傳》第三十五回："老太太呵！出去時节，还怜我小的無父無母之人。"（347頁）同前第三十八回："駱大爺主仆受傷过重，大約早飯時节，包管止痛，就可起來，中飯時节，復自如初，與好人一般。"（370頁）《集成》清刊本《品花寶鑑》第三十八回："如遇著忠孝节義的事，倒能毅行人所不能行的出來。"（1537頁）《集成》清刊本《前明正德白牡丹傳》第四十一回："原來這湖內每当凤日晴和时节，多有王孫公子、貴客豪家，乘興買棹，挾妓携酒，簫鼓笙歌，十分鼎沸。"（518頁）

药

"藥"简化字作"药"。俗寫或作"葯"。《集成》清刊本《鐵冠圖》第十四回："誰知賊不該絕，空費許多火葯。"（96頁）《古本小說叢

第二章　明清俗字研究的價值

刊》第十七輯嘉慶丙子本《雙鳳奇緣》第一回："于此夜睡在龍床,夢見芍葯堦前,太湖石畔,有一美貌女子,冉冉而來。"(1685頁)又第二十五回："妙葯难医長夜恨,黃金難買轉鄉時。"(1923頁)《集成》清刊本《海公大紅袍全傳》第四回："張氏與海瑞親侍湯葯,衣不解帶,備極艱辛。"(74頁)同前第十二回："稱說相助小的衣食葯費。"(212頁)"葯"字,因"糹"旁俗寫作"纟",故成為"药"。《集成》清刊本《鐵冠圖》第一回："这贼子痴心大重,不顧天倫,即買毒药回家,与父母食了。可憐李十戈夫婦食了毒药,登时七竅流血而死。"(7頁)

国

《臺灣文獻匯刊》第一輯影印北京大學藏本《隆武紀略》："嗚呼!囯家卅秊來,久不見恤民之寔政矣。"①同前："是日盡節者四人:大學士蘇觀生自縊,太僕卿霍子衡赴水,子囯司業梁朝鐘罵賊受刃,行人梁万爵赴水,而子衡闔門死義,忠烈尤甚。"②《隆武紀略》是明末清初本子,其中只有兩例寫"囯"字,其他均作"国"或"國"字。《楊繼振藏本紅樓夢》第四回："这李氏亦係金陵名宦之女,父名李守中,曾为国子監祭酒,族中男女無有不诵诗讀書者。"(49頁)同前："賈不假,白玉为堂金作馬。"注云:"寧囯、荣囯二公之後,共二十房,除寧荣亲派八房在都外,現住原籍十二房。"(51頁)《集成》清鈔本《繡屏緣》第一回："一日,国忠偃息樓上,方纔就枕,屏風上諸女,悉到床前,各通名姓,又歌又舞,半晌而去。国忠

---

①　陳支平主編《臺灣文獻匯刊》第一輯第一冊,第9頁,九州出版社、廈門大學出版社2004年版。

②　同上,第169頁。

醒來，怕是妖怪，急令封鎖樓門。"（6頁）《集成》清抄本《忠烈俠義傳》第一回："就是包公忠肝義胆，赤心為国，若非衆俠義豪傑輔佐，也是办理不来的。"（2頁）同小說還有多例。關於"國"寫作"国"字的來歷，有不少說法，或傳是郭沫若先生所造；或說為1955年在製訂《漢字簡化方案修訂草案》時由編委會所確定。據葉籟士《簡化漢字一夕談》回憶："修訂草案把'國'簡化作'国'，即方框裏一個王字（太平天國就是用的這個字），就有委員提出異議，現在是人民當家，不興用'王'字，郭老作解釋：此乃張王李趙之王，非國王之王。"①"但是有的委員還是不同意。最後通過：'王'字加一點成為'玉'字，這就是今天的簡化字中'国'字的由來。這個'国'字，跟日本對國字的簡化碰巧完全一樣。"②從這段話看來，人們一般會以為"国"字就是那個時候造的。

實際上，從古籍材料看，"国"字並非解放後新造的字，前面所舉語例可證。張涌泉先生《漢語俗字研究》（增訂本）列舉了斯541V《毛詩傳箋·邶風·式微》小序"黎侯寓于衛"毛傳中"国"字用例，算是比較早的可靠實例③。

張書巖等編著《簡化字溯源》謂："居延和敦煌漢簡中，就有接近'国'的草書字形。'国'最早見於南北朝時期東魏的欒拤造像。唐代的敦煌變文寫本中也有'国'字。"④其書附錄了居延和敦煌漢

---

① 葉籟士《簡化漢字一夕談》第10頁，語文出版社1995年版。
② 同上，第11頁。
③ 張涌泉《漢語俗字研究》（增訂本）第41頁，中華書局2010年版。
④ 張書巖等《簡化字溯源》第58頁，語文出版社1997年版。

第二章　明清俗字研究的價值

簡字形和敦煌變文的例子,《敦煌變文集》卷六《歡喜國王緣》:"国師財見,盡說不能。"未附關鍵的東魏欒氏造像原字。我們核對了居延和敦煌漢簡原簡,並非寫作"国"字,而《歡喜國王緣》的例子也不成立,核敦煌卷子原卷上圖 016《歡喜國王緣》實為:"国師待詔,盡說不能。"[①]而《敦煌變文集》校錄不精,誤植為"国"。東魏的欒氏造像拓片我們未找到,但即使寫"国",也是孤例。如果要證明這一時期該俗字出現,必須有一定的複現率,我們纔能認定"国"的俗寫流行。"国"字俗寫較為多見,《北京圖書館藏中國歷代石刻拓本彙編》(下簡稱《彙編》)第六冊西魏大統十四年(548 年)《介媚光造像記》:"又清信上為国主,州郡令長,師僧父母,現在眷屬,亡夫男女,普及有形,敬造文石釋加像一區。"(19 頁)敦煌卷子上圖 016《歡喜國王緣》:"正歌舞之次,歡喜国王見這夫人面上身邊一道氣色,知其有相七日身亡。"(122 頁)《知不足齋叢書》本孫奕《履齋示兒編》卷二十二《字說》云:"又如顧之頋,霸之覇,喬之喬,獻之献,國之国,……凡此皆俗書也。"

民國時期也有寫"国"的,或作"囯"。以下舉幾例《吉昌契約文書彙編》中的例子[②]:

(1) srg-15:"民国九年正月廿二日,立契人蕭燕賓、蕭來賓全侄羅。"(267 頁)

(2) mxq-42:"民国式拾伍年七月初八日立。"(402 頁)

(3) wzc-48:"民国貳拾年腊月十玖日汪其明買立。"(172 頁)

---

① 《上海圖書館藏敦煌吐魯番文獻》第 1 冊,第 123 頁,上海古籍出版社 1999 年版。

② 孫兆霞等《吉昌契約文書彙編》,社會科學文獻出版社 2010 年版。

(4) mxq-25:"民[囯]十四年又四月初八日立。"(334頁)

(5) fqx-1:"民旺廿六年七月十伍日立。"(372頁)

俗字的構形也是有一定原理的,我們推想"國"俗寫為"国",其中的"王"最初應該是"或"的草寫訛變來的,"或"右上的點通常與橫融為一體,如《彙編》第一冊《子游殘碑》"國"作"[图]"(38頁)。因"口"旁可用點或短橫代替,如"喪"或作"丧","口"變點後與"或"的右一撇演變為一橫;如據《草書大字典》唐玄宗的"國"字作"[图]"。故碑刻中有"國"或作"囯""国""囯"等形。我們看《居延漢簡甲編》第1597號簡"國"字作"[图]"[①],《碑別字新編》"國"字條列《魏平東將軍蘇方成造象》作"囯"[②]。《彙編》第四冊北魏延昌元年(512年)《元顥妃李元姜墓誌》:"曾姑元恭皇后,伉儷高宗,与[囯]嬋聯,寔同申甫。"(2頁)同前:"女子有行,光家榮[囯]。"(2頁)《彙編》第四冊北魏延昌四年(515年)《王紹墓誌》:"有詔□悼,贈輔[囯]將軍、徐州刺史。"(28頁)《彙編》第六冊東魏武定三年(545年)《張願德造像記》:"上為[囯]主師父母兼即一切含生,永離三途。"(122頁)《北朝佛道造像碑精選》景明元年(500年)《楊阿紹道教造像碑發願文》:"北地郡富平縣楊阿紹為[囯]主、為七世以來所生父母造石像一偪(軀)。"[③]《彙編》第七冊北齊天保二年(551年)《道榮造像記》:"天保二年四月十五日,沙弥道榮造像一堪,為忘(亡)父託生西方妙洛(樂)[囯]土,願捨此形穢,供養諸佛。"(9頁)《彙編》第七冊北齊天保元年(550年)《王有存妻李氏造像記》:"大齊天保元年庚

---

① 中國科學院考古研究所《居延漢簡甲編》,科學出版社1959年版。
② 秦公《碑別字新編》,文物出版社1985年版。
③ 張燕等《北朝佛道造像碑精選》第44頁,天津古籍出版社1996年版。

第二章 明清俗字研究的價值

午八月,敬造太子一軀,上為囯王、師僧、父母、居家眷屬,一切安穩。"(5頁)《彙編》第八冊北周保定四年(564年)《賀屯植墓誌》:"次子定囯。"(111頁)如上例子,可以大致看出由"國"到"国"的訛變過程。另可參敦煌卷子上圖006《妙法蓮華經馬鳴菩薩品第三十》中的眾多"國"的寫法,也能悟出這個道理。而俗寫為"囯"之後,這一構形又剛好符合"普天之下,莫非王土"的字形闡釋,故"囯"的俗寫最為流行。斯388《正名要錄》:國、囯,"右正行者正體,脚注訛俗"。

現在說說為什麼會俗寫為"国"。因在小篆中"王""玉"易混,如"班"字其中兩個"王"是玉,故在隸書中往往通過有點和無點來區別"玉"和"王"字,如《彙編》第一冊《史晨前碑》:"黃玉譿應,主為漢制。"(135頁)"玉"字在隸書中還有寫"王"形的,如《彙編》第一冊《白石神君碑》:"擇其令辰,進其馨香,犧牲王帛,黍稷稻粮。"(175頁)"王帛"即玉帛。正因如此,面對"囯"字,有人或以為其中的"王"是"玉"字,故寫"国"。除了上述原因,我覺得還跟"國"字的草書有密切關係,如《草書大字典》懷素的"國"字或寫作"囩",裏面就很像"玉"形了,故草書楷化為"国"。敦煌卷子斯289V《宋李存惠殯銘》:"皇祖管内都計使銀青光祿大夫撿校兵部常侍兼御史大夫上柱国諱紹丘。"至於日本使用的漢字"国",我們認為是從中國傳過去的俗寫,並不是日本自創的。在"囯"和"国"兩個俗寫中,中國古籍為什麼"国"字寫得多,而"囯"字較少些?我猜想那是古人認為"国"的字形構意更好,認同度高。

《漢語大字典》收有"旺"字:"guó《龍龕手鑑·口部》:'旺,音國。'《字彙補·口部》:'旺,莫浪切,忙去聲,見《字辨》。又古獲切,音國,義闕。'"按:依據俗字學原理,"旺"音國時,當是"国"的異寫無疑①。我們上面還列舉了"国"俗寫為"旺"的情形,可以比勘。

护

"護"字今簡體作"护",也是有民間基礎的。《集成》清刊本《大清全傳》第六十九回:"他說:'高爺,劉爺,你二人保戶大人前行,我要去追我的馬去。偺們在保安州公館見罷!'"(937頁)這裏"護"即寫"戶"。同前第七十一回:"他投在北新莊這裡,當看家戶院的人。"(963頁)同前:"刘芳說:'有一个朋友在這裡戶院。'酒舖掌櫃的說:'不錯,是有幾位戶院的人。'刘芳听說,知道花得雨家中有看家戶院的人。"(966頁)"戶院"即護院。因考慮到"戶"是動作,故加"扌"旁為"护"。

五、俗字研究有助於日本等漢字文化圈國家文字的探討

中國的俗寫隨着國與國之間頻繁的交流,傳到漢字文化圈的國家,盡管在當地國家或許有一些新的創造,但漢語俗字的原理是一直遵循不變的。日本使用的許多漢字,如"壤""覚""経""弁""単""竜""帰"等,是來自中國的俗字。

釈

《集成》清康熙刊本《繡屏緣》第二十回:"便是吳絳英的大兄,也相約來,將已前的事,都消釈了。"(354頁)"釈"即"釋"的俗字,

---

① 《漢語大字典》(修訂版)已改為"同'国(國)'"。

周志鋒、陸錫興、臧克和、何華珍等諸先生對此字有一些討論①。

对

《集成》明刊本《征播奏捷傳通俗演義》:"趙仕登等**对**曰:'是廼主公洪福,某等何力之有?'"(29頁)同書"觀"或作"覎",同前:"舉目一覎,只見屋宇甚是齊整。"(30頁)"对"字一般認爲是日本創造的漢字,必須說明的是,上揭刻本《征播奏捷傳通俗演義》來自日本藏本,是否爲日本翻刻?目前還沒有找到藏中國本土的刻本作此俗寫的情況。不管"对""覎"是日本造字,還是漢語俗字,有一點可以肯定,它是遵循着漢語俗字學的原理的。"夂"實際是重文符號"々""夊"的微變。可詳參後面章節"符號化簡省的俗字構形"。中國與周邊國家的人員往來和文化交流,彼此互相影響和促進。

六、俗字研究有助於古籍語義理解

古籍文本的語義理解,有不少地方必須結合俗寫去探討,纔能得到正確的答案。

例一,《集成》清刊本《常言道》第四回:"時伯濟道:'"不"字是"一个"兩字,道你的兒子是一个。'"(71頁)這裏將"不"字拆爲"一个",可見"个"是"個"的古字,必須按俗寫去理解。

---

① 周志鋒《字詞雜記》,香港《詞庫建設通訊》1997年7月總第20期;陸錫興《方字論》,《漢字的應用和傳播》第264頁,華語教學出版社2000年版;臧克和《尚書文字校詁》第501頁,上海教育出版社1999年版;何華珍《日本漢字和漢字詞研究》第165頁,中國社會科學出版社2004年版。

例二，《集成》清刊本《紅樓幻夢》第二十二回："鴛鴦道：'四姑娘評定了各人的面貌，鼎甲已分。各人的腳大小沒有分過等第，偺們今兒倒要評評，也定個甲一。'"（1043頁）"甲一"即是"甲乙"。現在說說原因：俗字"一"往往寫"乙"，如同小說第十一回："其餘有體面的眾丫頭、媳婦，八兩、六兩、四兩、二兩不等，上上下下多批到了。賈母問鳳姐共有若干，鳳姐道：'約有乙千三四百。'"（508頁）"乙"即"一"之俗，後面章節也有語例。正因為"一"俗寫"乙"，故刻工面對"甲乙"，以為此"乙"也是俗字，錯誤還原而為"甲一"。清人翟灝有關於"一"俗作"乙"的論述，《通俗編》卷三十二"乙"字條："《史記·天官書》太一星，諸葛亮《上先主書》、阮籍《大人先生傳》俱作太乙。《王羲之十七帖》：想足下別具，不復乙乙。按：俗書一、乙通用，古有然也。"①

例三，《集成》清刊本《二奇合傳》第一回："即請王夫人來說知來歷，認為妯娌，春郎以子姪之禮自居。"（17頁）"姪"字不通，根據俗字原理，俗寫"至""좾"相混②，當是"姪"字無疑。此字《集成》明刊本《拍案驚奇》卷二十正作"侄"（827頁），是。如"經"字古籍往往寫作"経"，敦煌卷子斯4920《太公家教》："積財千萬，不如明解経書。"（7/5）③"経書"即經書。《唐代墓誌彙編續集》天寶〇三九《大唐故桓府君墓誌銘》："文者所以経濟于時，武者所以果斷於

---

① 《續修四庫全書》第194冊，第591頁，上海古籍出版社2002年版。
② 更多語例，可參曾良《敦煌文獻叢札》第22頁，浙江古籍出版社2010年版。
③ "斯"字開頭的敦煌卷子，引自《英藏敦煌文獻》，四川人民出版社1990－1995年版，文後標明冊數和起始頁碼。下同。

第二章　明清俗字研究的價值

事。"①"経濟"即經濟。

例四,《集成》明刊本《隋唐兩朝史傳》第三十七回:"〔薛仁杲〕遙謂秦王曰:'軍旅之間,不能施禮。'秦王亦披金鎧,戴珠盔,在馬上欠身答曰:'誰脛汝來?知吾天兵壓境,速宜遠迎投降,尚敢引兵而拒敵乎?'"(436頁)按:"脛"字不通,根據俗字知識,肯定是"怪"字。蓋"經"俗或作"経"②,手民誤將"怪"字的"圣"旁還原為"巠"。

例五,《輪迴醒世》卷四《離十九載而得合》:"〔劉〕雲過繼祖處,談及當年赴任之晚,老母得夢云'雨淋二畝苦飄流',雨字與二畝相連,乃雲字;苦飄流者,說我遭磨折也。"(136頁)其中的解夢語,"雨字與二畝相連,乃雲字",說明"畝"的俗寫作"厶",故"雨二厶"合成"雲"字。"畝"俗或作"畆",《集成》明刊本《征播奏捷傳通俗演義》:"我太祖以英武之資,乾坤之器,生於草萊,出自畎畆。"(4頁)"畆"或作"厶",我們舉一些"畝"俗寫為"厶"的例子,《徽州千年契約文書》卷一3010004《洪武八年康際可賣山地赤契》:"土名石梘源等沙頭,被字玖百八十三號,計山八十厶有零。"③同前3030017《永樂八年李生等賣田地赤契》:"系罪字二百九十二號,計地壹厶壹角。"《徽州千年契約文書》卷二 HZS3120039《嘉靖五年祁門余進等賣山赤契》:"五伯(佰)九十五號胡勝可上山二厶二角,

---

① 周紹良、趙超《唐代墓誌彙編續集》第609頁,上海古籍出版社2001年版。
② 可參黃征《敦煌俗字典》"經"字條,第203頁,上海教育出版社2005年版。
③ 更多語例,參儲小旵《"厶"字考》,《漢語史學報》第十一輯。

下山二厶三角。"①

　　對於古籍中的俗字,我們很好地研究它,對正確閱讀和研究古籍是有重要價值的。同時,也必須客觀地看待俗字,應該看到它一些負面的東西,畢竟俗字本質上是屬於不規範字,它常常是違背正字規範的。今天我們自然不能提倡創造新俗字。從古籍看來,也有不少俗寫是造成了語意的混亂的。我們可舉些例子:《集成》清刊本《醒夢駢言》第九回:"施孝立夫妻着了急,日日延酉問卜,却都沒有應效。"(372頁)"酉"字,按正字理解是不通的,顯然是"醫"字的簡省,這個簡省就給正字法造成了混亂。

---

　　①　王鈺欣、周紹泉主編《徽州千年契約文書》第35頁,花山文藝出版社1991年版。

第三章　明清俗字的構形和分析

明清時期俗字有很多是繼承了以前俗字的寫法,歷史承傳性大於地域個性,有的俗字的承用甚至有非常長的歷史。如"懼"俗寫"愳",《集成》嘉靖本《三國志通俗演義》卷一《廢漢君董卓弄權》:"袁紹不達大體,恐愳故出奔,非有他志也。"(108頁)《集成》明刊本《隋唐兩朝史傳》第二回:"羣臣恐愳,不敢復言。"(17頁)但"愳"字出現甚早,《說文》:"懼,恐也。从心、瞿聲。愳,古文。"《隸釋》卷十《陳球後碑》洪适考釋:"其末則文字凋落,如晨星相望,豈其間盖有憤懟哀切之語,後來益有所愳而剔之乎?"[①]"愳"就是"愳"字。《馬王堆漢墓帛書》中有不少"愳"的寫法[②]。又如"鶴"俗寫作"寉",《集成》本《章臺柳》第五回:"我如今要遊歷名山,尋求修煉之法,騎寉昇天,纔是我下生快樂哩!"(47頁)《集成》清刊本《豆棚閒話》第四則:"他在中間四面臺上,頭戴逍遙巾,身披寉氅,左右青衣,捧茗執拂。"(110頁)《集成》清刊本《大明正德皇遊江南傳》第三十九回:"舟中坐着一個老叟,綸巾寉服,飄飄若仙。"(451頁)"寉"出現甚早,至少在漢碑中就出現了。《隸釋》卷五《酸棗令劉熊

---

① 洪适《隸釋》第113頁,中華書局1985年影印。
② 參黃文傑《秦至漢初簡帛文字研究》第39頁,商務印書館2008年版。

碑》:"崔鳴一震,天臨保漢。"①玄應《一切經音義》卷二"白鶴"條:"古文鸖,今作崔,同,何各反。"②《隸辨》曰:"按:《汗簡》:崔,古文鶴字。《隸釋》以為'鶴在鳴上,省文作崔',非是。"③然《說文》也有"鶴"字,不管怎麼說,後世是將"崔"當作"鶴"的俗寫來用的。"崔"或訛作"崔",《集成》清刊本《野叟曝言》第二十六回:"祖宗三代都是紫袍玉帶,胸前露出仙崔錦雞的補服,可沒有這個小鳥兒。"(768頁)"崔"當是"崔"的訛字。

俗字的出現,原因多種多樣,有的是有正字不寫,特地寫俗字;還有一種情況是方俗口語與雅言語音有變異,本字難寫或不易查考,故特地為方俗之語造俗字。

一、俗字類型

明清時期的俗字,總體來看,其造字類型并沒有突破唐五代時期的俗字類型。蔣禮鴻先生在《中國俗文字學研究導言》一文中根據敦煌材料等大致分俗字為七類,張涌泉《漢語俗字研究》將俗字類型分為增加義符、省略義符、改換義符、改換聲符、類化、簡省、增繁、音近更代、變換結構、異形借用、書寫變易、全體創造、合文十三類,黃征《敦煌俗字典》分為類化俗字、簡化俗字、繁化俗字、位移俗字、避諱俗字、隸變俗字、楷化俗字、新造六書俗字、混用俗字、準俗

---

① 洪适《隸釋》第65頁,中華書局1985年影印。
② 徐時儀《一切經音義三種校本合刊》第37頁,上海古籍出版社2008年版。
③ 顧南原《隸辨》第714頁,北京市中國書店1982年影印。

第三章 明清俗字的構形和分析

字十大類,曾良《俗字及古籍文字通例研究》羅列了十二類。明清小說的俗字類型基本上也屬於這些類型,這裏我們結合明清古籍材料,簡單做一介紹。

1. 訛變

訛變就是在正字基礎上的書寫變易。漢字在使用過程中,由於逐漸由筆意走向筆勢(符號化),字形結構就出現了種種訛變,這也是產生俗字最多的類型之一,往往訛變為多個俗字形體。

瓦 《集成》明刊本《剪燈新話》卷上《天台訪隱錄》:"明日,殺鷄為黍,以瓦盆盛松醪飲逸。"(78頁)"瓦"是"瓦"的俗字。

微 《集成》明刊本《隋煬帝艷史》第一回:"尉遲女也微匕笑道:'只恨賤婢下人,不敢點污龍體。'"(17頁)《集成》清刊本《金雲翹傳》第十六回:"你收拾微資,逃往他处,暫躲幾時。"(187頁)同前第十八回:"見宦氏只有一點微氣。"(219頁)"微"是"微"的俗字。又或訛變作"微",《集成》戚序本《紅樓夢》第五十九回:"原來五更時,落了幾點微雨。"(2241頁)

既 "既"有多個俗字形體,或作"既""既""既"等。《集成》明刊本《孔聖宗師出身全傳》卷一:"既葬而後,曰:'吾聞古者墓而不墳,今丘東西南北人也,還要謹慎体魄,慮及久遠。'"(1頁)《集成》明刊本《牛郎織女傳》卷四《鴉鵲請旨》:"聖后曰:'既不建橋,又不造舟,陛下許令牛女七夕相會,似此無際天河,夜來東西兩人,將飛渡耶?'"(133頁)《集成》明刊本《皇明開運英武傳》卷一:"太祖曰:'總帥既來此濠州,何人守之?'"(61頁)

2. 音借俗字

這裏所謂的"音借俗字"并沒有創造新的俗字形體,而是借原有的音同或音近正字加以俗用,用來記錄另一個詞,即音借字。因爲這種寫法在官方看來是不規範的,不是正字,故也歸到俗字裏面來。正字與俗字是相對待出現的的概念,即規範字與不規範字,如果是社會上流行的不規範字,不論其創造了新字形,還是借音方式,均歸入俗字範圍。可能有人會不同意這樣的歸類,認爲它們是假借字。假借字是針對本字而言的,因爲事物是多質的,這裏我們不從是否爲本字的角度去區分,而是從字形是否合規範的視點去考慮。其實像古今字、繁簡字、正字與俗字、本字與假借字這些術語是從不同角度去認識漢字的,例如:"平原"的"原",在現代漢語裏我們認爲是正字(規範字),這是沒有問題的;如果從是否本字去考慮,"原"就是假借字,《說文》:"邍,高平之野,人所登。从辵备录,闕。"段玉裁注:"邍字,後人以水泉本之'原'代之;惟見《周禮》。""邍"用"原"字代替,是因爲"原"字筆畫少,寫起來快捷。由此說來,"平邍"寫作"平原","原"字還經歷了由俗字向正字轉化的過程。又如人稱代詞"我",既是正字,又是假借字。但有的假借字,如果從是否規範的角度看,可能就是俗字。《高麗大藏經》本《弘明集》卷五《桓君山新論形神》:"有強弱堅毳之姿焉,愛養適用之直差愈耳。"(59/686/a)[1]《中華大藏經》本可洪《新集藏經音義

---

[1] 《高麗大藏經》,河北省佛教協會影印。

第三章　明清俗字的構形和分析

隨函錄》卷二十九"堅毳"條:"此歲反,正作脆、脃。"(60/529/b)[①]此"毳"是音借字,也是俗字。我們可比較《新集藏經音義隨函錄》卷二十八"者寡"條:"古瓦反,少也,正作寡。"(60/526/a)"寡"明顯是"寡"的俗字,我們看到可洪將音借字與形體俗寫一樣看待。

(1) 借用同音字來記錄

乙　《集成》清刊本《後三國石珠演義》第三十回:"隨修子婿之礼,取出白金乙千送過去。"(521頁)"乙"是"一"的同音假借俗字。《集成》明刊本《警世通言》卷二十八《白娘子永鎮雷峰塔》:"有一個兄弟許宣,排行小乙。"(1122頁)"小乙"即小一,我們看下文:"許宣答道:'在下姓許名宣,排行第一。'"(1126頁)可知"乙"就是"一"的俗寫。

付　《集成》清刊本《躋雲樓》第一回:"行芳答道:'我爲寒家,無可施舍,師付別處去化罷。'"(2頁)同前:"行芳聞听,大爲謔然,答道:'師付少待,我把柴禾送到院裡,再來合你說話。'"(2頁)"師付"即師傅,可見,同音字"付"爲"傅"的俗字。

胡　《集成》清刊本《金蓮仙史》第五回:"若論來根,我胡你比上不足,比下有餘。"(83頁)同前第十回:"我胡你將靈龕擡過河南,如同空龕一般。"(178頁)"胡"即"和"字,蓋方俗"和""胡"同音,今民間打麻將稱"和了",即音讀"胡了"。或寫作"湖",《集成》清刊本《兒女英雄傳》第三十六回:"我閑着也是白坐着,我們就打起骨牌湖來了。"(1728頁)

什　《集成》清刊本《花陣綺言》卷三《花神三妙》:"因兩什形

[①] 《中華大藏經》第60冊,中華書局1993年影印。

骸,欤洽言笑。"(270頁)"什"即"釋"之俗字。"什"作"釋"字用不是偶然的個別現象,所以當以俗字看待。《集成》明刊本《二十四尊得道羅漢傳·换骨羅漢》:"居士聞言,即什然領悟。"(214頁)《集成》明刊本《古今律條公案》卷一《馬代巡斷問一婦人死五命》:"奚雲曰:'老爺說我有一婦人頭與他即時什放。'"(48頁)同前:"次日奚雲將婦人頭親送臺下,以求什放。"(49頁)《集成》明刊本《警世通言》卷二十九《宿香亭張浩遇鶯鶯》:"展放案上,反復把玩,不忍什手。"(1211頁)

驀 《集成》清刊本《鳳凰池》第六回:"至雲兄,以驀不相知之人,而反有敝縣之行,心甚不解。"(184頁)"驀"是"陌"的音借。《集成》清刊本《金蓮仙史》第四回:"這個婦人,臉恥全無,驀路相逢,遂托終身之語。"(64頁)

脱 《集成》清刊本陳梅溪搜輯《西湖拾遺》卷二十《雪壓梅花假鬼冒西閣》:"三日道塲圓滿,又見瓊瓊在烟霧之中說:'我已得誦經放生之力,脱生人間。'再三作謝而去。"(779頁)"脱生"即"托生"。

(2)因語音變化而使用同音俗字

色盆 "色"有shǎi音,在方言區"色"與"簺"同音,故或用"色"表示簺子的意思。《集成》清刊本《金石緣》第一回:"彦庵送色盆行令,學師有意要試他,故意說此疑難酒頭酒底,美(弄)得林旺一句也說不出,雲程反句句說來如式。"(9頁)

東司/東厮 近代漢語中常見廁所被稱為"東司""東厮"。《集成》明刊本《醒世恒言》卷三十《李汧公窮邸遇俠客》:"且說支成上了東厮轉來,烹了茶,捧進書室,却不見了李勉。"(1851頁)《集成》

第三章 明清俗字的構形和分析

本潘鏡若編次《三教開迷歸正演義》第十八回:"大儒忽出外静(淨)手,走到一個坑厮。"(274頁)《元曲選》武漢臣《老生兒》第二折:"〔引孫云〕是那門上的?〔張郎云〕是東廁門上的。"《音釋》:"廁,音次。"①《集成》明刊本《古今律條公案》卷六《蘇縣尹斷光棍爭婦》:"上岸,小婦人與夫往東路回母家,彼扯往西路,因而厮打混爭。"(312頁)"厮"字注:"音色。"因"廁""廝"同音,東廁故或作"東廝"。《集成》清刊本《生綃剪》第一回:"右首屋子,是些牛牢、猪圈、毛厮而已。"(66頁)《集成》清刊本《清風閘》第七回:"到了僻静之處,他把老爹衣服脱去,一撕撕了,料在大毛厮坑内。"(101頁)同前第二十二回:"到後九進,還有東厮、井,還有空地一大塊。"(277頁)宋人孫奕《履齋示兒編》卷十八"聲譌"條,指出俗讀"以廁(音斯)為廁"②,實際上是語音起了變化。清刻本徐三省輯《新刻增訂釋義經書便用通考雜字》"木料類":"茅廁(私),制起于周初。"③"私"是對"廁"的注音。

园子 不少方言"丸"讀如"員",故俗寫或作"圓""园"等。《集成》清刊本《忠烈全傳》第四回:"買了一盤园子,兩個鯉魚,裝了兩盒,叫人挑了送去。"(58頁)這裏"园子"指丸子。

必 《集成》清刊本《忠烈全傳》第二十六回:"早已驚動了一位菩薩,此人非必,乃藥師佛。"(398頁)"必"即"別"的同音假借俗字。

---

① 臧懋循《元曲選》第183頁,浙江古籍出版社1998年影印。
② 鮑廷博《知不足齋叢書》第9册,第142頁,中華書局1999年影印。
③ 李國慶編《雜字類函》第2册,第88頁,學苑出版社2009年影印。

3. 變換

變換既可以是變換原來字形的形旁或聲旁，也可以是變換字形的結構，造成俗字。

（1）變換形旁或聲旁

粆 《集成》清刊本《鳳凰池》第七回："使其易男扮為女粆，置之燕姬趙女之中，恐勝尋常萬倍也。"（199頁）同前第十回："守貞寒谷未舒香，為待春風催淡粆。"（290頁）同前第十二回："太僕有兩个女兒，向來怕人求親纏擾，粆做了一个女壻，掩人耳目。"（328頁）同前第十五回："春風已不須待矣，而尚無催粆之人。"（433頁）"粆"即"妝"的俗字。

餫 《集成》明刊本《唐三藏出身全傳》卷二《唐三藏起程徃西》："那母親知得和尚不肯吃餫，整理潔淨茶飯款待。"（95頁）此"餫"字不是正字字典所載的各義，而是"葷"的俗字。

綹 《集成》清刊本《續西遊記》第四十三回："又湧出許多小妖來，將他慣翻在地，用繩索綑綹起來。"（768頁）同前："將我綑綹起來，單綑綹身子也還好處，為何連手都綹在裏頭？"（768頁）同前："他也是綑綹着喫的，如何因你又壞了規矩？"（768頁）同前："八戒道：'從來請客，那有個綑綹的道理？'妖狐道：'若不綑綹，倘被你逃席走了，豈不辜負了我一番美意？'"（769頁）"綹"是"綁"的換聲旁俗字。

扡 《集成》清刊本《續西遊記》第四十九回："八戒近前一看，那裏是饢饢，却是一團腐爛臭物，八戒把鼻子扡了。"（870頁）"扡"是"捂"的換旁俗字。

第三章　明清俗字的構形和分析

羑　《集成》清刊本《大清全傳》第二十六回："賀兆熊見黃三太怒氣添胸,不由己的答話,说:'黃三哥,你老人家還不知道他的外號兒,人人稱他懈怠鬼,最愛说湊话,咱們這些年的羑兄弟,不能不知道他的性氣。'"(304頁)"羑"就是"義"的俗寫。

飩　一頓飯的"頓",改換義符,俗或作"飩",從食、屯聲。《集成》清刊本《大清全傳》第三十一回:"這次比我慶寿人來的多,每飩十五桌,預備五天。"(370頁)

㰗　《集成》清刊本《隔簾花影》第三十五回:"袈裟披上見空王,洗盡鉛華木㰗香。"(592頁)"㰗"即"樨"的俗字,將聲旁"犀"換為"悉"。標點本或誤認此俗寫作"榀"[①],非。

烕　"滅"俗寫或作"烕"。《集成》清刊本《異說反唐全傳》第二回:"色心狂盛思亡婦,遍體蛆鑽烕色心。"(17頁)同前:"今見小娘子杏臉桃腮,朱唇玉頸,香氣侵人,就是鉄漢也欲消魂,這點心那能得烕?只得將小娘子做亡過之人,一七已過,萬竅蛆鑽,臭氣逼人,淫心頓烕。"(17頁)

(2) 變換字形結構

夵　"夷"字中有"大""弓"兩個部件,故俗寫作"夵"。《集成》清刊本《隋唐演義》第五十六回:"因外夵移一種木蘭樹,培養數年,不肯開花,忽其女分娩時,此樹忽然開花茂盛,故其父母即名此女曰木蘭。"(1400頁)《集韻·脂韻》:"夷,古書作夵。"

俳　《集成》清刊本《北宋金鎗全傳》第二十五回:"倘有不測,使我依俳於誰?"(402頁)同前第四十八回:"劉青俳黃昏左側,秘

[①] 無名氏《隔簾花影》第294頁,大眾文藝出版社2002年版。

密出籠原,望見番兵雲屯霧集圍守,遂變成一青犬,跑出營來。"(758頁)"俳"即"靠"的俗字,變上下結構為左右結構。

4. 簡省

豆　"頭"或簡省作"豆"。《集成》清刊本《異說反唐全傳》第九十二回:"薛剛認得自家豆目,只做不知。"(958頁)"豆目"即頭目。同前第九十三回:"短甲全身護貼胸,纏豆花錦氣如虹。"(963頁)同前:"豆裹扎巾鸚哥綠,軟甲遮身虎皮束。"(964頁)同前:"濃眉大眼氣軒昂,白馬高豆纓一撮。"(964頁)《集成》清刊本《綠牡丹全傳》第四十二回:"那人專(轉)過馬豆,問道:'前面騎馬者莫非余謙麼?'"(410頁)同前第六十二回:"却說胡理來至關前,抬豆一看,見關上燈球火把齊明,就知是武卯聞報,領了人馬守關。"(581頁)《集成》清刊本《癡人福》第八回:"船到馬豆,早見文武官員、士宦鄉紳,紛紛迎接。"(333頁)《集成》清刊本《常言道》第十回:"賈斯文道:'此牛能知殷琴,孝生若彈時他便顛豆顛腦,深会我意。'"(203頁)上揭"豆"均是"頭"的俗寫。

阴　《集成》清刊本《大清全傳》第七十三回:"徐勝聽罷,這話裡內有阴情,連忙的進房內來。"(986頁)"阴"即"隱"的簡省俗字。"隱"俗寫作"隐",進而或作"㘉"。《集成》清刊本《女開科傳》第十一回:"只得㘉而不言,各各待緣覓巧罷了。"(370頁)再由"㘉"而省作"阴"。

伙　《集成》清刊本《大清全傳》第七十三回:"〔徐勝〕過去請了一個安,問:'兄長好!你伙那裡來?'"(989頁)"伙"是"從"的簡省俗字,省略了"止"旁。同前第七十四回:"他就把與花珍珠定計

第三章　明清俗字的構形和分析　　49

搶劉鳳歧之妻,自刺身死、移屍之故,又从頭說了一遍。"(1004頁)同前:"忽从背後过來一人,正是高通海。"(1004頁)同前:"把燈从新改換一看,衆人都是穿的唱戲的衣服。"(1004頁)

　达　《集成》清刊本《大清全傳》第七十四回:"花得雨,你還往那裡躲达。"(1004頁)"达"即"避"的簡省俗字。

　粦　《集成》清刊本《走馬春秋》第一回:"雲移雉尾開宮扇,日繞龍粦識聖顏。"(1頁)"粦"是"鱗"的簡省俗字。

　乜　"龍"簡省作"乜"。《集成》清刊本《大清全傳》第三十四回:"話說周應乜听了楊香武說那九龍玉杯是御用之物,他一陣冷笑。"(407頁)

　吊　《集成》清刊本《後宋慈雲走國全傳》第十六回:"衆文武大驚,萬一聖上病不能痊,太子年幼,怎能繼吊江山?"(294頁)同前:"且慈雲乃係東宮嫡子,汝須年略長些,論嫡原該册立于他,今找覓不回,出于不得已而立汝继吊江山,倘他回朝,汝須相讓。"(304頁)同前第十七回:"並不見衆妾一人再孕,想必乏吊無疑。"(325頁)"吊"即"嗣"的簡省俗字。

　卂　《集成》清刊本《萬花樓演義》第十六回:"当日路花王还要再卂詰他幾言。"(222頁)"卂"是"訊"的省寫。同前:"狄青不語,暗言:這太后娘娘卂問得大奇了,因何卂詰起我的世家來?"(224頁)

　古籍中有一些簡省俗字,過分簡省會影響語義的明晰。如"惡"或簡省為"亞",《集成》清刊本《醒夢駢言》第一回:"高堂縱有不然心,子女却毫無憎亞,又何苦去違拗天工,生嗔怒。"(1頁)"磕"字俗寫或簡省為"砝",《集成》清刊本《醒夢駢言》第四回:"孩兒在關帝廟裡砝了頭,通诚过了,為什庅还只是舊時一般,不見大起來?"(157頁)這個"砝"即磕字,但它又是另一個詞的寫法,如"砝碼"。

在简省俗字中,有一類屬於符號化簡省,或者說是通過符號化簡省形成記號字或半記號字,值得重點探討。具體可分為以下几種情況:

(1)繁筆用簡單的點畫代替

齿 《集成》清刊本《繡鞋記警貴新書》第一回:"凡一切損人利己之事,任意糊行,鄉曲閭閻,无不咬牙切齿。"(2頁)"齿"的下部,用符號化的"米"代替。又如"斷"俗寫作"断","繼"俗寫作"继","幽"俗寫作"凼",均是符號化簡省。《集成》明刊本《唐三藏出身全傳》卷一《猴王得仙傳道》:"祖師道:'你去不許說是我的徒弟,若說把你剝皮剉骨,將神魂貶在九凼,教你萬仞(劫)不得番身。'"(19頁)

观 《集成》明刊本《唐三藏出身全傳》卷一《猴王得仙賜姓》:"看罷多時,跳過橋中間,左右观看。"(4頁)"观"即"觀"字。

既 《集成》本《換夫妻》第七回:"孫興之妻喚三元商議道:'方闻神仙之言,毛骨悚然,既有姻緣,前生所定,不可遲了,即當遣人到彼,打听明白,迎取來家,早完大事。我老身也放心。'"(52頁)"既"是"既"的俗字。

(2)重文符號的使用

重文符號本是一種抄寫文字的省便方式,當在上下文中兩個或幾個字重復出現時,為了抄寫的快速簡便,重復出現的文字採用重文符號。重文符號的寫法有"匕""く""ン""又""二""丶"等。我

第三章　明清俗字的構形和分析

們舉一些例子。《集成》明刊本《近報叢譚平虜傳》卷一《奴酋率虜入寇》:"峕村曲百姓,紛匕逃竄。"(12頁)"紛匕"即"紛紛"。同前卷一《奴酋布梯陷遵化》:"後生驀地來一個大房子後門曠僻處躲,忽見一個女子輕又悲啼。"(18頁)"輕又"即"輕輕"。同前:"忽然黑地裏隱又見泥墻子背邊兩個漢子,手中拿了兩條朴刀。"(19頁)"隱又"即"隱隱"。《集成》清刊本《海公小紅袍全傳》第五回:"主僕三人進店一看,只見客人紛又,十分鬧熱。"(33頁)"紛又"即"紛紛"。這種重文符號,俗寫又拿來作為省略一字裏面相同的部件,如"棗"字,上下各一"朿"旁,則俗寫為"枣",下兩點是重文符號。

烕　《集成》清刊本《忠烈全傳》第十六回:"喜得新秋天氣,烕暑已銷。"(252頁)"烕"就是"炎"的俗字,這是用重文符號"又"表示下一個"火"旁。

詶　《集成》清刊本《大清全傳》第十八回:"陳福說:'在家,正同那錦毛虎張秉成、左喪門孫開太、烏雲豹李世雄三位爺在廳房喫酒詶话,我去回稟一聲。'"(192頁)"詶"即"談"字。同前第七十一回:"見大人與那莊民詶話,他暗中跟隨後边。"(965頁)《集成》清抄本《雅觀樓全傳》第四回:"難得費兄未到,我合你靜處一詶。"(71頁)同前第八回:"次日尤進縫代同費人才會頑船把市,詶定出五十兩銀子。"(149頁)

摂　《集成》明刊本《唐三藏出身全傳》卷四《唐三藏收妖過通天河》:"行者道:'這又是昨日那灵感妖怪摂去師父,我和你且把行李、白馬寄在陳家,再来尋取。'"(238頁)同前卷四《观音老君收伏妖魔》:"舉目一看,又不見那边先前屋宇,知是那處必是妖怪,把他三人摂去。"(243頁)《集成》明刊本《兩漢開國中興傳志·王莽弒平帝立子嬰》："至居攝三年十二月，莽復弒子嬰，遂自即位為皇帝，國號新，改元建國。"（337頁）"摄"字的兩個"又"，就是重文符號，代替"耳"旁。

　　叒　《集成》清刊本《後三國石珠演義》第二十六回："某聞豪士襟懷，自是叒叒烈烈。"（446頁）"叒"即"轟"的俗字，蓋兩個"又"是重文符號，代替"車"旁。

　　劝　"勸"或俗寫作"劝"，《乾隆抄本百廿回紅樓夢稿》第二十回："宝釵忙劝道：'好兄弟，快別说这话，人家咲话。'"（241頁）同前："宝玉見了這樣，知難挽回，打叠起千百樣的軟語溫言来劝慰。"（243頁）《集成》明刊本《詳情公案·寬宥卜者陶訓》："宜寬罰僭之條，用為义激之劝。"（246頁）或俗寫為"劝"，《集成》清刊本《大清全傳》第二回："彭公一想，心中说：我何不借此劝劝他，不知他心下如何？"（27頁）同前："一生所為，是不聽人劝，中年運氣平常。"（28頁）同前第三回："话说李八侯一聽彭公给他相面，劝他幾句良言，他反不樂。"（29頁）或將俗寫"劝"中的"又"換為"夕"，因"又""夕"均可作重文符號，成為"劝"，同。《集成》清刊本《大清全傳》第二回："他说小人擠了他拉，我並不曾擠他，這位先生在旁邊還劝呢！"（21頁）

　　（3）對稱的部分用簡單符號代替

　　"單"俗寫作"单"，"讓"俗寫作"让"，"喪"或作"丧"，是其例。還有分別用兩點來代替對稱的部分的，我們再舉一些例子。如"變"俗寫或作"変"。《集成》清刊本《大清全傳》第九回："彭公一聞此言，心中犯想说：我昨天也是目睹眼見的亊，看見是一個四十多歲的人，為何至今変了？其中定有緣故。"（91頁）"變"字俗寫把兩邊的"糹",用"丫"代替。同前第十三回:"那李氏一听此言,心中一動,暗说:'不好。'面色更變。"(137頁)"變"即"變"字,"動"為"動"字。又如"幾"字上部的兩個"幺"旁用兩點代替,《集成》清刊本《大清全傳》第十三回:"彭公说:'你男人一年幾次來家中?'"(137頁)"幾"即"幾"的俗寫。這種符號代替應該跟草書有關。

對稱的帶框結構兩邊分別用一點代替。如"重"或作"重",《集成》清刊本《大清全傳》第十二回:"兩旁人役等立時把那左奎按倒在地,重打四十大板,只打的皮開肉爛。"(118頁)同前第七十四回:"你要不說寔話,我就嚴刑治你,我还要重辦你四个人呢!"(996頁)"連"俗寫或作"迚",同前:"迚他那跟人也给我带上來,我要細問他。"(118頁)同前第十二回:"小人到家,越想越不是,怕受他的迚累,我今天一早起來,要進城告他。"(125頁)當然,這種符號化代替的出現,跟草書寫法有關。"陣"或作"陣",《集成》清刊本《大清全傳》第十六回:"小人進了房内,不由一陣被色所迷。"(166頁)《集成》本《壺中天》第七回:"陶老道:'老朽技業疎庸,不堪師範,迚尊帖也不敢領。'"(11頁)"迚"是"連"的俗寫。"車"旁寫作"丰"的形狀,是草書楷化的結果。敦煌卷子中有不少"車"旁字就寫為"丰"旁的。

又如"坐"或作"业"。《集成》清刊本《大清全傳》第三十七回:"案前八仙桌兩边各有太師椅子一把,達木蘇王與王中堂分賓主落业。"(462頁)同前第四十二回:"惡太歲張耀聯親身到馬棚之外,业在一把椅子上。"(535頁)同前第六十九回:"次日天明,彭公起身业八人大轎,高、刘、徐三人騎馬跟隨。"(937頁)"坐"在漢代隷書中或作"坐""坐"。《孫叔敖碑》:"若冠章甫而坐塗炭也。"《張公神碑》:"公神赫兮𡉈東方。"而俗寫中,"口"旁或用點代替,如"單"或作"单",故"𡉈"或作"㘴"。

叒　《集成》清刊本《綠牡丹全傳》第三十回:"修氏道:'便將叒手斷去,也不肯恩將仇報。'"(301頁)同前第三十九回:"欒一萬共請了四個壯士,兩次打坏了二叒,好不灰心喪氣。"(384頁)"叒"即"雙"的俗字。

(4) 簡化偏旁

"言"簡化為"讠"。敦煌卷子斯4473《第六表》:"頃者皇帝陛下初及洛都,方開晉祚,慎求良輔,误取庸材。"(6/95)"誤"作"误"。斯4474《西方讚文》:"虔心终畢,福難计度。"(6/102)"計"作"计"。《集成》清刊本《鳳凰池》第一回:"话说前朝河南府洛陽縣有一才子,姓雲,名劍,表字鍔穎。"(2頁)"話說"俗寫作"话说"。有的字形還能看出"讠"旁來自草書"言",我們看《集成》清刊本《錦香亭》中的"說""詩""計"等字:

说(7頁)　　计(9頁)　　诗(16頁)　　诗(17頁)

"糹"旁簡化為"纟"。《集成》清刊本《錦香亭》第一回:"纷纷覓翠尋芳,畫橋烟柳,鶯與燕争忙。"(1頁)同前:"丰神绰约,態度風流。"(6頁)

5. 增繁

㾕　《集成》清刊本《續西遊記》第一回:"有的笑道:'假惺惺,故裝㾕。外面如此,心裡不知何樣?'"(9頁)"㾕"即"呆"的俗字。《集成》本《三教開迷歸正演義》第五十九回:"恰似僵尸,母瞪痴㾕,言語蹇澀。"(906頁)《集成》清刊本《前明正德白牡丹傳》第十

一回:"那夫人忽見是一位美貌女子,倒瘱瘵了。"(137頁)或作"睉",同前:"夫人氣得目瞪口睉。"(136頁)

燔 《集成》清刊本《野叟曝言》第七回:"候了他一日,沒處下手,那知被昭慶寺裏接去,祝由治病,正值寺裏火燔,連那生病的和尚,一齊燒死。"(159頁)"燔"即"着"的增旁俗字。《集成》明刊本《新平妖傳》第十一回:"將他竃中火炊起,用松毛在艸棚上燒燔,只看棚倒在那一方,便向這方向走路。"(307頁)

6. 草書楷化

"車"旁草書往往寫爲"车",故楷化爲"丰"或"丰"。我們可以類推出一系列字。如"轟動"或作"轟劤",《集成》清刊本《後三國石珠演義》第四回:"慕容庞道:'劉兄少年豪傑,聲名久著天庭,那得無有德能,轟劤神明如此!'"(66頁)《集成》清刊本《大清全傳》第十六回:"這一套文書,轟劤了三河縣那些个軍民人等。"(170頁)"轟劤"即"轟動"。兩邊帶有"口"狀的筆畫用兩點代替,還有類似的字,如"鍾"或作"鈺","團"或作"団",《集成》清刊本《錦香亭》第五回:"却說鈺景期一團高興,一團殷勤,來拜葛御史。忽見亜門閉鎖,並无人影。"(69頁)"亜"即"重"的俗寫。"輩"或作"軰",《集成》清刊本《錦香亭》第五回:"我在窗下的时节,聞得此軰弄权誤国,屠戮忠良,就有一番憤懑不平。"(72頁)

兩點連在一起,成爲一橫,如"氣"或作"気"。《集成》清刊本《後三國石珠演義》第九回:"陳榮聽說,怒気填胸,更不荅話,提刀便砍。"(147頁)

泳 《集成》清刊本《玉支璣小傳》第十八回:"若不泳信,乞至舍一观。"(328 頁)"氿"是"深"的俗寫,草書楷化所致。《集成》清刊本《繡鞋記警貴新書》第二回:"但見禅院氿沉,寂无人声。"(13頁)《集成》清刊本《後宋慈雲走國全傳》第三回:"陸公子紛紛下淚,氿感恩官大德,又害著夫妻分散,父子別離,吾之罪咎氿矣。"(44 頁)

7. 同化

(1) 上下文的同化

挴 《集成》清刊本《後三國石珠演義》第八回:"俞魁道:'既已承任,自然竭力。肷成敗聽之于天,我等但當盡其技挴而已。'"(130 頁)同前:"回到裡边,埋怨俞魁道:'聞得石珠兵馬,都有異人在內,技挴與我等大不相同。今哥哥許了杜茂,幫他厮殺,倘然不能取勝,豈不枉害了性命?'"(131 頁)"技挴"的"挴"即"倆"的俗寫。《集韻・漾韻》:"挴,整飾也。《春秋傳》:'御下挴馬。'"上文"挴"顯然跟整飾義無關,蓋"倆"字受上文的"技"字影響而同化為"挴"。

幁 《集成》明刊本《牛郎織女傳》卷一《天孫論治》:"但臣之錦脩短有定度,幅幁有定尺,有經以主其分,有緯以司其合。"(17 頁)同前:"陛下今日之域,其脩短猶錦也;其幅幁猶錦也;至於組織成治,不能如錦也。"(18 頁)《集成》明刊本《孔聖宗師出身全傳》卷一《周齊君臣服聖》:"秦繆公幅幁不開,土地不廣,僻處方隅,又伯天下,茲何以故?"(7 頁)《集成》清刊本褚人穫《隋唐演義》第八十二回:"楊國忠道:'高麗遼遠,原在幅幁之外,與其兵連禍結,爭此鞭長不及之地,不如將極邊數城棄置,專力固守內邊地方

第三章　明清俗字的構形和分析　　57

為便。'"（2078 頁）"帽"是"員"的俗字，受上文"幅"字同化而增"巾"旁。

胗　《集成》清刊本《續西遊記》第六十五回："小子也請了個良醫胗脉，他道肝脉只是有餘，腎氣只是不足。"（1149 頁）"胗"是"診"的俗字，受"脉"字影響而同化。

枀　《集成》明刊本《三寶太監西洋記通俗演義》第九十回："道犹未了，只見金都督就粗枀起來，說道：'今日之事，有進無退，怎麼說得仔細兩個字？'"（2456 頁）"粗枀"就是粗笨，蓋"枀"字受上下文影響而同化。

挮　《集成》清刊本《續西遊記》第十七回："我等已簡擇吉日，來與你披挮。"（298 頁）"挮"即"剃"之俗，受"披"字影響而同化為"挮"。

怎　"麼"字俗或作"怎"。《集成》清刊本《隔簾花影》第二十九回："昨日趙老爺來，他曾叫你請二官人出來怎？"（503 頁）同前："趙老爺說：'原來你家老爺還有一位二奶奶怎？'"（504 頁）同前："趙老爺道：'此刻在家怎？'"（504 頁）又同前："即便喚聯元到來，問道：'二官人近來日日在書房裡念書怎？'聯元道：'在書房裡念書。'靜菴又問道：'不出來的怎？'"（505 頁）《集成》清刊本《紅樓幻夢》第一回："只聽林公、夫人齊說道：'兒呀，你怎怎不在人世了？'"（7 頁）"怎"字的來歷是可以解釋的，蓋"麼"俗作"么"，而"么"字經常"怎么"連用，受上下文"怎"的影響，增加"心"旁為"怎"。

（2）受潛在字形影響而同化

受占優勢字形的同化。有的字使用頻繁，一些常用的字或者偏旁,往往會同化那些不太常見的字形或偏旁。如"羨"字的下部是"㳄",但因"次"的使用頻率非常高,故"羨"被同化為"羡"。

跦 《集成》清刊本《金蓮仙史》第五回:"今生雖不能成真,轉世可跦大道之徑也。"(76頁)"跦"就是"涉"字,蓋跋涉必須用足,同時也受"跋"的潛在影響,故作"跦"。《集成》清刊本《五虎平南後傳》第九回:"二位將軍一路回來,關山跋跦,勞苦不堪,畧用几杯解悶懷。"(110頁)同前第二十五回:"料想婚事不成,枉費賢妹一番的與我跋跦,用盡机謀,空成画餅充飢。"(314頁)

駬 《集成》清刊本《大清全傳》第六十八回:"到了京都打聽,方知彭公北巡大同府,查叛臣傅國恩拐印駬兵,搶了軍裝庫。"(922頁)這個"駬"字跟"馬耳曲"的意思沒有語義聯繫,它明顯是"誆"的俗寫,蓋是騙的含義,受潛在的"騙"字影響而俗寫作"駬"。

糸 《集成》清刊本褚人穫《隋唐演義》第七十五回:"在廷正人,如張柬之、桓彥範、敬暉、袁恕己、崔糸暐等,又皆仁傑所薦引,與宋璟共矢忠心,誓除逆賊。"(1921頁)"糸"就是"玄"的俗字,蓋"玄"的古字作"𤣥",楷化為"幺",因受占優勢的"糸"影響而同化。同前:"仍立韋后為皇后,封后父幺貞為上洛王,母楊氏為榮國夫人。"(1926頁)"幺貞"即玄貞。同前第七十六回:"燈事畢後,漸漸春色融和。中宗與后妃公主,俱幸幺武門,觀宮女為水戲,賜群臣筵宴,命各呈技藝以為樂。"(1946頁)"幺武門"即玄武門。同篇小說中有大量的"幺"寫作"糸"的,如《集成》清刊本褚人穫《隋唐演義》第八十九回:"頭上糸冠翅曲,腰間角帶圍圓。"(2245頁)同前第七十八回:"糸宗急令高力士回奏,言太平公主結黨謀亂,今俱伏誅,事已平定,不必驚疑。"(1988頁)同前:"明日九公主入宮見駕,糸宗已傳旨,着御史中丞同赴中書省究問張說私交親王之故。"(1992頁)又同前:"原來糸宗於兄弟之情最篤,嘗為長枕大被與諸王同卧,平日在宫中相叙,只行家人禮。薛王患病,玄宗親為煎藥,吹火焚鬚。左右失驚。糸宗道:'但願王飲此藥而即愈,吾鬚何足惜。'其友愛如此。"(1992頁)此例中"糸宗""玄宗"互見。小説中還有許多寫作"糸宗"的例子,不備舉。"糸"字同化為"糸",出現較早,敦煌卷子中就有這一情況。故"糸"字,既是"玄"的古字,又是"糸"的古字。明代陳士元《古俗字略》卷二《先韻》:"玄:胡涓切,黑也,幽遠也。糸:古。"黄侃《説文略説》云:"一糸也,既以為玄之古文,又以為糸之古文。"①澤存堂本《宋本廣韻·先韻》:"弦:弓弦。《五經文字》曰:其琴瑟亦用此字,作'絃'者非,《説文》作'弸'。"(113頁)而此"弸"字,黑水城殘卷《廣韻》作"彇"②,是"弸"的俗寫。叢書集成初編本張參《五經文字》卷下《弓部》云:"弸、弦:上《説文》,下經典相承隸變作弦。其琴瑟弦亦用此字,作絃者非。""絃"實際上也是後起俗字,《廣韻·先韻》:"絃:俗。見上注。"據《説文》"弦"的小篆作𢎺,楷化為"弸"。黑水城殘卷《廣韻》"弸"字已同化為"彇"了。《説文》"玄"字條下云:"𢆯,古文。"故𢆯、𢆯即"玄"字,𢆯楷化則為"糸"。因漢字體系中"糸"旁字占優勢,故"糸"同化為"糸"。

8. 使用古字

也有使用古寫的,如"窗"或作"囱"。《集成》嘉靖本《三國志通

---

① 滕志賢編《新輯黄侃學術文集》第3頁,南京大學出版社2008年版。
② 聶鴻音、孫伯君《黑水城出土音韻學文獻研究》第16頁,文物出版社2006年版。

俗演義》卷八《定三分亮出茅廬》："草堂春睡足,囪外日遲遲。"(1211頁)同前卷九《羣英會瑜智蔣幹》："某自幼與周郎同囪交契,如親昆仲。"(1470頁)《說文》:"囪,在墻曰牖,在屋曰囪。象形。窗,或从穴,⑩,古文。"

9. 新造

挑 "調"俗寫或作"挑"。《集成》清刊本《大清全傳》第十回:"語說彭公審問那移屍挑換看屍的官人,嚴刑拷問,魏保英纔説出真情實話。"(97頁)蓋"調換"的"調"俗音如"條",故俗寫作"挑"。

俦 《集成》清刊本《夢中緣》第九回:"悟真道:'是了,貧僧眼力最俦,別了幾年,便一時認不出。這位女娘,莫不是蘭英小姐?'"(228頁)"俦"就是"笨"的俗寫。

衶 《集成》清刊本《金蓮仙史》第六回:"你可與師父商議,另外創造一座廟宇,與師父並及道友們俱可安衶。"(105頁)同前:"丹陽道:'汝所言正合我意。必要如是,方可安衶。'"(106頁)"安衶"即"安單",凡僧侶遊方到寺,皆可請求掛單暫住,如掛單已久,知其行履確可共住者,即送入禪堂,此即稱為安單。按照造字原理,"衶"字應該從"衤","丹"聲,這裏已訛為從"礻"了。同書也有寫"衻"的,《集成》清刊本《金蓮仙史》第十六回:"那玉蟾拜謝起來,遂收拾衻行,即日起程。"(278頁)

10. 字形異用

即是借用已有的字形表達另一個詞,借原有的字作為一個詞的俗寫。

第三章 明清俗字的構形和分析

所 "欣"或作"所"。《集成》明刊本《二十四尊得道羅漢傳·伏魔羅漢》:"乂(叉)手向尊者作礼,懺謝前過,尊者所而受之。"(21頁)同前《伏虎羅漢》:"国人見其慈和徧洽,功德弥天,舉所所有喜色。"(202頁)同前:"所所喜色人相告,德化之成定可期。"(203頁)同前《焚佛羅漢》:"且往後槽供役事,所所供執不推辞。"(270頁)《集成》明刊本《牛郎織女傳》卷三《老君議本》:"及聞牛女二人各處俱有保本,所所喜曰:'此天意欲助我成功也。'"(121頁)"所"不是正字字典所列的音和義,而是借用來作"欣"的俗字。又如"掀"或俗寫"撕",《集成》明刊本《二十四尊得道羅漢傳·賦花羅漢》:"揭地撕天稱偉器,虛無寂滅豈能同。"(278頁)

二、俗寫分析

俗字的許多形體,並不是人們想像的不可分析,它們還是有一些内在的變化原理的。以下我們來舉些例子:

觀

"觀"字有多種俗字形態,有"觀""覌""观"等,可略作分析。漢字俗寫中"口"可用"丶"代替,如"單"或作"单","壤"或作"壌","喪"或作"丧",是其例。《集成》明刊本《唐三藏出身全傳》卷一《大聖攪亂勝会》:"汝等門外伺候,讓我亭上憇憇。"(40頁)《集成》清刊本《忠烈全傳》第五十四回:"但是闾閻都揖譲,莫愁父母少黄金。"(781頁)"譲"即"讓"的俗寫。而"觀"字的兩點連在一起,變成一橫,成為"覌"字。《集成》清刊本《忠烈全傳》第三十一回:"山呼已畢,呈上本章,有司禮監接上御案,天子龍目親覌,從頭至尾,看了一遍。"(456頁)同前:"魚朝恩聞旨,即忙做就榜文,呈上御案,龍目親覩。"(458頁)我們還可以類推"雚"旁的字,如"權"字俗寫或作"権",《集成》明刊本《兩漢開國中興傳志·田子春計與劉澤得兵印》:"争奈手無兵権,不能成事。"(303頁)《集成》清刊本《繡鞋記警貴新書》第一回:"権且屈駕寒庄,弟有言詞泰(奉)告。"(3頁)《集成》清刊本《說唐演義全傳》第七回:"在隋朝官封靜邊侯,掌生死之権,統屬文武,鎮守西北一帶地方,十分嚴整。"(119頁)

我們再看"観"字的構形來歷,俗寫中"艹"旁往往可寫為"丷",如"権"或作"権",至少在漢代就出現了。我們先看看馬王堆漢墓簡帛"權"字的一些寫法[1]:

權《春》055　　權《戰》210　　權《經》004

下面我們再看銀雀山漢簡的"權"的一些寫法[2]:

權164　　權274　　權357　　權634　　權865　　權869

從上文我們還能悟出"權"字的"艹"旁到"丷"的漸變軌跡。敦煌卷子伯2318《光讚般若經》卷第二:"是為,舍利弗!開士大士行智慧度無極,以善権方便而現所行三昧正受。"(11/304)同前:"行智慧度無極,以善権方便與八聖路開化眾生,令得流布果、往來果、不還果、無著果、緣覺果。"(11/304)此"權"的俗寫,兩"口"已用點代替。"丷"上的點或變形為撇,《集成》清刊本《飛花咏》第七回:"我受朝廷大恩,除奸尐佞,以致忤觸權奸。"(192頁)還可比較"勸"俗或作"勧",《集成》本《明鏡公案·周按院判僧殺婦》:"某聞

---

[1] 引自陳松長《馬王堆簡帛文字編》,文物出版社2001年版。
[2] 引自駢宇騫《銀雀山漢簡文字編》第198頁,文物出版社2001年版。

第三章　明清俗字的構形和分析

勸酒用蓮葉作碧筒飲，未聞用木葉作酒卮也。"(12頁)也有"口"旁換為"厶"的，《集成》嘉靖本《三國志通俗演義》卷十二《馬超興兵取潼關》："伏念漢室不幸，而遭遇操賊專㩲，黎庶凋殘。"(1831頁)"㩲"即"權"字。

"观"字則是將"藿"旁用符號化的"又"代替。《集成》明刊本陽至和編《唐三藏出身全傳》卷三《孫行者五庄观内偷菓》："五庄观内一神仙，後园菓品不輕傳。"(168頁)又同前："鎮元轉观心煩惱，要把師徒落熬煎。"(168頁)如"權"字或作"权"，同前卷一《观音路降衆妖》："我到此尋訪取经人，到你庙中权住幾日。"(64頁)

也有"觀"字俗寫作"覞"的，《集成》清刊本《大清全傳》第二回："春韻聞啼鳥，秋香覞稻花。"(24頁)同前："一筆如刀披開崑山分石玉，二目如電能覞蒼海辯魚龙。"(25頁)此俗寫中的"又"旁即是符號簡省。

畀

《集成》清刊本《忠烈全傳》第五十二回："一路上，旗旛招颭，號帶飄揚，齊聲喝彩，馬捲沙塵，紛紛然出潼關境畀。"(760頁)"畀"就是"界"的俗字，其來源也是可以解釋清楚的。俗寫中"分"與"介"不別，故使得"界"俗作"畀"。敦煌卷子伯2602《無上秘要》卷廿九："雖是不終畀，下世當難治。"(16/200/a)"畀"即界字。

吴

"吳"俗作"吴"，相傳已久。宋人孫奕《履齋示兒編》卷二十二引《皇朝類苑》云："古文自變隸，其法已錯亂；後轉為楷，字愈訛舛，殆不可攷。如言'有口為吳，無口為天'。按：字書'吳'之字，本從口從矢（音揆），非天字也。此因近世謬從楷法言之。"①說明宋人常用俗寫"吴"字。清杭世駿《訂訛類編、續補》卷上"吴"字條云："《筆談》辨吴字本從口從矢，非從天也。非從天良是，然從矢者亦非也。蓋吴字從口從矢，矢即大字，其義與吴同，皆訓大聲，故從口從大。吴字正不當從口天，前輩論之甚詳。蔡君謨有《美堂記》云：'以資富貴之娛。'娛字卻寫娛字，非也。"②李光地《榕村字畫辨訛》："吴：从矢。"③"吴"俗寫或作"吴"，這是可以解釋的。宋刻十四行本《史記》卷一百五《扁鵲倉公列傳》："趙王、膠西王、濟南王、**吴**王皆使人來召臣意，臣意不敢往。"（1697頁）同前卷一百六《吴王濞列傳》："乃拜盎為太常，**吴**王弟子德侯為宗正。"（1708頁）同前："宗正以親故先入見諭**吴**王，使拜受詔。"（1708頁）《集成》明刊本《皇明開運英武傳》卷四："況**吴**國兵多民富，以臣愚見，莫若修書連和。"（196頁）《集成》明刊本《征播奏捷傳通俗演義》："摧銳鋒於勁漢，鄱湖飛水上之降旗；拔堅壘于強**吴**，震澤失波間之戰艦。"（5頁）同前："四川支撫院劉總兵、**吴**總兵等，統兵由北路而進。"（231頁）"**吴**"即"吴"的俗寫。可以看出，在"**吴**""**吴**""**吴**"字的基礎上，"吴"進一步演變為"吴"。

伭

《集成》清刊本《西遊原旨》第二十六回："正走處，只聞得香風馥馥，**伭**鶴聲鳴，卻是東華帝君駕來。"（748頁）"**伭**"即"**伭**"的異寫，二者均是"玄"的俗字。《集成》清刊本《西遊原旨》第二回：

---

① 鮑廷博《知不足齋叢書》第9冊，第169頁，中華書局1999年影印。
② 杭世駿《訂訛類編、續補》第268頁，中華書局1997年版。
③ 《續修四庫全書》第239冊，第6頁，上海古籍出版社2002年版。

第三章 明清俗字的構形和分析

"開明一字飯誠理,指引無生了性**位**。"(35頁)同前:"難難難,道最**位**。"(40頁)"**位**"字因避康熙諱,"玄"旁缺最後一點。同前:"此乃非常之道,奪天地之造化,侵日月之**位**機。"(42頁)蓋"玄"字的中間"厶"旁改寫為"口",成為"**佉**"。

事

我們再來分析"事"的種種俗寫,它們也是有規律的。因"事"的中部有兩個"口"形,故俗寫用兩"、"代替,成為"爭"。《集成》明刊本《唐三藏出身全傳》卷一《玉帝降旨招安》:"留你回天報信,只道老孫無窮本爭,怎麼教我替他養馬?"(35頁)而兩點在草書書寫時,往往會連成一橫,故形成俗寫"争"字。《集成》清刊本《繡鞋記警貴新書》第一回:"凡一切越礼非法之争,不敢罔為。"(2頁)同前:"凡一切損人利己之争,任意糊行,鄉曲間閭,旡不咬牙切齒。"(2頁)又同前:"此二人乃是主争門下。"(3頁)

它的演變過程是:事→爭→争

靈

"靈"字有種種俗寫,我們來具體分析它的俗變過程。"靈"字中間的三個"口"俗寫或簡省為"罒",而"巫"旁中的"人"俗寫可用"、"代替,如"夾"字或作"夹","來"俗作"来",是其例,"靈"便俗寫為"靈"。《集成》明刊本《皇明中興聖烈傳》卷一《魏進忠小橋巷嫖蕭靈群》:"剛剛那幾個客人也和那小娘子喫完酒,正下樓來,筭明酒帳,送了靈群一個大紙包,三五錢艮子,叫一個生口便要送他回去。"(10頁)

又因兩點可連寫為"一",故"靈"字或作"靈"。《集成》明刊本《皇明中興聖烈傳》卷一《魏進忠典賣田園》:"拿了幾十兩,又走來靈群家,只見靈群眼淚汪汪,悶悶的坐在交椅上。"(24頁)同前:"又把頭上一根玉簪遞與靈群道:'他日相逢,以此為質,決不相負。'靈群拜謝,收在袖中。"(26頁)文中俗字"靁"和正字"靈"交替出現。同前卷一《魏進忠身發毒瘡》:"我聞得南關有新来一個筭命人,筭得極靁。"(31頁)《集成》清刊本《後三國石珠演義》第二回:"不畏邪魔,任爾鬼靁震服。"(20頁)《集成》清刊本《十二笑》第一回:"呼之不醒,喚之不靁。"(5頁)

蓋"靈"的下部又受"亞"的類化,成為"靁"字,而中間的三"口"用一橫代替,蓋是草化所致。

拜

"拜"的俗寫或作"拝",這也是可分析的。《集成》清刊本《後三國石珠演義》第二回:"我要到長林村去,拝訪稽師父,你好好看守洞府。"(28頁)"拜"的俗字作"拝"跟草寫有關,蓋草寫或作"拝",進一步演變為"拝"。《集成》清刊本《錦香亭》第十三回:"太古道:'王亊靡盬,盛情心醉矣。就此拝別,再圖後会。'"(225頁)《集成》清刊本《昇仙傳》第十回:"話說小塘合承光**拝**了朋友,承光雖在馹地,多亏小塘時常周濟,免了乞丐營生。"(61頁)

降

"降"俗寫或作"降",《集成》明刊本《兩漢開國中興傳志·韓信連收趙燕二國》:"如書到日,即能倒戈獻城,君臣納降,免致黎民枉遭塗炭。"(166頁)這也可以解釋的。我們知道"夅"旁在俗寫時中間的一點往往寫作短橫,如"舛"或作"舛",故"降"俗作"降"。《集成》明刊本《兩漢開國中興傳志·漢王濉水敗陣奔榮陽》:"刘存大敗,下馬願降。"(133頁)

第三章　明清俗字的構形和分析

另外,"丰"旁因手書可作"𰀀",也會訛變為"斗",故"逢""鋒"等俗作"逄""鋒"。《集成》明刊本《兩漢開國中興傳志·漢王滩水敗陣奔滎陽》:"又逄楚將劉存攔路,夏侯嬰出馬迎戰。"(133頁)同前《楚漢大會九里垓》:"楚王怒追數十里,正逄漢王。"(211頁)同前:"直至九里山,又逄韓信。"(211頁)"逄"即"逢"的俗字。同前《楚漢大會九里垓》:"漢王召子房曰:'吾敗二陣,折軍一十七萬,又失和好,天下人謂吾與楚爭鋒,返受挫辱,豈不耻乎?'"(205頁)同前:"拍馬交鋒,三軍混殺。"(211頁)"鋒"是"鋒"的俗字。

紮

《集成》清刊本《續西遊記》第七十六回:"行者見老婦執着一根拄杖在手,傍隨着兩個了紮。那老婦問了鬟:'堂前何人講話?'了紮答道:'是大光禪林主持。'"(1355頁)"了紮"即"丫鬟"。如"環"俗寫作"环","還"俗寫作"还",是其例,"環"的右旁寫"不"是草書楷化的結果。

囟

《集成》清刊本《後三國石珠演義》第五回:"就囟後堂請出段(叚)方山等四人來,與李雄相見了。"(80頁)"囟"即"向"的俗寫。在俗寫中"口"旁可寫為"厶",如"單"或作"单"、"拘"或作"拘",是其例。同前第六回:"有方看了,不覺怒從心上起,惡囟胆边生。"(102頁)《集成》清刊本《異說反唐全傳》第七十七回:"你到边一囟作何勾當?"(799頁)

下面說說俗字的類推。

漢語俗字的構形,具有一定的規律潛在其中,故往往可以解析。有些俗字的構形是類推的結果。如"你"的俗寫或作"伱",

《集成》明刊本《大唐秦王詞話》第四十四回："待他城内出盡，伱衆將出其不意，乘虛取城。"（883頁）同前："那陣上王洪黨喝一聲：'快獻門，免伱一死。'"（883頁）又同前："越王問：'伱叫做什麼名字？'"（885頁）語例甚多。這也是可以分析的，其中有文字的類推在起作用。因"尔"或寫"尒"，而"小"旁又可以是"忄"旁，心旁在文字下部往往作"㣺"，如"恭"字，故"你"字中的"小"或被以為是心旁而類推為"伱"。

又如"朴"是在"粮"的基礎上類推出來的，《集成》本《換夫妻》第六回："差人道：'有錢朴要他去完一完，特來尋他。'"（41頁）第六回："小二罵道：'可惡的緊，這錢朴我手上不知完了員（多）少，並不見這利害。'"（42頁）《集成》本《壺中天》第七回："到今飯米已缺，又錢朴徵收甚急，沒處措置。"（21頁）"朴"即"粮"字（"粮"也是俗字）。這是類推的結果，蓋"娘"字的俗寫為"奻"，實即"女人"會意。《集成》清刊本《雲仙嘯·又團圓》："我却不知奻子用心如此，我实負你多時。"（89頁）又《雲仙嘯·勝千金》："曾珙道：'阿呀！我喫了你的，你拿甚的囬去與你老奻喫？'"（163頁）人們漸漸模糊了它的構形意圖，既然"娘"寫"奻"，便誤以為"卜"可代替"良"旁，依此類推，便把"粮"字俗寫為"朴"。《集成》清刊本《都是幻》之《梅魂幻》第五回："日今庫中失去錢朴一千，官府將江淵夾打監追。"（91頁）《集成》清刊本《昇仙傳》第五回："小塘說：'久聞泗州富戶儘多，何不化些錢朴，重修寺院？'"（26頁）

《集成》明刊本《二十四尊得道羅漢傳·飛錫羅漢》："一日，帝問尊者曰：'弟子一日万兝，方寸内不能无擾无疑。……'"（122頁）"兝"是"幾"的俗字。因"兝"上部的"幺"可用點代替，如

第三章 明清俗字的構形和分析

"樂"俗作"楽",《集成》清刊本《十二笑》第一回:"人逢楽境增煩惱,話不投机半句多。"(15頁)故"幾"成為"几""冗"。《集成》清刊本《混元盒五毒全傳》第一回:"才及纪年,父母竟自雙雙亡過。"(3頁)《集成》清刊本《躋春臺》卷一《雙金釧》:"還剩得有些錢米,交與宗祠佃戶曰:'你將此子帶去,權住几月,我與他在方境中邀個一百串錢的會,佃点田地,請個長年,此子才有依靠。'"(13頁)"几"即"幾"之俗。《集成》清刊本《躋春臺》卷一《東瓜女》:"說几處都嫌我家貧無底,媽知道定然要憂得淚滴。"(80頁)

乱

"辭"的俗寫可作"辝",即"辭"的左旁作"受",《集成》明刊本《孫龐鬥志演義》卷一:"孫操辝別燕王出朝。"(5頁)依此類推,"亂"的俗寫可作"乱"。同前:"旌旗乱颺,金鼓齊鳴。密匝匝戈矛列隊,乱紛紛甲騎連雲。"(5頁)同前:"如有瞞心昧己,不得還鄉,夜走馬陵道,乱箭射死。"(21頁)《集成》清刊本《雲仙嘯·平子芳》:"忽听得街坊上,乱喊不住。"(137頁)

"亂"或作"乿"。《集成》清刊本《十二笑》第一回:"只見廟中人乿跑出來。"(9頁)同前:"頭兒弄歪,脚兒乿踹。"(43頁)同前第二回:"豈忍乿閨萌苟行,且窺麗色願交歡。"(53頁)

將"乿"中的"マ"旁寫作"口",或作"䚻"。《集成》清刊本《女開科傳》第四回:"凡事都可䚻,獨有法不可䚻。"(112頁)同前:"柳絮入簾池影䚻,梅花滿地閣香殘。"(115頁)同前:"閒步春堦春意馳,春風春雨䚻春時。"(116頁)《集成》清刊本《剿闖小說》第二回:"城內姦細,乘勢訛言乿竄,其東直得勝門亦開。"(45頁)同前:"無論官民,將刀乿砍,勒獻馬驢財物。"(47頁)同前第三回:"如稍

遲,即以刀背亂打。"(90頁)

言辭跟舌有關,故"辭"俗寫或作"辞"。《集成》明刊本《咒棗記》第十二回:"真人既辞而去,又到第五所宮殿,朱牌上寫着'謹礼之府'四個大字。"(159頁)王力先生在《漢語史稿》中說到簡體字,"有些來歷不明如'乱','灵','听'等"①。現在來說說"乱"字,本來"亂"字很難說跟"舌"有什麼緊密關係,但受到"辭"字影響,"辭"俗寫作"辞",而"亂"的左旁與"辭"左旁相同,故"亂"字俗寫類推為"乱"②。《集成》本《春秋配》第一回:"忤逆之事,豈可乱行?"(5頁)

祸

"祸"或作"衬",有大量的例子。《集成》明刊本《關帝歷代顯聖誌傳》卷三《沮張相奸謀高閣老》:"我輩皆有身家妻子,他日能免誅夷之衬耶?"(188頁)《集成》明刊本《二十四尊得道羅漢傳·焚佛羅漢》:"機漏石師為保護,奉書獲出衬蕭墻。"(274頁)《集成》明刊本《南海觀世音菩薩出身修行傳》卷四《善才領兵收妖》:"入營禀曰:'衬事到矣!如今善才龍女借得火焰山、南海兩路生力兵来到,火王快作張主。'"(136頁)《集成》本《潛龍馬再興七姑傳·賣身安埋二親》:"想你這童子是個衬端,房屋燒且不論,那李公二人死了,你如何區處埋葬?"(55頁)現在我們來解釋為什麼"祸"會俗寫作"衬"。我認為是文字類推所致。如"過"俗寫或作"过",《集成》本《潛龍馬再興七姑傳·再興又遇毛秀英》:"只見一小厮行近,

---

① 王力《漢語史稿》第44頁,中華書局1980年版。
② "乱"字的來歷,張涌泉先生有詳論。參張涌泉《敦煌俗字研究》第15頁,上海教育出版社1996年版。

乃大喝曰:'来者且住步,有何宝物,快献来做过山利市。不然,我拿你去見寨主,將你擺佈。'"(124頁)依此類推,則"禍"的右旁也俗寫為"寸",成為"衬"。《集成》明刊本《兩漢開國中興傳志·漢王平魯即位封賞功臣》:"子房曰:'楚王已死,故漢王以得勝之兵,乘勢下魯。尔或執迷,亦有楚王之衬矣。"(225頁)

這

因"言"旁俗寫作"讠",故"這"或俗作"迬"。《集成》本《潛龍馬再興七姑傳·張太守請医》:"再興曰:'你迬裡有梅香往來,恐不方便。'"(115頁)

汀清

《集成》明刊本《皇明開運英武傳》卷四:"太祖見江水汀清,洪濤巨浸,風帆如箭,大喜。"(182頁)"汀"不能按正字讀,它是"澄"的類推俗字。蓋"燈"俗或作"灯",故"澄"類推為"汀"。同小說也有寫"澄清"的,《集成》明刊本《皇明開運英武傳》卷四:"江中之澄清兮是水,綠兮是波。"(183頁)

䍥

《集成》明刊本《皇明開運英武傳》卷六:"遇春䍥衆乘之,東吳兵大敗。"(305頁)同前:"且說刘基令各臺上准備攻擊之物,先令衆將䍥軍士攻城。"(305頁)《皇明開運英武傳》卷七:"冬十一月初一日,太祖出朝,李善長、刘基、徐達䍥領衆臣上表。"(310頁)同前:"李善長䍥文武百官及都城父老北面拜賀。"(316頁)"䍥"是"率"的俗字,蓋"口"旁俗或作"厶",故將"率"中的兩個"厶"還原為"口",成為"䍥"字。

三、俗字構形的幾個角度

俗字有種種不同的構形,如果我們總結其構成俗字的角度,大致是從形、音、義三個角度入手的。

1. 從字形入手

俗字并不是在完全沒有漢字體系的情況下創造的,而是在原有漢字系統基礎上繁衍演化和再創造出來的。故俗字是在有一定的借鑒,而且還潛在地受到漢字系統的影響下而產生的。俗字的構形,有大量的是在正字基礎上產生俗字;有的則在俗字的基礎上再產生新俗字。像訛變俗字、簡省俗字、增繁俗字、草書楷化俗字等均屬這類。

第一,在正字基礎上改造而產生俗字。如"靈"字這個正字,稍加訛變則成了俗字"靈"。《隸釋》卷一《魯相史晨祠孔廟奏銘》:"俯視幾筵,靈所憑依。"(23頁)"雨"字頭有所變化。又如在正字"聯"基礎上訛變為俗字"㷂",《集成》明刊本《征播奏捷傳通俗演義》:"翠幙綉幛,玳瑁屏橫㷂七座。"(27頁)

第二,在俗字基礎上改造而產生新俗字。如"丧"是"喪"的俗字,在"丧"的基礎上又產生"表"字。《集成》清刊本《人間樂》第十八回:"許綉虎自去料理表事,居行簡自打點娶親。"(410頁)

第三,用符號代替而產生俗字。既可以是在正字字形基礎上用符號代替而形成俗寫,也可以是在原有俗字基礎上用符號代替產生新俗字。如"強"作"㢢",《集成》明刊本《牛郎織女傳》卷二《行童進直》:"勉㢢以數尺纏頭錦与之,行童卻之不受,振衣飄然而去。"(61頁)《集成》本《潛龍馬再興七姑傳·再興晉門関被捉》:

"再興来至普(晋)門関,又被俊臣捉一番。"(124頁)《集成》清刊本《五美緣全傳》第三十七回:"這俊盗一个个跳上樓屋,齊齊揭瓦在手,往下乱打。"(535頁)如正字"樂"用符號代替則成俗字"枀"。

2. 從字音入手

創造俗字從字音入手,即用音同或音近的字記録。如許多音借俗字就是從字音角度出發的。當然,那些以形聲字形式出現的俗字,也是考慮了字音的。如《集成》清抄本《三續金瓶梅》第十四回:"这才是终日打雁,叫雁吽了眼。你就是滚了馬的強盗,偷遍天下。"(297頁)"吽"表示鴿的意思。

3. 從字義入手

有的俗字是從詞義出發,根據具體語義新造俗字。古籍中有許多記録民間俗字這種情況的。《顔氏家訓·雜藝篇》謂"北朝喪亂之餘,書迹鄙俗,加以專輒造字,猥拙甚於江南。乃以百念爲憂,言反爲變,不用爲罷,追來爲歸,更生爲蘇,先人爲老,如此非一,徧滿經傳。"宋周去非《嶺外代答》卷四《風土門·俗字》:"廣西俗字甚多,如嫑,音矮,言矮則不長也;夳,音穩,言大坐則穩也;奀,音勒,言瘦弱也;歪,音終,言死也;孬,音臘,言不能舉足也;仦,音嫋,言小兒也;妯,徒架切,言姊也;閅,音欄,言門橫關也;砳,音礚,言岩崖也;氽,音泅,言人在水上也;氼,音魅,言没人在水下也;䶌,音髯,言多髭;砅,東敢切,言以石擊水之聲也。大理國間有文書至南邊,猶用此'囻'字。囻,武后所作'國'字也。"[①]

---

① 周去非《嶺外代答》第161頁,中華書局1999年版。

第四章　解讀俗字應注意的問題

俗字畢竟是不規範字,古籍俗字出現的情況是多種多樣的,因此,我們在閱讀古籍的時候,必須多加注意。以下我們就以明清小說為例,談談這方面的問題。

一、一字記錄多詞

古籍中有些字形,雖然是同一個字,但記錄的可能是不同的詞,要注意在具體文本中它到底記錄哪個詞。

头

"头"今天是"頭"的簡化字,它還是"貫"的草書楷化字。《集成》本《插增田虎王慶忠義水滸全傳》第八十一回:"童头回京奏說軍士不伏水土,暫且罷兵。"(68頁)同前第八十二回:"當日天子駕坐文德殿,文武俱各班齊,宣樞密使童头出班,問道:'去歲統軍征梁山泊,勝敗如何?'童头奏道:'臣舊歲統軍征取,軍不伏水土,患病者衆,以此權罷兵。次後降詔,此賊未伏招安,高太尉引兵前來,抱病而回。'"(71頁)"童头"即童貫。"头"是"貫"的俗寫。《篆隸楷行草五體字典》"貫"字條下,收有"头"的寫法①。《集成》明刊本

---

①　佚名《篆隸楷行草五體字典》第757頁,黃山書社1985年版。

第四章　解讀俗字應注意的問題

《三寶太監西洋記通俗演義》第九十八回:"那時《異苑》上的話,說道古時有一夫一婦,家道貧窮,又值饑饉,食菜根而死,俱化成青紅之氣,直头斗牛之墟,故此名爲美人虹。"(2659頁)"头"是"貫"的俗字;今標點本"貫"作"達"[1],蓋後人不識俗字而改。《集成》明刊本《詳刑公案・吳推府斷僻山搶殺》:"審得鄭福二、福三兄弟,恣肆害民,假砍柴引人僻地,持刀殺死,劫財利己肥家;惡头滿盈,皇天豈容漏網。"(266頁)《集成》明刊本《達摩出身傳燈傳》卷三《神光立雪從師》:"此情此際,雖鬼神可格,金石可头矣。"(81頁)"头"即"貫"之俗。另外,我們從"實"字俗寫為"实",也能得到啟發。《集成》清刊本《忠烈全傳》第四十四回:"顧孝威道:'卑職于王爺久別,欲覿尊顏,真难見面。今蒙聖恩,同王爺前去征伐,实三生之幸。諸事皆望王爺調護。'"(652頁)

《集成》明刊本《熊龍峯四種小說・孔淑芳雙魚扇墜傳》:"生曰:'護持之心,我已知之。弟今日能容,庶乎他日見怏。'"(133頁)"怏"字,《中國話本大系》標點本《熊龍峯刊行小說四種》也是照錄此俗字[2],蓋無法釋讀之故。按:此實為"慣"的俗寫。《集成》明刊本《三寶太監西洋記通俗演義》第八十八回:"王明走近前去瞧一瞧兒,只見小門兒裏面一個深土坑,坑裏面都是些毒蛇、惡蝎、黃蜂、黑蚤。一干小鬼一手抓過一個漢子來,照坑裏一抖,坑裏那些蛇、蝎、蜂、蚤嗡一声响,群聚而來,嘬其血,串其皮,食其肉,了无人形。一手又抓過一個來,又是一抖,又是這等各樣毒物

---

[1]　羅懋登《三寶太監西洋記通俗演義》第1262頁,上海古籍出版社1985年版。
[2]　《熊龍峯刊行小說四種》第54頁,江蘇古籍出版社1990年版。

串皮食肉。抓過許多，抁着許多。"(2398頁)這三例"抁"是"攛"的俗寫。今標點本均作"擲"①。蓋後人對"抁"字難解，以為是"擲"的草書形訛，實誤。

下面我們再舉"頭"俗寫作"头"的例子。《集成》明刊本《南海觀世音菩薩出身修行傳》卷二《莊王火燒白雀寺》："你這回好好依我做娘的說，回宮招選佳壻，免致這樣出头路（露）面，受這凌辱。"（57頁）《集成》清刊本《鐵冠圖》第一回："東也流，西也流，流到天南有尽头。"（1頁）同前第二回："正在这里思量，忽听見外头妇哭兒啼，人声嘈噪。"（14頁）

义

"义"字既表示"義"的俗寫，又是"叉"的俗字。《集成》明刊本《三寶太監西洋記通俗演義》第八十五回："番王道：'何所取义，叫做個不語先生？'"（2321頁）《集成》明刊本陽至和編《唐三藏出身全傳》卷四《三藏見佛求經》："雖有孔丘仁义之教，曾奈有放辟邪侈之徒，總難超脫災蘗。"（285頁）《集成》清刊本《大清全傳》第四十三回："這武奎乃是一个秀才，在索奈那裡當知客，後來認索奈为义父。"（548頁）此"义"是"義"的俗字。"义"還可為"藝"的音借，如《集成》清刊本《大清全傳》第四十三回："这个人把張教習所有之义全皆孝会，後來張教習过世，他扶养師弟、妹妹長大成人，並傳授他二人武义，他要出外訪友去了。"（545頁）因"藝"俗寫或作"义"，又有將"忠義"誤還原為"忠藝"的，《集成》清刊本《雲鍾雁三鬧太平莊全傳》第三十八回："人人歡喜，個個歡悅，都道太師忠藝，天子英

---

① 羅懋登《三寶太監西洋記通俗演義》第1138頁，上海古籍出版社1985年版。

第四章　解讀俗字應注意的問題

明,赦了忠臣家小,這才是正禮。"(810頁)"忠藝"當作"忠義"。

《集成》清刊本《西湖拾遺》卷十六《詩動英雄人奩並贈》:"時時防入水晶宮,刻刻惧投夜义窟。"(558頁)《集成》清刊本《後西遊記》第九回:"巡海夜义檢得這副鞍轡,知是御物,貴美不敢藏匿,獻了於我。"(179頁)"夜义"即"夜叉"。同前第十六回:"沙彌聽見說出九個骷髏頭,喫京道:'莫非媚陰和尚又走了义路?'"(312頁)"义"即"叉"字。又見於敦煌卷子,BD00809《大乘入楞伽經》卷一:"尒時羅婆那夜义王,以佛神力聞佛言音,遙知如來從龍宮出。"(11/282)[①]這裏"夜义"明顯當釋讀作"夜叉"。同前:"此諸藥义衆,一心願聽法。"(11/282)"藥义"即藥叉。《集成》嘉靖本《三國志通俗演義》卷六《關雲長千里獨行》:"老人喚妻女出請甘、糜二夫人下車,上草堂,關公义手立於二夫人之側。"(861頁)"义手"即"叉手"。《集成》本《章臺柳》第一回:"胸藏五車之書,口擅八义之技。"(2頁)"八义"即"八叉",喻才思敏捷。

具

"具"既是"具"的俗字,又是"貝"的俗寫。《集成》明刊本《明鏡公案·周按院判僧殺婦》:"隨呼寺中工人具鍬鋤刀斧,將寺西樹木砍倒,驗取其中寶貨。"(12頁)《集成》本《明鏡公案·陳縣丞判錄大蛇》:"嫗遵祖分付,隨即具詞控告于祖。"(30頁)"具"即"具"的俗字。《集成》明刊本《唐三藏出身全傳》卷一《玉帝降旨招安》:"推倒公案,耳中取出宝具,一路打出南天門外。"(33頁)"具"

[①] 敦煌卷子以"BD"開頭者,均引自《國家圖書館藏敦煌遺書》,北京圖書館出版社2005—2011年版,標明冊數和頁碼,下同。

即"貝"的俗字。

劝

"劝"既是"勤"的俗寫,又是"勸"的俗寫,須依具體上下文而定。《集成》清刊本《萬花樓演義》第十六回:"狄太后方纔与尔初見,至尔殷劝尽礼,弟之罪也!"(228頁)"劝"是"勤"的俗寫,原因很清楚,蓋"堇"旁或用符號"又"代替,如"僅"俗作"仅"。《集成》明刊本《詳情公案·寬宥卜者陶訓》:"宜寬罰僭之條,用為义激之劝。"(246頁)此"劝"則是"勸"之俗,因俗寫"雚"旁常以"又"代替。

鈕、杻、纽

《集成》明刊本《魏忠賢小說斥奸書》第十一回:"進得裡邊,上面已擺定香案,錦衣衛官站在龍亭的側邊,較尉拿着鐐杻在下面。巡按與府縣以次行過了禮,隨即帶過楊副都來,讀了駕帖。上邊叫聲'拿下',較尉喊了一聲,早把楊副都上了鐐鈕。"(176頁)"鐐杻""鐐鈕"音義是一樣的,標點本《明代小說輯刊》第一輯第一册《魏忠賢小說斥奸書》把後一例"鈕"字改為"杻"(872頁)。這些"杻""鈕",均不能讀niǔ,而是"杽"的俗字,即手械。《集成》明刊本《近報叢譚平虜傳》卷一《刑部獄囚焚監逃竄》:"至更闌人靜時候,可可孤山放起一點無情火,把監燒將起來,早將押床等放了,鈕枷打開,攻壞獄墙。"(65頁)或寫作"肘",敕九切。《集成》清刊本《隋唐演義》第四十四回:"士信既拿,府中無主,秦母姑媳兒子秦懷玉,沒人攔阻,俱被拿來,上了繚肘,給與車兒。羅士信也用繚肘,却用陷車,將換過的回文,付與差官收了。"(1062頁)同前:"叔寶姑媳并懷玉俱繚肘,在小車上啼哭。"(1062頁)《集成》清刊本《綠牡丹全

第四章　解讀俗字應注意的問題

傳》第十六回:"獨任正千一人睡居于此,項下一条鉄繩,把頭繋在梁上,手下代(戴)付手肘,脚無脚鐐。"(164頁)"手肘",標點本《綠牡丹》作"手銬"①。《集成》清刊本《綠牡丹全傳》第十六回:"花老遂拔出順刀,那刀乃純綱(鋼)打就,削鉄〔如泥〕,繩上輕輕几刀,切為兩段,將任正千扶起,連手肘套在自己項下。"(165頁)"手肘",標點本作"手鈕"②。《集成》清刊本《大清全傳》第五十九回:"周應龍跪於堦下,帶着肘鐐。"(775頁)《集成》清刊本《金雲翹傳》第四回:"王員外父子,手肘脚鐐,靠在柱上,被公人百般拷打。"(37頁)同前:"因將王觀扯過來,去了鐐肘,脱盡衣服,將繩縛定二足大指,緊綁庭柱上。"(37頁)《集成》清刊本《綠牡丹全傳》第十七回:"走了數里遠近,天已大明,恐人看見任大爺代(戴)着刑具,不大穩便,到僻靜所在,用順刀把手時扭段(斷)。"(171頁)"時"是"肘"之訛,標點本《綠牡丹》作"鈕"字③。《元曲選》佚名《包待制陳州糶米》第四折:"今遭杻械,也是你五行福謝,做了半生災。"末附《音釋》:"杻,音肘。"④從用"肘"字記音可以幫助我們判斷,即使寫"鈕""杻",也應是"杽"的音義。

《集成》明刊本《詳刑公案·吴推府斷船户謀客》:"謝李取出扭鎖,將單貴葉新二人鎖起。"(42頁)這裏"扭"當是"杻"的俗字,古籍俗寫中"木"旁、"扌"旁不别,即"杽"字。《集成》清刊本石成金《雨花香·洲老虎》:"就將鎖杻趙某的鎖杻,將周虎鎖杻帶回,收在

---

① 《綠牡丹》第65頁,上海古籍出版社1993年版。
② 同上,第66頁。
③ 同上,第68頁。
④ 臧懋循編《元曲選》第39頁,浙江古籍出版社1998年影印。

死牢內,聽候申詳正法。"(111頁)《集成》清刊四雪草堂本《隋唐演義》第十二回:"批上就僉了童環、金甲名字,當差領文,將叔寶杻鎖出府大門外。"(271頁)"杻"字,今江蘇古籍出版社標點本改作"扭"①,實際是"杻"的俗寫。《集成》清刊四雪草堂本《隋唐演義》第十三回:"童環捧文書,金甲帶鐵繩,叔寶挫着虎軀,杻鎖出來。"(291頁)同前:"童環捧文書,金甲帶鐵繩,將叔寶杻鎖帶進大門,還不打緊;只是進儀門,那東角門鑽在鎗刀林內。"(297頁)這兩例"杻"字,標點本也改為"扭"②。或有寫"鐲"的,《集成》清抄本《忠烈俠義傳》第一百三回:"公孫策吩咐差役帶着申虎,到了自己屋內。却將申虎鬆了綁縛,換上了手鐲脚鐐,却叫他坐下,以朋友之礼相待。"(3237頁)俗寫或作"鈕",同前第一百六回:"公孫先生即吩咐差役挲了手鈕脚鐐,給鄧車上好。"(3334頁)同前:"低頭看時,腕上有鈕,脚下有鐐。"(3335頁)

因為平常"鈕""杻"占優勢的讀音是niǔ,我們估計,在不少場合已經被類化為此音了。如《集成》明刊本《明鏡公案·陳風憲謀判布客》:"但上司公文緊急,老爺這裡須將賊人肘鐐鎖杻,差人觧往上司審問。"(136頁)同前:"即具文將賊人肘鐐鎖杻,差捕兵數名,同原差牙人一同觧去。"(136頁)這裡名詞寫"肘鐐",動詞寫"鎖杻",我估計這時"杻"應該被不少人讀成niǔ音了。《集成》明刊本《皇明中興聖烈傳》卷二《李承恩屈招死罪》:"嚇得李承恩頂門上蕩了三魂,脚板下走了七魄,慌張失措,只得憑他鎖鈕去,拿去

---

① 褚人穫《隋唐演義》第85頁,江蘇古籍出版社1996年版。
② 同上,第91頁、92頁。

第四章　解讀俗字應注意的問題

了。"(112頁)同前:"被他上了手杻,鎖解入獄。"(114頁)同前卷三《許顯純拷勘楊漣》:"官旗謂王璉曰:'明日到京矣,手杻鉄索,却不敢寬些兒也。'"(240頁)這裏寫作"杻"了。《集成》清刊本《生綃剪》第三回:"神廟嚇然大怒,密差數十番子手去扭拿,上了囚車,解至北京。"(168頁)這裏"扭"本是"杻"字,顯然讀為niǔ。可比較下文,同前:"只見那侯府造謀事露,杻解上京,他也竟收拾了寓所物件,竟回溧陽去尋家主了。"(169頁)又如《集成》明世德堂本《西遊記》第四十三回:"那菩薩將楊柳枝兒,蘸了一點甘露灑將去,叫聲:'合!'只見他丟了鎗,一雙手合掌當胸,再也不能開放。至今留了一箇'觀音扭',卽此意也。"(1076頁)今標點本亦作"觀音扭"①,說明一般人均將"扭"讀成女久反了。實際上應該是"杻"的俗寫,謂枷杻。又世德堂本《西遊記》第六十二回:"貧僧昨晚到天府,一進城門,就見十數個枷紐之僧,問及何罪也?他道是金光寺負冤屈者。"(1585頁)"枷杻"明顯寫作"枷紐"了。佚名《新鐫智燈難字》"人事類"有"抣扭"條,音"肘鈕"②。"抣"卽"杻"的俗寫,又將"扭"字讀成鈕音,合并成詞。

吃

《集成》清刊本《異說反唐全傳》第十二回:"因見你妻子在途中求吃,三爵主問起根由,心中不忍,來見本府說知,替你還了身價銀五十兩。"(117頁)又第十三回:"伍子胥逃出昭關,吹簫吃食於吳市。"(135頁)這個"吃"不能按一般辭書的讀音去讀,它是"乞"的

---

① 吳承恩《西遊記》第520頁,人民文學出版社1980年版。
② 李國慶編《雜字類函》第2冊,第278頁,學苑出版社2009年版。

增旁俗字。同前第九十二回:"只見吳奇、馬贊、南建、北齊四人,扮做吃丐,沿門求乞。"(957頁)《集成》清刊本《雲仙嘯·拙書生》:"這個不要怪我胡言,是個至苦至窮的八字,只恐還要到求吃的地位。"(40頁)"乞"還或俗寫為"訖",如《集成》清刊本《走馬春秋》第五回:"只見当家婆走將出來,見小主滿面堆笑道:'好个清秀孩子,怎広出來訖飯?'小主順口說荒(謊):'我特來投亲,手中缺少盤錢,只淂尋茶訖飯。'"(86頁)

"喫"(明清俗寫或作"吃")也可寫作"乞",《集成》清刊本《雲鍾雁三鬧太平莊全傳》第一回:"捧上香茶一盞,太師乞過茶,歇了歇,叫家人擺香案,敬過天地。"(16頁)同前:"一輪明月落將下來,落在後樓,一聲响亮,將樓打倒,老爺乞了一驚。"(20頁)

灼

"灼"字,可作"燒"字的俗寫。《集成》清抄本《雅觀樓全傳》第八回:"這日在家賞午吃了一小杯雄黃灼酒,來酒興要趁人衆裡奪趣。"(150頁)同前第十回:"費大娘即將一娘拉到房中,叫小厮灼開水。"(191頁)同前第十一回:"放把火,把這倒霉的山子灼得乾乾净净。"(202頁)同前第十五回:"豈知才搬過去,夜間即遭隣人回祿延灼,止逃出母子二人。次早賴氏來扒磚瓦,料想銀子火灼不去,任憑掘地,毫厘沒有。"(289頁)這些"灼"均是"燒"的俗寫。

"灼"還是"燭"的俗字。《集成》本《飛英聲》:"即催八老買辦香灼紙馬,一逯到延慶寺閻王殿內点灼拈香。"(95頁)《集成》清刊本《人中畫·柳春蔭》:"那朋友叫俻香灼黃紙筆硯,又取一根細繩,將一枝大判筆繫了,倒懸於桌上。"(91頁)同前:"到了廳上,燈灼輝煌。"(104頁)同前《人中畫·李天造》:"遂上岸,買了香灼,進廟來哭訴。"(148頁)《集成》清刊本《都是幻》之《梅魂幻》第二回:"見灼光不明,將手去撮灼花,手疼一放,灼花竟拋在卷子上。"(26頁)《集成》清刊本《平闠全傳》第二十四回:"彩雲曰:'我家師父蒙玄女娘娘指示,與道友有宿世姻緣,我今欲為媒人,與爾二人成其花灼,以候神仙之樂,未知道友如何主意?'"(232頁)同前:"隨分付洞中,整備花灼,與張趙胡仝仙姑成親。"(232頁)《集成》清刻本《前明正德白牡丹傳》第二十二回:"章士成曰:'請母舅到內面吃喜酒,過裡好辦花灼。'"(287頁)同前:"且說李勝康令嘍囉于聚义厮上,張燈結彩,好傛办花灼。"(287頁)"燭"俗寫為"灼"是可以解釋的,如"觸"或作"",《集成》清鈔本《繡屏緣》第六回:"雲客想道:往常讀稗官野史,見有精怪之事,煉成陰丹,其光繞身,人若之,即便驚醒。"(103頁)"獨"或作"",《集成》清鈔本《繡屏緣》第七回:"我只恐來聘你,教我無處着落,故此先要跟他。"(123頁)《集成》清刊本《枕上晨鐘》第七回:"一似寒梅經雪後,清貞依舊傳香。"(133頁)"屬"或作"",《集成》清鈔本《繡屏緣》第八回:"原來這太守做人極好,專喜優待官。"(143頁)故"燭"字由"烟"再省略為"灼"。《集成》清刊本《天豹圖》第三十七回:"將灼拿來四處一照,並無一人。"(738頁)同前第四十回:"這一日,王春說道:'各位未經完婚者,不如就在王爺府上,完了花灼,然後還鄉如何?'"(806頁)

攢

《集成》本《飛劍記》第十三回:"純陽子道:'你這客人,既然要我度你,攢進竈中而去,我就度你。'時廚竈之中,烈火炎炎,陸清將欲不攢，又恐怕做不得神仙；將欲攢去，又恐怕火焰燒死。既而自思，還是攢去。於是奮力一攢，剛到竈門之邊，被煙氣一衝，就縮將轉來；又奮力一攢，剛到灶門之邊，被火星一爆，又縮將轉來。"（169頁）《集成》清刊本《鐵冠圖》第五回："因官兵圍困絕粮，想從山后石洞攢將出去。"（36頁）《集成》清刊本《都是幻》之《梅魂幻》第二回："見溪水清凉，就脫衣入水中洗浴，將身攢入水底躍了兩躍，竟变了一條金鱗。"（30頁）"攢"不能按一般正字去理解，此是"鑽"的俗字。"攢"表示"鑽"的意思出現甚早，在敦煌卷子中就有使用①。

或俗寫作"躦"，《集成》清抄本《三續金瓶梅》第五回："官人道：'他媳婦死了，那里又躦出一口子來了？'"（84頁）

兇、兕

《集成》清刊本《海公大紅袍全傳》第十六回："少頃人報張大人到，海瑞急急出迎。却就是張老兇前來道喜，並送程儀。彼此閑談了一番，方纔別去。海瑞將張妃的錦袱打開看時，却是三百兩紋銀。又將張老兇的拆看，是一百兩元絲。"（297頁）同前第二十一回："只得急急走到門房，將那二百兩銀子，並小盒兇一齊捧將入來。"（393頁）《集成》明刊本《南海觀世音菩薩出身修行傳》卷二《妙善雲陽赴死》："莊王曰：'我兕這等愚痴，招婚是人之大礼，何故不從？'"（60頁）上揭例中，"兇""兕"是"兒"的俗寫。《集成》清刊本《綠牡丹全傳》第三十九回："他是女兕家，倘有差遲，豈不見

---

① 語例可詳參曾良《敦煌佛經字詞校勘與研究》第270頁，廈門大學出版社2010年版。

第四章 解讀俗字應注意的問題

咲于大方?"(377頁)"皃"是"兒"字。《集成》清刊本《好逑傳》第十六回:"昨日求皇爺一道旨意,做個媒皃,皇爺因命我拿這兩軸梅花的畫來,與鐵先生題。"(259頁)"皃"即"兒"之俗。《集成》清刊本《陰陽鬩異說傳奇》第五回:"当下不由得他大哭起來,應道:'母親,孩皃在這裡呀!'"(43頁)《集成》清刊本《都是幻》之《梅魂幻》第六回:"北氏道:'皃,你們既喜他,嫁他便是,只(這)也是天緣前定。'"(105頁)《集成》清刊本《補紅樓夢》第二十八回:"卜世仁便和他姐姐說了一會昨皃的事。"(839頁)"皃"是"兒"的俗寫。

在有的文本環境中,"皃"又是"鬼"的俗寫。《集成》明刊本《南海觀世音菩薩出身修行傳》卷二《玅善魂遊地府》:"入了關門,俱見枷鎖刑具,令衆皃受苦楚之慘。"(64頁)同前:"童子曰:'樂者十王殿内笙歌之樂,哀者地獄中皃囚之苦。"(67頁)《集成》明刊本《熊龍峯四種小說·張生彩鸞燈傳》:"不覺亭角暗中,走出一個尼師,向前問曰:'人耶?皃耶?何自苦如此!'"(93頁)上揭"皃"均是"鬼"字。《集成》清刊本《天豹圖》第二十回:"不一時,閻君陞殿,只見無數的皃卒,牛頭馬面,立在兩傍。"(383頁)間或有"鬼"俗寫訛為"皃"的,《集成》清刊本《玉支璣小傳》第十四回:"若說閻王差皃使拿人,還只尋常。"(239頁)

奚

《集成》清刊本《清風閘》第二十一回:"又將奚毛退下來,雞子用砂吊子一煨,襯了冬笋。"(274頁)同前第二十六回:"用了奚汁湯下麵,龍井茶嗽口。"(328頁)"奚"字不能按正字理解,此是"雞"的省略俗字。

湔

《集成》明刊本《雲合奇蹤》第六十九則:"其餘將卒,殺得屍橫血湔,投降的約有三萬餘眾。"(803頁)同前第七十九則:"蠻兵自相殘殺,尸堆似嶺,血湔成河。"(935頁)"湔"即"濺"字。明代陳士元《古俗字略》卷四"十五翰":"灒:水濺。湔、濺:並同上。"

迁

《集成》清刊本《二度梅全傳》第二十三回:"今蒙聖天子洪恩,又復起任,也是天緣,使老夫得迁賢契。"(263頁)"迁"字不能按正字去理解,此是"遇"的俗字。我們知道,如果是俗字,它就不是臨時借用,而是有複現率。我們舉一些例子,同前第二十四回:"穹途窄路迁強人,旡奈投淵拚殞身。"(277頁)"穹"是"窮"的俗字,"迁"即"遇"之俗。同前:"那老問道:'那位大哥,你不可造次。今幸喜迁着我這个老漢,若是迁着別个,只恐你來得去不得呢!'"(279頁)

二、注意變通

俗字解讀最宜注意變通,不可死板套用。在具體古籍環境中,靈活掌握是很必要的。俗字實際上並非訛火,並非沒有規律性。

婦、帰

《集成》清刊本《忠烈全傳》第四十六回:"不講皇爺說畢回宮,再講李林甫退婦府第,請了同朝文武謫議其事。"(681頁)同前第四十七回:"顧濱及第婦故里,看見孩兒學力深,即命進京把名取。"(695頁)這兩例"婦"字,明顯當作"歸"字。為什麼"歸"會刻成

第四章　解讀俗字應注意的問題

"婦"字？聯繫俗字知識,這個問題也是容易解釋的。"歸"字的俗寫或作"帰",如敦煌卷子斯4277《歸義軍節度左都押衙安懷恩並管內三軍蕃漢百姓一萬人奏請表》:"臣本帰義軍節度使張某乙,自大中之載,伏靜河湟,虜逐戎蕃,帰於邏娑。"(6/18)《集成》明刊本《唐三藏出身全傳》卷一《猴王勒寶勾簿》:"玉皇覽畢傳旨:'着冥君回帰地府,朕即遣將擒拿。'"(30頁)"帰"字在大多數情況下是"歸"的俗寫,但也不能凝固不變。"帰"又是"婦"的俗字,《集成》清刊本《北魏奇史閨孝烈傳》第三十三回:"只聽得花木蘭小姐喝罵,賤婢長,妖帰短,催馬冲来,對他心窩就是一鎗刺来。"(518頁)"帰"字,顯然就是"婦"的俗寫,因同回後文花木蘭還有罵語:"好一個無恥妖婦!"(518頁)這個"帰"字不是誤字,因"女"旁俗寫也往往寫"リ",周志鋒《說簡化符號"リ"》也有論及①。如"娘"寫"㟆",《集成》清經綸堂刊本《萬花樓演義》第三回:"不特奴婢萬死之罪,即累及㟆匕亦危矣。"(46頁)"婢"即"婢"之俗,"㟆匕"即"娘娘"。同前第四十八回:"海壽遠遠瞧見,呼:'母親,外厢許多官員在此叩見。'归人曰:'教他各請回衙理事,不必在此俟候。'"(652頁)此"归"當釋讀為"妇"字無疑,即"婦"的俗字。《集成》清刊本《枕上晨鐘》第十二回:"即或不幸,九泉之下,亦可了一段夫归之願矣。"(253頁)"夫归"即夫婦。正是因為"帰"記錄了兩個不同的詞,刻工面對底本"退帰"和"帰故里"時,以為"帰"是"婦"的俗字,便刻成了"婦"字。《集成》清刊本《忠烈全傳》第四十九回:"今夜悄悄出関,從無人之地,直抵番王後營,搗其巢穴,斷其婦路。"(722頁)

---

① 周志鋒《說簡化符號"リ"》,《明清小說俗字俗語研究》第70頁,中國社會科學出版社2006年版。

"婦"字當作"歸"。《集成》清刊本《紅樓幻夢》第二十三回:"只見在前一位艷麗驚人,到了面前,並且幽香透體;通名問好畢,各人婦坐。"(1109頁)"婦"字當作"歸"。《集成》清刊本《鐵冠圖》第九回:"王十九得了這些微財,事後思量,不勝悔恨,不独妇家难见母姐,更慮反贼尋殺报仇。"(57頁)"妇家"當是"归家",即歸家。《集成》清刊本《綠牡丹全傳》第十五回:"又漸漸有些人同來,都是直眉竪眼,其像怕人,小归人就知道他是此道了。"(154頁)同前:"小归人若要開言,他就照嘴几个巴掌。小归人後來樂得吃好的,穿好的,过了一日少一日,管他則甚。"(154頁)"小归人"即小婦人。《集成》清抄本《忠烈俠義傳》第十一回:"这日正走之間,看見一所坟塋,有个老归人在那里啼哭,甚寔哀痛。"(459頁)"老归人"即老婦人。

《集成》明刊本《詳刑公案·許兵巡斷妬殺親夫》:"惜哉,上佐判官死于帰人之手;狠哉,嫡妻媵妾肯將鋒鏑之加。"(317頁)"帰人"即婦人。又《詳刑公案·蘇縣尹断光棍爭帰》:"金華府金華縣崇德鄉民潘貴一,娶妻鄭月桂,生一子,纔養八月,因岳父鄭泰一生日,夫帰往賀。來至清溪渡,雜與衆同過渡,婦坐在船上,子飢,桂取乳與子食。"(328頁)"夫帰"即夫婦。同前:"及下船登岸,潘貴一攬月桂往東路,洪昂扯月桂往西路。貴一曰:'你這等無恥,緣何無故扯人帰女?'"(328頁)"帰女"即婦女。《集成》清刊本《綠牡丹全傳》第五回:"不料這兩个帰女這个(麽)利害,今日之氣,如何報伏(復)?"(57頁)《集成》清刊本《鳳凰池》第十三回:"對二狀元道:'二卿非二女不足以為帰,二女非二卿不足以為夫。二卿今當首肯矣。'兩个狀元相對猶豫不决。"(381頁)"帰"均是"婦"之俗。

第四章　解讀俗字應注意的問題

挏

《集成》清刊本《續西遊記》第三十三回："行者道：'獃子！齋飯被黧貓打挏家伙了。且往西取寶貝要緊。'"（592頁）此"挏"是"掉"的俗寫。同前第四十九回："手捧的穢物，又拋棄不挏，個個如釘定住一般，莫想掙挫得動。"（859頁）同前第五十九回："待三藏們船到中流，他把船底輕鑿，抽挏一板，那水直滾，漏入船內。"（1045頁）或俗作"吊"，《集成》本《三教開迷歸正演義》第五十三回："杞國仁道：'小子憂吊下天來。人常說女媧煉石補天，天既是石頭的，萬一根生不牢，吊將下來，却怎生處？'"（809頁）

"挏"又是"吊"的俗字。《集成》清刊本《續西遊記》第四十三回："魔王與小妖道：'這毛頭毛腦和尚動輒自叫外公，不知是張外公，李外公？且挏起他來問他姓甚名誰，是那家外公？'"（761頁）同前："倒挏林間樹，皮鞭打得兇。"（762頁）同前第五十八回："漢子僧人拿捆挏，將刀割肉做香囊。"（1024頁）同前："老道姑曾說叫做女古怪，盤據在此山，拿人捆挏。"（1027頁）《集成》本《三教開迷歸正演義》第十二回："狐妖有此十怕，真是驚心挏膽。"（172頁）

有的"挏"相當於今之"調"。《集成》清刊本《續西遊記》第五十七回："真好笑，不知羞，這樣妖精也挏喉。"（1003頁）"挏喉"即調喉。同前第七十九回："美蔚君听了，笑道：'我也曾聞唐僧有三個徒弟，惟有孫行者會弄虛頭；到不知又有你這個，更會弄虛頭挏謊的。'八戒道：'二位隱君，我老猪句句是實，怎叫挏謊？'"（1409頁）"挏謊"即"調謊"。《集成》本《三教開迷歸正演義》第二十一回："家兄渾名說謊，舍弟渾名挏詖。"（313頁）

活淡

《集成》本《三教開迷歸正演義》第三十八回:"不知大儒們純是一團冲虛活淡,隨寓而安,資斧行厨,不過是交酬餽遺的。"(566頁)"活淡"即恬淡,"恬"字受"淡"字影響而類化了偏旁,成為"活"字。"活"字不能按正字讀。

潠涌

《集成》明刊本《關帝歷代顯聖誌傳》卷四《秀水縣兩救張孝廉》:"信步撞向前,'潠涌'一声,全身翻下河去,竟沉至水底。"(226頁)同前卷四《潞河率龍神救客船》:"如忠聞得,大喝一声:'孽畜!'那女子'潠涌'一声,跳下水去。"(235頁)"涌"字不能按正字解,"潠涌"就是今天的"噗通",因跟水相關,故俗寫從水。

擵

《集成》清刊本《飛龍全傳》第五十八回:"匡胤忙進御營,取過金盆,將水傾出,用孔雀毛擵水,搽匀瘡上。世宗正在昏迷,覺得一時暢快,心地清涼,開眼一看,正見匡胤手執羽毛,擵水搽瘡。"(1436頁)"擵"就是澆的意思,或寫"超",《集成》清刊本《清風閘》第二十五回:"次日五太爺起來,有六个人伏伺:一个代五太爺頓辮子,一个提手巾,兩个捧面盆,一个超着水洗臉,一个手取擦牙盒子,一个拿肥皂。"(319頁)"超"即澆。或寫作"抄",《西遊記》第七十四回:"手裏拿着一條鐵棒,就似碗來粗細的一根大扛子,在那石崖上抄一把水,磨一磨。"贛縣客家方言指下澆為"抄",蓋水從下往上澆起,自然會有自由落體的過程,故引申指淋。如淋雨說"抄雨","冷水抄酒飯"即冷水淋酒飯,"雨抄濕啦衫袴","擵""抄"的此義就是從撈、從下往上取的含義引申來的。撈的含義還有寫"勩"

第四章 解讀俗字應注意的問題

的,《集成》清刊本《快心編》卷五第九回:"一要做賊時,手脚便零碎起來,撈東摸西,伺候沒人,不管什麼東西物件,順手即便勦去。"(424頁)慧琳《一切經音義》卷三十七"綽袖"條:"上昌若也(反),下囚就反。案:綽袖者,大袖衣也。蓋時語也。以袖寬大,行則綽風,名為綽袖。"[①]"綽袖"云云,姑且不論;其中"綽風"一語即是"操風",撈風的意思。另外,風斜吹也可用"掉",《集成》貫華堂本《第五才子書水滸傳》第九回:"一步高,一步低,跟跟蹌蹌,捉脚不住。走不過一里路,被朔風一掉,隨着那山澗邊倒了,那裏掙得起來。"(569頁)北京圖書館舊藏明萬曆刊本《金瓶梅詞話》第三十回:"月娘道:'只怕你掉了風冷氣,你吃上鍾熱酒,管情就好了。'"[②]同前第三十三回:"小産比大産還難調理,只怕掉了風寒,難為你的身子。"(862頁)或寫"綽",《集成》本《清平山堂話本·陳巡檢梅嶺夫妻記》:"真君乃於香案前,口中不知說了幾句言語,只見就方丈裡起了一陣風,但見:無形無影透人懷,二月桃花被綽開。就地撮將黄葉去,入山推出白雲來。"(213頁)阮元《兩浙輶軒錄》卷二十六《柳林前後野步》:"蟬葉輕紗怕綽風,赤亭紅樹兩相逢。平沙鴈宕迎潮緩,深柳鶯簧喚酒濃。"

卩

按照《說文》,"卩"是"節"的古字。但俗書中往往不能這樣理解。《集成》清刊本《昇仙傳》第五回:"相公,昨晚只顧閑談,失問貴姓尊名,仙卩何処?"(27頁)同前:"小塘出园来見如本,說:'長者

[①] 徐時儀《一切經音義三種校本合刊》第1156頁,上海古籍出版社2012年版。
[②] 蘭陵笑笑生《金瓶梅詞話》第781頁,香港太平書局1982年影印。

你拿着緣箔,到趙卩宦門首,如此如此,管叫他自上緣箔。'"(29頁)同前:"且說鬼頭賀龍一陣阴風,到了趙卩宦家,這卩宦名叫趙完璧,正在書房閒坐。"(29頁)同前第二十一回:"開言問道:'三位高姓,仙卩何處?'"(147頁)同前第二十七回:"衆位兄長,小弟身在他卩,手内空虛,這可如何是好?"(192頁)這幾個"卩"就是"鄉"的俗字。今天簡體字是"鄉"字省去了"郎"旁,成為"乡"字;而此"卩"字是僅保留了最右的偏旁"阝",又俗寫為"卩"。古籍中"阝""卩"往往俗混,宋人孫奕《履齋示兒編》中有論述[1]。

摽

《集成》明刊本《隋唐兩朝史傳》第十五回:"且說秦瓊拜受其酒,且傳李密令,摽賜衆軍訖,分付程知節、夏琦各引一支軍馬為左右羽翼,只看軍中紅旗起,便各進兵。"(181頁)這個"摽"也不是常規字典中的諸義項,它在此明顯是"俵"的俗字。《玉篇·人部》:"俵,俵散也。"《集韻·笑韻》:"俵,分與也。"因分俵是動作,故俗寫為"摽"。《隋唐兩朝史傳》第五十回:"摽撥已定,各自准備去了。"(602頁)"摽撥"即分撥。

三、注意文字相通、相混的條例

我們在閱讀古籍文獻時,必須瞭解一定的文字方面相通、相混的規律,如俗寫中"木"旁、"扌"旁不別等,古人也多有論述,往往散見於學術筆記、韻書、字書等各種著作中。宋人孫奕《履齋示兒編》

---

[1] 鮑廷博輯《知不足齋叢書》第9冊,第140頁,中華書局1999年影印。

卷二十二引《字譜·總論訛字》云："久矣俗書，字體分毫，點畫訛失。後學相承，遂成即真。今考訂其訛謬，疏于後。且如蟲之虫，虫音虺字；須之湏，湏古類字；闗之開，開音弁字，又扶邁反；船之舡，舡音航；商之啇，啇音的；蠶之蚕，蚕音腆；鹽之盐，盐音古；美之羙，羙音羔；體之体，体音坋；本之夲，夲音滔（滔）；匹之疋，疋音雅，又音所；麥之麦，麦音陵。凡此，非為訛失，是全不識字也。"①同前："如宜寘富寇皆從宀，而俗書冝冥冨冦而從冖；沖況梁涼皆從水，而俗書冲况梁凉而從冫，冫音冰字；廚廳皆從广，而俗皆從厂；博協皆從十，俗皆從忄。又有偏旁相錯者，如㫖㫣相似，取耴相亂，朿束不分，奕弈無辨，隹佳通用，月月同體，凡此，皆俗書之訛也。"行均的《龍龕手鏡》就展現了俗寫"爪""爫"不分、"瓦""凡"不分、"鬥""門"不分、"雨""兩"不分等情況，在《瓜部》的"瓜"字下注云："古花反，……又瓜部與爪部相濫，爪音側絞反。"②在《禾部》"禾"字下注："巨支反，相考也。此字與衣、示三部相涉。"③元代李冶《敬齋古今黈》卷二："晉郗超之郗，則讀如絺音。郄詵之郄，則讀如綌音。今人不復別白，皆從綺逆反，大謬也。"清人徐鼒《讀書雜釋》卷十三指出"已巳無兩字"，等等。今人張涌泉先生也在其俗字學著作中時有提及文字通例；曾良《俗字及古籍文字通例研究》中做了一系列總結。下面我們結合明清小說談談這方面的問題。

"了""丫"相混

古籍中"丫"寫成"了"是個普遍現象。《集成》清刊本《金石緣》

---

① 鮑廷博輯《知不足齋叢書》第 9 冊，第 171 頁，中華書局 1999 年影印。
② 行均《龍龕手鏡》第 195 頁，中華書局 1985 年影印。
③ 同上，第 109 頁。

第一回:"想自己將來一個夫人是穩穩可望的了,便任情驕縱,待下人了鬟,動不動矜張打罵。"(16頁)"了鬟"即丫鬟。同書中"丫"寫"了"的語例甚多。《集成》本《意中緣》第四回:"今日要娶親過門,先偹下這隻大缸,又送個了鬟過來服事。"(69頁)《集成》清刊本《聽月樓》第一回:"裴爺夫婦居中坐下,一子二女旁坐相陪,了鬟上酒上菜,一家暢飲,好不快活。"(4頁)同前:"裴爺大乞一京,忙着了鬟到庭前看來,是什広東西。了鬟領命。"(8頁)《集成》清抄本《虞賓傳》卷四:"雖有翠雲說須寬解的話,究竟了鬟無甚見識。"(128頁)"了鬟"即丫鬟。《集成》清刊本陳梅溪搜輯《西湖拾遺》卷二十八《俠女散財殉節》:"一日,鄭康成怒一個了頭,把他曳去跪在泥中。又有一個了鬟走來見了,就把《詩經》一句取笑道:'胡為乎泥中?'這個跪的了鬟也回他《詩經》一句道:'薄言往愬,逢彼之怒。'這兩個了頭將《詩經》一問一答,這也是個風流妙事了。"(1102頁)其中"了頭""了鬟"就是丫頭、丫鬟。《集成》清刊本《隋唐演義》第五十六回:"正在那裏對着影兒摹擬,不提防其母走來,看見嚇了一跳,說道:'這了頭好不作怪,為甚裝這個形像?'"(1403頁)《集成》本《章臺柳》第二回:"柳姬道:'這了頭是甚說話來?'"(16頁)"了頭"即丫頭。《集成》清刊本《鐵冠圖》第十回:"这周氏懷着一个孩兒,係李闖在金鎖山生的賊種,其餘都是了环使女。"(65頁)

《集成》清刊本《蟫史》卷一:"左三里港,右七星塘,二珠瀧四水峽可為肩,六了頭村八蠻進寶坡可為足。"(24頁)人民文學出版社標點本《蟫史》也作"六了頭村"[1],根據俗寫通例,我們整理古籍

---

[1] 《蟫史》第8頁,人民文學出版社2006年版。

時,"了頭"當錄作"丫頭"。《永樂大典戲文三種校注》之《張協狀元》第二十出:"〔淨〕拜辭君,我和伊今夜有人相請,隔岸村莊祭土神。〔末白〕只為吃。〔淨連唱〕你道婆婆,怎地了脚頭緊。"[①]按:"了脚頭"當釋讀為"丫脚頭"。

正因俗寫"丫""了"相混,故"髻"俗或作"髻"。《集成》清刊本《大清全傳》第四十八回:"自那年打死那箇髻頭,我是親眼見的,真是遠怕水,近怕鬼。"(626頁)《集成》清抄本《雅觀樓全傳》第四回:"這小髻頭,轉會疼男人。"(86頁)

"丞""亟""函"俗混

古籍中"亟""丞""函"俗寫不別,具體是什麼字,必須依上下文而定。《集成》清刊本《新世鴻勳》第十六回:"老子當年羽化,曾由函谷邊關。"(328頁)"函"是"函"之俗。《集成》元刊本《秦併六國平話》卷上:"楚襄王親為招討,尅日兵至丞谷關,會合諸國人馬。諸國大王各帰本國,點集雄兵猛將往路中,丞谷關相會。"(7頁)"丞谷關"即函谷關。《集成》清刊本《走馬春秋》第一回:"西望瑤池降王母,東来紫氣滿亟關。"(1頁)"亟關"即函谷關。《集成》明刊本《二十四尊得道羅漢傳·降龍羅漢》:"倨傲龍王少養涵,何須心上問行藏。"(93頁)《集成》明刊本《二十四尊得道羅漢傳·現相羅漢》:"道雖遇而後傳,未有無涵養之提孩,豈尽超悟宗旨?"(235頁)《集成》本《醋葫蘆》第十回:"復蒙妻子大人海涵,不加懲治,實出天恩。"(319頁)《集成》明刊本《石點頭》卷一:"你文字做得淵涵辭正,大有學識,此乃必售之技。"(42頁)"涵"即

[①] 錢南揚《永樂大典戲文三種校注》第107頁,中華書局2009年版。

"涵"字。

《集成》明刊本《孔聖宗師出身全傳》卷三《詳論冠婚喪祭》："率尔祖考,永永無極。"(96頁)同前:"孔子曰:礼言其極,不是过也。"(96頁)《集成》明刊本《二十四尊得道羅漢傳·施笠羅漢》:"所建寺院,極其侈靡,寶殿悉用珠砌,棟楹純用金裝。"(154頁)《集成》清刊本《女開科傳》第五回:"此童亦深體他憐愛,已到拯處。"(150頁)同前第九回:"况情不可拯,樂不可縱,何可不顧前後?"(301頁)同前第十一回:"這二句詩,拯是的確不破之論。"(372頁)《集成》高麗刊本《九雲夢》卷三:"時西域太真國進白玉洞簫,其制度拯妙,而使工人吹之,聲不出矣。"(139頁)《集成》清刊本《吳江雪》第十五回:"明日起來,取下靈丹,處處紅腫青綠,如打得拯狠的一般無二。"(257頁)"拯"均是"極"字。《集成》清刊本《鳳凰池》第十六回:"朕今日命汝夫娘各將前後事情,合成一調,俾填入樂府,將来奏之,以見文章至此而拯也。"(467頁)《集成》清刊本《花陣綺言》卷一《三奇合傳》:"有趙應京者,新蔭萬戶官也,家拯富。"(110頁)《集成》清刊本《後三國石珠演義》第三回:"三人又轉過敘義門,方纔遠遠望見大殿。殿前都是白石砌成的坦平大道,兩傍都是廻廊曲檻,果然拯其華麗。"(38頁)上揭三例"拯"字當釋讀為"極"。

《集成》清刊本《大明正德皇遊江南傳》第四十五回:"林士華亦係星宿降世,前程遠大,所以他的妻子方得在危中,卻遇人皇拯救。"(541頁)"拯救"即"拯救"。贊寧《宋高僧傳》卷二《唐五臺山佛陀波利傳》:"師可還西國,取彼經來,流傳此土,即是偏奉衆聖,廣利羣生,拯接幽冥,報佛恩也。"校勘記曰:"拯接:《清涼傳》作'極

第四章 解讀俗字應注意的問題

濟'，極乃拯之形譌。"①《集成》日本抄本《郭青螺六省聽訟錄新民公案·追究惡弟田產》："告狀婦章氏，係順慶府南充縣在城民籍，告為極救孤寡事。"（443頁）"極救"當作"拯救"。

"常""嘗"相混

古籍中"常""嘗"二字混用的情況常見。《集成》清刊本《西湖拾遺》卷三十《登金鼇神兵救駕》："嘗嘗拍着一口寶刀，大叫道：'寶刀哥，汝是我之知己，我若有些不是，你便殺了我罷。'"（1215頁）"嘗嘗"即"常常"，今標點本《西湖拾遺》作"常常"②。《集成》明刊本《孫龐鬥志演義》卷十五："魏王大怒，道：'你幹得好事！嘗是胡言亂語，賣嘴誇强。不看公主面上，把你碎屍萬段，決不輕恕！'"（419頁）又卷十七："生作登壇師，亡為鎮國神。口牌應滿道，千載事嘗新。"（477頁）《集成》清抄本《忠烈俠義傳》第九十一回："小姐連忙荅道：'平素時嘗往來，不想此次船家不良，也是姪女命運不及。'"（2841頁）《集成》明刊本《魏忠賢小說斥奸書》第十回："雖不曾見他有甚奇謀異略幫助魏忠賢，却等閑言語間，嘗是把人害了。"（154頁）同前第十二回："只這魏給事聞之，嘗是哈哈大笑。"（186頁）《集成》明刊本《雲合奇蹤》第六十四則："掙開了一雙鬼眼，白多黑少，竟是那討命的無嘗。"（738頁）《集成》明刊本《戚南塘剿平倭寇志傳·汪五峯復寇台州》："臣綸半生竊祿，克（充）位府官，捫心嘗自愧耻。"（36頁）《集成》明刊本《雲合奇蹤》第三十二則："那友德長成，果然靈異不嘗。"（356頁）同前第三十六則："友諒對說：

---

① 贊寧《高僧傳》第37頁，中華書局1987年版。
② 《西湖拾遺》第397頁，浙江古籍出版社1985年版。

'勝敗兵家之嘗,今日此戰,誓必捉你。'"(407頁)這些"嘗"均當作"常"字解。《集成》清刊本《剿闖小說》第一回:"或受他的嘗例買路,放走反將賊人。"(10頁)"嘗例"即常例。《集成》清刊本《五虎平南後傳》第三回:"依小將看來,宋兵乃平嘗之勇,宋將乃些小之能。"(35頁)"平嘗"即平常。

亦見古籍中"常"當作"嘗"解的。如宋代錢易《南部新書》戊:"宣皇在藩時,常從駕墮馬,雪中寒甚,困且渴,求水于巡警者,曰:'我光王也。'及以水進,舉杯悉變為芳醪。"校勘記曰:"常從駕墮馬:伍本'常'作'嘗'。"①按"嘗"字是。《集成》清刊本《前明正德白牡丹傳》第二回:"王岳聞言,大驚曰:'奴婢何常拖欠先帝艮兩。'"(17頁)"常"當釋讀為"嘗"。

"几""凡""卂""丸"相混

"几""凡""卂""丸"諸旁,古籍俗寫中往往不別。② 宋人周密《癸辛雜識》前集《𪍿書𧉧書》論及俗書"卂"與"几""丸"不別。③《集成》清刊本《忠烈全傳》第四十一回:"尹其明同眾人告坐,坐下道:'適見靈凡之上,供列枯蘭一本,是何取義?'"(609頁)這是眾人前往弔唁的場景,"凡"是"几"的俗字。我們可以看到類似的情況,《集成》清刊本《綠牡丹全傳》第十五回:"任正千不多一時,酒擁上來,頭稱眼花,遂隱几而臥。"(149頁)"几"當釋讀作"几"字。《集成》清刊本《大明正德皇遊江南傳》第九回:"再說陳家兄妹,走入養閒宮內,天子與這班奸党坐在凡筵之上。"(116頁)"凡筵"即

---

① 錢易《南部新書》第76頁,中華書局2002年版。
② 參曾良《俗字及古籍文字通例研究》第97頁,百花洲文藝出版社2006年版。
③ 周密《癸辛雜識》第27頁,中華書局1988年版。

第四章 解讀俗字應注意的問題

"几筵"。《集成》清刊本《雷峰塔奇傳》卷二《白珍娘呂廟鬥法　許漢文驚蛇隕命》："白氏道：'相公，妾自幼点滴不能，官人自飲凡杯消愁解毒。'"（82頁）"凡"即"几"字，"幾"之俗。《集成》明刊本《大唐秦王詞話》第四十六回："李靖又令軍士于沿江北岸口，搭起一座三丈高臺，臺上扯五方旗號，中央放静凡一張，擺下祭禮，一口劍，一爐香，一盃水。"（914頁）"静凡"即静几。"几"字或增旁作"机"，而"机"或俗寫作"枕"，如敦煌卷子伯3429、伯3651《大佛頂如來密因修證了義菩薩萬行首楞嚴經音義》："枕：音義同案几之几，或作几。"（24/174）"機"或俗作"机"，《集成》清刊本《飛龍全傳》第四十一回："愚兄因想天机不宜多泄，不敢直言。"（1005頁）"咒"俗或作"呪"，《集成》清刊本《林蘭香》第九回："葉淵道：'必不得已，我有換容呪、勝陰丹，傳與思柔，亦無不可；但須心誠，方能有濟。'大剛長跪懇求，葉淵先將丹丸賜了數粒，然後密密口傳呪語，大剛皆拜而受之。"（178頁）同前第十回："每至想其所愛美人，便將使女呪誦，换了容貌，一任取樂。"（190頁）"肌"或俗寫為"肌"，《集成》清刊本《後三國石珠演義》第十五回："金盛（盔）金甲，籠着玉骨冰肌。"（260頁）

《集成》明刊本《唐三藏出身全傳》卷三《猪八戒思淫被難》："八戒無禪有几意，被神綁縛在深林。"（159頁）"几"當釋讀為"凡"字。《集成》清刊本《續西遊記》第七十回："這寺僧個個望空瞻拜道：'爺爺呀！活菩薩臨几。'"（1242頁）"臨几"即臨凡。

《集成》清刊本《白圭志》第九回："時乃半夜，四方士子，各抧火把，左衝右探，爭看榜文。"（227頁）"抧"即"執"的俗字，因"執"可俗作"执"。

《集成》清刊本《林蘭香》第一回："乃數十年來,嫡宗相繼,嗣厥蒸嘗,支庶紛繁,漸臻土芥,恐非所以重國典而敦世臣之誼也。"(6頁)同前第二回："今只據可用攀指虛詞,一體究問,臣恐重刑之下,何求不得?"(26頁)"恐"即"恐"之俗。

《集成》清刊本《駐春園小史》第十八回："太守見如此說,想道:若要訊明,必須有人作証,方可正刑。"(346頁)"訊"即"訊"的俗寫。

"雨""兩"互混

古籍俗寫"雨""兩"往往相混。《集成》清刊本《隋唐演義》第四十五回："再說翟讓、李密雨支人馬。殺兵劫商,占地據城,在河南地方勢甚猖獗。"(1098頁)《集成》清刊本《綠牡丹全傳》第三十四回："鮑自安留駱大爺再住三兩日,許他赴浙。"(335頁)《集成》清刊本《走馬春秋》第一回："那宮人聞言大警(驚),雨淚交流。"(6頁)上揭"雨"當作"兩"字解。

我們再看"兩"作"雨"解的例子。《集成》明刊本《雲合奇蹤》第十三則："苗葉鎗替那箭,如兩點的飛來飛去。"(137頁)《集成》清刊本《續金瓶梅》第三十六回："人間天上兩茫然,兩鎖雲收散暮烟。"(959頁)《集成》清刊本《雲鍾雁三鬧太平莊全傳》第三十六回："風吹荷葉差多少,兩打黎(梨)花一樣全。"(768頁)《集成》清抄本《雅觀樓全傳》第四回："說著,泪如兩下。"(74頁)這些"兩"就當作"雨"字解。《集成》清刊本《療妒緣》第三回："越思越悔,越悔越苦,不覺心痛神迷,泪如両下。"(57頁)"両"本是"兩"的俗字,這裏當釋讀為"雨"。

《集成》清刊本《五美緣全傳》第五十九回："那日行至斗峰寺,

第四章 解讀俗字應注意的問題

天降大雨,我夫婦投寺避兩。"(786頁)例中這兩個"兩",顯然當解讀為"雨"字。但同刻本中,"兩"也如此寫。同前:"林公聽了大怒,將兩個和尚帶上來,問道:'你們叫什麼名字?'兩個和尚戰戰兢兢,禀道:'犯僧叫做一空、一清。'"(787頁)這裏"兩"作"兩"字解。可見此刻本中"雨""兩"無別。《五美緣全傳》第五十九回:"他們那日夫妻在寺中避兩。"(788頁)"避兩"當作"避雨"解。同前:"這兩個禿驢酒色過度,怎經得夾棍?"(788頁)此例則作"兩"字解。

"緣""綠"不別

"緣""綠"俗寫易混。《集成》清刊本《錦香亭》第八回:"想起三生夙願,一生良綠,天南地北,雁絶鴻稀。"(127頁)《集成》清刊本《萬花樓演義》第一回:"小姐曰:'哥哥既然思念父親,綠何說到違逆聖旨,自恐主家受累,罪及非輕之言,此乃何解?'"(10頁)《集成》清刊本《綠牡丹全傳》第十二回:"今既在我店中,還放了他去,是何綠故?"(124頁)同前第五十九回:"宅門以里,便是二堂,亦不見狄老爺坐于其間,又不知是何綠故。"(557頁)《集成》本《五鼠鬧東京傳》卷一:"五鼠問道:'叫我等俏地速轉,是何綠故?'"(26頁)《集成》清刊本《合錦迴文傳》第一卷:"將表梁生,須先把廻文錦的綠由說與看官聽。"(3頁)上揭諸"綠"字當解讀為"緣"。

我們看"緣"為何會與"綠"俗混,下面是"緣"的俗寫。《集成》明刊本《古今律條公案》卷四《馮縣尹斷木碑追布》:"縣尹曰:'此布印記,非是你的,緣何冒認?'"(159頁)《集成》本《潛龍馬再興七姑傳·再興又遇毛秀英》:"再興見問,遂以姓名併其中綠故,一一直告耳。"(125頁)《集成》清抄本《忠烈俠義傳》第十七回:"老爺何不見,明問了来歷？倘有机緣,娘娘若能与狄后娘娘見了面,那時便好商酌了。"(611頁)《集成》清刊本《鴛鴦配》第九回:"因想道:申、荀二生,人物文章,難分高下,况姻緣之事,亦非偶然。"(130頁)同前:"向天祝告,用手將鬮拈起,拈着者即係姻緣注定,就招為女婿。"(130頁)又同前:"向天拜祝,告以憑天配合姻緣之故。"(130頁)《集成》清刊本《夢中緣》第六回:"罷,罷！不如我辭了金公,回家見我父母一面,尋個自盡,與小姐結來世之緣罷了。"(133頁)上揭諸例均為"緣"的俗寫,從這些例子中,可以明白"緣""綠"相混之原因。

再看"緣"作"綠"解的例子。《集成》清刊本《野叟曝言》第十回:"雖在緣林,並不打家劫舍。除了和尚之外,從沒妄殺一人。"(276頁)《集成》清刊本《續西遊記》第七十七回:"翠緣陰中觀鶴舞,崎嶇嶺上听猿號。"(1365頁)《集成》清刊本《品花寶鑑》第二十回:"忽見闌干外,走上四箇人,穿着緣油紬短衫,紅油紬褲。"(814頁)《集成》清刊本《飛龍全傳》第四十四回:"可惜埋没于緣林之中,誠美玉韜藏,明珠蒙滓。"(1077頁)《集成》清刊本《後宋慈雲走國全傳》第九回:"吾豈登汝响馬緣林之地,污辱吾清白之名？各行其路,休得多言。"(163頁)諸例"緣"字顯然當解讀為"綠"。《集成》清刊本《品花寶鑑》第二十回:"說罷,遠遠望見水榭邊盪出兩箇花艇來,白舫青帘,尚隔著紅橋緣柳。"(804頁)"緣"當解讀作"綠",今標點本《品花寶鑑》正作"綠"[1]。

《集成》清刊本《兒女英雄傳》第三十一回:"脚底下一個蹲不

---

[1] 陳森《品花寶鑑》第202頁,中華書局2004年版。

穩,便咕㟱㟱從房上直滾下來,'咕咚'跌在地下。"(1420頁)"咕㟱㟱"即"咕碌碌","㟱""碌"二旁俗寫不别。

"潸""潛"相混

古籍中"潸""潛"容易相混。明代張位《問奇集》卷上《誤讀諸字》云:"潸然:潸音山,涕也,誤潛。"[1]說明"潸"俗寫作"潛"。《集成》本《意中緣》第四回:"說着,不覺潛然淚下。"(74頁)《集成》明刊本《大宋中興通俗演義》卷二《李綱諫車駕南行》:"肆朕纂承,永念先烈,眷懷舊京,潛然出涕。"(147頁)《集成》清抄本《螢窗清玩》卷一《連理枝》:"桃公暗暗禱祝,兩淚潛然,望至不見乃已。"(39頁)同前:"李生不覺觸動隱恨,淚潛潛然,欲訴真情,恐礙於事。"(81頁)《集成》清刊本《枕上晨鐘》第七回:"說罷,潛潛淚下,刁仁也假意弄出几點眼淚來。"(134頁)《集成》本《春秋配》第二回:"心中却暗想道:'哥哥這般言語,到底教人疑惑。……'不覺潛然淚下。"(16頁)《集成》清刊本《五虎平南後傳》第十一回:"想來不覺潛然下淚。"(137頁)上揭諸例"潛"字,當解作"潸"無疑。蓋"潸"字或作"潛""潛",與"潛"形近。《集成》戚序本《紅樓夢》第二十九回:"都低細嚼此說的滋味,都不覺潛然淚下。"(1105頁)

"佞"或作"俀"

"佞"字的右旁,俗寫往往作"妾"。《集成》清刊本《飛花咏》第七回:"我受朝廷大恩,除奸去**俀**,以致忤觸權奸。"(192頁)"俀"即"佞"之俗。《集成》清刊本《海公大紅袍全傳》第四十一回:"所謂親賢遠**俀**,恩威並濟。務使天下無貪墨之官殃我赤子。"(781頁)同

---

[1] 《續修四庫全書》第238册,第181頁,上海古籍出版社2002年版。

前第四十五回："不佞稍備一杯之敬,伏乞大人償臉。"(851頁)同前:"雖然如此,然不佞毫不放心。"(852頁)

"須""雖"混用

"須"往往俗寫作"雖"字。《集成》清刊本《五虎平南後傳》第二回:"狄爺說:'陛下阿,臣受王恩,須粉身难報其万一。敢不股肱之力,代主之劳。蠻兵須銳,何足介懷。'"(20頁)同前第三回:"昨日須然不勝,今日小將出馬,定要雪了昨天之辱。"(35頁)

"陝""陜"相混

明清小說中,俗寫"陝""陜"無別。《集成》明刊本《大宋中興通俗演義》卷四《韓世忠平定建州》:"今吳玠以數千衆,殺退金人十餘萬,關陜一路,朕無憂矣!"(331頁)同前卷四《劉豫建都汴梁城》:"且說劉豫,大金既立為大齊子皇帝,大金為父皇帝,治中原,陜西之地皆屬焉,都于東平府。"(337頁)同前卷四《吳璘大戰仙人關》:"宋將守川陜,可慮者惟吳玠、劉子羽二人而已。"(372頁)《集成》明刊本《隋唐兩朝史傳》第一百五回:"却說玄宗升殿,近臣奏曰:'今有賊將崔乾祐在陜,兵不滿四千,皆老弱之士,不設隄備,何不遣一驍將領兵襲之?破賊易矣。'帝從其奏,即遣使催節度使哥舒翰提兵以復陜洛之地。"(1242頁)上揭"陜"字,均當作"陝"字解讀。

"兢""競"不別

古籍中"兢""競"互用,在明清通俗小說中也是如此。《集成》明刊本《大宋中興通俗演義》卷一《岳鵬舉辭家應募》:"康王禱畢,忽見濃雲布密,朔風兢起,吹得岸上人馬寒不可立。"(86頁)同前卷四《劉豫建都汴梁城》:"比年群盜兢作,朝廷廣德,多使招安。"

(344頁)同前卷五《岳飛兩戰破李成》："三處兵喊聲兢起,一齊攻入。"(413頁)同前卷七《岳飛上表辭官爵》："忽聞山頂大喊,火光兢天而起,上下通紅。"(665頁)《集成》清刊本《說唐演義全傳》第十二回："叔寶又想起了李靖之言,對伯當道:'凡事不可與人爭兢,忍耐為先,要忍人所不能忍處,纔為好漢。'"(204頁)《集成》武林刊本《隋唐演義》第二十六節："兩下金鼓連天,征塵兢起。"(305頁)諸例"兢"即競的意思。

《集成》清刊本《走馬春秋》第十五回："君臣正然議論,忽聞炮响驚天,声振殿廷,唬得門(閔)王战战競競。"(273頁)同前第十六回："唬浔鄒妃魂飛魄散,战战競競,一句話也說不出來。"(296頁)"競競"即"兢兢"。

"阝""口"二旁近似

有些刻本"阝"與"口"近似。《集成》清刻本《前明正德白牡丹傳》第二十二回："邱曰:'姻緣大事,非奴家可以自主,須是义父章呵伯主張。'"(284頁)"呵"即"阿"字,"阝"旁俗作"尸"。同前第三十四回："陛下呵,貧賤人人所惡,富貴人人所欲。"(437頁)"呵"為"阿"字,與"呵"字甚似。正因如此,有的刻本"口""阝"相混。《集成》清刊本《紅樓幻夢》第九回："瓊玉聽了這番話,面紅耳熱,嗽了一啡。"(423頁)《集成》本《唐三藏出身全傳》卷一《真君收捉猴王》："說未了,又聽得大聖引猴兵來戰。木叉云:'父王在上,男領菩薩分付,云:遇戰可助一啡。今男愿往。'"(47頁)"啡"即"陣"字。《集成》清刊本《生綃剪》第十九回："兩下裡僂儸一齊嚶喊,竟將這老子和那一個同去的人,又出寨門之外。"(986頁)"嚶"為"哩"字。

四、注意具體古籍文本的特殊情況

辨認俗字時，必須注意具體古籍的實際情況，盡量關注到具體材料提供給我們的各種信息，不能輕易忽視這些線索。

第一，注意俗寫的複現和文本的前後照應。特別是同一古籍本子，俗寫往往有一定的複現率，可幫助我們解決古籍俗寫問題。

只

《集成》清刊本《忠烈全傳》第十二回："却説只刀口藥係卜收口幼年時遇見異人傳授的個方子。"（186頁）"只"即這個的意思，在此本子裏，"這"因詞形還未固定，往往俗寫作"只"。同前第三回："差人說道：'小的係家內人，只個不敢領。'"（46頁）同前第十四回："就是只頭上瘡痕，也是從一而終之義。"（220頁）同前："就是只樣送去，太便宜了些。"（222頁）《集成》清刊四雪草堂初印本《隋唐演義》第二十五回："劉刺史道：'這如何註銷得？即少一兩，還是一宗未完，關着我考成的。'柴嗣昌道：'這等待各捕盜賠了，完了只考成罷。'"（584頁）"只"就是這的意思，今標點本改為"這"[①]。《集成》清刊本《續西遊記》第八十六回："待那唐僧師徒路過此橋，便炤只計策，誘他落水。"（1537頁）"只"是這的意思。這種例子不是個別現象，《集成》清抄本《雅觀樓全傳》第四回："只些事你家娘從前都代人辦過的。"（78頁）《集成》清刊本《綠牡丹全傳》第十九回："倘被他看見，知他歡喜登高不歡喜我登高？只親事又不能妥諧

[①]　褚人穫《隋唐演義》第177頁，江蘇古籍出版社1996年版。

第四章　解讀俗字應注意的問題

了。"(193頁)《集成》清刊本《混元盒五毒全傳》第六回:"謝相公同劉氏問道:'甚麼事,只等大京小怪的?'"(42頁)同前第七回:"只謝春只得崔(催)促大娘起身,吳氏不忍,洒泪而別。"(50頁)"只謝春"是這謝春的意思。同前第十一回:"又細細觀看只女子,年紀約有十五六。"(79頁)《集成》清刊本《都是幻》之《梅魂幻》第六回:"又忖道:宫梅符咒向來並不悮事,難道只番偏害了我?"(102頁)《集成》清刊本《清風閘》第一回:"話說只一部小說,出在宋朝仁宗年間時故事。"(1頁)《集成》明刊本《今古奇觀》第二十五卷《徐老僕義憤成家》:"此奴隨我多年,竝無十分過失,如何只管將他只般毒打?"(996頁)"只般"即這般義。《集成》清刊本《說唐演義全傳》第四十八回:"喬公山道:'老夫沒有將軍的令,不敢擅自回去,只叫做來得明,去得白。請問將軍不方(妨),纔出戰勝負如何?'"(850頁)"只"即這義。

"這"也有時表示"只"的俗寫,《集成》清刊本《混元盒五毒全傳》第六回:"謝廷舉目一看,這見今日劉氏打扮得這般模樣,與往日大不相同。"(37頁)"這見"即只見。同前:"豈知大爺洗了兩箇時晨(辰),那知皮肉俱化成血水,連心肝五藏俱已化盡,這有一盆肉骨。"(42頁)"這有"即只有。又同前:"正自嘆息,這見劉氏上前,用手扯住謝廷,道:'你強奸我,不從就下毒藥,藥殺我丈夫。'"(42頁)同前第十二回:"謝相公抬頭一看,這見一位如花似玉、貌若天仙的女子,這得上前行禮。"(83頁)《集成》清刊本《儒林外史》第二十九回:"衆位多見過了禮,正待坐下,這聽得一個人笑着麽(吆)喝了進來。"(995頁)上揭"這"均是"只"的意思。同前第三十回:"方纔這一位宗先生說到敝年伯,他便說同他是弟兄,這怕而今敝年伯也不要這一個潦倒的兄弟。"(1001頁)"這怕"即只怕。

撻

《集成》清刊本《異說反唐全傳》第一百十六回:"可憐方表縱有冲天之志,怎受今日嚴刑,早被兩邊衙役鷹拿燕提,拖番地下,打了四十迎風頭號大板,打得肉撻皮開,淋淋鮮血。"(1190頁)"撻"字,不能按常見辭書的義項去解釋,這裏當是"綻"的俗字,後作"綻",蓋元部與月部對轉,故音"撻"。"肉撻皮開"即肉綻皮開。

第二,注意細察文字的區別性。有的古籍其中文字的寫法,是靠文字一些細微的不同來區別的。我們可以具體舉一些例子。

月、𠕋

明清時期民間有大量的"肉"字俗寫作"𠕋"。如《集成》清刊本《雪月梅》第四回:"岑秀感激不盡,道:'途路難人,蒙老叔大人骨𠕋之愛,不知將來何以為報?'"(63頁)同前第十四回:"劉電舉杯謝道:'天涯萍跡,何幸得遇老叔如此周恤!即骨𠕋至親,亦不過此。不知他日何以為報?'"(254頁)同前第二十五回:"在此三年,叔祖母與叔嬸待如骨𠕋,生死不忘,不是一時口上謝得盡的。"(477頁)這些"𠕋"均是"肉"的俗寫。我們知道自隸變之後,"肉"旁往往寫"月",如"股"等。但我們從《雪月梅》刻本比較,"月"與"肉"單獨成字時,還是在寫法上有細微的區別的。"肉"的俗寫"𠕋",其中不是兩個短橫,而"月"字是二短橫,靠這樣來以示區別。我們可以多舉些例子,《集成》清刊本《雪月梅》第二十八回:"姪女若不是在大人這裏蒙恩以骨𠕋相看,如何得有此日?"(546頁)第四十一回:"承三哥不遠千里去看家母,骨𠕋之情,無以加此。"(831頁)同前:"岑秀道:'弟與三哥情同骨𠕋,與大哥也是一般,如何說此客話?'"(832

第四章 解讀俗字應注意的問題

頁)同前第四十五回:"許公道:'至親骨月,原該如此。'"(946頁)再看"月"的寫法,同前第三十一回:"因敘起科場之事,王公道:'賢姪此番竟得名聞天下,勝如中式。大約閏十月內就有好音。'"(612頁)同前:"月娥聽說至此,不覺轉愁為喜。"(617頁)同前第四十一回:"却說寧海王公自那年十一月初三日同家眷起程赴任,到了台庄。"(833頁)實際上月亮的"月"內畫缺右,可見在《雪月梅》小說中,"月"與"肉"的俗寫"月"是有區別的,整部小說刻本均遵循了這一區別性。當然,我們不好說所有的刻本都遵循了這一區別性,但至少我們在解讀俗字時必須看到具體古籍中的這種區別性,不能熟視無睹。在《娛目醒心編》中也有"肉"的這種俗寫,《集成》清刊本《娛目醒心編》卷一第一回:"同胞骨月本相親,何事分張等路人?"(14頁)又同前卷一第二回:"若論盤費,吾與令兄平日情同骨月,亦不忍聽其骸骨不返。如若要往,願以百金相助。"(20頁)"月"即"肉"之俗。《集成》清刊本《枕上晨鐘》第四回:"一旦風波平地起,頓教骨月輕於紙。"(71頁)同前:"豈料父親中其奸謀,視骨月如讎敵,以奸奴為腹心。"(72頁)"骨月"也是"骨肉"二字。《集成》本《五鼠鬧東京傳》卷一:"但是家事及心腹之言,每每商議,情如骨月,並無尔我之心。"(5頁)"月"即"肉"字。確實有不少刻本"肉"的俗寫與"月"有區別,《集成》清刊本《說唐演義全傳》第七回:"不想昨夜三更得其一夢,夢見先兄對我說:姪兒有難在你標下,須念骨月之情,好生看顧。"(123頁)《康熙字典·辨似》"五字相似"云:"月:日月之月,內畫缺右。丹:即丹字,清靖靜等從此。月:肉字旁內畫連。冃:冒字旁二畫居中。月:舟字旁勝朝前等字從此。"按:明清小說俗寫"肉"并不是完全依照此《康熙字典》的說法。清人唐塡《通俗字林辨證》卷四"month月month"條云："字旁作月者有三：胐胸胱朗等俱从month，胼胝腰臘等俱从肉，服朝等字及勝騰滕，則俱从舟。《說文》'服'，服本字，从舟，段（反）聲。古文作舣。'朝，旦也。从倝，舟聲。'觀篆書服作服，朝作朝，始信月之為舟矣。《康熙字典·辨似》本有五字相類，其丹冃無論矣；month旁應內畫缺右，舟旁應內畫連作月，肉旁應作从丷作month。書寫之例甚嚴，而可隨筆塗之乎？"①明清小說中俗寫"肉"倒是如唐塡所說作"month"。

俗寫"肉"與"月"曾有書寫的不同，還可追溯到唐代。《五經文字》卷上《肉部》注："如叔反，《說文》肉字在左右及下皆作肉，與肉同。今依石經變肉作月，偏旁從月者皆放此。"②"肉"是"月"裏二畫橫死。同前《月部》注："闕也，象形。"從月亮的"月"，裏短橫右缺口。故明清古籍中"肉"既寫"month"，又有作"月"的。《集成》清刊本《儒林外史》第五回："只因這一句話，有分教：爭田奪產，又從骨month起戈矛；繼嗣延宗，齊向官司進詞訟。"（193頁）"骨month"即骨肉。同書還有寫"月"的，第三回："范進再三推辭，張鄉紳急了，道：'你我年誼世好，就如至親骨月一般！若要如此，就是見外了。'"（115頁）又第八回："昔年在南昌，蒙尊公骨月之誼，今不想已作故人。"（286頁）"骨月"即骨肉。也有把"骨肉"寫作"骨month"的，《集成》清刊本《儒林外史》第十五回："馬二先生忙還了禮，說道：'快不要如此，我和你萍水相逢，斯文骨month。這拆字到晚也有限了，長兄何不收了，同我到下處談談？'"（524頁）同前第二十回："前日和我同來

---

① 《續修四庫全書》第241冊，第39頁，上海古籍出版社2002年版。
② 《景刊唐開成石經》第2748頁，中華書局1997年影印。

第四章 解讀俗字應注意的問題　　　　　　　　　　　　111

的一個朋友，又進京會試去了；而今老師父就是至親骨月一般。"（688頁）

我們也看到不少小說"肉"的俗寫作"月"的。《集成》清刊本《大明正德皇遊江南傳》第十一回："駐語奪鰲與周勇，骨月一般，時常往來。"（141頁）《集成》清刊本《白圭志》第九回："既與令嬡相許，便是骨月至親，却來問我姓名，何謹慎之不蚤也！"（216頁）《集成》清刊本《雲鍾雁三鬧太平莊全傳》第二十七回："骨月一家分几處，天涯漂泊斷人腸。"（593頁）同前第二十八回："萍水相逢如骨月，謝君高義實難忘。"（611頁）同前："誰知今日被奸臣陷害，弄得一家骨月，四散分离。"（617頁）同前第二十九回："一家骨月團圓樂，多感恩多義廣人。"（642頁）同前第三十回："誰知今日被刁賊害的四分五落，骨月凋殘。"（650頁）《集成》清刊本《後宋慈雲走國全傳》第三十三回："不幸王考賓天，奸相父女弄权，至内乱自生，徒使骨月参商之釁，朝政日非。"（617頁）《集成》清刊本《枕上晨鐘》第七回："况你兄弟雖有刁仁夫妻撫育，然終是骨月分離，使我牽腸，此心已碎。"（148頁）《集成》清刊本《躋春臺》卷一《節壽坊》："一日，壽姑笑謂曰：'我二人情同骨月，心性相投，可惜上下懸殊，若是姊妹，二人同歸一室，豈不好耍？'"（216頁）"骨月"均是"骨肉"字。當然，這并不奇怪，因為楷書的"肉"旁大多寫作"月"了，如"肥""膏"等是其例。

《集成》清刊本《梁武帝西來演義》第十三回："尔今高官厚爵，世受國恩，不思報本匡勤，反擁衆不軌，骨肉相殘，自相吞併，則外姓又將若何？"（321頁）"骨肉"即骨肉。今安徽九華山的地藏菩薩肉身殿匾額"護國肉身寶塔"，"肉"即"肉"字。

《正字通》引"《字彙》舊本首卷"的《檢字》云:"凡從⺼者屬肉部。"《正字通·肉部》:"⺼:肉字偏旁之文,本作肉,石經改作月,中二畫連左右。與日月之月異。今俗作⺼以別之。"《康熙字典·肉部》同前。

准、淮

"準"的俗寫簡省為"淮"。《集成》清刊本《海公大紅袍全傳》第十六回:"今日暗奏這一部大臣貪贓,明日冒奏那一班武將怠玩。帝無不淮,不知黜革了多少官員。"(300頁)同前第四十一回:"嵩常常入宮,與帝弈棋、飲酒時,或要取甚麼東西,要那中貴走動不便,帝乃時敕嵩淮帶家人三四名,相隨入宮,以便使用。"(784頁)《集成》清刊本《走馬春秋》第一回:"兩个国臼謝恩出朝,回到府中,淮備接駕。"(15頁)《集成》清刊本《大明正德皇遊江南傳》第四回:"少主淮奏,賞假梁儲養閒一月,待病痊之日,再復趨朝。"(47頁)同前:"惟有李東陽一人,不淮告退。"(47頁)《集成》清刊本《混元盒五毒全傳》第八回:"凡有四品以下文武官員,淮其先斬後奏。"(52頁)《集成》清刊本《雲鍾雁三鬧太平莊全傳》第八回:"刁龍道:'羌兵此敗,必為淮備,不若只守此關,再作計教。'"(160頁)《集成》清刊本《粉粧樓》第四十回:"天子道:'卿有何策?快快奏來,朕自淮你。'"(354頁)但是,由於"淮"正字又是淮河的意思,容易造成歧義,故準備的意思出於區別性的需要,俗寫為"准"。雖然古籍中也有"準"字俗寫"淮"的,但多數是俗寫為"准"字。《集成》清刊本《走馬春秋》第八回:"却說齊東率領御林軍將南郡府圍住,准備干柴、火燄等物,尚等信火升空,即便行事。"(128頁)《集成》清刊本《大明正德皇遊江南傳》第四回:"因見此日上表陳言,主上不准,

第四章　解讀俗字應注意的問題

反貶他為龍場驛丞,不勝憤恨。"(53頁)

第三,注意文本的方音情況。

抄練

《集成》清刊本《忠烈全傳》第四十二回:"番王大喜,日日抄練人馬,整頓盔甲,靜候元帥裡(裡)應信息,即便起兵。"(627頁)"抄練"就是"操練",蓋不少區域方言沒有z、c、s和zh、ch、sh的區別,同前第四十三回:"再說居家火足小心,亦要留心盜賊,不可大意。"(644頁)"火足"即"火燭"。

有的因方音而寫的俗字,并不能按官話的讀音去解讀,而要根據方音的實際情況去理解。《集成》清刊本褚人穫《隋唐演義》第六十五回:"那吐谷渾蠻兵,見他這般舉動,恐怕柴紹是箇勁敵,倐忽間要衝上山來,便飛箭如雨,攢將下來。柴郡馬將士,毫無驚惶之意,按陣站定,箭至面前,一步不移,口銜手掉,各各擒拿,絕無一箇損傷。"(1690頁)這個"手掉",不是手搖動的意思,而是指用手操持。此"掉"不讀diào,當與"綽"音義同。"口銜手掉"謂將士口銜着、手操持着敵人射來的箭。《集成》明刊本《孫龐鬥志演義》卷三:"鄭安平結束上馬,綽鎗在手,統兵五萬出宜梁城。"(81頁)《集成》清刊本《後三國石珠演義》第九回:"俞魁見滅了他火,現原身,綽斧砍來。"(153頁)蓋覺得"綽"是個動詞,故換"扌"旁作"掉"。《集成》嘉靖本《三國志通俗演義》卷七《劉玄德遇司馬徽》:"因此火急掉鎗上馬,引三百軍出城。"(1124頁)同前卷十一《周瑜南郡戰曹仁》:"周泰出曰:'某願往。'即時掉刀上馬,直殺入曹軍之中。"(1632頁)《集成》清刊本《異說反唐全傳》第二十七回:"說罷,掉了丈八矛,飛身上馬,分付衆偻儸,吶喊助威。"(267頁)同前第七十三回:"掉一口青龍刀,飛馬搶上山來。"(750頁)又第一百二十九回:"驟頭太子聞言,立挺身掉一根鉄棍在手,大踏出營外。"(1322頁)

去

《集成》清刊本《大清全傳》第四十四回:"這一路之上,派有綠林英雄甚多,均在各去等大人行刺,絕不能叫大人上任。"(561頁)同前:"彭公听賊人之言,吩咐把謝豹交本去地面官,解送涿州知州,叫他嚴刑審訊明白。"(561頁)這兩例"去"是"處"的音借,蓋小說作者方音"去""處"音同。

五、有的俗字解讀不能受今簡體字的干擾

抡

《集成》清刊本《大清全傳》第四十二回:"張耀聯本來心中有病,前者抡那李榮和之妻与他妹妹珠娘,当时抡來兩箇女子,乃貞潔烈婦,不但不從,受他一頓鞭子,即时自縊身死,暗中掩埋。"(532頁)同前第七十四回:"夜晚派些人去抡來,一个婦人家,抡來多給他些衣服金銀首饎,也就安住他的心了。"(998頁)同前:"见那婦人尚未睡覺,被我衆人抡上轎去。"(999頁)《集成》清抄本《忠烈俠義傳》第七十二回:"他倚仗朝中総管馬朝賢是他叔父,他便無所不為,霸佔田產,抡掠妇女。"(2249頁)"抡"是"搶"簡體字,而在上文却是"搶"的俗字。我們還可從類似俗字中得到啟發,如"倉"俗寫或作"仑",《集成》清刊本《大清全傳》第七十四回:"夜晚各帶鈴刀,到刘家門首。"(999頁)"鈴"即"鎗"字。《集成》清刊本《後宋慈雲走國全傳》第三十二回:"王綱唬了一驚,一馬逃走,不想高公

第四章　解讀俗字應注意的問題

子長鈠已中他後心。"(609頁)

护

《集成》清刊本《續金瓶梅》第十五回："伯爵一行罵着道：'想怹爹活時，姦騙人家婦女銀錢，使盡機心權勢，才報應你這小雜種身上。今日你娘不知那裏着人护去，養漢為娼的，你倒來累我，我是你的甚麼人！'"(381頁)"护"不能按今簡體來解讀，它是"擄"的俗字。《續金瓶梅》與《隔簾花影》應該有淵源關係，我們可比較《集成》清刊本《隔簾花影》第九回："本赤一頭走，一頭罵道：'想怹爹活時，姦騙人家婦女銀錢，使盡心機權勢，才報應到你这小雜種身上。今日你娘不知那裡着人擄去，養漢為娼，你倒來累我，我是你的甚麼人！'"(148頁)《集成》清刊本《續金瓶梅》第十五回："男婦們怕火燒，都走出來，被這土賊們搶衣裳的，护婦女的，把玳安也上了繩拴着。"(386頁)"护"也是"擄"之俗，《隔簾花影》第九回作"擄"(151頁)。《集成》清刊本《續金瓶梅》第二十二回："自先夫死後，止有一子，因遇亂分離，聞說护在東京，一路尋來，得遇老夫人收留作伴，就如母子相似。"(554頁)"护"字，《隔簾花影》第十八回作"擄"(314頁)。《集成》清刊本《續金瓶梅》第二十二回："喜的是撞着熟人，不肯护了我去。說的他心軟了，必然放我。"(565頁)"护"是"擄"字。

現在說說"擄"字俗寫作"护"的原因。古籍俗寫中，"爐""蘆""盧""驢"字俗或作"炉""芦""庐""馿"，《集成》清刊本《唐鍾馗平鬼傳》第一回："頭一碗是山草馿子放屁，作孽的螞蚱。"(9頁)"馿"即驢字。"虜""盧"音同，故"擄"俗寫為"护"。

第五章　明清俗寫的多種形體表現

　　一個詞的俗寫,往往有多種表現形式,這是我們在閱讀古籍時必須注意的。也就是說,一個詞有多個俗寫,為更全面地展示明清小說俗字的面貌,我們將另行編纂《明清小說俗字典》。下面我們來舉一些例子,略見一斑。

罷

　　"罷"或作"罷"。《集成》清刻本《驚夢啼》第四回:"説罷,重新出來做完了豆腐。"(112頁)

　　或作"罢"。《集成》明刊本《兩漢開國中興傳志·漢楚兵入咸陽》:"魯公看罢,怒曰:'刘邦敢恁無礼!吾自引軍擒之。'"(57頁)

　　或作"罢",蓋"罢"字的下部受常用字"去"影響而同化。《乾隆抄本百廿回紅樓夢稿》第二十回:"因笑道:'我在这里坐着,你放心去罢。'"(239頁)《集成》清刊本《繡鞋記》第一回:"說罢,將酒敬上,蔭芝雙手捧接。"(4頁)《集成》清刊本《鐵冠圖》第一回:"太祖看罢,命藏之金匱。"(2頁)

　　或作"丟"。《集成》清刊本《前明正德白牡丹傳》第十一回:"夫人闻言,京得手足無措,叫声:'罷了丟了,不料這賤婢失醜,做出這般勾当。……'"(136頁)同前:"小姐曰:'母親寬心,待女兒说来丟。'"(137頁)"丟"即"罷"字。

笨

愚笨的"笨"或寫"倴",前面已舉。或作"伓"。《集成》明刊本《三寶太監西洋記通俗演義》第九十七回:"下海之時,鱗甲粗伓,尾巴搖搖,抓得山頭上石子兒雷一般响。"(2634頁)清王在鎬《辨字通考·卷首》云:"伓、悴:上音笨,性不慧也。下音高,知也,局也。"① 實際上"伓""悴"二者俗書相混。翟灝《通俗編》卷十五"悴"條:"《集韻》:'悴,部本切,性不慧也。'按:《晉書》:豫章太守史疇以體肥大,目為笨伯。《唐書》注:舉柩夫謂之悴夫。笨、悴皆麤率儜劣之貌,字相通用;而與悴有主貌、主性之別。又三字皆从大从十,而不从本。世俗概以'笨'為不慧,據《說文》'笨'為竹裏,與笨伯之笨亦不同。"②

或作"坌"。《集成》明刊本《醒世陰陽夢》陰夢第十回:"這智因麓蠢坌牛,會錯了箇主意。"(651頁)

或作"夯"。《集成》本《鼓掌絕塵》第二十四回:"只揀那粗夯用氣力的,便喚着他做些。"(712頁)《集成》清刊本《說唐演義全傳》第十二回:"扭捏這個粗夯身體,在人叢中挨來擠去。"(214頁)

纏

"纏"或俗作"妞"。《集成》清刊本《醒夢駢言》第三回:"一見魂消豈偶然,頓教夢寐與妞綿。"(138頁)同前第四回:"蕙蘭見主母不肯給他日用盤妞,便自己做些針指,換錢米來度日。"(160頁)同前:"到得那边,那表親却陞任云南去了,手頭盤妞又完了,正在

---

① 《續修四庫全書》第239册,第21頁,上海古籍出版社2002年版。
② 同上,第194册,第424頁。

沒法。"（165頁）蓋是在"繩"基礎上的進一步簡省。或作"姃"，同前第四回："却見賈員外從外面踱將進來，想必要和他姃，着了急，便望那店主人家的内室撞進去。"（162頁）我們可以比較"釐"俗寫或作"蹙"，同前第七回："官府风闻得成二家大富，勒索二千兩银子，少一蹙也不能。"（305頁）

或作"綎"。《集成》清刊本《醒夢駢言》第四回："俞大成久離了鄉井，日日想回太原拜扫墳墓，只怕孫九和難綎。"（181頁）同前第六回："我是個窮秀才，帶的考費不多，只勾苦盤綎。"（251頁）

慈

"慈"俗或作"𢛯"。《集成》清刊本《西湖拾遺》卷四十二《換骨改過垂老榮身》："没𢛯心的馬面牛頭，兩股义兩條鞭，恶恶狠狠。"（1639頁）同前卷四十五《逢美女赴約成仙》："你們凡胎不識異人，他本是南海落迦山紫竹林中大𢛯大悲救苦救難觀世音菩薩。"（1791頁）《集成》清刊本《雙鳳奇緣》第四十四回："爾等破開（関）斬將，圍城挟主，全無吾（君）臣之礼，我主仁𢛯，格外寬恩，併不加罪爾等，反把昭君賞賜爾國，也算心滿意足了。"（394頁）《集成》清刊本《天豹圖》第一回："貧道乃出家人，𢛯悲為本，方便為門。"（12頁）

或作"蕊"。《集成》清刊本《雙鳳奇緣》第六十五回："林后笑道：'陛下不必在此假蕊悲，正是番人只要昭君，就獻與他，若要正宫，也可獻與他宏？'"（585頁）

或作"恶"。《集成》清刊本《大清全傳》第七十回："面如古月，恶眉善目。"（946頁）《集成》明刊本《南海觀世音菩薩出身修行傳》卷三《仙人手目調藥》："和尚曰：'大仙以恶悲為本，上身割落，他亦喜為。'"（105頁）同前卷三《妙善駕雲歸香山》："仙女恶悲救朕

第五章 明清俗寫的多種形體表現

身,志心頂礼用殷勤。"(111頁)

丐

清人唐塤《通俗字林辨證》卷三"丐丏"條云:"丐,居太切,乞也,取也,又與也。丏,彌殄切,不見也,又避箭短墻也,象壅蔽之形。兩字俱从正而曳之,然迥不相涉。由丐得聲者,沔水之沔,顧眄之眄,麥麪之麪;丏則單用而已,不得混也。今人於丏旁概作丐,失之矣。"①說明俗寫"丏""丐"相混。

《集成》本《鼓掌絕塵》第十九回:"灘頭行乞丏,馬上遇鄉人。"(591頁)敦煌卷子北圖"芥"十四《文殊師利問佛土嚴淨經》卷下:"不先供養十方諸佛,聲聞、緣覺及諸貧匱,危厄乞丐下劣衆生,先自食者則為不宜,先飽一切然後乃食。"可洪《新集藏經音義隨函錄》卷二十二引《舊雜譬喻經》下卷"乞匃"條云:"音蓋。"②可見"丏"俗寫訛混為"丐"。"匃"是較古的字形,見於古文字。由"匃"形訛變為"丐",再變為"丏"。《龍龕手鏡·雜部》:"丐、丏:二俗。匃、匃:二今。音盖。乞也。"《磧砂藏》本《六度集經》卷二:"迊心言:'我在他國,聞王功德,故來相見,今欲乞匃。'"(33/93/b)《永樂北藏》第104冊《彌勒菩薩所問經論》卷一:"彌勒,若諸菩薩摩訶薩是能捨主,是能施主,施諸沙門及婆羅門、貧窮乞匃、下賤人等衣食臥具,隨病湯藥,所須之物。"(104/3/a)卷末《音釋》:"匃:居太切,乞也。""匃"或改寫為"匄",因"亡"或作"亾"。其原理可看得很清楚。

---

① 《續修四庫全書》第241冊,第39頁,上海古籍出版社2002年版。
② 《中華大藏經》第60冊,第234頁,中華書局1984—1997年版。

"勾"或作"匂"。孫奕《履齋示兒編》卷十八云:"曷葛謁竭歇揭褐偈喝愒皆從勾,而俗從匂。"①《大正藏》本《大方便佛報恩經》卷五:"時五百大臣語婆羅門言:'汝用是臭爛膿血頭為?'婆羅門言:'我自乞匂,用問我為?'"(3/150/a)這也是容易解釋的,俗寫"亾"旁往往寫"匕",如"喝"或作"喼","忘"或作"忌",是其例。《集成》明刊本《隋唐兩朝史傳》第四十回:"金剛喼曰:'大軍到此,何不開城納降,尚敢引兵前來拒敵?'"(477頁)《集成》清刊本《二奇合傳》第七回:"我便忌了,你去後有個官人來歇一晚,絕早便去。"(231頁)"忌"是"忘"之俗,即是由"忘"類推而來。《集成》本《型世言》第二回:"每日早起,見他目間時有淚痕,道:'此子有深情,非忌親的。'"(87頁)

漢

"漢"或作"渶"。《集成》明刊本《兩漢開國中興傳志·楚漢盟分天下指鴻溝》:"渶將婁樊復出迎敵。"(187頁)同前:"楚王揮兵掩殺,渶軍十死八九,大敗入城。"(188頁)同前:"其人原是村庄農家,布衣時從渶王收秦。"(190頁)

或作"渼"。《集成》明刊本《孔聖宗師出身全傳》卷三《為官師徒問答》:"子貢南遊于楚,反於魯,過渼阴。"(126頁)

因漢子是人,故表示漢子或作"僕"。《集成》清刻本《終須夢》第四回:"那平娘先時見一僕子突然進來,正要轉身躲避開去,聽見女婢說是康夢鶴,便住了脚。"(44頁)同上第十六回:"遂慌忙持着手本,突然直入,被衙役拿到臺前,説:'你這僕子好大胆,敢來

---

① 鮑廷博輯《知不足齋叢書》第9冊,第140頁,中華書局1999年影印。

第五章　明清俗寫的多種形體表現

冲撞大老爺！'"(223頁)《集成》清刊本《海公小紅袍全傳》第十五回："這護標好僕攔住,把箭乱射,射死十餘人。"(150頁)

護

"護"或作"茇"。《集成》清抄本《忠烈俠義傳》第九十五回："他忙忙碌碌,將平山的褲韈、茇膝等,俱各藏好。"(2979頁)

或作"鼓"。《集成》清刊本《玉樓春》第四回："十五早上,一群婦女鼓送両乘轎子進菴。"(48頁)同前第十一回："楊公子出來救菝,夫妻反目一塲。"(135頁)同前第十二回："総兵禮珪、都督同知儲尚緒各領兵一千,為左右救菝。"(156頁)《集成》清刊本《昇仙傳》第五十回："不知是那家神圣保菝与我？"(367頁)

或作"苂"。《集成》清刊本《玉樓春》第九回："尼姑只得央致仕鄉宦鄭閣部來苂法,指望強壓祁公。"(120頁)

或作"蒦"。《集成》清抄本《忠烈俠義傳》第三回："走了多時,見道傍有座廟宇,匾額上寫着'敕建蒦国金龍寺'。"(124頁)

或作"茯"。《集成》清抄本《忠烈俠義傳》第七十二回："且说翟九成因茯庇錦娘,被惡奴們拳打脚踢,飽打了一頓。"(2258頁)

或作"菽"。《集成》清刊本《昇仙傳》第十九回："他又有紅布纏頭,短甲菽体,似乎僭难取勝。"(130頁)

捷

"捷"或作"擔"。《集成》清刊本《異說反唐全傳》第九十四回："你看周成喜氣洋洋,收兵自回東寨,差官星夜上長安報擔去了。"(978頁)

或作"揵"。《集成》清刊本《海公大紅袍全傳》第三回："再說那溫夫人,正在盼望着海瑞成名的揵報。"(52頁)《集成》明刊本

《雲合奇蹤》第三則："脫脫撫息人民，因遣牙將一面奏揵，不題。"（28頁）

或作"犍"。《集成》明武林刊本《東西晉演義》第十回："於是使人還國報犍，請益糧兵。"（292頁）按：俗寫中"聿""建"二旁不別。

舅

"舅"或作"旧"。《集成》本《換夫妻》第九回："三元劝了一番，遂即喚了妻弟張二旧同到縣中，買棺木之類。"（63頁）《集成》本《飛英聲》："一个年幼女兒，豈不艱难？只得喚王忠去請母旧巫有恩商議。"（7頁）

或作"男"。《集成》清刊本《引鳳簫》第十一回："金聲與眉仙雖曰新郎男，實是舊師生，相見甚歡，盡興而飲。"（171頁）《集成》清刊本《春柳鶯》第一回："一日，聞得懷伊人要上河南他表親處打抽豐，遂請相會，思量謝名，作伴同行，到男家借看表兄為名，隨遇覓訪才女。"（6頁）

或作"臼"。《集成》清刊本《走馬春秋》第一回："兩个国臼謝恩出朝，回到府中，準備接駕。"（15頁）同前："兩个国臼謝恩，引同圣駕轉湾抹角，来至寢室坐下。"（15頁）

"旧"或訛作"田"。《集成》清刊本《昇仙傳》第三十八回："定了定神思，还認着来時的田路，回家而去。"（279頁）《集成》清刊本《醒風流奇傳》第十三回："梅公子仍田昂昂然，走上堂立着不跪。"（314頁）"田"即"旧"之俗變。

撈

"撈"或作"捞"。《集成》清刊本《躋春臺》卷一《過人瘋》："進門來狗又多圍在地坝，兒無奈纔出去捞根扒扒。"（92頁）同前卷二《捉南風》："吳豆腐挬把鋤子，提到後坡土邊去埋。"（282頁）同前："長年曰：'昨晚呂光明滿身是血，我們問他，含糊答應，況挬的鋤棍上有血迹，不是他是誰？'"（284頁）同前卷二《白玉扇》："他雖莫嫁盒，你多去行郎，挬起空扛轉，才好羞他娘！依我講去三十付扛子，六十個行郎。"（354頁）

樂

"樂"或作"㮈"。《集成》清刊本《十二笑》第一回："人逢㮈境增煩惱，話不投機半句多。"（15頁）《集成》清刊本《鐵冠圖》第一回："帝雖聰明，專好逸㮈，不理朝政。"（2頁）

或作"乐"。《集成》高麗刊本《九雲夢》卷二："令小姐論其高下，評其工拙，憑几而听，以此為暮景之乐。"（64頁）

或作"㮈"。《集成》清刊本《前明正德白牡丹傳》第八回："若論人間园圃之可㮈，御苑实为第一。"（94頁）

或作"㮈"。《集成》清刊本《前明正德白牡丹傳》第十二回："又兼与民同㮈，不禁百姓观看。"（151頁）

兩

"兩"俗寫或作"㒳"。《集成》清刊本《海公大紅袍全傳》第四十九回："案犯夤夜入劫梁阿興家衣物、艮㒳，業經屢供，院司未破。"（939頁）

或俗作"刃"。《集成》清刊本《昇仙傳》第十九回："叫中軍官，立刻取了射香一斤，雄黃一斤，硃砂一斤，流黃、焰硝每樣四刃，共研為末，裝在磁葫蘆裡。"（133頁）

或作"两"。《集成》清刊本《鳳凰池》第一回："两个正在談笑暢飲。"（17頁）《集成》清刊本《前明正德白牡丹傳》第一回："話說這

两首诗,单道逍遥天子的遗事。"(1頁)

龍

"龍"或作"龙"。《集成》清刊本《萬花樓演義》第三回:"原来此水,乃赤龙作孽,即將西河一縣,反作洋湾。"(53頁)《集成》清刊本《前明正德白牡丹傳》第十二回:"且說大明正德天子龙駕,五月中旬起程。"(146頁)同前第十五回:"這一日来到京城,百官備了龙輦,到十里長亭跪接。"(189頁)

或作"龙"。《集成》清刊本《前明正德白牡丹傳》第十四回:"頭戴二龙鬧珠金盔,身穿鎖子龙鱗黄金甲。"(177頁)

或作"龙"。《集成》清刊本《前明正德白牡丹傳》第二十八回:"时万飛龙见二人上陣,心中忍不住火起,搖斧殺来。"(361頁)

或作"龙"。《集成》清刊本《前明正德白牡丹傳》第一回:"驚醒起来,却是南柯一夢,依旧倚在龙床上,朦朧道:'好,好!'"(3頁)同前第三回:"龙袖一拂,駕退回宫。"(32頁)

或作"龙"。《集成》清刊本《前明正德白牡丹傳》第三回:"穿的一領蓝布袍,左手执一把蘇白扇,右手执一枝白布招牌,上寫的'江蘇張半仙相办魚龙'。"(35頁)

或作"龙"。《集成》明刊本《咒棗記》第五回:"這一座龙虎山,果是一所的福地。"(49頁)

或作"龙"。《集成》明刊本《征播奏捷傳通俗演義》:"坐着九霄龙鳳椅,足穿无憂履。"(110頁)

或作"龙"。《集成》明刊本《大宋中興通俗演義》卷六《小商橋射死楊再興》:"兀朮分龙虎大王兩翼而出。"(602頁)

或作"龙"。《集成》清臥雲書閣本《雙鳳奇緣》第七回:"昭君

第五章 明清俗寫的多種形體表現

接過,把琴擺在膝上,用尖尖玉笋向弦上一理,好不悽慘,由不得兩泪双流,操出一調如**龍**吟。"(56頁)同上第八回:"望陛下看小妃薄面,可將奴父母召進京都,與小妃一面,則感**龍**恩不淺。"(68頁)《集成》清刊本《綠牡丹全傳》第一回:"他是上界雌**龍**降生,該有四十餘年天下,分分擾亂大唐綱紀。"(2頁)

或作"**龍**"。《集成》臥雲書閣本《雙鳳奇緣》第五十回:"吟畢,命王**龍**吟詩一首,以解悶愁。"(445頁)

或作"**龍**"。《集成》明刊本《牛郎織女傳》卷二《漢渚觀奇》:"今朝得做乘**龍**婿,高臥雲帆水面遊。"(58頁)

或作"**龍**"。《集成》戚序本《紅樓夢》第十三回題目:"秦可卿死封**龍**禁尉,王熙鳳協理寧國府。"(433頁)

或作"**龍**"。《集成》戚序本《紅樓夢》第十三回:"說我拜上他,起一張**龍**禁尉的票。"(447頁)

或作"**龍**"。《集成》清抄本《忠烈俠義傳》第一回:"又見有**龍**袱为证,二人商議,即將太子裝入粧盒。"(17頁)

摞

"摞"寫"硌""落""路"等。《集成》清刊本《補紅樓夢》第一回:"那女童去不多時,早抱着一硌冊子,笑嘻嘻的走進來。"(19頁)《集成》清抄本《忠烈俠義傳》第五回:"到了屋内,只見一落一落的瓦盆,堆的不少,彼此讓坐。"(228頁)《集成》清刊本《七俠五義》第五回:"到了屋内,只見一路一路的盆子堆的不少,彼此讓坐。"(41頁)《集成》清刊本《兒女英雄傳》第三十一回:"已經把房上的瓦揭起一硌來,放在身旁,手裡還掐着兩三片瓦,在那裡瞭望。"

(1415頁)"硌"字,標點本作"摞"①。《集成》清刊本《兒女英雄傳》第三十六回:"只見靠北牕八先(仙)桌子上堆着大高的兩硌册子,旁邊又擱着筆硯算盤。"(1729頁)同前第三十七回:"只見華嬤嬤從他家裡提了一壺開水,懷裡又抱着個滷壺,那隻手還掐着一硌茶盌、茶盤兒進來。"(1790頁)上兩例"硌",標點本也作"摞"②。

屈戌

《集成》清抄本《忠烈俠義傳》第七十回:"北俠將二人之頭挽在一處,挂在楠扇鈾頜之上,滿腔惡氣全消。"(2187頁)"鈾頜"是指門窗、屏風、櫥櫃等的環紐、搭扣。《集成》清刊本《七俠五義》第七十回作"屈戌"(481頁)。"屈戌"參《漢語大詞典》,唐李商隱《驕兒》詩:"凝走弄香奩,拔脫金屈戌。"明代陶宗儀《輟耕錄·屈戌》:"今人家窗户設鉸具,或鐵或銅,名曰環紐,即古金鋪之遺意,北方謂之屈戌,其稱甚古。""屈戌"也應該是記音字,因本字難考,故通俗小說在記音字的基礎上,加上"金"旁(因以金屬製作為多),成為形聲字"鈾頜"。《集成》清抄本《忠烈俠義傳》第七十三回:"朱淑貞見鈾頜倒鎖,連忙將燈一照,看了鎖門,向腰間掏出許多鑰匙。"(2293頁)"鈾頜"二字,《集成》清刊本《七俠五義》作"屈戌"(506頁)。也有的說"屈戌"是"屈膝"的音訛,《漢語大詞典》收有"屈膝"條。明楊慎《古音駢字續編》卷五:"屈膝(《輟耕錄》)、曲須(京師語)、鋦鈘、屈戌:四同。"《玉篇·金部》:"鋦,鋦鈘也。"方以智《通雅·器用·雜器》:"屈戌即屈膝。或作鋦鈘。"蓋口語詞表

---

① 文康《兒女英雄傳》第393頁,上海古籍出版社1991年版。
② 同上,第478頁、494頁。

第五章　明清俗寫的多種形體表現　　　127

示環紐意思，音如"曲須""屈戌"，故寫此記音字，後又加"金"旁，成为"錭鈛""鈾锁"。

擅

《集成》清刊本《後宋慈雲走國全傳》第五回："今拉离重地，律有明條，只一出関时，已搆着一死，不望生还。"（93頁）"拉"即"擅"之俗。同前："无旨奉宣，拉自回朝。算來藐視王法，罪應賜死。"（94頁）同前第十八回："孫玉大怒曰：'石俊！汝非現為命官，惟汝父身居侯爵，汝今世祿加恩，朝廷待汝不薄，拉敢作惡，不守君臣之礼，暗保太子謀叛！'"（340頁）今標點本訛作"膽"①，非。同前第十九回："傳令各營兵丁另開水道，汲引食用，不許拉汲山水悮飲，有傷性命。"（356頁）今標點本誤錄為"拉"②，非。

《集成》清抄本《筆花鬧》："敢问二位娘子，更深夜静，何故抃出閨門，遊嬉月下？"（6頁）"抃"就是"擅"之俗，可比較"壇"俗寫作"坛"。《集成》清抄本《忠烈俠義傳》第一百回："因知銅網陣的利害，不敢抃入。"（3135頁）《集成》清刊本《綠牡丹全傳》第三十四回："小的不敢抃自叫他進來，特禀老爹知道。"（335頁）同前第五十四回："便大罵道：'狗強盜，抃自捉朝廷命官，該當何罪？'"（521頁）《集成》清刊本《走馬春秋》第一回："孫賓沉吟一会，把杯藥酒高高舉起，尊一声：'皇天在上，臣蒙国母所賜，不敢抃用，理当先祭天地，方显国母隆重之恩。'"（7頁）《集成》清刊本《雲鍾雁三鬧太平莊全傳》第十回："臣今家宅落鄉，凡一切家事求聖恩禁止，

---

① 劉樂泉《中國古典名著——後宋慈雲走國全傳》第428頁，京華出版社2002年版。
② 同上，第434頁。

無許一切朝臣抎入臣莊。倘有小事,亦須俟臣回來發放。"(203頁)《集成》清刊本《前明正德白牡丹傳》第三十二回:"今日一失勢,一個外鎮提督,如此抎作威權,弄得我無処栖身。"(409頁)

聖

《集成》清刊本《萬花樓演義》第十六回:"待明日進朝,奏知圣上。"(230頁)同前第十七回:"包爺曰:'老太師不必多言爭論了,一仝去見駕,是兵是民,悉听圣上主裁。'"(242頁)"圣"就是"聖"字,蓋字的上部用簡省符號"又"代替,語例甚多。

"圣"字或許是受了"堅""怪"等字的影響,又類化為"圣"字。《集成》清刊本《萬花樓演義》第十七回:"当時又有制台胡坤在右班中,听見圣上責罰龐太師,併知狄青是圣上內亲,怒氣冲冲。"(245頁)"圣"的俗字語例甚多,此不多舉。

"聖"或作"亞"。《集成》元刊本《秦併六國平話》卷上:"奏上始皇,献上韓王并二十二郡經曰:'臣剪令伊虎鎮守韓邦,伏候亞旨。'"(29頁)同前卷中:"〔景丹〕提宝刀至東宮,謂燕丹曰:'吾奉燕王亞旨,將鴆酒賜您死也。'"(55頁)同前:"景丹斟下藥酒,逼太子服藥,不得有違父王亞旨。"(55頁)

絲

《集成》明刊本《杜騙新書·換銀騙·成錠假換真銀》:"汪欣然取出真銀,孫接過手曰:'果是金花細系。'汪欲顯真銀,因轉在孫手接出,遍與舟中客人看,問好否,都道是細系。"(33頁)"系"是"絲"的俗字。《集成》明刊本《大唐秦王詞話》第七回:"縱有靈符共彩系,心情不似舊來時。"(137頁)《集成》清刊本《異說反唐全傳》第四十七回:"櫻桃小口,眼白如銀,青系細髮,可愛無比。"(484頁)

第五章 明清俗寫的多種形體表現

《集成》清刊本《綠牡丹全傳》第十回:"承你世兄情留,又賀氏日奉三湌,我母子系毫未報,今若以寔情說出,賀氏則無葬身之地。"(106頁)《集成》清刊本《混元盒五毒全傳》第五回:"為人到也正直老誠,並無系毫苟且。"(31頁)《集成》清刊本《兩交婚小傳》第八回:"辛祭酒大喜道:'既蒙甘兄慨諾,則小兒幸獲好逑矣。何幸如之!稍容擇吉,敬納紅系。'"(277頁)《集成》清刊本《雲鍾雁三鬧太平莊全傳》第三十四回:"暮暮朝朝堪賞,不用系桐開宴。"(721頁)《集成》清刊本《說唐演義全傳》第六十六回:"高祖傳旨宣雷賽秦,當殿把龍目一觀,果然與尉遲恭面貌系毫無二。"(1183頁)

"絲"俗寫或作"絲"。《集成》清刊本《兒女英雄傳》第二十九回:"原來老人家弄個筆墨,也是這等絲毫不苟的!"(1288頁)《集成》清刊本《花月痕》第十一回:"丹暈道:'"絲"字不是兩邊同麽?'曼雲道:'那是減寫,正寫兩邊是不同的。'小岑道:'不錯。正寫是從"系",況拆開是個"糸"字,罰了罷。你的量好,不怕的。'"(221頁)小說顯然把"絲"當作正字看待,實際上是俗字,正字當作"絲"。《說文》:"絲,蠶所吐也。从二糸。"可見因"絲"字流行,一般人都把它當正字看待了。《集成》明刊本《醒世恒言》卷二十六《薛錄事魚服證仙》:"莫非他眼下災悔脫盡,故此身上全無一絲一縷,亦未可知。"(1534頁)《集成》清刊本《蟫史》卷四:"請織六幅廻文,五色絲布,命矩兒裹革飯牛而使咽之。"(171頁)

歲

"歲"或作"歳"。《集成》清刊本《前明正德白牡丹傳》第一回:"若是万歳不嫌容貌醜陋,另日即便同侍巾櫛罷。"(3頁)同前:"那兩美被武宗糾纏不離,却叫道:'万歳,放手,放手!'"(3頁)《集成》

清刊本《萬花樓演義》第一回:"倘有年少女兒,育成十四五歳,有六七分姿容,倘或被選去,已是永無相見之日,猶如死了一般。"(7頁)

或作"歳"。《集成》清刊本《天豹圖》第二十六回:"梅氏又問道:'少爺今年幾多歳了?'"(520頁)"歲"的這種俗寫,周志鋒《明清小說俗字俗語研究》也有論及。

"歲"或作"岁""岁"。《集成》清刊本《後宋慈雲走國全傳》第二十回:"此話只可哄三岁孩童耳。"(388頁)《集成》清刊本《躋雲樓》第八回:"到了二十三岁,也舉了孝廉。"(93頁)同前第九回:"長至一十八岁,緣他娶了媳妇,剛過一年,就生了一個兒子。"(94頁)《集成》清刊本《錦香亭》第十三回:"只見子竒當先叫道:'千岁爺,還不快走!唐兵隨後殺來了。'"(211頁)《集成》清刊本《大清全傳》第十六回:"一个少年之人,拉住一人,有二十多岁,是買賣打扮。"(167頁)"岁"是"歲"的俗字。"歲"俗寫或作"崴","止"換成"山"旁,故"岁"又作"岁",即今簡化字,是其來歷。《集成》清刊本《大清全傳》第七十一回:"花面太岁李通急架相迎。"(966頁)又重文符號或作"夂",故"穢"字或俗寫"秽"。《集成》本陳忱《水滸後傳》第六回:"衆人看時,原來是郭京,渾身血污,臭秽难闻。"(179頁)"秽"就是"穢"字。

"歲"或作"些"。《古本小說叢刊》第一一輯《鬼神傳終須報》第九回:"父子二人,終日上山,採樵競度,亦是虛延些月。"(2142頁)《集成》清刊本李雨堂《萬花樓演義》第十回:"隐修曰:'貧僧不晤千些尊顔十餘天,竟得大寂寞。'"(151頁)《集成》清刊本素庵主人編《錦香亭》第六回:"俺絕早到那禿驢寺中,一個和尚也不見,只有八十餘些的老僧在那裡。"(96頁)

第五章 明清俗寫的多種形體表現

"歲"俗寫或作"崇"。《古本小說叢刊》第一一輯《瓦崗寨演義全傳》第十三回："万崇傳旨，百姓每植一大楊柳在江边，賞絹二疋。"（2441頁）同前："各彩女皆望着船呼万崇，煬帝好不欢喜。"（2442頁）又同前："那班牽纜女子忽然見拿了差官追出艮兩補回，每名二十兩，好不歡喜，皆來船前俯伏呼万崇。"（2444頁）"歲"或作"崇"，《古本小說叢刊》第四輯清刊本《桃花女陰陽鬥傳》第二回："石婆子忙把兒子的八字說上：'是腊月十八丑時生的，今年是以十四崇。'"（841頁）《集成》清刊本《陰陽鬥異說傳奇》第三回："便投往太公處為女，至今長成十六**崇**。"（21頁）同前："直至十六**崇**上，也不對爹娘言知。"（26頁）

"歲"或寫作"岁"。《集成》清抄本《筆花鬧》："若不是国家安樂之時，雨順風调之岁，怎淂此同欢共賞芳菲爛熳之樂？"（3頁）《筆花鬧》："兒子蕭然，已是一十六岁。"（27頁）《集成》清抄本《忠烈俠義傳》第一回："八千岁問（聞）听，急忙將粧盒打開。"（23頁）同前："這日八千岁進宮問安，天子召見，八千岁奏对之下，賜坐閑談。"（27頁）

《集成》清刊本《鐵冠圖》第一回："矮子四顧无人，即時双膝跪下，口呼萬朱。"（4頁）同前第八回："洪承畴上到大堂，見正面供着聖旨，太監坐在兩旁公案，即向中跪下，三呼万朱。"（53頁）"朱"是"歲"之俗。

或作"歨"。《集成》本《潛龍馬再興七姑傳·鸚鵡天牢問太子》："九王坐殿，鸚哥口叫，千歨心下自思，此鳥必有事故。"（136頁）同前："他令我來荆州报知千歨、海東娘娘、降州三春、李家庄李千金、黑松林劉金縛、普（晋）門関穆蘭英。"（136頁）又同前："今千

歩可速速起兵去救。"(136頁)

《集成》清刊本《鐵冠圖》第二回:"周二姐見幼童年約八九米,美如冠玉。那少女年約十五六步,貌比鮮花。"(15頁)同前第四回:"左太太想起良玉雖做了官,東剿西征,年已二十米,尚未擇配。"(30頁)同前第十四回:"話說李闖的仇人閆玉哥,改名閆如玉,跟隨外祖陳永福鎮守汴梁城,是時長成十六米,練習得弓馬純熟,武藝精通。"(94頁)通過比較,可以很容易斷定,"米"是"歲"的俗寫"朱"之訛,"步"也是"歲"的俗寫。"歲"的俗寫古籍中也有訛成"朱"的,《集成》清刊本《鐵冠圖》第九回:"万朱即時傳旨,宣馬元見駕。"(59頁)同前:"万朱問:'你莫非洪承疇主使,與王十九夥告夥証広?快把真情訴來。'"(59頁)"万朱"即萬歲。其訛變軌跡可以分析,即由"朱"訛為"朱"。

因"歲"的俗寫上部或從"山",故有俗寫作"岽"。《集成》清刊本《鐵冠圖》第二十回:"应時中見他說出此話,正与自己同心,一齊與蔡懋德向北跪辭万岽,又拜了帝君,忙鮮下絲帶,在樓上自縊。"(143頁)同前第二十二回:"只見一員小將,年約十七八岽,生得英偉異常。"(157頁)同前第二十八回:"杜勳既商(獻)了岱州城,進京見了万岽。"(191頁)同前第三十回:"万岽道:'為今之計,糧艸從何而得?'"(210頁)《集成》清刊本《昇仙傳》第二十五回:"幸是遇着千岽,求千岽作主。"(177頁)或作"岽"。同前:"小塘故意的滿眼垂淚,說:'千岽,微臣是安慶府秀才,南京納監,北京科舉中了頭名解元。……'"(177頁)又同前:"千岽,休听他一偏之言。"(177頁)

第五章 明清俗寫的多種形體表現

壇

"壇"或作"玹"。《集成》明吳還初《天妃娘媽傳》第四回:"不想張法師即時當玹,啓囑求一笞。"(42頁)《集成》明刊本《關帝歷代顯聖誌傳》卷四《西昌告郭中丞平播》:"衆文武登玹,莫不人人慷慨。"(204頁)"玹"即"壇"的俗寫。《集成》本《插增田虎王慶忠義水滸全傳》第八十三回:"次日宋江傳令,軍直抵玹州。却〔說〕玹州洞仙侍郎知悉拆(折)主將,閉城不出。"(94頁)"玹"就是"壇"的俗字,這裏"玹"是"檀"的音借字,今繁本《水滸傳》作"檀州"。《插增田虎王慶忠義水滸全傳》第八十三回:"只見小校报道:西北上一彪軍馬,打皂雕旗,望玹州來。"(95頁)《集成》明酉陽野史《三國誌後傳》第五十七回:"即命築壇於鄴城之内,擇日請陸機至玹受印劍領職。"(897頁)《集成》明刊本《近報叢譚平虜傳》卷一《馬都督拋擊奴賊兵》:"另設祭二玹,以慰忠魂。"(95頁)《集成》清刊本《鐵冠圖》第十三回:"又吩咐高搭玹檯,整備停当。"(89頁)《集成》清抄本《忠烈俠義傳》第十六回:"只見縣官正在那里嗔唬范葉宗呢!怪他欽差大人既在此宿玹,你為何不早早稟我知道?"(579頁)"玹"即"壇"之俗。蓋"壇"字俗寫改從"玄"聲,均是山攝字,音近;而後來進一步訛變為"坛",不然從"云"聲則音不類,無法在聲音上得到解釋。演變過程是:由"壇"俗寫為"玹",由"玹"訛變為"坛"。《集成》清刊本《海公大紅袍全傳》第三十六回:"海瑞道:'除了兩坛紹酒的價銀,餘者你二人拿去,買些衣物。'"(671頁)《集成》本《潛龍馬再興七姑傳·晉王大封功臣》:"又令郭相出點三軍撈賞,各賜花銀二兩,羊肉三斤,猪肉五斤,饅首五价,好酒一坛。"(160頁)《集成》清刊本《綠牡丹全傳》第三十四回:"老太太

灵坛已有徐大爷安放庙中。"(338頁)

賢

《古本小說叢刊》第二輯明刊本《水滸忠義志傳》第十八回:"林冲曰:小可非爲位次,柰王倫心術窄狹,失信于人,难以相聚。只懷嫉夫妒能之心,恐衆豪杰势力。頭領夜来見兄長所說,他便不肯相留之意。"(141頁)"夫"當是"賢"的俗字,今容與堂本《水滸傳》第十九回作:"此人只懷妒賢嫉能之心,但恐衆豪傑勢力相壓。"(248頁)又明刊本《水滸忠義志傳》第七十六回:"混沌初分氣磅礴,人生禀性有愚浊。圣君夫相共裁成,文臣武士登臺閣。"(554頁)同前第四十一回:"戴宗說起晁、宋二頭領招夫納士,結識四方豪杰許多好處。"(305頁)《集成》清刊本《萬花樓演義》第十回:"但想孫秀你非爲国求夫之輩,枉你食朝廷厚禄,職司兵權之任。"(141頁)同前第十一回:"龐洪曰:'夫婿,呼必顯老疋夫,少不得慢慢算賬他。'"(164頁)"夫"就是"賢"的俗寫。

或俗變爲"夫""夫""吳"等。《集成》本《插增田虎王慶忠義水滸全傳》第七十四回:"宋江道:'夫弟,他身長一丈,你這瘦小身材,怎地近得他?'"(8頁)《集成》本清李雨堂《萬花樓演義》第十二回:"忠厚生來性本然,知恩报効便称夫。"(167頁)同前:"龐洪听了不語,暗思量:不料此人是吾夫婿大仇人。"(171頁)"夫"即"賢"的俗寫。同前第八回:"胡爺曰:'老夫弟,休得套言,愚兄此來,非爲別故。'胡坤將此事一長一短說知。"(116頁)同前第十三回:"夫姪,休得將'殺人'兩字作頑。"(191頁)同前:"韓爺曰:'這老賊親自到好了,夫姪,且這裡來。'"(191頁)《集成》清刊本《忠烈全傳》第四十五回:"況娶媳只娶其夫德,不在打扮陪奩。"(673頁)

"夷""矣"即賢字。古籍中也有"賢"字俗寫為"矣"的,《萬花樓演義》第二十七回:"扶民保国是忠矣,秉正朝綱所重先。"(366頁)《集成》清抄本《筆花鬧》:"況今日之酒,虽曰佳宾,不能淂矣主。"(3頁)"矣主"即賢主。如上所舉"賢"的俗寫,均是草書的訛變。"賢"的草書作"买",宋人陳元靚《事林廣記·草書體勢》:"买:匕大為賢字。"[1]

或寫作"贠"。《集成》清刊本《萬花樓演義》第三回:"狄小姐挂念母弟,故恳丈夫常往,是他的贠孝处。"(53頁)

胸

"胸"的各種俗寫,可以看出其變化的軌跡。《集成》清刊本《隔簾花影》第五回:"胸前攔領,雙龍盤日,貓睛母綠繫金梭。"(71頁)《集成》清刊本《人間樂》第十二回:"我想這公子勿論有才無才,而胸懷磊落,超越過人如此。"(269頁)同前:"他今比我尚小兩年,胸中怎得如此操守?"(269頁)"胸"即"胸"的俗字。《集成》清抄本《螢窗清玩》卷一《連理枝》:"那青青身穿錦花戰袍,腰繫芙蓉繡帶,胸掛菱花小鏡,足穿飛鳳花鞋。"(142頁)《集成》清刊本《清風閘》第一回:"我胸中毫無一點主意,仍仰二位賢夫婦代酬良策。"(2頁)或作"肑"。《集成》清刊本《人間樂》第六回:"因思雲間負海枕江,文人淵藪,代不乏人,其間高曠隱逸者常多,故借一枝棲息,以鑿肑襟耳,非敢謁貴也。"(143頁)同前第十回:"話說許綉虎正在粉壁下,不見了和詩,肑中萬千愁苦。"(220頁)《集成》清刊本《隔簾花影》第十三回:"倩盈盈衫袖,把胸中怎澆?"(216頁)或作

---

[1] 陳元靚《事林廣記》第356頁,中華書局1999年版。

"胸"。《集成》清刊本《人間樂》第十三回:"喜的是回來可問題詩消息,驚的是見面時可得情投意合,胸中有驚有喜。"(294頁)同前:"小侄得見世弟,疑團俱已冰釋,但胸中尚有躊躇,意欲求明。"(298頁)演變軌跡為:胸→胸→胸→胸→胸。

又"胸"或訛變為"胸"。《集成》清刊本《梁武帝西來演義》第五回:"說罷,劈胸就刺,子烈急舉刀相還。"(109頁)

"胸"俗或作"胸"。《集成》清刊本《品花寶鑑》第一回:"而且天授神奇,胸羅斗宿,雖只十年誦讀,已是萬卷貫通。"(6頁)或作"胸"。《集成》清刊本《品花寶鑑》第一回:"南湘見這室中,清雅絕塵,一切陳設甚精且古,久知其胸次不凡。"(10頁)

爺

"爺"字俗寫或作"爷",實際上就是"爷"字形的微變。《集成》清刊本《金石緣》第四回:"打入艙中,赫得老爷、大(夫)人、元姑俱跌倒在船板上。眾強盜就將什物罄擄一空,并將老爷、夫人、元姑俱活捉過船,飛也似搖去了。"(93頁)"老爷"即老爺。《集成》清刊本《錦香亭》第五回:"本官正要來謁見老爷,不想老爷差人來喚小人,小人一定要跟隨老爷了,望老爷收用。"(70頁)

或作"爷"。《集成》清刊本《萬花樓演義》第一回:"狄爷听了悶上添愁,孟夫人嚇得慌忙無措。"(12頁)同前:"正在悲啼,狄爷夫婦劝鮮。"(13頁)《集成》本《潛龍馬再興七姑傳·黃林兄弟寫表回朝》:"今二位太子有表,煩列位老爷傳上九重金殿。"(98頁)《集成》清刊本《綠牡丹全傳》第十七回:"大爷,不好了,今夜不知何人將五姨娘殺死。"(173頁)

或作"爷"。《集成》清刊本《萬花樓演義》第一回:"狄爷下馬,

第五章　明清俗寫的多種形體表現

相隨至大堂,陳公公敬他是位小姐們,又是狄爷全到,陳琳步下堦相迎。"(15頁)

或作"尸"。《集成》清抄本《忠烈俠義傳》第六十一回:"只見韓尸立起身來,走至那人的跟前,順手將木盤往上一掀,連鷄代盤,却合在那人的臉上。"(1934頁)同前:"韓尸還要上前,莊致和連忙的過來劝住,韓尸氣忿忿的坐下。"(1934頁)

或俗寫作"爷"。《集成》清刊本《躋春臺》卷二《捉南風》:"這就是小民的實言告禀,大老爷施宏恩放我回程。"(287頁)同前:"大老爷快鬆刑民願招認,郭彥珍本是我殺喪殘生。"(288頁)又同前:"大老爷要人頭纔結案,打得我皮破血流痛徹心肝。"(289頁)

譽

"譽"或作"䇾"。《集成》明刊本《詳刑公案·彭守道旌表黃烈女》:"黃女貞烈,卒獲千年令䇾;林夔負義,終遺萬載兇名。"(346頁)

或作"乿"。《集成》高麗刊本《九雲夢》卷二:"生忽思蟾月之言,潛念曰:'此女子果如何而大得聲乿於兩京之間乎?'"(60頁)同前卷六:"賤妾之未從相公也,乿之如月殿姮娥。"(282頁)

燭

"燭"或作"烜"。《集成》清刊本《鳳凰池》第十三回:"老夫預擇今日,已准備花烜,專等狀元駕到,即便合巹矣。"(366頁)同前:"晏、白兩个道:'方纔小弟未来之時,老主意结了花烜,不怕這小畜生胡頼,胀後小弟輩至,應一應故事,這是絕妙的了。'"(372頁)同前第十六回:"到了院中,天子正將金蓮烜送到。此時玳瑁筵前花烜交輝;錦綉屏边,珠翠林立。"(464頁)

《集成》清刊本《北魏奇史閨孝烈傳》第三十六回:"連忙喊叫嘍兵,点上灯灼。"(573頁)"灼"是"燭"的俗寫。又第四十六回:"又見兩對丫嬛,跪在花木蘭小姐同盧玩花郡主面前,說道:'啓上夫人,請同老爺合飲花灼喜筵。'"(721頁)同前:"花木蘭小姐和盧玩花郡主卸下宮裝,息灼解襦。"(725頁)《集成》清刊本《前明正德白牡丹傳》第二十回:"万人敵拜見畢,吩咐備辦香灼,当天与李勝康結为異姓兄弟。"(263頁)"灼"即燭字。

或寫"烛"。《集成》清刊本《躋雲樓》第四回:"天色已黑,涵光軒内,点上灯烛,擺上肴核。"(47頁)

衆

《古本小說叢刊》第一一輯《繡球緣》第十四回:"居正大喜,随吩咐左右,几(凡)遇京中有黄貴保其人,速來報知,甴人應命。明日甴官員請張居正到撫台衙門商議,張居正就把素娟的計策教甴官照式行事,住了數日,即別甴官回京。"(1940頁)《漢語大字典》釋"甴"字曰:"同'匜'。鄭振鐸《中國俗文學史》第六章:'弱柳芙蓉,甴靈沼而氛氳。'按:《降魔變文》'甴'作'匜'。"《漢語大字典》的釋義是錯誤的,《降魔變文》中"甴靈沼而氛氳"的"甴"字,鄭振鐸先生誤錄為"甴",這是形訛,並不等於"甴"就是"匜"字。"甴"實際上是"衆"之俗。我們可以再舉些例子,《古本小說叢刊》第一一輯《瓦崗寨演義全傳》第十三回:"甴反王看見,即命將上前。"(2450頁)又第二十回:"大王因一時之錯,如今省寤,請甴兄弟回城。"(2541頁)同前:"单言伯党回山復令,說甴兄弟誓不肯回。"(2541頁)又:"怪不得甴兄弟不肯回来。"(2541頁)又:"須然伯党英雄,争奈寡不敵甴,世充人馬大墜(隊)而来,伯党敗進城中。"(2542

第五章 明清俗寫的多種形體表現

頁)這些"甲"字,均是"衆"的俗字。

"衆"或有寫作"甶"的,即在"甲"右下多一點,義同。《古本小說叢刊》第一一輯《繡球緣》第十六回:"甶人正欲爭奪,被張府家人喝住,各人紛紛散去。"(1958頁)《古本小說叢刊》第一一輯《瓦崗寨演義全傳》第一回:"你等甶將中有能与孤王比戰,勝得孤者,受以上賞。"(2286頁)同前:"甶嘍囉会意了,俊達自回等候,不在話下。"(2294頁)《集成》清刊本《躋雲樓》第九回:"群虎正待使嘴来咬,幸被甶人保護,那虎方才轉身而走。"(99頁)《集成》明刊本《詳刑公案·曾縣尹斬四強奸》:"祖曰:'今日一事,甚掃我興,特請三位,同設一計。'乑曰:'何事?快請教。'"(102頁)《集成》清刊本《雲鍾雁三鬧太平莊全傳》第一回:"文東武西各各敘位而坐,天子居中,甶臣謝恩,賜坐已畢。"(13頁)

我們可以總結出這麼幾點認識:

第一,俗寫難以窮盡。從上面例子可以看出,俗字形體五花八門,造成俗字的途徑多種多樣,稍微訛變,便是一種俗體,俗寫是難以窮盡的。因此,俗字是違背正字法而動,我們雖研究俗字,但並不是說俗字的多種寫法值得提倡。研究俗字更多是為了更好地解讀古籍文義。

第二,俗寫的繼承性。明清古籍中這麼衆多的俗寫,整體上看,大量的俗字體現出歷史的承傳性。我們舉的這些明清古籍的俗字,實際上它們的出現時代許多都是可以上溯的,有的俗字存在了幾百年上千年。今天我們使用的簡化字,大多都是在民間流行有很長的歷史,具有廣泛的民意基礎,因此推行之後也取得了成功。

第三，流行於民間的口語詞、方言詞，因往往無法知曉本字，俗寫的形體就更多。方俗詞語也就是與"雅言"相對的"俗語"，因官府並不關心和規範這部分詞語，往往沒有什麼正字（規範字）可言，或者是雖有正字，但平民百姓寫不出來。也有的是雅言正字的讀音與實際的方俗口語有距離，使得人們寫俗字。

第六章　識讀俗字的方法

識讀俗字的方法是多種多樣的,我們必須注意文本提供給我們的各種線索,緊密結合上下文意,明白其中俗字原理,有效解讀俗字。

一、比較歸納

古籍中的許多俗字,我們可以通過它的複現,依據上下文意,進行綜合排比,釋讀出該俗字。也可採用偏旁類比的辦法,幫助識別疑難俗字。

玹

《集成》本《插增田虎王慶忠義水滸全傳》第八十四回:"正闘之間,張清縱馬出陣,却有玹州敗軍認得張清。"(102頁)"玹"就是"檀"的俗字。《集成》清刊本《說唐演義全傳》第一回:"嬴(嬴)得深宮明月夜,銀箏玹板度新腔。"(10頁)"玹"即"檀"字,因避清康熙諱,"玄"旁少末一點。"檀"字或寫"抮"。《插增田虎王慶忠義水滸全傳》第八十三回:"妙箏從來迥不同,抮州城下列艨艟。"(97頁)因俗寫木旁、扌旁不別,故"檀"字俗寫或作"抮"。今繁本《水滸傳》第八十三回作"檀州"(1147頁)。可以用類似偏旁來比較,

"亶"旁俗寫或用"玄"替換,如"壇"俗作"玹","膻"俗作"胘",是其例。《插增田虎王慶忠義水滸全傳》第八十四回:"敗將殘軍入薊州,胘奴元自少机謀。"(100頁)"胘"字不能按一般字書的解釋理解,此是"膻"的俗字。今繁本《水滸傳》第八十四回正作"膻奴"(1150頁)。

新

《集成》清刊本《枕上晨鐘》第二回:"官府処央分上說明,纔開新了他。□□(事情)雖完,奈囊中已蕩然矣。"(30頁)"新"字,或釋為"斷",雖像似"斷"的俗寫,但語義不太順暢。我覺得此字當是"釋"的俗字。這是打官司,故云"開釋"他無罪。我們這樣解讀是有一定依據的,同小說"睪"旁的字或俗寫為"斤",如第十八回:"次日,亲友紛紛来拜賀廷偉的,絡𣂪不絕。世无即与富公計議,与廷偉成亲。就折了次日,富公補上聘仪,世无堅执不收。"(383頁)"絡𣂪"即"絡繹";又"折"即"擇"的俗寫。

镸

《集成》清刊本《前明正德白牡丹傳》第四回:"刘健暗点眼色,將頭搖了兩搖,張半仙見艮子,却待要收,又見劉健搖镸。"(43頁)同前:"刘健在後面將镸乱搖。"(44頁)同前:"張半仙看見許多銀子,猶如一塊大石壓了心镸。"(44頁)第十回:"当下李桂金暗想:未知刘小姐容貌若何? 放着胆,將雙手扯住墙镸,踴身抓上。"(126頁)根據上下文意綜合排比,可知"镸"是"頭"的俗字。

喊

《集成》明刊本《隋唐兩朝史傳》第三回:"見義臣固守不出,求戰不得,使手下之人百般喊罵,日暮方回。"(34頁)同前:"自後屢

第六章　識讀俗字的方法

逼其營,喊罵辱之。"(35頁)這個"喊"字,字典裏雖有,但義項均不合,顯然不能以正字去理解。經過文意排比,應該就是"穢"字,作穢罵講時,因為要使用到嘴巴,故俗寫改從"口"為"喊"字。《集成》武林刊本《隋唐演義》第三節,上揭二例,也作"喊罵"(29頁、30頁)。我們看同書還有寫"穢罵"的,可為參照。如《隋唐兩朝史傳》第十五回:"〔秦〕瓊使軍人百般穢罵,〔丘〕瑞山上亦罵。"(180頁)同前:"叔寶與丘瑞相拒五十餘日,近聞日飲醉時,只在山前穢罵,傍若無人。"(181頁)

二、弄清俗字的構形原理

識別俗字,還有一個很重要的方法,就是認清俗字的構成原理,俗字的演變發展步驟。如前面的"頭"俗作"长",是由草書"以"訛變來的[①]。

杰

《集成》道光刊本《施案奇聞》第四十五回:"貪臣先看德保,雖杰僅只五歲,却是品貌端方清秀,天庭飽滿,地閣方員。"(220頁)"杰"是"然"的省旁俗寫。《集成》吳還初《天妃娘媽傳》第廿三回:"忽犬血雨淋淋,須臾墮下四大腿生肉,教場中墜下一顆首級。"(237頁)同前:"當召而面諭以圣上之意,如此與之約質,犬後使帰。"(240頁)"犬"則是在"杰"的基礎上變過來的,因草書"灬"往往用一橫來代替。

[①]　《草書大字典》第1595頁,中國書店1983年版。

厺

《集成》吳還初《天妃娘媽傳》第八回:"那卒乃言曰:小卒旧主有一契弟,身長數十丈,腰大數十圍,無脛而能走,无翼而厺飛。"(76頁)"厺"就是"能"字的俗寫省文。《集成》明刊本《唐三藏出身全傳》卷四《孫行者被弭猴紊亂》:"説那兩個行者,打至天宫地府,观音座前,衆神皆不厺辨。"(257頁)

中國文聯出版社標點本《兩漢開國中興傳志·韓信連收趙燕二國》:"陳余曰:'左車乃一儒者也,焉主料敵若我軍堅守不動,豈不取笑於天下英雄? 吾料信兵素矣,若引兵出,可一鼓而擒之,必斬韓信之首,王不可用左車之言。'"①按:"焉主料敵",據《集成》明刊本《兩漢開國中興傳志》作"焉厺料敵"(160頁),是。"厺"是"能"的俗字,點校者未察俗字而誤錄。且"焉能料敵"是個反問句,當加一問號。蓋"能"或作"厷",省去左旁而成。"能"的這一俗寫常見,《集成》世德堂本《西遊記》第三十三回:"那怪山前大顯厺,一心要捉唐三藏。"(817頁)又第八十五回:"如今把洞中大小群妖,點將起來,千中選百,百中選十,十中只選三个,須是有厺幹,会變化的,都变做大王的模樣。"(2184頁)宋人孫奕《履齋示兒編》卷二十二引《雌黄》云:"晉宋以來,多能書者,至梁大變。蕭子雲改易字體,邵陵王頗行僞字,前上加艸、能旁作厺之類,是也。"②

或作"㠯"。《集成》清刊本《常言道》第十回:"賈斯文道:'此牛㠯知殷琴,孛生若彈時他便顛豆(頭)顛腦,深会我意。'"(203頁)

---

① 《兩漢開國中興傳志》第76頁,中國文聯出版社2004年版。
② 鮑廷博《知不足齋叢書》第9册,第172頁,中華書局1999年影印。

第六章　識讀俗字的方法

就是在"能"基礎上省去了字的左旁。

协

《集成》吳還初《天妃娘媽傳》第十四回："林公曰：吾同鄉有林家二郎者，近年亦初孛法門，弟爲人氣質驕傲，與吾不协，吾所以不請之。"（138頁）同前："又問曰：'既與公不协，何以得借其衣服器具？'"（138頁）"协"就是"協"的俗寫，"協"字的另外二"力"旁，兩邊各用符號"、"代替，成爲"协"。

溥

《集成》清刊本《玉支璣小傳》第一回："管灰道：'此生乃滄州人，就是前〔父〕母長孫縣令之子，因奉母隨任在此，後父親死了，官囊廉溥，不能北還，所以母子遂寄居于此。'"（15頁）從上下文可以判斷出"溥"是"薄"的俗寫，此俗寫的右下是"尃"的俗形，不是"專"旁。因俗寫"尃""專"相混，故這裏把"尃"旁寫成了"專"旁，并把"專"旁中帶框結構用兩點代替。

熜

《集成》明刊本《雲合奇蹤》第八則："杖一條生鐵棍，靠在後，渾如久不掃的烟熜。"（79頁）"熜"是"囱"的俗字，蓋"悤"往往俗寫簡省為"囱"，此則把"囱"繁化為"悤"，又增"火"旁故作"熜"。

蹖

有的俗字是受上下文影響而臨時同化偏旁。《集成》清刊本《大清全傳》第六十八回："粉面金剛徐勝躧足蹖踪，在暗中一睄，那人並不認識。"（917頁）《漢語大字典》雖收錄"蹖"字，但其釋義並不合適上例。這裏"蹖"明顯就是"潛"的俗字，受"踪"字影響而同化為"足"旁。

仑

一個俗寫偏旁或許有多種解讀,我們以"仑"為例。"陰"或作"阶"。《集成》清刊本《鐵冠圖》第一回:"貧道阶阳有準,眼法无差。"(4頁)同前:"何不趁父母目下有病,設法催他归阶,以便早登大位,豈不是好?"(7頁)同前第三回:"縱留這条苦命无用,不如及早归阶,还得骨肉聚会。"(19頁)同前第十三回:"抖起威風興人馬,休要錯過好光阶。"(88頁)

"仑"旁或是"倉"的俗寫。《集成》清刊本《鐵冠圖》第二回:"周超劝他忍氣調養棒疮,随進酒肉觧悶。"(9頁)同前:"大舅可設法暗運兵器到来,是时料我棒疮全愈,可以协力反監。"(11頁)"疮"即"瘡"字。《集成》清刊本《前明正德白牡丹傳》第十四回:"一路從同州、常州并蘇州城外經过,各处鄉村居民,遭其抡刦財物,擄掠女子。"(183頁)《集成》清刊本《鐵冠圖》第二回:"城廂內外,被他奸淫妇女,抢刦金銀,把个米脂縣攪得倒海翻江。攪到天明,又在縣衙聚会,抢得金銀衣物,堆積如山。"(13頁)"抢"即"搶"之俗。同前第四回:"張献忠見他來到跟前,一抢刺來,急用双刀撥開。"(28頁)同前第五回:"左良玉出馬当先,手執鋼抢,当心便刺。"(35頁)"抢"為"槍"字。《集成》清刊本《鐵冠圖》第十二回:"过了四五日,苗人风差人來报,倪勇帶兵三千來小苍山,我們將他圍住了。"(84頁)"苍"是"蒼"的俗寫,小說前文有"去小蒼山埋伏"之語(84頁)。《集成》清刊本《玉支璣小傳》第十六回:"灌了半晌,方纔醒將轉來,大哭道:'苍天!苍天!何不仁如此。竟將一个才美佳人,幽貞淑女斷送耶?'"(276頁)"苍"即"蒼"字。同前第六回:"聞長孫兄沧州人也,不獨非本邑本郡,而且非本省,奈何序起長幼來?

第六章 識讀俗字的方法　　147

不知禮之甚矣。"(107頁)"㳙"是"滄"字，據小說第一回，長孫肖是滄州人。《集成》清抄本《忠烈俠義傳》第八十一回："智爺等也上了大船，到了舱中换了衣服。"(2540頁)"舱"是"艙"的俗寫。

"仑"旁或是"侖"的俗寫。今簡體"綸""論"寫"纶""论"。這也是可以解釋的，如草書"綸"或作"纶"①，王羲之"論"或作"论"②。因"侖"旁中的兩點可以理解為重文符號，將之以另一重文符號"匕"替換，則成為"仑"。

　　煆

《集成》本《小五義》第五十九回："艾虎要過來檢（撿）刀，喬賓也看出便宜來了，也要過來檢（撿）刀；那知道打半懸空中飛下一人來，不偏不歪，正端在他的脚底下，蜻蜓點水，煆腰檢（撿）將起來，就追高解。"(290頁)又第八十四回："崔龍縮頸藏頭，大煆腰躲過了脖頸，躲不過頭巾，只聽見哑的一聲，把頭巾砍去了一半。"(414頁)我們可以依據漢語俗字學原理，揭示"煆"字俗變過程。"煆"當是"煆"的異寫，俗寫中"段""叚"不別，例子詳參曾良《俗字及古籍文字通例研究》③；"煆"為彎曲義，就是今天的"哈腰"。《小五義》中有寫"煆"的，《小五義》第六十九回："小夥計說：'隨我來。'艾虎跟著一煆腰，鑽了鎖練子，往裏一走，奔正西有個虎頭門。"(335頁)第一百十九回："雙錘將大煆腰，真是鼻子看看沾地，這才躲過去了。"(627頁)"煆腰"即彎腰、哈腰。其實，"煆""哈"均不是

---

① 《草書大字典》第1025頁，中國書店1983年版。
② 同上，第1295頁。
③ 曾良《俗字及古籍文字通例研究》第64頁，百花洲文藝出版社2006年版。

正字，其語源實際來自"蝦"，周志鋒先生有詳考①，謂如蝦般彎曲，蓋人們認為彎腰與身體有關，故從"身"，取"蝦"字的右旁，成為俗寫"毇"字。《小五義》第七十七回："艾虎縮頸藏頭大毇腰，方才躲過。"(377頁)又第一百十回："山賊大毇腰，這才瞧見了蔣平。"(574頁)注意"毇"字的最右旁俗寫是"殳"，在於"叚""段"之間，仍然是"毇"字，即彎曲義，今標點本徑改為"哈"。有直接寫"蝦"的，《集成》明世德堂本《西遊記》第六十六回："那獸子吊了幾日，餓得慌了，且不謝大聖，却就蝦著腰，跑到廚房尋飯吃。"《集成》清刊本《補紅樓夢》第十八回："秦鍾、馮淵二人，一直送出大門，垂手蝦腰而別。"(552頁)同前第二十三回："說着，和湘蓮二人向襲人蝦了一蝦腰，便出去了。"(675頁)

因官話"蝦"字語音發展了，故俗寫或作"哈"。《集成》清抄本《忠烈俠義傳》第十一回："小人見他哈腰撮土，小人便照着他太陽上一钁頭，就勢兒先把他埋了。"(453頁)同前第卅五回："馮鈞衡又道：'顔大哥，你看那邊岸上，那人拿着千里眼鏡兒，哈着腰兒，眮的神情兒，真是活的一般。'"(1177頁)

爹

《集成》明刊本《三寶太監西洋記通俗演義》第三十八回："王爹道：'你把個皂羅袍的血來看看。'"(1015頁)又第八十四回："老爺道：'番官此來何意？'王爹道：'来意不善。'老爹道：'怎見得？'"(2284頁)"爹""爹"就是"爺"的俗寫。蓋"爺"字簡省為"爷"後，又因字的下部"卩"被理解為重文符號"マ"，換用兩點為重文符號

---

① 周志鋒《明清小說俗字俗語研究》第135頁，中國社會科學出版社2006年版。

第六章　識讀俗字的方法

代替它,成爲"仌""仌"。

但是,下面例子就不能按上文去解析了。《日本所藏稀見中國戲曲文獻叢刊》第一輯第十册明刊本袁黄《釋義琵琶記》第三十一齣《幾言諫父》:"〔生云〕夫人,你不要這般説,萬一你仌仌知之,反加譴責。〔貼云〕相公,妾當初勉承父命,遣事君子,不想君家有白髮之父母,青春之妻房。"①同前:"〔生云〕夫人且慢着,怕你仌仌也有回心轉意時節,且更寧耐看如何。"(164頁)"仌仌"在這裏就是"爹爹"的俗字。《釋義琵琶記》第三十三齣《聽女迎親》:"如今有箇道理,不免使一個人,多與盤纏,教他徑去陳留,將蔡伯喈仌娘和媳婦,都迎接來,多少是好!"(166頁)同前:"不如逕使人去陳留,取他仌媽媳婦來,做一處居住。"(166頁)同前:"〔貼云〕這箇隨仌仌主張。"(167頁)這些"仌"字,均是"爹"之俗。也許有人會説作"爺"字解也可,因"爺"可表示父親義,此説非,因爲必須從整個文本來考察。在《琵琶記》中,没有用"爺爺"表示父親的習慣,並且有的地方就直接寫"爹媽""爹爹",正字、俗字間雜使用,可知"仌"是"爹"字②。如《釋義琵琶記》第三十一齣《幾言諫父》:"呀,夫人,你緣何獨坐,想你爹爹不肯麽?"(163頁)同前:"奴身拚捨,成伊孝名,救伊爹媽。"(164頁)蓋重文符號也可以用"、"表示,"爹"字的"多"旁被看成兩個"夕","夕"也可作重文符號,故"多"則用兩點代替。《集成》清刊本《鳳凰池》第七回:"欲試他才學,就把湘扇爲題,

---

① 黄仕忠等編《日本所藏稀見中國戲曲文獻叢刊》第一輯,第十册,第164頁,廣西師範大學出版社2006年版。

② 有關"仌"可解讀爲"爹"字,周志鋒《明清小説俗字俗語研究》也有論述。第27頁,中國社會科學出版社2006年版。

要他吟詩一首,他便信口就吟,你夂く歡喜之極。"(203頁)據小說上下文意,"夂く"也當釋讀為"爹爹"。還有類似例子,《集成》明刊本《三遂平妖傳》第二回:"家中三口兒兩日沒飯得吃,媽匕交夂匕出去告人,止留得八文銅錢,交奴家出來買炊餅。"(35頁)同前第三回:"明日交夂匕出去,賒帖藥吃。"(44頁)這些"夂匕"均當釋讀為"爹爹",因小說情節中,一家只有父、母、女三人。此小說也有直接寫正字"爹匕"的,如第三回:"不瞞爹匕媽匕說,那一日初下雪時,爹匕出去了,媽匕交我出去買炊餅了。"(51頁)可以證明前面的"夂匕"就是"爹爹"二字。《集成》清道光十三年乾元堂刊本《海公大紅袍全傳》第六回:"次日告過了祖,到夂娘墓拜祭畢,即與諸友起程。"(105頁)"夂娘"二字,以道光二年書業堂為底本的標點本《海公大紅袍全傳》作"爹娘"①。《集成》本《潛龍馬再興七姑傳·再興晉門關被捉》:"小姐見父煩惱,將良言劝他:'爹爹不必煩悶,你的封賞后日定有。……他后日取了天下,那時来取我入宮為皇后,却不封夂夂為国公之位?'"(123頁)前面已出現"爹爹"二字,此"夂夂"肯定是"爹爹"之俗。《集成》清刊本《飛龍全傳》第三十五回:"禄哥道:'敢告母親得知,這銀子並不是卜魚贏來的,乃是孩兒的干爹所贈,叫兒做本營生,養贍母親的。'其母聽了說道:'你這畜生,小厮家偏會說謊,那里有甚干夂贈你銀子?'"(864頁)這裏"干夂"明顯是"乾爹"的意思,因前文有"干爹"二字,且小說同一回中,還有三處也寫"干爹"。

《集成》清刊本《醒夢駢言》第九回:"蓮娘却不省得父親之意,

---

① 《海公大紅袍全傳》第24頁,上海古籍出版社1993年版。

第六章　識讀俗字的方法

問道：'爷㇄原何這般說？'"（368頁）同前："蓮娘道：'孩兒看這人的詩才，將來定然是發達的，爷㇄却不要只顧目前。'施孝立道：'那穷是現的，發達是賒的，难道不看現在，倒去巴那不見得的好處麼？我做爷㇄的自有主見，你女兒家不要管。'"（368頁）又同前："冰娘道：'姊姊雖受驚恐，你爷㇄却快活哩！'"（400頁）"爷㇄"當解讀為"爹爹"二字，因同一回還有直接寫"爹㇄"者，同前："只说我父親原没有擇婿之意，是你猜錯了，那物事是我爹㇄道他做得诗好，赠他的。这可不是幾面都好看了。"（371頁）從實際情況分析，同一個詞彙系統不太可能父親既稱"爹爹"又稱"爺爺"，故"爷㇄"當解讀為"爹爹"二字。上揭諸例，今標點本《醒夢駢言》均錄作"爹爹"。

"爹"字或俗作"爷"。《集成》清刊本《粉粧樓》第二十四回："小婿特來向岳父借一隊人馬，到雲南定国公馬伯伯那裡，會同家兄一同起兵，到邊頭關救我爹爷，還朝伸冤，報仇雪恨。"（205頁）同前第三十回："聞得那祁老爷為人古執，只怕难說。"（263頁）這些"爷"字，標點本均作"爹"。同前第三十二回："祁巧雲哭道：'爷㇄在一日是一日，爷㇄倘有差池，孩兒也是一死。'可憐他父女二人大哭了一塲。"（282頁）"爷㇄"即"爹爹"二字，小說中祁巧雲是祁子富的女兒。《集成》清刊本《綠牡丹全傳》第五十七回："鮑金花忙問道：'爷㇄怎樣回他？'鮑自安道：'我說你生來箅命打卦，都說該嫁貴人，只得應承他來，叫你收拾好，代（待）他來看。'"（543頁）"爷㇄"當解讀為"爹爹"，小說中鮑自安是鮑金花的父親。

古籍中確有"爷"字作"爹"字講而被誤讀為"爺"字的，《日本所藏稀見中國戲曲文獻叢刊》第一輯第十册明刊富春堂本無名氏《趙氏孤兒記》第十六折："〔生〕爺爺休慮，來日孩兒与屠岸賈办个明白。"①這是趙朔對父親趙盾說白，"爺爺"當作"爹爹"，蓋富春堂本所依據的版本原作"夂"，手民誤讀為"爺"字，此實當解讀為"爹"字，這是刊刻過程中解讀出了問題。同書中還有作"爹爹"的，可以為證。如《趙氏孤兒記》第三十六折："爹く因甚傾棄，中着奸臣謀計。"②"爹く"即"爹爹"。從詞彙系統角度說，"爺爺"和"爹爹"在同一書中均表示父親義的可能性不高。《集成》清刊本《都是幻》之《梅魂幻》第六回："看到第二首，白梅咲道：'姊姊，你看他前六句，竟欲做狀元了；末后江城五月這兩句，只將古詩一跌，分外清新，又使人不測。怪不得爺爺拍案！'"（108頁）"爺爺"當作"爹爹"，蓋刻工將"夂夂"誤讀為"爺爺"。從小說情節看，前文是小姐的父親拍案叫絕。小說後文有"日後怨不着爹娘"之語（110頁），同一詞彙系統不可能父親既稱"爺爺"又稱"爹"的，也可證"爺爺拍案"當作"爹爹拍案"。

明白"爺"字俗寫情況還可幫助我們解決古籍中的一些疑難問題。《集成》清刊本《異說反唐全傳》第十六回："據小人愚見，何不閉關拒詔，擁兵自守，上本新君，哭陳冬千歲大功，懇赦一門，只拿三爵主正法？"（156頁）據小說上下文，"冬千歲"應指薛勇的祖父薛仁貴，依據俗字知識，"冬"當是"夂"之訛，即"爺"的俗字。

---

① 黃仕忠等編《日本所藏稀見中國戲曲文獻叢刊》第一輯，第十册，第271頁，廣西師範大學出版社2006年版。

② 同上，第304頁。

賍

"誆"或寫"貝"旁,蓋受"賺"等字影響,誆騙多與錢財有關,故改為"貝"旁。《集成》明刊本《西洋記》第二十九回:"長老道:'貧僧料定了那個仙人去下山採藥,是貧僧弄了一個術法,賍得他的瓶兒來了。'"(770頁)

三、利用異文

異文可以是不同版本的異文,還有的是同一本子同字詞的複現異文,可以幫助我們識別俗字。

䨩

《集成》本《三教開迷歸正演義》第十回:"史動捧着䨩符,却是一員神將。"(138頁)同前:"道士便問道:'向日你持了我䨩符去,如今却怎麼光景?'"(146頁)同前:"只恐我們後人德行不全,便不䨩驗。"(147頁)"䨩"是"靈"的俗字。我們何以知道"䨩"是"靈"字?因小說的人物之一靈明,不少地方作"䨩明"。同前第十一回:"只是袁靈明也是神仙後代,設了多月壇塲,並無一毫應驗。"(154頁)我們舉一些同書中寫"䨩明"的例子,如第九回:"且說吳處士與史動思女想妻,建壇驅妖捉怪已久,並沒些䨩驗。道士懈心,䨩明沒興。"(136頁)第十回:"却說王道士與䨩明符法雖同,用度自異。"(149頁)

䪏

《集成》清刊本《昇仙傳》第二十五回題目:"䪏慶雲高中魁首,濟小塘面辱嚴嵩。"(173頁)"䪏"字,小說目錄作"韓"(3頁),據異文可知是"韓"的俗寫。同小說還有許多例子,同前第二十五回:"徵、苗二人,問軯生不悅的情由。"(175頁)同前:"苗慶說:'这等說來,合該軯賢弟要出家了。'承光說:'这是軯賢弟說过的話,自然要如此了。'"(175頁)"韓"的这一俗寫,也見別的古籍。《集成》清抄本《忠烈俠義傳》第六十一回:"只見軯爺立起身來,走至那人的跟前,順手將木盤往上一掀,連鷄代盤,却合在那人的臉上。"(1934頁)同前:"軯爺还要上前,莊致和連忙的過來劝住,軯爺氣忿忿的坐下。"(1934頁)

我們也可以利用不同版本的異文識別俗字。

仐

《集成》清刊本《海公大紅袍全傳》第四十一回:"他有一事,與你商議。你與他去仐,就如報答我一般。"(778頁)这個"仐"字,粗看費解。道光二年書業堂本作"幹"①。通過版本異文,可以知道"仐"是"幹"省寫。

爃、爆

《集成》清抄本《忠烈俠義傳》第卅三回:"金生又道:'你收什好了,把他(指魚)鮮爃着,你们加甚広配頭?'"(1097頁)同前:"少時,用大盤爃了魚来。"(1099頁)同前:"〔鯉魚〕你就不用拿回去,當面摔死,省得你换;就在此開膛,收拾好了,把他鮮爃着。"(1114頁)"爃"字,《三俠五義》作"氽"②,《集成》清刊本《七俠五義》第三十三回均作"爆"(229頁、233頁)。通過異文,可知"爃""爆"就是

---

① 《海公大紅袍全傳》第164頁,上海古籍出版社1993年版。
② 石玉崑《三俠五義》第198頁、201頁,人民文學出版社2001年版。

"氽"的俗寫。或俗作"爌",《集成》清抄本《忠烈俠義傳》第六十三回:"在陷空島時,往往心中不快,吃東西不香,就用鯉魚爌湯,拿他開胃。"(1997頁)"爌"字,《集成》清刊本《七俠五義》作"爌"(439頁),《三俠五義》作"氽"。或俗寫為"爌",《集成》清抄本《忠烈俠義傳》第八十八回:"又要端那碗酒時,方看中間大盤內,是上(一)尾鮮爌鯉魚,剛吃了不多,滿心欢喜。"(2758頁)《集成》清刊本《七俠五義》作"爌"(607頁),《三俠五義》作"氽"①。或作"汕",黃侃《蘄春語》:"北京語謂薄切魚鳥畜獸肉,以箸寘沸湯中,略動搖即熟可食,曰汕爾子,讀所宴切。"按:"汕爾子"即今"涮鍋子"。

穷

《元好問全集》卷一《望秋賦》:"穷林早寒,陰崖晝冥。"校勘記曰:"趙考:'《賦彙》"穷"作"窮"。'"②按:根據異文,"穷"是"窮"的俗字,"穷林"當作"窮林"。我們能從古籍中得到印證,《集成》清刊本《鐵冠圖》第十一回:"到山塲各處,招聚了五百多人,个个都是年壯力強的穷漢。"(75頁)同前第二十一回:"女帥見路途不熟,不敢穷追。"(147頁)《古本小說叢刊》第一一輯清咸豐刊本《瓦崗寨演義全傳》第十三回:"吳旺一介穷民,因女兒忽然高冠博帶,好不喜欢。"(2444頁)這"穷"字不能按規範字書來理解,此是"窮"字省略了"身"旁,是"窮"之俗,造成"穷"正字俗用。《集成》清刊本《走馬春秋》第一回:"我如今想淂一条計策良謀,不但是一門富貴,享用旡穷,而且报了孫賓之仇。"(14頁)《集成》清刊本《大明正德皇遊

---

① 石玉崑《三俠五義》第519頁,人民文學出版社2001年版。
② 姚奠中主編《元好問全集》第2頁,山西古籍出版社2004年版。

江南傳》第四回:"人去穹泉不可追,擬教魂夢得相隨。"(56頁)《集成》清刊本《陰陽鬭異說傳奇》第五回:"他二人那裡是母子相逢,竟如相見重生再遇,這番喜歡无穹。"(46頁)《集成》清刊本《兩交婚小傳》第八回:"甘兄此詩叙事入情,拈題切景,言外有無穹蘊藉。"(274頁)《集成》清刊本《後宋慈雲走國全傳》第十八回:"九九八十一路,上三路雪花盖頂,下三路老樹番根,中三路变化無穹。"(332頁)

或有"穹"字誤還原為"窮"字者,《集成》清刊本《大明正德皇遊江南傳》第八回:"樂裡也能甘死節,肯留清白對窮蒼。"(101頁)《集成》本《醋葫蘆》第二回:"兩峯高插,咫尺刺窮蒼。"(37頁)"窮蒼"當作"穹蒼"。

刃

牛僧孺《玄怪錄》卷一《杜子春》:"將軍者復來,引牛頭獄卒,奇貌鬼神,將大鑊湯而置子春前,長槍刃叉,四面迨匝,傳命曰:'肯言姓名即放,不肯言,即當心叉取置之鑊中。'"(5頁)校勘記:"'刃'《廣記》作'兩'。"按:"兩"字是,謂長槍頭上有兩叉。"刃"字也可以得到解釋,它是"兩"的俗寫。

或有訛作"刀"的,《集成》清刊本《綠牡丹全傳》第三十五回:"又分付挪張大椅子,挈刀條轎扛,自己坐在椅上,二人抬至客厛。"(343頁)同前:"分付家人到後邊向大娘說,將白布挈刀个出來。"(344頁)同前第三十六回:"比較多時,余謙使个仙人摘頭,朱虎用了个刀耳灌風。"(354頁)上揭語例"刀"字當是"兩"的俗寫"刄"之訛,今標點本《綠牡丹》均作"兩"[①]。可比較《集成》清刊本《綠牡丹

---

① 《綠牡丹》第133頁、136頁,上海古籍出版社1993年版。

全傳》第三十五回:"駱大爺到了老太太灵坛面前,雙膝跪下,爾手抱住灵坛。"(347頁)同前:"濮天鵬暗想道:'怪不得花振方(芳)與老岳這爾個老孽障冇兒子,好好的人家,叫他二人設謀定計,弄得披麻代(戴)孝,主哭僕嚎。'"(347頁)又同前:"徐松朋早已分付靈傍設了爾桌酒席,凡來上祭之人,俱請在旁款待。"(348頁)同前:"心中有些不忿,欲之不行禮,又無此理;心中沉吟不定,進退爾難。"(348頁)這些"爾",俱是"兩"的俗寫。同小說還有不少語例,不一一列舉。

四、利用音韻學知識

硼

注意以語音為線索,靈活判斷俗字的各種情況。有不少情形是同一個詞記錄的是不同的字形。《集成》清刊本《異說反唐全傳》第一百十九回:"鎚打鎚冷氣侵人,鎚硼鎚聲同霹靂。"(1224頁)《集成》清刊本《續金瓶梅》第二回:"一步一聲,走到月娘跟前,硼倒在地,大哭道:'連我的包袱衣裳,幾年掙的過活,都被搶去了。'"(52頁)同前第二十六回:"那銀瓶正不知是那裏的帳,一面啼哭,硼頭撞額,渾身是血。"(690頁)這些"硼"字,就是"碰"的異寫,蓋當時寫法尚未固定。

碰或作"掤"。《集成》清刊本《雲鍾雁三鬧太平莊全傳》第三十五回:"但是撞着他鎚,骨斷筋開;掤着鎚,血流血淀。"(758頁)《集成》清刊本《說唐演義全傳》第二十回:"性急慌忙亂跑,却撞着一副賣麻油的擔子,撞了一個滿懷,一掤却把油擔撞翻。"(354頁)

或作"挋",《集成》清刊本《說唐演義全傳》第三十一回:"元慶也不動手,等他來得相近,把身一側,將槌照刀桿上略挋一挋,刀便斷為兩截。"(553頁)

碰或作"挃"。《集成》清刊本《醒夢駢言》第一回:"也是耳聾聽錯,却作弄曾學深在黄州瞎挃了那十多日。"(33頁)《集成》清刊本《綠野仙踪》第二十二回:"許寡便自己打臉挃頭,在大堂上拚命叫喊,口中吃喝殺人不已。知縣吩咐,將許寡拉住,不許他挃頭。"(489頁)又第二十三回:"旋即打脸挃地,大哭起来。"(510頁)同前:"今日朱文魁,着他搶奪弟婦,正挃在他心上。"(524頁)又第二十六回:"那解役恨不得將頭挃破。"(577頁)同前:"解役見城璧難說,又與董公子挃响頭,口中爹長爺短,都亂行哀叫出來。"(577頁)同前:"被城璧一拳,打的跌了四五步遠,一頭挃在桌尖上,腦後觸下一窟,鮮血直流。"(602頁)這些"挃",中華書局標點本均作"碰"。《集成》清刊本《野叟曝言》第二十二回:"直到日落,纔挃着靳大監旗號的船。"(643頁)

碰或作"硼"。《集成》清刊本《陰陽鬪異說傳奇》第八回:"我如今指引你一條路去,憑你的造化去硼他,但能得見此人,你的五行就有救了。"(72頁)《集成》清抄本《忠烈俠義傳》第七回:"小人接在手中,雖然有些分量,不知是何物件,惟恐路上磕硼傷損。"(294頁)

碰或作"碳"。《集成》清抄本《三續金瓶梅》第一回:"言罷,碳頭如鷄奔碎米,長老点頭說:'善哉善哉!'"(7頁)

陦

《集成》清刊本《綠牡丹全傳》第六十二回:"暗想道:'上是上來

第六章　識讀俗字的方法

了,他有許多人在關上陸守,一見我個生人,必要盤詰,豈容我自去關上?'"(581頁)"陸"是"防"的俗字,輕脣音是從重脣音分化出來的。在敦煌卷子中有堤防的"防"寫"塝"的,伯2186《普賢菩薩說證明經》:"日出之時,閻浮履地,草木燋燃,山石剝烈,山峪堤塝,地平融盡。"(8/173)"堤塝"即堤防,伯2136《普賢菩薩說證明經》作"堤坊"(6/309)。可知"防""塝"同源,古無輕脣音。《漢語大字典》《漢語大詞典》"塝"字均無語例,《集韻·宕韻》:"塝,地畔也。"實際上無論是指溝埂還是指田邊土坡,均取土墳起的含義,田埂、堤防、土坡都是具有土凸起的形狀。斯1552《普賢菩薩說證明經》作"堤塘"(11/566),"坊""塝""塘"是同義詞,"塘"也有堤壩的意思,如"錢塘",《爾雅·釋宮》:"隄謂之梁。"郝懿行《爾雅義疏》:"隄者,《說文》云:'唐也。'俗作塘。《玉篇》云:'隄,塘也。'《一切經音義》二引李巡曰:'隄,防也,障也。'"伯2290《如來臨涅槃說教戒經一卷》:"若得定者,心則不散。譬如惜水之家,善治堤塘。行者為智慧水故,善治禪定堤塘,令不漏失。"(11/80)伯2186《普賢菩薩說證明經》:"閻浮履地,宮殿樓閣,樓櫓却敵,神珠明月,掛著城塝,無晝夜,不須火光。"(8/173)"城塝",伯2136作"城坊",即城防。伯2186《普賢菩薩說證明經》:"爾時復有惡叉加天魔,夜叉加天魔,頭復戴山谷堤塝,共佛爭力。"(8/175)

肥

《集成》清刊本《野叟曝言》第十回:"先擺的兔脯、獐乾、鹿肥、虎肉,後獻上蒸豬、蒸羊、燒雞、燒鴨。"(282頁)"肥"字,這裏不是"肥",而是"巴"的俗寫,別本或作"粑"。或作"靶",《集成》貫華堂本《第五才子書水滸傳》第十回:"有財帛的來到這里,輕則蒙汗藥

麻翻,重則登時結果,將精肉片為靶子,肥肉煎油點燈。"(591頁)

拇量

在《醒世姻緣傳》中有多例寫作"拇量"的句子:《集成》清刊本《醒世姻緣傳》第四回:"晁大舍道:'他適纔也送了俗那四樣人事,俗拇量着,也得甚麼礼酬他?'"(86頁)第十六回:"却也該自己想度一想度,這个擔子,你拇量擔得起擔不起?"(431頁)第三十四回:"這就有拇量了,看來三十兩銀打發下他來了。"(936頁)第五十五回:"童奶奶道:'這却我不得曉的,狄爺你自己拇量着。要是狄奶奶難說話,快着別要做,好叫狄奶奶駡我麼?'"(1491頁)又同前:"自己拇量,可做的來做不來?"(1502頁)

以上語例中的"拇量",從歸納法也可知道是估量的意思。這个"拇"不能按常規正字的意思去理解,它實際是个俗字。那正字是哪一个呢？就是"摸"字,即估摸。同書有寫作"摸量"的,可為參證。《集成》清同德堂刊本《醒世姻緣傳》第二十三回:"摸量着讀得書的,便教他習舉業。"(629頁)又第三十九回:"小獻寶說:'那布是有模子的營生,只是那板有甚麼定價？大人家幾千幾百也是他。你摸量着買甚樣的就是。'"(1079頁)第七十回:"我摸量着你往後沒心頑了,可惜了的,撩了,爽利都給了我罷。"(1907頁)我們還可從音韻學上進一步去梳理,"摸""莫""模""母""拇"古音同,可以互相通借。如"模"俗或作"栂",敦煌卷子伯4640《陰處士碑》:"約日照而懸栂,撲天門而據樣者,則有故敦煌處士公。""栂"即"模"字。《禮記·內則》:"煎醢加于黍食上,沃之以膏,曰淳母。"鄭玄注:"母,讀曰模。模,象也,作此象淳熬。"此為"模"或寫"母"。又"約莫"一詞是同義並舉,"莫"也是估量義,與"摸量"的"摸"是同義的。

《集成》清刊本《隋唐演義》第四十四回："士信把懷中的銀子取出來，約莫輕重做了十一堆，盡是雪花紋銀，對眾婦女道：'你們各家，取一堆去，將就度日，等男子回來。'"（1075頁）或說"量摸"，《集成》明刊本《醒世恒言》卷十六《陸五漢硬留合色鞋》："看時是一隻合色鞋兒，將指頭量摸，剛剛一折。"（832頁）"量摸"即估量。

托

《集成》清刊本《西湖拾遺》卷三十六《賣油郎繾綣得花魁》："美娘道：'臨安城中並不聞說起有甚麼秦小官人，我不去接他。'轉身便走。九媽雙手托開，即忙攔住道：'他是個致（至）誠好人，娘不誤你。'"（1385頁）這個"托"並不是字典中所說的意思，此是張開義，同"磔"。"雙手托開"謂雙手張開，這是攔住的動作。它有不同的俗寫，如"厇""乇""扎""托""拓""斥"等。《集成》明刊本《大唐秦王詞話》第三十九回："托開地府天羅網，救出龍潭虎窟人。"（785頁）《集成》清刊本《醒夢駢言》第七回："成大一見，羞慚滿面，也不及辞別母姨，起身望外就走。順兒趕上前拓開雙手攔住，想要和他說話。"（296頁）《集成》清刊本《西湖拾遺》卷四十三《借屍還魂成婚應夢》："姻緣淺薄，遂墮荒唐，一斥不復，竟爾參商。"（1717頁）"斥"即開，現代漢語"斥地"即開拓疆土。《集成》清刊本素庵主人編《錦香亭》第四回："我也曾與朝廷開疆拓土，立下汗馬功勞。"（62頁）王念孫《廣雅疏證》曰："祐之言碩大也，祐，曹憲音託，各本譌作祐，惟影宋本不譌。《說文繫傳》引《字書》云：'祐，張衣令大也。'《玉篇》：'祐，廣大也。'《太元·元瑩》云：'天地開闢，宇宙祐坦。'《漢白石神君碑》云：'開祐舊兆。'《文選·魏都賦》注引《倉頡篇》云：'斥，大也。'《莊子·田子方》篇：'揮斥八極。'李軌音託。

《漢書・揚雄傳》云：'拓迹開統。'拓、斥竝與祏通。"①錢大昕《十駕齋養新錄》卷四《說文本字俗借為它用》："《說文》本有之字，世俗借為它用者。……拓，拾也，或作摭。今人讀如橐，以為開拓字。"②又《廣雅・釋詁》："磔，張也。"王念孫《廣雅疏證》曰："張謂之磔，猶大謂之祏也；張謂之彉，猶大謂之廓也。磔者，《爾雅》：'祭風曰磔。'僖公三十一年《公羊傳》疏引孫炎注云：'既祭，披磔其牲，似風散也。'磔之言開拓也，《衆經音義》卷十四引《通俗文》云：'張申曰磔。'顔師古注《漢書・景帝紀》云：'磔，謂張其尸也。'③《集成》清刊本《梁武帝西來演義》第二十三回："說罷，鬚髮盡磔。"(588頁)《集成》明刊本《七十二朝人物演義・子路》："況子路又是極爽利的人，所以不去查他平日做人歹處，片言相合，遂自傾心托胆，與他交好。"(54頁)"托胆"即張膽。《集成》清刊本《野叟曝言》第二十六回："那知春紅兩足一伸，雙手托開，竟是脱陰而死了。"(779頁)《集成》清抄本《忠烈俠義傳》第卅五回："明日倒要乍着胆子與他盤桓盤桓，看是如何。"(1168頁)同前第七十回："更夫乍着胆子，將頭扭了一扭。"(2191頁)"乍着胆子"即張着膽子。《集成》清刊本《昇仙傳》第二十六回："到了日出三竿，嚴嵩起來，乍着胆子，分付衆人圍逐。"(186頁)《集成》清刊本《兒女英雄傳》第三十五回："今日在舅太太屋裡，聽得姑爺果然中了，便如飛從西過道兒裡一直奔

---

① 王念孫《廣雅疏證》第5頁，江蘇古籍出版社1984年影印。
② 錢大昕《十駕齋養新錄》第67頁，上海書店1983年版。
③ 王念孫《廣雅疏證》第13頁，江蘇古籍出版社1984年影印。

第六章　識讀俗字的方法

到這裡來,破死忘生的,乍着膽子上去,要當面叩謝魁星的保佑。"(1710頁)

《集成》清刊本《兒女英雄傳》第三十七回:"就蹲在那台堦兒上,扎煞着兩隻手,叫小丫頭子舀了盆涼水來,先給他左一和、右一和的往手上澆。"(1823頁)"扎煞"即張開。《集成》戚序本《紅樓夢》第四十一回:"滿屋一晌,只見劉姥姥扎手舞脚的仰臥在床上。"(1537頁)"扎手"即張開手。

在"乍"的基礎上,增加形旁,或作"拃""柞"。《集成》清刊本《異說反唐全傳》第二十六回:"只見馬登一騎趕到,大呼:'開路,我來也!'軍兵一見馬登,呼聲:'好了,武國公來拿薛剛了!'兩下柞開,讓他一馬冲入重圍。"(255頁)"柞"就是"拃"的異寫,俗書中"木"旁、"扌"旁不别。《集成》戚序本《紅樓夢》第十九回:"二則本性要強,不肯落人褒貶,只拃掙著與無事的人一樣。"(661頁)同前第三十五回:"說著,便要下床來,拃掙起來,禁不住'噯喲'之聲。"(1296頁)同前第四十七回:"薛蟠先還要掙拃起來,又被湘蓮用脚尖點了兩點,仍舊跌倒。"(1757頁)"掙拃"的"拃"實際也是張開、掙開的含義。

跰

《集成》本《武則天四大奇案》第四十四回:"說畢,四人如飛一般,穿、跰、縱、跳,到了前面。""跰"在這裏是"蹦"的俗字。我們可以類推,如"繃"或作"挷"。《集成》清刊本《走馬春秋》第十五回:"齊東叩头道:'臣委实骑不慣馬,挷不開弓,去也冘益。'"(276頁)"挷"這裏是"繃"的俗寫。

五、利用古籍俗寫相混例

前面我們介紹了一些古籍文字俗寫相混或相通的條例，這裏我們結合明清小說的實際，再列舉一些。

"豆""壴"二旁相混

《集成》清刊本《後西遊記》第八回："憲宗連連點頭，道：'法師妙論，已空一切，定不負朕之所望。'"（152頁）"頭"是"頭"的俗寫。又如"樹"字的中部"壴"或俗作"豆"旁，《集成》明刊本《唐三藏出身全傳》卷一《大聖攪亂勝会》："先在前樹摘了二籃，又在中樹摘了三籃，到後樹上花菓稀疎，只有南枝上有個半紅半白的桃子。"（40頁）《集成》明刊本《明鏡公案・周按院判僧殺婦》："僚屬曰：'然則寶樹耶？'新曰：'雖非寶樹，儘是奇貨。'"（12頁）

"兒""見"俗寫相混

"兒"的俗寫或作"児"，與"見"形近。如《集成》本《意中緣》第二回："我想楊家女児，急切不能到手。"（31頁）同前第六回："听得小姐說放他出來，便把門児開了。"（113頁）《集成》清刊本《天豹圖》第一回："遂到內堂，禀知夫人說道：'孩児欲到海豐寺，與法通長老閑談，不知母親可肯准孩児去麼？'李夫人就說：'我児，去去就來。'"（3頁）《集成》清刊本《隔簾花影》第一回："又想這三四歲的児子，一旦也遭屠戮，便要絕了南宮之嗣。"（8頁）"児"是"兒"之俗。因"兒"的俗寫與"見"相似，古籍中有"見"字訛作"兒"的。《集成》清刊本《續西遊記》第五十七回："且不題他老兩口兒了女兒，始備齋供謝唐僧師徒。"（1009頁）"兒了"當作"見了"。《集成》清刊本《隔簾花影》第一回："到了次日，雲娘起來，只兒躲難婦人越來的多。"（10 頁）"兒"顯然是"見"之訛，蓋"兒"的俗寫作"児"，手民便以為"見"是"兒"的俗寫而錯誤還原。

也有"兒"訛作"見"的。《集成》明刊本《關帝歷代顯聖誌傳》卷一《南海帶干保兒還鄉》："父母見保兒歸家，放聲大哭；汪〔氏〕驚異趨出，見保見，復相持而哭。"（65 頁）"保見"是"保兒"之訛。《集成》清刊本《陰陽鬪異說傳奇》第一回："彭剪聞言在傍，並不答言，只管低着頭見笑。"（6 頁）"頭見"即頭兒，《古本小說叢刊》第四輯道光年刊本《桃花女陰陽鬥傳》正作"頭兒"（828 頁）。《集成》清刊本《天豹圖》第十四回："曺母叫道：'天雄我見，為何滿頭是血？見了尔娘的因何閃來閃去？'"（282 頁）"我見"當作"我兒"。《集成》清刊本《海公大紅袍全傳》第三十一回："太子道：'海瑞有恩於臣母子，故愿保之，以報其德。'帝笑道：'海瑞乃部屬一介司員，與見風馬牛固不相及，有何恩德？'"（575 頁）"見"字，當是"兒"之俗訛，以書業堂刊本為底本的標點本《海公大紅袍全傳》正作"兒"[①]。《集成》清刊本《綠牡丹全傳》第十八回："那个年老的是花振芳的妻子，年少的是花振芳的女見。"（187 頁）同前："他說既已聘過，情願將女見与弟作側〔室〕。"（188 頁）"女見"當作"女兒"，標點本作"女兒"[②]。《集成》清刊本《品花寶鑑》第十九回："蕙芳道：'雖然戒了酒，既到我這裏，也要應箇景見。'"（784 頁）"見"當作"兒"，今標點本作"兒"[③]。《集成》清刊本《紅樓幻夢》第十三回："買的丫頭到了

---

① 《海公大紅袍全傳》第 123 頁，上海古籍出版社 1993 年版。
② 《綠牡丹》第 74 頁，上海古籍出版社 1993 年版。
③ 《品花寶鑑》第 196 頁，中華書局 2004 年版。

四十名,明見分一大半過來。"(575頁)"見"當作"兒",今標點本作"兒"①。

"我""找"相混

《集成》清刊本《粉粧樓》第四十四回:"罗燦帶了書信,到淮安我尋罗焜。"(389頁)同前第四十六回:"旧母在上,甥女上長安我父親,此一別不知何日再會。"(410頁)同前第四十七回:"衆人驚疑,各去我尋,並無形影。"(423頁)同前第五十二回:"罗燦遂將我尋罗焜,要勾柏府的人馬到边關的話,說了一遍。"(469頁)"我"字,均當作"找"。《集成》清刊本《隔簾花影》第十六回:"今日行個天理,趁此人上岸,把船放開回去罷。料沈子金也沒處來我寻。"(276頁)同前第十九回:"他年紀纔七歲,那裏記得去？他說母親姓楚,父親是千戶官,不在了,是大人家。今年十一歲,常要去我他娘去。"(334頁)《集成》清刊本《兒女英雄傳》第三十五回:"說罷,扶了柳條兒親自又到後頭去我。"(1708頁)《集成》清刊本《品花寶鑑》第三回:"魏大哥,今日這戲沒有聽頭,咱們我箇地方喝一鍾去罷。"(119頁)同前第十八回:"又去見了顏夫人,道了謝,即出來我李元茂。"(726頁)同前:"老弟,如今進城是难得出城的,何不我箇地方坐坐？"(727頁)"我"當作"找"字。

"㮣""参"俗寫不別

《集成》清刊本《枕上晨鐘》第十五回:"奸㮣劉瑾者,不揣刑餘,竊㮣国柄,賣官鬻爵。"(314頁)"㮣"即"操"的俗字。或謂"操"俗寫"㮣"源於對曹操的避諱,非。清馬瑞辰《毛詩傳箋通釋》卷八:

---

① 花月癡人《紅樓幻夢》第173頁,北京大學出版社1990年版。

"魏晉間避武帝諱,凡從'喿'之字多改從'參'。"按:"操"俗寫"㮮"在曹操之前已見,并非避諱,來自隸變。如《議郎元賓碑》:"君生也即有殊㮮,脩孝行。"①根據碑文,元賓卒於延熹二年二月。延熹元年八月的《中常侍樊安碑》云:"天姿淑慎,稟性有直,秉㮮不移,不以覬貴。"②同前:"今使湖陽邑長劉㮮,追號安為騎都尉,贈印綬。""㮮""㮮"均是"操"的俗字。東漢《袁博殘碑》:"於是㮮繩墨以彈邪枉,援規矩以分方員。"③"操"寫"㮮"是可解釋的,蓋"口"旁俗或作"厶",而"介"旁的"人"撇捺隸寫拉直為橫,則與"木"混同④。至於"㮮"何以進一步寫為"㮮",是因將"㮮"字右下的"小"誤解為"心"旁,如"悼"隸寫或作"悼",故"㮮"或寫"㮮"。

《集成》明刊本《孔聖宗師出身全傳》卷三《誅亂訓教訪道》:"酬酢既畢,齊使萊人以兵鼓諗,劫定公。"(108頁)同前《齊怯魯還田帰邑》:"於是旍旄羽被,矛戟劍撥,鼓噪而至。萊人意欲以兵鼓諗劫定公。"(117頁)按照常理,"諗"即是"諗"字。按:此"諗"當是"譟"的俗寫,因俗寫"喿""參"互混。

"如""知"相混

古籍中"如""知"易混。《集成》明刊本《南海觀世音菩薩出身修行傳》卷四《妙善救得君臣反国》:"知来听罷,對妙善曰:'尔且囬菴,我轉去即拿那畜生。'"(140頁)"知来"當作"如来"。《集成》本

---

① 《隸釋》第77頁,中華書局1985年版。
② 同上,第78頁。
③ 《北京圖書館藏中國歷代石刻拓本匯編》第一冊,第42頁,中州古籍出版社1989年版。
④ 大量的例子,另可詳參拙著《俗字及古籍文字通例研究》第76頁,百花洲文藝出版社2006年版。

《潛龍馬再興七姑傳·陶府出榜召医士》:"知府曰:'老師有知此大恩於小女,以金相謝,却而不受,是何故也?'"(84頁)《集成》清刊本《玉支璣小傳》第十六回:"忽又大恨道:'卜成仁奸賊,我與你前世何死(怨)?今世直造禍之慘知此。此仇此恨,应不共戴天矣!'"(276頁)"知此"當作"如此"。

《集成》清刊本《鴛鴦配》第五回:"陸行多虎狼,舟行慎風波。不知沽濁酒,醉作田舍歌。"(59頁)《集成》清刊本《前明正德白牡丹傳》第三十二回:"刘瑾無計可施,只得知坐針毡,暫且慢表。"(419頁)"知"字不通,顯然當作"如"字。

古籍中也見"如"當作"知"的。《集成》清刊本《玉支璣小傳》第十一回:"且說這班惡少,見長孫肖如覺早走了,遂在店裡買了幾个灯籠,并柴草縛做火把,照得雪亮,随後趕來。"(186頁)"如"當作"知",今標點本作"知"①。《集成》清刊本《綠牡丹全傳》第三十七回:"家岳處有極好的跌打損傷之藥,且是敷藥,代(待)我速回龍潭取來,并叫老岳前來復打擂台。我如他素日英雄,今雖老邁,諒想朱彪只廝必不能居他之上。"(360頁)"如"當作"知",今標點本作"知"②。《集成》本《隋煬帝艷史》第二十四回:"明明是一个王侯氣象,麻叔謀望見,如是偃王,忙倒身下拜。"(768頁)"如"當作"知"。

"舀""沓"易混

古籍俗寫中,"舀""沓"往往形近相混,必須注意。《集成》清刊本《海公大紅袍全傳》第四十一回:"今老爺若有用小的之處,雖赴

---

① 《玉支璣》第103頁,春風文藝出版社1985年版。
② 《綠牡丹》第139頁,上海古籍出版社1993年版。

湯蹈火,粉身碎骨,亦所不辭也。"(777頁)"蹈"字看起來很像"踏"字,實際上是"蹈"的俗寫,可注意字的右下是"旧",即"臼"的俗字。《集成》清刊本《陰陽鬭異說傳奇》第十四回:"彭剪聞言,忙問道:'恩妹若有用我彭剪之處,雖赴湯蹈火,萬死我也不辭。'"(144頁)"蹈"是"蹈"之俗。

因"蹈""踏"易混,也有"踏"訛作"蹈"的。《集成》清刊本《飛龍全傳》第十二回:"正是蹈破鐵鞋無覓處,得來全不費工夫。"(289頁)"蹈"字,中華書局標點本(據世德堂本)《飛龍全傳》作"踏"①。《集成》清刊本《綠牡丹全傳》第六回:"分付已畢,任正千、駱宏勳大蹈步往王倫家去了。"(61頁)"蹈"當作"踏"字,今標點本《綠牡丹》作"踏"②。

"舀"字俗寫或增形旁"扌"為"搯"。《集成》明刊本《三寶太監西洋記通俗演義》第十三回:"侍郎道:'你替這師父搯些水來。'那校尉接着鉢盂就走。長老連聲叫道:'搯水的快轉來!'侍郎道:'老師,你忒費事,與他搯水去罷,怎麼又叫他轉來?'長老道:'你不曉得我要的甚麼水。'那校尉到也是個幫襯的,連忙的轉來說道:'你要的甚麼水?'長老道:'你把洗了手脚的水不用搯。'校尉道:'小的怎麼敢。'長老道:'缸盤裏的水不用搯,房簷兒底下的水不用搯,養魚池裏的水不用搯,溝澗裏的水不用搯。'侍郎急得沒奈何,說道:'老師只管說個不用搯的,你把個用搯的水,叫他搯便罷。'長老道:'不是你這個破頭楔,這不用搯的水,說到明日,這早

---

① 吳璿《飛龍全傳》第83頁,中華書局2004年版。
② 《綠牡丹》第24頁,上海古籍出版社1993年版。

晚還說不盡。'"(327頁)這段話中,一開始用"搯"字,後面眾多"揞"是"搯"之形訛。今標點本《三寶太監西洋記通俗演義》"搯"或"揞"均作"舀"字①。而"搯"字實為"舀"的增旁俗寫,蓋為動詞,故加上"扌"旁。《廣雅·釋詁二》:"搯,抒也。""抒"也是舀的意思。《大正藏》第3冊《六度集經》卷一:"吾自無數劫來,飲母乳湩,啼哭之淚,身死血流,海所不受,恩愛難絕,生死難止。吾尚欲絕恩愛之本,止生死之神,今世抒之不盡,世世抒之。即住並兩足,瓢抒海水投鐵圍外。有天名遍淨,遙聞之深自惟曰:昔吾於錠光佛前,聞斯人獲其志願,必為世尊度吾眾生。天即下助其抒水,十分去八。"②明刊本《三寶太監西洋記通俗演義》第二十一回:"長老拳了兩隻脚,駝了一個彈弓背,輕輕的走到船頭下,把個鉢盂搯起了這等一鉢盂兒水。"(562頁)"搯"字,今標點本也作"舀";"搯"就是"舀"的增旁俗字。明刊本《三寶太監西洋記通俗演義》第二十一回:"貧僧討了他這一個口訣兒,纔把鉢兒搯起了軟水,口兒裏念動了真言,借些硬水,以此上才過得來。"(567頁)"搯"也是"舀"字。

《集成》明刊本《醒世陰陽夢》陰夢第二回:"便去揞一盞湯、四箇餅來,說道:'師父不忘舊愛,到我家去走走。先請些點心兒。'"(531頁)這個"揞"也當釋讀為"搯",即"舀"的增旁俗字。《集成》戚序本《紅樓夢》第七回:"接著,房門響處,平兒挈著大銅盆出來,叫豐兒舀水進去。"(255頁)"舀"即"舀"字。《集成》清刊本《兒女英雄傳》第二十八回:"又舀過半瓢淨水來。說:'請奶奶添湯。'"

---

① 羅懋登《三寶太監西洋記通俗演義》第161頁,上海古籍出版社1985年版。
② 《大正藏》第3冊,第4頁。

（1262頁）"沓"當是"舀"字，字的下部依然是"臼"，標點本作"舀"。《集成》清刊本《兒女英雄傳》第三十一回："只見他姊妹兩個也是纔回家，都在堂屋裡那張八仙桌子跟前坐着，等丫頭沓水洗手。"（1400頁）"沓"字也當釋讀為"舀"。

俗寫"片""爿"旁往往訛為"月"

《集成》清刊本《品花寶鑑》第五十四回："又看了信朡，寫着琴言的名字，不竟心中甚喜。"（2253頁）"朡"是"牋"的俗寫。同前第五十三回："寫了江船，做了旗子，製了銜脾。"（2263頁）同前第五十九回："屈公墓、杜仙女墓前，都建了石脾坊、華表。"（2497頁）"脾"當作"牌"字。又如《集成》清刊本《二度梅全傳》第十五回："我今早同小姐至此看花，見了你供着的胛位，拿去回禀老爺，纔知道你是梅公子。"（167頁）

《集成》清刊本《紅樓幻夢》第十二回："寶釵懶得起來，靠着拐枕喝了一碗燕窩粥，漱口卸朊，已睡下了。"（563頁）"朊"即"妝"字。同前第二十三回："靠月朡一張波斯漆小方桌，四把波斯漆小椅。"（1107頁）"朡"即"牕"字。

也見"月"旁訛為"片"的，《集成》清刊本《紅樓幻夢》第二十二回："突然又聽黛玉一聲叫喚：'噯唷！肚子裏又疼死了。'"（1053頁）"肚"即"肚"字。

六、利用古籍提供的有用信息

古籍原件有許多重要信息，特別是同一文本中，必須反復比較，充分利用其中有用的信息，為解讀俗字服務。

掺

《集成》清刊本《綠牡丹全傳》第六十回："張家請了二位掺親的夫人,乃是兩王之妻。新人下轎,掺扶至天井中香案桌前,同張三聘叩拜天地。"(570頁)同前:"且說新人參過天地、拜過公婆之〔後〕,掺進洞房,天以(已)更古(鼓)之時了。"(570頁)比較原書"參"字的寫法,可知"掺"即"掺"字,這裏"掺"是"攙"的俗寫,因同小說中聲母 z、c 和 zh、ch 不分,如第五回:"望英雄站息雷霆之怒,饒恕則个。"(55頁)"站"即"暫"的音借。同前第六十回:"張三聘'噯喲'一聲,跌在床下,操扶女客還在帳外伺候,一見張三聘跌下床來,就知是金花動手。"(571頁)此"操"字是"掺"的錯誤類推,因俗寫中"參""喿"不別,其實此"掺扶"就是"攙扶"。《集成》清刊本《躋春臺》卷一《失新郎》:"兒果然不痴呆心中明顯,來來來隨為娘去把父掺。"(205頁)"掺"即攙扶的意思。同前卷一《賣泥丸》:"其母幼時勞碌過甚,兼之夫死憂氣,得個半身不遂之病,凡飲食行動,要人掺扶。"(236頁)

"掺"或是"糝"的俗字。《集成》清刊本《野叟曝言》第十回:"大郎忙把傷處解開,奚奇替他掺上,包紮好了。受傷各盜,自去敷掺。"(281頁)同前第四十一回:"因在身邊取藥糝上,紮縛停當,與人傑磕頭感謝。"(1182頁)

谷

《集成》清刊本《後西遊記》第七回:"倘必欲講明大法,亦須勑使訪求智慧高僧;若耳目前谷習之徒,臣僧大顛未見其可也。"(130頁)"谷"是"俗"的省旁。

袯

遇到俗字,可以利用類推規律理解其構形原理。《集成》明刊本《唐三藏出身全傳》卷二《唐三藏收伏龍馬》:"行者在傍,道:'師父,前日包袯那領袈裟,不是宝貝?拿出與他一看。'"(112頁)同前:"急忙把個包袯解開,取出袈裟抖開,紅光滿室,彩氣盈庭。"(112頁)"袯"就是"袱"的俗字。它為什麼會如此構形?我們知道,古籍俗寫中,"復""伏"常通用,或以"伏"作為"復"的俗字,《集成》清刊本《綠牡丹全傳》第八回:"抬头一望,房內並無灯火,伏思量一会,代(待)我回至客厛,將大爺、任大爺喚醒。"(85頁)《集成》清刊本《混元盒五毒全傳》第十一回:"謝廷仔細側耳一聽,却是個女人的聲音,竟不保他了,伏自挑亮了燈,仍然看書。"(78頁)如"覆"俗作"覄",《集成》明刊本《唐三藏出身全傳》卷二《觀音收伏黑妖》:"你回去上覄你家主,説我們是東土唐王御弟聖僧,徃西天拜佛求經者,善能降妖缚怪。"(125頁)《集成》明刊本《詳刑公案·徐代巡斷搶劫段客》:"尋至半里許,見黑氣從嶺畔松樹下新土中而出,二人囬覄。"(256頁)正是因為"復"俗寫往往作"伏",有時手民還誤將該用"伏"字者還原為"復"。《集成》清刊本《走馬春秋》第七回:"孫操令侍衞把二子並自己綑綁起來,俯復在丹墀之下。"(115頁)"俯復"顯然當作"俯伏"。

七、根據複現率判斷俗字

有一些俗字的識別,可以根據該字在同書或同一時期的複現率,加以分析歸納,然後能判斷出該俗字是屬於什麼字。古籍中往往俗字和正字夾雜出現,可為我們提供有用線索。

笪䧳子

《集成》清刊本《一片情》第十一回:"引得那羊振玉家中規矩頓忘,笪䧳子舊興復發。"(414頁)同前:"你怎不摸摸心,橫着腸子,去笪䧳子?"(419頁)"䧳"應該是"娃"的俗字,蓋"孩"字從"子",故"娃"也換旁為"子"。後文有:"我若曾笪甚娃子,把我媽來與驢子入。"(419頁)直接寫"娃子"。又同前:"王龍不見二人在席,只道這後生笪這䧳子。"(461頁)"笪"是勾搭的意思,這是個記音字,本字應該是"剆"字。《玉篇·刀部》:"剆,著也。"慧琳《一切經音義》卷五十六"剆鉤"條:"丁盍反,《字書》:剆,著也。剆鉤、剆索、〔打〕剆等皆作此,經文作搭,非也。"①

㝢

《集成》清刊本《枕上晨鐘》第八回:"不則一日,到了莘縣,即在東門外尋了一個塵遠庵作㝢。"(160頁)"㝢"是"寓"的俗字,我們何以知道是"寓"字呢?因同書"遇"字俗寫為"迈",如第十回:"話說刁仁在高唐州,無意中迈着了鍾生,便商議出這毒計來,要害他性命。"(202頁)"迈"明顯就是"遇"的俗字。可見"禺"旁俗寫為"万"。《集成》清刊本《枕上晨鐘》第十一回:"豐城有劍塵埋土,不迈張華那得知。"(233頁)同前第十二回:"因翻閱桌上,却在書內檢着了那首絕句,展開看了,暗忖道:'他從不出門,並无外迈,此詩為何而作?'"(243頁)同前第十六回:"小鳳又係迈了心上人,把十

---

① 慧琳《一切經音義》第2246頁,上海古籍出版社1986年影印。

年的相思,一宵發洩。"(339頁)同前:"那媚娘实是我家的人,被人拐賣在此,幸而昨日迈着。"(339頁)同前第十七回:"倬然又与屈淵敘過了寒温,遂將別後行藏,併迈小鳳之事說了。"(353頁)"迈"即"遇"之俗。"偶"或作"伤",同前第十二回:"忽一日讀書倦了,兂聊之思,伤成了一絕。"(242頁)

第七章　符號化簡省的俗字構形

在古籍俗字中,符號化簡省有比較複雜的情況,這裏結合古籍的具體情況,將此作爲專章討論。

一、重文符號的利用

在古籍中,重文符號有多種形式,有"ᵥ""ㄑ""ヽ""又""ヶ""マ""々""ヒ"等表示。重文符號或作"ヽ",如《集成》清鈔本《繡屏緣》第一回:"一個ヽ舞袖翩ヽ,要與雲客相會。"(10頁)"個ヽ"即個個,"翩ヽ"即翩翩。同前第二回:"那西湖上美人聚會之所,何不拉几个朋友,賒一隻好舡,也到此處看ヽ。"(26頁)"看ヽ"即看看。同前:"只見雲客同兩位下了船,ヽ內鋪設得齊ᵥ整ᵥ。"(27頁)"ヽ內"即船內,"齊ᵥ整ᵥ"即齊齊整整。《集成》日本抄本《郭青螺六省聽訟錄新民公案·斷妻給還原夫》:"熬刑不過,只得叫:'小的情願招罪,望爺ヽ寬刑。'"(78頁)"爺ヽ"即爺爺。再舉重文或作"又"的,《集成》日本抄本《郭青螺六省聽訟錄新民公案·猿猴代主伸冤》:"皂隸不敢下去,回報郭爺,又又叫猴來問。"(163頁)"又又"即上文的"郭爺"二字重復。這些重文符號又可以用來構成俗字形體,作爲符號化簡省的構件。下面我們就結合語例做一些介紹。

第七章　符號化簡省的俗字構形　　177

我們先看用重文符號兩點來代替相同部件的例子。如"蠱"或俗寫為"曼",《集成》高麗刊本《九雲夢》卷一:"七十二峯,或騰踔而曼天,或嶄巘而截雲,如奇標俊彩之美丈夫,七竅百骸,皆秀麗清爽。"(1頁)"曼"就是"蠱"的俗字,很明顯,"蠱"字的下部兩個"直"分別用重文符號代替。又如"攝"或作"摂",《集成》高麗刊本《九雲夢》卷一:"即臨溪而坐,脫其上服,摂置於晴沙之上,手掬清波,沃其醉面。"(7頁)"轟"或作"叓",《集成》高麗刊本《九雲夢》卷二:"仰視楼上,則絲竹叓鳴,聲在半空。"(41頁)"轟"的下部兩個"車",均用重文的兩點代替,成為"叓"字。"操"或俗作"撡",《集成》高麗刊本《九雲夢》卷二:"此非伯牙水仙撡乎?所謂鍾期既遇,奏流水而何慚者也!"(72頁)"躁"俗或作"趮",《集成》高麗刊本《九雲夢》卷二:"我何思之不審,行之太趮耶?"(97頁)"躡"俗或作"踂",《集成》高麗刊本《九雲夢》卷三:"昔訪佳期踂彩雲,更將清酌酹荒墳。"(109頁)同前:"而相公離燕之日,妾若抽身而從之,則燕王必使人追踂。"(135頁)"脅"俗或作"脊",《集成》高麗刊本《九雲夢》卷三:"而自剪頭髮,稱有惡疾,堇(僅)免脊迫之辱。"(129頁)"毳"俗或作"毛",同前卷五:"卿方少年,堂上有大夫人,則甘毛之供不可自當。"(241頁)

重文符號或作"夂",用來構形俗字。《集成》清刊本《新世鴻勳》第十八回:"除非奮兵一戰,殺淂他片甲無存,那時轉敗為功,在此一舉,肽後捲甲赺朝,以就封職,庶幾不愧重賞。"(365頁)"赺"即"趨"的俗字,今簡體作"趋"。

重文符號的互換產生不同俗字形體。前面章節我們已經列舉了"爹"俗或作"仌",又作"夳",即用"丶"換"夕",成為"夳";又將

"丶"換為"匕",成為"爹"字。

重文符號或可作"く",故有的字兩點或俗寫作"く"。《集成》嘉靖本《三國志通俗演義》卷十《曹操敗走華容道》:"去不多時,又聽得山後火起,軍士皆回,尋得㲋小糧米。"(1598頁)"㲋"就是"些"字。重文符號又可寫為"夕",故"些"或作"岁",《集成》嘉靖本《三國志通俗演義》卷十二《耒陽張飛薦鳳雛》:"量百里小縣,岁小公事,何難決斷!"(1814頁)《集成》清刊本《續金瓶梅》第一回:"又說岁陰陽治亂,俱是衆生造來大劫。"(8頁)

"出"俗寫或作"叕",《集成》高麗刊本《九雲夢》卷一:"乳娘叕門而去,旋又還,問曰:'相公或已娶室,或既定婚,則何以為之耶?'"(27頁)同前卷二:"乃緩步而叕,諸人初既有約,且見其冷淡之色,不敢出一言矣。"(50頁)同前:"況君兒如美人,且不生髯,叕家之人,或有不裹髮、不掩耳者,變服亦不難矣。"(64頁)這是因為"出"字形似上下兩個"山",故下部用重文符號"又"代替之。"出"字或將上部的"山"用兩點代替,成為"示"字。《集成》清刊本《大明正德皇遊江南傳》第四十三回:"乃高叫道:'郭大王可隨這位仙師殺示陣去。'"(513頁)

"雙"字或作"叒"。《集成》高麗刊本《九雲夢》卷一:"說罷,手持桃花一枝以擲仙女之前,四叒絳萼,即化為明珠。"(9頁)同前卷五:"其服色如后妃,而叒眉秀清,兩眸流彩,望望如碧玉明珠,倚疊交映也。"(234頁)"雙"字上部左邊的"佳",用重文符號"又"代替。《集成》清刊本《新世鴻勳》第二十回:"一个掄着叒飛寶劍,旋轉時犹如焰迅颷馳。"(421頁)《集成》清刊本《雷峰塔奇傳》卷三《狠郎中設計賽寶 慈太守懷情擬輕》:"扶危救孕育叒嬰,無端結

第七章　符號化簡省的俗字構形

怨欲相凌。"(117頁)"雙"為"雙"的俗寫，來自"雙"字。也可以用兩點代替，成為"㚇"。《集成》清刊本《海公大紅袍全傳》第十五回："我想起當日在店中，曾做了一㚇繡鞋相送與他。"(274頁)同前："我昔年在閨中綉有一㚇花鞋。"(276頁)"雙"或俗作"㚇"，《集成》高麗刊本《九雲夢》卷二："庭前百花一時齊綻，乳燕㚇飛，流鶯互歌。"(73頁)同前："乃開眸再望，俯視其帶，紅暈轉上於㚇頰，黃氣忽消於八字，正若被惱於春酒也。"(74頁)"㚇"字的左旁當是重文符號"々""夂"的微變。又"離"或作"雖"，《集成》高麗刊本《九雲夢》卷一："道人慰之曰：'合而雖，雖而合，亦理之常也。何以為無益之悲也？'"(34頁)同前卷二："小姐視如同氣，不忍暫雖。"(76頁)"籬"或作"䉶"，《集成》高麗刊本《九雲夢》卷一："竹䉶茅屋，隱映草間者才十餘家。"(18頁)

繁複的偏旁用"又""文"代替，"對"或作"对"，"劉"或作"刘"。《集成》清刊本《前明正德白牡丹傳》第七回："话说那少年对章士成曰：'小生姓刘，名宇瑞，家父乃吏部天官刘文俊便是。'"(213頁)"又"換作"文"，則"對"或作"对"，今日本漢字如此。

"最"或作"朂"，"又"互換為"ㄑ"。《集成》清刊本《醒名花》第一回："然天緣朂是奇幻，在庸夫俗女分中，看其會合，極是容易，極是平常；獨在佳人才子分中，看其會合，偏多磨折，偏多苦惱。"(2頁)

"取"字，右旁或作兩點。《集成》明刊本《熊龍峯四種小說‧孔淑芳雙魚扇墜傳》："是日市罷，沿河耴路而歸，行到新河埧上，孔墳之側。"(135頁)由"耴"再形變為"耴"，《集成》明刊本《雲合奇蹤》第一則："正在臺上交杯耴樂，不覺又是三更。"(8頁)

《集成》本《隋煬帝艷史》第七回:"二人暢飲了半日,王忠方纔起身告辤。"(228頁)同前第九回:"言罷,也不辤朝,竟昂昂的走下殿去。"(274頁)"辤"即"辭"的俗寫,或作"辝",蓋"又""夕"均是重文符號,故可互換。

因"辭"俗可作"辤","辭"的左旁可寫"受""爰",故"亂"字可作"乿"。《集成》花幔樓本《生綃剪》第一回:"有一種人,滿面春風,奉承乿滾,替人憂,替人喜。"(29頁)同上第一回:"不然,寧使做箇胡乿散人。"(30頁)《集成》清刻本《驚夢啼》第五回:"此時春桃已將這有銀子的包裹藏□〔在〕灶下乿柴内放好,便取了日間包就的幾塊乿石頭,幾件破衣服,背在肩上。"(145頁)《集成》本《隋煬帝艷史》第九回:"慌忙要走,却又無處躱避,只在丹墀中乿轉。"(275頁)本書有論及"又"(叉)或俗寫作"乂",如《集成》清刊本《夢中緣》第五回:"木大有便給他送了個綽號,叫做花夜乂。"(115頁)"夜乂"即夜叉。《集成》明刊本《鎮海春秋》第十回:"賀世賢帶了這些殘兵敗將,急投乂路而迯。"(16頁)"乂路"即叉路。故"乿"之俗或作"亂",《集成》嘉靖本《三國志通俗演義》卷十四《張遼大戰逍遙津》:"吕蒙親自擂鼓,士卒皆一擁而上,亂刀砍死朱光。"(2155頁)同前卷十四《甘寧百騎劫曹營》:"營中人馬驚慌,自家相殺,各寨攘亂。"(2168頁)

"歲"的俗寫,也有使用重文符號互換的。《集成》清刊本《綠牡丹全傳》第一回:"还有一个老家人之子,姓余,名謙,父母雙亡,亦隨老爺在任上,與公子同庚,也是一十三芕。"(4頁)同前:"雖是一十三芕,小小年紀,每與大人賭勝。"(4頁)"芕"即"歲"的俗寫。同前第十七回:"這徐松朋天性聰明,駱老爺赴任之後,又过了三年,十八岁時就入了武學。"(177頁)重文符號或作"夕",故"歲"俗寫或作"岁"。《集成》清刊本《昇仙傳》第七回:"看罷,大喜,說:'千岁正然悶倦,何不叫他進府頑頑,叫千岁喜欢。'"(45頁)《集成》清刊本《綠牡丹全傳》第二十二回:"不然,那怕女兒長至三十岁,也只好我老頭兒代你養活罷了。"(218頁)同前:"那濮天鵬其年已二十三四岁的人,淫慾之心早動。"(218頁)重文符號或作"く",《集成》清刊本《綠牡丹全傳》第四十二回:"話說駱大爺見寨門大開,走出一个十六七岁大漢。"(405頁)同前:"又停片時,裡邊又走出一人,有二丈身軀,黑面紅髮,年紀約有十六七岁,手挈一條熟銅大棍。"(405頁)《集成》清刊本《醒夢駢言》第一回:"他五六岁時,有个相面的相他後來該娶尼姑为妻。"(2頁)同前:"十四岁入了學,十六岁就補了廩。"(2頁)

又"岁"或是"步"的俗寫,《集成》清刊本《綠牡丹全傳》第三十五回:"濮天鵬相陪岁行,出西門今(經)平山堂西去,徐松朋实不能岁行,他坐了一乘轎子,隨后起身。"(346頁)同前第四十回:"次日早飯後,徐、駱、鮑、濮四人各騎牲口,余謙陪那二十個人仍是岁行,來至平山堂,牲口扣在观音閣中,衆人步行來擂台边。"(393頁)其構形原理也是可以解釋的,俗寫或作"步",因"步"字是上下各一"止",古文字比較清楚,甲骨文作𣥂,子且午尊作𣥂,小篆作𣥂,故俗字將"步"字的下部用重文符號表示,就成為"岁"。因重文符號可以寫成兩橫,故或作"步"。《集成》清刊本《綠牡丹全傳》第四十一回:"出家人從不騎牲口,故此大家步行進城,奔徐松朋家來。"(397頁)

正是因為"歲""步"的俗寫易混,必須依據上下文靈活解讀。

《集成》清抄本《忠烈俠義傳》四十回："这何太監年纪不过十五六步,極其伶俐。"(1325頁)"步"就是"歲"的俗寫。《集成》清刊本《昇仙傳》第四十六回："那時臣还在腹,到了九步,离母尋父,幸得相認。"(336頁)這個"步"字,顯然當解讀為"歲"字。同前第五十六回："陸爺朝上跪倒,說:'万步,还有高仲舉一案的御批,在閣下袖內,望乞收回。'万歲听說,忙叫內使把御批要回,放在龍書案上。"(417頁)"万步"二字,當解讀為"萬歲"。《集成》清刊本《粉粧樓》第七回："胡奎用手扶起,指着道:'這二位乃是越国公罗千步的公子;俺姓胡名奎,綽號叫賽元壇便是。'"(59頁)"罗千步"即羅千歲。《集成》戚序本《紅樓夢》第二回："於是款步行來,剛入肆門,只見座上吃酒之客,有一人起身大笑。"(51頁)此"步"是"步"之俗。《集成》清刊本《五虎平南後傳》第三回："狄元帥看見大怒,用鞭稍一指,一万宋兵飛步冲殺向前,段龍不敢混戰,保了段虎敗回。"(33頁)"步"本來一般是"歲"的俗寫,這裏顯然當釋讀為"步"字。

"談"或作"談"。《集成》清刊本《綠牡丹全傳》第四回："再言那對过亭子內,花振芳衆人談了一回鎗刀劍戟,論了一回鞭鐧抓鐧,无一不精其妙。"(41頁)同前："任正千被花振方(芳)談論鎗棒入妙,遂開懷暢飲了几杯,不竟大醉。"(41頁)《集成》萬卷樓本《三國志通俗演義·曹操起兵伐董卓》："第三鎮,闊談高論、知今博古豫州刺史孔伷。"(83頁)"談"也是"談"的俗字。"談"的俗寫,其右旁的"炎"下部用兩點表示"火"的重文。

"棗"或作"枣",或作"棗"。《集成》清刊本《快心編》第二回:"珮珩曉得是賣枣糕熟食的,讓他過去。"(47頁)這是"棗"的下部用重文符號"丶"代替"朿",成為"枣"。《集成》清刊本《綠牡丹全傳》第十三回:"卻說花振芳、巴氏兄弟一衆,自離了酸㮣林,在路行程,也非止一日。"(126頁)"棗"俗或作"㮣",是因為重文符號也可以用"丶"。

二、符號代替字形中的某部件

1."く""丶"代替對稱部件

"幾"字的"幺"旁用兩點代替,為"兂"。《集成》清刊本《混元盒五毒全傳》第一回:"才及兂年,父母竟自雙雙亡過。"(3頁)

"樂"俗或作"楽"。《集成》清刊本《新世鴻勳》第十九回:"是晚却借宿鄉村,衆皆悶悶不楽。"(403頁)"楽"即樂字。也見以一點代替"幺"的,如"藥"或作"菓"。《集成》清刊本《前明正德白牡丹傳》第一回:"一株花開紅似脂的,叫做紅芍菓。"(2頁)同前第八回:"若論人間園囿之可㮣,御苑实为第一。"(94頁)

"變"俗或作"夌",用兩點代替"絲"。《集成》明刊本《征播奏捷傳通俗演義》:"誅權監而蕭墻之禍靖,捕强宗而藩國之夌銷。"(16頁)或作"变",《集成》明刊本《唐三藏出身全傳》卷一《猴王得仙傳道》:"祖師附耳傳個地煞数七十二般变化口訣。"(18頁)《集成》本《意中緣》第十回:"我想林天素生性聪明,自能随机應变。"(193頁)

"響"或作"䫿"。《集成》清刊本《前明正德白牡丹傳》第二十四回:"英國公按䫿到此武㪽,下馬陞坐中央。"(308頁)

"噬"或作"嗞"。《集成》明刊本《牛郎織女傳》卷二《行童進直》:"溢滿自然招貶損,噁臍无及遡迴舟。"(62頁)這是"巫"中的"人"旁用點代替。

"卒"或作"卆"。敦煌卷子BD00845《大般涅槃經(北本)》卷一:"猶如慈父,唯有一子,卆病喪亡,送其屍體,置於塚間,歸還悵恨,愁憂苦惱。"(12/97)"卆"即"卒"字。

前面章節我們介紹過字形中有對稱的"口"或匚形結構,俗寫往往用點代替。如"喪"或作"丧","讓"或作"讓","單"或作"单",是其例。

"渾"或作"浑"。《集成》清刊本《前明正德白牡丹傳》第一回:"武宗抬頭一看,不竟浑身酥軟,神情顛倒。"(2頁)

"連"或作"迲"。《集成》本《換夫妻》第五回:"不想孫興次子在房外听見,迲忙说与父母。"(35頁)《集成》清刊本《錦香亭》第十五回:"高力士叩頭領旨,迲忙移令,着礼部開賜婚儀注,兵部發兵護送。"(260頁)從字形可見其來自草書。《集成》臥雲書閣本《雙鳳奇緣》第九回:"王太守懼怕林捴兵,只得湊些金銀前去買命,不上半年,家私用盡,迲房子也住不起了,退與房主。"(78頁)同上第二十回:"番王迲呼平身,便問:'你在漢朝为相,好卜(不)尊贵,来到我国,是何元故?'"(173頁)"迲"即"連"之俗。

2. 符號"刂"

我們再來介紹符號"刂"的代替。這個符號有不少情況是草書楷化的緣故。如"師""帥"或作"师""帅","臨""監""堅"或作"临""监""坚","強""張"或作"弳""㲀"等。《集成》明刊本《詳刑公案·許兵巡断妬殺親夫》:"糖須(雖)甜而不能以賽羊羔之美,桃頗

第七章　符號化簡省的俗字構形

妙而不足以奪悵臺之好。終夜飲酒，楊其客而悵其主。"(310頁)《集成》清刊本《錦香亭》第六回："一年的錢粮不上五十兩，一月的狀詞難得四五悵。"(100頁)這是草書將"張"的"弓"旁簡化為"刂"。"張"或作"㣺""㣺""㣺"等諸形。《集成》本《換夫妻》第九回："三元勸了一番，遂即喚了妻弟㣺二旧同到縣中，買棺木之類。"(63頁)同前第一回："㣺郎之妇李郎骑，李妇重為張氏妻。你不羞來我要咲，從來沒有這般奇。"(1頁)《集成》清刊本《醒夢駢言》第三回："㣺婆哈哈地笑道：'有件極可笑的事，要來對員外、安人說。'"(105頁)同前："㣺婆方說道：'先動問宅上小姐，近日可有人來作伐？'"(105頁)

"驚"或作"㣺"。《集成》清刊本《後宋慈雲走國全傳》第三回："至天將黎明，老家人進內，唬㣺不小。"(46頁)同前："只見役人書吏紛紛抱救，方知包爺死了，心下大㣺。"(47頁)同前第四回："却說龐妃一自納進了正宮，恃寵作惡，狠毒多端，內宮人人㣺懼。"(60頁)同前第十六回："眾文武大㣺，上前攔阻。"(292頁)第十七回："石俊一見，㣺問：'我兒，因何拜祝尊神双淚垂下？是何緣故？'"(329頁)"驚"字的俗寫用符號"刂"代替"苟"部。

也有"馬"旁用符號"刂"代替的。《集成》清刊本《後宋慈雲走國全傳》第二十回："大兵涉水登山，月餘方到山東州府，吩咐于山前二十里安扎大營㣺兵。"(374頁)同前第二十一回："況此山不出半月，定然必失，終非日久㣺足之地。"(394頁)"㣺"即"駐"的俗字。同前第二十回："昨天幸得一道人相投，神通廣大，法力無邊，老臣当時試㣺非謬。"(383頁)"㣺"是"驗"的俗字。

"駭"字或俗作"㣺"。《集成》清刊本《後宋慈雲走國全傳》第二十一回:"軍士一見,驚㤉此道人從天而下,要見殿下,只得進山寨稟明。"(390頁)同前第二十二回:"安周平驚㤉曰:'有何為憑?'太子即取出血詔書。"(424頁)

"驅"或俗作"㞲"。《集成》清刊本《後宋慈雲走國全傳》第二十二回:"衆童頑耍,各限边界,如食過界限者,任從㞲逐去,牛羊却被〔掠去〕。"(413頁)同前:"惟一說,汝能打吾倒地,只由汝將三十餘牛羊盡㞲去,待吾親送到府上,叩首請罪。"(417頁)"盡驅去"三字,今標點本作"盡起去"①,非。

"肆"或作"肂"。《集成》本《清平山堂話本·風月瑞仙亭》:"我欲開一箇酒肂,如何?"(75頁)《集成》清刊本《前明正德白牡丹傳》第二十四回:"但劣奴猖橫,肂无忌憚,待本藩来日騙到較場,羞辱他一番,方顯得我手段。"(306頁)

"疑"或作"忣"。《集成》清刊本《前明正德白牡丹傳》第十一回:"刘小姐见了,心中越忣。"(131頁)同前:"適纔老身欲與賢婿交婚,賢婿心中必忣。"(142頁)

3. 符號"又"

"又"代替"隹"旁。《集成》清刊本《品花寶鑑》第二十八回:"後來这去不進去,不關事,但此刻之三百兩是不能少的。"(1136頁)同前:"原来琴言剛这来半月光景,連華夫人都疼他,時常賞他東西。"(1137頁)同前:"他纔这来幾天就這麼樣,腦袋又好,將来不

---

① 刘樂泉主編《中國古典名著——後宋慈雲走國全傳》第456頁,京華出版社2002年版。

第七章　符號化簡省的俗字構形

要把我壓下去。"(1137頁)又同前："顏夫人正在盼望,見許順这来,似欲回什麽話似的。"(1140頁)可以看出這些"这"是"進"的俗字,蓋"隹"旁用符號"又"代替。我們還看到同書"顧"俗寫為"顄"的,也是用"又"代替"隹"旁。第二十八回："琴言一進門時,原為子玉病重,出于情所難忍,故不顄吉兇禍福。"(1142頁)

"又"代替"藿""莫"旁,如"勸""權"俗作"劝""权","難""艱"俗作"难""艰"。這些俗字常見,不再舉例。

"對"或作"对",又作"对"。《集成》清刊本《忠烈全傳》第四十三回："顧孝威大喜,忙向身邊解下一对玉環。"(636頁)《乾隆抄本百廿回紅樓夢稿》第二十回："宝玉在麝月身後,二人对鏡相視。"(240頁)

"聖"或作"圣"。《乾隆抄本百廿回紅樓夢稿》第二十一回："至《外篇·胠篋(篋)》一則,其文曰:'故絶圣棄知,大盗乃止,摘玉毀珠,小盗不起。'"(250頁)明萬曆刊本朱鼎臣《唐三藏西遊釋厄傳》卷十《三藏見佛求經》："本觀安排茶飯,款待已畢,令仙童燒湯與圣僧沐浴凈身。"(553頁)

"驛"或作"驿"。《集成》清刊本《前明正德白牡丹傳》第十五回："刘瑾方進舘驿,地方官送礼送席。"(186頁)

4. 符號"文"

"文"這個符號,用來代替"學""與"等旁繁複的筆畫。如"學"或作"孝","覺"或作"竟","齊"或作"齐"等。這些俗寫出現甚早,不僅僅流行於明清時期。《集成》清刊本《前明正德白牡丹傳》第五回："二龍鬥珠,好不齐整。"(57頁)

"犖"或作"羍"。《集成》本《大唐三藏取經詩話》:"羍頭見一寺額,号'香山之寺'。"(8頁)《集成》清刊本《忠烈全傳》第四十二回:"光陰似箭,日月如梭,到了十四五歲,俱已入泮中羍。"(622頁)同前:"却説按察使成君美見了顧濱青年中羍,人物風流,就出來作伐。"(623頁)或作"羍"。《集成》明刊本《詳刑公案·劉縣尹斷明火劫掠》:"鄭看見,羍手錯髀,無言可荅。"(290頁)《集成》清刊本《玉樓春》第一回:"歐生稟道:'生員歐陽漸,是来應羍的,不知大人光臨,有失廻避。'"(9頁)同前:"馮公道:'你既是応羍的,待我考你一考。'"(9頁)《集成》清刊本《前明正德白牡丹傳》第十九回:"一面説一面羍起左手,向小二面門上狠力一掌。"(249頁)或作"羍"。《集成》明刊本《唐三藏出身全傳》卷一《猴王得仙賜姓》:"即忙跳入裡面,仔細再看,乃是樵子,羍斧砍柴。"(8頁)《集成》明刊本《二十四尊得道羅漢傳·勸善羅漢》:"良知所啟,問一即能知十,羍始即能見終。"(61頁)同前:"羍遠旡憑,稽近有見。"(63頁)

"譽"或作"斉"。《集成》明刊本《詳刑公案·彭守道旌表黃烈女》:"黃女貞烈,卒獲千年令斉;林夔負義,終遺萬載兇名。"(346頁)《集成》明刊本《二十四尊得道羅漢傳·戲珠羅漢》:"尊者自証得道,名斉未甚彰大。"(108頁)同前《施笠羅漢》:"尊者何由遇嗣君,胡僧延斉意殷殷。"(148頁)《集成》清刊本《前明正德白牡丹傳》第十回:"多蒙世兄過斉了。"(130頁)

"齋"或作"条",或作"斋",或作"斋"。敦煌卷子斯3875題目"諸雜斋文一本"(5/185),"斋"即"齋"之俗。《集成》本《京本通俗小說》:"至明年五月五日,郡王又要去灵隐寺斋僧。"(42頁)《清末

時新小説集》第一册《澹軒閒話》第二回:"到次日晚上,正斋与一个穷人正在閒話。"(35頁)

"覺"或作"覞"。《集成》清刊本《前明正德白牡丹傳》第七回:"吴芳開怀暢飲,不一会,便忞酩酊大醉,隱几睡去。"(83頁)

"劉"或作"刘"。《集成》清刊本《前明正德白牡丹傳》第三回:"刘健入内,禀曰:'相士已到。'刘瑾曰:'未知精否?'刘健曰:'因是相法極精,人都稱為張半仙。'"(37頁)

第八章　漢字體系對創造俗字的影響

我們知道漢字符號具有系統性,經過長期的歷史發展,已經形成一個完整的漢字體系。我們從《說文解字》就可以看出,漢字是個較嚴整的系統,譬如部首表示某一個意義範疇,如從"氵"旁的字一般與水有關;從"木"的字一般與木相關;從"扌"旁的字往往與手或動作相關;從"艸"則與草有關;心部的字一般都是關於心理的意義;目部的字都是跟眼睛有關的意義;广部表示跟房屋有關,等等。中國古人以為漢字字形是要表達概念的,故在創造某一俗字時,往往會根據漢字體系考慮加上某一義類偏旁。這一章我們想專門探討漢字體系對俗字的產生有什麼樣的影響。

漢字經過數千年的歷史傳承,本身的體系性很強,以致個別字詞如果與整個漢字體系相衝突的話,自然就會產生字形的調整。例如:《說文》中有"招""榣"二字,《說文・木部》:"招,樹榣皃。"段注:"'榣',各本作'搖',今正。招之言招也,樹高大則如能招風者然。《漢志・郊祀歌》:'體招搖,若永望。'注:'招搖,申動之皃。'按:此'招搖'與'招榣'同,師古招音韶,猶《玉篇》'招,時昭切'也。"又《木部》:"榣,樹動也。"段注:"榣之言搖也。今俗語謂煽惑人為招搖,當用此從木二字,謂能招致而搖動之也。"因"招榣"二字反映的是動態的意義,與漢字體系絕大多數木部字表示靜態不同，故後世"招搖"受漢字系統影響而調整，改旁為"招搖"。

漢字體系的表現是多種多樣的，下面我們就舉漢字體系跟俗字相關的幾個方面的影響。

一、表示動詞往往增旁或改旁為"扌"旁

當一些詞是動詞時，字形往往容易增旁或改旁為"扌"旁。這一現象在古籍文本中體現得非常明顯，我們可以舉一些例子：

彎/挎

《集成》清刊本《飛龍全傳》第五十六回："重進見張萬來得較近，按住了刀，**挎**弓搭箭，背放一矢。"（1378頁）按："弯"本是"彎"的俗字，因上文是動作，故增"扌"旁為"**挎**"。

匡/抂

《集成》清刊本《後宋慈雲走國全傳》第四回："身為国家重望大臣，还不出力**抂**救君上過失，只由国家顛倒，尸位素飱，岂是忠良之輩？"（70頁）蓋"匡救"是個動詞，所以俗寫將"匡"字增加"扌"旁為"**抂**"。

診/抮

《集成》清刊本《飛龍全傳》第十三回："當下小二請了來家，延進客房，來至柴榮炕前坐下，舉着了三個指頭，將兩手六脉細細的抮了一翻，已自明白。"（316頁）"抮"不能按正規字書去解釋，它是"診"的俗寫，蓋診斷是動作，故改旁作"抮"。

繃/捧

《集成》清刊本《飛龍全傳》第十四回:"若你不給出錢來,把你的臭黑皮剝將下來捧鼓,才知我們的利害。"(342頁)"捧"明顯是"繃"的俗字,從手、彭聲。

彈/撣

《集成》明刊本《今古奇觀》第十一卷《吳保安棄家贖友》:"保安見仲翔形容憔悴,半人半鬼,兩腳又動撣不得,好生淒慘!"(427頁)蓋"彈"因是動作,故改旁從"扌"為"撣"。《古本小說叢刊》第三十一輯《古今小說》第八卷亦作"撣"字(410頁)。《集成》明刊本《滕大尹鬼斷家私》:"雖然心下清爽,却滿身麻木,動撣不得。"(74頁)

輪/掄

《集成》明刊本《南北宋志傳》卷十一:"〔呼延〕贊大怒,挺鎗躍馬,直取張吉。張吉輪刀來迎。"(504頁)《集成》清刊本《北宋金鎗全傳》第二回:"〔呼延〕贊大怒,挺鎗直取張吉。張吉輪刀來迎。"(33頁)同前第八回:"郭進揮兵衝入,敵烈輪刀迎之,兩馬相交,戰上二十餘合。"(131頁)同樣的文字,"輪"字,《楊家將》第九回作"掄"。《集成》清刊本《北宋金鎗全傳》第十二回:"呼延贊挺槍直取耶律沙,耶律沙輪刀來迎。"(185頁)"輪"字,《楊家將》第十二回作"掄"。《集成》清刊本《北宋金鎗全傳》第二十五回:"蕭天祐大怒,挺鎗直奔岳勝,岳勝輪刀迎戰。"(396頁)《北宋金鎗全傳》也見寫"掄"的,第四十七回:"右邊張達奮勇掄鎗救護,却被百花公主放起流星鎚,打中張達胸臆,一命須臾。"(748頁)《龍龕手鏡·手部》:"掄:音輪,手轉也。又力昆反,擇也,一曰貫也。"(210頁)可見

第八章　漢字體系對創造俗字的影響

"輪"字作動詞時,俗寫往往寫作"掄"。

《集成》清刊本《兒女英雄傳》第六回:"輪起右腿,甩了一個旋風脚。"(206頁)同前:"一氣跑到厨房,拿出一把三尺來長鐵火剪來,輪得風車兒般。"(207頁)同前第十六回:"鄧九公聽了,輪起大巴掌來,把桌子拍得山响。"(635頁)同小説也有寫"掄"的,第六回:"掖上倭刀,一手掄開槓子,指東打西,指南打北。"(209頁)第二十一回:"那李茂使一對熟銅拐,能在水底跟着船走,得便一拐搭住船幫上去,掄起拐來,任是你船上有多少人,管取都被他打下水去,那隻船算屬了他了。"(866頁)

陷/掐/拁

《集成》清刊本《于公案奇聞》卷一:"賈賊以病託付:'嚴治假冒口稱是我親生之子,重責掐監,俟下官病好再審真情。'"(18頁)同前:"可憐已經遭屈掐監,形容瀟灑,不相匹類,怎肯冒認官親?"(24頁)又同前:"公子止不住復又痛淚如注,到此受責二十大板掐監,正無救星。"(25頁)據上下文,可知"掐監"即拘禁、監禁的意思。寫作"掐監"的例子很多,《于公案奇聞》卷六:"康知府貪贓,苦拷書生屈招,奸官説:'拿筆劃招。'當堂問罪掐監。"(316頁)同前:"并純掐監,問成死罪。"(319頁)同前:"又賄託康知府,苦拷承招掐監,秋後處斬。"(327頁)同前:"傳禁子伺候,把淫婦姦夫掐監候斬。"(347頁)同前卷八:"知縣立刻升堂,問明前後情節,掐監,等候春傷好再問口詞。"(411頁)同前:"設詞説道:'銀子未足,我主人説,求周大爺婉轉,只要將長工郎能掐監定罪之後,找足二百兩。'"(423頁)同前:"先把郎能問個控告候家不實,以誣告之例,打頓板子掐監。"(426頁)"掐"字又是哪一個詞呢?如何引申出此義呢？或有單寫"掐"的，如《于公案奇聞》卷三："你走去訪一訪馬三太爺的素日，人人皆知。人來！把牛鼻子掐在馬棚，叫人與我拷打。"（137頁）同前卷八："且說郎能告狀以後，掐在監牢，又挨二十大板，前思後想，傷心慟淚。"（436頁）同前："偏遇沙河縣張令，却又糊塗，混號都稱'漿子盆'，所以判事不明，並沒決斷，良民百姓，至今掐在監牢。"（455頁）"掐"當是"掐"的異寫，為拘禁、關押的意思，古籍俗寫中"臽"與"臼"不別，《履齋示兒編》引《字譜·總論譌字》說："又有偏旁相錯者，如舀臽相似，取耴相亂，束束不分，奕弈無辨，佳隹通用，月冃同體，凡此皆俗書之譌也。"①如《于公案奇聞》卷七的"无故生非，陷害于他"（353頁），"陷害"即陷害。而"掐監"的"掐"又是"陷"的換旁，謂如陷阱般拘禁，因是動詞，故換旁為"扌"。同書也有寫"掐監"的例子，《于公案奇聞》卷六："賢臣聞聽點首，吩咐青衣，把蕭氏、蕭魁掐監候斬。"（304頁）同前卷七："知縣糊塗，以人命定罪，秋後出決，掐入南牢坐監。"（399頁）也有寫"陷監"的，《于公案奇聞》卷六："再表河間知府接到出決文書，不覺到陷監裏；人多，從頭一日就把衆犯綁起。"（347頁）《集成》清刊本《雲鍾雁三鬧太平莊全傳》第八回題目"都統無救陷奸謀，國舅流言害忠勇"（153頁），"陷"字，小說前面的目錄作"陷"（3頁），可證"陷"是"陷"的音借。小說中有寫"監陷"的，可知"掐監"即是"陷監"。《集成》世德堂本《西遊記》第三十八回："若問我個不才之罪，監陷羑里，你明日進城，却將何倚？"（946頁）《集成》清刊本《飛龍全傳》第五十八回："左右綁進陸孟俊，令坤令置在陷車，解赴世宗

---

① 鮑廷博輯《知不足齋叢書》第9册，第172頁，中華書局1999年影印。

第八章 漢字體系對創造俗字的影響

處發落。"(1428頁)"陷"當釋讀為"陷"字,標點本《飛龍全傳》作"陷"[1],是。"陷車"的"陷"就有拘禁義。《集成》清刊本《娛目醒心編》卷八第三回:"因說兒子陷獄,欲求老先生縣官前說一分上,釋放出來。"(340頁)"陷"也是"陷"字。《集成》明刊本《雲合奇蹤》第四十四則:"就喚三軍,把任亮陷在囚車。"(507頁)同前第五十七則:"手轉一鎗,正中着鄭祿左腿,炳文便趁活捉了,分付軍校陷在囚車內。"(654頁)《集成》清刊本《補紅樓夢》第二十四回:"只聽見他們說:這個媳婦子不大老成,蟠兒犯了官司,陷在監裏,他就受不過冷清,不知多早晚兒又看上他小叔子了。"(698頁)"陷"即"陷"字。

紐/扭

《集成》貫華堂本《第五才子書水滸傳》第一回:"史進輕舒猿臂,款紐狼腰,只一挾,把陳達輕輕摘離了嵌花鞍,款款揪住了綉月苔膊,只一丢,丢落地。"(121頁)此"紐"因是動作,或俗寫改旁為"扭",如今標點本《水滸傳》第二回就改為"扭"字[2]。《集成》貫華堂本《第五才子書水滸傳》第三回:"話說當下魯提轄紐過身來看時,拖扯的不是別人,却是渭州酒樓上救了的金老。"(196頁)"紐"字,標點本亦作"扭"[3]。《集成》貫華堂本《第五才子書水滸傳》第十二回:"兩箇在陣前來來往往,番番復復,攪做一團,紐做一塊。"(659頁)標點本也是改作"扭"。

《集成》明刊本《醒世恒言》卷三十一《鄭節使立功神臂弓》:"兩

---

[1] 吳璿《飛龍全傳》第414頁,中華書局2004年版。
[2] 《水滸傳》第32頁,人民文學出版社1975年版。
[3] 同上,第51頁。

箇打做一團,紐做一塊。"(1908頁)同前卷七《錢秀才錯占鳳凰儔》:"先前顏俊和錢青是一對廝打,以後高贊和尤辰是兩對廝打,結末兩家家人,紐做一團廝打。"(389頁)同刊本又有寫"扭"的,同前:"衆人見知縣相公拿人,都則散了,只有顏俊兀自扭住錢青,高贊兀自扭住尤辰,紛紛告訴,一時不得其詳。"(390頁)

翻/播

《集成》清刊本《昇仙傳》第五十一回:"老道說:'我的爺,你可屈死人了,我抵盜的東西已竟全承認了,難道还会昧下这宗银子不成。老爷不信只管播播。'管家的果然叫小廝把老道的衣服剝去,播了一会,並皆沒有。"(378頁)例中的"播"就是"翻"的俗字,蓋此"翻"是動詞,故改旁為"扌"而作"播"。

《集成》戚序本《紅樓夢》第六十一回:"小丫頭子們巴不得一聲,七手八腳搶上去,一頓亂播亂擲的。"(2313頁)"播"即"翻"的俗寫,今標點本《紅樓夢》作"翻"。

晃/榥

《集成》清刊本《兒女英雄傳》第三十一回:"隔了半盞茶時,只見靠東這扇牕戶上有豆兒大的一點火光兒一**榥**,早燒了個小窟窿,插進枝香來。"(1411頁)"**榥**"即是"晃"的增旁俗字。

毆/摳

"毆"或作"摳"。《集成》清刊本《後宋慈雲走國全傳》第二回:"況及汝與龐家均屬御王親,怎能要他下馬回避,至相摳打死此奸权之子?是下官所欠解,請道其詳。"(30頁)同前:"生員即追趕上攔截,却被他家丁人衆摳打在地,幾乎性命不保。"(34頁)又第四回:"于今陸國舅須(雖)然逃脫,陸丞相当殿摳奸,被執身亡,陸后幽禁外宫。"(61頁)"摳"字,即"毆"的俗寫,因毆打是動作,所以改旁為"扌"作"摳"。上揭諸例,今標點本《後宋慈雲走國全傳》均作"毆"①。《集成》清刊本《後宋慈雲走國全傳》第五回:"致陸雲忠当殿摳君,大属不敬,有何可赦之例?"(92頁)同前:"賊臣胆大無礼!君前摳打国丈。且陸后父女有罪,当得处决。"(94頁)第二十二回:"今天倘兩不倒,相摳一場,那得結交為異姓手足?"(419頁)"毆"或作"敺",俗寫為"摳"并不始於明清時代。可洪《新集藏經音義隨函錄》卷二十二音義《阿育王傳》卷一"摳我"條云:"上烏口反,擊也,正作毆。"②"攴"與"扌"旁換用,來源甚早,戰國文字就有二者通用的,如"搏"或作"敷","揚"或作"敭"③。《說文》:"揚,飛舉也。从手,昜聲。敭,古文揚,从攴。"秦漢文字中,"攴""手"換用有大量的例子④,說明一些俗寫也具有非常久遠的歷史承傳,不可等閑視之。

磕/搕

《集成》清刊本《品花寶鑑》第四十回:"小三道:'祝壽是不敢當,我受了三爺這樣恩典,我叫他出來搕頭。'"(1634頁)"磕頭"因是動作,故俗寫改"磕"為"搕"。

斷/撆

《集成》清刊本《儒林外史》第三十八回:"郭孝子喫着飯,向他

---

① 劉樂泉主編《中國古典名著——後宋慈雲走國全傳》第320頁、321頁、331頁,京華出版社2002年版。
② 《中華大藏經》第60冊,第238頁,中華書局1984—1997年版。
③ 何琳儀《戰國古文字典》第598頁、662頁,中華書局1998年版。
④ 具體語例,可參黃文傑《秦至漢初簡帛文字研究》第85頁,商務印書館2008年版。

說道:'你既有胆子攔路,你自然還有些武熟(藝)。只怕你武藝不高,將來做不得大事,我有些刀法、拳法,傳授與你。'"(1282頁)《漢語大字典》雖然收錄了"攔"字,但義項與上語例不合。今標點本《儒林外史》作"短"①。按:依照俗字學原理,"攔"即是"斷"的俗寫。"斷路"就是攔路搶劫,《漢語大詞典》已收"斷路"條。

查/揸

《集成》清抄本《螢窗清玩》第四卷:"凡有被其冤屈者,皆具狀翻案,愬於楚公,公悉揸究詳明,劾於撫部。"(645頁)"揸究"即"查究"。"揸"是"查"的增旁俗字。

駭/挋

《集成》清刊本《後宋慈雲走國全傳》第二十回:"李豹曰:'如今龐清一死,軍中無主,不免下山挋他兵投降,可否?'太子曰:'龐清已死,豈再挋他兵投降?勿得驚擾,且待他軍運回龐清屍首回朝,以存忠良之柩。'"(378頁)此兩例"挋"字,今標點本作"接"②,非。《集成》清刊本《後宋慈雲走國全傳》第三十五回:"且待來天奏知聖上,發旨往北狄契丹、西夷夏王,核他將奸臣解回天朝,不可听信此奸徒以敗前好,以失一邦体統,納奸信佞之過。"(656頁)按:"核"是"挋"之俗,俗寫扌、木不別。《玉篇·手部》:"挋,撼動也。"根據文意,"挋"義同"駭",為驚駭、恐嚇義,蓋"駭"作動詞,俗寫換"扌"旁作"挋"。《廣雅·釋詁一》:"挋,動也。"王念孫《廣雅疏證》:"高誘註《淮南子·俶真訓》云:'駭,動也。'駭與挋聲近義同。"

---

① 吳敬梓《儒林外史》第453頁,人民文學出版社1962年版。
② 劉樂泉主編《中國古典名著——後宋慈雲走國全傳》第441頁,京華出版社2002年版。

歃/插

《集成》明刊本《隋唐兩朝史傳》第六回:"是日,宰牛殺羊,插血同盟,痛飲一醉。"(67頁)同前第八回:"告于天地,刑牲插血,改元永平元年,自稱行軍元帥魏公府。"(90頁)《集成》清刊本《二奇合刊》第十一回:"當天排下連房德共是十八個好漢,一齊跪下,拈香設誓,插血為盟。"(335頁)"插"就是"歃"的俗寫。蓋歃血是個動作,在漢字體系的字形表達中,"扌"旁一般就是動詞,故"歃"換旁俗寫為"插"。《集成》明刊本《隋唐兩朝史傳》第七十八回:"是日又遣人來請和,帝許之,乃斬白馬,與頡利插血誓盟於便橋之上,突厥遂引兵退。"(902頁)同前第八十四回:"太子欣然從之,遂將金寶厚賂中郎將李儼,使為內應,邀同洋州刺史趙節、駙馬都尉杜荷數人,取酒插血,割臂為誓。"(928頁)同前第九十五回:"即取白絹一幅,四人書名押字,插血為盟,死生不負所約。"(1109頁)"插"當作"歃"字解,同書還有不少語例,不畢舉。

虜/擄

"虜"字可以作動詞,也可以是名詞,其中有一義項是掠奪義。晉代張載《七哀詩》之一:"珠柙離玉體,珍寶見剽虜。"一直到清代也還有使用。《集成》清刊本《說唐演義全傳》第二回:"忽報登州海寇作亂,上岸搶虜子女金帛,殺人放火,十分急迫。"(30頁)由於掠奪是個動作,跟手有關,故後起俗寫增"扌"旁為"擄"字。《集成》清刊本《說唐演義全傳》第三十二回:"又把金銀器物,擄在懷內。"(573頁)《集成》武林刊本《隋唐演義》第五節:"密謂玄感曰:'福嗣窮為我擄,志在觀望。今公初舉大事,留此奸人在側,其事必敗,請斬福嗣之首,號令於衆,此建立之良策也。'"(47頁)

貫/摜

《集成》清刊本《說唐演義全傳》第六十回："只見他頂盔貫甲，提鎗上馬，奔出帥府。"(1069頁)同前："次日，二王同王九龍全身結束，頂盔貫甲，帶兵出城。"(1072頁)同前第六十三回："即頂盔貫甲，掛鐧懸鞭，上馬提鎗，放炮一聲，開了関門，來至陣前。"(1126頁)因"貫"作動詞，故或加"扌"旁為"摜"。《大正藏》本《不空罥索神變真言經》卷十四："我常加以大悲精進堅固甲胄，為摜被身。"(20/296/c)

戳/擢

"戳"或俗作"擢"。《集成》明刊本《警世通言》卷三十七《王嬌鸞百年長恨》："方纔待行，則見黑地裏把一條筆頭槍，看得清，喝聲道：'着！'向尹宗前心便擢將來，挖折地一聲響。這漢是園牆外面巡邏底，見一個大漢，把條朴刀，跳過牆來，背着一箇婦女，一筆頭鎗擢將來。黑地裏尹宗側身躲過，一槍擢在牆上，正搖索那鎗頭不出。"(1522頁)"擢"字不能按正字去解釋，此是"戳"的俗字，蓋"戳"是動作，故俗寫從"扌"作"擢"。

綁/捞

前文提到，"綁"可作"綁"的俗字。人們覺得捆綁是動詞，又俗寫作"捞"。《集成》本《隋煬帝艷史》第二十四回："又將徑寸粗的麻索，將他捞在鉄柱之上，拿一把大鉄勺，將銅汁燒得沸滾，一个武士拿起來，就要往麻叔謀口中直灌。"(756頁)同前："麻叔謀掙得起來，渾身上早已捞得麻麻木木，半晌行動不得。"(757頁)又同前第二十八回："說不了，早有許多軍士擁進監來，將麻叔謀并陶榔兒全家，俱用大繩捞了，一齊驅至河口。"(904頁)"捞"即"綁"之俗。

二、為後起區別俗字加上符合漢字體系的形旁

如"捏"表示言語方面的捏造則造一從"言"的"諲""諲"字,《集成》清刊本《後宋慈雲走國全傳》第二回:"他上本只諲言下馬回避情由。"(30頁)《集成》清刊本《後宋慈雲走國全傳》第三回:"龐賊,好生刁滑,汝敢白諲無辜,欺惑圣上!"(48頁)此俗寫用於言語方面的捏造。或進一步訛為"諲"字,《集成》清刊本《羣英傑》第九回:"申子交結土豪惡棍,白諲良民,串全詐逼資財,七惡。"(86頁)"白諲"即是"白捏"。同前第十六回:"說未完,潘太師喝声:'胡說! 此嶺高有數十丈,难道汝會飛不成? 故今得活,足見虛詞白諲。'"(152頁)

造俗字者往往力圖表示事物的概念或類屬,故俗字創造時往往是根據漢字體系加上相應的形符。宋人孫奕《履齋示兒編》卷二十一云:"橐佗俗作駱駝,裴回俗作俳佪,結環俗作髻鬟,滂沛俗作霧霈,劈歷俗作霹靂,蜩蛼俗作魈魎,秋千俗作鞦韆,秫(穤)字非古也。"[①]實際上,"駱駝""俳佪""髻鬟""霧霈""魈魎""鞦韆"這些俗寫均是根據漢字體系加上或改變義符,力圖使漢字表達相應的類屬。另外,像"畢羅"俗寫"饆饠",謂是食品,故從"食";"頗陵"俗作"菠薐",謂是蔬菜,故依漢字體系改從"艹"。《履齋示兒編》卷二十二引《藝苑雌黃》云:"食品有畢羅者,蕃中畢氏、羅氏好食此味,因

---

① 鮑廷博輯《知不足齋叢書》第9册,第161頁,中華書局1999年影印。

以名之；今俗乃從食而為饆饠。蔬品有頗陵者，昔人自頗陵國將其子來，因以為名；今俗乃從艸而為菠薐。"①一些後起分化字也往往依漢字系統加上相應的形旁，如"因"表草席義為"茵"，"益"加水旁為"溢"，"然"加火旁為"燃"，"昏"加女旁為"婚"，酒尊為"樽""罇"，"匊"字加旁為"掬"，"岡"字作"崗"，"果園"字作"菓薗"等。下面我們再舉一些例子：

旐

《集成》清刊本《後宋慈雲走國全傳》第十回："登時出至教場，祭過大旐旗，三声炮响，五萬精兵發馬登程。"（179頁）《集成》清刊本《羣英傑》第二十回："俱用心腹將把守，扯起周家大旐旗號。"（193頁）同前："且扯起周家大旐，莫非与奸黨仝謀，有負國家之恩不成？"（195頁）"旐"就是"纛"的俗字，蓋與旗有關，故形旁從"㫃"。

浿

《集成》戚序本《紅樓夢》第八回："命人浿滾滾的茶來。"（287頁）這是專門為倒茶的"倒"改旁從"氵"，認為倒茶跟水有關。同前："寶釵不待他說完，便嗔他不去浿茶。"（294頁）非倒液體的"倒"不能寫"浿"。

僕

男子漢的"漢"跟人有關，故專門造了"僕"字。《集成》清刊本《前明正德白牡丹傳》第十三回："当先一僕，紅戰巾，紅戰袍，黃金鎖子甲。"（159頁）同前："吳仁中便罵曰：'我们太行山好僕，大隊

---

① 鮑廷博輯《知不足齋叢書》第9冊，第169頁，中華書局1999年影印。

第八章 漢字體系對創造俗字的影響

齐來,尔乃白面書生,敢來送死!照我的刀罢。'"(159頁)

阴

"陰"或作"阴"。《集成》明刊本《兩漢開國中興傳志·子陵占卜文叔應試》:"文叔覷見馬武出來,随後行至柳阴之下。"(357頁)《集成》明刊本《南海觀世音菩薩出身修行傳》卷三《玅善入宮視病救活二姐》:"主公俱(懼)怕失了天下,故着内臣霍礼阴用毒藥,毒死皇帝。"(97頁)《集成》清抄本《忠烈俠義傳》第六回:"即拜升包公為開封府府尹,加阴陽学士。"(289頁)因在中國文化裏,月是太陰之精,故"陰"的俗寫改從"月"為"阴"。

歾

《集成》清刊本《紅樓幻夢》第一回:"我一生的心事,指望兒長大成人,得一佳婿,方慰我愛兒之心,不料兒因何得病就歾亡了?"(9頁)"歾"就是"夭"的俗字,蓋人們認為夭與死亡有關,故增"歹"旁。當然,"歾"字出現甚早,并不是明清纔有的俗字。

採/睬

《集成》明刊本《杜騙新書·姦情騙·用銀反買焙紙婦》:"如此且笑且說,講了一遍,看他言貌,或喜、或怒、或不採、或應對、或疑猜,便可以言投入。"(241頁)《集成》明刊本《韓湘子全傳》第二十一回:"那田夫說完了幾句,不揪不採,徑自去了。"(589頁)第二十四回:"竇氏道:'一片胡言,休要採他。'"(683頁)《集成》清刊本《萬花樓演義》第二十六回:"說完,倒拿住孫高兩大腿,他还哀求饒命幾声,李義那里採他。"(363頁)敦煌卷子中有"採括"一詞,伯2054《十二時普勸四眾依教修行》:"熱油澆,沸湯潑,號訴求其誰採聒(括)。"理睬義一開始寫"採",因覺與眼睛有關,後來俗寫改從目作"睬"。《集成》清刊本《說唐演義全傳》第五回:"牽着馬在市上沒有人睬。"(75頁)在近代漢語中,表示理睬義的詞面還沒有固定,有多種寫法,因覺得跟人相關,或有作"保"的,《集成》清刊本嗤嗤道人編《警寤鐘》第一回:"寂然見他伶俐,甚是喜他,請個先生,姓田,教他經典。他道:'我只會讀文章,不會念經典。'任憑督責,他只不保。"(6頁)同前:"師父若認真,徒弟莫保他。"(6頁)

第九章 明清小說疑難俗字考

明清小說中，有不少疑難俗字，一般辭書往往不收；或者雖收了該字，但不是這個意思。這裏我們選擇了一些字詞，做一些考釋。

乿

《集成》高麗刊本《九雲夢》卷一："即臨溪而坐，脱其上服，摄乿於晴沙之上，手掬清波，沃其醉面。"（7頁）同前卷三："已而蒼頭奉賞賜筆硯及釵釧首鎬等物，積乿於軒上。"（145頁）同前卷六："鴻娘弓馬之才，不可謂不妙，而用於風流陣則雖或可稱，置於矢石場則安能馳一步而發一矢乎？"（304頁）"乿"即"置"的俗字，蓋"罒"旁草書或作"マ"，由此而形變為"乁"。敦煌卷子"䆁"或作"䇽"，Xixdi11jian3.15-17-1號卷子第3行錄文："經律論禪兼儒老，可作華門無價寶。"① "華"字非，原卷作"䇽"，是"釋"的省旁俗字，蓋"釋"字省旁為"䆁"，又草寫為"䇽"。"䇽門"即"釋門"無疑。可比較同卷第5行"本師䇽迦牟尼佛"，錄文將"䇽"釋讀為"釋"，是；錄文還缺錄了"佛"字。

---

① 林世田《國家圖書館藏西夏文獻中漢文文獻釋錄》第72頁，北京圖書館出版社2005年版。

穤

《集成》清刊本褚人穫匯編《隋唐演義》第七回："叔寶定睛一看,不是客房,却是靠廚房一間破屋:半邊露了天,堆着一堆穤穤稭。"(157頁)且"穤穤"字下音注:"音如。"江蘇古籍出版社標點本《隋唐演義》改為"糯糯",非。按:"穤"字在平常雖是"糯"的異體,但這裏"穤穤"即"茹茹"的俗寫,就是高粱。各大型辭書不收此義。同書也有寫"茹茹稭"的,清刊本《隋唐演義》第八回："潞州即今山西地方,收秋都是那茹茹稭兒。"(178頁)

跲

《集成》清抄本《忠烈俠義傳》第六十一回："小童剛跲門檻,韓爺將腿一伸,小童往前一撲,唧哐咕咚栽倒在地,灯籠也滅了。"(1941頁)"跲"字是個方俗詞語,《集成》清刊本《七俠五義》第六十一回(427頁)、標點本《三俠五義》第六十一回均作"邁"(364頁)。并不是說"跲"就是"邁"的俗寫,而規範辭書中"跲"的義項也不適合上揭語例;蓋手民覺得"跲"字一般人難解,故換為義近的"邁"字。此"跲"是針對俗語造的俗字,為跨的意思,音qià,與"恰"音同,因跟足的動作有關,故從"足"為"跲"字。今不少方言尚有此詞,如贛南客家方言"脚跲(qià)過門檻"即脚跨過門檻。

扠

《集成》清刊四雪草堂本《隋唐演義》第九回："那些走堂的人,見叔寶將兩匹潞紬打了捲,夾在衣服底下,認了他是打漁鼓唱道情的,把門扠住道:'纔開生的酒店,不知趣,亂往裏走!'"(193頁)"扠"字,今江蘇古籍出版社標點本是依四雪草堂本為底本的,却

第九章　明清小說疑難俗字考

改作"攔"①,非。蓋不知"扠"為何字,故妄改。《集成》明刊本《隋史遺文》第八回也作"扠"(198頁),《隋唐演義》是據《隋史遺文》改編。"扠"實即"扠"的俗寫。"扠住"就是攔住、阻住的意思,"扠"就是取交叉、分叉的含義,人或物交叉在路上,自然引申出攔住、阻住的意思。今贛南客家方言猶存此語,如用桂柏攔住道路,即是"扠住"。贛南客家方言有"你去扠住渠個嘴",即:你去塞住他的嘴。蓋物體叉開則能塞住嘴,說不了話。又如"用楚笏扠住菜園口,不讓牛羊進去",即是:用荊棘攔住菜園口,不讓牛羊進去。

現在我們再來討論"扠"的構形,其字的右旁"又",實際是"叉"的俗寫。如《集成》明刊本余象斗編《華光天王傳·那又行兵收華光》:"臣保一人,乃是毘沙宮李靜天王之子,名喚那又。"(144頁)題目和引文中的"又",就是"叉"的俗寫,那又即那吒。《集成》清刊四雪草堂本《隋唐演義》第三十八回:"說罷,眾人東西分路,止剩王伯當、李玄邃、邴元真、韋福嗣、楊積善,又行了幾里,已至三又路口。"(928頁)同前:"趁此三又路口,各請隨便,我只好與玄邃同行。"(928頁)這兩例"三又路口",今標點本均作"三叉路口"。四雪草堂本《隋唐演義》第四十一回:"宇文智及道:'不干你事,饒你死罪去罷。又出帳下!'將校將兩個把總,一齊推出營來。"(987頁)"又"即"叉"之俗。敦煌卷子中也有"叉"俗作"又"者,伯2198《楞伽阿跋多羅寶經疏》卷第一:"又至周朝實又難陁,譯成七卷。"(8/335)"實又難陁"即實叉難陁。《高麗大藏經》本可洪《新集

---

① 褚人穫《隋唐演義》第61頁,江蘇古籍出版社1996年版。《隋唐演義》第64頁,上海古籍出版社1981年版。

藏經音義隨函錄》卷二十七《續高僧傳》"方册"條："又責反。"①"又"當釋讀為"叉"字。又如"釵"字右旁俗寫或作"又"，《集成》清刊本褚人穫《隋唐演義》第十九回："不期頭上一股金釵，被簾鈎抓下，剛落在一個金盆上，噹的一聲響，將文帝驚醒。"（433頁）同前："夫人着了忙，一時答應不出，只得低了頭去拾金釵。"（434頁）同前第三十五回："空巖峭壁裏邊立着一尊玉面觀音，頭上烏雲高聳，居中一股鑾鳳金釵，明珠掛額，髻前兩股青絲分開。"（832頁）"釵"即"釵"的俗字。《集成》清刊本《大清全傳》第七十二回："内有漏同（網）之賊，是青毛獅子吳太山、金眼駱駝唐治古、火眼狻猊楊治明、双麒麟吳鐸、並獬豸武峰、紅眼狼楊春、黃毛吼李吉、金鞭將杜瑞、花扠將杜茂。"（970頁）"扠"字，今標點本《彭公案》作"叉"②。《集成》清刊本《大清全傳》第七十二回："花扠將杜茂擺三股鋼扠，分心就刺高源。"（973頁）"扠""扠"均是"扠"的俗寫。同前："杜茂說：'高通海！你不必造作謠言，我今一扠要結果你的性命。'擺鋼扠分心就刺。"（974頁）"鋼扠"即鋼叉。同前第五十三回："母夜扠賽無鹽說：'我幫助你去。'"（727頁）"母夜扠"即母夜叉。

"扠"或寫"揸"，義同。《集成》道光刊本《施案奇聞》第五十七回："賢臣惱在腹中，故妝不知，說：'蔣虎，你去揸住廟門。'"（284頁）"揸住"就是阻住、攔住。"揸"與"叉""杈"等同源，《集成》清刊本《于公案奇聞》卷二："衙役都說：'奇怪！畜生告狀。'心內通

---

① 《高麗大藏經》第63册，第581頁，河北省佛教協會影印。
② 貪夢道人《彭公案》第323頁，文化藝術出版社1998年版。

第九章 明清小說疑難俗字考

靈,攔轎鳴冤,惟獨橫骨搽心,難以講話。"(73頁)"搽"與"叉"同義。《清夜鐘》第七回:"衆人正簇擁了走,只見崔鑒劈面趕來,道:'列位爺! 殺死魏鸞是我,不干他老人家事,只縛了我去。'……王氏道:'兒,不要認,咱與他是冤家,咱同他死罷!'崔鑒揸住不放,道:'怎放着殺人的不拿! 拿平人?'"①"揸住"即攔住。《集成》清刊本《兒女英雄傳》第七回:"待要出門,那大師傅就乂着門,不叫我們走。"(246頁)同前第十回:"張老見了,一步搶到屋門,雙手乂住門框,說:'姑娘,這可使不得,有話好講。'"(345頁)"乂"就是"叉"的俗寫,也是阻攔的意思。或作"搓",音義同。胡文英《吳下方言考》卷四"搓(音叉)"條:"馬季長《廣成頌》:'冒櫔柘,搓枳棘。'案:搓,以手攢物也,謂勇士搓開枳棘以獵也。吳諺謂張手推物曰搓。"②

《集成》清刊本《萬花樓演義》第三十一回:"番將喝曰:'既知先鋒大名,還不轉上首級,還取多言猖獗,且看金揸椠!'"(425頁)"揸"字作名詞,即"楂",或寫"杈"。同前:"有子牙猜見了此法寶,登時暈了,目定睜睜,手足低垂了,金揸椠跌于地中。"(425頁)"金揸椠"即金叉椠。

鏒

《集成》清刊四雪草堂本《隋唐演義》第十一回:"自從那十月初一日,買了叔寶的黃驃馬,王伯當與李玄邃說知了,就叫巧手匠人,像馬身軀,做一副鏒金鞍轡,正月十五日方完。"(252頁)"鏒"字下

---

① 《古本平話小說集》第200頁,人民文學出版社2006年版。
② 《續修四庫全書》第195册,第30頁,上海古籍出版社2002年版。

注:"音搜。"江蘇古籍出版社標點本錄為"镕"[1],非,蓋誤認作"鎔"字。按:"鎪"是"鏒"的俗寫,我們從原書的音注也可得到印證。《集成》清刊四雪草堂本《隋唐演義》第十四回:"那黃臕馬一匹,已發去官賣了,馬價銀三十兩貯庫,五色潞綢十匹,做就寒夏衣四套,段帛鋪蓋一副,枕頂俱在,鎪金馬鞍轡一副,鐙扎俱全,金裝簡二根,一一點過,叫庫吏查將出來,月臺上交付秦瓊。"(331頁)此例標點本也誤錄為"镕"。《爾雅·釋器》:"鏤,鏒也。"郭璞注:"刻鏤物為鏒。""鏒金鞍轡"是指黃金雕鏤的鞍轡。"鏒"字,今多寫作"鏤"。蓋"夕""又""〈"均可作重文符號,故俗寫互換,如"些"或作"㱔"。

我們也可從同版本的"搜"的俗寫比較,進而證明"鎪"是"鏒"字。《集成》清刊本《隋唐演義》第三十七回:"這少年道:'在下是為潞州單二哥稍書與齊州叔寶的,因在城中捯尋,都道移居在此,故來此處相訪。'"(890頁)同前第四十回:"煬帝聽了,十分大怒,隨差劉岑捯視麻叔謀的行李,有何贓物。"(972頁)《集成》明刊本《警世通言》卷一《俞伯牙摔琴謝知音》:"叫左右:'與我上岸捯檢一番,不在柳陰深處,定在蘆葦叢中。'"(7頁)《古本小說叢刊》第三三輯《平妖傳》第一回:"共王教大小三軍,圍住山頭,捯尋無迹,把一山樹木,放火都燒了。"(522頁)"捯"是"搜"的俗寫,而"搜"字後世形變為"搜"字。我們可以通過文字演變原理加以印證說明,"搜"的古寫"搜",右旁作"叜",因為"又"可作重文符號使用,如"聶"或作"聶",是其例,而重文符號或可寫作"夕",故"叜"字的下

---

[1] 褚人穫《隋唐演義》第79頁,江蘇古籍出版社1996年版。

第九章　明清小說疑難俗字考　　　211

部"又"換成"夕","挍"的俗寫就作"挍"了。"搜"或作"挍",《集成》清刊本《生綃剪》第八回:"摩拳擦掌,踢下門來,不管靈感神佛,把同心娘娘神像都推倒半邊。挍到密室,蟾舒自料躲閃不過,推母親出來,意欲尋箇自盡。"(447頁)"挍"當是"搜"之俗字,今標點本或錄作"擭",非。

搚

《集成》明刊本《詳情公案·斷婦人盜雞》:"〔許公〕乃曰:'此草有字號在上,各藏袖中一刻,少頃拿出。如盜了雞者,草長一寸;如未盜者,草則依舊不長不短。'中有一婦心虧,恐其草能長,漸漸以手搚短約一寸。"(176頁)同前:"許公曰:'既未偷雞,緣何將草心搚短? 從直招來,免得加拙。'"(177頁)"搚"就是"掐"的俗字,今不少方言仍有此詞,如贛南客家方言"把菜心搚斷""瓜皮上搚一指甲印",是其例。

躩

《集成》明刊本《大唐秦王詞話》第五十四回:"舍人進裏面一會,只見英王在左邊廊下,躩將出來,齊王在右邊廊下,躩將出來,問尉遲:'你在此做甚麼?'"(1050頁)"躩"是"跛"的俗字無疑,蓋從"鐸"省聲。《漢語大字典》"躩"字條無此義項。《西遊記》第四十九回:"噫! 這個美猴王,性急能鵲薄。諸天留不住,要往裏邊躩。"這個"躩"字,《漢語大字典》釋為"闖入",非,實際上就是"跛"的俗字。

拟

現代漢語說"西服上別上一朵胸花",今天一般用"別"字,為規範寫法。這個動詞"別"實際上也是假借字,在近代漢語中,寫法還不固定。或作"拟",《集成》清刊本《小五義》第二十一回:"柳爺說:'我頭上拟有個髮簪子,你若能打我頭上盜下來,我就出去;如若不能,你可另請高明。'"(92頁)第三十五回:"蔣爺說:'你把簪子拟好了,你叫大家出去,別在這裏瞧著。'"(165頁)第三十八回:"借著火光,徐慶獨自一人,拟著一口刀,自爬上山去。"(187頁)第八十四回:"且說徐良、艾虎、胡小記叫醒了喬賓,吊衣襟,挽袖袂,刀鞘全拟在帶子裏,把刀亮出來。"(413頁)同書中還有多例,不備舉。"拟"字,《漢語大字典》失收此義項。

或作"鳖"。《集成》本《型世言》第七回:"將些怕事來還銀的,却抹下銀子鳖在腰邊,把些不肯還銀冷租帳、借欠開出。"(306頁)

嵷

《集成》清刊本《續西遊記》第七十七回:"比丘僧看了山巔高嵷,路徑險峻,對靈虛子說:'師兄,莫道唐僧當年來時,歷過多少險難。只就如今回去,這些山高嶺峻,狼蟲虎豹,若非是他師徒神通本事,一步也難行……'"(1365頁)"嵷"是"聳"的俗字,或作"嵸"。

"嵷"又或表示推義,同"攛"。《集成》明刊本《封神演義》第二十三回:"西岐社稷如磐石,紂主江山若浪嵷。"(573頁)

觚

標點本《西遊記》第八十三回:"行者變得小小的,觚在咽喉之内,正欲出來,又恐他無理來咬,即將鐵棒取出,吹口仙氣,叫:'變!'變作個棗核釘兒,撐住他的上腭子,把身一縱跳出口外。"[1]

---

[1] 吳承恩《西遊記》第999頁,人民文學出版社1980年版。

第九章 明清小說疑難俗字考

注釋云："孤（guā）：跳、越。"曾上炎《西遊記詞典》解釋同。按："孤"不是音讀 guā，字形有誤，釋義亦非。據《集成》明刊世德堂本《西遊記》作"孤"（2113頁），《集成》楊閩齋本《西遊記》同（996頁），當錄為"孤"，是"爬"的俗字。此字《集成》本《西遊原旨》正作"爬"（2369頁）。俗寫中"爪""瓜"不別，《集成》清抄本《忠烈俠義傳》第五十二回："再者他因家下無人，男女不便，恐有爪田李下之嫌。"（1662頁）"爪田"即"瓜田"。《集成》清刊本《兩交婚小傳》第十回："這手脚且弄得十分停當，牙爪排滿，只等你署署動身，便送入他口中。"（339頁）此"牙爪"當釋讀為"牙爪"。比較下列"爬"字的俗寫，《集成》清抄本《忠烈俠義傳》第八十八回："一翻身爬起，提了包裹，撣了撣塵垢，拱了拱手，道：'請了，請了！'"（2764頁）《集成》清刊本《雪月梅》第四十四回："那賊忍痛，爬起就跑。"（901頁）世德堂本還有多例寫"孤"字的，世德堂本《西遊記》第八十四回："行者引着師父，沙僧拿担，順燈影後徑到櫃邊。八戒不管好歹，就先孤進櫃去，沙僧把行李遞入，挽着唐僧進去，沙僧也到裡邊。"（2154頁）同前："收了鑽，搖身一變，變做个螻蟻兒，孤將出去，現原身，踏起雲頭，徑入皇宮門外。"（2160頁）此例《集成》本《西遊原旨》作"爬將出去"（2415頁）。世德堂本《西遊記》第八十六回："我纔在後門外澗頭上探看，忽聽得有人大哭。即孤上峯頭望望，原來是猪八戒、孫行者、沙和尚在那里拜墳痛哭。"（2204頁）同前："那老妖孤起来，伸伸腰，打兩个呵欠，呼呼的也睡倒了。"（2206頁）同前："行者依言，也解了繩索，一同帶出後門，孤上石崖，過了陡澗。"（2207頁）同前第八十八回："八戒忍不住，把嘴一掬道：'你們可曾看見降猪王的和尚。'諕得那街上人跌跌趴趴，都往兩邊閃過。"(2240頁)我們翻閱了一些標點本《西遊記》，上面的例子均錄作"趴"，不確。蓋爬須用到爪，故俗寫從足從爪為"趴"字。《集成》楊閩齋刊本《西遊記》第八十六回作"即趴上峯頭望望"(1046頁)、"那老妖趴起來"(1048頁)，"趴"也是"爬"之俗。"爬"或俗作"跁"，《集成》清抄本《忠烈俠義傳》第八回："外面將有四鼓之半，他便一咕嚕身跁將起來。"(324頁)同前第廿四回："不料范生死而復蘇，一挺身，跁出箱來。"(829頁)同前第卅一回："因他有跁桅之能，大家送了他个綽号兒，叫做鑽天鼠。"(1047頁)"爬"或作"爬"，《集成》清抄本《忠烈俠義傳》第廿一回："展爺抽後就是一脚，老道往前一撲，爬伏在地。"(734頁)對於《西遊記》中的"趴"字，張涌泉先生也有詳論①。"趴""跁"的構形，是把"爬"字分為"爪""巴"兩半，又分別加上"足"旁，成為"趴""跁"，均是"爬"的俗字。古籍中也有直接寫"趴"者，《集成》清刊本《一片情》第十三回："那天成一骨碌趴在小姐頭邊，替小姐解衣脫褲。"(511頁)《集成》清抄本《三續金瓶梅》第十二回："藍姐忙趴起來，叫起秋桂。"(238頁)

因爬須用到手，也有將"趴"換旁為"抓"的，尤宜注意。《集成》清刊本《前明正德白牡丹傳》第十回："当下李桂金暗想：未知劉小姐容貌若何？放着膽，將雙手扯住墻頭，踴身抓上。"(126頁)注意這個"抓"字，記錄的是詞"爬"。我們看還有類似例子，同前第三十二回："那挑柴的老頭兒，早已抓起來，將柴挑去。"

---

① 張涌泉《漢語俗字研究》第196頁，岳麓書社1995年版。此條寫成後，纔知張先生有論，原打算删去，考慮到後文"爬"俗寫"抓"跟此也有關聯，故依舊保留。

(415頁)"扺"也是"爬"字,我們對照一下前文:"湊巧有一老頭兒挑着一担柴進城來,柴內帶着一條青籐,籐帶有些青葉,刘瑾這匹馬連日飛跑,不甚上料,飢餓得很。一見青葉,舉頭張口咬定,用力一扯,力大把後頭柴把丟開,那前頭柴把亦倒下,老頭兒一顛,恰恰馬所扯之柴把,向老頭兒身上壓下,老頭兒大叫一声,跌倒在地,直淌淌的不能言語。"(412頁)故知"早已抓起來"即是早已爬起來。《集成》明刊本《杜騙新書》卷二《娶妾在船夜被拐》:"危氏遂密起抓過有白袴船,計夫早已在候,相見歡甚。"(149頁)《集成》清刊本《北魏奇史閨孝烈傳》第十九回:"想到此處,也就忍不住把身子在床上一咕碌抓將起來,坐在被中。"(303頁)同前第二十二回:"及至花木蘭小姐走了一會,抓山越嶺,走過了幾個山頭,把西南的道路漸漸灣過正南上去了。"(340頁)這些"抓"不能按正字去理解,它是"爬"的俗寫。

《集成》清道光十三年乾元堂本《海公大紅袍全傳》第十回:"連忙把起身來,將張老兒的借券取出,仔細端詳。"(177頁)"把"是"爬"的俗寫。書業堂本作"爬"[①]。"爬"或作"巴"。《集成》明世德堂本《西遊記》第七十回:"行者笑道:'陛下説得是巴山轉嶺步行之話。我老孫不瞞你説,似這三千里路,斟酒在鐘不冷,就打个往回。'"(1772頁)《集成》清刊本《異說反唐全傳》第九十四回:"前軍一似巴山虎,後隊如仝出海麗。"(973頁)"巴"與"出"對文,均是動詞,可見是"爬"的俗寫。

[①] 《海公大紅袍全傳》第39頁,上海古籍出版社1993年版。

卒

《集成》高麗刊本《九雲夢》卷二:"小姐驚曰:'婚姻大事,不可草卒,而父親何如是輕諾耶?'"(82頁)同前:"恐驚春娘,囬身潛出,轉入內堂,見於夫人,夫人方卒侍婢俗翰林夕饌矣。"(86頁)"卒"是"率"的俗寫。現在我們來解釋此俗寫的演變原因,蓋"率"俗或作"𢦏",如《集成》高麗刊本《九雲夢》卷二:"翌日曉早起,𢦏書童復往昨日留宿之處,則桃花帶笑,流水入咽,虛亭獨留,香塵已闐矣。"(98頁)而"䜌"旁也俗寫作"𢈘",如"變"或作"変","戀"或作"恋",是其例。如《集成》高麗刊本《九雲夢》卷三:"故妾恋旧興感,撫躬自悼,偶題胡亂之說,終至於上累聖鑒,臣妾之罪萬死猶輕。"(152頁)"䜌"旁還俗寫為"亦",如"變"俗作"変","戀"俗作"恋"。故"𢦏"字的上部手民或以為是"䜌"的俗寫,便類推為"卒"。"率"俗作"卒"者還有不少語例,《集成》高麗刊本《九雲夢》卷四:"寡人弟錢塘君與涇河王大戰,大破其軍,卒女子而來,宮中之人為作此舞,號曰《錢塘破陣樂》。"(185頁)同前:"見尚書至,卒闔利下堂迎之。"(187頁)又同前卷六:"丞相曰:'醉中卒爾之作,何能記乎?'"(294頁)

埃

《集成》高麗刊本《九雲夢》卷二:"待浔樑埃飛盡後,洞房花燭賀新郎。"(48頁)同前:"翌日曉早起,率書童復往昨日留宿之處,則桃花帶笑,流水入咽,虛亭獨留,香埃已闐矣。"(98頁)同前卷三:"寫訖,投筆乘輓,取其前路而去,諸妓立望行埃,只切慼報而已。"(124頁)同前:"忽送遐矚,則一佳人獨立樓上,高捲緗簾,斜倚綵檻,注目於車埃馬蹄之間,即桂蟾月也。"(128頁)又同前:"盡謝華粧,幻着山衣,避城中之囂坐,栖谷裡之靜室。"(129頁)"坐"字從少從土,即"塵"的俗字,今作"尘"。古籍中"少""小"通用,《集成》清刊本《大明正德皇遊江南傳》第三十三回:"玉英聞言,嘆曰:'此事非仝少可,倘一旦洩漏機關,我滿門性命就難保了……'"(383頁)《集成》清刊本《海公小紅袍全傳》第三十二回:"廷章道:'此乃少事,何必掛懷……'"(267頁)《集成》清刊本《平閩全傳》第一回:"包公奏曰:'南閩鄙少之境,深通江海,地屬陋界,可令大將帶領大兵伐之可也,何勞聖駕遠出?'"(12頁)"少"即小義。《集成》本《大唐三藏取經詩話》:"此是西王母池,我小年曾此作賊了,至今由怕。"(38頁)"小年"即少年。

粧

《集成》高麗刊本《九雲夢》卷六:"男子以女粧瞞人者,必欠丈夫之氣骨也。"(282頁)"粧"是"妝"的俗字,從米從坐,"坐"即尘字。我們看下面的例子就可以更清楚,《九雲夢》卷六:"即召頭妓而言曰:'明日丞相與越王約會於乐遊原,両部諸妓須持乐器餙新粧,明曉陪丞相行矣。'"(285頁)"新粧"即新妝。同前:"八百紅粧,皆乘駿驄,擁鴻月左右而去。"(285頁)"紅粧"為紅妝。

麇

《集成》清刊本《續金瓶梅》第五十四回:"因此梁玉慣性兒,麇的阿媽不過,後來只得把韓世忠招進來,子母二人從了良,倒做起針指女工來度日,白白養着個窮軍。"(1507頁)同前第六十回:"等這了空到面前,這道人呵呵大笑,大喝一聲道:'你走那里去!'諕得了空只當作截路麇神,劫僧的外道。"(1713頁)"麇"是"塵"的換旁俗字。同書有寫"塵"的,《續金瓶梅》第五十七回:"出門來行到徐

州地方,遇見一起鏖神和尚,整有十二人。"(1613頁)

骿

《集成》清刊本《兩交婚小傳》第十五回:"小兒童年,又僥倖一第,得附骿尾,皆可謂叨聖世之榮矣。"(495頁)"骿"當是"驥"之俗。其俗字原理也是可明的,蓋"冀"俗或作"異",如《集成》清刊本《兩交婚小傳》第十六回:"事異相安,不安則將生怨。"(541頁)同前第十七回:"今異人鳩工修整,工已告竣。"(586頁)"驥"字的右旁俗或作"異",又將"異"上的兩點省略,訛變成為"異";而"異"字又可俗寫為"异",故"驥"類推為"骿"。"異"或作"异"的例子,如《集成》高麗刊本《九雲夢》卷一:"言其義則無异生我育我,語其情則所謂無子有子,父子之恩深矣。"(14頁)

誔

《集成》清刊本《大明正德皇遊江南傳》第二十五回:"今日是他母親壽誔之期,那些官員想必前去祝壽。"(310頁)同前:"今日乃庶室李氏壽誔之日,張燈結彩,歌無(舞)梨園。"(312頁)又同前:"又聞得令壽堂華誔之日,特抱寸心,到來恭祝耳。"(316頁)《集成》清刊本《後宋慈雲走國全傳》第四回:"太子誔生,娘娘或藉此脫离災陷了。"(72頁)《集成》清刊本《二度梅全傳》第一回:"梅公道:'今日衙中無事,後日又是你母親壽誔,叫你來把盞上壽。"(6頁)"誔"即"誕"的俗字。蓋"誕"字俗寫或作"旦",如《集成》清刊本《海公小紅袍全傳》第二十三回:"皇爺道:'愛卿平身。前日因卿壽旦,賜卿免朝,為何把陳國舅鎖扭前來,又與張華蓋爭訟?'"(211頁)同前第三十五回:"一日,道爺壽旦,知府送一班女戲。"(293頁)故"誕"字換聲旁為"誔"。

第九章　明清小說疑難俗字考　　219

尊

《集成》清刊本《終須夢》第十三回："幸遇福降禪師，進而問道：'貧僧視尊官舉動，必是斯文君子，其身體破碎，容貌帶憂，莫不是在患難中乎？敢問緣由如何？'"（190頁）《集成》清刊本《前明正德白牡丹傳》第十一回："老身見賢侄才貌，欲將小女侍奉箕帚，未知尊意若何？"（141頁）"尊"即"尊"的俗字。或作"尊"，《集成》清刊本《枕上晨鐘》第七回："弟此去，倘天憫孤臣，不死異域，或圖再拜尊顏也。"（149頁）同前第八回："僧與尊駕結个雲水之交，何如？"（164頁）

飘

《集成》清刊本《駐春園小史》第十回："即飘泊江山，烟沉賤辱，雖死之日，猶生之年。"（196頁）同前第十一回："不知紅葉前緣，飘流異地，有覓到春津，許我仙郎一渡否？"（219頁）"飘"即"飄"的俗寫，蓋省略了"示"旁。

騙

《集成》清刊本《夢中緣》第五回："又見他生的窈窕風流，遂起了一個不良之心，要騙到家中為妾。"（115頁）同前："所以木大有便充了金紫垣，以騙翠娟。"（116頁）"騙"即"誆"的俗寫。《集成》明刊本《醒世恒言》卷七《錢秀才錯占鳳凰儔》："此女若歸他人，你過湖這兩番替人騙騙，便是行止有虧，干碍前程了。"（395頁）蓋"誆"字受"騙"的影響而同化為"騙"字。

捵

《集成》本《清平山堂話本·簡貼和尚》："當時到家裡，殿直焦噪，把門來關上，捵來捵了，諕得僧兒戰做一團。"（19頁）這兩個

"摌"字,今標點本亦作"摌"①。這個字費解。從語例來看,前一個字當是名詞,後一字作動詞用。依據上下文語意,當是門閂的意思。"摌來摌了"謂用門閂來閂了。從俗字學原理來看,"摌"應該是"橵"的訛變。《集韻·删韻》:"橵,閉門機。""橵"字作動詞用,則俗寫改從"扌"旁,且俗寫"木""扌"二旁不别。《集成》貫華堂本《第五才子書水滸傳》第三十回:"復翻身入來,虛掩上角門,橵都提過了。"(1666頁)《集成》明刊本《醒世恒言》卷九《陳多壽生死夫妻》:"那女兒初時不肯開門,柳氏連叫了幾次,只得拔了門摌,叫聲:'開在這裡了!'"(491頁)

庮

《集成》清刊本《醒夢駢言》第六回:"因脚上生了言(箇)小庮,不便走路,却也不曾出城去,會那店主人,只在城中寓所静坐。守到九月初頭揭曉時,脚上那庮,也已平愈。"(254頁)這兩個"庮"字,即是"瘤"的俗寫,俗寫中"广""疒"旁往往互混。今或本作"瘡",是同義詞互换。《集成》清刊本《說唐演義全傳》第五回:"人當貧賤語聲低,馬廋毛長不顯肥。"(75頁)"廋"即"瘦"字。

燿

《集成》清刊本《前明正德白牡丹傳》第三十回:"燈毬火炮照燿,真是鬼神号哭。"(384頁)同前第四十二回:"正德解開衣襟,露出龙披,揭開龙眼罩,兩顆夜明珠光彩燿目。"(531頁)第四十五回:"及到家中,府縣文武官員,朔望上門請安,好不荣燿。"(576頁)"燿"即"耀"的俗字。我們可比較"耀"的俗寫,《集成》清

---

① 洪楩《清平山堂話本》第7頁,上海古籍出版社1992年版。

第九章　明清小說疑難俗字考

刊本《前明正德白牡丹傳》第三十六回："時王氏却走到後門,等待兒子糴米回来請客。"(467頁)"糴"是"糴"的俗寫。

㖡

《集成》清刊本《異說反唐全傳》第九十一回："大凡狐貍精媚人,專將㖡昧變作香茶,哄人吃了,憑你至誠君子如柳下惠一般的,吃了他這杯茶㖡,也要被他弄上手。"(944頁)"㖡"字,標點本或錄作"嗤"。蓋取愚癡、差義,是"蚩"的增旁字。《釋名·釋姿容》:"蚩,癡也。"

或作"嗤",即"嗤"字。《集成》本《三教開迷歸正演義》第五回："酒不醉君子,色豈迷好人？ 堪嗤邪陸欲,反俾怪狐嘲。"(68頁)"嗤"謂嗤笑。《集成》清抄本《忠烈俠義傳》第九回："只見包公嗤嗤嗤將呈子撕了個粉碎,擲于地下。"(390頁)《集成》清刊本《野叟曝言》第一回："諸兄得毋笑其狂,且嗤其妄乎？"(21頁)我們可以拿"媸"的俗寫做比較,《集成》清刊本《玉支璣小傳》第十回："便貴賤縣殊,好媸百倍,在前既有成言,亦不以彼易此。"(178頁)

第十章　音借與俗字的探討

　　俗字的創造,有的體現為在正字基礎上的各種構形變化,或增、或減、或變換;還有一種情況,就是不另造俗字,而是針對口語詞採用記音字的辦法來記錄。口語詞即古人所謂"俗語"。過去白話文是普通大眾所使用的語言,即是"引車賣漿之徒所操之語",不是文言"雅言",雅言不太說的"俗語",自然難寫正字,甚至沒有正字,所以記錄"俗語"者,往往就是俗字。古籍中記錄俗語詞,最初往往就是音借字。如果一個俗語詞,在一個時期被特定的群體較為固定地使用某一音借字來記錄,即約定俗成,則該音借字是可以當作俗字看待的。如古籍用"乙"來表示"一"的意思,《古本小說叢刊》第四輯明刊本《國朝名公神斷詳刑公案》卷八《湯縣尹申獎張孝子》:"即開設道場,追讖(懺)母罪,廬墓乙年。"(1358頁)"乙年"即一年,可比較後文:"伊母捐世,廬墓一年,眾等目擊,世不常有。"(1358頁)另外,此明刊本《國朝名公神斷詳刑公案》卷一,其刻本原件的頁碼第一頁寫"乙",第二、三頁寫"二""三";其卷二、卷三、卷四等的第一頁均寫"乙",知"乙"是"一"之俗。又如前文提到的表示環鈕的"屈膝",因方俗音變化,用"屈戌""曲須"記錄之,後來又增旁為"錕鉞""鈾𨦥"。把"錕鉞""鈾𨦥"看作俗字應該是沒有問題的,至於"屈戌"和"曲須"是否為俗字,可能有的學者會有不

第十章 音借與俗字的探討

同看法。可能有人會認為"屈戌"和"曲須"是假借字,不是俗字;我們認為它們既是假借字,又是俗字,這并不矛盾。假借字和俗字是從不同的角度提出來的。假借字是針對本字而言的,考慮的角度是文字的形體構意與記錄的詞義有無語義關聯,有語義關聯則是本字,無則是假借字。俗字是針對正字而言的,考慮的是字形是否規範,符合官方規範的即是正字,否則是俗字。假借字既可能是正字,也可能是俗字。如"其實"的"其"就是假借字,又是正字(規範字)。"乙"表示"一"的意思時,即是假借字,又是俗字。當然,如果有的學者不同意將這種音借字看作俗字也無大礙,只要明白這樣一個語言事實,有些口語詞往往用音借字記錄,後來有的加上意符,如煙熏記作"秋",或作"煍"。古人也注意到口語詞往往用音借俗字記錄的情況,如俊俏的"俏"字,清代黃生《字詁》"俏"字條云:"《韻會》'俏'字注云:'俏,措好貌。'《唐韻》無俏字,此《平水韻》增者。案:古但作峭,魏收有'逋峭難為'之語。魏齊間指人有風措者,謂之逋峭,一曰波峭。又唐曲江令朱隋侯,與其女夫李遜、游客爾朱九,并姿相少媚,廣州人號為三樵(七肖反)。則知此字古本無正字,樵、峭并假借用耳。(按:揚雄《方言》:'釥、嫽,好也。'注:'釥,錯眇反。'疑此即今之所謂俏。)"[①]他認為"峭""樵"是假借字,"古本無正字",實際也是俗字。《集成》清刊本《說唐演義全傳》第十三回:"但是那在行的婦女,淺粧淡服,不施脂粉,不煩做作,斜行側立,隨處有天然波消。"(218頁)

又譬如"針黹"俗寫往往作"針指",此時"指"既是假借字,也可

---

① 黃生撰、黃承吉合按《字詁義府合按》第63頁,中華書局1984年版。

說是俗字。《集成》清刊本《前明正德白牡丹傳》第四十回："稍長，學習針指并琴棋書畫。"(506頁)當然，"針指"的寫法也不始於明清時期。又"孵"字，俗寫往往作"抱"。《集成》清刊本《前明正德白牡丹傳》第三十七回："家母自知家貧，难得有銀娶妻，故畜此雞，俟其生蛋，抱出小雞，养大賣錢買隻小母羊；生养羊大，轉買小母牛，生养牛大，賣銀便好娶妻。"(472頁)蓋用"抱"字記錄也更切合口語讀音。正字和俗字是有時代性的，其實"孵"最初也是俗字，正字初作"孚"，《集韻·遇韻》："孚，育也。《方言》：'雞伏卵而未孚。'或從卵。"或寫"伏""菢"等①。又如"驚"字，古籍中常常用筆畫少的"京"字代替。《集成》清刊本《前明正德白牡丹傳》第十一回："夫人聞言，京得手足無措。"(136頁)今簡體字"惊"，就是在民間流行的音借字"京"的基礎上，增加了義符"忄"旁。

古籍中有一種俗寫，是借形，而不是借音，我們通常也是把它當俗字看待。如"蟲"俗寫作"虫"，"虫"在正字裏也有，讀許偉切，後作"虺"。慧琳《一切經音義》卷一"昆蟲"條："下逐融反，《爾雅》云：有足曰蟲，無足曰豸。《說文》從三虫，俗作虫。"②"蟲"俗作"虫"是正字俗用。音借俗字實際上既借用了原有的字形，也借用了字音。古人也有把音借字歸為俗字的情況，慧琳《一切經音義》卷十四"綫金"條："先箭反，或作'線'。《說文》：縷也。從糸，戔聲。俗作'綖'，非也。"③"綖"既是假借字，又是俗字。同前卷四十一

―――――――――

① 有關"孚""抱"等的論述，另可詳參徐時儀《玄應和慧琳〈一切經音義〉研究》第373頁，上海人民出版社2009年版。
② 慧琳《一切經音義》第45頁，上海古籍出版社1986年影印。
③ 同上，第525頁。

"大朴"條："普剝反，俗字也，正作樸。王弼曰：樸，真也。真，猶氣象未分也。《聲類》云：凡物未彫刻曰樸。《說文》云：木素也。從木，菐聲。菐音卜也。"樸素的"樸"俗寫"朴"，也有音借的因素。同前卷四十一"頒告"條："上八蠻反，俗字也，正作奱。《考聲》云：奱，賦事也。或作班，《漢書》作辨，今時所不用，相傳借頒為班字。鄭注《禮記》：頒，分布也。若據《說文》，頒音父文反，大頭也，鬢也，非經義。"作頒布用時，"頒"是個假借字，也是俗字。又如：今天我們說"式樣"的"樣"與"樣，栩實也"（即橡子）的本義無關，因古"樣""像"同音，《說文》："像，似也。从人，象聲。讀若養字之養。"借"樣"字來表示式樣義，本當作"式像"。段玉裁"像"字"讀若養字之養"下注曰："古音如此，故今云式㨾即像之俗也，或又用樣爲之。"寫作"式樣"則"樣"是"像"的假借字，也是"像"的俗字。慧琳《一切經音義》卷四十八"學樣"條："翼尚反，規模曰樣，近字也。舊皆作像也，式像也，今不復行也。"

一、文字的長期通借

古籍中有的字詞是長期通借，時間非常久遠。如"蚤"作"早"使用，這些通假字或許可以當作俗字來看待。即使有人不同意把它們當俗字看待也不要緊，至少必須明白古籍中長期通用的事實，這對理解古籍文意和探討漢語史有好處。

信、迅、訊

古籍中"信""迅"互相通借已久。《集成》明刊本《大唐秦王詞話》第三回："三聲迅炮，開了城門，擁奔陣前。"（55頁）同前第七回:"迤到演武塲,點揀征人,關給糧草已畢,三聲迅砲,人馬起營。"(139頁)第五十回:"將近周希坡,迅砲一聲,蕭規向東殺來,王院往西殺來。"(988頁)也有寫"信砲"的,《集成》明刊本《大唐秦王詞話》第四十八回:"信砲响鼓角鳴山搖地震,大軍行戰馬走浪湧潮奔。"(947頁)敦煌卷子浙敦014《大般涅槃經》:"爾時阿難與須拔陁還至佛所,時須拔陁到已,問信,作如是言:'瞿曇,我今欲問,隨我意答?'"黄征、張崇依《浙藏敦煌文獻校錄整理》曰:"信,乙本、丙本作'訊'。"[1]此條異文揭示了"信""訊"在古籍中長期通用。《文選》卷三十一王僧達《和琅邪王依古詩》:"既踐終古跡,聊訊興亡言。"李善注:"訊與信通。"容與堂本《水滸傳》第九十回寫智真長老與魯智深的四句偈:"逢夏而擒,遇臘而執。聽潮而圓,見信而寂。"(1228頁)根據第九十九回,"信"就是指潮信,魯智深在浙江看到錢塘江潮信而圓寂。這四句偈語,《集成》明刊本《插增田虎王慶忠義水滸全傳》"信"字作"訊"(170頁)。《元曲選》鄭廷玉《楚昭王》第一折:"他正是良才奇寶在人間,我則道重修訊問傳書簡。"[2]《音釋》曰:"訊,音信。""訊問"即音問、音信。今天"音訊"即音信,又如"通信地址"或寫"通訊地址",這都是"信""訊"長期相通的結果。潮訊,人們覺得與水有關,換旁作"潮汛"。

《集成》明刊本《熊龍峯四種小說·孔淑芳雙魚扇墜傳》:"喚舟至岸,命琴童挑酒罇食罍,取路而歸,還了舟銀,迅步而行,至於漏水橋側。"(127頁)"迅步"即信步。

---

[1] 黄征、張崇依《浙藏敦煌文獻校錄整理》第114頁,上海古籍出版社2012年版。
[2] 臧懋循《元曲選》第140頁,浙江古籍出版社1998年影印。

《集成》清刊本《醒夢駢言》第七回:"一日,正值成大感冒些風邪,發了箇把寒熱,黃氏見順兒妝扮了來問信,道他平日只管濃妝艷抹了去迷弄丈夫,害得丈夫生病。"(275頁)"問信"即"問訊",問候義。或寫"問心",《集成》清刊本《昇仙傳》第五回:"〔小塘〕連忙近前,滿臉陪笑說:'師父,孝生有礼了!'那和尚見小塘身上破濫,只还了半個問心。"(25頁)同前第十六回:"王氏到了堂上,打了个問心。"(107頁)

《集成》明刊本《鼓掌絕塵》第四回:"元來這聾子耳內雖是聽人說話不明,心中其實有些乖巧,背地裡不時把康汝平去探問口訊。"(118頁)"口訊"即口信。

訊、汛

《集成》明刊本《關帝歷代顯聖誌傳》卷三《彭湖港助舟山擒賊》:"他鎮守彭湖,一日出訊在丁字港龍門澳內,見這港澳,正是往來船楫之處。"(150頁)同前:"黃舟山凡出訊港澳上,便在関王廟中歇宿。"(152頁)這"訊"就是巡邏的意思。《集成》清刊本《雲仙嘯·勝千金》:"前面去,都是千歲爺的訊地了。"(167頁)《集成》明酉陽野史《三國志後傳》第五十六回:"臣非不遵詔命,擅離信地;但征漢大事,臣若不來,恐無盡忠之人肯用命也。"(868頁)"信地"指軍隊駐紮和管轄的地區。大概軍隊駐守的區域需要經常巡邏,就如潮汛往而復來。《醒世恆言·蔡瑞虹忍辱報仇》:"或是汛地盜賊生發,差撥去捕獲;或者別處地方有警,調遣去出征。"

亮、晾、諒、量

古籍中"量""諒""亮"等長期相通借。清人杭世駿《訂訛類編續補》卷上"誼義粵越亮諒字"條云:"亮即諒字。《孟子》:'君子不亮,惡乎執?'注云:'與諒同。'今人鑒亮字無作諒者,揣諒字無作亮者,又專以諒訓信,凡此皆沿襲之謬。"①明白這些字長期通借這一點,對於讀通古籍語義有好處。《集成》明刊本《關帝歷代顯聖誌傳》卷二《兩顯聖救沈氏父子》:"且食廩年多,准作恩貢,諒授知縣之職。"(125頁)《集成》明刊本《今古奇觀》第十三卷《沈小霞相會出師表》:"沈襄食廩年久,准貢諒授知縣之職。"(511頁)"諒"即通"量"。《集成》清刊本《續西遊記》第八回:"八戒那裡肯依,把經擔歇下,四面一望,笑道:'師父,那樹林裡有兩間草屋,一個婆子,守着幾簸箕菜飯,在那裡晒亮哩!'"(98頁)"亮"通"晾"。之前的古籍也有這些現象,贊寧《宋高僧傳》卷五《唐京兆華嚴寺玄逸傳》:"遂據古今所撰目錄,及勘諸經,披文已浩於几案,積卷仍溢於堂宇。字舛者詳義而綸之,品差者賾理而綱之。星霜累遷,功業克著。非夫心斷金石、志堅冰櫱者,曷登此哉!既綜結其科目,諒條而不紊也,都為三十卷,號《釋教廣品曆章》焉。"②《集成》清刊本《山水情》第十二回:"來儀道:'他雖則是个解元,我原是一个甲科,諒起家聲來,也不為玷辱了他。何竟却我?实為可惡。'"(297頁)《集成》清刊本《大清全傳》第三十回:"為人臣者,忠則盡命,也要諒事而行。"(357頁)"諒"即"量",權衡、衡量之義。

《集成》本《春秋配》第十三回:"石敬坡量着自己見的不錯,却也不與爭論,一路來到井邊。"(131頁)同書或寫"諒"字,同前第十六回:"且二女名皆'秋'字,李主名有'春'字,則'春秋'二字,暗中

---

① 杭世駿《訂訛類編、續補》第237頁,中華書局1997年版。
② 贊寧《宋高僧傳》第96頁,中華書局1987年版。

第十章　音借與俗字的探討

湊合,乃天生奇緣,諒非人力所成。"(171頁)《集成》清抄本《忠烈俠義傳》第卅六回:"此時馮氏已然趕到,夫妻二人打諒還可以解救,那里知道香魂已渺,不由的痛哭起来。"(1199頁)《集成》清刊本《兒女英雄傳》第四回:"瞧這家伙,不這麼弄,問得動他嗎?打諒頑兒呢!"(137頁)《集成》戚序本《紅樓夢》第五十三回:"且說薛寶琴是初次進賈府宗祠,便細細留神打諒。"(1990頁)同前第六十三回:"岫烟聽了寶玉這話,且只顧用眼上下細細打諒了半日。"(2427頁)"打諒"即打量。《集成》清刊本《七俠五義》第四十四回:"盧方道:'三位老爺太言重了,一來三位現居皇家護衛之職;二來盧方刻下乃人命重犯。何敢以弟兄相稱,豈不是太不知自諒了麼?'"(308頁)"自諒"即自量。同前第四十五回:"盧方聞聽,只打諒要過堂了,連忙立起身來。"(309頁)《集成》清刊本《走馬春秋》第十五回:"邹諫大怒道:'尔就是反齐的樂毅広?量尔这(还)有多大的本領,妄自逞強?'"(267頁)同書又或寫"諒",同前第十六回:"孤今年老,諒來难望興復之日了。"(291頁)《集成》本《潛龍馬再興七姑傳・黃林兄弟寫表回朝》:"三人見嘍囉這等說,心下自思:再興或在此招軍,未可諒也。"(101頁)

《集成》嘉靖本《三國志通俗演義》卷一《曹操起兵伐董卓》:"帳上袁術大喝曰:'汝欺吾眾諸侯無大將耶?量一弓手,安敢乱言?與我乱棒打出!'"(158頁)同前卷一《虎牢關三戰呂布》:"袁術大怒,喝道:'俺大臣尚自謙讓,量一潑縣令手下小卒,敢在此耀武揚威,都與我赶出帳去!'"(160頁)同前卷二《李傕郭汜寇長安》:"〔呂〕布曰:'司徒放心,量此鼠輩,何足數也!'"(284頁)"量"為料想義。

"見諒"或作"見量"。《集成》清刊本《昇仙傳》第三十三回:"二人到了書房之內,仲舉上前倍礼說:'賢弟莫要生氣,賤荊生來愚蠢不會說話,还要賢弟見量。'"(242頁)《集成》清刊本《清風閘》第二十六回:"今日做兄弟有一个銀包,諸位見量些,大家要明白些,不可自惧。"(329頁)同前:"諸位,老五今日請你們,非是怕你們,你們大家見量些。"(331頁)"原諒"或作"原亮"。《集成》清刊本《山水情》第十四回:"小生正憂進退無門,怎敢故意輕薄,闖進探望?乞原亮之。"(355頁)

《集成》清刊本《飛龍全傳》第一回:"張光遠道:'大哥你也是獃的,量這個瘋顛的道人,話來無憑無據,由他胡亂,自有凶人來驅除他的,你何必發怒,與他一般見識?'"(10頁)同前第十回:"只聽得滿屋中發聲响,那些男女老幼,見此光景,量無好意,思量要逃性命,往前後亂奔。"(236頁)同前第五十六回:"仁贍道:'周將詭計極多,莫非有詐? 量此決是誘敵之計,不可追也。'"(1382頁)同小說還有寫"諒"的,說明"量""諒"混用。《集成》清刊本《飛龍全傳》第四回:"你父亲也没有什麽病症,只因昨日上朝,偶爾馬失前蹄,跌了一交,傷了腿足,故此行走不便,諒也無妨。"(82頁)同前:"那大王聽言,氣得心中火發,口內生煙,叫聲:'好惱!你這小子,諒有多大本領,擅敢出口大言?'"(97頁)

《集成》本《三教開迷歸正演義》第三十五回:"先生們誦讀史册,亮是了然。"(526頁)"亮"即料想義,相當於今之"諒"。《集成》清刊本《大清全傳》第四十七回:"他這們大年歲,諒也不是。"

(606頁)此"諒"字,《彭公案》作"料"①。《集成》清刊本《續西遊記》第八十八回:"又見行者們落水,也亮他們能掃蕩妖魔;不匡各被妖拘,只得個唐僧守着經文在岸。"(1564頁)同前第九十八回:"妖魔道:'你見我貌,隨變了形;亮你必是精也。到此何幹?實實供來,免得我魔王取了寶貝來打你。'"(1738頁)《集成》清抄本《忠烈俠義傳》第五十二回:"相公不必猶疑,這玉芝小姐,量相公未曾見過,真是生的姿容美麗,而且詩詞歌賦無不通曉,皆是跟他父親學的。"(1662頁)"量"即料想義。《集成》清刊本《陰陽鬪異說傳奇》第十一回:"今做个明鎗易躲,暗箭難防,量這些兇神惡煞下降的方向,他必算不出。"(108頁)《集成》清刊本《雪月梅》第三十五回:"岑生明知此是程公有意相試,量這篇四六亦有何難!"(694頁)同前第四十三回:"小的們再糾合了那幾個夥計,埋伏前途,關會停妥,就那裏劫奪了他女兒,上了車,軟騙不從,便用威力恐嚇,量一個嬌嫩女子,不怕他不從。""量"即料想。也有寫"諒"字的,《集成》清刊本《雪月梅》第四十五回:"正踟躕間,只聽北頭三聲大炮,諒是欽差已到。"(924頁)

《集成》清刊本《五美緣全傳》第七十七回:"本院今日諒責你几板,警戒下次。"(1018頁)"諒責"即"量責"。同小說還有寫"量責"的,可為參證。同前第七十七回:"自古道:板子一動,官事就了。讓他量責幾下,我們再去說情。"(1018頁)

找

《集成》明刊本《警世通言》卷八《崔待招生死冤家》:"正行間,

---

① 貪夢道人《彭公案》第204頁,文化藝術出版社1998年版。

只見一箇漢子頭上帶箇竹絲笠兒,穿着一領白段子兩上領布衫,青白行纏找着褲子口,着一雙多耳麻鞋,挑着一箇高肩擔兒,正面來把崔寧看了一看。"(258頁)這個"找"就是紮的含義,"找"字,《集成》本《京本通俗小說・碾玉觀音》作"扎"(17頁)。陝西人民出版社標點本《警世通言》(以《世界文庫》為底本)作"扎"①。小說中還有"找紮"一詞,同義並舉。"找"字實際上是個俗寫,本字作"爪"。或俗寫作"抓",《集成》明刊本《警世通言》卷十六《小夫人金錢贈年少》:"王二哥道:'這裏難看燈,一來我們身小力怯,着甚來由喫挨喫攪?不如去一處看,那裏也抓縛着一座鼇山。'張勝問道:'在那裏?'王二哥道:'你到不知,王招宣府裏抓縛着小鼇山,今夜也放燈。'"(599頁)《水滸傳》第四十三回:"眾獵戶見了,殺死四個大蟲,盡皆歡喜。便把索子抓縛起來。眾人扛抬下嶺,就邀李逵同去請賞。"《喻世明言》卷三十九《汪信之一死救全家》:"心生一計:自小學得些鎗棒拳法在身,那時抓縛衣袖,做個把勢模樣。""抓縛"同"找縛",即紮縛的意思。《集成》清刊本《補紅樓夢》第三十七回:"探春叫說:'你們是能下水的便快著都下去罷,再遲了就不中用了。'於是林之孝便忙叫了十個人,找起衣服來,趕著從河邊一起下去。"(1054頁)"找"即紮的意思。"找"的紮義,其語源來自"抓",《集成》貫華堂本《第五才子書水滸傳》第十一回:"穿一領白段子征衫,繫一條縱線縧,下面青白間道行纏,抓着褲子口。"(617頁)這個"抓"與"找"同一詞,也是紮的意思。同前第十三回:"晁蓋去推開門,打一看時,只見高高吊起那漢子在裏面,露出一身黑肉,下面

---

① 馮夢龍《警世通言》第95頁,陝西人民出版社1985年版。

抓扎起兩條黑魆魆毛腿,赤着一雙脚。"(704頁)"抓扎"即綑扎。"爪""抓"何以有縶的意思?蓋人握持一根枝條時,指頭與其他四指形成一圈;而禽鳥的爪站在枝條時,也是指爪握持枝條形成一個圓圈,這樣很牢固,猶如縶縛一樣,故"爪""抓"引申出縶縛的意思①,如《水滸傳》中有"抓角兒",即縶成像個角兒。

致、躓

《集成》清刊本《走馬春秋》第六回:"都尉一聲吆喝:'呵唷,好狗才!你怎敢在陣前饒舌抵致于我?我且問你,你此來是跟我回家,還是與我對敵?'"(108頁)"抵致"即"抵躓",抵觸阻礙的意思,"致"通"躓",這也是長期音借的現象,《磧砂藏》本《經律異相》卷三十八《婦人喪失眷屬心發狂癡五》:"母聞其聲,轉顧見之,驚懅不覺抱兒墮河,隨流而逝。母益懊惱,迷惑失志,頓躓水中,墮所懷胎。"卷末《音釋》:"頓躓:下音致,躓,挫辱之兒。"《大正藏》本《出曜經》卷六:"時有一人乘車載寶,無價明月雜寶無數,車重頓躓,失伴在後,進不見伴,退畏盜賊,便隨邪徑御車涉路,行未經里,數車墜深澗,軸折轂敗。"(4/642/a)慧琳《一切經音義》卷七十四《出曜經》"頓躓"條:"都困、陟利反。頓,前覆也。躓,不利也。躓,礙也。""頓躓"或作"鈍置""鈍致",語例可參袁賓《禪宗著作詞語匯釋》"鈍置、鈍致"條②。《續藏經》第64册《祖庭事苑》云:"鈍置:下當作躓,音致,礙不行也。"

---

① 另可參曾良《明清通俗小說語彙研究》"找架"條,第279頁,江西教育出版社2009年版。

② 袁賓《禪宗著作詞語匯釋》第66頁,江蘇古籍出版社1990年版。

便、辯

《集成》清刊本《玉支璣小傳》第五回:"長孫肖还打帳要與他便白,李知縣早已起身退堂矣。"(92頁)"便"即"辯"之借。"便""辯(或作辨)"通用已久,《論語·季氏》:"友便辟,友善柔,友便佞,損矣。"《史記·五帝本紀》:"九族既睦,便章百姓。""便章"即"辯章"。司馬貞《索隱》曰:"《古文尚書》作'平',此文蓋讀'平'為浦耕反。平既訓便,因作'便章'。其今文作'辯章'。古'平'字亦作'便',音婢緣反。便則訓辯,遂為辯章。鄒誕生本亦同也。"①按:古文字"釆"與"平"往往相混②,《說文》:"釆,辨別也。象獸指爪分別也。凡釆之屬皆從釆。讀若辨。卍,古文釆。"

駁、剝

《集成》明嘉靖本《三國志通俗演義》卷九《劉玄德敗走夏口》:"後來史官裴松之,曾貶剝劉玄德此言非真也。"(1373頁)此"剝"即駁的意思。《大正藏》本《集古今佛道論衡》卷一《晉孫盛老子疑問反訊》:"而莊李棓擊殺根,毀駁正說,何異疾盜賊而銷鑄干戈,覬食噎而絕棄嘉穀乎?"(52/367/b)《廣弘明集》卷五晉孫盛《老子疑問反訊》作"而莊李掊擊殺根,毀駁正訓"。慧琳《一切經音義》卷八十四《集古今佛道論衡》"毀剝"條:"邦角反,鄭箋《毛詩》云:剝,削也。《埤蒼》云:剝去其皮也。《說文》從刀彔聲。《論》文從馬作駁,駁馬名也,非此義。彔音祿也。"在慧琳看來,批駁義正字當作"剝","駁"反而是個假借字。《漢書·薛宣傳》:"〔宣〕後

---

① 司馬遷《史記》第16頁,中華書局1982年版。
② 參何琳儀《戰國古文字典》"釆"字條,第1059頁,中華書局1998年版。

第十章　音借與俗字的探討

母病死,修去官持服。宣謂修三年服少能行之者,兄弟相駁不可,修遂竟服,繇是兄弟不和。"顏師古注:"駁者,執意不同,猶如色之間雜。"師古認為"駁"是本字。可見古人對"駁""剝"表示批駁義何者為本字,並不一致,因此長期通用。今現代漢語習用作"批駁"。

《集成》清刊本《紅樓幻夢》第一回:"上註:王熙鳳,陽壽三十三歲,為人尖尅悍妒,盤駁重利,弄權害人。"(21頁)此"盤駁"即盤剝。

我們知道古籍中一些字的長期通用現象,則可以利用經常通借字的規律來釋讀俗字。下面我們舉個例子:

肔

《集成》本《三教開迷歸正演義》第四十二回:"只因大儒們破走了迷魂,也有當坊神司收禁着的;也有肔空走了的,遇着作亂迷,做魚精心腹。"(642頁)"肔空"即"脫空",蓋"脫""托"在古籍中常見可互通借,故分別取二字的一旁,合為"肔"字。如《集成》本《三教開迷歸正演義》第四十三回:"人家祖先,選年近日,前亡後化,脫生的脫生,消散的消散,那有又回家說話,管後代家私閑事的?"(646頁)"脫生"即托生。《集成》明刊本《雲合奇蹤》第四則:"我如今就着你二人脫生下世,一箇做皇帝,一箇做皇后。"(36頁)《集成》清刊本《前明正德白牡丹傳》第一回:"這武宗諱朱厚照,乃天上亢龍金星脫生下世的。"(2頁)《集成》清鈔本《繡屏緣》第十回:"明日府堂審事,兒子今夜就脫一夢與我。"(175頁)《集成》清刊本《玉嬌梨》第十七回:"原來張軌如自從在白公家出了一場醜,假脫鄉試之名辭出。"(598頁)"假脫"即假托,以寶仁堂本為底本的標點本

《玉嬌梨》作"假托"①。《集成》清抄本《三續金瓶梅》第一回:"只見一陣陰風,裏着西門慶的冤魂,在路傍不住的嗑頭,長老便問道:'我已度托了你,还不脱生,在此何事?'"(7頁)"度托"即度脱,"脱生"即托生。同前:"西門慶如梦方醒,嘆了一口氣,將陰魂飄渺要去脱生路。"(12頁)《集成》清刊本《紅樓復夢》第三回:"尤二妹妹為此一事,尚還羈禁在此,也就擱着不能去脱生。"(86頁)同前:"我從此可以解冤釋恨,往好處脱生去了。"(94頁)

二、明白音同的關係,有助於理解古籍語義

掘

"掘"可借作"撅"字用。《集成》清刊本《續西遊記》第四回:"八戒掘着嘴,沒好氣道:'和尚那知冬節到。'"(70頁)《集成》清刊本《閃電窗》第三回:"绣虎掘着一張嘴,道:'那裡去尋?除非爺去尋哩!'"(84頁)"掘"通"撅"。

撔

《集成》清刊本《大清全傳》第二十七回:"自從兄長去後,我等坐不安來睡不寧,雖說喫了飯無事,心中更焦撔。"(315頁)"撔"即"燥"的俗字。疑一些方音"燥""糙"同音,如贛南客家方言稱脾氣燥的人為"糙米牯"。

秋

《集成》清刊本《閃電窗》第一回:"望着這兩箇小厮道:'我們打

---

① 黃秋散人《玉嬌梨》第184頁,人民文學出版社2006年第2版。

第十章 音借與俗字的探討

從前門来,被那些火烟㷂壞了。找了半日,纔找着了後門。你們往那裡去?'"(35頁)"㷂"是個記音俗字,或作"焦"字,《玉篇·火部》:"焦,子了切,又慈糾切,變色也。"《漢語大字典》音 jiǎo,照抄《玉篇》釋為"變色",無語例。實際上,在近代漢語和現代不少方言中是音慈糾切。中國話本大系本《警寤鐘》第七回:"雲裏手道:'煙氣觸得難過,待我先滅了這煙,再慢慢動手。'就摸了摸去,摸到一間廚房内,一發觸得利害難當,險些將眼睛焦瞎。"[1]"焦"就是煙火熏的意思,在贛南客家方言中說"壁拿煙焦黑噠",即牆壁被煙熏黑了;"煙焦眼睛"即煙熏眼睛。也音慈糾切。可能還有寫"焣"的,《玉篇·火部》:"焣,熮也。"或作"熮",《西遊記》第七回:"只是風攪得煙來,把一雙眼熮紅了,弄做個老害病眼,故喚作'火眼金睛'。"[2]或寫作"醮",《集成》明刊本羅懋登《三寶太監西洋記通俗演義》第六十五回:"火又燒、煙又醮,三太子嚇得只是啞口無言。"(1773頁)通俗小說中,特別是口語詞,因一般人難考本字,寫法往往多樣,必須結合語例加以解讀。此"醮"與上面的"焦""熮"顯然是同一個詞,為熏的意思。明刊本《三寶太監西洋記通俗演義》第八十八回:"拿一個餅放在煙頭上焦幾焦,原來還是原來,依舊又是個漢子。"(2395頁)《集成》明刊世德堂本《西遊記》第四十一回:"那妖見他來到,將一口烟,劈臉噴來。行者急回頭,熮得眼花雀乱,忍不住淚落如雨。"(1037頁)在"熮"字下原注云:"音秋。"或俗作"湊",《集成》清刊本《混元盒五毒全傳》第十三回:"張天師又分

---

[1] 《石點頭等三種》第39頁,江蘇古籍出版社1994年版。
[2] 吳承恩《西遊記》第73頁,人民文學出版社1980年版。

咐了陳府的家人,將紅草堆集在前門塞燒,果然悶烟湊得二妖在內難存,連忙就往後邊金魚池一跑。"(94頁)蓋一時寫不出本字,用同音字"湊"記之。

瞇

《集成》明刊本《雲合奇蹤》第十則:"蠭起兩隻銅鈴眼,瞇幾瞇,憂甚虎牢關難過。"(106頁)"瞇"就是"瞅"的俗寫。蓋"瞅"是個口語詞,故有不同的俗寫。《集成》清刊本《小五義》第三十三回:"鳳仙一瞘,那邊站著個姑娘,鵝黃絹帕,罩著烏雲玫瑰紫小襖,葱心綠的汗巾,雙桃紅的中衣,窄窄的金蓮,一點紅猩相似。"(154頁)又第四十一回:"把個鍾雄嚇了二目發直,直殼殼的瞘著智爺,又不敢說話,又猜不著智爺是甚麼主意。"(204頁)同前:"剛一轉臉,智爺瞘著北俠的刀一扭嘴,北俠就領會了他的意見。"(204頁)第五十二回:"那人站住不動身,瞘著張豹、艾虎就知道不好,是要闖禍。"(257頁)"瞘"就是今"瞅"字。

或作"偢"。《集成》清刊本《雲鍾雁三鬧太平莊全傳》第二十五回:"那馬訓見鍾佩不偢不采,心中大怒。"(548頁)

搊、抽

《集成》清刊本《鬼谷四友志》卷一下:"龐涓遂喚過刀斧手,將孫臏鄒住,剔去雙膝蓋骨。"(62頁)"鄒"是音借俗字,因是動詞,或改旁為"搊"字。《集成》明刊本《三寶太監西洋記通俗演義》第四十八回:"饒他就是爪哇國的王神姑,也不過如此,把個鐵襆頭往下捺一捺,把個牛角帶往上搊一搊,把個狼牙棒手裡擺一擺。"(1313頁)《古尊宿語錄》卷一《百丈懷海大智禪師》:"馬祖回頭將師鼻便搊,師作痛聲。馬祖云:'又道飛過去!'師於言下有省。却

第十章　音借與俗字的探討

歸侍者寮,哀哀大哭。同事問曰:'汝憶父母耶?'師曰:'無。'曰:'被人罵耶?'師曰:'無。'曰:'哭作甚麽?'師曰:'我鼻孔被大師㨃得痛不徹。'"①"㨃"就是今天的"揪"字。《集成》明刊本《唐三藏出身全傳》卷四《唐三藏收妖過黑河》:"行將半月,又有一高山,山上有朶紅雲,直貫九霄,結聚一團火氣。行者一見,忙㨃師父下馬,三人各執兵器圍住。"(221頁)明刊本《金瓶梅詞話》第六十二回:"迎春道:下的來倒好,前兩遭娘還閙閙,俺每㨃扶着下來;這兩日通只在炕上,鋪墊草紙,一日回兩三遍。"(1725頁)伯3906《字寶碎金一卷》:"手㨃拽:楚愁反。"(29/176)"㨃"是撮的意思。《集成》明刊本《大宋中興通俗演義》卷一《宋康王泥馬渡江》:"康王見無船渡,心下驚遑,只得㨃起馬韁,再加一鞭,其馬湧身而過,即渡了夾江。"(72頁)《集成》清刊本《走馬春秋》第二回:"兩名宫人把娘娘㨃扶起來。"(29頁)《集成》清刊本《補紅樓夢》第十七回:"只見秦鐘在臺下,叫道:'二嬸娘,別害怕,我上來㨃你來了!'"(508頁)"㨃"是扶的意思,明代沈榜《宛署雜記·民風二》:"扶曰㨃。"不過扶自然也有撮住的動作。《集成》楊閩齋刊本《西遊記》第四十回:"師徒們正當悚懼,又只見那山凹裡有一朶紅雲,直冒到九霄空中,内結聚了一團火氣。行者大驚,走近前,把唐僧㨃著脚推〔下〕馬來。"(450頁)世德堂本《西遊記》第四十回:"長老又懷怒道:'這个潑猴,十分弄我!正當有妖魔處,却說無事;似這般清平之所,却又恐嚇我,不時的嚷道有甚妖精。虛多實少,不管輕重,將我㨃著脚,摔下馬來,如今却解說什麼過路的妖精。假若跌傷了我,却也過意

---

① 磧藏主編集《古尊宿語錄》第6頁,中華書局1994年版。

不去！這等,這等！'"(1003頁)《西遊記》中"挶"或換用"撮"表示,世德堂本《西遊記》第四十回:"不覺孫大聖仰面回觀,識得是妖怪,又把唐僧撮着腳推下馬來。"(1003頁)《集成》清刊本《紅樓幻夢》第五回:"湘蓮面有難色,道人說:'上去無路,你只附葛攀籐,我在後首撮你上去。'"(214頁)同前第十二回:"寶釵走至半梯,不能上去。寶玉、晴雯同着兩個丫頭,好容易才撮弄上去。"(563頁)或俗寫為"抽",《集成》清刊本《補紅樓夢》第三回:"焦大道:'我知道啊,這是他們哥兒兩箇可憐我沒兒沒女的意思。孩子,你把我抽上去。'這小廝把焦大抽上了驢。"(74頁)《集成》清刊本《補紅樓夢》第二十八回:"倪二大怒,便左手來揪着了卜世仁,右手一拳,早打在卜世仁肩膀上。這卜世仁兩手揪住倪二,便一頭撞去。"(815頁)後世的"揪"應該源自"挶",不過後世的"揪"義域似有點不同。明清時期撮扶的意思可用"挶"表示,而現代漢語的"揪",《現代漢語詞典》謂:"緊緊地抓;抓住並拉。"如"揪耳朵""揪住繩子""把他揪過來",特別是用於揪人方面,帶有蠻橫、不客氣的成分。可見發展到現代漢語的詞義系統中,"挶"和"揪"各有語義分工。

瓚

《集成》清刊本《飛龍全傳》第三十九回:"那水忽又哄的一聲長將上來,瓚了鄭恩一身的水。"(950頁)"瓚"有的版本改為"濺",非。"瓚"即"瀳"的音借。明代陳士元《古俗字略》十五翰:"瀳:水濺。湔、濺:並同上。"《集成》明刊世德堂本《西遊記》第二十五回:"却教二十個小仙,扛將起來,往鍋裡一攛,烹的响了一声,湛得些滾油點子,把那小道士們臉上盪了幾个燎漿大泡!"(618頁)"湛"

第十章　音借與俗字的探討　　241

就是濺的意思。標點本改為"濺"字,不必改。"湛"蓋是個方言記音字,本字是"灒",子旦反。《說文》:"灒,汙灑也。一曰:水中人。"段注:"謂用污水揮灑也……'中'讀去聲。此與上文無二義,而別之者,此兼指不汙者言也。"世德堂本《西遊記》第四十四回:"祝罷,烹的望裡一捽,灒了半衣襟臭水,走上殿來。行者道:'可藏得好麼?'八戒道:'藏便藏得好。只是灒起些水來,汙了衣服,有些醃髒臭氣,你休惡心。'"(1127頁)《大正藏》第4冊《出曜經》卷二十六:"猶若蓋屋覆治不牢,天雨則漏,澆灒衣服,淨者使汙。"[1]慧琳《一切經音義》卷九"澆灒"條:"下又作濺、䯼二形,同子旦反。《說文》:'灒,相汙灑也。'《史記》:'五步之內,以血灒大王衣。'作濺。楊泉《物理論》云:'恐不知味而唾䯼。'江南行此音。山東音湔,子見反。"如此說來,"灒"與"濺"是南北方音的區別。"灒""濺"雖為異體字,但開始是正字、俗字的關係。慧琳《一切經音義》卷十八"濺灑"條:"上煎線反,俗字也。《考聲》云:'濺,散水也。'《說文》正體從贊作灒,'灒,汙灑也。'今此經散灑香水,潔淨也。"在唐代,從共時層面上說,"灒"與"濺"實際上是區域方言的差別,因不同的方音而製字,最後都吸收到通語詞彙中。敦煌卷子斯617《俗務要名林·水部》:"濺:水傍射也。津見反。"又同前:"灒:秋(水)迸散也,但(俎)旦反。"[2]按:"秋"是"水"之誤,"但"是"俎"之訛。《龍龕手鏡·水部》:"灒:今。灒:正。音贊。灒,水濺也。濺音即見反。"[3]蓋"灒"字較古老,"濺"是有些方俗音變化發展了,音如"戔",故造

---

[1] 《大正藏》第4冊,第749頁。
[2] 《英藏敦煌文獻》第2冊,第97頁,四川人民出版社1990年版。
[3] 行均《龍龕手鏡》第233頁,中華書局1985年影印。

了反映語音變化的俗字"濺"或"喊"。

挷

《集成》清刊本《大清全傳》第五十回:"頭上挷一箇頭髮纂,短眉毛,三角眼,薄片嘴。"(649頁)同前第七十七回:"頭挷髮纂,身穿月白布褲褂,白襪青鞋。"(1050頁)同前第七十九回:"出來一箇半百已外的婦人,身高六尺,頭挷髮纂,身穿月白布女褂,藍布中衣。"(1075頁)"挷"即"挽"的俗寫。

鎬

《集成》清刊本《大清全傳》第十二回:"三個班頭領諭下去,把左奎入獄,手鎬脚練。"(120頁)"鎬"即"銬"的俗寫。

"銬"或作"鐼"。《集成》清刊本《海公大紅袍全傳》第三十一回:"當下海瑞被禁子們手鐐足鐼的,又加上腦箍,舉動掣肘。"(589頁)就是在音借字"靠"的基礎上加上形旁,成為"鐼"字。

嗑

《集成》清刊本《續西遊記》第八十回:"行者道:'這兩個和尚,進了洞,吃斋飯,嗑茶湯,自在受享哩!'"(1429頁)《集成》戚序本《紅樓夢》第六回:"你皆因年小的時節,托著你那老的福,吃嗑慣了,如今所以把持不住。"(208頁)同前第八回:"作酸笋鴨皮湯,寶玉痛嗑了兩碗,吃了半碗碧粳粥。"(304頁)同前第十六回:"我嗑呢!奶奶也嗑一鐘,怕什麼!只不要過多就是了。"(539頁)"嗑"即今"喝"的意思。

玄、懸

《集成》清刊本《續西遊記》第十五回:"亂石參差,玄崖險峻,青苔點點藏深雪,綠蘚茸茸耐歲寒。"(260頁)"玄崖"即懸崖。同前

第七十八回："却說唐僧押着馬垛，上得高山，山雖高，路却平，便是有些險隘，遠望着有許多玄崖谷洞。"（1384頁）"玄""懸"長期通借。

"玄虛"或作"懸虛"。《集成》清抄本《忠烈俠義傳》第一百回："艾虎听在心裡，猛然省悟道：'是了，大約那兩个人，必要在公館闹什广悬虚。後日我倒要早早的应候。'"（3150頁）同前第一百八回："蔣平猛然醒悟，跐起來道：'好吓！你这婆子不是好人，竟敢在俺跟前弄悬虚，也就好大胆呢！'"（3405頁）

故、顾、雇

《集成》清刊本《續西遊記》第十一回："八戒只要故自己，乃荅道：'我師父們有處吃齋去了，只是弟子領惠罷！'"（189頁）"故"是"顧"之借。

《集成》清刊本《幻中真》第四回："兩人一路說說笑笑，顾了一隻小船，來遊張公洞。"（110頁）"顾"即"顧"的俗字。

《集成》清刊本《走馬春秋》第二回："回雇鄒妃道：'愛妃不必煩惱，孤家與尔做主，快快將文房四宝过来。'"（24頁）"回雇"即回顧。同前第三回："闵王道：'甚好！我王兒旡母，旡人怜爱，浔爱妃照雇他，孤也感激了。'"（46頁）"照雇"即照顧。

略

《清夜鐘》第六回："一望五六里，風塵中隱隱都有火光，却是敵兵在彼安營。他略得只有邊兵犯邊，料沒個官兵出塞，乘着水草，把馬都放了，去了鞍轡，任他嚼草喫水。"①"略"即估量、料量的意

---

① 《古本平話小說集》第185頁，人民文學出版社2006年版。

思。那麼,"諒"的語源來自何處?我覺得與"量""諒"同源。古籍中"量""諒"通用是不必懷疑的,《集成》明刊本《鐵樹記》第十二回:"甘施意欲斬之,真君連忙喝住曰:'不可。此物雖是害人,今化為僧,量必改惡遷善。'"(144頁)《集成》清刊本《燈月緣》第九回:"恰似枯苗待雨,量那一點點露水,怎濟得根中乾渴?"(232頁)"量""諒"均可表示衡量、估量的意思。《集成》清抄本《忠烈俠義傳》第六回:"只見那壁廂來了一個廚子,手提菜藍,走到廟前,不住眼將包公上下打諒,睄了又睄,看了又看。"(267頁)"打諒"即打量。《集成》清刊本《綠牡丹全傳》第三十七回:"家岳處有極好的跌打損傷之藥,且是敷藥,代(待)我速回龍潭取來,并叫老岳前來復打擂台。我如(知)他素日英雄,今雖老邁,諒想朱彪只厮必不能居他之上。"(360頁)《集成》清刊本《補紅樓夢》第二十六回:"推開一層,說出大道理來,好的了不得,諒想《看雪》,總要讓這一首了。"(759頁)"諒想"即料想義。《集成》清刊本《雪月梅》第四十五回:"文進諒得裏邊事畢,即走入公館門來,便有人役上前攔住喝問。"(925頁)同前第四十七回:"汪直見大勢已去,量難抵敵,招呼賊兵拚命奪路奔柳塘灣而逃。"(984頁)"諒""量"上古屬來母陽部,失去鼻音韻尾,就是"略"。如"商量"或作"商略",伯2173《御注金剛般若波羅蜜經宣演》卷上:"是則諸佛甚深境界,非二乘知。准此經文,豈可下凡,謬為商略。"(8/10)《彊村叢書》本宋人姜夔《白石道人歌曲》卷三《點絳唇·丁未冬過吳松作》:"數峰清苦,商略黄昏雨。""略"表示搶奪義時,本字當作"掠"。伯2172《大般涅槃經音》:"抄掠:下略。"(7/349)打量也有寫"打略"的。《集成》清刊本《紅樓幻夢》第三回:"一面說話,細細打畧。只見黛玉面麗丰采,比已前又

第十章　音借與俗字的探討

高了幾倍,越看越愛。"(104頁)同前第六回:"黛玉復將瓊玉細細打畧一番,喜歡的了不得;瓊玉亦將黛玉再又端詳,更加仰慕。"(265頁)同前第十九回:"黛玉道:'你們把婉妹合雪人的眼角再細細打畧一番就知道了。'"(914頁)又第二十一回:"玉釧歪在炕上,一眼望着平兒,細細的打畧。"(998頁)料想義也有寫作"掠"的。《集成》清刊本《綠牡丹全傳》第五十三回:"鮑自安道:'凡事預則立,莫要十分大意。倘我等庄門首衆人道信与巴九弟,九弟掠我等衆人因事而來,推個不在家,只(這)才叫做有興而來,敗興而歸。'"(511頁)"掠"即諒、料想的意思。

"略""料"也是一聲之轉。《集成》清抄本《忠烈俠義傳》第九十四回:"可怜热热闹闹的漁家樂,如今弄成冷冷清清的綠鴨灘,可見凡事難以預畧。"(2938頁)我們從"撂"字也可悟出,《集成》清抄本《忠烈俠義傳》第一百四回:"不想他已將印信撂在逆水泉内,纔到敝庄。"(3280頁)"撂"音料,却從"畧"聲。《集成》明刊本《醒世恒言》卷三十七《杜子春三入長安》:"衆人見他自稱為大財主,都忍不住笑,把他上下打料。"(2259頁)"打料"即打量義。

《集成》清抄本《忠烈俠義傳》第十二回:"自己飛身上房,越墙離了寓所,來到花园,白晝间已然步量明白,约畧遠近,在百宝囊中掏出如意縧來。"(466頁)"约畧"即估量的意思,"約"與"畧"同義複舉。

"略"使用為料義,可以見於較早的古籍。《高麗大藏經》第59册《續高僧傳》卷三"釋慧淨"條:"注述之餘,尋繹無暇,却掃閑室,統略舊宗,纘述雜心玄文,為三十卷。"(59/159/a)"略"即料理。

三、本字難明而造俗字或用音借字

瀿

《集成》明刊本《大唐秦王詞話》第三十七回:"只聽得洛水响,茂功問:'甚麼人在此瀿馬?主公有難,被賊將追至榆窠園,快去救駕。'"(749頁)"瀿馬"即洗馬,"瀿"是"灣"的俗字。《玉篇·水部》:"灣,洗馬也。"《字彙·水部》:"灣,洗馬。"更多的寫作"涮",《廣韻·諫韻》:"涮,洗涮,洗也。"當然,"灣"是為洗馬而專門製的字。《大唐秦王詞話》第三十九回:"正北金蓮池,權當洛河,與你瀿馬。"(781頁)"瀿"也是"灣"的俗字。

送

《集成》明刊本《皇明中興聖烈傳》卷三《士民禱祝楊璉生還》:"官旗看他沒銀與他,那里肯與他們說一句話,妻兒向前,一手送倒他在地上。八十歲老母走近前,也把來送倒在地上。"(232頁)《集成》清刊本《續西遊記》第三十四回:"往上鑽,往下送,叫你身軀成破甕。"(605頁)《大正藏》第47冊《鎮州臨濟慧照禪師語錄·行錄》:"師普請鋤地次,見黃蘗來,注钁而立。黃蘗云:'這漢困那?'師云:'钁也未舉,困個什麼。'黃蘗便打,師接住棒,一送送倒。"(47/505/a)《集成》明刊本《關帝歷代顯聖誌傳》卷四《彭湖降氣魚殺紅夷》:"絕利害的是個狼磯銃,這銃在海面上打兵船,立刻粉碎;自船也被送退三十里。"(215頁)"送"是個音借俗字,即推的意思。因為經常使用"送"這一音借字,人們意識裏認為它是動詞,故加上"扌"旁。《集韻·腫韻》:"攃,推也。"《正字通·手部》:"搜,俗攃字,推也,與攮義近。分為二字,非。"《集成》明刊本《醒世恒言》卷三《賣油郎獨占花魁》:"直到西湖口,將美娘攮下了湖船,方纔放手。"(160頁)《集成》清刊本《快心編》第一回:"石虹被他們攮得腳不點地,走到街上,一路喊叫:'倚富殺人!'"(27頁)

敦煌卷子伯3906《字寶碎金一卷》:"手推聳:推聳。"(29/177)因"攮""聳"音同,或寫作"聳",參《漢語大字典》。《集成》清刊本《異說反唐全傳》第九回:"程統道:'不妨,待我弟兄囘府,告知家父,聳出我祖公公,明日上朝與他歪纏,包管無事,只當打兒子便了。'"(82頁)《集成》清刊本《紅樓幻夢》第五回:"那些看的人,擠得推來聳去,如潮湧一般。"(229頁)

也有表示聳的意思寫"攮"的。《集成》清刊本《合錦迴文傳》第三卷:"設事要來騙飯喫,討個出頭;攮着兩個肩頭,看着人的眉頭。"(85頁)

有的方言因語音的變化,音如"桑",故或作"搡"。《集成》清刊本《五美緣全傳》第六十一回:"登時綁起,推推搡搡,來至大堂。"(811頁)《集成》清刊本《玉支璣小傳》第十回:"你搶我奪,你推我搡,有兩个一推一搡,竟跌倒卜公子與長孫肖身边來。"(172頁)《集成》清刊本《梁武帝西來演義》第二十八回:"衆鬼不肯容情,將郗后望城中亂推亂搡。"(707頁)《集成》清刊本《儒林外史》第三十八回:"老和尚大怒,雙手把郭孝子拉起來,提着郭孝子的領子,一路推搡出門,便關了門進去,再也叫不應。"或寫"顙",《集成》明刊本《警世通言》卷十四《一窟鬼癩道人除怪》:"吳教授口裏不說,肚裏思量:'我新娶一箇老婆在家裏,干顙我一夜不歸去,我老婆須在家等,如何是好?便是這時候去趕錢塘門,走到那裏,也關了。'"

(506頁)"顙"也是推義,不過這裏意義抽象化,"干顙"謂徒讓。

搐、索

《集成》明刊本《大唐秦王詞話》第二十四回:"戰不三合,尉遲恭放下鞭,舒過拏雲手,攬住錦征袍,把王元活提過馬,把脊梁靠緊馬鞍轎,搕叉一聲,挏為兩段,搐下馬來。"(496頁)"搐"即溜的意思。

因是一個口語詞,本字不詳,故或音借俗字作"索"。《集成》清刊本《儒林外史》第三回:"衆人七手八腳,將他扛抬了出來,貢院前一个茶棚子裏坐下,勸他喫了一碗茶,猶自索鼻涕、彈眼淚,傷心不止。"(81頁)"索"是吮吸的意思,贛南客家方言也有"索鼻濃",為什麼有此意思?實際也是吮吸鼻涕有個上下流動的過程,還可說"鼻濃索索",即鼻涕溜上溜下的狀態。又如爬樹溜上溜下也稱"索","地上搐一跤"即地上滑一跤,"搐滑梯"即溜滑梯。《漢語方言大詞典》"索"字條兩個義項與之有關:"〈動〉摟着(柱狀物)爬上爬下;攀緣。閩語。福建廈門[soʔ³²]對索子~起去(從繩子爬上去)│~竹篙(爬竹竿)│猴~樹。廣東揭陽[soʔ²]~竹竿起去(攀緣竹竿上去)。"又:"〈動〉將容器内的東西搖動。贛語。江西宜春[s□ʔ⁵]裏只球~下積内頭還有響(有聲音)。"①實際上這些語例有一個共同的核心語義,就是滑動。或寫"縮",《集成》明刊本《醒世恒言》卷十六《陸五漢硬留合色鞋》:"再來嚇里欺鄰,只怕縮不上鼻涕。"(825頁)"縮"是指吸吮,向上滑動。《集成》明刊本《今古奇觀》第二十四卷《陳御史巧勘金釵鈿》:"那假公子也裝出搥胸嘆氣,

---

① 許寶華、宮田一郎主編《漢語方言大詞典》第4629頁,中華書局1999年版。

揩眼淚,縮鼻涕,許多醜態。"(960頁)

或作"蹓"。《集成》清刊本《一片情》第十回:"不意這奇英蹓到面前,利娘子抬頭一見,自覺沒趣,同酒店婦人走了進去。"(380頁)同前:"奇英便瞻前顧後,蹓進門來,躬身一揖,連叫大娘子,雙手兒抱定利娘子。"(386頁)"蹓"即溜的意思。《集成》清刊本《五虎平南後傳》第十三回:"今聞王氏夫人奉旨領兵,但這兩个小冤家全仗夫人指點,臨深蹓險,伏乞扶持,妾之恩感旡盡矣。"(166頁)"蹓險"即滑險地。或作"梭"。《集成》清刊本《躋春臺》卷三《巧報應》:"先生罵他,他就鬥吵;先生打他,梭出就跑。"(813頁)

勒

《集成》明刊本《警世通言》卷十九《崔衙内白鷂招妖》:"從草裏走出一隻乾紅兔兒來。眾人都向前,衙内道:'若捉得這紅兔兒的,賞五兩銀子。'去馬後立著個人,手探著新羅白鷂。衙内道:'却如何不去勒?'閒漢道:'告衙内,未得台旨,不敢擅便。'衙内道一聲:'快去!'那閒漢領台旨,放那白鷂子勒紅兔兒。"(692頁)"勒"是個記音俗字,為追趕的意思。這是本字難明而用記音字俗寫。《漢語方言大詞典》"勒"字條與此相關的有兩個義項:"〈動〉追;追趕。贛語。江西宜春[lɛʔ⁵]快~上去。江西新余[ləʔ⁵]。""〈動〉趕走。贛語。江西宜春[lɛʔ⁵]把渠~走。"①實際上這兩個義項可以合并為一個,就是追趕的意思。今贛南客家方言也有此詞,實際上本字是"獵",如"獵[liɛʔ⁵¹]鴨子""獵牛"等。因不少方俗音"獵"讀音如同通語的"勒",故記音為"勒"字。同時,"獵"的詞義義域和組合關係

---

① 許寶華、宮田一郎主編《漢語方言大詞典》第5237頁,中華書局1999年版。

與今天的普通話有所不同,《新華字典》:"獵:①打獵,捕捉禽獸:～虎,漁～。②打獵的:～人,～狗。"在近代漢語和一些方言中,"獵"主要是追趕義,蓋打獵時追趕是個顯著的特徵,且組合關係有所變化,動詞"獵"不僅可與禽獸一類搭配,還可說"獵牛"(趕牛)、"獵鵝"(趕鵝)、"獵羊"(趕羊)、"獵鴨"(趕鴨)之類。客家方言還可用於人,如:"細人崽獵在大人屎窟頭"(小孩子追趕在大人屁股後)。

㭊頭

《集成》清刊本《躋春臺》卷二《白玉扇》:"也是我當初莫主見,未與他來把㭊頭搬。"(361頁)"㭊"是"楦"的俗寫。"楦"本是做鞋用的模型,又作"楥",《集韻‧願韻》:"楥,《說文》'履法也。'或從宣。"朱駿聲《說文通訓定聲‧乾部》:"楥,字亦作楦,蘇俗謂之楦頭,削木如履,置履中,使履成如式,平直不皺。""楦"或作"揎"。《集成》清刊本《續西遊記》第八十一回:"行者道:'你洞主可知道唐僧難捉的?他有個大徒弟,叫着孫祖宗,利害多哩!要拿倒了妖怪,抽筋剮骨,剝皮揎艸哩!'"(1436頁)《集成》清刊本《生綃剪》第十一回:"鼠皮是濕的,一時將草揎進,一個就有個半大,絕像個活鼠一般,好不怕人。"(622頁)《集成》清刊本《說唐演義全傳》第五十九回:"若要官休,問你與秦王謀反,夜闖王府,行刺親王,將你萬剮千刀,剝皮揎草。"(1058頁)《漢語大字典》"揎"字條有"填塞"的義項,清徐鼐《小腆紀年附考》卷十八:"〔李如月〕又極口罵,乃剝其皮,斷其首及手足,揎草於皮,紉而懸之市。"按:《漢語大字典》解釋是,但"揎"是個俗寫,本字當作"楦",俗寫中"木""扌"可互換。楦子本是做鞋用的模型,因楦子是填塞在鞋中,使平整如式,故"楦"

不收

《集成》清刊本《天豹圖》第七回:"少爺小妾三十一個,那裡輪得到我?一月之外纔得一次,好似活守寡,前世不收,今世來嫁着他。"(128頁)同前第十七回:"秦氏道:'這是我前世不收,今生好像活守寡的。'"(332頁)"不收"即"不修",蓋方俗語詞"收""修"音同,不明本字,而寫音借字。也有寫本字的,同前第二十六回:"梅氏道:'我是前世不修,今世嫁了太師。'"(521頁)《集成》清刊本《野叟曝言》第二十八回:"四嫂歎口氣道:'我們是前世不修,沒有帶得那種福氣。……'"(841頁)

耍、傻

《集成》清刊本《雪月梅》第一回:"姑夫已故,单生一子,名叫鄭璞,已入黌門,為人朴實,却有些憨耍。"(8頁)"憨耍"即"憨傻"。蓋方音傻、耍同音。《集成》本《隋煬帝艷史》第十七回:"寶兒却無一點恃寵之意,終日只是憨憨的耍笑,也不驕人,也不作態。"(537頁)《通俗編》卷三十六云:"傻,數瓦切。《廣韻》:傻俏,不仁。《集韻》:輕慧貌。按:此即俗言'耍公子''耍孩兒'之'耍'也。'耍'字初見《篇海》,宋以前人少用之,蓋當正用傻字。"[①]"傻"字是近代漢語出現的字形,在古代漢語中沒有此字。清黄生《義府》卷下"傻角"云:"《西廂》劇中紅娘呼張生為傻角。傻,沙瓦切。解者以為輕慧兒(當作'兒'),非也。觀其口語,本以醜輕相調,若云輕慧,則是

[①] 《續修四庫全書》第194册,第631頁,上海古籍出版社2002年版。

美辭非醜辭矣。予推其意,當用'䭫',面醜也。音正與傻同。"①黃承吉按:"《集韻·馬韻》傻字訓云:'傻俏,不仁。一曰:輕慧貌。'又䭫字訓云:'醜䭫,惡也。或省作䭫。'"《集韻·馬韻》:"䭫,面醜。"今一些方言讀如"梭"(上聲),如贛南客家方言,"個個人蠻䭫"(這個人很傻),又可表示醜、差的意思,"家具弊䭫"(家具差醜)。

"傻"這個詞跟古代漢語的哪個詞有語源關係?章太炎先生謂源自"傞"。章太炎《新方言》卷二云:"《說文》:'傞,醉舞貌。《詩》曰:屢舞傞傞。'素何切。案:今人謂清狂縱動爲傻,此字已見《廣韵》,而訓有異。《禡部》所化切下云:傻,傻俅,不仁。尋傻字無以下筆,《廣韵》傻、諛同紐,則傻實從夋聲,本即俊字,誤變作傻耳。然俊訓材千人,何因轉爲不仁,復爲清狂縱動?明今義乃借爲傞,醉舞與清狂縱動義相引伸,歌戈轉生麻部,故素何切轉爲所化切矣。(夋聲之字梭入戈韵,□莜入果韵,尤可證。)"

"傻俏"有寫"耍俏"者。《醉翁談錄》卷二丙集《三妓挾耆卿作詞》:"忽聞樓上有呼柳七官人之聲,仰視之,乃甲妓張師師。師耍俏而聰敏,酷喜填詞和曲。"這裏"耍俏"應是輕慧貌之義。《王荊公詩注》卷四十八《寄李道人》:"李生富漢亦貧兒,人不知渠只我知。跳過六輪中耍峭,養成三界外愚癡。"

傻或作"沙"。清代俞正燮《癸巳存稿》卷三"莜"條:"《說文·艸部》莜字,卽今芫荽字,從俊聲,讀如綏。《漢書·地里志》'太原郡莜人縣',師古音山寡反。按:《廣韻·馬部》有'傻',沙瓦切,與'莜''傻'同。而'傻'譌作'傻',《字彙補》又增一'傻'字,不可理

---

① 黃生撰、黃承吉合按《字詁義府合按》第213頁,中華書局1984年版。

第十章　音借與俗字的探討

推矣。此等後增怪字,亦應有所比附。《廣韻》'傻'云:'強事言語。''傻'云:'傻俏,不仁。'皆應從叕,而田轉作囟,又譌作允,遂橫牽'荽'字亦入《馬韻》中。而其字爲'謥'、爲'傻'、爲'荽'、爲'傻',又爲'傻'、爲'儍',皆俗別也。宋人則作'沙',江休復《雜志》云:塵俗呼野人爲沙塊,永叔戲長文披沙揀金,又戲馬遵曰:舊沙而不俏,今俏而不沙。吳長文言:沙於面,不沙於心。皆以'沙'爲迂朴。韓彥直《橘錄》則云:物小甘美者曰沙,如沙橘、沙瓜、沙糖、沙蜜之類是。南以'沙'爲美俏,北以'沙'爲不美俏。語言不同如此。元人則以獣爲'傻角',用傻字。"①

毛晉《六十種曲》第三册《西廂記》第十齣:"你看他外像兒風流年少,內性兒冠世才學,扭捏身軀恁做作,來往人前賣弄俊俏。"(29頁)不知"俊俏"是否來自"傻俏"? 古籍中確有"傻"寫"俊"者,《集成》清刊本《紅樓幻夢》第二回:"及至合卺時,揭了盍頭,看見新人乃是寶釵,並非黛玉,心中反復,一慪一急,竟如黛玉聽了俊大姐的話,將本性迷住了。"(59頁)"俊大姐"即傻大姐。

樘

俗字的出現,有不少情況是因爲本字寫不出來,根據方俗讀音而造一俗字。例如《集成》清刊本《錦香亭》第二回:"景期進得門看時,止是一間房子,前半間沿着街,兩扇吊樘吊起。擺着兩條櫈子,一張卓子。"(18頁)這個"樘"就是俗字。或作"搭"。《集成》清刊本《于公案奇聞》卷二:"老弟,我們捕役,其名吊搭,臉說放下來就放下來,說卷起去就卷起去,這纔當的差使。"(102頁)"搭"是器具

---

① 《續修四庫全書》第1159册,第658頁,上海古籍出版社2002年版。

名，一般用竹子編成席狀，蓋取其用竹片或竹篾編搭而成，故稱"搭"。今我家鄉贛南農村尚有此物，可用以曬東西，稱為"墊搭""曬搭"等。上文"吊搭"一般用來遮窗戶陽光，可卷可放，猶如今卷葉窗可吊可卷，故稱"吊搭"。

　　"搭"的形狀有大有小，有長有方，用途也不一致，要之，最初用竹子編搭而成，故命名為"搭"。或有寫"篷"的，《集成》明凌濛初《拍案驚奇》卷三十五《訴窮漢暫掌別人錢　看財奴刁買冤家主》："開了後園，一憑賈仁自掘自挑。賈仁帶了鐵鍬、鋤頭、土篷之類來動手。"（1531頁）同前："心生一計，就把金銀放些在土篷中，上邊覆著泥土，裝了一擔。"（1531頁）"土篷"當是用來盛土的竹編織物，類似土筐的作用。"搭""篷"均是俗寫，此詞以寫作"笪"較常見，《玉篇·竹部》："笪，粗簾篛也。"有的辭書說笪"用以蓋屋或船"，實際上不止這些用途。《集成》清刊本《海公大紅袍全傳》第三十七回："餘者三屍，悉用布帛包好，取了五張竹笪，把五個屍首盛着，令人先行抬到城外之大安寺前放着。"（707頁）《集成》清刊本褚人穫匯編《隋唐演義》第六回："這許多大酒肆，昨日何等熱鬧，今日却都關了；弔闒板不曾掛起，門却半開在那里。"（138頁）同前第二十三回："下吊橋至賈閏甫門首，門都關了門面，吊闒板都放將下來，招牌都收進去。"（533頁）這裏"弔闒"實際上製作材料已經變了，是木板代替竹笪，故稱"弔闒板"。上文《錦香亭》中的"吊㯳"，也是木板製成的，故寫"㯳"字，從木。方以智《通雅》卷四十九云："笪，音妲。郭璞曰：'江東謂蘧蒢直文而粗者為笪，斜文為簾，音廢，一名符籚。'今簾與符籚、蘧蒢之名皆不言，而篾笪之名至今呼

第十章　音借與俗字的探討

之。大約以垂而遮雨暘者謂之篾笪，仰屋承塵為符簾，亦謂搨隔。"①也有寫"板搭"的。《元曲選》高文秀《黑旋風》楔子："小可是這火罏店上一個賣酒的，但是南來北往官員士庶人等進香的，都在我這店中安歇。我今日開開板搭，燒的鏇鍋兒熱着。"②或寫"闒"。《集成》清刊本《野叟曝言》第三十一回："到了次日早辰，開了一扇弔闒，偷看岸上。"(912頁)

忽

《集成》清刊本《常言道》第十六回："肚飢不消三碗飯，困來弗消一忽眠。銅錢眼內遷筋斗，一代新鮮一代黯。"(327頁)《集成》清刊本《吳江雪》第十五回："吃得大醉，一忽睡到五更，覺將傳（轉）來，渾身麻木，骨骼裡邊如刀刺的一般疼痛。"(257頁)《集成》清刊本《都是幻》之《梅魂幻》第六回："一日，南斌與妾輩飲酒，大酣，長嘆一声道：'我昔在康山，一忽之間，享了一生之榮樂，人間所未有也。今雖勉強欢娛，不及夢中多矣！可見做夢即是為人，為人不如做夢。'"(124頁)"忽"是個記音俗字，從入睡到醒來為一忽。因本字難考，用同音字"忽"記錄。人們覺得睡覺即目閉，跟目有關係，故俗寫增形旁從"目"或作"瞛"，成為形聲字。《集成》清刊本《野叟曝言》第五回："況且夜裏，依稀聽得妹子微有泣聲，後來兩人還唧唧噥濃的說話，我纔放心落瞛的。"(110頁)同前第十三回："素臣笑道：'老客們都是睡得驚醒的麼？人睡如小死，只怕落了瞛時，就有人上船，也未必知道哩。'"(354頁)同前第三十四回："漸漸

---

① 《方以智全書》第一冊，《通雅》第1448頁，上海古籍出版社1988年版。
② 臧懋循《元曲選》第322頁，浙江古籍出版社1998年影印。

鼻息有聲，沉沉睡去，洪年歡喜異常，蹲在艙中屏息而待。長卿一瞌醒轉，還要稀飯。"(995頁)"瞌"字，《漢語大字典》已收，劉半農《車車夜水也風涼》："我明朝情願登勒家裏糊塗一大瞌，再勿上當來車夜水勒乘風涼。"自注："瞌，睡之單位名，自入睡以至於醒，每一次曰一瞌。時間長曰大瞌，時間短曰小瞌。"《漢語大字典》的語例偏後。"瞌"字，《說文》作"寱"，《說文》："寱，臥驚也。"段注："《廣雅》：'寱，覺也。'義相近。今江蘇俗語曰睡一寱。"《廣韻·沒韻》："寱，睡一覺。"《明清俗語辭書集成》第一册《土風錄》卷十"一寱(音忽)"條："睡一覺曰一寱，音作忽，見《廣韻》十一沒'寱'注：'呼骨切，睡一覺也。'"①翟灝《通俗編》卷三十六"寱"字條："音忽。《說文》：'臥驚也。'《博雅》《廣韻》皆云：覺也。俗以臥一覺為一寱。《五燈會元》酒仙遇賢偈曰：'長伸兩腳眠一寱，起來天地還依舊。'"②由于普通民眾難於寫本字，故創造了"瞌"這個俗寫。

明白"瞌(寱)"的含義，可以幫助我们理解古籍語義。《集成》清刊本《青樓夢》第七回："雅仙道：'我也有個春謎在這裏，要請朱素卿姊姊猜一猜。'便道：'喜洋洋，兒子之子得還陽。——打一獸名。'素卿聽了，想了長久，笑指雅仙道：'你這人真有想頭，這個可是猢猻麼？'大家聽了，俱拍手大笑道：'不差，不差，果然刻劃得非凡。如今要輪素芝妹妹了。'"(100頁)這個春謎，"兒子之子"即孫，諧"猻"字，"得還陽"即蘇醒了，即是瞌，"瞌(寱)""猢"同音，故謎底為猢猻。

---

① (日本)長澤規矩也編《明清俗語辭書集成》第一册，第286頁，上海古籍出版社1989年版。

② 《續修四庫全書》第194册，第630頁，上海古籍出版社2002年版。

第十章　音借與俗字的探討

撥嘴、駁脚

《集成》清刊本《續西遊記》第五十六回:"行者一面笑著說道:'精精撥嘴！又沒個頭,向那裡去尋一個女兒還陳老。'"(1001頁)"精精撥嘴"即光會辯嘴的意思。同前第六十二回:"只說你們可知老和尚失落了一粒菩提子？若是知道,說與我,免得撥嘴撥舌,坐你們身上。"(1095頁)"撥嘴撥舌"即辯論嘴舌。同前第九十五回:"那一個鼯精慌忙問道:'客官,你是何處來？把我更夫害倒。地方定來與你撥嘴。你無故上我這官樓,傷害公役,怎肯輕放你去？'"(1688頁)《集成》本《三教開迷歸正演義》第五十五回:"我却又殺了一個,與那長老撥了一會嘴。"(834頁)"撥"實際上是一個音借俗字,蓋本字不易追究之故。或寫作"拔""跋""博""白""剝"等,如《漢語大詞典》收有"妄口拔舌""妄口巴舌""枉口拔舌""跋嘴"等,沒有具體指出語源。"拔""撥""跋"均是入聲字,就是今天"駁"的意思。《集成》本《醋葫蘆》第九回:"量來本力不加,難以取勝,只好呼宗拔祖的叫。"(282頁)《集成》清抄本《螢窗清玩》第四卷:"此說剝得明白快暢！吾又見《述異記》《歲時記》《續齊諧》諸書,載着織女嫁牽牛一事……"(563頁)《三寶太監西洋記通俗演義》第十六回:"萬歲爺心裏想道:'長老今番也有些謅了。'天師心裏想道:'這和尚今番却有些跋嘴了。'"《漢語大詞典》將"跋嘴"解釋為"走嘴、失口",是沒有弄清語源。"跋嘴"即駁嘴、辯嘴的意思,周志鋒有詳論[1]。我們明白了它們的同音關係,就可以解決一些詞的語源,如《漢語大詞典》有"駁脚"條,釋為:"方言。跑腿。"舉例為歐陽山《苦

---

[1] 周志鋒《明清小說俗字俗語研究》第98頁,中國社會科學出版社2006年版。

門》七十:"他就在廣州公安局找了一份小小的差事,當了一名'駁腳偵緝',每天混一毛幾分度日。"黃谷柳《蝦球傳·觸鬚》:"他不是鎮上人,附近又沒有親戚,又說不出到鎮上來幹什麼,團部的副官就斷定他是遊擊隊的駁腳交通員。""駁腳"本字當作"跋腳",此是借用"駁"字來表示"跋"的意思。唐司空圖《樂府》詩:"寶馬跋塵光,雙馳照路旁。"小說中有"跋步"一詞,如《集成》清刊本《飛龍全傳》第十五回:"這个奮身快似箭,那个跋步疾如飛。"(356頁)有成語"跋來報往",或作"拔",《禮記·少儀》:"毋拔來,毋報往。"鄭玄注:"報讀爲赴疾之赴,拔、赴皆疾也。"①《集成》明刊本《盤古至唐虞傳》卷上:"把斧一鑿,滑喇喇的一聲响,天拔上去,地墜下來,于是兩儀始奠,陰陽分矣。"(7頁)同前卷下:"金衣人便向空木下,入木窺之,緋裙女人走出,拔空而上,金衣人逐去七八丈許,漸趕入霄漢,投于碧雲中。"(113頁)《集成》貫華堂本《第五才子書水滸傳》第二回:"〔鄭屠〕從肉案上搶了一把剔骨尖刀,托地跳將下來。魯提轄早拔步在當街上。"(179頁)同前:"魯達尋思道:'俺只指望痛打這厮一頓,不想三拳真箇打死了他。洒家須喫官司,又沒人送飯。不如及早撒開。'拔步便走。"(183頁)同前第四十八回:"那兩箇打碎了廳前椅桌,見莊上都有準備。兩個便拔步出門,指着莊上罵道:'你賴我大蟲,和你官司裏去理會!'"(2716頁)同前第五十六回:"呼延灼舞起雙鞭,來戰兩箇。鬭不到五七合,解珍、解寶拔步便走。"(3164頁)"拔步"即疾步。

《集成》清刊本《唐鍾馗平鬼傳》第五回:"大頭鬼聽得'色鬼'二

---

① 《十三經注疏》第1512頁,中華書局1980年影印。

字,不容分説,手年(捻)銀錘,直向色鬼的胸前打來;色鬼用鎗剝開,錘來鎗攩,鎗去錘迎。"(44頁)"剝"即"撥"的音借。同前第八回:"轉瞬之間,已滾到穷鬼的面前,穷鬼見他滾來得利害,駁驢就跑。"(71頁)"駁"也是"撥"或"拔"的音借。

跏

《集成》清刊本《忠烈全傳》第十二回:"却説只孫虎被責,趕了出門,一頭跏着走,一頭道:'命中談是貧窮,如今弄得人財兩空,只是那裡説起?⋯⋯'"(198頁)同前第十三回:"一面説,一面摩着腿跏着走。"(200頁)這是描寫孫虎被責四十大板之後的情形,"跏"不能按一般正字去理解,在這兒是"瘸"的俗寫,蓋小説作者的方音"瘸""加"音同。今贛南客家方言"瘸"也音加。

搓

《集成》清刊本《忠烈全傳》第五十五回:"芮氏道:'今日天氣甚好,媳婦和婆婆搓太婆婆到院中散步一回,何如?'成夫人道:'甚好。'王太夫人拄了杖,婆媳兩旁搓了同行,早已到了院中。"(801頁)同前第五十八回:"王太夫人拄着杖,成夫人、芮大娘搓扶王太夫人,道:'正合吾意。'"(841頁)"搓"是"撮"的音借俗字。

《集成》明刊本《魏忠賢小説斥奸書》第三回:"此時聖上正也念他,便道:'宣來。'魏進忠便傳道:'聖上宣侯巴巴。'登時把一個侯巴巴撮進宮來。"(56頁)"撮"即扶持的意思。《清夜鐘》第七回:"到得店前,掌鞭的撮下驢來,崔佑叫柜上與了錢,自己撇了生意,陪上樓。"[1]

---

[1] 《古本平話小説集》第193頁,人民文學出版社2006年版。

另見"撮"作"搓"使用的例子。《集成》清抄本《三續金瓶梅》第六回:"這里黃氏度日如年,打听的番兵過去,不几日又回來了,急的黃氏撮手,坐臥不安,眠思夢想,神魂顛倒。"(106頁)同前第九回:"原來是条汗巾,裹着一封书字,官人要奪,春娘道:'你要奪,咱們就撕了。'急的薛嫂撮手,又不敢言語。"(169頁)同前第十回:"藍姐亦發疼的緊了,把官人急的撮手。"(203頁)"撮手"即搓手。《集成》清刊本《兒女英雄傳》第三回:"公子嚇得渾身亂抖,兩淚直流,撮着手,只叫:'這可怎麽好!這可怎麽好!'"(92頁)"撮"即"搓"。同小說還有寫"搓"的,第十二回:"太太聽了,急得搓手,道:'這是甚麽話呀!'"(421頁)

应

《集成》明刊本余象斗《北方真武祖師玄天上帝出身志傳·太子被戲下武當》:"老子曰:'衰老為耕旱田數石,无水应田,故將此錐錐開岩溝,透水应田。'"(87頁)"应"是"應"的俗寫,余象斗是福建建陽人,南方不少方言前鼻音、后鼻音不分,故"应"就是"蔭"的音借俗字。"蔭"指潤澤義。又灌溉可說成"灌蔭"。《集成》明刊本《詳刑公案·魏道亨斷謀害客商(擬)》:"至南脊,見其地甚是孤僻,乃思馬泰之死,必在上下之間。細察仰觀,但前面源口鴉鵲成郡(群),裁啄蔭塘岸畔。"(8頁)此篇前殘,篇名為擬題。"蔭塘"即用來灌溉之塘。同前:"問曰:'此塘是誰家的?'衆曰:'此塘乃一源灌蔭,非一家所有者。'"(9頁)"灌蔭"就是灌溉義,蓋灌溉土地從另一角度看,就是滋潤土地,故"灌蔭"并舉。還有"蔭注"一詞,《集成》明刊本《古今律條公案》卷六《謝府尹斷弟謀兄產》:"年遭天旱,禾苗枯槁,土豪何美,霸占水道,不容蔭注。"(287頁)古籍中還有一些例子。《集成》日本抄本《郭青螺六省聽訟錄新民公案·爭水打傷父命》:"適值天旱,乃四下阻截水路,不容大目承蔭。"(116頁)同前:"尔田少,我田多,必先蔭多田,而後蔭少田。"(117頁)《集成》清刊本《躋春臺》卷三《比目魚》:"到下午水磵滿忙把菜蔭,水桶大氣力小壓斷板筋。"(654頁)"蔭"就是灌溉義,今贛南客家方言仍有"引水蔭田"的說法。血的澤潤散開、滋潤或寫"瘮"。《集成》明刊本《二十四尊得道羅漢傳·聰耳羅漢》:"伏駝密啟土看時,見一輪紅日,烛照井中,井中白骨填滿,惟一白淨瓶,血瘮遍体。"(39頁)

通俗小說中還有用"應"字表示"隱"者。《集成》清刊本《萬花樓演義》第一回:"但下官思量妹子雖有此才美,只因家母年高,愛惜女兒如珍,割捨不离,是至應瞞未报。望祈老公公囬朝將就些,以免下官有欺君之罪,不勝感激了。"(16頁)"應瞞"即隱瞞,今標點本作"隱瞞"[①]。

撤、墩、蹾

《集成》清抄本《忠烈俠義傳》第廿九回:"忽听有摔快箸撤酒杯之声,再細听時,又有抽抽噎噎之音。"(985頁)同前:"稍有不合心意之处,不是墩摔,就是嚷鬧,故意的觸動丈夫之怒,看丈夫能受不能受。"(989頁)前兩例"撤""墩",《三俠五義》均作"蹾"[②],《集成》清刊本《七俠五義》作"墩"(204頁)。實際上,"撤""墩""蹾"三字義同,均是指重重往下放或向某一方向重重用力。《集成》明刊本

[①] 李雨堂《萬花樓演義》第6頁,上海古籍出版社1995年版。
[②] 石玉崑《三俠五義》第176頁,人民文學出版社2001年版。

《雲合奇蹤》第二十四回:"炳文就拖了他脚,奮起平生本事,把他墩來墩去,不下三五十墩。"(260頁)之前往往寫作"頓",如"頓脚"。或作"敦",《集成》清刊本《隔簾花影》第三十二回:"沒事的防籬察壁,罵兒打女,摔匙敦碗,指着桑樹罵槐樹,吵個不住。"(543頁)

或作"遁",記音字。《集成》清刊本《雲鍾雁三鬧太平莊全傳》第二十五回:"打破玉籠飛綵鳳,遁開金鎖走蛟龍。"(559頁)

押、胛

《集成》明刊本《詳情公案·斷强盗擄劫》:"但見工人皆陸續肩樹下山,應捕等守得一一肩樹下來,即將穿押鎖住,已捉三十餘人。"(121頁)"押"即"柙"字,明刊本《詳刑公案》正作"柙"(295頁),這裏是"枷"的俗字。或俗寫為"胛"。《集成》明刊本《詳情公案·斷强盗擄劫》:"但見衆工人被官穿胛擒捉,又受刑法,且無人送飯者而死者二十人。"(126頁)

四、語音的變化造成音借字或俗寫

有的是屬於近代漢語口語詞,這些詞語音演變以後,沒有規範的正字可言,於是有了各種各樣的音借俗寫。

林榔

《集成》明刊本《雲合奇蹤》第七十九則:"林蘙間西沉紅日,林榔內震起清風。"(942頁)《集成》清刊四雪草堂本褚人穫匯編《隋唐演義》第六回:"雲簇蛟龍奮遠揚,風資虎豹嘯林榔。天為唐家開帝業,故教豪俊作東床。"(134頁)"榔"字,江蘇古籍出版社、上海古籍出版社標點本《隋唐演義》改為"廊"①,非。"林榔"為林叢義,也見於其他近代漢語語料,"榔"的確切含義和語源值得詳考。在元代施惠《幽閨記》裏凡4見:《六十種曲》第三冊《幽閨記》第二十二齣:"〔生〕既不曾忘,可記得林榔中的言語來?〔旦〕林榔中曾與秀才說兄妹同行。"②同前:"〔生〕既不失信,如何不依林榔中的言語?"③又第二十六齣:"〔旦〕那日裏風寒雨又緊,正行裏喊聲如雷震。無處藏隱,急向林榔中躲,道途上奔。"④

"林榔"或又作"林琅""林浪""林瑯"等,請看下面例子:

唐陸龜蒙《樵人十詠·樵徑》:"爭推好林浪,共約歸時節。"

元鄭光祖《三戰呂布》第三折:"恰離了軍陣中,早來到林琅裏。"

元王仲文《救孝子》第三折:"聽說林浪中一個屍骸,準是我那女孩兒的,俺是看去咱。"

明無名氏《五馬破曹》第三折:"奉軍師的將令,領兵在此林瑯裏埋伏。"

《漢語大詞典》收錄了"林榔""林琅""林浪""林瑯"等詞,釋為"林子,樹林",雖不能說錯,但實際上對"榔"字的語義沒有落到實處。"琅""浪""瑯"是不同的俗寫,語義是一樣的。"林榔""林浪"等字形是當時漢語口語的如實反映,確切的含義應該是林叢義,

---

① 褚人穫《隋唐演義》第42頁,江蘇古籍出版社1996年版。《隋唐演義》第45頁,上海古籍出版社1981年版。
② 毛晉《六十種曲》第3冊,第60頁,中華書局1958年版。
③ 同上,第61頁。
④ 同上,第83頁。

"梆""浪""琅""瑯"表示"叢"的意義。

"梆""浪""瑯"等蓋是記音俗字,其本字當上追溯到"籠"字,或異寫作"蘢""龍"。王鍈先生《詩詞曲語辭例釋》列入"存疑錄",舉例如下:"李華《寄趙七侍御》詩:'玄猿啼深蘢,白鳥戲蔥蒙。'《全唐詩》此句下注:'楚越謂竹樹深者爲蘢,蘢一作艕。'史達祖《齊天樂》詞:'波聲未定,望舟尾拖涼,渡頭籠暝。'魏了翁《南柯子》詞:'暮雨收塵馬,薰風起籜蘢。'亦似指樹叢、竹叢。按李華詩爲五言排律,'蘢'字應爲仄聲。今川西方言尚有此用法,如'刺芭蘢'意即'荆棘叢'。"①按:王說是,竹叢、樹叢可說"竹籠""樹籠"。還有不少例子,《全唐詩》卷四百八元稹《大雲寺二十韻》:"竹籠煙欲暝,松帶日餘曛。"《全唐詩》卷四百四十九白居易《池鶴》二首之一:"高竹籠前無伴侶,亂雞群裏有風標。低頭乍恐丹砂落,曬翅常疑白雪消。"此例描寫的是池鶴,"高竹籠前"肯定是指高竹叢前,蓋池邊種有叢竹。該鶴不是養於樊籠,而是養於池。

"籠"有叢義,《齊民要術》卷二《小豆第七》:"豆角三青兩黃,拔而倒轎籠叢之,生者均熟,不畏嚴霜,從本至末,全無秕減,乃勝刈者。"注:"'叢'是簇聚,'籠叢'就是分堆、分蓬地攢聚在一起。"這裏"籠叢"同義連文,只不過作動詞用而已。又如《藝文類聚》卷七《山部上》引晉郭璞《巫咸山賦》:"林薄叢蘢,幽蔚隱藹。""叢"與"蘢"義同。"竹籠""樹籠"的"籠"相當於"叢"義,但它的取義是枝葉纏絡在一起,樹林、竹林的枝葉籠絡在一起,故說"竹籠""樹籠"。從下面這些例子也可體悟到"樹籠"的"籠"的命名含義。《大唐新語·

---

① 王鍈《詩詞曲語辭例釋》(增訂本)第 359 頁,中華書局 1985 年版。

文章》:"寒食東郊道,陽溝競草籠。"《南齊書·張融傳》載《海賦》:"有卉有木,為灌為叢。絡糅網雜,結葉相籠。"《南史·蘇侃傳》:"蘭涵風而寫豔,菊籠泉而散英。"《齊民要術》卷四《園籬第三十一》:"數年成長,共相蘢迫,交柯錯葉,特似房籠。"繆啟愉《齊民要術校釋》校勘記:"'籠',金抄、黃校、明抄同,明清刻本及輯要引作'櫳'。黃麓森校記:'櫳、籠古通。''房櫳'指窗櫺,取義於橫直敧斜,盤互玲瓏。"《文選》卷一班固《西都賦》:"罘網連紘,籠山絡野。"《敦煌變文校注·韓朋賦》:"道東生於桂樹,道西生於梧桐。枝枝相當,葉葉相籠。"[1]又同前:"枝枝相當是其意,葉葉相籠是其思。"[2]"籠"就是纏繞的意思。要之,"竹籠""樹籠"是竹叢、樹叢之義,取義於竹樹的枝葉互相籠絡在一起。

我們還可證之以方言,今贛南客家方言仍有"樹籠""竹籠"的說法,意義與近代漢語完全一致;而"朸櫃籠"即荊棘叢,"頭髮籠"即頭髮叢,"籠"明顯與纏絡一起的語義有關聯。西南官話中,如貴州大方有"籠窩"[loŋ²¹ o⁵⁵]一詞,〈名〉指因不梳頭而糾纏成團的頭髮。[3]

由於語音的演變及南北的方音差異,中古音"林籠""樹籠"的"籠"在有的地方語音發展元音低化,與"浪""榔"音同或音近,故記音為"林榔""林浪"之屬。《宋書·五行二》:"孫晧天紀中,童謠曰:'阿童復阿童,銜刀游渡江。不畏岸上虎,但畏水中龍。'"這裏"童""江""龍"押韻;今天"江"在普通話中讀 jiāng。又如"巩"字,《說

---

[1] 黃征、張涌泉《敦煌變文校注》第 214 頁,中華書局 1997 年版。
[2] 同上。
[3] 引自許寶華、宮田一郎《漢語方言大詞典》,中華書局 1999 年版。

文》:"瓨,似罌,長頸。受十升。讀若洪。從瓦,工聲。""瓨"與"籠"古屬東部,許慎說"瓨"讀若洪,在《集韻》胡江切,今天標讀為xiáng;再如"虹"字,唐代就有方音讀與"降絳"同,慧琳《一切經音義》卷十二"天弓"條:"或名帝弓,即虹蜺也。俗呼虹字為降音。《詩》云螮蝀,皆一也。"① 《一切經音義》卷八"虹蜺"條:"胡同反,《爾雅》:螮蝀,虹也。《月令》:季春,虹始見;孟冬,虹始藏不見。《漢書》作虫。又音絳。"② 卷十七"曰虹"條:"胡公反,江東音絳。《爾雅音義》云:雙出鮮盛者為雄,雄曰虹;暗者為雌,雌曰電(霓)也,一名螮蝀也。"③ 卷七十一"虹電"條:"古文玒,同,胡公反,俗音絳。《爾疋音義》曰:雙出鮮盛者為雄,曰虹;暗者為雌,曰蜺。蜺音五鷄反。《說文》:螮蝀,虹也。江東呼為雩。《釋名》:虹,攻也,純陽攻陰氣也。螮音帝,蝀音董也。"④ 宋洪邁《夷堅志》甲志卷二《詩謎》:"元祐間,士大夫好事者取達官姓名為詩謎,如'雪天晴色見虹蜺,千里江山遇帝畿,天子手中朝白玉,秀才不肯著麻衣。'謂韓公絳、馮公京、王公珪、曾公布也。"⑤ 這裏用"虹"叶音"絳",說明當時音同。《集成》明抄本《薛仁貴征遼事略》:"袁天剛曰:'虹蜺者,絳也;三刀者,州也。白袍將軍必在布衣,當年少,在絳者。……'"(21頁)這裏用"虹""絳"同音來解夢。我們認為"籠"在近代漢語中有的寫作"浪""榔"等,是由於有不少地方"籠"讀與"浪""榔"音

---

① 慧琳《一切經音義》第466頁,上海古籍出版社1986年影印。
② 同上,第317頁。
③ 同上,第668頁。
④ 同上,第2814頁。
⑤ 洪邁《夷堅志》第18頁,人民文學出版社2006年版。

第十章　音借與俗字的探討

同,用漢字寫了記音字。明末刻本《新刻增校切用正音鄉談雜字大全》:"鄉談:爬作㴑;正音:爬攏來。""攏"字音注"朗"[1]。說明該方音"攏"讀成"朗"。

肭

《集成》清刊本《忠烈全傳》第三十五回:"再説蘭娘,自從京中來家,未有月餘,臉皮通黃,不思飲食,時時思睡,刻刻吞酸,走動却似閃肭了腰一般。"(514頁)"肭"即扭的意思,《水滸傳》第四十二回:"衆人一哄都奔下殿來,望廟門外跑走。有幾個擷番了的,也有閃肭了腿的,扒的直來奔命。"[2]"肭"字,《集成》貫華堂本《第五才子書水滸傳》第四十一回作"肭"(2314頁)。標點本《水滸傳》第五十六回:"不想我在你家柱子上跌下來,閃肭了腿,因此走不動。"同前:"原來時遷故把些絹帛紥縛了腿,只做閃肭了脚。徐寧見他又走不動,因此十分中只有五分防他。"上兩處"肭"字,《集成》貫華堂本《第五才子書水滸傳》均作"肭"(3132頁、3133頁)。也有寫作"肭"的,《集成》貫華堂本《第五才子書水滸傳》第五十五回:"我見那廝却似閃肭了腿的,一步步挑着了走。"(3127頁)不少區域方言"肉""扭"是同音的。

因為是動詞,所以俗寫或改旁為"扌",俗作"扭"。《集成》明刊本《大唐秦王詞話》第二十四回:"戰不三合,尉遲恭放下鞭,舒過拏雲手,攞住錦征袍,把王元活提過馬,把脊梁靠緊馬鞍鞽,搕叉一聲,扭為兩段,搐下馬來。"(496頁)"扭"即今扭的意思。

---

[1] 李國慶《雜字類函》第1册,第13頁,學苑出版社2009年版。
[2] 《水滸傳》第579頁,人民文學出版社1975年版。

丫凡

《集成》清刊本《駐春園小史》第十四回："忽見一位丫凡，押着壽儀，直至中堂。"（279頁）同前："那丫凡見了雲娥寫帖，便留心去看，不勝之喜。那丫凡領了回帖，竟自回去。"（279頁）可見，"丫凡"就是"丫鬟"，此小說反映了該方音聲母f、h不分，故"鬟"的發音似"凡"。還有一些例子，如《集成》清刊本《駐春園小史》第十四回："忽見吳府一位丫凡，送帖來請鄭夫人赴席。"（280頁）同前："那丫凡領命而去，不多時又來催請。"（281頁）

疊暴

《集成》清石玉崑《七俠五義》第三回："包公正然納悶，又見從外進來一人，武生打扮，疊暴著英雄精神，面帶著俠氣。"（18頁）第四十回："見他身量卻不高大，衣服甚是鮮明。白馥馥一張面皮，暗含著惡態，疊暴著環睛，明露著詭計多端。"（276頁）前一例"疊暴"的意思用得比較抽象，為顯露義，後一例比較具體，可知"疊暴"就是"胅暴"，為暴凸、突出的意思。"疊"屬定母帖韻，"胅"屬定母屑韻，就是入聲韻尾不一樣，但清代入聲消失，即使不消失，可能也已變為[ʔ]，故語音相同。或寫作"迭暴""凸暴"。《集成》清刊本《醒世姻緣傳》第四十一回："迭暴着兩箇眼，黑煞神似的，好不兇惡哩！"（1116頁）第五十七回："那些和尚說道：'那人慘白鬍鬚，打着辮子，寡骨瘦臉，凸暴着兩个眼，一个眼是瞎的；穿着海藍布掛肩，白氈帽，破快鞋。'"（1554頁）"疊""迭"均是音借字，"胅""凸""垤"等是本字。我們從文獻材料可以看出元明以後"凸""迭"音同。《元曲選》佚名《貨郎旦》第四折："怎禁得那蕭蕭瑟瑟風，點點滴滴雨,送的來高高下下,凹凹凸凸,一搭糢糊。"《音釋》:"凸,音迭。"①《集成》戚序本《紅樓夢》第六回:"只見幾個挺胸叠肚、指手畫脚的人,坐在大橙上,說東談西的。"(213頁)"叠肚"即肚子凸出。

銃

有的是官話讀音已變,寫不出正字。《古本平話小說集》上册《人中畫》第一篇《風流配》第二回:"尹老官見吕翰林叫他,方大着膽走到面前,銃頭銃腦的唱了一個大喏道:'吕老爺,小人無禮了!'"②"銃"實際上是個記音俗字,本字當作"惷"③。"惷頭惷腦"謂笨頭笨腦。《說文》:"惷,愚也。"《龍龕手鏡·心部》:"惷:俗。惷:正。丑用、丑龍、丑江、書容四反,皆愚也。"蓋在近代漢語官話中,占優勢的是用"蠢"字表示愚笨義。

捱

《集成》清刊本《增補紅樓夢》第五回:"冤家怎能夠成就了姻緣,就死在閻王殿前,由他把那碓來舂,鋸來解,磨來捱,放在油鍋裏去炸。"(132頁)"捱"應該就是"磑"字,"磑"在《集韻》有魚開切,因"磑"在官話中已讀 wèi,故用"捱"字來表示。今在不少方言中"磑"猶讀魚開切,如贛南客家方言。

汕

《集成》清刊本《兒女英雄傳》第二回:"老爺連說:'有理,我要帶了華忠去,原為他張羅張羅我的洗洗汕汕這些零星事情,看個屋子。如今把他留下,就該派戴勤去也使得。戴勤手裡的事,有

---

① 臧懋循《元曲選》第745頁,浙江古籍出版社1998年影印。
② 《古本平話小說集》第260頁,人民文學出版社2006年版。
③ 詳參曾良《"愚蠢"的"蠢"字音義演變考》,見《中國語言學》第四輯。

宋官兒一個人也照料過來了。'"（39頁）同前第七回："他們爺兒五哇，洗洗汕汕，縫縫連連，都得我，我一個人兒張羅的過來嗎？"（251頁）"洗汕"就是洗刷的意思。《兒女英雄傳》第十六回："那老頭兒把那將及二尺長的白鬍子，放在涼水裡洴了又洴，汕了又汕。"（627頁）《漢語大字典》"汕"字條收有"衝洗、衝刷"的義項，這裏我們要說此義跟"汕"的本義沒有任何關係，這裡是一個假借字，讀 shuàn，是"刷"字的陰陽對轉。"汕"字今寫"涮"，如"洗洗涮涮"。

稄

《集成》本《飛英聲》："就是衣冠隊裡，等閒也揀不出這等全才，只可惜不開女科，若許女子應試，**稄稄**的中過文武狀元了。"（3頁）要解讀"**稄**"字，必須先談及方俗讀音，蓋不少方音"隱""允"同音，今江西贛縣話仍然如此。故"隱"字俗寫或作"阣"，如《集成》本《飛英聲》："前軍獲得一个少年婦人，十分美貌，眾人欲待**阣**匿，不来報知。"（42頁）同前："末句道'待春深'，明明**阣**我姓名在內；中間幾句，不知是何意思？"（101頁）又同前："王氏当不過凌辱，時常要尋死路，只是割捨不淂兒子，只淂含冤飲恨，**阣**忍偷生。"（205頁）《集成》清刊本《海公小紅袍全傳》第十二回："張能滿身歡喜道：'乞先生細看，直言無**阣**。'"（124頁）可見"隱"字俗寫為從"允"聲的"阣"字。《集成》清刊本《駐春園小史》第十回："唯祈花陰月夕，**阣**跡潛踪，賜晤嬌顏，得伸片語。"（195頁）《集成》清刊本《五美緣全傳》第四十四回："如有**阣**匿不報者，一同治罪。"（610頁）《集成》清刊本《前明正德白牡丹傳》第七回："吳芳開懷暢飲，不一会，便竟酩酊大醉，**阣**几睡去。"（83頁）因"隱""穩"均從"㥯"聲，按照"隱"

第十章　音借與俗字的探討

字的類推，"穩"字的俗寫則為"䅈"。《集成》本《飛英聲》："其向日的欢颜笑言，止不過具副從容就義的念頭，豈是把那萬全之策，䅈䅈的握在手中兒(耳)？"(25頁)"䅈䅈"即"穩穩"。同前："寶兒道：'如今便說淂這等䅈當，只怕彼時却行不去。'"(197頁)"䅈當"即穩當。《集成》清刊本《前明正德白牡丹傳》第二十回："他若吃小的酒肉，便吩咐嘍囉，倘遇下山打刼，不許侵取小的貨物，小的便可安䅈。"(255頁)同前第二十一回："尔不如快從別路去，較为䅈妥。"(269頁)

五、利用音借俗字可以幫助探討詞義

古籍中的音借字和各種俗寫，往往包含一些非常有用的信息，爲詞義的研究和歷時詞形變化的探討提供線索。

噪皮

《集成》清刊本《異說反唐全傳》第九回："且說薛剛與衆英雄打了張天左，一路同行，只叫一聲：'衆位，我們一時高興，打便打得噪皮，須防他明日上本。'"(81頁)"噪皮"是"燥脾"的音借。中醫認爲，脾喜燥，不喜濕。《集成》清刊本《林蘭香》第二十一回："且脾喜燥惡濕，喜煖惡寒，脾胃受傷，飲食能不減哉！"(419頁)《集成》清刊本《玉嬌梨》第七回："我與你莫若竊了他的，一家一首，拿去風光一風光，燥皮一燥皮。"(239頁)同前第八回："張軌如正信口兒高談闊論，無限燥皮。"(272頁)《集成》清刊本《癡人福》第四回："誰似這猴而不沐，要傍着温柔把脾臊，引得人兒嘔。"(127頁)"脾氣"或作"皮氣"。《集成》清刊本《大清全傳》第七十回："那老人說：'你

那知道?就是此人的皮氣太大,你要進去,須要小心点就是。'"(951頁)

調皮

"調皮"是來自語音的訛變,即"調詖"變為"調皮"。《集成》本《三教開迷歸正演義》第二十一回:"家兄渾名說謊,舍弟渾名**挧**詖。"(313頁)"**挧**"是"調"的俗字。《現代漢語詞典》"調皮"有三義項:"①頑皮。②不馴順;狡猾不易對付。③指耍小聰明,做事不老實。"《說文》:"詖,辯論也。"《廣雅·釋詁一》:"詖,慧也。"《玉篇·言部》:"詖,佞諂也。"從故訓看來,"詖"字有辯論、慧、不正、佞諂等義,引申出今現代漢語的"調皮"諸義是順理成章的。從"調詖"詞形出發,本義應該是指言辭的開玩笑、不正,引申為行為上耍小聰明、不正,不馴順、難對付。

我們可以"搗蛋"一詞類比,"搗蛋"實際應是"調誕","調"取調弄義,"誕"即誕語。"調誕"本是開玩笑、說誕語,引申指無理取鬧。又有"扯淡"一詞,《集成》明刊本《今古奇觀》第二十七卷《錢秀才錯占鳳凰儔》:"錢青肚裏暗笑道:'他們好似見鬼一般,我好像做夢一般。做夢的醒了,也只扯淡,那些見神見鬼的,不知如何結果哩?'"(1123頁)"扯淡"即扯誕。蔣禮鴻師《義府續貂》"詖、調皮"條云:"《玉篇》:'詖,彼寄切,慧也。'今言調皮字當作此詖。調當作窕,謂虛而不實也,見前廖嫽條。"[①]

叚

我們知道,古籍中"段"往往俗寫作"叚",而"叚""斷"同源,後

[①] 《蔣禮鴻文集》第二卷,第210頁,浙江教育出版社2001年版。

世也有表示斷義而寫"叚"的。《集成》清刊本《續西遊記》第五十九回:"比丘僧與靈虛子聊施小法,那繩索根根兩叚,換了又叚。"(1053頁)同前:"只說你兩個有甚神通,把我繩索根根叚了。"(1054頁)"叚"均是斷義。洪邁《夷堅志》丁志卷七《戴樓門宅》:"又次夕,陰晦中一物墜地,聲甚大,至曉,乃花紋石叚四五,各長數尺。"[1]"叚"就是"段"的俗字,這裏作"斷"字解。

也有"段"寫作"斷"的。《集成》本《三教開迷歸正演義》第四回:"一日,想起小娘人偷那後生的一斷風情。"(62頁)同前第三十回:"這首詩单為知求學道之心不堅,惹出這斷歪事。"(440頁)《集成》武林刊本《隋唐演義》第十四節:"江志達向前迎敵,被其將揮起鋼刀,斬為兩斷。"(150頁)《集成》清刊本《大清全傳》第四十回:"我拿住你,送到紫金山,把你碎尸萬斷,以洩衆人之恨!"(513頁)《集成》清刊本《萬花樓演義》第三十九回:"這馬總兵還不住時懷想:飛山虎的席雲奇本領,但願此去一刀兩斷,收除了狄青。"(531頁)《集成》本《封神演義》第九十二回:"鄭倫不及隄防,正中臉上,打傷鼻孔,腮綻唇裂,倒撞下獸去,被金大升手起一刀,揮為兩斷。"(2540頁)"斷"與分段的"段"是同源字,所以經常混用。《釋名·釋言語》:"斷,段也,分為異段也。"《說文》:"斷,截也。"段玉裁注:"今人斷物讀上聲,物已斷讀去聲。"又《說文》:"段,椎物也。""段"的本義是搥鍛物的意思,段氏注:"後人以'鍛'為段字,以'段'為分段字,讀徒亂切。分斷字自應作'斷',蓋古今字之不同如此。"

---

[1] 洪邁《夷堅志》第591頁,中華書局2006年版。

薄、泊

古籍中"薄""泊"常相通。《集成》明刊本《二十四尊得道羅漢傳·抱膝羅漢》:"汝年尚幼,又非早年議捨,又非飄薄旡依,假令脩得佛來,不過是一大雄宝殿。"(47頁)"飄薄"即"飄泊"。《集成》明刊本《二十四尊得道羅漢傳·飛錫羅漢》:"尊者得了脩持大要,即离師出外遊方,居止旡常,飲食旡定,漂洦數年,髮長數寸。"(116頁)"洦"即"薄"的俗寫。《集成》本《章臺柳》第七回:"俺大王功高賞洦,以此不安。"(56頁)贊寧《宋高僧傳》卷五《唐代州五臺山清涼寺澄觀傳》:"吾既遊普賢之境界,泊妙吉之鄉原,不疏《毗盧》,有幸二聖矣。"①這裏"遊"與"泊"對文使用。《集成》明刊本《剪燈新話》卷下《太虛司法傳》:"未至而斜日西沉,愁雲四起,既無旅店,何以安泊?"(205頁)"泊"不但可以表示船停靠,也可以表示人在某處停留,在近代漢語中常見,蔣紹愚先生有考②。唐代拾得詩:"余住無方所,盤泊無為理。"《祖堂集》卷二:"更不他遊,盤泊澧源三十餘載。"因俗寫"泊""薄"互換,故或作"盤薄"。《四庫全書》本宋張九成《孟子傳》卷二:"故孟子不入秦楚而盤薄於宣王者,蓋有以也。"《四庫全書》本《兩宋名賢小集》卷一百四十四《小憩孫氏竹軒觀諸公詩》之一:"借我繩牀小盤薄,為君試讀壁間詩。"敦煌卷子伯2042《大佛名十六卷略出懺悔》:"或綺辭不實,言不及義,誣謗君父,平薄師長。"《帶經堂詩話》卷五十五《字義類》引《池北偶談》:

---

① 贊寧《宋高僧傳》第105頁,中華書局1987年版。
② 蔣紹愚《〈入唐求法巡禮行記〉中的口語詞》"泊"字條,見《近代漢語研究》,商務印書館1992年版;又見蔣紹愚《漢語詞彙語法史論文集》第63頁,商務印書館2000年版。

"韓致堯詩:'白玉堂東遙見後,令人評泊畫楊妃。'李子田云:評泊者,論貶人、是非人也,今作評駁者非。近諸本或作斗薄,或轉訛陡薄,殊無意義。《萬首絕句》本作評泊,當猶近古。"[①] 按:"平薄""評泊""評駁"實是同詞異寫。

躂

《集成》清刊本《平閩全傳》第四十一回:"紀仙姑取出一斗,祭上空中,紅光萬道,北斗則魁星所躂之斗便是。"(418頁)同前第四十九回:"楊建忠聞言大怒,將桌上酒筵用足躂倒,杯盤落地,打得乱滾。"(490頁)"躂"就是踏的意思,《大正藏》第22冊《五分律》卷二十九:"有諸比丘尼躂腳戲,多人譏呵。佛言:不應爾,犯者突吉羅。"(22/190/a)玄應《一切經音義》卷十五對《五分律》"躂腳"音義引《字書》:"及地曰躂。"今"蹓躂"一詞,"躂"也是踏義。《漢語大字典》"躂"字只收有"跌倒"的義項。《集成》清刊本《說唐演義全傳》第九回:"弟三行是黃彪馬一匹,鎦金馬鞍轡一副,鐙撻俱全,已經官賣,册上註明馬價銀三十兩。"(150頁)"鐙撻"即鐙踏。《集成》本《大唐三藏取經詩話》:"被猴行者將將金環杖变作一个夜叉,頭點天,腳踏地,手把降魔杵,身如藍靛青,髮似硃沙,口吐百丈火光。"(19頁)"踏"當時應該是個口語詞,字形尚未固定,有多種寫法。或作"達""塌"等,《集成》清刊本《西遊原旨》第二十三回:"那師父採不住,儘他劣性,奔上山崖,纔大達步走。"(655頁)《集成》貫華堂本《第五才子書水滸傳》第六十七回:"史文恭按兵不動,只要等他入來,塌了陷坑,山下伏兵齊起,接應捉人。"(3747頁)《集

[①] 王士禎《帶經堂詩話》第411頁,人民文學出版社1963年版。

成》明刊本《錢塘湖隱濟顛禪師語錄》："有時衆僧在殿看經接施主，他却托着一盤肉，手敲引磬兒，攬在衆内，口唱山歌，塌地坐在佛殿上喫肉。"(26頁)《集成》清刊本《濟顛大師醉菩提全傳》第五回："濟顛却吃得醉醺醺，手裡托着一盤肉，走到佛殿面前，蹋地坐下，口中唱一回山歌，又吃一回肉。"(70頁)可見"塌""蹋"記録的是同一個詞。《集成》清刊本《西遊證道書》第五十回："這一首詞，名《南柯子》，单道那三藏脱却通天河寒冰之災，踏白黿負登彼岸。"(969頁)"踏"字，世德堂本《西遊記》作"達"(1259頁)；楊閩齋本作"幸"(567頁)，是"達"之訛。清陳盛韶《問俗録》卷五："遇有賊來，就打起梆子，高聲喊叫。隣近人家聽見梆聲，趕緊趕來，連連打梆接應，一齊拿了木棍出來追捉。能殼綁賊送官固好，就是人少力薄，大家都有棍防身，也可把賊閧散，斷不致被賊蹧蹠。""蹧蹠"即今"糟蹋"。或寫作"撻"，《集成》清刊本《常言道》第十四回："遂輕輕舉起脚來，向這人馬撻了一下，那些人馬盡為筵粉，一些也不見像人的式樣。"(293頁)這是描寫大人國的大人用脚踐踏死了小人國的人馬。同前："大人撻死了小人國自汛將軍錢士命，雖屬可憐不足惜，但天地以好生為德，心中却有些不安。"(293頁)"撻"即踏義。

《集成》戚序本《紅樓夢》第六回："在家跳蹋，也不中用的。"(209頁)慧琳《一切經音義》卷十五"足蹋"條："談合反，俗用字也，本音貪合反，蹋，箸(著)地也，正作蹹。《考聲》云：蹹，踐也。從足，曷音塌也。"[1]從慧琳《音義》可知，"蹋""蹹"本來是正俗字的關係。

---

[1] 慧琳《一切經音義》第552頁，上海古籍出版社1986年影印。

第十章 音借與俗字的探討

《藝文類聚》卷五十八《雜文部》四"筆"條引《魏略》："王思爲大司徒,性急,嘗執筆作書,蠅集筆端,驅去復來,如是再三。思怒,自起逐蠅,不能去,還取筆擲地,蹹壞之。"[1]又卷九十七《蟲豸部》"蟻"條引《齊諧記》曰："富陽董昭之,嘗乘船過錢塘江,中央見有一蟻,著一短蘆,蘆長二三尺,走一頭廻,復向一頭,甚遑遽。昭之曰:'此畏死也。'欲取著舡,舡中人罵:'此是毒螫物,不可長,我當蹹殺之。'"[2]"蹹"即蹋字,今作"踏"。《集成》清刊本《二度梅全傳》第二十一回:"那翠環到那時候,轉也死心踏地了。"(242頁)今標點本《二度梅》作"死心塌地"[3]。《集成》清刊本《躋春臺》卷四《蜂伸冤》:"雖是無心之過,而遭踏極多。"(1027頁)

---

[1] 歐陽詢《藝文類聚》第1054頁,上海古籍出版社1982年版。
[2] 同上,第1689頁。
[3] 惜陰堂主人《二度梅》第331頁,吉林文史出版社1999年版。

第十一章　明清小說俗寫的語義解讀

　　從原始文獻材料出發，注意細心比勘。不少俗字，粗看起來是錯字，分析其俗字構形原理，綜合古籍俗寫的各種規律，就可以得到合理解釋。通俗小說為大量的方言俗語造俗字，在研討和解讀俗寫時，要注意聯繫俗音問題，廣泛論證。

　　頌

　　《集成》清刊本《後三國石珠演義》第九回："只見他前隊五百神兵裏將攏來，吶声喊，發起一个鉄如意来，將俞仲頌門撲的一声，打倒地下，捉入軍中去了。"(149頁)"頌"字不能按一般正字來解釋，它是"顖"的俗寫。《玉篇·頁部》："顖，頂門也。"或作"顅"。現在來解釋為什麼"顅"會俗寫成"頌"。並不是跟音借有什麼關聯。《龍龕手鏡·頁部》："顖、顅、顖：三俗。顖：正。音信。腦會也，今呼為顖門也。"[1]認為"顖"是俗字，"顖"是正字。從"顖"字能找到有價值的線索，因"恖"旁俗寫又作"怂"，顏元孫《干祿字書·平聲》："聰聰聰：上中通，下正。諸從怂者竝同，他皆倣此。"如"總"或作"総"，"摠"或作"揔"，敦煌卷子伯3018《地獄變》："世間怂怂竝危脆，遊遊不住似浮萍。"(21/67)"怂怂"即恖恖，或作"匆匆""匆

---

[1] 行均《龍龕手鏡》第486頁，中華書局1985年影印。

第十一章　明清小說俗寫的語義解讀　　279

刿"。《龍龕手鏡·片部》:"牕:或作。牕:正。音窻,牕牖也。"① 這樣,"顖"俗作"顖","頤"則俗寫為"頌"了。另外,我們也可比較"惱"草書或作"炶",敦煌卷子伯 2176《妙法蓮華經玄贊》卷六:"後有一頌,結成上難,總明變怪,即是總弁十煩炶相。"② 草書楷化則作"炋",是"煩"的異寫。

我們還能找到"顖"俗寫為"類"的。《集成》明刊本《古今律條公案》卷六《謝府尹斷弟謀兄產》:"窺兄睡濃,持斧於類門上一擊,廣即大叫一声而死。"(286 頁)同前:"行牌拘提原、被告一干人犯,親行檢驗,渾身多傷,而類門一傷尤為致命。"(288 頁)《集成》清刊本《西遊原旨》第二回:"自類門中吹入六腑,過丹田,穿九竅,骨肉消疎,其身自解。"(43 頁)《集成》清刊本《兒女英雄傳》第十一回:"兩下爭競,用棍將陀頭類門打傷,致命氣絕。"(387 頁)同前第三十回:"不由得一把肝火直攻到類門子上來,扯脖子帶腮頰漲了個通紅。"(1382 頁)《集成》清刊本《續西遊記》第二回:"灵虛向如來俯類作禮道:'弟子願建一保護真經功果。'"(21 頁)同前第三回:"當下二比丘引着三藏師徒,到得殿堦之下,三藏俯類作禮,啟上如來道:'弟子玄奘,奉大唐皇帝旨意,見有通關文牒,到寶山求取真經,普濟衆生,永固國社。伏望我佛垂恩,俯賜方便,不辜弟子來意。'"(46 頁)"俯類"即"俯顖",可知"恖""恩"二旁俗寫相混。"恖"俗寫為"念",由此類推,"頤"則俗寫為"頌"。我們也見"總"俗寫為"總"的。《集成》明刊本《雲合奇蹤》第四十一則:"便令嘗(常)

---

① 行均《龍龕手鏡》第 361 頁,中華書局 1985 年影印。
② 《法藏敦煌西域文獻》第 8 册,第 51 頁,上海古籍出版社 1998 年版。

遇春總兵,陸仲亨為副,領師一萬,協同南昌鄧愈,合兵南下贛州。"(462頁)同前第五十八則:"那雲龍走到一個裁衣人家,便道:'師父,此處總領楊茂官人,在那家是?'"(670頁)同前第六十一則:"周遭臺內,列着廿四面絳色黃旗,總驗孟春始盈,孟秋始縮。"(702頁)《集成》清刊本《補紅樓夢》第十二回:"據我想來,如今已是正月初一了,大約今年裏頭總可以見面的。"(352頁)

杪板

《集成》本《章臺柳》第十二回:"拿起,却跌倒在地。說:'不好了,我怎広動弹不得?'慧月說:'你從來強健,今却怎的?'法雲道:'這叫做財多身弱。'慧月說:'待我來拿。'也倒在地,說:'不好了,我待要死,快買杪板。'法雲道:'却怎的這般說?'慧月道:'這叫做財旺升官。呀,這裏上原有字,我們若識得的,就收這銀子。'"(107頁)從上下文看,"杪板"明顯指棺材,後文說"財旺升官","棺"協音"官"。這裏"杪"字不能按正字去理解,它是"杉"之俗寫,蓋"沙""砂""紗""莎"等均讀 shā,"杉"故類推為從木的"杪"字。今南方民間比較普遍用杉板做棺材,故用杉板指代棺材。我們還能找到"杉板"俗寫作"沙板"的例子。《集成》清刊本《玉樓春》第七回:"外边校尉官忙進來看驗,見霍公這樣死法,不勝駭異,忙倒身下拜,就賠出五十兩銀子,着地方官買一具沙板盛殮。"(97頁)《集成》明刊本《歡喜冤家》第五回:"分付把總的管家,要一付上好沙板,買一付五兩的棺木,打點一應喪儀,把三才盛貯了,先抬到城外埋了。"(255頁)同前第六回:"王卞一時難理會,請了差人地方,買了一付沙板棺材,把柏青好好殯殮。"(281頁)《集成》明刊本《清平山堂話本》卷四《合同文字記》:"沙板棺材羅木底,公婆與我燒錢

第十一章　明清小說俗寫的語義解讀　　281

紙。"(108頁)《七修續稿》卷七《從葬沙板》："棺用沙枋,意起于宋後,蓋聞古塚之發,無沙棺而惟志石五金之類。"又曰："惜未有以柏木與沙枋同埋數十年以試。"《集成》清刊本《海公小紅袍全傳》第八回："店家道:'不知相公要買行材的,要買沙方的?'孫爺道:'行材也要,沙方也要。'"(67頁)同前："孫爺道:'可有沙方广?'店家道:'沙方也有,請內面看。相公,這一口,紋銀一千兩,這一口紋銀五百兩。'"(68頁)《集成》清刊本《說唐演義全傳》第九回："吩咐將伍魁屍骸,用沙方盛殮。"(148頁)"沙方"即杉枋。或俗作"**杦**"。《集成》清刊本《雪月梅》第十一回："又賃了些蘆席**杦**杆,雇人搭了個小小棚廠,以蔽天日。"(188頁)同前第二十二回："雇了人夫工匠,賃了**杦**木、竹竿,將自己舖中大布抬了十多筒,到寺裏去蓋棚廠。"(414頁)《集成》清刊本《閃電窗》第一回："見了陸信,便叫道:'我是住老爺佃房的喬鬼婆,怎麼冤枉我做賊? 我左右做不得人了,死在這裡,也討一口好**杦**木棺材。'"(22頁)"**杦**木"即杉木。"杉"或作"黏",《爾雅·釋木》："柀,黏。"郭璞注："黏似松,生江南,可以為船及棺材;作柱,埋之不腐。"陸德明《經典釋文》："黏,字或作杉。"《爾雅翼》卷十二"樾"條："樾木類松而勁直,葉附枝生若刺針,俗作杉,非是。《名山志》曰:華子崗上,紫杉千仞,被在崖側。"如此說來,"杉"字最初也是俗字。《六書故》卷二十一："杉,所銜切。杉木直榦似松,葉芒銳,實似松蓬而細。可為棟梁、棺槨、器用,才美為諸木之最,多生江南,亦謂之沙木。沙,杉之譌也。其一種葉細者,易大而疏理,溫人謂之溫杉。""沙""杉"是陰陽對轉。《集成》清刊本《補紅樓夢》第三十七回："賈璉在外邊早辦了兩副上等杉木棺槨,帶領家人們抬了進來。"(1058頁)《集成》清刊本《隔簾花影》第七回:"〔春姐〕停在房裡床上,大家圍着哭。那賈仁過來看了,也自心酸,叫人去看杉木去了,又叫黃醫官取抱龍丸去。"(106頁)此"杉木"指杉木棺材。

綽芥菜

《西遊記》第二十五回:"二童忙取小菜,却是些醬瓜、醬茄、糟蘿蔔、醋豆角、腌窩蕒、綽芥菜,共排了七八碟兒,與師徒們吃飯。""綽芥菜"即擦芥菜,是一種擦湯油、肉殘羹後製成的芥菜乾。今一些地方仍有此物,如贛南農村擺筵席之家,便常用切好的芥菜來擦湯油碗,吸收葷油,也會將殘肉殘羹倒入芥菜,每餐筵席之後均用芥菜來擦洗肉羹油碗,稱為"綽芥菜""擦菜"。充分吸收了油膩的芥菜放在鍋裏逐漸焙乾,留作日後食用,也稱"擦菜乾"。《西遊記》中的"綽芥菜"就是擦洗油膩後的菜乾。"綽"有擦、拭的意思,元雜劇無名氏《摩利支飛刀對箭》第四折:"我老漢老了也,拂綽了土滿身,梳掠起白髭鬢。""拂綽"即拂擦、拂拭。《集成》貫華堂本《第五才子書水滸傳》第二回:"這箇哭的,是綽酒座兒唱的父子兩人,不知官人們在此喫酒,一時間自苦了啼哭。"(164頁)胡竹安《水滸詞典》釋"綽酒座兒"曰:"串酒樓賣唱的。綽,'擦'的方音記字。"此說是。《武林舊事》卷六:"又有小鬟,不呼自至,歌吟強聒,以求支分,謂之'擦坐'。""擦"或俗寫作"揸"。《集成》清刊本《異說反唐全傳》第五十二回:"手下衆將,一個個磨拳揸掌,尚等交鋒不題。"(536頁)

綳、迸

《集成》明世德堂本《西遊記》第二十二回:"八戒道:'難!難!難!戰不勝他!——就把吃妳的氣力也使盡了,只綳得个手平。'"

(534頁)"繃"就是今"拼"的意思。同前第五十二回:"妖魔支著長槍道:'悟空,你住了,天昏地暗,不是个賭鬥之時,且各歇息歇息,明朝再與你比迸。'"(1310頁)"比迸"即比拼。《廣韻》中"拼"與"繃""絣"均屬耕韻,北萌切。或寫作"併"。《西遊記》第五十八回:"因此,兩人比併真假,打至南海,又打到天宫。"(1484頁)"比併"即比拼義。《集成》嘉靖本《三國志通俗演義》卷三《孫策大戰太史慈》:"〔孫〕策咲曰:'我便是,你兩箇一齊来併我,吾不懼你。我若怕你,非英雄也!'"(482頁)《集成》清刊本《異說反唐全傳》第九十回:"父子相争大戰争,當塲胡混兩相拼。説明始曉天性父,妻室賢夫始會成。"(925頁)這裏"拼"與"成"押韻,説明"拼"音北萌切,故俗寫纔會寫作"繃""迸"等形。《元曲選》無名氏《陳州糶米》第一折:"只見他金鎚落處,恰便似轟雷着頂,打的來滿身血迸。"《音釋》:"迸,音柄。"① 迸、柄均是梗攝字。《集成》明刊本《大宋中興通俗演義》卷二《李綱諫車駕南行》:"杜用見殺了章雄,與姚武迸力殺透重圍。"(143頁)這"迸力"即"拼力""併力"。同前卷二《宗澤約張所出兵》:"我今日雖是小勝,敗兵走報其主將,明日必定併力來戰。"(163頁)同前卷二《宗澤定計破兀朮》:"兀朮不敢恋戰,與粘沒朶、斡离及迸力刺斜殺出。"(175頁)"迸力"即拼力。《集成》本《飛劍記》第四回:"洴洴湃湃,又豈止洋子江之馬當。"(44頁)"洴洴湃湃"即澎澎湃湃。

另外,表示迸出的意思也有用"併"字的,如《集成》清刊本《陰陽鬭異説傳奇》第十五回:"周公氣怒,暴跳如雷,忙取了天罡劍來,

---

① 臧懋循《元曲選》第33頁,浙江古籍出版社1998年影印。

照定桃花女膊肩上一揮,砍下一声,迸出火星响嘵,反把周公的虎口震麻了,兩手生痛。"(152頁)《集成》清刊本《平閩全傳》第十一回:"陳元美不及隄防,被鎚打得頭腦迸出,死在馬下。"(98頁)同前第二十六回:"被双斧齊下,腦髓迸出,墜下馬來。"(256頁)

因"迸""屏"同音,故或有"屏跡"寫"迸跡"的。《集成》明刊本《古今律條公案》卷四《鄭知府用神除蛇精》:"今幸老府尊職任憲臺,風清海宇,虎北渡河,可以返風,可以滅火,不讓劉琨之德政,可並元規之十奇,何患乎此妖不迸跡耶?"(197頁)同前卷四《曾縣尹判除木虱精》:"曾侯垂簾清政,薄斂省刑,妖邪迸跡,奸宄寒心。"(204頁)也有寫"屏跡"的。同前卷四《鍾府尹斷猛虎傷人》:"自後鄉方寧靜,虎狼屏跡,皆鍾公之德有以感之矣。"(209頁)《集成》清刊本《大明正德皇遊江南傳》第一回:"〔梁〕儲曰:'請我主迸去鑾儀侍衛,臣乃奏聞。'"(11頁)同前第二十一回:"舉目一看,認得少主,欲行大禮,使一個眼色,周勇、振邦會意,相迎入內,周勇遂迸去左右,上前參見。"(273頁)"迸去"即屏去。

明白"併""迸""屏""拼"等的同音通借關係,可以幫助我們有效探討語源。《集成》清刊本《野叟曝言》第三十回:"靳仁請發催符,少陽道:'且慢,這是西漢王夫人,尊為帝妃,不可邃然催併。南嶽夫人主管天下女人魂魄,夫人豈敢違逆? 只消靜候,必攝生魂至壇也。'"(890頁)"催併"即催使義,"併"與"拼"音義同,北萌切,《爾雅·釋詁下》:"拼,使也。"郭璞注:"謂使令。"《集成》清刊本《前明正德白牡丹傳》第二十三回:"入到內室,見章大娘胸膛併裂,腑肺俱流。"(300頁)"併裂"即迸裂,"併"與"迸"音義同。

《集成》明刊本《鼓掌絕塵》第十二回:"其餘細小生意,只因時

第十一章　明清小說俗寫的語義解讀　　285

年荒歉,人頭奸巧,只可**挷挷**拽拽扯過日子,並沒有一件做得的生意。"(401頁)按:"**挷**"字北萌切,就是拼湊的意思,同今"拼"。

乂

標點本《明代小說輯刊》第一輯第一册《魏忠賢小說斥奸書》第三十二回:"只是這邊施相公先期着禮部,把即位與哭臨的儀注送入禁中,着管理禁軍乂刀圍子手官,督領所管士卒,俱就皇城内直擺到皇城外,以備不虞。"①"乂"當解讀爲"叉"的俗字,如同書第二十八回:"叉刀手、圍子手、劊子手,對對是錦衣花帽,都帶着殺人的心腸。"②這兩例,在底本北京大學圖書館藏本中,均作"乂",是"叉"的俗字。《集成》清刊本《異説反唐全傳》第三十八回:"乂扒棍棒盤旋,這番厮殺果兇頑,殺得天昏地轉。"(382頁)"乂扒"即叉櫺義。《集成》明刊本朱星祚編《二十四尊得道羅漢傳·伏魔羅漢》:"俄頃地皮迸裂,突兀其中湧出一个金人,乂手向尊者作礼。"(18頁)"乂手"即叉手。《集成》明刊本《醒世恒言》卷十三《勘皮靴單證二郎神》:"不消幾日,繡就長旛,用根竹竿乂起來。"(650頁)"乂"即"叉"之俗。《集成》清刊本《清風閘》第一回:"走至江口,文理乂路前行,大理找尋無着,只得到鳳陽驛轄下有一定遠小縣北門大街王小三飯店暫且居住。"(1頁)

嘴喊

《集成》清刊本《金石緣》第四回:"且説愛珠就將無瑕一把扯進房,叫他換去了裙襖鞋膝,命他跪下,説:'賤人,好一个皇后夫人!

---

① 《明代小説輯刊》第一輯,第一册,《魏忠賢小説斥奸書》第950頁,巴蜀書社1993年版。

② 同上,第927頁。

你叫人來，說得你這般好，說你(得)我這般賤。你且到糞缸裡照一照嘴𪗋，怎不信你是夫人皇后，我倒不如你？……'"（90頁）"嘴𪗋"等於嘴巴的意思，或作"唅"，《說文》："唅，食也。從口，含聲。讀與含同。"《集成》清刊本《異說反唐全傳》第九十一回："薛剛聞言，唅下那把長鬚，根根都揸將開來，喜出望外。"（938頁）"唅"即嘴巴義。或作"嗛"，異寫為"衘"。而"衘"的俗寫有從"含"聲者。《大正藏》本《法華傳記》卷四"魏泰岳人頭山衘草寺釋志湛"條："將終之日，沙門寶志奏梁武曰：北方山茌縣人住今衘草寺須陀洹果聖僧者，今日入涅槃。"（51/64/a）"衘"字，《續高僧傳》卷二十八《釋志湛》均作"銜"，說明"衘"是"銜"的俗字，從"含"聲。"𪗋"或用作動詞，《集成》清刊本《忠烈全傳》第四十六回："顧孝威被獸𪗋去無跡，不知死活存亡。"（681頁）"𪗋"即用嘴巴嗛。可比較《忠烈全傳》第四十七回："你家太爺被獸嗛去，尸首無跡。"（698頁）就是談及顧孝威被獸嗛去的情況。《集成》清刊本《續金瓶梅》第二十五回："教他終日打雀兒，被老鴉嗛了眼。"（649頁）

遁

《集成》清刊本《忠烈全傳》第三十三回："却說交趾國見軍師已死，衆將已傷，仰天長歎道：'蒼天啊蒼天，為何逼得孤家有家難奔，有國難逃。……不如自盡了罷。'元帥芮石揣久蓄歸順中原，情願做中原臣子，遁此機會在傍即忙勸住。"（488頁）"遁"字不能按一般正字的意思理解，它當解讀為"趂"字。我們知道，"走"旁與"辶"旁義類相似，故往往互通，如"趣"俗寫或作"䞓"。敦煌卷子伯2161《大乘百法明門論開宗義記一卷》："二名毘播迦，此名異熟識。

第十一章　明清小說俗寫的語義解讀　　　287

謂此識體性唯無記,乃是能引善不善業界**趣**生等生死果體。"(7/221)《集成》清抄本《忠烈俠義傳》第三回:"包興道:'這有什広要緊,咱們拿着走路彷彿閑逛的一般,管就生出樂**趣**,也就不覺苦了。'"(144頁)"**趣**"即趣字。《古本小說叢刊》第一輯《斬鬼傳》第三回:"這伶俐鬼滿面沒**趣**,歎口氣道:間日投了樾睜大王,指望做些大事……"(1191頁)這"**趣**"明顯是"趣"之俗。又同前第九回:"足下俗物,焉能知酒中之**趣**哉!"(1315頁)又如"逃"或作"趑",《集成》清刊本《續西遊記》第九十二回:"神王幫助行者神威,口中噴出真火,妖魔見了,心中懼怕,趑走到谷口。"(1635頁)故"趙"字寫成"迩"字之後,又繁化為"邇",因"尓"是"爾"的俗寫。敦煌卷子伯2922《佛說善惡因果經一卷》:"尓時大衆之中,有作十惡業者,聞佛說斯地獄苦報,皆大號哭。"(20/97)敦煌卷子中,作"尓"俗寫的語例甚多。

也見古籍中"趙"寫"迩"的。《集成》清刊本《續西遊記》第四十六回:"如今我與你們尋頂帽子代(戴)了,迩月色過林去罷!"(816頁)"迩"是"趙"的俗字。可比較後文寫作"趙"字,同前:"他也識我這一種往因,在那林西設計,趙月過林。"(820頁)《集成》清刊本《羣英傑》第二十回:"住語青州城迩去居民,修城浚濠池,設炮臺,弓箭、灰石守城器用之物,一一具備。"(191頁)"迩"即"趙"之俗。

"趨"或作"**迨**",《集成》日本抄本《郭青螺六省聽訟錄新民公案·斷問驛卒抵命》:"女即**迨**前,跪於灯下。"(133頁)"趕"或俗作"**逞**",《集成》清刊本《後宋慈雲走國全傳》第三十一回:"一見関兵追**逞**,心頭大怒。"(595頁)

鈌

《集成》清刊本《海公大紅袍全傳》第十六回："張志伯在京既久，意欲討个外差，出去快活快活，就來央嚴嵩。嵩道：'外差不過指揮、巡按，公乃武職，兩鈌俱不合例。除非欽差則好。'"（302頁）"鈌"字為"缺"的俗寫。古籍中有不少例子，同前第十八回："所奏如果屬寔，着即出具考語具題，遇有州縣鈌出，即行委署。"（330頁）同前第二十回："帝聞奏大喜，即取吏部鈌册觀閱，秖有刑部雲南司主事員鈌，帝即將海瑞名字注于册上，敕吏部知照。"（367頁）同前："今鈌一百，妾有金首餙，料可抵數。"（377頁）同前第三十六回："如此歹惡心腸，即做大千億萬功德亦難補鈌得。"（672頁）

現在我們來闡述"缺"為何俗寫作"鈌"。蓋"缶""金"二旁形近，往往俗寫可互換，如"銜"或作"衘"，《集成》清刊本《海公大紅袍全傳》第四十九回："那知府只道有体面，得意揚揚的趨進大堂，朝上唱衘畢，侍立于側。"（929頁）《集成》明刊本《大宋中興通俗演義》卷一《宋康王泥馬渡江》："康王見南仲，本不喜悦，為其來奔，寬容之。遣其連衘揭榜，召兵勤王。"（76頁）又有"御"字或作"衘"的，《集成》清刊本《羣英傑》第八回："擅敢撞入太廟，稱什麼告枉屈衘狀，驚動衣（太）后，有碍礼体。"（78頁）"衘狀"即御狀。也有"缺"或作"鈌"的，《集成》明刊本《大宋中興通俗演義》卷一《宋徽欽北狩沙漠》："遣人持詔書示帝，遙遠不復可辨。使人降自北道，入小門至一室，籬落路鈌，守以兵刃。"（56頁）可比較"缺""遙"字"缶"旁的變化。《集成》明刊本《古今律條公案》卷五《許兵巡斷妬殺親夫》："終身仰望者空兮，琴瑟調和者鈌兮。"（262頁）此"鈌"字，右旁就很像"金"旁了。

第十一章 明清小說俗寫的語義解讀 289

挷

《集成》本《詳情公案·斷強盜擄劫》:"適有徽州戊源客人王恒,帶家丁隨行十餘人,往販杉木。聞得丁宅山多,用價銀一千五百兩,登門買挷,當憑中交銀。"(118頁)同前:"纔過兩月有餘,遠近皆聞丁宅挷山得銀有慣。"(118頁)同前:"次早祝氏告知丁文曰:'昨夜賊人,即是前日挷樹客人。'"(119頁)"挷"就是"拚"的俗寫,意謂整批買下。或作"拚",《集成》本《詳情公案·斷強盜擄劫》:"兇惡王恒前月携銀來家拚木,窺探虛實。"(120頁)原注:"盡買之曰拚。"同前:"身走江湖,已經十載,懷刑守法,毫髮無虧。帶本數千,丁門挷木。丁文被劫,知是何人?"(122頁)整批買下的意思,寫"拚"或"挷"就是"拚"的俗寫,此義的規範正字當作"判"。蓋古籍中"判"往往寫作"拚",故將"買判"也俗寫為"買拚"。清刻本徐三省輯《新刻增訂釋義經書便用通考雜字》"農業類"有"拚山(判)"條[1],"拚"音"判"。

卞

《集成》景宋殘本《五代史平話·周史下》:"鍾謨、李德明素有口卞,世宗知其必來遊說。"(278頁)又《五代史平話·周史下》:"相如素賤,乃因侍宴以口舌之卞,位居咱上。"(284頁)《集成》明刊本《大宋中興通俗演義》卷一《宋欽宗倡議講和》:"奈何斡离不退師之後,廟堂方爭立黨論,畧無遠謀;不爭邊境之虛實,方爭立法之新舊;不辨軍實之強弱,而卞黨之正邪。粘罕已陷太原,斡離不已據真定,朝廷猶集議棄三關地之便否。"(31頁)《集成》高麗刊本

---

[1] 李國慶《雜字類函》第2册,第76頁,學苑出版社2009年版。

《九雲夢》卷二:"其容貌舉止,與女子大异,是必詐偽之人,欲賞春色,變服而來矣。所恨者春娘若不病,一見可卞其詐也。"(77頁)同前:"其本則一也,其理則同也,何人鬼之卞而幽明分乎?"(103頁)同前卷三:"上從之問於秦氏曰:'汝知文字乎?'秦女曰:'菫(僅)卞魚魯矣。'"(148頁)這些"卞"不能按正字去理解,當是"辨"的俗寫。蓋"弁"是"辨"的俗字,在敦煌卷子即已出現,斯4413V《求法文》:"峻弁清辞,遐迩推挹。"(6/63)斯3702《文樣》:"仰惟法師,有淨名之詞弁,蹈龍樹之神蹤。"(5/138)關於"弁"是"辨"的俗字,張涌泉先生已論①。"弁"字在隸變時又寫作"卞",陸宗達先生《說文解字通論》在列舉文字由筆意到筆勢的變化時說:"如《說文·兒部》'冑'是或體弁字,漢隸變為'卞',後正楷寫作'卞'。"②我們再看"飯"或作"飰",《說文》的"拚"字,俗寫作"抃",是其例。伯3025《大般涅槃經音義》:"香飯:下飯。"(21/110)《原本玉篇殘卷·食部》:"飰,《周書》:'黃帝始炊穀為飰。'《呂氏春秋》:'飰之美者,有玄山之禾,不周之□,陽山之穄,南海之秬也。'《字書》:'飰也。'野王案:今並為飯字。"③《廣雅·釋詁》:"飰,食也。"王念孫《廣雅疏證》:"案:飰與飯同,讀如飯牛之飯,謂飤之也。"④《說文》:"拚,拊手也。""拚"字上古漢語中應該就是拍手的意思。敦煌卷子伯2173《御注金剛般若波羅蜜經宣演》卷上:"氤臥病林藪,杜迹彌年。伏覽聖謨,載懷抃躍。"(8/1)此"抃"字後世

---

① 張涌泉《韓、日漢字探源二題》,《中國語文》2003年第4期。
② 陸宗達《說文解字通論》第76頁,北京出版社1981年版。
③ 《原本玉篇殘卷》第95頁,中華書局1985年影印。
④ 王念孫《廣雅疏證》第101頁,江蘇古籍出版社1984年影印。

第十一章 明清小說俗寫的語義解讀 291

寫作"抃"。"抃躍"一詞常用,《大正藏》第 50 册《大唐大慈恩寺三藏法師傳》卷九:"法師悲喜交集,不覺涙霑衿袖,不勝抃躍之至。"(50/270/b)慧琳《一切經音義》卷二十八"拊抃"條:"敷主反,拊,拍也。下又作'拚',同,皮變反。《說文》:拊手曰抃也。"同前卷八十八"式抃"條:"皮變反,王逸注《楚辭》云:交手曰抃。《說文》云:拊手箕也。從手,卞聲也。或作'拚'也。"①慧琳明確指出"抃"字"或作'拚'也",在他所處的唐代,應該是把"抃"當做正字來看待,把"拚"視為"或體"了。《大正藏》第 1 册《長阿含經》卷二十:"一一花葉有七玉女,鼓樂絃歌,抃舞其上。"(1/132/a)慧琳《一切經音義》卷五十二對《長阿含經》"拚舞"條云:"又作抃,同,皮變反。《說文》:拊手曰抃也。"②則慧琳看到的《長阿含經》"抃"作"拚"字。慧琳《一切經音義》卷六十四"拚舞"條:"上皮變反,帝嚳始令人拚舞。王逸注《楚辭》云:交手曰拚。《說文》:拊手也。從手,弁聲。經從手作'挊',非也。"③"挊"是"弄"的俗字,此"挊"當是"抃"之訛。近代漢語以後,"拚"在文字系統中很少用來表示拍的意思,一般使用"抃"字表示;而"拚"較頻繁地用來表示捨棄等義,如"拚命"。這也反映文字分工的時代性,古今文字用法的不同。如果要問"拚命"的"拚"在上古、中古漢語是怎麼個寫法,在上古漢語中寫法還並不固定,或作"拌""播""判"等。揚雄《方言》卷十:"拌,棄也。楚凡揮棄物謂之拌,或謂之敲。"《廣雅·釋詁一》:"拌,棄也。"王念孫認為"拌"這一詞形,之前或寫"播""半",王念孫疏證:"拌之言播棄也。

---

① 慧琳《一切經音義》第 3410 頁,上海古籍出版社 1986 年影印。
② 同上,第 2060 頁。
③ 同上,第 2571 頁。

《吳語》云'播棄黎老',是也。'播'與'拌',古聲相近。《士虞禮》:'尸飯,播餘于篚。'古文'播'為'半','半',古'拌'字,謂棄餘飯于篚也。"①或作"判",《吳越春秋·勾踐伐吳外傳》:"一夫判死兮而當百夫。"字形雖然不一,但均為同一詞;唐代或作"潘"等②,《敦煌變文集·太子成道經》:"若能取我眼睛,心裏也能潘得;取我懷中憐愛子,千生萬劫實難潘。"張相《詩詞曲語辭匯釋》卷五"判"字條云:"判,割捨之辭;亦甘願之辭。自宋以後多用拚字或拚字,而唐人多用判字。"③回到上文"卞"字問題上,既然"弁"可作"辨"的俗寫用,而"弁"或作"卞",則"卞"作為"辨"的俗寫也就順理成章了。《集成》元刊本《秦併六國平話》卷上:"屬者蘇秦、張儀,馳騁卞口,離間諸国,私自結縱合横,各有吞噬上国之人,寡人知之久矣。"(6頁)同前:"當坊土地拒行藏,巨霸灵神难別卞。"(25頁)

跃

《集成》明刊本《剪燈新話》卷上《三山福地志》:"然而患難之餘,跃涉道途,(注:草行曰跃,水行曰涉。)衣裳藍縷,容貌憔悴,未敢遽見也。"(16頁)這些"跃"字,今標點本《韓國藏中國稀見珍本小說》第二卷《剪燈新話》卷上《三山福地志》的正文和注文也均錄作"跃"④。按:上揭"跃"字是"跋"的俗寫,蓋"夭"旁、"犮"旁俗寫

---

① 王念孫《廣雅疏證》第13頁,江蘇古籍出版社1984年影印。
② 具體語例可參蔣禮鴻主編《敦煌文獻語言詞典》"判"字條、"潘"字條,第238頁,杭州大學出版社1994年版。
③ 張相《詩詞曲語辭匯釋》第641頁,中華書局1977年版。
④ 《韓國藏中國稀見珍本小說》第二卷,第172頁、176頁,中國大百科全書出版社1997年版。

第十一章　明清小說俗寫的語義解讀　　293

均作"天",在敦煌卷子和其他古籍中習見①。《集成》清抄本《螢窗清玩》卷一《連理枝》:"於是經濟南出兗州,跋涉月餘,甚覺困頓。"(77頁)"跋"即"跋"字俗寫。慧琳《一切經音義》卷三十七"跋山"條:"上盤末反,《毛詩傳》云:草行曰跋。《韓詩》云:不遊蹊遂而涉曰跋涉。《古今正字》從足、友聲,友音蒲未反。"

荔

《集成》明刊本《唐三藏出身全傳》卷四《三藏過朱紫獅駝二國》:"攝來朱紫国王的皇后,不知他身上怎麼尽是刺荔,竝未諧得半刻夫妻。"(266頁)同前:"皇后身上衣服是我的綜圍,怕妖怪淫他,我故把貼在他身,变成刺荔。"(268頁)"刺荔"是同義複舉,"荔"也是刺的意思。它有多種寫法,或作"勒""朸"等。敦煌卷子斯107《太上洞玄靈寶升玄內教經》:"死入地獄,燒鐵洋銅,以灌口中;以鐵䩺針,而作衣服,被其身體,考掠摧搵,晝夜不息。"(1/49)"䩺"同"勒",就是刺。《藝文類聚》卷八十一《藥香草部》上"天門冬"條引《本草經》曰:"天門冬一名顛勒,味苦,殺三蟲。"②同條又引《抱朴子·內篇》曰:"天門冬或名地門冬,或名顛棘。"③"顛勒"或名"顛棘","勒"就是棘義。或寫作"藜""蔾""荔""朸"等,為一聲之轉。

閣氣

標點本《西遊記》第二十六回:"帝君道:'你這猴子,不管一二,

---

① 語例可參曾良《俗字及古籍文字通例研究》第102頁,百花洲文藝出版社2006年版。
② 歐陽詢《藝文類聚》第1384頁,上海古籍出版社1982年版。
③ 同上。

到處裏闖禍。那五莊觀鎮元子,聖號與世同君,乃地仙之祖。你怎麼就衝撞出他?他那人參果樹,乃草還丹。你偷吃了,尚說有罪;却又連樹推倒,他肯幹休?'行者道:'正是呢,我們走脫了,被他趕上,把我們就當汗巾兒一般,一袖子都籠了去,所以閣氣。沒奈何,許他求方醫治,故此拜求。'"①黃肅秋先生注:"閣氣:猶鬪氣、惹氣、慪氣、憋氣。"可能注者未能準確知曉"閣"的語源,故概括為類似的幾個意思,釋為"鬪氣"是最貼切的。此處"閣氣"有的版本作"角氣"。《西遊記》第八十三回:"那庭下擺列着巨靈神、魚肚將、藥叉雄帥,一擁上前,把行者捆了。金星道:'李天王莫闖禍啊!我在御前同他領旨意來宣你的人。你那索兒頗重,一時捆壞他,閣氣。'"按:"閣氣"就是鬪氣的意思。現在我們來解釋其原因:本當作"閤氣",這個"閤"却是"合"字的俗寫。《集成》清刊本《昇仙傳》第二十六回:"忽然听見閤老府中出了妖怪,鬧的閤家不安,分付人抬了兩盆菊花,前往閤老府中,与他父解悶。"(187頁)《集成》清抄本《忠烈俠義傳》第七回:"小人將隱逸村老爺結親一事,自太老爺、太夫人以下,俱各禀明,閤家無不欢喜。"(296頁)"閤家"即合家。《集成》清刊本《隋唐演義》第八回:"有幾個人看見叔寶牽着一匹馬來,都叫:'列位讓開些,窮漢子牽了一匹病馬來了!不要挨倒了他,合唇合舌的淘氣。'"(177頁)"合"就是鬪的意思。經常會說"鬪唇合舌",因俗寫"鬥""門"相混,"鬪"俗作"鬦",故"鬪"俗寫或作"鬪""閗",而"合"字受"鬪""閗"的影響,類化為"閤"。"合"俗寫為"閤"出現較早,敦煌卷子就有例子。《敦煌變文集·㜑姑新婦

---

① 吳承恩《西遊記》第318頁,人民文學出版社1980年版。

文》:"夫齗齘新婦者,本自天生,鬭脣閤舌,務在喧(諠)爭。"《敦煌文獻語言詞典》"鬭脣閤舌"條云:"《集韻》候韻:'鬪,俗作鬭。''鬭'又是'鬥'的俗字。閤即'合'字,涉上'鬭'字類化而增門旁。"①《集成》清刊本《隋唐演義》第十五回:"這班英雄義氣相尚的,齊國遠不能戰勝他人,忙叫手下看馬,取了器械,下山關來,遙見平地人賭鬭。"(347頁)"鬭"即鬥字。《集成》清刊本《燈月緣》第五回:"高傑登時點起本部兵馬,圍住了王恩用內宅,不分老幼,閤門鏖殺不題。"(120頁)"閤"即合。"閤"既是"閣"的異體,又是"合"的俗寫,一字兼二職。因此"閤氣"即"合氣",但由於"閤"又是"閣"的異體,故人們把"合氣"俗寫成"閤氣",又誤還原為"閣氣"。古籍中也有"擱"俗寫為"闍"的,《集成》清刊本《海公大紅袍全傳》第三十九回:"指揮使道:'大人高見不差,但是天子有命,今故延闍,倘將來朝廷知之,豈不致干未便耶?'"(734頁)再看古籍中"閤"誤還原為"閣"的例子。《集成》清刊本《七俠五義》第一百二回:"中有三門緊閉,用手按了一按,裏面關得紋絲兒不能動。只得又走了一面,依然三個門戶,也是雙扇緊閉。一連走了四面,皆是如此。自己暗道:'我已去了四面,大約那四面亦不過如此。他這八面,每面三門,想是從這門上分出八卦來。聞得奇門上有個八門逢閣,三奇入木。惜乎,我不曉得今日是甚麼日子。看此光景,必是逢閣之期,所以俱各緊緊關閉。我今日來得不巧了,莫若暫且回去,改日再來打探,看是如何。'"(700頁)這兩個"閣"字,清光緒京都老二酉堂

---

① 蔣禮鴻主編《敦煌文獻語言詞典》第82頁,杭州大學出版社1994年版。

刻本作"閤",標點本《三俠五義》也作"閤"①,而《集成》清抄本《忠烈俠義傳》第一百二回均作"闇"(3198頁)。按:"閤"字是。"逢閣"不能解爲"逢閣","逢閤"實是逢合的意思,我們看文中說今日"必是逢閤之期,所以俱各緊緊關閉",明顯是今日逢着門合上的日子,纔有各門"緊緊關閉"的結果。《集成》清刊本《二度梅全傳》第五回:"次日,朝罷回衙,傳書役伺候,'今日要拜閤城文武官員。'衙役備辦執事。"(57頁)"閤"當作"閤",即合的意思,標點本《二度梅》作"合"②。《二度梅全傳》有不少寫"閤"的例子,第九回:"寫起文書,上面無非把文書未到之先,梅府閤家迯走的意思。"(96頁)第十五回:"不料遭奸賊盧杞所害,又拿閤屬。"(169頁)同前:"那時閤衆却曉得喜童是梅公子。"(169頁)又:"於是陳公傳齊了閤宅的家人,見過了梅良玉。"(171頁)

《永樂大典》戲文《小孫屠》第十一出:"清正當權,公明無倦,民無枉,閤闠無飛。"錢南揚校注:"閤闠無飛:當是'闤闠無非'之誤。'闠'字不見字書。"③按:徑改字不可取,"閤闠"即合唇,謂鬥嘴,"闠"是"唇"之俗,是受"閤"字影響而增旁。"合氣"即鬭氣,《醒世恒言》第二十卷《張廷秀逃生救父》:"夾七夾八一路嚷去,明明要氣玉姐上路。徐氏怕得合氣,由他自說,只做不聽見。"《集成》清刊本《續金瓶梅》第九回:"他老婆道:'你也賣了他好幾件,他家老婆日日來炒,等他漢子來,還要和咱打官司。能(寧)可出首,不肯便宜了咱哩! 這些時好不和我合氣哩!'"(215頁)《集成》清抄本《忠烈

---

① 石玉崑《三俠五義》第600頁,人民文學出版社2001年版。
② 惜陰堂主人《二度梅》第254頁,吉林文史出版社1999年版。
③ 錢南揚《永樂大典戲文三種校注》第301頁,中華書局2009年版。

第十一章　明清小說俗寫的語義解讀

俠義傳》第廿三回："白氏一見,不知丈夫是何緣故,或者与人合了氣了。"(794頁)《集成》明刊本《石點頭》卷三："張氏見他他跟跟蹌蹌的歸來,面帶不樂之色,忙問道:'你為何這般光景,莫非與那個學生合氣麼?'"(185頁)《集成》貫華堂本《第五才子書水滸傳》第六回："恰纔飲得三杯,只見女使錦兒,慌慌急急,紅了臉在牆缺邊叫道:'官人休要坐地,娘子在廟中和人合口。'"(397頁)"合口"即吵嘴。

蓋"合氣"增旁為"閤氣","閤氣"寫作"閣氣"後,音隨形變,讀ge。或俗寫作"割氣","閣嘴"寫作"割嘴",即鬥嘴。《集成》清刊本《續西遊記》第十六回："行者只是不肯,那長老便動了嗔了,說道:'你這小和尚,到底是個悭物臉,憊賴心!你師父既肯做情,偏你執拗。'叫衆僧:'齊上來,把經櫃拆開,莫要依他這割氣臉的主意!'"(285頁)同前第二十九回："行者看了道:'不消講,這一定是個割氣臉魔王,到有些難相交。且跟他到寨內,听他說甚言語?'"(504頁)"割氣臉"即鬥氣臉。《集成》清刊本《續西遊記》第三回："那八戒、沙僧也喊叫:'師父,起來!'三藏俱各喚明了,齊啐道:'真個做夢!又來割嘴,只道妖精又捉師父。'"(41頁)同前："行者道:'爺爺呀!取了經去,萬一路途遇着割嘴的妖精,還用此棒孝順他。繳還不成!'"(54頁)"割嘴"即鬥嘴,不過這裏語義抽象化,指糾纏、煩擾。同前第二十五回："如今輕易也吃不得唐僧三個,尚有那孫行者,是個割嘴費手的。"(443頁)或作"隔氣",《集成》清刊本《雲仙嘯·拙書生》："未免日日憂鬱,竟成隔氣的症候。"(34頁)

掣玷抽榟

《集成》明刊本《警世通言》卷三十七《王嬌鸞百年長恨》："大官

人見莊門閉着，不去敲那門，就地上捉一塊磚兒，撒放屋上。頃刻之間，聽得裏面揳玷抽橝，開放門，一個大漢出來。"(1510頁)對於"揳玷抽橝"，有的注釋本解爲"拿開撑木，拔去門閂"。這是籠統釋義，"玷"不是撑木，而是"扂"的音借俗字，"玷"與"橝"對文同義，"揳玷抽橝"謂揳抽門閂。

淵

有的古籍文義，必須通過俗寫字形來理解。《集成》清刊本《隋唐演義》第四十七回："煬帝令拆隋字，以卜趨避。杳娘道：'隋乃國號，有耳半掩，中閒工字，王不成王，又無之字，定難走脫。'又命拆朕字。杳娘道：'移左手發筆一豎於右，似淵字。目今李淵起兵，當有稱朕之虞；若直說陛下，此月中亦只八天耳。'"(1154頁)爲什麽"朕"字的發筆一豎移於右，就是"淵"字呢？這跟俗寫有關，必須按俗字來理解這段話。"淵"俗寫或作"渕"，出現很早，已在敦煌卷子中習見，可參黃征《敦煌俗字典》"淵"字條[①]。

霛

《集成》清刊本《蟬史》卷三："云'三弓救取海和尚'，則巨霛神爲'三弓'，而海、尚二都督爲'海和尚'也。"(131頁)"霛"即"靈"之俗，這段話必須按照"霛"字來拆形，纔有"三弓"；若按正字"靈"分析，則無法理解語義。《集成》清刊本《生綃剪》第十二回："他那一種機智霛巧，都在這個錢字上做了工夫。"(652頁)

---

① 黃征《敦煌俗字典》第520頁，上海教育出版社2005年版。

第十二章　明清古籍俗寫訛誤例析

現存古籍中有一些文字雖然看似不通，但我們可以根據俗字方面的信息，將它解釋清楚。目前我們整理出版的明清通俗小說，往往不出校記，在讀不通時，則徑改古籍，這是很不可取的。我們認為，古籍留傳的異文大多數是可分析的。浪費和忽視這些信息，非常可惜。古籍的種種文字情況大多數是可以得到解釋的。

一、俗寫的錯誤還原

飲兩

《集成》清刊本《忠烈全傳》第十二回："只因少女飲兩，嚇得狗黨奔逃。"（181頁）"飲兩"文意難解，根據小說情節，是孫夢蘭小姐被逼婚，試圖用剪刀自殺，前文有："轉過頭來一看，大驚道：'呵呀！不好了！'只見孫大姐頸下出血，剪刀在手傍，直立立死在地下。"（180頁）後文提到："卜收口聽了上前一看，道：'還好，不曾割斷氣纇，你來扶着，待我先拔了刀子。'"（184頁）又："到是只大姐白淨淨的頸項，把刀子亂戳，險些兒做了鴟頭鬼了。"（186頁）我們可以根據俗字學知識，解讀"飲兩"二字。"兩"當作"刃"字，即"飲刃",謂夢蘭用剪刀刃自殺。蓋刻工刊刻時,所見的底本爲"飲刃",因爲"兩"常俗寫作"刃",刻工以爲這個"刃"也是俗字,便誤還原爲"飲兩"。我們可以舉一些"兩"俗寫為"刃"的例子。《集成》本《壺中天》第八回:"搔首長呼空隕涕,岁岁為人作嫁衣。荊山刃刖活無計,棄妇含悲心自酸。"(78頁)"刃"字,初看起來,人們會釋讀為"刃"字,似也可通。但如果聯繫全書的文例,就可知"刃"是"兩"的俗字。如《集成》本《壺中天》第七回:"陶老在袖中摸出一封艮子,遞與道:'些少艮刃,可將去完官,明早我着人送刃挑米來,暫且支持,朝夕方好安心在此習業,休言不厚。'"(22頁)"艮刃"即銀兩。同前:"喉吻作渴,乃是用酒稍过,不必藥劑,但多用橄欖点湯,不时飲啜一刃日,即自愈。"(61頁)"刃"就是"兩"的俗字。《集成》明刊本余象斗《北方真武祖師玄天上帝出身志傳·国王蓬萊山修行》:"女子曰:'我此桃乃是一個樹止生得一个桃,要賣千刃黃金。'"(39頁)《西遊記》第三十五回:"那兩個怪:一個是我看金爐的童子,一個是我看銀爐的童子。"[1]"兩"字,《集成》楊閩齋本《西遊記》作"刃"(401頁)。現在要解釋為什麽"兩"會俗寫作"刃""刃"? 原來,"兩"的草書作"ゐ",或形變為"㕚",其演變過程為:兩→ゐ→㕚→刃→刃。另外,"刃"也會寫作"及"。《集成》明刊本《詳刑公案·晏代巡夢黃龍盤柱》:"覷覦美麗堪佳,心猿意馬,趂夫睡而調戲其婦;罵言詈語,觸惡怒而欲殺其夫。懇饒刀及,求願寬容。"(226頁)"及"即"刃"字。又《詳刑公案·劉縣尹斷明火劫掠》:"殺死男婦六人,刃傷兩僕,綁婢秋蘭,穿房繞戶,罄捲家財,

---

[1] 吳承恩《西遊記》第431頁,人民文學出版社1980年版。

第十二章　明清古籍俗寫訛誤例析

四鼓方散。"(287頁)"刄"也是"刃"的俗寫。《集成》清刊本《後宋慈雲走國全傳》第十六回："不意早到午朝門，却被鄧豹手持利刄行刺，險些一命危危。"(296頁)此"刄"是"刃"字。所以，"刃"與"兩"的俗寫，造成二字相混。我們還能從《忠烈全傳》找到"飲兩"當作"飲刃"的直接證據。《忠烈全傳》第四十二回："梅仙道：'飲刃時如何苦惱？'蘭娘道：'絲兒氣斷縹渺，如在登高。'"(619頁)這是蘭娘返回仙界，衆花仙問其在人間飲刃自殺時的感受。

古籍中還有"刃"字誤還原為"兩"的例子。《集成》清刊本《忠烈全傳》第三十四回："一應武職大小將官，多是頂明盔，披亮甲，騎駿馬，端兵兩，分班侍立。"(496頁)"端兵兩"當作"端兵刃"。《集成》明刊本《雲合奇蹤》第七十九則："黔中滇水南之厓，忽地蠻兵逐象來。首帶利兩身負甲，燒尾騰空遍草萊。"(928頁)"利兩"不通，當作"利刃"，"刃"字被誤還原為"兩"字。《集成》清刊本《兒女英雄傳》第三十五回："此時真落得為山九倆，功虧一簣，止吾止也了。"(1688頁)"九倆"不通，"倆"當是"仞"字的錯誤還原。後文有："然則吾夫子這薄薄兒的兩本《論語》中，'為山九仞'一章，便有無限的救世婆心，教人苦口。"(1689頁)

"刅"本來是"刃"的俗字，如《集成》明刊本《警世通言》卷十九《崔衙內白鷂招妖》："一劍下去，教相公倒退三步。看手中利刅只剩得劍靶，喫了一驚，到去住不得。"(708頁)《集成》明刊本《孫龐鬥志演義》卷十九："吳獬、馬昇舉刅相迎。"(530頁)同前："湛湛利刅光寒，足使這風雲變色。"(530頁)同前："持刅相加，箇箇俱遵孫臏法。"(531頁)《集成》清刊本《玉支璣小傳》第十九回："王相公听了，大驚道：'令愛之變，血衣血刅，皆有人見，相傳確矣，安有他疑?'"(346頁)但是我們要根據具體文本靈活處理,有時"办"也當作"兩"字解,如《集成》明刊本《隋唐兩朝史傳》第六十八回:"言未畢,兩員猛將办般軍器,來戰秦王。"(809頁)同前:"趲不一箭之地,办下伏兵齊起,左邊秦瓊,右邊尉遲敬德,兩軍殺入,楚軍大亂。"(810頁)"办"明顯就當解讀為"兩"。

港澰

《集成》明刊本《大宋中興通俗演義》卷五《牛皋大戰洞庭湖》:"又遣牛皋引一千軍,各帶布囊,滿盛圩沙塞諸港澰;又以腐木亂草,浮上流而下。"(453頁)"港澰"不好理解,但聯繫俗字知識,我們還是可以解決這個問題的。"港澰"當作"港汊"。因"義"字俗寫或作"义",如《集成》明刊本《詳情公案·寬宥卜者陶訓》:"伊婦元氏,夜殺其夫,邀訓逃走。訓恨不义,因殺氏死。"(245頁)同前:"宜寬罰僭之條,用為义激之劝。"(246頁)《集成》明刊本《二十四尊得道羅漢傳·捧經羅漢》:"老年出家之人,經义有不鮮處,亦往拜其門,求其解說。"(71頁)《集成》明刊本《達摩出身傳燈傳》卷一《達摩鬪有相》:"師曰:'汝今不変,何為实相?已変已往,其义亦然。'彼曰:'不変尚在,在不在故;故変旡相,以定其义。'"(14頁)上揭"义"均是"義"的俗寫。而"义"又是"叉"的俗寫,如《集成》明刊本《大宋中興通俗演義》卷六《李世輔義釋王樞》:"酋衆報知青面夜义,夜义即領羌衆,鳴金擂鼓,一湧殺出夾口。"(541頁)"夜义"即夜叉。故"汉"字俗或作"汊",《集成》清刊本《雪月梅》第六回:"天已傍晚,這江七把船灣在個小港汊幽僻去處。"(90頁)同前第二十一回:"這日適遇大風驟起,白浪掀天,大小客船何止數十號,都收在套汊內避風。"(394頁)《集成》清刊本《野叟曝言》第四十一回:"到後來說是在汊河被一起土賊趕在河裏淹死的。"(1165頁)蓋刻工面對底本"港汊"時,以為"乂"旁是"義"的俗寫,便錯誤還原為"漾"字。

因"叉"俗寫或作"又",故"汊"或俗寫為"汉"。《集成》清刊本《二度梅全傳》第十回:"船至三汉河,船家說道:'朋友,前面已是鈔關了,把船錢拿出來,好上岸。'"(115頁)"汉"即"汊"俗字。

義安

《集成》明刊本《隋唐兩朝史傳》第七十七回:"太宗曰:'今中外義安,皆公卿之力。朕所叙卿等勳賞,或有未當,宜各自言。'"(895頁)"義"當作"乂"。蓋因"義"俗寫往往寫成"乂",故手民將"乂"字還原錯了。

糾起英雄

《集成》清刊本《大明正德皇遊江南傳》第十回:"萬人敵大怒,手舉鋼刀,照面劈去,飛熊用鎗架住,二人糾起英雄,大戰一塲,殺有十餘个回合,不分勝負。"(128頁)"糾起英雄"無解,我們可以根據俗字知識,還原文字面貌。"糾"當是"抖"字,為振作、鼓起義。"糸"旁草書往往可寫作"扌",如"總"俗寫或作"摠""㧾""揔""捴",是其例。而"斗"俗寫或作"卝""丩",在敦煌卷子中習見。《集成》清刊本《海公大紅袍全傳》第三回:"國璧是個有意的,再三相勸,漸以大卝奉敬。"(56頁)《集成》清刊本《白圭志》第一回:"將手一抛,見一星自袖中出,其大如卝,清光滿室。"(11頁)"卝"即"斗"之俗。俗寫"斗""丩"可互換,另外"糾"或寫"糾",即"丩"旁或寫"斗"。《集成》清刊本《北魏奇史閨孝烈傳》第四十五回:"依舊頂盔貫甲,裝成雄糾糾一員戰將,坐在房中。"(690頁)如"叫"或作

"吅",是其例。"叫"字也有俗作"𠸄"的,《集成》明刊本《雲合奇蹤》第四十六則:"興祖統兵大𠸄,聲震天地。"(529頁)同前第四十八則:"王銘向前把一個敲鑼的一把扭住,說:'你且莫𠸄,若𠸄一聲,便殺了你!……'"(550頁)故手民面對"抖起英雄",以為"抖"字是"糾"的俗寫,而錯誤回改。《集成》清刊本《紅樓復夢》第十五回:"寶官已裝扮上場,抖起一段精神,將那一齣《草橋驚夢》唱的入情。"(521頁)還有說"奮起英雄"的,《集成》清刊本《大明正德皇遊江南傳》第十四回:"王氏奪了一桿銀鎗,奮起英雄,把那鎗使得好似'渴龍飲水翻銀浪,雪點梅花片片飛'。"(181頁)

"抖"或作"扟"。《集成》清刊本《粉粧樓》第六十四回:"話說那使叉的英雄却是龍標,擋住康龍好讓秦環等逃走,他扟搜精神,與康龍大戰四十餘合。"(575頁)其他小說也有"抖"字誤還原為"糾"的。《集成》清刊本《北魏奇史閨孝烈傳》第三十一回:"牛和自思:我連一個婦人也戰他不過,還要做甚麼先鋒,豈不被人恥笑?心中一想,不覺糾搜精神,再戰四、五十合。"(481頁)《集成》清刊本《大明正德皇遊江南傳》第十一回:"奪鰲便抖搜精神,到了次日,貫裝束帶,隨着焦芳往較場而去。"(151頁)

古籍也有"糾"誤作"抖"的。《集成》清刊本《後宋慈雲走國全傳》第七回:"且留汝回朝傳知奸相,轉奏天子即要放還五位藩王,萬事干休;如囚禁一人,吾即抖傳知會五路雄兵,殺入汴京城,盡誅奸佞,誓不罷兵。"(133頁)這裏"抖傳"是費解的,"抖"當是"糾"的回改,"糾"有集合的意思,故當是"糾傳"二字。《集成》明刊本《皇明開運英武傳》卷四:"英雄豪氣凌雲透,雄抖抖,長驅虎士除兇

第十二章 明清古籍俗寫訛誤例析

寇。"(182頁)又《皇明開運英武傳》卷七："執瓜武士,雄抖抖金盔銀甲似天神。"(313頁)"雄抖抖"即"雄糾糾"。

扵

《集成》清刊本《大明正德皇遊江南傳》第四十一回："今主上亦已辨悉忠奸,倘念父仇,正宜出兵解圍,扵得渠魁,以報宿忿,則上救國難,下雪私仇。"(471頁)"扵"字當是"扲"字的錯誤還原,蓋"方"旁往往俗寫為"扌",如"扵"俗或作"扲",故此處誤將"扲"還原成"扵"了。"扲"是"捦"的異寫,即今"擒"字。《集成》清刊本《大明正德皇遊江南傳》第四十一回："不想語言之下,遂至爭競起來,被那女用法術捦兒回到家中。"(478頁)"今""金"可通借,如"吟"或作"唫",《集成》清刊本《合浦珠》第六回："二姬唫畢,申屠丈斟滿巨盃,送與梅山。"(189頁)同前第七回："倚遍雕欄每倦唫,近來愁壓黛眉深。"(209頁)

依舅

《集成》清刊本《雲鍾雁三鬧太平莊全傳》第十三回："再講一行人說說笑笑,到御花園看過荷花,依舅回來,打原路經路便道而回。"(290頁)"舅"當作"舊",蓋"舊"字俗寫作"旧",如《集成》本《清平山堂話本·西湖三塔記》："只見一人向前道:'娘娘,今日新人到此,可換旧人。'"(45頁)而"舅"的俗寫也或省寫為"旧",如《集成》本《換夫妻》第九回："三元勸了一番,遂即喚了妻弟張二旧同到縣中,買棺木之類。"(63頁)《集成》本《飛英聲》："一个年幼女兒,豈不艱難? 只得喚王忠去請母旧巫有恩商議。"(7頁)故刻工面對"旧"字,以為是"舅"的俗寫而回改。又《雲鍾雁三鬧太平莊全傳》第二十回:"因那年元宵佳節,我家妹子看灯,被刁國舅那厮搶去。"(444頁)此"舅"當釋讀為"舅"。

臼

《集成》清刊本《粉粧樓》第七十三回:"這章宏是羅家臼僕,如今現在沈家。"(654頁)同前:"章宏回道:'小人在此查他的文案,替臼主伸冤。'"(655頁)"臼"當作"舊"字。蓋"舊"俗寫為"旧",而"臼"也俗寫為"旧",故刻工將"旧僕""旧主"誤還原為"臼僕""臼主"。同書還有寫"旧僕"的,第七十三回:"旧僕章宏,忠義可加(嘉),封為黃門官,隨駕辦事。"(657頁)

半忿

《集成》清刊本《雲鍾雁三鬧太平莊全傳》第十六回:"想了半忿,一路行來,早到家中,把御賜的一千兩銀子抬到後堂。"(346頁)同前:"哭了半忿,公子含悲止泪。"(361頁)同前第十七回:"走了半忿,到了面前,抬頭見一帶黃墻,四圍樓閣。"(372頁)同前:"等過几天,老身請他來忿你便了。"(383頁)又同前:"那文翰林一日來到雲府,也忿了山玉,細言哀曲。"(384頁)"半忿""忿"是不好理解的。按:"忿"當是"會"之訛,因"會"俗寫為"会",如同小說第十七回:"因到京会試,順來一拜。"(376頁)也有"一会""半会"的用法,《集成》清刊本《雲鍾雁三鬧太平莊全傳》第十七回:"那雲文想了一会,道:'有了!待我到刁府去商議,有何不可?'"(385頁)同前第十八回:"眾人敘坐,再三謙了半会。"(404頁)同前第二十回:"二人對飲,飲了半会。"(459頁)蓋"會"俗寫為"会",而"心"旁草寫也寫一橫帶點,如懷素"思"草書作"旦",米芾"念"的草書

第十二章 明清古籍俗寫訛誤例析

或作"念"①,"念"草書與"会"形近。又如"應"俗或作"厷",《集成》清抄本《三續金瓶梅》第四回:"二人荅厷,回書房去了。"(80頁)同前第五回:"春鴻荅厷,仍趴在地罩欄杆上。"(89頁)同前第七回:"只見欄杆上落着個鸚哥兒,忙叫玉香快拿住,丫鬟荅厷,慢慢的蹓過去要拿。"(130頁)《集成》清刊本《品花寶鑑》第五十一回:"縫穿的連連荅厷,將嗣徽打諒了一番。"(2100頁)同前第五十二回:"到晚間春航進房,見了新人,果然厷了子雲的話。"(2157頁)故刻工將"会"誤還原為"念"。《雲鍾雁三鬧太平莊全傳》中還有"会"字誤還原為"念"的,如第十八回:"老硯兄,我與你仝窗一年,原指望仝攻黄卷、共奮青云的,誰知後來被此事情弄得你離我散,顛顛倒倒,一別四年有餘,不能相念。"(393頁)"相念"當作"相會"。同前:"遂叫家丁去了一念,只見來了兩名妓女,進得厮來,姣姣嫡嫡的。"(405頁)同前第二十六回:"想了一念,計上心來。"(577頁)同前第二十七回:"小姐心慌,道:'客底財空,怎生過活?'想了一念,道:'有了!我自小兒學的梅花神數,到也精通,只好拿他糊口了。'"(602頁)"一念"當是"一會"。

古籍中也有"会"字很像"念"的草書的。《集成》清刊本《合浦珠》第七回:"少頃,蘇老夫人出來相念,錢生俻致老母遣候之意。"(194頁)同前:"我每欲潛出一念,以觀其意,奈夫人嚴於拘束,跬步不離。"(208頁)

难

《集成》清刊本《粉粧樓》第七十回:"後面难爪山的大隊人馬追

---

① 參《草書大字典》第448頁,中國書店1983年版。

趕下來，如天崩地裂，海沸江翻。"(625頁)"难"字，當是"雞"的俗寫。同小說他處均作"雞爪山"。如第七十回："且言雞爪山的人馬大獲全勝，馬爺也不追趕，吩咐鳴金收兵。"(626頁)蓋"雞"的"奚"旁或用"又"代替，故為"难"字。《集成》清刊本《五虎平南後傳》第十六回："金冠难尾兩边分，粉臉朱唇体貌新。"(201頁)"难尾"即雞尾。"鷄"或作"鸡"。《集成》清抄本《三續金瓶梅》第五回："先是小玉打了個金鸡獨立，果然飄洒。"(93頁)

噁喝

《集成》清刊本《五美緣全傳》第五十七回："隨向籤筒內抓了八根籤子，往堂下一攢，衆役一聲噁喝如雷。"(766頁)同前："衆役聽了，一聲噁喝。"(766頁)同前第五十八回："大人將驚堂一拍，兩邊衆役噁喝如雷。"(775頁)同前："伸手向籤筒內抓了六根籤子，往下一攢，兩邊衆役噁喝一聲，將姜天享扯下，重打三十大板。"(777頁)"噁"顯然是"吆"字，"噁喝"即"吆喝"。蓋"麼"會俗寫為"么""广"等，而"幺"也或作"么"，如《集成》清刊本《兒女英雄傳》第三回："今日回回師傅，索興別作那文章了罷，咱們回來帶着小么兒們在這園子周圍散誕散誕。"(79頁)《集成》清刊本《花月痕》第一回："至如老魅焚身，鷄棲同爐，么魔蕩影，兔脫遭擒。鼯鼠善緣，終有技窮之日；獼猴作劇，徒增形穢之羞。又可見天道循環，無往不復。"(9頁)"么"字即幺。"吆"或作"吆"，《兒女英雄傳》第六回："我這裡拍着牕戶，吆喝了兩聲，他纔夾着尾巴跑了。"(220頁)故刻工面對"吆"字，以為其字右旁是"麼"的俗寫，本來是"吆"字，誤還原為"噁"字。"吆喝"寫"噁喝"還有多例，《五美緣全傳》第五十九回："林公大怒，將驚堂一拍，兩邊噁喝一聲。"(788頁)《集成》清刊本《儒林外史》第二十九回："衆位多見過了禮,正待坐下,這聽得一個人笑着麼喝了進來。"(995頁)"麼喝"當作"幺喝",即吆喝。

荅么

《集成》清刊本《五美緣全傳》第七十回："林公道:'尔等有閑人阻拿,一同拿來。'四個差人叩頭荅么下去。"(934頁)"么"字是俗字還原致訛。"荅么"當作"答應",蓋"應"字俗寫或作"㐣",《集成》清抄本《三續金瓶梅》第四回："二人荅㐣,回書房去了。"(80頁)"㐣"與"広"字形近,而"広"是"麼"的俗寫,另外"麼"俗寫或作"么",故"應"的俗寫誤作"広",并進一步寫成"么"。其訛變的軌跡為:應→㐣→広→么。

鞭鏵

《集成》清刊本《紅樓幻夢》第五回："自此湘蓮跟隨羽客,陶鎔兩年,劍戟鞭鏵、槍刀桿棒、武藝拳法,色色俱精。"(220頁)"鏵"字看似錯得很離奇,但我們還是能從古籍中得到有用的信息。我們知道"堆"或作"垍","鏵"字本當作"鎚",書手以為"佳"旁俗或作"自",故將"鎚"錯還原為"鏵"。

銀岳

《集成》清刊本《隔簾花影》第九回："那徽宗支持不來,沒奈何,禪位欽宗,自稱太上皇、道君教主,終日在銀岳上遊玩。"(141頁)按:"銀岳"當作"艮岳"。艮嶽為山名,在今河南開封城內東北隅。宣和四年徽宗自為《艮嶽記》,以為山在國都之艮位,故名艮嶽。同刊本中也有寫"艮岳"不誤的,如第七回："那日御駕遊了艮岳,因是清明,忽然由地道中幸李師師府。"(113頁)"艮岳"訛作"銀岳",

其原因是可以解釋的。蓋"艮"作為正字,是八卦之一,表示山的意思;同時"艮"這一形體又是"銀"的省旁俗字。我們可以舉出大量"銀"字俗寫為"艮"的例子,《集成》清刊本《飛花詠》第八回:"言罷,即取出些艮子,付與那幾个人。"(223頁)《集成》清刊本《前明正德白牡丹傳》第二回:"王岳聞言,大驚曰:'奴婢何常拖欠先帝艮兩。'"(17頁)"艮"即"銀"之俗。故刻工面對"艮岳"二字,以為"艮"是"銀"的俗寫而錯誤還原。

熟

《集成》本《型世言》第六回:"到如今因做親在家,又值寡婦見兒子、媳婦做親鬧熟,心裏也熟,時時做出妖嬈態度,與客人磕牙撩嘴,甚是不堪。"(265頁)"熟"字不通,當作"熱"。蓋"熟"的俗寫或作"热",而"熱"的俗寫也作"热",故手民文字還原出差錯。"熟"俗作"热"的例子:《集成》清刊本《前明正德白牡丹傳》第二十四回:"可先令暫掌西團營,俟其嫺热,臣方將東廠一併交付。"(306頁)

驚商

《集成》清刊本《說唐演義全傳》第三十三回:"衆人沸沸揚揚,驚動了一個英雄,你道是誰?就是金頂太行山雄海闊。這日同了嘍囉到相州打聽驚商,聞得衆人一路傳言,即大怒道:'原來麻叔謀這狗頭又在這裡作惡!你衆百姓隨俺來。'"(592頁)"驚商"不能按字面去理解,這裡當解讀作"京商"二字。同前第十八回:"快去報與伍大王知道,說雄大王趕來,這起大京商是我們追下來的,望乞發還。"(314頁)"京商"寫作"驚商"是可以根據俗字知識解釋的,因"驚"字俗寫往往作"京",如《集成》清刊本《前明正德白牡丹傳》第十一回:"夫人闻言,京得手足无措,叫聲:'罷了罷了,不料這賤婢失醜,做出這般勾当。……'"(136頁)《集成》臥雲書閣本《雙鳳奇緣》第八回:"林挠兵把臉一沉,將京(驚)堂木一拍,喝道:'好大胆犯官,你的批上限期以(已)過,不合在路故意遲延,悮(誤)限到配,該當何罪?'"(65頁)《集成》本《換夫妻》第五回:"沉吟一会,便咲道:"'且打个没頭官司,京他一京,也可出氣。'"(36頁)《集成》清刊本《後三國石珠演義》第二回:"平日裡只在村中弄神弄鬼,京得徃來的行人,沒一個敢在白石巖前經過。"(29頁)《集成》清刊本《玉支璣小傳》第十六回:"長孫肖听見強之良口說話詫異,急急京問道:'难道死了?'"(275頁)《集成》清刊本《綠牡丹全傳》第九回:"聞得声音是余千,二人不由不京战起來。"(88頁)刻工面對"京商"二字,以為"京"是"驚"的俗寫,故誤回改為"驚商"。

佛怪

《集成》清刊本《混元盒五毒全傳》第十八回:"你明日傳天師爵進宫,說我合眼就見佛怪,叫他替我件件衣服打印。"(131頁)同前:"天子道:'朕聞國母合眼便見佛怪,聞卿印可辟邪,卿可替國母件件衣服上打印一顆。'"(131頁)"佛怪"是不好理解的,佛是不能稱為妖怪的。根據俗字知識,我們可以還原出版本的最初面目。蓋"佛"字當作"伏","伏怪"本當釋讀為"妖怪",《正字通》"伏"字:"伏與夭同,本作夭,又與妖、祅、殀通。"但"佛"的俗字或作"伏""伏"[1],例如《集成》清刊本《昇仙傳》第二十七回:"小塘說:'賢弟,

---

[1] 關於"佛"的此種俗寫,張涌泉《漢語俗字研究》也有論及。見第33頁,岳麓書社1995年版。

豈不知藥救不死病，仸度有緣人，如今老母大數已尽，氣絕身亡。这可如何能以打救！'"（192頁）《集成》明刊本《二十四尊得道羅漢傳·長眉羅漢》："相謂曰：'此子天性穎異，甫生即能礼仸，稍長多為仸語，乃如來傳燈嫡子也！明日不如令出家，宣揚仸化，更是我等百世修緣。'"（10頁）同前："四方多從游之，稱為少年仸子。"（11頁）同前《伏魔羅漢》："初聞富那夜奢得仸法真傳，在波羅國設教。"（16頁）蓋"天人"為"佛"的俗寫。或訛變為"仸"，《集成》明刊本《二十四尊得道羅漢傳·長眉羅漢》："父母見夾卤孩兒，所談吐者，俱仸語禅机。"（10頁）同前《聰耳羅漢》："口誦仸經，身穿仸衲，心参仸旨，脱落俗慮。"（28頁）《集成》明刊本《南海觀世音菩薩出身修行傳》卷二《寺中神將助力》："辞父拋娘出外鄉，尋思礼仸实為強。"（44頁）《集成》清刊本《山水情》第三回："手中捻着一個冷肚腸的木魚，對着這些泥塑木雕有影無形的仸像，終日念這几卷騙施主的經文。"（82頁）以上"仸"均是"佛"的俗寫。可見，"仸"既是"妖"的俗寫，又是"佛"的俗寫，故手民面對"仸怪"二字，以為"仸"是"佛"的俗寫，誤還原為"佛怪"。另外，"佛"也會俗寫為"袄"。《集成》世德堂本《西遊記》第八十二回："藍橋水漲難成事，袄廟烟沉嘉會空。"（2111頁）"袄廟"，楊閩齋本同，當釋讀為"佛廟"，今標點本作"佛廟"。"佛"字或作"袄"，為了更好地理解語義，下面我們將文字詳引。《集成》清刊本《隔簾花影》第十七回："說話之間，早到菴前，叫了半日，一個八十多歲的老聾婆子來開門。雲娘一行人進去，但見：'佛座欹斜，鐘樓傾倒。香案前塵埋貝葉，油燈内光暗琉璃。旃檀佛有頭無足，何曾救袄廟火焚；韋駄神捧杵當胸，無法降修羅劫難。野狐不來翻地藏，小僧何處訪天魔。'"（294頁）從上下文看來，描寫的是佛教菴廟的情況，"袄"字顯然是"佛"的俗寫，謂旃檀佛未能自保，救不得佛廟火焚；下文謂護廟神韋馱無法降修羅。根據字形構意，本當從"衤"從"天"，民間謂佛是西天之神，蓋俗寫"衤""礻"相混，故"袄"又是"佛"的俗字。今標點本《隔簾花影》"袄廟"或錄作"袄廟"①，非。

二、俗寫形近致訛

古籍中有不少讀不通的字句，可以借助俗字學知識，找到正確的文本解讀。有許多是因為俗寫的關係，造成了文字的訛誤。明白俗字的形體，就能知曉文本致訛之由。

亦

《集成》清刊本《鐵冠圖》第十一回："李岩將刦餉之事，与他商議，又想置亦兵器馬处（匹）。"（75頁）"置亦"不通，顯然當作"置办"。因古籍"辦"俗寫作"办"，故可知"亦"是"办"之訛。如《集成》清刊本《鐵冠圖》第十回："次晚又照式俻办假人假馬，依計而行。"（69頁）其他小說也有"办"訛作"亦"的，《集成》清刊本《綠牡丹全傳》第四十回："大爺俻亦礼物四色，愚弟兄寫一封書，懇求大爺差兩个能幹之人，連夜趕到南京。"（386頁）"俻亦"即"俻办"。《集成》清刊本《陰陽鬪異說傳奇》第八回："兩老把彭剪讓進后樓，早已吩咐內人俻亦酒飯。"（75頁）"亦"是"办"之訛，《古本小說叢刊》第四輯清道光刊本《桃花女陰陽鬥傳》正作"办"（897頁），是"辦"的

---

① 無名氏《隔簾花影》第145頁，大衆文藝出版社2002年版。

俗字。《集成》清刊本《陰陽鬭異說傳奇》第八回："又言：'觧法不能洩漏,姪兒要回去照亦。'"(79頁)"照亦"即"照办",《古本小說叢刊》第四輯清道光刊本《桃花女陰陽鬭傳》作"办"(901頁)。《集成》清刊本《昇仙傳》第二十六回："只求七爺開恩,免打買亦的罢！"(185頁)"買亦"即"買办"。《集成》清刊本《五美緣全傳》第五十一回："此乃我身上之事,須要上緊赶亦。"(688頁)"赶亦"即"趕办"。或有"亦"字訛作"夘",如《集成》清刊本《飛龍全傳》第五十一回："王貴道：'吾夘久聞此僧善知相法,公若去見,小將當得奉陪。'"(1244頁)

《集成》清刊本《走馬春秋》第一回："不中用的奴才,不能榖與我夘事,反把刑夫說淂这般利害。"(5頁)"夘"一般是"刃"之俗字,但上文當是"办"之俗訛。同前第十五回："如有壯丁情願出力守御都城者,每名賞給元宝一个,務宜尽心夘理,不可尅減。"(273頁)"夘理"即辦理。

矣媳

《集成》清刊本《大明正德皇遊江南傳》第四十一回："劉瑾答曰：'二位矣媳說那裡話来,古語云：若要功成,顧不得生灵。……但未審矣媳之計如何耳？'"(485頁)"矣"是"賢"的俗寫,"矣媳"亦當解讀為"賢媳"。"賢"俗或作"奀",《集成》清刊本《萬花樓演義》第二十七回："扶民保国是忠奀,秉正朝綱所重先。"(366頁)《集成》清刊本《躋雲樓》第二回："慶長道：'奀婿既然願意,我就寫字,叫他家人帶去。'"(14頁)"奀婿"即賢婿。《集成》清抄本《筆花閣》："況今日之酒,虽曰佳宾,不能淂奀主。"(3頁)"奀主"即賢

第十二章 明清古籍俗寫訛誤例析

主。《集成》清刊本《忠烈全傳》第四十五回:"況娶媳只娶其㡺德,不在打扮陪奩。"(673頁)

全

《集成》清抄本《忠烈俠義傳》第八十五回:"除了水路,就近無處可去。俺在水内等個正着,方是水旱皆兵,全他等難測。"(2691頁)"全"字,《集成》清刊本《七俠五義》第八十五回(592頁)、《三俠五義》(506頁)均作"令",是。我們也能分析出"令"訛為"全"的軌跡。蓋"全"的俗寫作"𠫏",與"令"形近。顏元孫《干禄字書》:"𠫏全:上俗,下正。"敦煌卷子甘博004-4《賢愚經》:"由吾恩故,命得𠫏濟。"①

廟

《集成》清抄本《雅觀樓全傳》第十二回:"誰知遭唬染病,一病三個月,行李衣裳典賣俱盡,幸得已廟五月,天氣漸熱,病亦小愈。"(226頁)"廟"字不通,蓋是"届"之訛。我們可以推知訛變過程,"廟"的俗寫作"庙","届"與"庙"形近而訛,又將"庙"字還原為正字"廟"。"廟"作"庙"之語例:《集成》清刊本《十二笑》第一回:"因大踏步走進庙中,舉頭一看,果然威靈顯赫。"(7頁)同前:"秀士聞言不信,疾忙重到庙中。"(9頁)

妖亡

《集成》清刊本《忠烈全傳》第四十一回:"成公道:'聞兄孫姬新逝,我等同官弔唁。'顧孝威道:'賤媵妖亡,敢辱高軒臨問。'"(603頁)"妖"當是"殀"之訛,"殀"是"夭"的增旁俗字。

---

① 參黃征《敦煌俗字典》第331頁,上海教育出版社2005年版。

乎

《集成》清刊本《後三國石珠演義》第六回:"高士元怒道:'無知賊寇,敢出狂言!'便提乎中大刀,劈面砍來。"(92頁)同前:"呼延晏道:'此關有何難破？只消小將畧施小計,便唾乎而得。'"(92頁)這兩例"乎"字,明顯是"手"之訛。我們能夠通過俗字學知識來解釋為什麼"手"會訛為"乎"。蓋俗寫中,字中間的橫,往往與兩點可互換,如"事"或作"事","靈"字或作"靈",是其例,故"手"被誤類推為"乎"。另外,我們從"看"字俗寫常作"看"也能領悟出來。《集成》清刊本《後三國石珠演義》第十二回:"一行人行了有十餘里路,看看天色已晚。"(196頁)《集成》清刊本《說唐演義全傳》第三十七回:"那呼雷豹寔是馬中之王,咬金走過去把那呼雷豹帶住了,一乎將他癢毛一扯,他就嘶叫一聲,衆馬即劈劈拍拍一齊跌倒了,尿屁直流。"(656頁)"乎"當作"手"字。

捉

《集成》清抄本《忠烈俠義傳》第卅七回:"雨墨哭道:'我們從遠方捉親而來,這裡如何有相知呢？沒奈何還是求大叔念怜我們相公才好。'"(1231頁)"捉"當作"投"字,《集成》清刊本《七俠五義》作"投"(260頁)。古籍俗寫"捉""投"易訛[①]。

安、妥

《集成》清刊本《鳳凰池》第十二回:"晏之魁欣然道:'……他若不肯,岳丈小婿已叫淂爛熟,名分定了,此計可妙麼？'白無文道:'不安不妥！聞淂這章老児極是古怪,見了你我這副貴相,先掃去

---

① 參曾良《俗字及古籍文字通例研究》第107頁,百花洲文藝出版社2006年版。

第十二章　明清古籍俗寫訛誤例析　　317

一半興。……'"(331頁)"不安"當作"不妥",蓋"安"草書作"安",與"妥"形近。伯2246《妙法蓮華經》卷第二:"佛說過去世,无量滅度佛,安住方便中,亦皆說是法。"(10/28)

《集成》清刊本《隋唐演義》第四十五回:"叫手下取箇椅兒到下面來,叫他坐。單全道:'到是立談幾句,就要去的。'叔寶道:'可是員外有書來候我?'單全道:'不是。'叔寶見他這箇光景,有些不妥,便對左右道:'你們快些去收拾飯出來。'"(1085頁)據上下文,"妥"當作"安"字,標點本《隋唐演義》正作"安"①。

《集成》清刊本《綠牡丹全傳》第十九回:"于是母子二人,俱將大衣卸下,守着內里短袄,俱用汗巾束腰扎安。"(195頁)"安"當是"妥"之訛,標點本《綠牡丹》正作"妥"字②。

音

《集成》清刊本《後三國石珠演義》第十九回:"〔司馬〕穎道:'朝中無人,草野未必無之。正當出榜招賢,果有音才異能之士,擢以不次之位,使任將帥之戬,又何患敵人之不殄絕哉!'"(328頁)"音"當是"奇"之形訛。蓋"奇"的異寫為"竒",如《集成》清刊本褚人穫《隨唐演義》第一回:"怪是史書收不盡,故將彩筆譜竒文。"(2頁)古籍中"竒""音"形訛的例子不少,如《敦煌變文校注·雙恩記》:"差羅異繡,盡雄藩朝貢之儀;瑞錦香綾,皆大郡謝恩之禮。"③"香"字原卷作"音","音"當是"竒"字的形訛。因"竒"字的下部"口"的右側與"奇"的末筆重疊,而鉤變橫,故與"音"形似。可比較

---

① 褚人穫《隋唐演義》第331頁,江蘇古籍出版社1996年版。
② 《綠牡丹》第77頁,上海古籍出版社1993年版。
③ 黃征、張涌泉《敦煌變文校注》第931頁,中華書局1997年版。

下例的原卷,也能悟出其中原因。敦煌卷子斯 4992V 願文《空德》:"願門承善慶,宅納吉祥;天降奇珍,地開伏藏。""音"實當作"奇"字,"奇"字毛筆書寫極似"音"字。

古籍中"音""奇"易譌。贊寧《宋高僧傳》卷二《周西京廣福寺日照傳》:"釋地婆訶羅,華言日照,中印度人也。洞明八藏,博曉五明,戒行高奇,學業勤悴,而呪術尤工。"校勘記曰:"高奇:原本奇作音,從揚州本、《大正》本改。"①中國話本大系《石點頭》第七回《感恩鬼三古傳題旨》:"此時汪藻起只因事體音異,既歎仰鄭瞻得此奇夢,又怪鄭無同這等命窮,到手功名,却被人平白取去。"②"音"字,今別的點校本改為"怪"。案:"音"即是"奇"的訛字,金閶葉敬池刊本正作"奇"字。亦見別的古籍有"奇"訛誤作"音"的。《唐代墓誌彙編》開成〇五〇《李公墓誌銘并序》:"承元幼懦,辭進不決,公乃潛運音計,密擇機宜,誘掖承元,斂身歸國。"③疑"音"當為"奇"之訛。《集成》清刊本《夢中緣》第一回:"夫人聽了道:'此夢果是音怪,那帖子上是什麼言語?'"(6頁)"音怪"當作"奇怪"。同前第二回:"如今九里松百花園,因聖上有志南巡,修整的異樣音絶,咱們何不到那邊一遊?"(41頁)"音"是"奇"之訛。

我們再看"騎"字的俗寫。《集成》明刊本《南海觀世音菩薩出身修行傳》卷二《紗善還魂逢釋迦點化》:"虎忽作人言,曰:'稟告公主,吾非虎也。乃香山土地,奉上帝敕旨,化身迎接公主,望情(請)乘騎,送至香山。'"(73頁)可見"騎"字的右旁就訛成了"音"。

---

① 贊寧《宋高僧傳》第39頁,中華書局1987年版。
② 《石點頭等三種》第148頁,江蘇古籍出版社1996年版。
③ 周紹良《唐代墓誌彙編》第2205頁,上海古籍出版社1992年版。

第十二章　明清古籍俗寫訛誤例析

送料

《集成》明刊本《詳情公案·周縣尹斷翁奸媳死》："周公之審，不先問男，而先問媳，口詞不一，而乃詰其有奸無奸之故，能使春明送料其理，了然明矣。"（95頁）"送料"文意不通。據俗字學知識，可推知"送"是"逆"之訛。"逆"的俗寫作"迸"，與"送"形近。"送料"二字，《集成》明刊本《詳刑公案·周縣尹斷翁奸媳死》正作"迸料"（151頁），《古今律條公案》也作"迸料"（112頁）。《集成》明刊本《詳刑公案·戴府尹斷姻親誤賊》："鄒公暗于知人，不能送料將來。"（194頁）"迸"即"逆"的俗字。我們還能找到"逆"訛作"送"的例子。《集成》明刊本《詳刑公案·鄭知府告神除蛇精》："時玉帝即差天兵，五雷大神：'前去登州古廟枯木之中，殛死蛇精，毋得遲延送旨！'"（233頁）"送"即"逆"之訛。《大正藏》本《法苑珠林》卷十九："每有來者，人數多少，未至一日，輒已送知。使弟子為具，必如言果到。"（53/428/b）"送"字，校勘記曰：宋本、元本、明本、宮本作"逆"。按："逆知"是，慧皎《高僧傳》卷五《晉泰山崑崙巖竺僧朗》："凡有來詣朗者，人數多少，未至一日，輒以逆知。使弟子為具飲食，必如言果至，莫不歎其有預見之明矣。"[①]可為參證。《集成》明刊本《皇明開運英武傳》卷五："殺其弟姪，殘其兵將，損數萬之命，無尺寸之功，此送天理、悖人心之所致也。"（227頁）"送"當作"逆"字。

鋼、絧

《集成》明刊本吳門嘯客《孫龐鬥志演義》卷之三《魏王計賺辟

[①] 慧皎《高僧傳》第191頁，中華書局1992年版。

塵珠　龐涓大戰宜梁道》:"懸寶剱,跨龍驎,鋼刀板濶手中輪。"(85頁)《集成》清刊本《續西遊記》第六十四回:"豈知近日的這些陶鑄的銅錫鋼鉄器物,件件都成了精怪?"(1142頁)"鋼"當解讀為"鋼"字,一般人也能做出這個判斷。為什麼"鋼"會寫成"鋼"?因古籍中"罔"的俗寫常作"冈"。敦煌卷子伯2203《金光明經》卷二《四天王品第六》:"足指綱缦,猶如鵝王。"(9/60)"綱"即"網"之俗。伯2246《妙法蓮華經》卷第二:"我聞是法音,得所未曾有,心懷大歡喜,疑綱皆已除。"(10/28)

"綱"會俗寫為"纲"。《集成》明刊本《詳刑公案·彭守道旌表黃烈女》:"節烈關係纲常,禮宜旌表;薄惡大壞風俗,法當重懲。"(345頁)"網"也俗寫作"綱"。敦煌卷子伯2235《大乘入楞伽經》卷第一:"此妙楞嚴城,種種寶嚴飾,墻壁非土石,羅綱悉珍寶。"(9/298)"羅綱"即羅網。同前:"夜叉衆中,童男童女,以寶羅綱,供養於佛。"(9/298)《集成》嘉靖本《三國志通俗演義》卷五《青梅煮酒論英雄》:"此一行,如魚入海,鳥上青霄,不受羅綱中之羈絆也。"(697頁)《集成》明刊本《二十四尊得道羅漢傳·杯渡羅漢》:"俄而水中有兩頭水牛,鬭入其綱,綱既破敗,牛即不復見。此時綱師來覓尊者,尊者隱遁不見。"(131頁)"網"或俗寫為"纲"。《集成》清抄本《忠烈俠義傳》第八十五回:"連忙挺身一望,見一人站在筏子上,撒纲捕魚,那人只顧留神在纲的上面,却未理会蔣爺。"(2673頁)

古籍中也有"網"訛作"綱"者。《集成》清刊本《隋唐演義》第三十九回:"又以琉璃綱户,將文杏為梁,雕刻飛禽走獸,動輒價值千

第十二章　明清古籍俗寫訛誤例析

金。"(936頁)"綱"今標點本作"網"①,是。《集成》清刊本《隋唐演義》第五十回:"李靖向神通附耳數句,神通點頭稱善,密差一將屈突通,帶領能捕獵者五百人,各帶隨身兵器併羅綱之屬,遊行郊外,看聊城內飛出禽鳥,隨往捕之,活者照數給賞。"(1229頁)"羅綱"當作"羅網"。《集成》清刊本《大清全傳》第六十九回:"我知紫金山漏綱之賊他們大眾往這北边來了。"(935頁)同前第七十七回:"九花娘正跑的如同喪家之犬,恰似漏綱之魚,恨不能肋生雙翅,飛上天去。"(1049頁)"漏綱"當作"漏網"。《集成》明刊本《大宋中興通俗演義》卷四《韓世忠平定建州》:"眾人曰:'元帥於天羅地綱中,已迯得出,何故悲慟?'"(329頁)"地綱"即"地網"。《集成》清刊本《五美緣全傳》第五十二回:"今日天綱恢恢事敗,犯在本縣手裡。"(693頁)

古籍中有"岡"訛為"罔"的,蓋因"岡"俗或作"冈","罔"俗寫也可作"冈"。《集成》清刊本《續西遊記》第六十六回:"你却不知這條路要過一山罔,這罔高竣(峻),雖說行人無碍,却有幾個如(妖)精青天白日,專欺外方遠來過客。"(1169頁)這兩個"罔"字當作"岡"。可比較同書第六十七回:"只是師父前日說前去要過此山岡,岡上妖怪甚多。"(1186頁)又如"剛"俗或作"刚",《集成》清抄本《忠烈俠義傳》第六十七回:"我的刚刺被他们拿去,手無寸鉄。"(2105頁)

也有"岡"當作"罔"的,《集成》清刊本《快心編》第一回:"何況高堂恩岡極,應酬,感得神明也降床。"(4頁)"岡極"即罔極,蓋"罔"俗作"冈",手民誤還原為"岡"。"罔極"出自《詩·小雅·蓼

---

① 褚人穫《隋唐演義》第285頁,江蘇古籍出版社1996年版。

莪》："父兮生我，母兮鞠我……欲報之德，昊天罔極。"朱熹《詩集傳》："言父母之恩，如天無窮，不知所以爲報也。"後因以"罔極"指父母恩德無窮。

因"冈"或手書作"冈"，故古籍中也有將"冈"誤類推還原爲"同"的。《集成》清刊本《大清全傳》第三十六回："旨意下諭揚州府知府，查抄避俠莊，拿獲盜寇周應龍等，就地正法，勿容一名漏絧。"（449頁）"網"誤爲"絧"。同前第七十八回："正北有八仙桌五張，板橙椅子擺好，上面坐着均是河南漏絧之賊。"（1065頁）"絧"應作"網"。同前第七十二回："內有漏同之賊，是青毛獅子吳太山、金眼駱駝唐治古、火眼狻猊楊治明、双麒麟吳鐸、並獅豸武峰、紅眼狼楊春、黃毛吼李吉、金鞭將杜瑞、花叉將杜茂。"（970頁）"漏同"當作"漏冈"，"冈"是"罔"字，即網的古字。蓋手民將"冈"還原爲"同"字而致誤。明白這些俗字原理，則可解決一系列古籍文字上的問題。如《集成》明刊本《二十四尊得道羅漢傳·抱膝羅漢》："新君繼躰，明能理民，使老幼得所，幽能祀神，使怨恫罔生，即此便是脩行。"（50頁）"恫"即"惘"之俗訛。

拚擠

《集成》清刊本《異說反唐全傳》第十三回："正月十五乃興唐開國魯王程咬金的千秋華誕，那天下的各官，行臺、節度、總制、刺史及大小文武官員，都紛紛差人送禮，進賀百歲壽誕表章，齊至長安，要趕正月十五日送禮上壽，所以這班客房多了這一班上壽的差官，都拚擠不開。"（127頁）"拚擠"語意不暢，"拚"當是"挨"的俗寫之訛。同書中還有"挨"訛寫作"挤"的，《異說反唐全傳》第四十回："武后差官日臨問候，太醫院囬奏道：'丞相年老血衰，不過挤日而

第十二章 明清古籍俗寫訛誤例析

已,斷不能有起也。'"(400頁)"挊"本是"拚"的異體,這裏顯然是"挨"的訛字。蓋"挨"的俗寫作"挨""挨"等形,《異說反唐全傳》第五十回:"太子上馬,五人相隨,挨城出了通州,奔翠雲山不題。"(518頁)"挨"即挨字,而"大""廾"二旁俗寫可互換,故訛為"拚""挊"。我們還能找到同書中寫"挨擠"的例子,《異說反唐全傳》第四十三回:"吳奇、馬贊、薛剛三個人,仗着自己粗重身體,亂挨亂擠,擠得人紛紛跌開。"(438頁)"挨"俗寫或作"挨"。《集成》清刊本《女開科傳》第一回:"也有村庄市鎮,男男婦婦,攜兒抱女,挨挨擦擦的。"(22頁)

栿

《集成》明刊本《三遂平妖傳》第八回:"只得替他劏了魚,落鍋煮熟了,用些塩醬栿醋,將盤子盛了搬來與他。"(168頁)"栿"即是"椒"的俗寫訛字,其原理是可以解釋的。蓋"叔"的俗寫或作"朰",與"舛"形近。另可參黃征《敦煌俗字典》。《集成》清刊本《山水情》第十四回:"見得自己身軀立於萬仞山栿之上。"(352頁)

《大正藏》第85冊《布薩文等·行城文》:"皇太子殿下游雷遠震少海。長清夫人蘭桂永芳。妃嬪神花獻頌。"(85/1302/b)按:"游"字,《敦煌願文集》錄作"洊"①。據敦煌原卷斯2146作"洊"(4/32),是。《易·震》:"洊雷震。君子以恐懼修省。""洊雷"本指相繼而作的雷,《易·說卦》以震卦象徵太子,因以"洊雷"比喻太子。宋葉廷珪《海錄碎事·帝王》:"天子比大海,太子比少海。"又

---

① 黃征、吳偉編《敦煌願文集》第558頁,岳麓書社1995年版。

"神"字不通,《敦煌願文集》錄作"樹"①。細核敦煌卷子斯 2146 作"神"(4/32),是"椒"的俗字,"木"旁已經訛為"礻"旁。"椒花獻頌"文意暢通,嬪妃的住所稱椒房,椒多子,多子多福。當中斷點校錄為:"皇太子殿下,渧雷遠震,少海長清。夫人蘭桂永芳,妃嬪椒花獻頌。"《新中國出土墓誌·北京》〔壹〕下册三四《溫公合祔墓誌》:"府君夫人樂安郡門氏,動靜有節,柔順成家。德茂《鵲巢》之詩,美著《椒花》之頌。"②

車異

《集成》清刊本《海公大紅袍全傳》第十八回:"上憲嘉其廉能,大加嘆賞,說:'海提學才幹車異,可司民牧。'為他具題請,仍改授州縣以資委用。"(330 頁)"車"是"卓"之訛。蓋俗寫中"車""卓"易訛,《集成》清刊本《夢中緣》第四回:"如崔娘待月,車氏琴心,昔日風流,至今猶傳,又何嘗有碍才子佳人乎?"(97 頁)"車氏"當作"卓氏",指卓文君。《集成》清刊本《新世鴻勳》第十九回:"朝廷之所賞者在淂民心,邊腹之所恃者在淂兵力。"(394 頁)"朝"即"朝"之俗。《集成》清刊本《品花寶鑑》第四十七回:"偶然想起車天香,也十七八歲了。"(1947 頁)同小說"車天香"別處寫作"卓天香"。同前第四十九回:"到了怡園門口,見有一輛綠圍卓,八疋馬擠在一邊,知道有客,跟班問明了,是華公子在園。"(2011 頁)"卓"當作"車",今標點本亦作"車"③。《集成》明刊本《新平妖傳》第七回:"楊巡簡教安童擡過一張黑漆小卓兒,抹得乾乾淨淨,親手捧那紫

---

① 黄征、吴偉編《敦煌願文集》第 558 頁,岳麓書社 1995 年版。
② 《新中國出土墓誌·北京》〔壹〕第 27 頁,文物出版社 2003 年版。
③ 陳森《品花寶鑑》第 500 頁,中華書局 2004 年版。

第十二章 明清古籍俗寫訛誤例析   325

檀匣兒,安放車上。"(171頁)"車"當作"卓",即桌子。

喝

《集成》清刊本《海公大紅袍全傳》第十二回:"再說張成拿了徐公的名帖,來到嚴府,恰好嚴二正在門房上坐着。張成便走上前去,喝了一個大喏。"(214頁)《集成》清刊本《說唐演義全傳》第五回:"只見蘇老兒走進來,在二員外面前喝了個大喏,雄信回了半禮。"(77頁)"喝"當是"唱"之訛,書業堂本也作"唱"。為什麼"唱""喝"會相混?蓋"喝"字俗寫或作"喁",與"唱"相近,故手民誤將"唱"認作"喝"的俗字。我們再看"渴"的俗寫。《集成》清刊本《人中畫·女秀才》:"小娘子說這俗店無物可口,叫老媳婦送此二物來鮮渇。"(190頁)"渇"即"渴"字。《集成》清刊本《品花寶鑑》第二十六回:"今日酒多了,覺得口渇。"(1025頁)"渇"是"渴"的俗字。也有"喝"訛為"唱"的。《集成》清刊本《人中畫·唐季龍》:"若是個個如此,我們做馬泊六的,只好唱風罷了。"(20頁)"唱風"當作"喝風"。我們比較下例"喝"的俗寫,《集成》戚序本《紅樓夢》第一回:"忽聽街上喁道之聲,眾人都說新太爺到任。"(36頁)"喁"即"喝"字。

"唱""喝"俗寫相混,不是個別現象。《集成》清刊本《走馬春秋》第七回:"八員勇將保護都尉,傳令拔寨回兵,正是'鞭敲金鐙响,人喝凱歌声。'"(112頁)"喝"當作"唱"字。《集成》清刊本《大明正德皇遊江南傳》第二十五回:"到了次日,又欲起程,忽見文官武將鳴鑼唱道,就在店前經過。"(310頁)同前第四十四回:"領着聖旨到兵部衙中,點了五百兵馬,鳴鑼唱道,直望杭州而来。"(531頁)"唱道"當作"喝道"。《集成》清刊本《醒夢駢言》第一回:"莊夫人回到武昌，進了門便唱問曾學深道：'你說外祖母要與你對什広陳家，又說母舅道陳翁岳州去了，未曾關說，却是扯謊！你怎敢在我面前這等放肆？'"(35頁)"唱"當作"喝"。

《集成》清刊本《平閩全傳》第二回："諸大將偏將相隨左右，鳴鑼喝道，十分威風。"（16頁）同前："忽聽鳴鑼喝道，從府前經過，人馬之声，十分鬧動。"(16頁）此字處於"喝"的俗字與"唱"之間，這裏明顯當讀為"喝道"。同前："守帳軍士唱曰：'尔乃何人，敢大胆竄入中軍帳！'舉鞭便打。"(18頁）"唱"當作"喝"。

店刻

《集成》明刊本《南海觀世音菩薩出身修行傳》卷三《獅象托身脫去清音》："一日，西方世尊如來山門上**店**刻有青獅、白象把門，奈緣听經誦偈多年，灵通灵变，即有知覺運動，有時化為長老，有時化為須弥，又有時化為少年豪傑。"(111頁）從字形上看，"**店**"是"店"字，但文意不通。有的標點本改為"站"，字形不類。我認為是"石"的俗寫訛變。我們看"石"字的俗寫，《集成》清刊本《雪月梅》第四十二回："現今倉中存貯小谷五千餘石，可碾米三千餘石，還有襖糧三百餘石，雖不能遍救饑民，亦可苟延旦夕。"(843頁）《集成》明刊本《南海觀世音菩薩出身修行傳》卷二《香山修禪點化善才龍女》："只見岩中群虎数千，咬木銜石，遮盖四圍。"(75頁）同前卷四《莊王被魔受難》："乃到半夜時分，化作狂凤猛雨，飛沙走石，把莊王夫娘二人迷倒。"(121頁）同書還有"石"字俗寫作"店"的例子，《集成》明刊本《南海觀世音菩薩出身修行傳》卷四《善才領兵收妖》："二妖洞中聞得救兵来到，搖身一变，变作兩个嘵蛮大王，身長四丈，三頭六臂，各执一般兵器。一个身騎金毛獅豸，一个身騎八

第十二章　明清古籍俗寫訛誤例析　　　327

爪豺狼,捱**店**撒沙,变作百萬雄兵,杀將出来。"(131頁)這個"**店**"也當是"石"之訛。蓋"石"的俗寫"**后**",中間的點改寫成横,而毛筆寫一橫,起筆有頓點,故"石"的俗寫似"店"。"捱石"即碾碎石塊。

《集成》明刊本《南海觀世音菩薩出身修行傳》卷四《妙善一家骨完聚》:"却說如來鎖得獅象到殿,心中大怒,罵不絶口,分付哪吒解入**召**版地獄,壓他粉碎,永不赦除。"(150頁)"**召**"雖爲"召"字,但文意不通,這裏也是"石"的俗寫。石版可以壓人,所以後文說"壓他粉碎"。

個

《集成》明刊本《南海觀世音菩薩出身修行傳》卷二《香山修禪點化善才龍女》:"時有三太子公主素心慕道,要去修行,聞得此事,即禀老龍王曰:'孫女願送此珠,往拜娘娘學道。'龍王曰:'你有此盛舉,我水族永無沉溺之個。'"(80頁)"個"字不好理解,依據俗字知識,當是"禍"的俗寫之訛。可比較同書卷三《妙善入宫視病救活二姐》:"姊妹二人在冷宫哭思:二(三)妹修行,我等阻他;今日我等福不到頭,**禍**反先至。要此性命做甚広?"(99頁)"**禍**"即"禍"之俗。

我們還能找到類似的例子,來證明"禍"訛變爲"個"的過程。《集成》清刊本《玉支璣小傳》第二十回:"小人災**個**暗中挑,災**個**挑成只一逃。背地說人言帶劍,當前依舊笑藏刀。"(358頁)"**個**""**個**"均是"禍"的俗寫,已很接近"個"字了。據華文堂刊本出版的標點本《玉支璣》這兩處正作"災禍"①。

----

① 《玉支璣》第195頁,春風文藝出版社1985年版。

帆

《集成》明刊本《南海觀世音菩薩出身修行傳》卷二《玅善還魂逢釋迦點化》："登大（泰）山而小魯，片帆遮巨浪，駕溟渤而揚波，幽禽野鶴戛長松，錦鯉遊鱗穿遠渚。"（74頁）"帆"是"帆"的俗寫，古籍俗寫中"凡""几""九"往往相混。蓋"凡"俗寫或作"几"，易與"九"相混。《集成》明刊本《牛郎織女傳》卷一《牽牛出身》："紅迷煬帝帆邊日，絳奪滕王閣外霞。"（12頁）《集成》本《潛龍馬再興七姑傳·召僧追修报本》："九各省郡州縣官員士庶人等，九有久遠官司，大小輕重事情，已結正未結正者，俱一赦免。"（162頁）此"九"就很像"九"形了。《集成》清刊本《綠牡丹全傳》第二回："只因桃花塢乃定興縣之勝地，九到春來，不斷遊人。"（15頁）此"九"字就完全是"九"形。《集成》清刊本《娛目醒心編》卷六第一回："揚帆載月遠相過，佳氣蔥蔥聽誦歌。"（197頁）"帆"即"帆"之俗。

《集成》明刊本《達摩出身傳燈傳》卷二《達摩辭王南度》："弟慈悲雖大，惟願不忘父母之邦，功还果滿，早掉歸帆，姪之大幸。"（51頁）"帆"也是"帆"的俗字。《集成》明刊本《雲合奇蹤》第十四則："恰喜江風大順，征帆飽拽，頃刻到牛渚渡。"（143頁）"帆"即"帆"的俗寫。

凡

《集成》本《潛龍馬再興七姑傳·再興伏身龍興寺》："金剛乃托夢於馬長老曰：'山門外有一天子，乃是晋王之子，名為潛龍馬再興，如今被黃兵趕得無棲身之處。你明早可留他在此，伏身凡年。'"（107頁）這個"凡"當釋讀為"几"，即"幾"的俗寫。同前《張太守請醫》："金定見扯得他來，將言問曰：'你是何處人氏？離家凡年?'"(113頁)《集成》清刊本《雲鍾雁三鬧太平莊全傳》第三十八回:"那天子聽了太師一片言語,如夢方醒:'若不是老卿所奏,凡悞大事。'"(809頁)《集成》清刊本《好逑傳》第十六回:"聖上是兩軸畫,我先請出一軸來,待鉄先生題了,吃凡杯酒,豈不人情兩尽?"(258頁)《集成》清刊本《綠牡丹全傳》第三十七回:"濮天鵬雙足一蹤,躥過橋,到了北門首,連叩凡掌。"(361頁)同前第四十五回:"狄公看完了狀子,問了凡句口供。"(444頁)"凡"均是"几"字,因"幾"可俗寫為"几"。《集成》清刊本《夢中緣》第三回:"瑞生欝悶之極,遂着樊童醻子(了)一壺酒,又移了一張小凡,安放在太湖石下。"(60頁)"凡"是"几"字,謂几案。因"凡""几"俗寫相混,"恐"或作"恐",《集成》本《潛龍馬再興七姑傳·張太守請醫》:"再興曰:'你這裡有梅香往來,恐不方便。'"(115頁)《集成》明刊本《詳刑公案·劉縣尹斷明火劫掠》:"縣尹曰:'既與鄭陽有奸,此賊即鄭陽也,又且搽臉,恐尔認得。'"(289頁)。

也有"几"當作"凡"字解的。《集成》清刊本《綠牡丹全傳》第十七回:"看官,几地方官最怕的是人命盜案。"(175頁)"几"字,標點本《綠牡丹》作"凡"[①]。

說

《集成》清刊本《大明正德皇遊江南傳》第十一回:"且說外洋属國交趾蠻王烏蘭哈達,聞得天朝少主即位,信用說臣,忠良求去,兼是進貢之期,意欲起兵侵犯境界。"(146頁)"說臣"費解,

---

[①] 《綠牡丹》第68頁,上海古籍出版社1993年版。

按:"說臣"是"讒臣"之訛。蓋"讒"字俗作"說",我們可以拿類似的字比較,如"纔"俗或作"絶",《集成》清刊本《終須夢》第十三回:"方絶正說耳聞,今復說親見。"(181頁)同前:"公忙到菴內問和尚,方絶來的女子姓名。"(192頁)故"讒"俗或作"說"。

喋

《集成》明抄本《薛仁貴征遼事略》:"叫一聲着,應絃而箭中,正中氣喋,建勳墮馬而死。"(40頁)"喋"字費解,原卷作"喋",當是"嗓"的俗寫訛變。蓋"桑"的俗字作"枽",是將上部的"十"下移了。如"世"字或作"丗",是其例;《說文》:"世,三十年為一世。""世"或作"卋",《集成》明刊本《開闢衍繹通俗志傳》第十三回:"自祝將軍征康回之後,彼處晝夜不分,只是黑暗,陰風凜冽,不似人卋。"(88頁)故"枽"與"枽"俗寫易訛。斯63《太上洞玄靈寶無量度人上品妙經》之"玉誕長枽柏空仙"①,"枽"即"桑"字,"木"上為三個"十"。陸遊《老學庵筆記》卷十:"楊文公云:'豈期遊岱之魂,遂協生桑之夢。'世以其年四十八,故稱其用'生桑之夢'為切當,不知'遊岱之魂'出《河東記》韋齊休事,亦全句也。"②古人認為人死了魂歸泰山,故說"遊岱之魂"。至於"生桑之夢"為何有四十八歲之義,必須從俗字角度來考慮。"生桑之夢"實際上是拆"桑"的俗字而有"四十八"義的,"桑"俗作"枽",即上面三個"十",下面一個"十",一個"八",故云四十八。

---

① 《英藏敦煌文獻》第1冊,第20頁,四川人民出版社1990年版。
② 陸遊《老學庵筆記》第125頁,中華書局1979年版。

第十二章 明清古籍俗寫訛誤例析

賥

《集成》清刊本《療妒緣》第六回:"夫人道:'這話哄誰！你既遇盜,人且旡恙,身上繫牢的物件怎得遺失？想是遇盜,有人救了你,將鴛鴦賥與他了麼？'"(124頁)"賥"是"贈"的俗字,蓋"曾""會"形近易訛,"會"常俗作"会"。我們也見同書"曾"寫"会"的,《療妒緣》第五回:"這也奇了,我何会有病！王文日日在家,何会出門！"(102頁)"何会"當作"何曾"。同前:"這一發奇了,我何会回家？何会跌坏手！我捱同着相公,一日不会離相公。"(103頁)"会"當作"曾"。同前第六回:"夫人道:'此鴛鴦是奴佩帶在身寸步不離的至宝,付你時会對你說,佩帶在身,見此如見我一般。怎麼將來藏在別处？足見你一出門就把奴撇在腦後了。'"(123頁)我們再看"曾"訛作"會"的例子,如第七回:"二位夫人見許雄到來,就開出房,笑道:'開了門負荊請罪,如今好負荊了。'許雄笑道:'不會開門時,已負荊過了,免了罷！'"(143頁)"不會"當作"不曾"。

邱

《集成》清刊本《合浦珠》第十一回:"吾兒在燕京旅邱,能拒絕蕙姑,不淫閨女,上帝以其操行清嚴,增壽一紀。"(327頁)同前第十四回:"不意錢生淹留京邱,直待春闈奏捷而還。"(423頁)按:"邱"字不通,當是"邸"之訛。同書中有作"邸"者,《集成》清刊本《合浦珠》第十四回:"自京邸回來,一聞小姐之事,便慘然不樂。"(426頁)蓋"氏"旁俗寫或作"丘",故"邸"字訛為"邱"。

籹

《集成》清刊本《花月痕》第十一回:"至戚友婢僕,淪陷賊中,指不勝屈。比及籹平,田舍為墟,藏書掃蕩個乾淨。"(208頁)"籹"

字費解,今標點本也照錄此字①。根據上下文,當是"叛"的訛變。如"叛"俗寫或作"板",甘博055《大般涅槃經》卷第六:"亡板逃走,遠投他國。"②

先奈

《集成》清刊本《五虎平南後傳》第十回:"太尉先奈,只得隨行到大堂。"(127頁)"先奈"顯然當作"無奈"。蓋"無"字俗寫作"旡",如同書第六回:"元帥爺,小的报事並旡差錯。"(71頁)同前:"小人若有一字虛詞,甘当軍令,死而旡怨。"(71頁)因"旡""先"形近而訛。

夛

《集成》明刊本《醒世陰陽夢》第二十二回:"待喒到萬歲爺面前討箇饒,只說人衆船夛,出自不測,懇乞天恩寬赦萬人之命,以保萬壽如天便是。"(360頁)"夛"當是"多"的俗寫之訛。"多"的俗寫或作"夛"。《集成》清刊本《二度梅全傳》第九回:"我此一去,見了侯鸞,凶夛吉少。"(104頁)《集成》明刊本陽至和編《唐三藏出身全傳》卷一《猴王得仙賜姓》:"看罷夛時,跳過橋中間,左右觀看。"(4頁)同前:"依前作栰,飄过西海牛賀洲地界,登岸編(徧)訪夛時,忽聞林深処有人言語。"(7頁)《集成》明刊本《二十四尊得道羅漢傳·降龍羅漢》:"分付畢,空中現出夛少神通。"(96頁)

頧、頿

《集成》明刊本《皇明開運英武傳》卷七:"至日,與衆將押士誠

---

① 魏秀仁《花月痕》第51頁,上海古籍出版社1994年版。
② 引自黄征《敦煌俗字典》第300頁,上海教育出版社2005年版。

第十二章 明清古籍俗寫訛誤例析

領部兵二十萬回金陵,留將鎮守姑蘇不顗。"(307頁)"顗"一般情況下是"顯"的俗字,但這裏是"題"的訛字。因"題"的俗寫或作"顗",如《集成》明刊本《皇明開運英武傳》卷七:"湯和乃會李文忠,整衆械送方國珍、陳友定回京不顗。"(327頁)同前:"四將領出朝,各點兵伺候不顗。"(322頁)又同前:"以傅友德守洛陽,任亮守嵩州,遇春領兵旁掠附近州郡不顗。"(336頁)

娟姘

《集成》清刊本《紅樓幻夢》第八回:"黛玉道:'嫂子這芳容,本是娟姘幽靜,今又頓增美麗風流矣。'"(379頁)"姘"字當作"妍",是"嬽"的俗字。如清代古籍"抈""拼"相混。今標點本將"姘"字徑改為"研"①,非。同書還有寫"嬽娟"的,《紅樓幻夢》第二十回:"鶯兒、麝月、秋紋月貌嬽娟,風情婉好,才說過了。"(959頁)"便娟"一詞,在古籍習見。《宋書·謝靈運傳》:"既修竦而便娟,亦蕭森而翁蔚。"《文選》張衡《南都賦》:"致飾程蠱,儵紹便娟。"李善注:"《廣雅》曰:程,示也。便娟,則蟬蜎也。蠱及儵紹便娟,已見《西京賦》。"《文選》卷二八謝靈運《會吟行》:"肆呈窈窕容,路曜便娟子。"李善注:"枚乘《兔園賦》曰:若采桑之女,連袖方路。磨陁長鬈,便娟數顧。阮籍《詠懷詩》曰:路端便娟子,常恐日月傾。王逸《楚辭注》曰:便娟,好貌也。""便娟"的"便",或加"女"旁為"嬽"。《文選》謝惠連《雪賦》:"初便娟於墀廡,末縈盈於帷席。"李善注:"便娟、縈盈,雪回委之貌。《楚辭》曰:嬽娟修竹。王逸曰:嬽娟,好貌。"

---

① 花月癡人《紅樓幻夢》第114頁,北京大學出版社1990年版。

三、古籍俗訛往往有一定規律

在古籍閱讀和研究時,遇到文字語義難解,還要注意古籍俗寫的訛混現象。它是有一定的規律性可尋的。

愽

《集成》清刊本《忠烈全傳》第五十九回:"孫兒預備畫船在彼,着幾個孩子們吹彈打十番,以愽祖母、母親一笑。"(847頁)同前第六十回:"嗄,有了!不免卸下衣冠,扮作孫子形狀,到爹媽跟前跳耍一回,以愽歡笑。"(871頁)"愽"字,按正字顯然無法解釋,它當作"博"。如果瞭解古籍俗寫就明白其所以然了。《集成》明刊本《皇明中興聖烈傳》卷一《張小乙怒毆魏進忠》:"雖是少年,却有膽畧,大聲喝道:'小乙,你也好不像人!輸人錢,理合與人,反來打人,沒理沒理!不聞得我們賭愽人,却狗頭掛令旨。'"(20頁)因為"博""愽"均俗寫為"**愽**",故古籍中"博""愽"二字往往互混。《集成》明刊本《三遂平妖傳》第十六回:"夜至三更,忽思'貝'字着一'文'字,是一箇'敗'字,故止有文彦愽可用。"(366頁)"文彦愽"當作"文彦博",同書中還有多處"博"寫"愽"的情況。《集成》明刊本《二十四尊得道羅漢傳·勸善羅漢》:"夜多曰:'化行一国,而不及於隣封,終隘而未弘;釋氏愽愛之心,不如是也!'"(65頁)同前:"但從言語文字上覓宗旨,則愽而寡要,泛而旡实。"(66頁)同前《換骨羅漢》:"自幼愽覽三乘遺書,以廓其胸次。"(208頁)《集成》明刊本《近報叢譚平虜傳》卷二《兵部捉獲假印賊犯》:"不如我和你造下兵部一個假印信,或替人脫罪,或替人**愽**換文書,大家稱他幾

第十二章　明清古籍俗寫訛誤例析

萬両銀子,却不是終身的富貴?"(161頁)"傳換"當作"博換",謂交換、換易。

《集成》清刊本《引鳳簫》第一回:"自太宗雍熙年間,有西華山隱士陳搏入朝,賜以安車蒲輦,號希夷先生,復放還山。"(14頁)"陳搏"當作"陳摶",另可參《水滸傳》引言。

管綜

《集成》清刊本《紅樓幻夢》第十四回:"檐燈飄帶繫着金鈴,和着檐馬,風來動響,一片叮噹之聲,異于管綜,類于環珮,令人心曠神怡。"(688頁)按:"綜"當是"絃"之俗字之訛。我們可以對類似偏旁加以比較。同前:"灯光射天,再加眾星手中物件亦是亮的,通場四圍共有數千燈火,鑼鼓聲中夾以歌唱,看的人目眩心搖。"(653頁)"眩"是"眩"之俗。又同前:"萬花焞目,吐焰騰輝。"(682頁)"焞"是"炫"的俗字。可見"絃"字俗作"絃",故訛為"綜"。蓋"玄"字俗寫將中間部分的"厶"換成了"口"。《集成》清刊本《紅樓幻夢》第十六回:"秀筠的'只見漢嶺雲橫霧蔽',輕雲的'我兒夫築死在長城底',這兩套也是紫鵑、鶯兒鼓板三綜配合的絕技,其餘新學的丫頭又唱了幾支。"(780頁)"綜"也當釋讀為"絃"字。同前第十九回:"體態居然一素娥,何須紅紫焞雲羅。"(921頁)"焞"即"炫"字無疑。同小說還有"絃"俗寫作"絃"的例子,如第二十一回:"今兒最得趣是鶯姑娘,《長城》《借扇》最考絃索的,他彈得狠好,浪頭、催頭、滾頭,迸點兒、小點兒,精純極了。紫妹的鼓板已合絃子,攪融了笛的指法,音韵也更長了。"(1022頁)

《集成》清刊本《紅樓幻夢》第十八回:"又取一張弓兩枝箭,叫人趕一羣馬飛跑而過,湘蓮道:'我這枝箭要中那白馬前蹄,這箭要中那紅馬後跨。'箭發去,兩馬應弬而倒,並未射錯。"(874頁)"弬"應該是"弦"之訛。

杈

《集成》清刊本《枕上晨鐘》第九回:"屈淵在路上又說道:'我却还有一个商議哩!此去鍾相公自然說我送去的先生了,只是尚义兒說甚广人,只得要杈時得罪了。可認作鍾相公的管家罷。'"(198頁)此"杈"字依據上下文,顯然不能讀為"杈"字,根據俗字學原理,當是"權"的俗寫"权"字,"權時"即暫時、臨時的意思。蓋俗寫中"叉"或作"义"又,故手民將"权"寫作"杈"。《集成》清刊本《枕上晨鐘》第十一回:"此時刁仁死了,小鳳去了,杈帰沈君章。"(226頁)同前第十四回:"这个人就是尚义,当时初到呂家,不好說,所以杈認主僕耳。"(301頁)同前第十七回:"及聞老大人糾劾杈奸,名震寰區,卑職不勝欽仰。"(348頁)"杈"即"权"字。同小說也有寫"权"者,同前第五回:"此時朝中,正值宦官劉瑾當权。"(88頁)"權"俗寫"杈"者有不少,不是個別現象。《集成》清刊本《前明正德白牡丹傳》第二十回:"今只封一個遊擊,反受人節制,都是奸人弄杈,遮蔽圣聰。"(262頁)同前:"况今奸佞当杈,忠良难以得志,且待日後受了招安,为国立功。"(262頁)同前第二十二回:"小兒李梦雄因恨奸監弄杈,埋沒他功劳,故暫在此享用,以待圣主招安。"(283頁)

没没

明萬曆刊本《金瓶梅詞話》第四十一回:"奶子轎子裏用紅綾小被把官哥兒裏得没没的,恐怕冷,腳下還蹬著銅火爐兒。"(1085頁)"没没"疑是"沿沿"之訛,"裏得沿沿的"即裹得嚴嚴實

第十二章　明清古籍俗寫訛誤例析

實。《金瓶梅詞話》第四十回:"一面揭開了,拿幾個在火炕內,一面夾在褥裏,拿裙子裹的沿沿的,且薰熱身上。"(1061頁)《集成》清刊本《好逑傳》第四回:"小姐曉得路遠,清晨就出門,偏坐一乘大暖轎,轎漫四面遮得沿沿的。"(64頁)同前第七回:"又寫信與兒子,叫他暗暗行些賄賂,要他在回文中將無作有,砌的沿沿穩穩,不可漏失。"(274頁)《集成》清刊本《隔簾花影》第二回:"雲娘也顧不得孩兒死活,抱着走過庄外河崖林子裏,伏成一堆,用袖子將慧哥口漊的沿沿的,那敢放他啼哭。"(28頁)今標點本《隔簾花影》"沿沿"作"嚴嚴"①。

"凸"旁訛為"殳",如"船"字訛為"般"。《集成》清刊本《增補紅樓夢》第十五回:"便回到般中,告訴了嬌杏,分付家人叫了人夫,把船中的行囊箱籠物件,盡行搬擡過去。"(386頁)《集成》明刊本《醒世恆言》卷五《大樹坡義虎送親》:"顧了一隻長路船,擇個出行吉日,把父親靈柩裝載,夫妻兩口兒下般而行。"(254頁)《集成》清刊本《躋春臺》卷二《萬花村》:"封官兒回家,見了林氏大驚欲遁,可亭告知其由,命人挑起家資下般,三日到了林家。"(444頁)上揭"般"當作"船"字。

饔餐

《集成》清刊本《駐春園小史》第二十一回:"題殘尺幅,展看單箋,抱無窮憶故之思,傍他山寄跡,以佐饔餐,日惟感激,不題。"(381頁)《集成》明刊本《警世通言》卷十七《鈍秀才一朝交泰》:"自此饔餐不缺,且訓誦之暇,重温經史,再理文章。"(633頁)"**饔餐**"

---

① 無名氏《隔簾花影》第14頁,大眾文藝出版社2002年版。

不通,"餐"當釋讀為"飧",古籍中"餐""飧"往往相混[①]。錢伯城《新評警世通言》直接錄為"饗飧"[②]。《集成》清刊本《飛龍全傳》第十八回:"兄妹二人,飽飧已畢,筭還了店錢。"(445頁)"飽飧"當作"飽餐"。《集成》明刊本《今古奇觀》第二卷《兩縣令競義婚孤女》:"但是賈昌在家,朝饗夕餐,也還成個規矩,口中假意奉承幾句。"(37頁)"餐"字,《集成》明刊本《醒世恒言》第一卷《兩縣令競義婚孤女》亦作"餐"(16頁),今標點本同。按照文意,"朝饗夕餐"應作"朝饗夕飧"。《孟子·滕文公上》:"賢者與民並耕而食,饗飱而治。""飱"是"飧"的異體,指晚飯。《集成》本《五鼠鬧東京傳》卷一:"商量已定,各人飽食一飱。"(26頁)"飱"當釋讀為"餐"。

施

《集成》清刊本《續西遊記》第六十六回:"行者走出前堂,只看見官長坐在廳上,左右把小和尚施翻在地,將要加刑。"(1176頁)"施"字當是"拖"之訛。因俗寫"方"旁可寫作"扌",如"於"俗作"扗","遊"俗作"遊",是其例。故面對"拖"字,手民以為是"施"的俗寫而還原。

《集成》清刊本《鴛鴦配》第一回:"片雲拖雨過江城,倦倚朱欄眺晚晴。"(9頁)"拖"當作"施"字。還有"方"字俗寫為"才"字形的,《集成》清刊本《鴛鴦配》第六回:"申生就把心事,細細說出道:'為此小生惟恐禍臨,將欲遠避他才,只是缺少盤纏,無從措辦。'"(80頁)"遠避他才"即遠避他方。同前第十一回:"多蒙大小姐不

---

① 有關"飧""餐"相混的語例,可參拙著《俗字及古籍文字通例研究》第80頁,百花洲文藝出版社2006年版。

② 錢伯城《新評警世通言》第251頁,上海古籍出版社1992年版。

棄,贈以羅帕一才,玉鴛鴦一枚。"(152頁)再比較"妨"字的俗寫,同前:"今賢弟既然遠顧(顧),敝寓近在金壇,不**妨**到彼處暫住,幸乞放心。"(83頁)

《集成》清抄本《忠烈俠義傳》第十九回:"郭槐道:'那是因寇珠頂撞了太后,太后大怒,方纔**拖**刑。'"(676頁)"**拖**"是"施"字,《集成》清刊本《七俠五義》作"施"(138頁)。

位、信

《集成》清刊本《大清全傳》第十九回:"正在喫酒之際,忽聽外邊人報,說:'今有小霸王郭龍、賽燕青郭虎,乃是北路宣化府的英雄,來至此處,與黃三太送銀。乃是聽傳言而來,並非是季全送位。'"(206頁)"位"字不通,當是"信"的草書,而訛為"位"字。王羲之"信"的草書或作"**信**"。

"位"字草書或有訛為"住"的。《集成》清刊本《玉嬌梨》第十七回題目"勢住逼倉卒去官"(591頁),"住"字不通,當是"位"之訛,《玉嬌梨目錄》正作"位"字(5頁),今標點本《玉嬌梨》亦作"位"①。《集成》清刊本《昇仙傳》第十二回:"一枝梅想罷,轉過土山背後,說:'二住太爺,莫不是要拿一枝梅庅?'"(81頁)"住"當作"位"。我們再看"位"的草書,敦煌卷子BD01213《法華玄贊鈔》:"'聞持陀羅尼'者,四總持中第一陀羅尼,**位**通當第三地。聞謂聞教不忘,持謂住持之義不忘,《唯識》第九十障之中,應顯此**位**。"(18/48)"**位**"即"位"字。懷素"位"的草書作"**位**"②。《集成》本

---

① 荑秋散人《玉嬌梨》第182頁,人民文學出版社2006年第2版。
② 參《草書大字典》"位"字,中國書店1983年版。

《隋煬帝艷史》第三回:"遂假作慌忙之狀,俯伏在旁說道:'老臣楊素,有急事奏知殿下。'太子忙將車兒止位道:'賢卿請起,有何事奏孤,這等慌張?'"(82頁)"位"字當作"住"。

《集成》清刊本《羣英傑》第三十三回:"当時首下高王兄,佐極人臣,难以再加厥職。"(319頁)"佐"字,也當釋讀為"位"字。或有訛為"佐"字者,同前:"是月帶隨四佐夫人囬鄉,旨限以三個月謁祖,然後赴任。"(324頁)又同前:"因与高粱兩佐公子更見难捨,相分未知何日弟兄再得敘首,于心切切,不覺三人動着兒女情長,而英雄氣短。"(325頁)這兩個"佐"顯然是"位"之訛。

浮捏

《集成》道光十三年乾元堂本《海公大紅袍全傳》第十二回:"張老兒叩頭道:'小的果是欠了嚴某銀十兩,並無五十之多。今嚴二因說親不遂,挾恨浮理,以此挾制小的是真。'"(210頁)上海古籍出版社標點本(以道光二年書業堂刻本為底本)《海公大紅袍全傳》亦作"浮理"①。"浮理"二字費解,但我們可以根據俗字學原理來破解這個疑難問題,"理"當是"捏"的俗寫之訛。我們看下面的例子,《集成》本《海公大紅袍全傳》第十二回:"徐公道:'尔說來雖則如此,但是尔現有借券在此,怎広說是浮捏?'"(213頁)按:"捏"是"捏"之俗訛,在這一句子中,上海古籍出版社標點本《海公大紅袍全傳》也作"浮理"②。可見是"捏"的俗寫手民在刻錄時誤訛為"理"。我們再舉"捏"俗作"捏"的例子,《集成》本《海公大紅袍全

---

① 《海公大紅袍全傳》第46頁,上海古籍出版社1993年版。
② 同上,第47頁。

第十二章　明清古籍俗寫訛誤例析　　　　　　　　　　　　　　　341

傳》第十二回:"須臾張老兒到堂,徐公道:'尔的〔話〕有無揑騙?今日對着本司質証。'"(223頁)"揑騙"二字,書業堂本作"捏騙"。《集成》本《海公大紅袍全傳》第二十一回:"每逢參謁者,必要千金為壽,否則故揑以他事,名掛劾章。"(389頁)"揑"即"捏"字。同前第二十四回:"郭秀枝咲道:'原來是尔與李純陽埋造的,且帶下去。'"(455頁)"埋"是"揑"之訛,書業堂本作"捏"①。《集成》本《海公大紅袍全傳》第四十二回:"嚴嵩怒道:'皇后賢淑,太子仁孝,天下共知。汝何妄思誣揑,以卸己罪?可即從寔招來,如有半句之乎(支吾),我這裡刑法重得狠呢!'"(795頁)"誣揑",書業堂本作"誣捏"②。《集成》清刊本《昇仙傳》第二十二回:"小塘趁勢領進死尸,与慕爺鮮了繩鎖,把死尸綁上,揑了一撮土塵,往慕爺臉上一撒,借着土遁,与小塘出了法塲。"(156頁)《集成》清刊本《常言道》第十二回:"遂用手在那挪不散的塊痕上揑了一把,錢士命出了一身冷汗,塊痕頓時平復。"(251頁)"揑"即"捏"字。現在我們來分析"揑"的右旁俗寫"里"的原因,蓋"曰"旁俗寫作"旧",如《集成》清刊本《引鳳簫》第十一回:"金聲與眉仙雖曰新郎㫰,實是舊師生,相見甚歡,盡興而飲。"(171頁)如"兒"或俗作"児""兇",《集成》清刊本《飛花咏》第七回:"若前日一旦不測,妾豈能獨生?今所惜者,女孩兇耳。"(192頁)而"旧"旁又往往俗訛為"田",如《碑別字新編》"舊"字條引《僞周鴻慶寺碑》作"奮"③。《集成》清刊本《綠牡丹全傳》第十一回:"家爺在書房相請駱大爺同吃點心,並議迎接王大

---

① 《海公大紅袍全傳》第97頁,上海古籍出版社1993年版。
② 同上,第168頁。
③ 秦公《碑別字新編》第414頁,文物出版社1985年版。

爷、賀田爷会飲之事。"(109頁)"田"是"旧"之訛,"旧爷"即舅爺。《集成》清刊本《昇仙傳》第十六回:"言罷,叫人拿着鑰匙,把王氏送出城去,仍田落鎖。"(107頁)"仍田"即"仍旧"。同前第二十六回:"言还未完,忽見那碾磨乱轉,石田子、石鼓子、捶板石滿地乱跳。"(186頁)"石田子"當是"石旧子",即石臼子。《集成》清刊本《海公大紅袍全傳》第十六回:"却說馮保取了鞋兑,急忙來到宮中,見了張貴妃,將鞋兕呈上。"(287頁)"兑""兕"即"兒"字。同前:"少頃人報張大人到,海瑞急急出迎。却就是張老兕前來道喜,並送程儀。彼此閑談了一番,方纔別去。海瑞將張妃的錦袱打開看時,却是三百兩紋銀。又將張老兕的拆看,是一百兩元絲。"(287頁)"兕"即是"兒"字,上海古籍出版社標點本《海公大紅袍全傳》第十六回作"張老兒"①。《集成》本《海公大紅袍全傳》第十六回:"心恨張老兕不死,反得大官,身為內戚,每每思欲中傷之。"(300頁)同前:"海瑞去後,張老兕是一病不起,數日死了。"(300頁)《集成》本《五鼠鬧東京傳》卷一:"若不是走得快,險些兕被他所殺。"(25頁)"兕"是"兒"之俗。"兒"有俗寫"児""兑""兕"諸形,故"捏"之俗訛變為"捏"也就不足為怪了。《碑別字新編》"涅"字條引《魏比丘僧演造象》作"浬"②。我們再看"毀"的俗寫或作"毀",《集成》清刊本《海公大紅袍全傳》第四十三回:"海瑞遂將到粵西與指揮如何商議,復如何定計燒毀番人粮草,致彼粮盡遁去;……逐

---

① 《海公大紅袍全傳》第64頁,上海古籍出版社1993年版。
② 秦公《碑別字新編》第128頁,文物出版社1985年版。

第十二章 明清古籍俗寫訛誤例析

一奏知。"(811頁)可見"毀"字的左旁,俗寫也作"里"。

"捏"字又作"揑",《說文》中有"涅"字,可能"捏"字較"揑"早;《玉篇》《廣韻》作"揑",《玉篇·手部》:"揑,乃結切,捻也。""捏""揑"的異寫也是可以解釋的,蓋俗寫"曰""日"往往相混,如"兒"或作"兎",是其例。《集成》清刊本《海公大紅袍全傳》第七回:"再說那張老兎,本是南京人。"(130頁)同前第八回:"這張老兎看他如此聰明,心花都是開的,愛如掌珍,諸事多不敢拗他。"(133頁)又同前:"我兎,這位海老爺自從到我們店裡以來,再不曾偷眼看人,說過一句無禮的話。"(136頁)同前第十五回:"海瑞道:'這一只鞋兎,却有個大大的緣故呢!待我說來尔听。"(280頁)因此,"捏"或作"揑""揑"。

偟句

《集成》清刊本《陰陽鬬異說傳奇》第三回:"只生得臉似桃花,身如弱柳,說不盡的標緻,怎見得?有**偟**句言詞為証:'櫻桃為口玉為牙,獨占人間解語花。夙世有緣方種此,仙姬豈易到凡家?'"(21頁)"偟句"無解,"偟"字顯然是"俚"之俗訛。《古本小說叢刊》第四輯清道光刊本《桃花女陰陽鬥傳》第三回作"**偟**"(842頁)。我們可以用俗字原理加以解釋,因"揑"字可俗寫為"揑","曰"旁往往訛變為"田",前文已有例證,故手民面對"俚句"二字,誤以為"俚"字右上的"田"是"曰"的俗寫,還原為"偟",如"兒"俗或作"兎",《集成》清刊本《陰陽鬬異說傳奇》第三回:"只因小兎出門原說下不過三个月就回來的,如今正正去了半年多,並不見音信。"(23頁)同前第四回:"一更裡,月兎低,寡婦房中哭啼啼。"(38頁)

《集成》英藏福文堂本《二度梅全傳》第二回："再說夫人着家人收拾行李、細軟等物，便與公子說道：'我兒，你父親執意要與皇家削除奸党，只是滅門之禍不遠。'"（16頁）"臼"旁可俗寫為"田""白"，故"㗚"誤還原為"㘖"。我們比較"捏"俗寫可作"揑""㨪""㨪"，就能悟出其訛變過程。《集成》清刊本《海公大紅袍全傳》第二十五回："純陽尚未及答，只見秀枝大怒，拍案叱道：'汝為史官，不稽寔跡，動輒秉筆誣㨪，罪有應得，汝知否？'"（465頁）《集成》貫華堂本《第五才子書水滸傳》第三十七回："兩邊看的人聽了，倒㨪兩把汗。"（2049頁）《集成》清刊本《海公大紅袍全傳》第二十五回："其編修李純陽不合忽畧，故㨪大臣，着即處斬完案。"（477頁）《集成》清抄本《忠烈俠義傳》第五回："這小子長処掐，短処㨪。"（225頁）"㗚"俗寫為"㘖"後，因"皇"旁字占優勢，受其影響，"㘖"同化為"㨪"。"捏"字也有俗寫為"揑"的，如《集成》明刊本《今古奇觀》第四卷《裴晉公義還原配》："唐壁謙讓了一回，坐於旁側，偷眼看著令公，正是昨日店中所遇紫衫之人，愈加惶懼，揑著兩把汗，低了眉頭，鼻息也不敢出來。"（121頁）《集成》清刊本《海公大紅袍全傳》第二十六回："你乃一介微員，何故誣揑宰輔，罪有應得。"（482頁）同前第二十九回："各人都為他揑住這一把汗。"（551頁）"揑"或俗訛為"楦"，《集成》清刊本《夢中緣》第十四回："以臣父之鯁性介節，楦為朋黨，並使孤臣去國，徒洒（灑）贛江之淚。"（359頁）古籍俗寫中"扌"旁、"木"旁不別，"楦"當作"揑"。《集成》清刊本《二度梅全傳》第十九回："平空揑出和番稿，那怕你情濃好。"（212頁）"揑"是"捏"的俗寫。

第十二章 明清古籍俗寫訛誤例析

搯

《集成》清刊本《唐鍾馗平鬼傳》第十三回："下作鬼正低着頭熏眼，一碗滾菊花水，都濺在下作鬼臉上。下作鬼跳起來，抱着頭大喊道：'殺了我了，燙死我也！'冒失鬼道：'俺來大寨，茶也沒吃一杯，誰知你那水是熱的？'下作鬼道：'給我搯出去。'"（121頁）"搯"當釋讀為"掐"字，蓋俗寫"臽""臽"不別，而"臽"的下部"臼"又俗寫作"田"，如"捏"俗或作"捏"，是其例。

岩嶤

《集成》清刊本《都是幻》之《梅魂幻》第三回："憑空步入九重垣，宮殿岩嶤雲際懸。"（38頁）"岩嶤"義不通，當作"岩嶤"。蓋"岩"的俗寫與"岩"形近而訛，古籍中還有類似的例子，《新中國出土墓誌·河南》〔壹〕下册一四二錄文作："惟公載德，巖爾孤標。芳風連延，秀嶺岩嶤。"① 按：古籍中少見"岩嶤"的說法。"岩"字，據《新中國出土墓誌·河南》〔壹〕上册一四二拓片，作"岩"，就是"岩"字，左上角有點漫漶，是"岩"的俗字；下部為"召"的俗寫。"岩"與"岩"形似，《新中國出土墓誌》誤認作"岩"，非。"召"字的俗寫，《新中國出土墓誌·河南》〔壹〕下册一六一《李修己墓誌》："弱歲輕生，慕班超之投筆。"②"超"字原碑作"超"，"召"旁的寫法同。還可比較《敦煌俗字典》"沼"字、"韶"字、"超"字的寫法。"岩嶤"一詞，形容山高貌。《藝文類聚》卷八《山部下》"虎丘山"條引張正見《從

---

① 《新中國出土墓誌·河南》〔壹〕第130頁，文物出版社1994年版。
② 同上，第147頁。

永陽王遊虎丘山》詩:"未若茲山麗,岹嶢擅水鄉。"①《集成》明刊本《雲合奇蹤》第六十三則:"龍蟠虎踞勢岩嶤,赤帝重興勝六朝。"(726頁)《唐代墓誌銘彙編附考》第四冊三五〇《韓承墓誌》:"嶽峙岩嶤,有泰山之峻;長源渙汗,滔滔湧江沱之流。"②可比較此碑拓片"岩嶤"二字,與上文墓誌例子寫法一樣。

---

① 歐陽詢《藝文類聚》第141頁,上海古籍出版社1982年版。
② 毛漢光《唐代墓志銘彙編附考》第4冊,第205頁,"中研院"歷史語言研究所專刊之八十一,1986年版。

第十三章　俗字與歷時詞彙的探討

在漢語詞彙史中,詞彙的歷時演變是一個重要的研究課題。一個個詞的歷時變化,因需借助古籍文獻,故往往與俗字有千絲萬縷的關係。漢語中的詞在發展過程中語音如果有微妙變化,有時可能就會以音借或新造俗字記錄之。研究漢語詞彙史,必須注意詞的各個歷史時期的俗寫情況。

明清小說中,口語詞的部分往往體現為多種俗寫。當然,各地方言為自己的口語創寫俗字,這個也很常見,如明清時期的閩南戲曲就有很多為閩南話創造的俗字。我們不打算探討專為某一方言造的俗字,這裏我們主要探討屬於通語的書面語,為口語詞而寫的種種俗字,包括各方言區的人以官話形式寫的小說,這種文本在某些字詞中就會體現區域方音的特點,猶如今方言區的人講普通話,所說的普通話夾雜着方俗音,特別是口語詞,很可能就以俗寫方式體現。

一、方俗讀音

有的小說語料雖然屬於官話形式,但反映出方言的讀音,往往用音借字記錄。俗字的產生,有不少地方是方言俗語所引起的。

我們常看到古籍中用漢字記錄某一區域方言字的音讀,這個時候是不能用官話的音韻地位去考察它的,必須結合方言的語音實際去研究。

穀稔

《集成》清刊本《飛龍全傳》第二十二回:"老夫左膀天生的一个肉瘤,如雀兒形狀;右膀上也有一個肉瘤,似谷稔一般:因此人人都稱我為郭雀兒。那苗光義說雀兒若能上谷稔,方是我興騰發跡之時。"(554頁)第二十三回:"若得雀兒果能牽入谷稔,便是我稱王道寡之時,定當封你為守闕太子,以續鴻基。"(558頁)同前:"于是一隻手按住了左膀的雀兒,一隻手按住了右膀的谷稔,兩邊一齊擠動起來,不知不覺,把个雀兒款款的擠到谷稔里了。柴榮高聲叫道:'姑丈大人,今日雀兒到了谷稔里了。'"(559頁)又同前:"這句話不打緊,早京動了虛空過往神祇,大顯神通,望膀上吹了一口氣,把這雀兒挪在谷稔里,緊緊相連,分離不得。"(560頁)"稔"字不能按一般字書去理解,"谷"則是"穀"的俗字,如小說同一回中"穀子"寫"谷子"(672頁)、"獻納穀米"俗寫為"獻納谷米"(573頁),是其例。"谷稔"實即"穀穈"的俗寫,"稔"屬日母字,"穈"為來母字,此小說方俗之音應該是 n、l 不分,故用"稔"記"穈"字。

寧、靈

《集成》清刊本《醒夢駢言》第六回:"況这箇坟,人人说是有凤水的,如何輕易便迁葬。不多時,便移來移去,陰寧也是不安的。"(235頁)同前:"这里間壁,有個関帝廟,是最寧的。"(252頁)又同前:"興兒便開口問道:'你去年說,夢見関帝道我該中解元,不知原何竟不寧驗?'"(257頁)同前第十回:"那時珍姑方十五歲,唐賽兒見生得仙子一般,與他說話,又異常寧動,心中甚喜。"(409頁)這些"寧"均是"靈"的意思。

撚

《集成》明刊本《古今小説》第十卷《滕大尹鬼斷家私》:"以後想做長久夫妻,便謀死了趙裁。却又教導那婦人告狀,撚在成大身上。"(405頁)"撚"字,《集成》明刊本《今古奇觀》第三卷《滕大尹鬼斷家私》同(89頁)。按:"撚"即是"捻",這裏作"捏"字解,謂架捏、捏造。《集成》明刊本《古今小説》第十卷《滕大尹鬼斷家私》:"牽住他衣袖兒,捻起拳頭,一連七八個栗暴,打得頭皮都青腫了。"(397頁)這個"捻"即是"捏"的音義。又因"捻"會寫作"撚",故"捻"在表示捏的意思時,或異寫為"撚"。

古籍中常見"捻"字讀作聶音者,我們可以舉一些例子。《元曲選》馬致遠《岳陽樓》第一折:"餓得那楚宫女腰肢一捻香。"①同書附《音釋》曰:"捻,音聶。"②又《元曲選》關漢卿《玉鏡臺》第二折:"〔正末起把筆捻旦手科〕〔旦云〕是何道理,妹子跟前捻手捻腕!〔正末云〕小生豈有他意?〔夫人云〕小鬼頭,但得哥哥捻手捻腕,你早十分有福也。"③《音釋》曰:"捻,音聶。""捻"即"捏"義。《集成》明刊本《孫龐鬬志演義》卷十七:"列着熊掌猩唇,設着金樽玉盌,粉捻成咆哮獅象,糖澆就狎獵鸞鳳。"(489頁)這是描寫送殯時的情景,"捻"是"捏"的異寫,此謂粉捏成的獅象動物。同前卷十八:"孫臏在營中見了,口誦六甲靈文,左手仗劍,右手捻訣,望空拂下袍

---

① 臧懋循《元曲選》第288頁,浙江古籍出版社1998年影印。
② 同上,第289頁。
③ 同上,第55頁。

袖,喝聲:'退!'"(525頁)《集成》貫華堂本《第五才子書水滸傳》第二十四回:"王婆把這砒霜用手捻為細末,把與那婦人將去藏了。"(1373頁)同前第五十二回:"李逵捻起拳頭,要打老兒。"(2945頁)《集成》戚序本《紅樓夢》第十二回:"賈瑞也捻著一把汗,少不得回來撒謊。"(414頁)同前第十六回:"殊不知我是捻著一把汗呢!"(532頁)這些"捻"均作"捏"字解。

老、惱

《集成》清刊本《續西遊記》第八十四回:"只有慌獐、孟浪二妖,正被行者誘哄,老羞成怒,只望他師徒到草屋中,又設一番迷亂之計。"(1488頁)"老羞成怒"即惱羞成怒,蓋作者方音n、l不分的緣故。同書有寫"惱羞成怒"的,如第九十回:"妖魔惱羞成怒,行者懷恨生嗔。"(1595頁)

海、頦

《集成》清刊本《五虎平南後傳》第三回:"但見這員宋將,生得身高体胖,臉黑顴高,海下短短亂鬚,十分威武。"(31頁)同前:"張忠聞言,但看蠻將生得面如珠砂,濃眉怪眼,海下無鬚。"(37頁)同前第三十三回:"此人乃後漢孟獲苗種,生得身軀雄壯,力大無窮。海下根根短鬚,使一柄鋼叉一百五十觔。"(415頁)同前第三十四回:"穆夫人一看,這道人生得臉如硃砂,一面殺氣,海下一爪長長血紅鬚。"(423頁)同前第四十回:"一看魏化,身高體大,海下无鬚,圓環大眼,浩氣揚揚。"(491頁)《集成》清刊本《後宋慈雲走國全傳》第二十五回:"当時到了中堂,偷看賊王:面如紫色,兩目神光,年紀四十餘,海下根根短鬚。"(478頁)《集成》清刊本《說唐演義全傳》第二回:"閃出一位英雄,坐在馬上,面如滿月,海下一部美髯。"(24頁)同前第七回:"年紀五旬上下,一張銀盆大臉,海下五绺花白長髯。"(119頁)"海"就是"頦"的方俗記音字,周志鋒先生已發之①。《集成》清刊本《兒女英雄傳》第三十七回:"便是安太太也不知他究竟有個什麼原故,大家只獃着頦兒聽他說。"(1835頁)同前第三十九回:"翁身中周尺九尺,廣顙豐下,目光炯炯射人,頦下鬚如銀,長可過臍,臥則理而束之。"(1989頁)《集成》明刊本《新平妖傳》第十回:"眉端抹雪,頦下垂絲。"(251頁)

嫵

《集成》本《三教開迷歸正演義》第六十回:"勸家父,娶偏嫵,惹的老娘心裡怒。說道有妻又有兒,娶來討的五個苦。"(926頁)這個"嫵"即"姆"的俗字,說明小說的方音"嫵""姆"音同。"偏姆"即父的妾。

曾

《集成》明刊本《大宋中興通俗演義》卷六《小商橋射死楊再興》:"使人告知梁興,會太行忠義,斷截金人山東、河北之路。遂進軍屯朱仙鎮,距汴京只曾四十五里,與兀朮對壘而陣。"(603頁)"曾"是個口語記音字,它就是"爭"的音借,表示差的意思。蓋此小說方俗音"爭""曾"不別。該小說還有語例,如卷七《秦檜定計削兵權》:"初,臣駐兵鄆城,距黃龍府只曾七十里。那時金人之氣銷沮殆盡,正待會集兩河忠義,指日渡河,誅兀朮如砧上之肉,復汴京猶反掌之易。"(649頁)《集成》武林刊本《隋唐演義》第十九節:"殷開山進曰:'今公子大軍至此,離扶風止曾二十里,又不促軍進攻,而

---

① 周志鋒《明清小說俗字俗語研究》第250頁,中國社會科學出版社2006年版。

下令趨天水,非所以示衆。'"(202頁)同前第二十六節:"秦王大軍近折墟城,只曾四十里屯札(扎)。"(303頁)也有寫"爭"的,《集成》明刊本《大宋中興通俗演義》卷七《劉太尉叠橋破虜》:"兀尤遣諜哨探宋軍動静,回報宋人已據和州,與吾等只爭六十里程途。"(631頁)同前:"抵黄連埠,距濠州只争六十里。"(643頁)

色

《集成》清刊本《萬花樓演義》第三十三回:"元帥曰:'他二人又不能行軍色殺,本帥又不差他去打帳交鋒,有何功勞可報?何功可立?'"(449頁)"色"即"厮"的俗寫,根據俗音記字;今標點本《萬花樓演義》作"厮"[①]。按:"厮"俗音色,有文獻可證。《集成》明刊本《古今律條公案》卷六《吳按院斷産還孤弟》:"我亦自度生子有命,懶得與他厮鬧,爭持閑氣。"(270頁)原卷"厮"旁注:"音色。"該書原有音注,還有不少例子。同前卷六《謝府尹斷弟謀兄産》:"〔耿〕廣之弟大與〔何〕美爭競水道,兩家逞兇厮打。"(287頁)"厮"字右側音注:"音色。"同前:"昔我密訪何美與你厮打,並未打傷耿廣顋門。"(293頁)"厮"字側注:"音色。"同前卷六《蘇縣尹斷光棍爭婦》:"上岸時彼即紊爭小人妻是他的,故此二人厮打,被他打至嘔血。"(310頁)"厮"字側注:"音色。"

落腮鬍

《集成》清刊本《七真祖師列仙傳》:"鍾離爺頭挽雙髻,赤紅面皮,落腮鬍鬚。"(19頁)有的方言"落腮鬍子"的"落",音如"撈",故或俗寫作"撈"。《集成》清刊本《續西遊記》第八十四回:"一個獠牙

[①] 李雨堂《萬花樓演義》第168頁,上海古籍出版社1995年版。

第十三章 俗字與歷時詞彙的探討

青臉,一個尖嘴撈腮。"(1491頁)在元曲中,"落"音澇。《元曲選》喬孟符《金錢記》第四折:"你個賀知章狂落保。"《音釋》:"落,音澇。"①《爭恩報》第一折:"敢則是十年五載,四分五落,直這般踢騰了些舊窩巢。"《音釋》:"落,音澇。"②《東堂老》第一折:"你少不的撇搖搥,學打幾句《蓮花落》。"《音釋》:"落,音澇。"③或寫"膫""貉"。《集成》明刊本《雲合奇蹤》第六十四則:"膫腮鬍子,怕看刷掃髭鬚。"(738頁)《集成》貫華堂本《第五才子書水滸傳》第二回:"生的面圓耳大,鼻直口方,腮邊一部貉臊鬍鬚。"(156頁)《集成》清刊本《說唐演義全傳》第五回:"雄信聽了,不覺大怒,便叫魏徵:'你這邋遢道人,囉子吩咐你打掃殿上,必須潔淨。你原何容留病人睡在廊下!你這囚入的,看做囉子什麼人!'"(89頁)"囉子"即"老子"的鄉音。

斫

《集成》明刊本《錢塘湖隱濟顛禪師語錄》:"長老怒曰:'臨安府趙太守是我故交,浼他斫去淨慈寺門外兩傍松樹,破他風水。'"(75頁)"斫"字,即是"斵""斫"的俗寫。《集成》明刊本《醒世恒言》卷三十四《一文錢小隙造奇冤》:"這稻子還是趙寧所種,說話的,這田在趙完屋腳跟頭,如何不先斫了,却留與朱常來割?"(2052頁)同前:"朱常又是隔省人戶,料必不敢來斫稻,所以放心托膽。"(2052頁)《集成》清刊本《山水情》第十五回:"小奴到山坡上去斫柴,見這起樵夫們在那裏你說我說,講量我家相公呆。"(383頁)錢

---

① 臧懋循《元曲選》第29頁,浙江古籍出版社1998年影印。
② 同上,第88頁。
③ 同上,第111頁。

大昕《恒言錄》卷三"斫(讀如作,吳人呼伐竹為斫竹)"條:"陸放翁詩:'引泉澆藥圃,斫竹樹雞棲。''邇來久雨墻垣壞,斫竹東岡自築籬。'"① 按:不僅吳語"伐竹"為"斫竹",客家方言等其他方言也有"斫竹""斫柴"等說法。

旺

《集成》清刊本《說唐演義全傳》第六十三回:"唐璧那裡肯聽,舉刀又是砍來,叔寶把鎗往上一架,那唐璧在馬上就旺了幾旺,這把刀也幾乎架脫了。"(1127頁)"旺"就是"晃",蓋方俗音脫落了聲母h。

擘

《集成》明刊本《醒世恒言》卷十七《張孝基陳留認舅》:"過善趕上一步,不由分說,在地下揀起一塊大石塊,口裡恨着一聲,照過遷頂門擘將去,咶剌一聲响,只道這畜生今番性命休矣。"(904頁)這個"擘"同一般辭書的諸義項均不合,此是拋、扔的意思。今贛南客家方言仍有此詞,如"向塘內擘石頭""擘石頭到二十幾米","擘"音博厄切。

洒、攦

《集成》清刊本《山水情》第十六回:"我道小姐如今這幅洒線做完了,還過別人,該做自己的正經了。"(403頁)同前:"小姐這樣聰明,做的洒線花朵,好像口裏吮出來的。"(411頁)《集成》清刊本《花月痕》第十五回:"牀上鋪一領龍鬚席,裏間叠一牀白綾三藍洒花的薄被,橫頭擺一箇三藍洒花錦鑲廣籐涼枕。"(324頁)"洒"是"攦"的俗寫,就是刺繡的意思。贛南客家方言說繡花為"攦花"。

---

① 《續修四庫全書》第194冊,第208頁,上海古籍出版社2002年版。

第十三章　俗字與歷時詞彙的探討　　355

或作"攢"。《集成》清刊本《隔簾花影》第四回:"一套是天藍雲緞員領,攢着虎補,綠緞襯衣;一套是懷素紗員領,沒有補子,月白紗襯衣。"(46頁)同前第五回:"胸前攢領,雙龍盤日,貓睛母綠繫金梭。"(71頁)同前第十二回:"取過禮帖,抬過食盒來,却是二十個大元寶,金釵金鐲、裙帶攢領、珠箍環佩一件不少。"(203頁)又同前:"束着玉玲瓏嵌玉石瑪瑙金鑲女帶,下垂着金耍孩倒垂蓮的裙鈴,攢領披肩,宮粧錦繡。"(208頁)

唘

《集成》清刊本《躋春臺》卷三《心中人》:"孫氏曰:'我家極窮,日無唘雞之米,夜無鼠耗之粮,靠夫掙個吃個,那得多錢和監?'"(593頁)"唘"是個方言俗字,《漢語大字典》"唘"字條:"方言。逗;逗引。《四川曲藝音韻知識‧四川方言方音字表》:'唘,誘惑;吸引。'《改併四聲篇海‧口部》引《川篇》:'唘,輕言也。'唘,多侯切。"唘"蓋是模仿雞聲輕輕呼雞的聲音,故可引申指引誘,吸引。《集成》清刊本《躋春臺》卷三《南山井》:"說起端莊唘人惡,脹爆老子一双目!你本醜鬼把形露,故意还要嘰哩咕。"(794頁)"唘人惡"謂引起人討厭。

扛

《集成》清刊本《二奇合傳》第七回:"且說林善甫脫了衣裳也去睡,但覺有物扛背,不能睡着。壁上有燈,尚猶未滅。遂起身揭起薦席看時,見一布囊之中有一錦袋,中有大珠百顆,遂取放箱篋中。"(230頁)此是根據《拍案驚奇》改編的,"扛背",《集成》明刊本《拍案驚奇》卷二十一作"瘂其背"(883頁)。"扛""瘂"是同義詞,"扛"謂頂、硌。"扛"是個記音字,或寫"搁",《西遊記》第五六回:"呆子慌了，往上坡下築了有三尺深，下面都是石脚石根，擱住鈀齒。"

潑

《集成》明刊本《新平妖傳》第五回："道士不多時，忙忙又取箇燈兒，放在卓上，又潑些茶來。"（117頁）同前第十一回："那人又道：'熱天，恕無禮了，請坐！某去潑杯茶與長老喫。'"（313頁）"潑茶"即泡茶，蓋"潑"是個口語詞，詞形還不確定。《集成》明刊本《新平妖傳》第十一回："那老狐精那里有甚麼聖水？魆地裏到臥室中，把箇磁碗，潋一潑尿，做張做智的擎出房來，交與老嬤嬤。"（323頁）"一潑尿"即"一泡尿"。可見口語中"潑""泡"音同。

扠

《集成》清刊本《清風閘》第六回："右手一觀：'尊駕是三隻手，不是扠雞，定剪綹。'"（85頁）"扠"為抓取的意思，引申指偷竊。今贛縣方言稱小偷為"扠子"、小偷偷竊曰"扠"，是其例。

展、斬

《集成》清刊本《大清全傳》第七十一回："今日你老人家來私訪，花得雨他要殺你老人家，他是殺人不展眼。"（961頁）"展"是"眨"的陰陽對轉。或作"斬"，《集成》清刊本《走馬春秋》第十四回："言旡（尤）未盡，只見東海龍王探抓，西海龍王噴水，北海龍王斬眼，南海龍王抖鱗，四海龍王各逞手段，霎時烏云密佈，滔滔大雨。"（253頁）"斬眼"即眨眼。《集成》清刊本《野叟曝言》第四十一回："素臣動手重復綁好，把刀指定，喝令：'實說同夥還有何人？'却是兩眼不斬的，看着院中屋上。"（1174頁）《集成》明刊本《雲合奇蹤》第四十二則："正要問他火神光景，那道人把手一指，斬眼間却不見了道人。"（474頁）同前第四十九則："斬眼霸圖誰在也？披髮狂歌徒自哀。"(559頁)《集成》清刊本《西遊原旨》第四十九回:"提起籃兒,但見那籃裏,亮灼灼一尾金魚,還斬眼動鱗。"(1385頁)《集成》清刊本《生綃剪》第二回:"我抱着孩子,一會兒他接過孩子吃乳,我斬得斬眼睛,孩子就不見在手裏。"(103頁)《集成》清刊本《昇仙傳》第十七回:"到了天明,早辰衆人進庙燒香,抬頭一看,只見那个泥胎娘娘眉展眼動,兩边的從人尽都成了活的。"(119頁)

《集成》清抄本《忠烈俠義傳》第十九回:"包公聞听,道:'好惡賊,竟敢如此的狡展!'吩咐左右:'與我拶起来!'"(677頁)同前第七十回:"以為他必狡展,再用字柬衣衫鞋襪質証。"(2203頁)同前第七十六回:"倪太守听了,大怒道:'你这惡賊,还敢狡展!'"(2388頁)同前第七十七回:"谁知惡霸狡展非常,概不招承。"(2403頁)"狡展"即狡詐,"展"是"詐"的陰陽對轉。

凱

《集成》明刊本《警世通言》卷八《崔待招生死冤家》:"當時謔殺夫人,在屏風背後道:'郡王,這裏是帝輦之下,不比邊庭上面。若有罪過,只消解去臨安府施行,如何胡亂凱人?'郡王聽說,道:'叵耐這兩箇畜生逃走,今日捉將來,我惱了,如何不凱?'"(263頁)又同前:"叫兩箇當直的轎番,擡一轎子,教取妮子來。若真箇在,把來凱取一刀;若不在,郭立你須替他凱取一刀。"(271頁)"凱"就是"砍"字的陰陽對轉。不過,"砍"當時也是口語詞,寫法并不固定。

磅

《集成》明刊本《雲合奇蹤》第四十八則:"王銘叫道:'阿哥,我王七星蚤在鎮上,搶有熟牛肉一包;我們夥計丘大兀,又搶有白酒一大磅。今日辛辛苦苦,到晚上却要受享了,去到船艄上睡睡。……'"

(551頁)"磅"是記錄口語的俗字,是類似缸而口略小的器皿。在贛南客家方言中仍有此詞,蓋容積小曰盎,大曰磅。磅往往用來裝穀物、酒、油、水等。如盛油的稱"油磅";裝酒的曰"酒磅",小者曰"酒盎";廚房中儲水的陶製大甕狀物稱為"水磅"。

二、不能用正字來釋讀俗字

捱

《集成》明刊本《大唐秦王詞話》第十回:"魏王批罷戰書,分付軍校把來使捱出營去。"(225頁)第四十回:"令錦衣武士,捱出營去。"(796頁)第五十七回:"他若多言一聲,就着官校一頓棍捱出府去。"(1106頁)同前:"喝官校拏下去,打二十大棍,捱出王府。"(1107頁)"捱"不讀 zhǎn,《漢語大字典》只有此音。這裏當是"攆"的俗字。

《集成》本《潛龍馬再興七姑傳·黃墩使道人出兵》:"六個皇后見后主被擒,竭力將后主救歸營內,且被仙枷枷住,又不得枷脫。口中叫苦,眼淚雙垂。三春將槌打開,后主叫:'捱壞皮肉!'衆皆言:'此是仙枷,凡人打不開。'"(151頁)此"捱"即輾。

當然,也有"捱"作"展"字用的,《集成》清刊本《鐵冠圖》第四十六回:"義旗一捱,一以抵千。"(347頁)

"捱"還可表示扎的意思,"扎""捱"是陰陽對轉。《集成》清刊本《五美緣全傳》第七十回:"吩咐:'將豬鬃與我捱他幾捱。'衆役答應,走來將豬鬃一捱,崔氏昏死過去。"(929頁)同前:"林公大怒:'與我快些捱!'崔氏唬得魂不附體,叫道:'大老爺,休捱!待小婦

第十三章　俗字與歷時詞彙的探討

人招了罷。'林公道：'速速招來。'崔氏道：'求大老爺開恩，拔出猪鬃，待我招來。'"（929頁）後文有"拔出猪鬃"之語，可知"揕"就是扎的意思。

嗷

《集成》清刊本《續西遊記》第十一回："行者又扯八戒，八戒那裏肯出來？越嗷叫化齋。"（186頁）"嗷"即喊的俗字，早見于敦煌文獻。伯3236《佛頂心觀世音菩薩救難神驗經》卷下："抱母心肝，令其母千生万死，悶絶叫嗷。"（22/264）《集成》元刊本《秦併六國平話》卷上："那時王賁領兵一万，出城来到十里荒郊之地下寨，打嗷数声。王剪在內發嗷，知救兵来到，內外相攻。"（15頁）《集成》明刊本《兩漢開國中興傳志・子陵馬援破王尋》："金鼓喧天，嗷声振地，殺將出來。"（450頁）《集成》明刊本《大宋中興通俗演義》卷一《李綱措置禦金人》："城外嗷聲大震，火光照耀天地，如同白日。"（15頁）同前卷二《李綱諫車駕南行》："四下嗷聲大震，宋軍漫郊塞野而來。"（142頁）《集成》明刊本《開闢衍繹通俗志傳》第十二回："勿（忽）聞城外嗷殺連天，金鼓大振。"（82頁）《集成》明刊本《東西晉演義》第二回："四路正不知多少軍馬，嗷聲遠近振十餘里。"（33頁）《集成》武林刊本《隋唐演義》第十一節："城下金鼓齊鳴，嗷聲大振。"（122頁）

滲

《集成》清刊本《金雲翹傳》第八回："就去請一個神効刀瘡藥的先生，替他滲上金瘡藥，用雞皮貼上，絹幅包裹縛定。"（89頁）"滲"字不能按正字"滲"來理解，這裏與"糝"同義，謂撒落、散下。唐李白《春感》："榆莢虔生樹，楊花玉糝街。"《集成》清抄本《筠山記》第四十六回:"即解所佩絹袋,出藥未滲犬腸,少間腸漸縮入,以鍼綫縫其口,更滲藥於□□。其帶箭之犬,亦滲藥如法,去箭封創。曰:'愈矣。'"(731頁)

揹

《集成》明刊本《隋史遺文》第六回:"將批文已拿在手內,叫婆娘:'這個文書,是要緊的東西。秦爺若放在房內,他好耍子,常鎖了門出去,深秋時候,連陰久雨,屋漏水下,萬一打濕了,是我開店人的干係。你收拾好在箱籠裏面,等秦爺起身時,我交付明白與他。'秦叔寶心中便曉得王小二揹作當頭,假做小心的說話,只得隨口答應道:'這却極好。'說話也不曾說完,小二已遞把妻子手內,拿進房了。"(150頁)"揹"字,若按照一般大型辭典的解釋,是"揮"的異寫;但上例作"揮"字不好理解。據《集成》清刊本褚人穫《隋唐演義》第七回,也有這段文字,在"揹"字下有注音:"音扳。"(154頁)說明"揹"是"扳"的俗字。今江蘇古籍出版社標點本《隋唐演義》逕作"扳"。

《集成》明刊本《醒世恒言》卷三十六《蔡瑞虹忍辱報仇》:"這番在下路脫了糧食,裝回頭貨歸家,正趁着順風行走,忽地被一陣大風,直打向到岸邊去。稍公把舵,務命推揹,全然不應,徑向賊船上當稍一撞,見是座船,恐怕拿住費嘴,好生着急。"(2185頁)"推揹"也當作"推扳"講,"揹"是"扳"的俗寫。此字《集成》本《今古奇觀》第二十六卷《蔡小姐忍辱報讐》亦作"揹"(1056頁)。《集成》清刊本《說唐演義全傳》第二十回:"咬金接在手中,將麻布頭巾往頭上一套,誰知頭大巾小,把頭一揎,竟揹開來了。咬金只得前高後低戴了,將白道袍披在身上。"(354頁)"揹"似也當作"扳"講。

虫、撘伴

《集成》清刊本《大清全傳》第二十六回："八年前在德州標打虫二墩，所做買賣，從來都是單人虫騎，並不撘伴。俠義中相我這樣的人也狠少。"（302頁）"虫"字不能讀為"蟲"，而是"獨"的俗寫，蓋俗字作"独"，又簡省為"虫"。據小說"虫二墩"是"竇二墩"的音借，"單人虫騎"即單人獨騎；正字一般說"搭伴"，這裏"撘"是"搭"的異寫，也不能按正字讀。

我們再舉一些"獨"寫"独"的例子。《集成》明刊本《兩漢開國中興傳志·宛城会遇李通興義》："英雄独有巴山力，再立中興小霸王。"（377頁）《集成》清刊本《忠烈全傳》第四十五回："常見素封之家，不独金珠溢篋，弊帛盈箱，即綵轎酒筵，亦不肯輸人一帖，是何愚見！"（673頁）《乾隆抄本百廿回紅樓夢稿》第二十七回："独把花鋤偷灑泪，洒上空枝見血痕。"（326頁）《古本小說叢刊》第十七輯《雙鳳奇緣》第十八回："因何独自一人來到此地？"[①]有了"独"字，簡省為"虫"纔有可能。

打瞪

《集成》清刊本《引鳳簫》第一回："忽見一老人，頭戴黑布兜，身披鶴氅衣，腰下一片鹿皮，以藤條繫着，足穿草履，騎一隻黃班犢，犢角上掛着一條珊瑚鞭子，在那里打瞪。眉仙不知是甚人，恐驚醒他，都撥轉驢兒，立於紅梅深處。"（11頁）"打瞪"不能按正音去讀，必須根據俗音來解語義。此"瞪"即是"盹"的俗字，南方不少方音"登""頓""盹"同音，故通俗小說中有"登時""頓時"等說法。《集成》清刊本《鴛鴦配》第一回："吕肇章聽了，登時面色漲紅。"

---

① 《古本小說叢刊》第一七輯，第4册，第1860頁，中華書局1991年版。

(10頁)《集成》清刊本《昇仙傳》第四十回:"等時之間,到了武昌府的城外。"(290頁)《集成》清抄本《三續金瓶梅》第一回:"一齊動手,刨的刨,挖的挖,灯時打開墳墓。"(10頁)"等時""灯時"同登時、頓時。

挽

《集成》明刊世德堂本《西遊記》第三回:"老龍道:'莫說拿,莫說拿!那塊鉄,挽著些兒就死,磕著些兒就亡,挨挨兒皮破,擦擦兒觔傷!'"(60頁)第三十二回:"八戒慌了道:'那个哭喪棒重,擦一擦兒皮塌,挽一挽兒筋傷,若打五下,就是死了!'"(798頁)同前第三十三回:"揭諦道:'你不知,他有一條如意金箍棒,十分利害,打着的就死,挽着的就傷。磕一磕兒筋斷,擦一擦兒皮塌哩!'"(821頁)這個"挽"字,實際上就是晃、劃的意思。《集成》清刊本《西遊原旨》第五十六回:"這大聖把金箍棒幌一幌,把那夥賊打得星落雲散,攩着的就死,挽着的就亡;乖些的跑脫幾個,癡些的都見閻王!"(1593頁)今贛南客家方言尚有此詞,如"棍子不要亂挽,會挽到人","傘尖挽到別人眼睛"。看來有不少地方有"挽"的這個用法。《集成》清刊本《玉嬌梨》第十七回:"只見那先生:一頂方巾透腦油,海青穿袖破肩頭。面皮之上加圈點,頸項旁邊帶瘦瘤。課筒手拿常挽嚅,招牌腰掛不須鈎。誰知外貌不堪取,腹裏玄機神鬼愁。"(613頁)這是描寫算命先生的句子,這個"挽"應該是"挽"的俗寫,就是晃動的意思。而以寶仁堂本為底本的標點本《玉嬌梨》"挽"字作"晃"[①]。

[①] 荑秋散人《玉嬌梨》第188頁,人民文學出版社2006年版。

捎

《集成》清刊本《西遊原旨》第十四回："伸手去頭上摸摸,似一條金線兒模樣,緊緊的勒在上面,取不下,揪不斷,已是生根了。他就耳裡取出針兒來,插入箍裡,往外亂捎。三藏恐怕他捎斷了,口中又念起來。"(426頁)世德堂本《西遊記》第六十五回："你看他們使鎗的使鎗,使劍的使劍,使刀的使刀,使斧的使斧;扛的扛,擡的擡,掀的掀,捎的捎,弄到有三更天氣,漠然不動,就是鑄成了囫圇的一般。"(1656頁)這個"捎"不能按正字去解釋,它是今天"撬"這個詞的俗寫。

撈

《集成》清刊本《西遊原旨》第三十回："倘或言語不對,他那哭喪棒又重,萬一把我撈上幾下,我怎的活得成麼?"(854頁)《集成》世德堂本《西遊記》第三十回："倘或言語上,署不相對,他那哭喪棒又重。假若不知高低,撈上幾下,我怎的活得成麼?"(740頁)又第八十二回："這獸子手無兵器,遮架不得,被他撈了幾下,侮著頭跑上山來。"(2087頁)"撈"是指(用棍等)掃打、敲的意思,今贛南客家方言猶存此語。

三、口語詞往往有多種俗寫

坌、叉、岔

《集成》明刊本《遼海丹忠錄》第一回："建州多山,不大可耕種,不若令奴酋退還原佔南關所轄三坌、撫安、柴河、靖安、白家冲、松子六堡,則奴酋雖然強大,不得不向清河、撫順求糴。"(12頁)同前

第四回:"出了三垈堡,到二道關,忽遇賊兵。"(60頁)第五回:"開原既陷,一帶沿江城堡,威遠、靖安、松山、柴河、撫安、三垈、白家冲、會安堡、馬根單、東州堡、散羊峪、洒馬吉、一堵牆、鹽場、孤山、靉陽、大奠、長奠、新奠、永奠,都迯入遼陽、瀋陽,雞犬皆空。"(78頁)又第五回:"奴酋又從三垈堡來攻鉄嶺,城中百姓已先將家小搬入遼陽、瀋陽。"(79頁)"三垈"即三岔。"垈"字,今標點本均錄作"岔"①。同小說有寫"三岔堡"者,《集成》明刊本《遼海丹忠錄》第三回:"他先趂着楊經略未出關時,分三支人馬去攻撫安堡、三岔堡、白家冲堡。"(38頁)同前:"自三岔堡至孤山堡,堡墻盡皆拆坍,房屋盡皆燒燬。"(44頁)同前第八回:"那奴酋却又得隴望蜀,差他兒子來探三岔河水深淺,待乘勢圖取河西。"(146頁)前文所說的"三垈堡",《明史》也有記載。《明史》卷二三九《張承廕傳》:"既而撫安、三岔兒、白家衝三堡連失,詔逮維翰,贈承廕少保,左都督,立祠曰精忠,世廕指揮僉事。"②"三岔兒"即三垈堡。

又"岔道"或作"垈道"。《集成》清刊本《續西遊記》第十八回:"走不止二三里路,見一個山岡垈道。"(317頁)《明史》卷九《宣宗本紀》:"冬十月乙亥,阿魯台犯遼東,遼海衛指揮同知皇甫斌力戰死。丙子,巡近郊。己卯,獵於垈道。"③同前:"九月癸未,自將巡

---

① 《遼海丹忠錄》第4頁、19頁、25頁,《中國古代禁毀小說文庫》本,太白文藝出版社1998年版。
② 《明史》第6208頁,中華書局1974年版。
③ 同上,第121頁。

第十三章　俗字與歷時詞彙的探討

邊。乙酉,度居庸關。丙戌,獵於坌道。"①卷一七四《姜應熊傳》:"四十年秋,寇六萬餘騎犯居庸、岔道口,應熊被圍於南溝,中五鎗墮馬,參將胡鎮殺數人奪之歸。"②卷四〇《地理志一》:"延慶州"條:"又西南有沽河。東南有岔道口,與居庸關相接。"③《廣志繹》卷一《方輿崖略》:"宣、大二邊,起居庸、坌道口、榆林驛,共百里至懷來城。"故知"坌"是"岔"的俗寫。

《明史》卷八三《河渠志一》:"惟寧陵北坌河一道,通飲馬池,抵文家集。"④"坌"即"岔"之俗。文淵閣《四庫全書》本《大清一統志》卷三百七十四《開化府》:"三坌河:在文山縣西南。中流自安南東流至葛布山;左自永平横流成河,向西南流至葛布山下,與中流會;右自王弄里大山下,流至葛布山下,與中、左二流會,故名。"從上下文意明顯可知"三坌河"即三岔河,謂三條河流匯合為一。《集成》明刊本《遼海丹忠錄》第九回:"遼陽一失,將士逃亡,河西一塊地,止靠得三岔河一條水。"(150頁)《集成》本《型世言》第九回:"過了三坌河,卻好上司撥莊經歷,解糧餉到前軍來,見了王喜,吃一大驚。"(415頁)《欽定日下舊聞考》卷一百十二:"原三沽者,丁字沽、西沽、直沽,並禹跡疏導之處。其曰丁字沽者,以河形三坌,如丁字也。"方以智《通雅》卷四十九:"山岐曰岔,水岐曰汊,二音同。金陵地名有岔口,顧公引作趴路口。韓公《曹成王碑》:'行趴川汊',是也。又路之岐道,亦曰趴。唐詩:枯木岩前趴路多。"蓋山、土義類

---

① 《明史》第125頁,中華書局1974年版。
② 同上,第4650頁。
③ 同上,第901頁。
④ 同上,第2029頁。

相近,故"岔"或作"垈"也。

彪

《集成》明刊本《兩漢開國中興傳志·光武滅寇興東漢》:"按下方天戟,彪起虎眼鞭,望樊彪心上打了一下,彪負痛逃歸本陣。"(507頁)同前:"馬援覷了,將坐下馬連打數鞭,放彎走到根前,將手中飛挝彪起,妖媱打死。"(508頁)《集成》明抄本《薛仁貴征遼事略》:"君昂接敬德至,敬德馬上舒首,扯住劉君昂右手腕,彪起鞭來。"(65頁)"彪"當是為近代漢語俗語詞造的一個俗字,沒有固定的寫法。辭書雖有不同義項,如《漢語大字典》釋為"丟、擲","揮動"等,實際上據上下文歸納出來的意思,究其核心語義,有跳動、跳躍的含義。火焰的快速跳起寫作"熛",《說文》:"熛,火飛也。"段注:"玄應引《三倉》云:'熛,迸火也。'"《龍龕手鏡·火部》:"熛,火星飛也。"風的迅疾躍起則寫"飆"。實際上上面的"彪"可概括為飛起義,也是從快速跳動的含義引申而來。或寫作"滮""彪"。《集成》明刊本《三寶太監西洋記通俗演義》第七回:"好長老,掣起那根九環錫杖,照着個葫蘆,只聽得一聲響,把那葫蘆打得個望巖上只是一滮。"(178頁)這個"滮"是跳躍的意思。《詩·小雅·白華》:"滮池北流,浸彼稻田。"毛傳:"滮,流貌。"今贛南客家方言有此詞,如"水珠子滮到我身上",即水珠跳濺到我身上。或寫作"彪"。《集成》明刊本《三寶太監西洋記通俗演義》第六十九回:"只見那畜生口裏吐出一道青煙來,金星噴噴,尾巴頭彪出一道火來,赤焰騰騰。"(1871頁)又第七十六回:"却說飛鈸禪師看見鳳凰之計不行,激得個光頭爆跳,雙眼血彪。"(2071頁)同前第八十八回:"王明近前去瞧一瞧兒,只見小門兒裏面擺列着无數的將軍柱,柱頭上都倒掛着一条龍。柱底下都綁着是大個的漢子,漢子身上赤条条的沒有寸紗,小鬼們把柱頭上一敲,龍口裏就彪出汹滾的香油,一直照着漢子漫頭撲面下來,皮是綻的,肉是酥的,那些漢子止剩得一把光骨頭柴頭兒的樣子。"(2397頁)

或俗作"標"。《集成》清刊本《陰陽鬪異說傳奇》第七回:"說到此處,不由眼淚如梭的標落下來。"(68頁)"標"是個口語詞,跳濺的意思。《集成》清刊本《品花寶鑑》第八回:"忽低著頭一笑,這口酒就從鼻孔裏倒衝出來,絕像撒出兩條黃溺,淋淋漓漓,標了一桌。"(323頁)

或寫"報"。《集成》清刊本《說唐演義全傳》第三十八回:"孫天佑連忙伏在鞍上,口念真言,咬金舉斧照後背'光'的一斧,'崩'的一聲響,反報了起來。咬金大驚,不要管他,照頭一下,也報了起來。"(676頁)"報"就是跳躍的意思,有的方言讀"滮"。

《定海縣志》第二十二篇《民情風俗》第二章《方言》釋方言字云:"趵:暴跳、張開。趵凍米:暴米花。|趵起來:跳起來。《集韻》去聲效韻:'趵,跳躍也',巴校切。"①

挡、攢、攥

《集成》清刊本《西遊原旨》第三回:"他弄到懂喜處,跳出洞外,將寶貝挡在手中,使一個法天象地的神通,把腰一躬,叫聲:'長!'"(84頁)"挡"即"攢"字。《集成》明刊本《石點頭》卷七:"隨手一把就揪住鄭無同巾髮,放出少林幫襯,挡着大拳,當心便搥。"(453頁)《集成》清刊本《儒林外史》第三回:"屠户把銀子挡在手裏

---

① 《定海縣志》第771頁,浙江人民出版社1994年版。

緊緊的,把拳頭舒過來道:'這個,你且收著。我原是賀你的,怎好又拏了回去?'"(116頁)"揎"字,它有多種寫法,或寫作"攐"。《集成》清刊本《兒女英雄傳》第五回:"只把這隻胳膊往廳柱上一搭,又把那隻胳膊也拉過來,交代在一隻手裡攐住。"(177頁)或作"儹"。《集成》清刊本《兒女英雄傳》第六回:"那和尚見兩棍打他不着,大吼一聲,雙手儹勁,輪開了棍,便取他中路,向左肋打來。"(212頁)由這些字的不同寫法,可知俗音有開口、合口的異讀。

輪、睔

《集成》清刊本《雲鍾雁三鬧太平莊全傳》第十回:"雲文聽了,仗着是太師的公子,雙眼一輪,喝道:'甚麼官兒不官兒,他吃他的,我吃我的。'正同酒保上爭論。"(206頁)《集成》清刊本《醒夢駢言》第五回:"太爺輪起眼來道:'这殺兄的人,你还要保全他命広?'喝声:'只管打!'"(221頁)《集成》清刊本《躋春臺》卷一《義虎祠》:"來到城邊,天生喊門,守門軍士不開。虎輪睛估眼,大吼幾聲。軍士大駭,忙去禀官。"(150頁)"輪睛"即圓睜眼睛。"估眼"即鼓眼,本字作"盼",俗或作"眒"。同前卷二《審豺狼》:"這狼輪睛舞爪,勢更凶惡。"(411頁)同前卷三《巧報應》:"誰知嬌養成性,說話輪睛眒眼,開腔舞掌弄拳,爹媽當作路人看,做起樣兒難看。"(812頁)"輪"是個記音字,本字當是"睔"。《廣韻·混韻》:"睔,睔目兒。"睔,盧本切。"睔"是個多音字,又讀胡本切、古困切。明代陳士元《古俗字略》卷四"十四願":"睔:大目露睛也。睔:同上。"《通俗編》卷三十六"睔"字條:"張融《海賦》言其魚之大曰:'䟽動崩五山之勢,瞷睔煥七曜之文。'《廣韻》:睔,大目露睛也。古困切。"[1]

---

[1] 《續修四庫全書》第194冊,第629頁,上海古籍出版社2002年版。

《十三經注疏》本《周禮·考工記·輪人》："望其轂,欲其眼也。進而眂之,欲其幬之廉也。無所取之,取諸急也。"[1]注："眼,出大貌也。幬,幔轂之革也。革急則裹木廉隅見。鄭司農云：眼讀如限切之限。""眼"字費解,阮元《校勘記》曰："望其轂,欲其眼也。唐石經諸本同。《說文》：'䡇,轂齊等貌。從車,昆聲。《周禮》曰：望其轂,欲其䡇。'所讀與先後鄭異。眼與䡇聲相轉,戴震從《說文》。"按：戴震等校"眼"為"䡇"是正確的,今本《說文》："䡇,轂齊等兒。《周禮》曰：'望其轂,欲其䡇。'"朱駿聲《說文通訓定聲》："謂榦木正圜不橈減。"今本《周禮·考工記·輪人》"䡇"作"眼",我認為"眼"當是"䀰"的形近之訛,古籍傳抄中,"艮""昆"二旁易訛,《集成》清刊本《躋雲樓》第七回："縣主坐堂訊問,一夾根,三十板,辛太受刑不過,只得招了。"(77頁)"夾根"即"夾棍"之訛。《集成》清刊本《異說反唐全傳》第一百二十五回："足登一雙鑲嵌鹿皮靴,手中仗一掍方天画戟。"(1281頁)"掍"即"棍"的俗字。又如"硍"或作"硍",《周禮·春官·典同》："凡聲,高聲硍,正聲緩。"鄭注："故書硍或作硍,杜子春讀硍為鏗鎗之鏗。"另可參《說文》"硍"字段注。《集韻·耕韻》："硍、硍,鐘病聲,《周禮》：'高聲硍。'杜子春說,或作硍。"䡇、䀰同源,均取圓轉義。或寫作"錕",《方言》卷九："車釭,齊燕海岱之間謂之鍋,(郭注：音戈。)或謂之錕。(郭注：袞衣。)自關而西謂之釭,盛膏者乃謂之鍋。"錢繹箋疏："'釭'之言空也。轂口之內,以金嵌之曰釭。"又曰："'釭''鍋''錕',皆一聲之轉。季弟侗曰：今人通謂以銅鐵裹物曰鍋,俗作'箍'字。又以布帛緣衣曰

---

[1] 《十三經注疏》第907頁,中華書局1980年影印。

錕,讀若袞。皆即'車釭'稱'鍋''錕'之義也。"① 愚謂:箍是圓的,"錕",取其圓轉勻整貌。我家鄉贛南客家方言有"輥輥圓"之語,又"眼睛睜得輥圓",就是此義。"䁡"是"䁺"的異體,《集韻·混韻》:"䁺、䁡:目大皃。或從昆。"《說文》:"䁺,目大也。"《六書故·人三》:"䁺,目圜大也。""䁺"即目圓大義,唐高邁《鯤化為鵬賦》:"眼䁺䁺而明月不沒,口呀呀而脩航欲吞。"今天一般寫作"圓滾滾"。《六書故·地理二》:"䃑,石從上輥下也。""䃑""輥"現代漢語都寫成"滾"字了。當然,"欲其眼"的"眼"即使寫作"眼",鄭司農謂"眼讀如限切之限","限切"的"限"《集韻》讀魚懇切,與"䃑""輥""䁺""滾"等均屬混韻。香嬰居士重編《麴頭陀傳》第十二則:"病僧將納衣上下仔細摸索,只見領上一個疙瘩,暗將廚刀割開線縫,露出晶光閃爍、滾圓簇綻一粒明珠,迸將出來,却有一錢三五分重。"②

另外,從同源之字也可印證《周禮》"眼"即"䁡",取盛滿、圓滿之義,《說文》:"混,豐流也。"段注:"盛滿之流也。《孟子》曰:源泉混混。古音讀如袞,俗字作滾。《山海經》曰:'其源渾渾泡泡。'郭云:'水潰涌也。袞咆二音。'渾渾者,假借渾為混也。"按:張衡的"渾天儀","渾"字就是取圓轉、滾圓義。

現代漢語中有"袞袞諸公"一詞,《現代漢語詞典》釋為"舊時稱居高位而無所作為的官僚"。"袞袞"與"袞衣"之間沒有語義聯繫,不是同一個詞,而是同形詞的關係。"袞袞"表示眾多、盛滿的意思。《夷堅志》支景卷一《朱忠靖公墓》:"既葬二十年,侍郎幼子翌

---

① 錢繹《方言箋疏》第317頁,中華書局1991年版。
② 香嬰居士《麴頭陀傳》第181頁,人民文學出版社2006年版。

及翌之子儕遂擢丁未進士第,已而儕弟偃及甲繼之,殊袞袞未艾也。"①這個"袞"或寫作"滾",杜甫《登高》詩:"無邊落木蕭蕭下,不盡長江滾滾來。""滾"本字就是《說文》之"混","滾滾"義為"盛滿之流也"。即使滾動義,也會或寫"袞",《夷堅志》丙志卷十九《婺州雷》:"黑雲欻起天末,頃之彌空,雷電激烈,雨聲如翻江,袞火毬六七入于樓。"②《夷堅志》支景卷二《蓬頭小鬼》:"吏固已怖慴,遂相攜開關而走,歷階十餘層,不暇躐級,袞擻趣下。"③再說盛滿圓轉纔容易滾動。《方言》卷二:"渾,盛也。"郭璞注:"們渾,肥滿也。狐本反。""們渾"也與盛滿圓轉有關。

潊、洑、汶

《集成》清刊本《續西遊記》第六十一回:"這起賊却都是會水的,在河中泅汶,早被八戒、沙彌奪了經擔的木筏,駕了飛走到三藏處來。"(1086頁)這裡"泅汶"同義並列,"汶"也是泅的意思,蓋是個俗字,較早的寫法作"潊",《集韻·屋韻》:"潊,伏流也。或從伏。""洑""汶"也可泛指游水。《集成》清刊本《續西遊記》第八十七回:"三藏見了,道:'不好了,悟空!你看悟能失脚落下溪水,快去救他!'行者道:'師父,莫要慮他。他原是會汶水的,自有本事起來。'"(1541頁)或有寫"伏"的,《集成》明刊本《警世通言》卷十二《范鰍兒雙鏡重圓》:"自小習得一件本事,能識水性,伏得在水底三四晝夜,因此起個異名喚做范鰍兒。"(432頁)《集成》日本抄本《郭青螺六省聽訟錄新民公案·猿猴代主伸冤》:"郭爺曰:'你叫両

---

① 洪邁《夷堅志》第883頁,中華書局2006年版。
② 同上,第527頁。
③ 同上,第889頁。

个會伏水的來。'徐殿即叫得兩个人拿魚人,來見郭爺。"(164頁)原抄本"伏"字旁改一"游"字,實際上"伏"即泑、潛水的意思。

或俗寫爲"赴"。《集成》清刊本《飛龍全傳》第八回:"鄭恩只急得拍手躑脚,無法奈何,只得脱下衣服鞋襪,放在河灘,跳下水來,也不顧自己的物件,也不管拾來的東西,赴在水面,望着正南上喊叫追趕,指望撈着了油簍,方纔罷休。"(186頁)同前:"一面口内叫駡,一面順着性兒,赴水追趕。"(189頁)《水滸傳》第四十回:"我弟兄三個,赴水過去,奪那幾隻船過來載衆人如何?"同前第七十七回:"童貫見射他不死,便差會水的軍漢,脱了衣甲,赴水過去捉那漁人。""赴"指游泳。

搦、搭、擩

《集成》明刊本《警世通言》卷十九《崔衙内白鷂招妖》:"衙内手搭著石磨角靶彈弓,騎那馬趕,看見白鷂子飛入林子裏面去。"(693頁)《集成》清刊本《飛龍全傳》第十五回:"也有取了石子,也有那(拿)了磚兒,有的搭了樹枝,有的提着拳頭,大家烘到門邊,如擂鼓般的敲着。"(361頁)"搭"即持、拉扯義,或作"搦""擩"。《集成》明刊本《警世通言》卷三十七《王嬌鸞百年長恨》:"方纔走得十餘步,則見一箇大漢,渾身血污,手裏搦着一條朴刀,在林子裏等他,便是那喫他壞了性命底孝順尹宗在這裏相遇。"(1537頁)慧琳《一切經音義》卷五十八:"并擩"條:"而注反,謂擩莖、擩箭、擩物等,皆作此字。"同前"擩箭"條:"而注反,亦言捻箭也,今言擩莖、擩物皆作此字。"[1]《大正藏》本《六度集經》卷五:"明日猴與舅戰,王乃彎弓

---

[1] 慧琳《一切經音義》第1540頁,上海古籍出版社1986年影印。

第十三章 俗字與歷時詞彙的探討

擩矢,股肱勢張,舅遙悚懼,播徊迸馳,猴王眾反。"(3/27/a)《大正藏》本《十誦律》卷三十七:"即起著杖捉弓擩箭。是二人皆善知射,俱相求便。"(23/266/b)《大比丘三千威儀》卷上:"浣法衣有五事:一者不得持足蹋;二者不得兩手著擩;三者不得兩手捉提;四者不得持衣披戲人;五者不得擘著席下居。"(24/918/b)"擩"字,《大正藏》校勘記曰:宋本、元本、明本、宮本作"授"。《後漢書·臧洪傳》:"撫弦搦矢,不覺涕流之覆面也。"李賢注:"搦,捉也。"《集成》貫華堂本《第五才子書水滸傳》第三回:"下得亭子,把兩隻袖子搦在手裏,上下左右,使了一回。"(253頁)同前第五十七回:"那人手搦狼牙棍,厲聲高罵。"(3226頁)同前第六十回:"盧俊義大怒,搦着手中朴刀,來鬭李逵。"(3400頁)胡竹安《水滸詞典》"搦"字云:"'搦'的借字,持,握。""搦"應該當作一個俗字來看待。又如"箬"或作"篛",唐人隱巒《牧童》詩:"牧童見人俱不識,盡着芒鞋戴篛笠。"

慧琳《一切經音義》卷七十四對《出曜經》"搦箭"條釋云:"又作𢫦,同,女卓、女革二反。搦,捉也。《說文》:搦,按也。"《大正藏》本《出曜經》卷二十八:"'智者能自正,猶匠搦箭直'者,夫人習行先正其形,恒知苦空非身無我之法,六思念行以自誡身使不邪曲,猶若巧匠善能治箭端直無節,堪任御敵,亦無所難,是故說曰:'智者能自正,猶匠搦箭直'也。"(28/759/c)從上可以看出,"擩""搦"是同詞異寫。

"搦"在表示牽扯和挑起、招引兩個義位時,還與"惹"是同源詞。《水滸傳》第三十回:"不爭我們吃你的酒食,明日官府上須惹口舌。"《清平山堂話本·快嘴李翠蓮記》:"大伯說話不知禮,我又不曾惹着你。"(105頁)如"搦戰"即挑戰、惹戰。《集成》明抄本《薛仁貴征遼事略》:"恐衆文武不伏之人,於教場中躍馬橫鎗搦三次,有爭功者臣與比試,無爭者恁時掛印未遲。"(23頁)同前:"薛延陀披掛了,躍馬橫鎗搦眾官百姓。"(23頁)又同前:"俺父親有令懷玉道:'上至鄂國公,下至諸將,都贏了後,將取先鋒印來見我者。'殿上敬德道:'這小廝只是搦我。'令左右將披掛來。"(24頁)這個"搦"明顯是挑戰、惹的意思。同前:"〔薛仁貴〕綽戟在手,言曰:'除總管以下,都敢與他比試。'劉君昂道:'這漢正是搦我,左右!將披掛來。'"(27頁)

棚、拼

《集成》明刊本《關帝歷代顯聖誌傳》卷三《酒樓顯聖捉柯三怨》:"衆人抵敵不住,個個都被三怨打倒。大步正要下樓,樓門邊撞着關大王,將三怨對胸攬住,三怨大呼:'關爺救命!'便蹲倒樓棚上,只見三怨口角流涎,手足如病瘋的一般,憑他們綑縛去見趙學思。"(165頁)"樓棚"即樓板。"棚"與"拼"是同源的,表示拼凑的含義。《集成》清刊本《躋雲樓》第一回:"山上伐了几顆大樹,截成橋樑,擱在空上;又雇木匠解了些板片,棚在橋上,兩旁修上欄杆,從此你往我來,個個便宜。"(5頁)這是描寫修木橋的場面,"棚在橋上"即拼在橋上。《躋雲樓》第八回:"(前殘)剔,不覺自己滅熄,室中甚是黑暗,那床下地棚板內,藏一□□□□□□,見新人房中有些香氣,就從穴內鑽出,爬上床來。"(85頁)同前:"那蛇吃了个大飽,仍旧鑽入地棚板內臥下。"(86頁)《躋雲樓》第八回:"柳毅又問道:'房內是土地可是磚地呢?'貞娘回道:'当門地系磚鋪,兩斷間內俱系板棚。'柳毅又問道:'板是新棚的?可是原旧的?'貞娘回道:'當門磚系新鋪,裡間板系旧棚。'"(91頁)同前:"柳毅仍把貞娘寄監,著差人多拿火把,來到隋家新人房内,把床抬出,點上火把,把地棚板一掀,下邊有個大穴,穴内蟠一大蛇。"(92頁)這些"棚"不能按一般辭書中的意義來解釋,顯然是拼湊、拼合的意思。近代漢語中可寫"搠""拼""棚""挷"等諸形,很難說誰是本字,誰不是本字。我們關鍵要知道在這個詞的義位上有什麼樣的寫法,閱讀和研究時不至於迷惑。《集成》本《拍案驚奇》卷十五《程元玉店肆代償錢　十一娘雲岡縱譚俠》:"馬氏每每苦勸,只是舊性不改,今日三,明日四,雖不比日前的鬆快容易,手頭也還搠湊得來。"(576頁)"搠湊"即今拼湊義。或寫"併",《集成》清刊本《五更風·鸚鵡媒》:"前日春姐姐私下併一件舊綿絮襖,纔穿得兩日,不知怎樣的被新孺人知道。"(19頁)"併"即拼成。《集成》清刊本《兒女英雄傳》第三回:"且喜平日看文章的這些學生裹頭,頗有幾個起來的,也只得分投寫信,托他們張羅,好拼湊着交這賠項。"(68頁)

《集成》明刊本《今古奇觀》第十四卷《宋金郎團圓破氊笠》:"客人若要看壽板,小店有真正婺源加料雙挷的在裏面。"(525頁)"挷"字,清刻本作"耕"①。《集成》清刊本《醒世姻緣傳》第七十回:"他是個做貂鼠的匠人,連年貂鼠甚貴,他凡做帽套,揀那貂鼠的脊樑至美的所在,偷大指闊的一條,積的多了,挷成帽套。"(1897頁)"挷"即拼湊,今標點本改作"拼"②。

錘、鉈、敁捼

"權衡"的"權"當是假借字。《説文》:"銓,稱也。"段注:"稱各

---

① 抱甕老人《今古奇觀》第199頁,岳麓書社1992年版。
② 《醒世姻緣傳》第660頁,中華書局2002年版。

本作衡，今正。《禾部》：稱，銓也。與此爲轉注，乃全書之通例。稱卽今秤字。衡者，牛觸橫大木其角。權衡字經典用之，許不尒，葢古權衡二字皆叚借字。權爲垂之叚借。古十四部與十七部合音，是以若干爲若柯，桓表爲和表，斟灌爲斟戈。毛詩顩爲多之借，單聲之罿鄲入戈韵。垂古音陀，叚權爲之，俗乃作錘。若衡則叚借之橫字。權衡者，一直一橫之謂。"權讀如"垂"作名詞，或俗寫"錘"；音陀或寫作"鉈""砣""鈚"等。《集成》清刊本《大清全傳》第五十五回："後面跟有一箇醜婦，年亦三旬光景，頭生黃髮，一臉橫肉，調角眉，小圓眼睛，秤鈚鼻子，厚嘴唇，露着一口黃牙根。"（728頁）《集成》日本抄本《郭青螺六省聽訟錄新民公案·分柴混打害叔》："身貧無倚，因思叔財难得，乘机半夜私取鉄秤錘，頭頂連打三下，一時氣絕是實。"（290頁）

"錘"作動詞，"揣"與之同源。慧琳《一切經音義》卷四十九"鼻揹"條："初委反。《通俗文》：挧摸曰揹。論文作揣，初委反，又都果反。揣，量也。故揣也。故音丁兼反。揣非此用也。"①同前卷七十"揣觸"條："古文𢶸，同，初委反。謂測度前人也，江南行此音。又音都果反，揣，量也，試也，北人行此音。案論意字宜作揹，初委反，揹摸也。《通俗文》：'挧摸曰揹'，是也。"②《說文》："揣，量也。"段注："初委切。十四、十五部。按《方言》常絹反，是此字古音也。木部有椯字，箠也。一曰度也。一曰剟也。聲義皆與此篆同，而讀兜果切。又今人語言用故（战）敂字，上丁兼切，下丁括切，知

---

① 徐時儀校注《一切經音義三種校本合刊》第1372頁，上海古籍出版社2008年版。
② 同上，第1732頁。

輕重也。亦揣之或體,其音爲尚之雙聲。"(601頁)"揣"可表示稱量義,《集韻·果韻》:"揣,探也。"隨着語音的變化,或寫"埵""錘""砣""鉈"等,當然,這些字一般用作名詞為多。如秤砣就是起權衡、稱量的作用。秤砣或作"秤錘""秤搥",這是後世的語音分化,最初是同出一源的。磧藏主《古尊宿語錄》卷四十七《東林和尚雲門庵主頌古》:"舉僧問大愚芝和尚:'如何是佛?'芝云:'鋸解秤搥。'"①同前:"秤搥將鋸解,言外度迷流。"②"秤搥"即秤錘。

伯3906《字寶碎金一卷》:"拑探:乃兼反。又故量。"(29/175)依據《敦煌音義匯考》謂"拑"是"拈"之誤③,是。并云:"斯2609《俗務要名林·手部》:'拈探:稱量也。上乃兼反',正同。'拈'又作'故',詳後。案:'故探'本雙聲謰語,《切韻》系韻書皆讀端紐,《字寶》注音,端、泥二紐多混。"案:"故探"是同義并舉,"故量"即今之"掂量"。"探"字或作"扡",義同。《廣雅》:"探,量也。"王念孫《廣雅疏證》曰:"探、掇、揣、挃,字異而義同。玷挃,或作故探,《集韻》:故探,以手稱物也。轉之則為故掇,《玉篇》:故(故)掇,稱量也。今俗語猶謂稱量輕重曰故探,或曰故掇矣。"④或作"𢲡𢶳"。《集成》清刊本《兒女英雄傳》第四回:"安公子當下便有些狐疑起來,心裡𢲡𢶳道:'這女子好生作怪!獨自一人沒個男伴,沒些行李。……'"(129頁)同前第九回:"張老心裡𢲡𢶳了半日。"(332頁)我怀疑今天的"故探"當是"故探"之訛,段玉裁謂"故掇"

---

① 磧藏主編集《古尊宿語錄》第955頁,中華書局1994年版。
② 同上。
③ 張金泉、許建平《敦煌音義匯考》第559頁,杭州大學出版社1996年版。
④ 王念孫《廣雅疏證》第103頁,江蘇古籍出版社1984年版。

字"上音丁兼切"。從述古堂影宋鈔本《集韻》看來,《集韻·覺韻》:"敠:敁敠,度知輕重也。一曰:□聚不遠也。"①"敁"字已訛為"敁"。刻本也常見"占"旁訛為"古"的,如"貼"或作"貼"。《集成》清刊本《品花寶鑑》第三十八回:"況他們前日听得先生來了,要貼仰貼仰老名士。"(1532頁)蓋"敁"訛為"故",後來音隨字轉,按字本音讀"故揪"之後,或寫"估倒",如《西遊記》第三十一回:"你果是誰?從那裡來的?你把我渾家估倒在何處,却來我家詐誘我的寶貝?"②"估倒"本是衡量、掂量的意思,因反復地掂量,自然引申出指擺弄的意思。北京話或寫"鼓搗",義同。或異序為"搗估",義同。當然,也有人會認為"估"是本字,因"估"有估量義。但我認為由"敁揪"訛為"故揪"的可能性大,因在中古漢語中"敁揪"常用,這也是音隨字轉的一個實例,寫作"估倒""鼓搗"是很晚的事情。如上文《廣雅疏證》引《玉篇》的文字,今本《宋本玉篇·支部》作:"敁:多兼切,敁掇,稱量也。"③則可知"敁"《廣雅疏證》誤刻為"故",而寫作"故掇"是有原因的,蓋因當時口語常說"故敠""估搗"。《集成》清刊本《兒女英雄傳》第三十一回:"這個當兒,何小姐早到了堂屋裡,把他失手扔的那根繩子拿在手裡,却貼着西邊第二扇槅扇蹲着,看他怎的般鼓搗。"(1417頁)同前:"擄了擄袖子,上前就去割那繩子,顫兒哆嗦的鼓搗了半日,邊鋸帶挑,纔得割開。"(1429頁)

或作"掂掇"。《集成》戚序本《紅樓夢》第四十一回:"劉姥姥聽

---

① 丁度《集韻》第693頁,上海古籍出版社1985年影印。
② 吳承恩《西遊記》第377頁,人民文學出版社1980年版。
③ 《宋本玉篇》第333頁,北京市中國書店1983年影印。

第十三章 俗字與歷時詞彙的探討

了,心下掂掇道:'我方纔不過是趣話取笑兒,誰知他果然竟有。……'"(1510頁)

撶

划船的划,或俗作"撶"。《集成》明刊本《石點頭》卷二:"兩下打個炤會,槳船輕輕撶近船旁。"(132頁)同前:"到了河心中,方纔一齊着力,望着座船飛也似撶來。"(132頁)這兩例"撶"字,江蘇古籍出版社標點本據清同仁堂刊本作"樺"[1]。按:"樺"當是"撶",俗寫"木""扌"不别。《集成》明刊本《新平妖傳》第九回:"家童請長老下了渡船,解了纜,把箇單槳兒撶着。"(231頁)《集成》明刻本《醒世恒言》第二十九卷《盧太學詩酒傲王侯》:"差人得了言語,討個回帖,同門公依舊下舡,撶到柳陰堤下上岸,自去回復了知縣。"(1729頁)《集成》清刊本《梁武帝西來演義》第三十八回:"走不一二里,只見蘆葦中有人駕着一隻小舟,飛也似撶來。"(940頁)按:寫作"撶"字是可以解釋的,蓋最初或以音借字"華"記錄。胡文英《吳下方言考》卷四"華"字條:"《爾雅》:'瓜曰華之。'案:華,匕開不切也。吳中用刀匕開物曰華。"[2]《爾雅》的此"華"字因是動詞,故俗寫加上"扌"旁作"撶"。

或作"批"。《集成》清刊本《躋春臺》卷一《啞女配》:"砍些竹子,空時批些蔑片,編成筆子,挖些虫線冲爛,塗在門上,放在田邊流水之處,到次日一早去收。"(254頁)"批"即"划"的俗寫。同前卷二《捉南風》:"官即到家,見房上果有一眼,鍋底之眼有人頭大,

---

[1] 《石點頭等三種》第42頁,江蘇古籍出版社1994年版。
[2] 《續修四庫全書》第195册,第31頁,上海古籍出版社2002年版。

又看人頭抠得有鍋鋒。"(292頁)又卷二《六指頭》:"見他們在房中抠拳行令,講邪言道穢語談笑風生。"(381頁)

或作"剗"。《集成》戚序本《紅樓夢》第六十二回:"湘雲等不得,合寶玉'三''五'亂叫,剗起拳來。那尤氏合鴛鴦隔著席,也'七''八'亂叫剗起來。平兒襲人也作了一對剗拳,叮叮噹當只聽得腕上鐲子響。"(2360頁)同前:"黛玉自悔失言,原是譏寶玉的,就忘了打趣著彩雲,自悔不及,忙一頓行令剗拳分開了。"(2364頁)又同前:"大家又該對點的對點,剗拳的剗拳。"(2366頁)《集成》本《隋煬帝艷史》第二十五回:"臣只慮太長太闊,就如宮殿一般,篙撐不動,櫓搖不動,槳剗不動,未免濡滯,不能前進。"(795頁)

或作"滑"。《集成》清刊本《續金瓶梅》第二十九回:"那僧也不謙讓,就橫頭坐下,看他兩人滑拳。"(749頁)同前:"待小弟吃乾這兩盃再滑。"(749頁)又同前:"玉卿却要與僧人滑拳。"(750頁)

查

吳承恩《西遊記》第六十九回:"九尺長身多惡獰,一雙環眼閃金燈。兩輪查耳如撐扇,四個鋼牙似插釘。"《集成》明刊本《醒世恒言》卷七《錢秀才錯占鳳凰儔》:"說聲未畢,查開五指,將錢青和巾和髮,扯做一把,亂踢亂打。"(388頁)《集成》明刊本《新平妖傳》第十回:"蛋子和尚已知得了便宜,左手持棍,右手查開五指,一把抓去。"(269頁)"查"為張開義,或寫"揸"。《集成》清刊本《異說反唐全傳》第九十一回:"薛剛聞言,㗱下那把長鬚,根根都揸將開來,喜出望外。"(938頁)同前第一百十七回:"花(密)〔蜜〕蜂還不知頭腦,走迎前去,被趙武搶出轎來,揸開五指,一把抓住,喝道:'老虔

第十三章 俗字與歷時詞彙的探討

婆！武公子在那里？快快說來，饒你一死。'"（1204頁）同前第一百二十七回："鉄面鏤鋄縮嘴腮，金睛暴露耳楂開。"（1301頁）《集成》明刊本《今古奇觀》第二十七卷《錢秀才錯占鳳凰儔》："牙齒真金鑲就，身軀頑鐵敲成；楂開五指鼓垂能，枉了名呼顏俊。"（1099頁）"楂"義同"揸"，因俗寫"扌""木"二旁不别。"查"或寫"托""挓"等①。

或俗寫"猹"。《集成》清刊本《續西遊記》第十三回："狼牙似鉄釘，猹耳如門槅。"（233頁）同前第十八回："尖嘴縮腮猹耳朵，磕額毛頭凹眼睛。"（307頁）

或作"扎""札"。《集成》戚序本《紅樓夢》第六十二回："寶玉不知有何話，札著兩隻泥手，笑嘻嘻的轉來問：'什麽？'香菱只顧笑。"（2390頁）"札"同"扎"，張開義。《漢語大詞典》有"扎手"條。

或俗寫作"乍"。《集成》清刊本《大清全傳》第四十一回："此人身高九尺，膀乍腰圓，頭戴官帽，身穿號鎧，青中衣，青布抓地虎快靴。"（517頁）"乍"即張開、開闊義，標點本《彭公案》"乍"作"闊"②，這是改了一個同義詞。《集成》清刊本《大清全傳》第五十五回："金氏只疼的乍煞着兩支手，說：'好利害呀！'"（731頁）"乍煞"即張開。或作"扎煞"，《集成》清抄本《忠烈俠義傳》第八十七回："他那兩手扎煞，見物就抓。"（2735頁）

把、爬、扒

表示爬的意思，在明清時期"把""爬""扒"是混用的。《集成》

---

① 可参曾良《敦煌文獻叢札》第14頁，浙江古籍出版社2010年版；曾良《明清通俗小說語匯研究》第232頁，江西教育出版社2009年版。

② 貪夢道人《彭公案》第174頁，文化藝術出版社1998年版。

清道光十三年乾元堂本《海公大紅袍全傳》第十回:"連忙把起身來,將張老兒的借券取出,仔細端詳。"(177頁)"把"是"爬"的俗寫。書業堂本作"爬"①。方俗音的關係,或寫作"扒"。《集成》本《海公大紅袍全傳》第四十八回:"那余氏便拿燈來照,周大章已經扒了起來。"(912頁)"扒"字,書業堂本作"爬"②。《集成》本《海公大紅袍全傳》第四十九回:"大章道:'快些点个灯來。'余氏方始扒起床來,打着了火,点上灯,拿將過來。"(925頁)"扒"字,書業堂本亦作"爬"③。《集成》清刊本《唐鍾馗平鬼傳》第一回:"滑鬼扒將起來一看,說道:'喲!原來是楞二哥。未知有何要事,這等緊急?'"(7頁)

《集成》清刊本《說唐演義全傳》第二十五回:"羅成力大,把雄信撲的一聲,仰後一交直跌入殿內去了。衆人吃了一驚,不知就裡。雄信大怒,扒起身來,罵道:'小賊種!焉敢跌我?'"(436頁)"扒"即爬的意思。也有用"爬"字的,同前第二十七回:"當下二人扎縛停當,悄悄的爬上來。"(467頁)

打尖

《集成》清刊本《海公大紅袍全傳》第五回:"這日恰好嚴嵩正出門做生理,將布篷掙起,擺在路上打尖鬧熱之處,好去趁錢。誰知這日就是兵部的差官,領着緹騎押解朱某某起身,時已將午,一行人到了打尖之處,各皆下騎落店,用點心飲酒止渴。"(86頁)《集成》清抄本《忠烈俠義傳》第四回:"不一日,包公與包興暗暗進了定

---

① 《海公大紅袍全傳》第39頁,上海古籍出版社1993年版。
② 同上,第192頁。
③ 同上,第195頁。

第十三章　俗字與歷時詞彙的探討

遠縣,找了個飯甫(舖)打尖。"(188頁)《集成》清刊本《雪月梅》第三十五回:"晚間席散,成公取出一封賻儀,道:'聊作賢契途次一尖。'"(708頁)"打尖",不少方言中有此詞語,"尖"是個方俗讀音,本字待攷。《漢語大詞典》"打尖"條:"在旅途或勞動中休息進食。"姜亮夫《昭通方言疏證》云:"打尖,昭人謂旅途小憩為打尖。按《廣疋·釋詁三》:'蹸,止也。'俗以尖字為之。此言小憩止,因休而飲食,故小食亦曰打尖矣。"①

或寫"打餞"。寫"餞"字估計是認為跟進食有關。《集成》本《小五義》第七十三回:"到了次日,店中的夥計過來打了臉水,烹了茶。江樊說:'我們在這打早餞。'夥計答應,少時過來,問要什麼酒飯?"(357頁)第八十二回:"整走了一天,打餞用飯,也就不細表了。"(406頁)第八十五回:"第二天早晨起來,要起身,天氣不好,濛濛的小雨,打了坐地餞自然就落程了。"(425頁)或寫"棧"字。《小五義》第八十五回:"打完了早棧,將出飯店,在艾虎背後叫道:'艾五爺上那去?遇見你老人家這可就好了!'"(424頁)

打千

《集成》清刊本《七俠五義》第十五回載:地方官范宗華多嘴,"包興悄悄把范宗華叫到。他又給包興打了個千兒。包興道:'我瞧你很機靈,就是話太多了。方才大人問你,你就揀近的說就完咧。甚麼枝兒葉兒的,鬧一大郎當作甚麼?'"(113頁)同前第八十六回:"不多時,進來了二人,朝上打了個千兒道:'小人不知上差老爺到來,實在眼瞎,望乞老爺恕罪。'""打千",我們從下面例子可以

---

① 姜亮夫《姜亮夫全集》第16冊,第113頁,雲南人民出版社2002年版。

看出"千"是"跧"的音變。《集成》清刊本《海公大紅袍全傳》第十二回:"嚴二來到大堂,見徐公打跧請安。"(222頁)"跧"字,書業堂本作"千"①,說明"打千"即"打跧"。《集成》清刊本《海公大紅袍全傳》第十一回:"徐公下了轎子,入到内堂。只見徐滿走到面前,打了一個千,說道:'奴才有下情,要求爺恩准。'徐公道:'有甚広事情,只管說來。'"(197頁)這裡"打一個千"即彎曲一下腰,指行禮。《集成》戚序本《紅樓夢》第八回:"獨有一個買辦,名唤錢華的,因他多日未見寶玉,忙上來打跧兒請安。"(286頁)同前第九回:"只聽外面答應了兩聲,早進來了三四個大漢,打跧兒請安。"(323頁)同前第十四回:"鳳姐急命唤進來,昭兒打跧兒請安。"(479頁)或說"打搶跪","搶"也是"跧"的音變。《集成》清刊本《儒林外史》第四十九回:"正想着,一個穿花衣的末脚,拏着一本戲目走上來,打了搶跪,說道:'請老爺先賞兩齣!'"(1639頁)同前:"長班又上來打了一個搶跪,稟了一聲'賞坐',那吹手們纔坐下去。"(1640頁)"搶跪"是屈一膝的半跪禮。

或寫作"打簽"。《集成》清刊本《野叟曝言》第四回:"素臣急走出外間,未能搶步打簽說道:'老爺多多致意相公,說不來別了。'"(87頁)第十六回:"未能忙打簽下去,又李扯住,低低說道:'我姓白。'"(434頁)

或作"打阡""打仟"。《集成》清刊本《紅樓復夢》第十三回:"包勇看見大嚇了一跳,誰知就是寶二爺,趕忙迎着打個阡兒。"(458頁)第十五回:"走到姑老爺面前,打仟兒,送上牙笏請點。"

---

① 《海公大紅袍全傳》第49頁,上海古籍出版社1993年版。

第十三章　俗字與歷時詞彙的探討

（520頁）明末刻本《新刻增校切用正音鄉談雜字大全》："鄉談：打半跪；正音：打阡子，打摺。"①

括

　　《集成》本《唐鍾馗全傳·帝試鍾馗》："听見君家書聲括耳，令人可愛，特來相伴，幸勿見卻。"（25頁）《集成》明刊本《醒世恒言》卷二十《張霆秀逃生救父》："到了是日，王員外要誇炫親戚，大開筵宴，廣請賓朋，笙簫括地，鼓樂喧天。"（1208頁）《集成》清刊本《異說反唐全傳》第七回："忽聞一片笙簫括耳，想來定是武后惡婦與高宗在宮，飲宴玩月。"（59頁）"括"的本字當作"聒"。《集成》清刊本《隔簾花影》第二十八回："這些女僧一人一面鼓，齊齊打起，和着唱曲，聒得地動山搖，言語全聽不出來。"（482頁）或俗寫為"咶"。《集成》清刊本《續西遊記》第十回："笙簫咶耳，餚核盈眸。"（176頁）《集成》清刊本《生綃剪》第二回："是那狗婦不好，碎碎刮刮，你也不該就認真，將他弄殺了。"（104頁）"刮刮"義同"聒聒"。

　　《集成》本《三教開迷歸正演義》第五十七回："打動世間愛富心，括目相看綾段襖。"（876頁）此"括"是"刮"的俗寫。《集成》清抄本《虞賓傳》卷四："虞生道：'高兄學業，弟所深知。正是竿頭日進之時，何愁不括目相看！'"（139頁）《龍龕手鏡·手部》："括：古活反，撿也，結也，至也。又音刮、膾二音。"②"括""刮"本來是同音的，但發展到現代漢語普通話則音不同了。《集成》明刊本《南海觀世音菩薩出身修行傳》卷四《紗善救得君臣反国》："両次香山謁大

---

① 李國慶《雜字類函》第1冊，第52頁，學苑出版社2009年版。
② 行均《龍龕手鏡》第215頁，中華書局1985年影印。

仙,誰知親女望中懸。直教括起尋常眼,始信神僧即大仙。"(145頁)這個"括"就是"刮目相看"的"刮"。《集成》清刊本《紅樓幻夢》第十二回:"黛玉道:'士三日不見,當括目相待。晴妹在幻境已久,無所不通,他的天資又在你我之上。'"(561頁)"括"同"刮",即摩、拭義,"刮目"實際上是指眼睫毛摩拭眼珠,使看得更清楚。我們為了看清楚東西往往會連眨動幾下眼睫毛,這即是"刮目",贛南客家方言稱眨眼為"刮眼",如"一刮眼工夫就到啦"。

《集成》清刊本《紅樓幻夢》第二回:"襲人一面答應,一面說道:'這個活佛爺,是我的救命王。'彩雲覷着他一笑,伸個指頭向臉上括了一下,羞的襲人面上一紅,扭回頭走開了。"(79頁)"括"即"刮"字。

《集成》清鈔本《繡屏緣》第十回:"只因疑心不決,夜間也有一夢,夢見黑風括地,陰雲慘慘。"(175頁)《集成》明刊本《雲合奇蹤》第三十六則:"頃刻間,國公的船被風一括,竟擱在淺沙灘上;衆將船隻又皆括散,一時不能聚合。"(408頁)《集成》清刊本《紅樓復夢》第十四回:"見那桅上黃布大旗,寫着'禮部大堂',被風括的亂飛亂捲。"(491頁)"括"即颳。

刮

《集成》清刊本《海公大紅袍全傳》第三十回:"張聰尤不知備細,還在那裏作威作勢的道;'甚麼人在此絮刮,與我拿下去見太師。'"(566頁)"刮"是"聒"的俗寫。《集成》明刊本《牛郎織女傳》卷四《天帝觀橋》:"鵲橋功成,帝曰:'羽族中灵禽,不數烏鵲;虛空中弘闊,独羨天河。向日宮前鳴噪,朕以為徒刮人耳;今日河中架造,朕以為大快人心。……'"(138頁)

另外,也見"耳刮子"俗寫作"耳聒子"的。《集成》本《飛英聲》:

"崔佑笑道:'搀(纔)打淂两个耳聒子,怎的就打壞了。'"(191頁)

四、借助俗寫將詞語的歷時演變有機串聯起來

方俗之語是針對"雅言"而言的,民間方俗口語往往沒有規範正字,故在小說中多見為口語詞而書寫俗字。必須注意的是,因口語詞的本字難以探討,所以多以記音俗字為主。我們在面對這些俗字的時候,不能按一般辭書的意義去理解它。在探討漢語詞彙的歷時演變時,尤其必須注意將同一個詞的不同俗寫有機串聯起來。

跑、鏷

《集成》清刊本《女開科傳》第八回:"因此就想把這個婆兒,既無根蒂,若得我刷鏷起來,擡舉他做一位驛宰夫人,諒他也決無推阻之理。"(277頁)這"鏷"是個俗字,或作"跑""刨"等。《經律異相》卷三《精舍二》:"復作一牛,身體高大,肥壯多力,麁脚利角,跑地大吼,奔突來前。"①《磧砂藏》本卷末《音釋》:"跑地:上步交反。"慧琳《音義》卷七十八"捊地"條:"白茅反,或作抱、掊二〔形〕,同。以手指捊也。經從足作跑,非也,音匏也。"②《齊民要術·種瓜》:"先臥鋤,耬却燥土,然後掊坑,大如斗口。"或作"掊"字、"抱"字等。《大正藏》本宋涼州沙門釋寶雲譯《佛本行經》卷六:"後脚跑地土,揚塵坌辱之。"(4/99/a)"跑"字,《大正藏》校勘記曰:宋本、元本、明

---

① 僧旻、寶唱等《經律異相》第12頁,上海古籍出版社1988年影印。
② 徐時儀《一切經音義三種校本合刊》(修訂版)第1885頁,上海古籍出版社2012年版。

本作"掊"。《磧砂藏》本《經律異相》卷三十一《須闡提太子割肉供父母命六》:"六欲諸天皆悉怯怖,下閻浮提,化作師子虎狼之屬,張目𪘏䶗,跑地大吼,震跳騰躑,來欲搏齧。"①慧琳所見此經作"爮地",慧琳《音義》卷七十九"爮地"條:"鮑包反,俗字也。或作掊,以前脚包地,牛虎猫犬之怒也。或作抱。《韻英》云:引取也。亦無定體。"②《大正藏》本《經律異相》卷三十一作"咆地"(53/164/b)。《大正藏》本《佛本行集經》卷十八:"車匿入時,其馬乾陟,在淨飯王宫門之外,欲入門内觀瞻太子,左右行動坐臥之處,不見太子,淚下如流,爮地大鳴,譬如有人於大衆中說苦惱事。"(3/739/a)《大正藏》校勘記曰:"爮"字,宋本、元本、明本作"跑",聖本作"掊"。玄應對此經音義作"掊地",玄應《音義》卷十九"掊地"條:"蒲交反,《通俗文》:手把曰掊。《說文》作捊,或作抱,引取也。"③《大正藏》本《根本說一切有部毗奈耶律》卷二十六:"牛亦出窟,搖動身體,出聲吼叫,以脚爮地,向師子前。"(23/768/c)慧琳《音義》卷六十對此經"爮地"條音義:"上音庖,俗字也,正體從手作捊,時人多呼為孚字,非也。言爮地者,是牛王吼嗥之時,以前脚捊地。從爪包聲也。"④

從上語例可知,"跑""掊""捊""抱""爮"等同源,都是爬或薄薄除去表皮的動作,因漢字是表意文字,脚爬地往往寫"跑",爪子爬

---

① 僧旻、寶唱等《經律異相》第165頁,上海古籍出版社1988年影印。
② 徐時儀《一切經音義三種校本合刊》(修訂版)第1903頁,上海古籍出版社2012年版。
③ 同上,第398頁。
④ 同上,第1584頁。

第十三章 俗字與歷時詞彙的探討

或作"䩺",以手則或寫"抱""捊""掊",以金屬工具、刀則或作"鉋""刨",它們的核心語義是一樣的。或俗寫為"鞄"。《集成》清刊本《癡人福》第八回:"使者將推鞄從頭至尾渾身鞄了一回,北平道:'刮洗這册(皮)膚,用了猛力,我雖痛楚,也甘捱。'"(297頁)"推鞄"即鉋子。

撒、摔、甩

現代漢語"甩"字表示抛、扔義,是比較晚出現的。因為是個俗語詞,在表現這一詞義時,在近代漢語中有多種俗寫字形。《康熙字典》"摔"字條:"《正字通》:俗字。按:《集韻》諸書不載。"《集成》明刊本《警世通言》卷十九《崔衙内白鷂招妖》:"衙内把馬摔一鞭,先上山去,衆人也各上山來。"(691頁)在《元曲選》中一般用"摔"字,例如關漢卿《玉鏡臺》第二折:"〔官媒云〕住住!這玉鏡臺不打緊,是聖人御賜之物,不爭你摔碎了,做的個大不敬,為罪非小。"《音釋》:"摔,音洒。"[1]《爭報恩》第二折:"他將我這一雙業種陰圖害,可正是拾得孩兒落的摔。"《音釋》:"摔,升擺切。"[2]白仁甫《牆頭馬上》第二折:"你則是拾的孩兒落的摔,你待致命圖財。"《音釋》:"摔,音洒。"[3]楊文奎《兒女團圓》第二折:"哎,你可便休道是拾得一個孩兒落得價摔。"《音釋》:"摔,升擺切。"[4]武漢臣《玉壺春》第二折:"玉壺内插蘭花,壓梅瓣,壽陽點額休撇摔,莫伴群芳亂

---

[1] 臧懋循《元曲選》第56頁,浙江古籍出版社1998年影印。
[2] 同上,第90頁。
[3] 同上,第167頁。
[4] 同上,第224頁。

折。"《音釋》:"摔,音率。"①石君寶《秋胡戲妻》第二折:"〔卜兒云〕媳婦兒,你只待敦葫蘆摔馬杓哩!"《音釋》:"摔,音洒。"②無名氏《謝金吾》第一折:"不隄防被他來這一摔,錯閃了腰肢,擦傷了膝蓋,爭些兒磕破了腦袋。"《音釋》:"摔,音洒。"③關漢卿《蝴蝶夢》第四折:"空教我哭啼啼自敦自摔,百般的喚不回來。"《音釋》:"摔,音洒。"④從這些《音釋》看來,"摔""灑""率"音升擺切,故在明清小說中或寫為"灑(洒)""撒"。《集成》明刊本《醒世陰陽夢》陰夢第十回:"這回道人把兩袖一灑,口裏念道:'黃鶴樓前吹笛時,白蘋紅蓼滿江湄。……'"(659頁)《集成》清刊本褚人穫《隋唐演義》二十四回:"老母把衣袖一灑,洋洋的徑回裏面坐下,眼中落淚。"(559頁)同前第三十七回:"待洒手去,却又洒不脫。"(897頁)《集成》清抄本《虞賓傳》卷十:"翠雲道:'如今多一王小姐,時刻要在跟前問話,不可胡纏。'即時洒脫出門而去。"(361頁)《集成》清刊本《五更風·鸚鵡媒》:"朝宗用力洒脫,再洒不脫。"(54頁)"摔"或寫作"撒",表示抛、扔的動作。《集成》明刊本《大唐秦王詞話》第四十三回:"馬氏回頭瞧見咬金看看近來,撒下手中刀,取出紅綿套索,望空撒去。"(861頁)《集成》清刊本《雲仙嘯·勝千金》:"兩人手起刀落,早砍翻了幾个軍快,慌了的,都撒了囚車就走。"(184頁)《集成》清刊本《海公大紅袍全傳》第十四回:"嚴嵩道:'吾看其文理亦甚平庸。'竟不中之。將卷子故意撒開,另取別卷抵換。"(265頁)《集

---

① 臧懋循《元曲選》第230頁,浙江古籍出版社1998年影印。
② 同上,第259頁。
③ 同上,第281頁。
④ 同上,第301頁。

第十三章　俗字與歷時詞彙的探討　　　　　　　　　　　　　　*391*

成》清刊本《鐵冠圖》第二回:"閆爺把案一拍,道:'哇!你这該死的奴才!……'即撒籤叫推下重打四十。"(9頁)這個"撒"不是放開、分開之義,而是拋、甩的意思;此"撒"字,《中國古代珍稀本小說》第十册《鐵冠圖》作"拋"字①。《集成》清抄本《忠烈俠義傳》第八回:"惡道往前一撲,急轉身,摔手就是一刀。"(336頁)"摔"字,標點本《三俠五義》作"甩"②,《集成》清刊本《七俠五義》作"摔"(63頁)。

蓋"摔"字在口語中有開口、合口的異讀,故在文獻語料中有這種反映。以今證古,在今天一些方言中也有體現。如在閩南方言中,有文白異讀,文讀為開口,而白讀為合口。黃典誠先生在《切韻綜合研究》中舉了"獺""辣""撒""割""八""瞎"等例子,如"撒"文讀[sat],白讀為[suaʔ]③。在江西贛縣方言中,"撒"也有[sa]和[suai]兩音,如"播撒[sa]""撒[suai]網";又如贛縣話還有"甩[sa]你一巴掌""牛甩[sa]偏脚"(指牛旁踢蹄子)"甩眼光"(拋媚眼)"甩眼怪"(拋鬼眼)等。古籍中也見"耍"俗寫為"洒"的。《集成》明刊本《南海觀世音菩薩出身修行傳》卷四《莊王被魔受难》:"善才对龍女曰:'師父已去,我等在此清閑无事,同去岩后千仞峰观洒片時,有何光境。'二人同上到高崖之處,左盼顧右占望。"(124頁)"观洒"即觀耍、觀玩義。《集成》明刊本《近報叢譚平虜傳》卷二《五城捕軍捉獲囚犯》:"捕軍人咲道:'你如何早不叫我們,却兩個在這里洒拳。你要自己奪了功去,該有這塲磕跌晦氣。'"(118頁)"洒拳"即耍拳。

---

① 《中國古代珍稀本小說》第10册,第593頁,春風文藝出版社1994年版。
② 石玉崑《三俠五義》第55頁,人民文學出版社2001年版。
③ 黃典誠《切韻綜合研究》第66頁,廈門大學出版社1994年版。

表示甩義或寫"躧""攊"。《集成》明刊本《警世通言》卷一《俞伯牙摔琴謝知音》："那時不慌不忙,將蓑衣、斗笠、尖擔、板斧,俱按放艙門之外,脫下芒鞋,躧去泥水,重復穿上,步入艙來。"(10頁)從小說上下文看來,因天氣下雨,故鍾子期將芒鞋"躧去泥水",定是指甩去泥水,"躧"字明顯不當是踩的意思。《集成》明刊本《醒世恒言》卷三《賣油郎獨占花魁》："喚丫鬟開了臥房,點上銀缸,也不卸頭,也不解帶,躧脫了綉鞋,和衣上床,倒身而臥。"(145頁)《集成》明刊本《新平妖傳》第四十回："是夜,仁宗到福寧殿中,沐浴坐定,躧脫雙履,奄然而崩。"(1136頁)甩手還俗寫為"攊手"。《集成》明刊本《警世通言》卷三《王安石三難蘇學士》："不多時,相府中有一少年人,年方弱冠,戴纏騣大帽,穿青絹直擺,攊手洋洋,出府下堦。"(73頁)"攊"實際上是個俗字,因跟手有關係,故"躧"字改旁為"攊"。同前卷二十一《趙太祖千里送京娘》："公子那里肯依,一手攊脫了京娘,奔至柳樹下,解了赤麒麟,躍上鞍轡,如飛而去。"(799頁)卷二十四《玉堂春落難逢夫》："三官茶罷,就要走,故意攊出兩錠銀子來,都是五兩頭細絲。"(928頁)《集成》清刊本《吳江雪》第二十四回："我今日將你兩人一向所賜之物送還了你們,攊手而別,也完我一生之事。"(400頁)《集成》明刊本《醒世恒言》卷八《喬太守亂點鴛鴦譜》："孫寡婦那裏肯聽,教了養娘些言語,跟張六嫂同去。張六嫂攊脫不得,只得同到劉家。"(410頁)同前卷三十四《一文錢小隙造奇冤》："正不知是那個打死的,巴不能攊脫逃走。"(2056頁)《集成》明刊葉敬池本《石點頭》卷三："道罷,攊脫王原之手便奔。"(228頁)此"攊"字,江蘇古籍出版社據清同仁堂刊本作"擺"(73頁)。《集成》明刊葉敬池本《石點頭》卷九："可憐芳

第十三章　俗字與歷時詞彙的探討

淑小姐涕泣牽衣,挽留不住,好生悽慘;做丈夫的却攞手不顧,並不要一個僕人相隨。"(552頁)

因"灑""撒""甩"等曾有同音關係,故古籍材料中所表現出來的是它們之間互相混用。《集成》明刊本《雲合奇蹤》第六十四則:"灑開着兩隻毛拳,肉多筋少,何異那催魂的鬼判。"(738頁)《集成》清刊本《異説反唐全傳》第三十八回:"當下五人,一個個閃出殿來,灑開腳步便走。"(379頁)同前第八十八回:"張天輝大怒,灑開大步,掄手中鉄棒就打。"(910頁)《集成》明刊本《孫龐鬪志演義》卷三:"龐涓灑開腳步,走到演武臺前,參見鄒太師。"(66頁)《集成》經綸堂本《萬花樓演義》第五回:"公子應允,当時拿回包囊,灑開大步而去。"(76頁)第二十七回:"李義氣易(已)平了,說:'走罷!'二人灑開大步走跑了。"(372頁)第三十回:"說完,拾起鉄棍,灑開大步而走。"(416頁)第三十五回:"灑開大步,奔走如飛,樵夫見了,發笑不已。"(478頁)這些"灑",似乎既可理解為放開、分開,又可理解為掄動。《集成》清刊本《兒女英雄傳》第五回:"他見四頭騾子都跑下去,一咕碌身爬起來,顧不得帽子,撒開腿就趕。"(167頁)《集成》清刻本陳森《品花寶鑒》第四十二回:"亮軒走出屋子,到院子中間,撒開腳步就走。"(1713頁)《集成》清刊本《飛龍全傳》第十一回:"鄭恩聽言,提了枣樹,散開腳步,仍從原路而走。"(267頁)或作"跐",《集成》清刊本《飛龍全傳》第十一回:"想定主意,把手虛晃一棍,跐開腳步,往正南上便走。美英拍馬趕來。"(257頁)《集成》經綸堂本《萬花樓演義》第四回:"深深四叩起來,肩負行囊,跐開大步出仙山而去。"(68頁)第十一回:"只見橋左旁边,有餅麵店一間,他就提刀跐開大步,跑進店來。"(164頁)第二十六回:"將近軍營,只見一位紫臉大漢,踀步而來。"(355頁)同前:"他踀開大步,望前而奔。"(361頁)第五十六回:"包公天性明灵,當時況又分外留神,又肅淨公堂,故听出声音,不見慘切,不是犯人喊苦。踀開大步,跑上堂呼:'王年兄,下边夾者是何人?'"(757頁)第六十六回:"焦廷貴踀步上前,大呼:'二位元帥,有何軍令差遣?'"(882頁)《集成》清刻本陳森《品花寶鑒》第三十六回:"到了書房,叫了巴英官,忙忙的踀開大步,一直到聘才處來。"(1468頁)或有寫作"甩"的,《繪圖施公案後集》第一百回:"想到此處,不由兩腳如飛,甩開大步,登時來到公館。""甩開大步"即撒開大步,可比較:《集成》清刊本《飛龍全傳》第十二回:"鄭恩遂把絆繩重新背好了,手內擒着枣树,洒開大步,奔走如飛。"(295頁)第二十八回:"說罷,提了酸枣棍,同匡胤出了店門,洒開腳步,赶到野雞林,至那大樹林盡頭,尋着了庄子。"(705頁)第三十九回:"只說鄭恩當時洒開飛腿,奔赶程途,耳邊只聽呼呼風响,頃刻之間,約走了十數里。"(963頁)《七劍十三俠》第二十回:"到了來朝,洪道帶了王能,相辭眾位弟兄,撒開大步,一路望上江而去。"從上面例子看來,"撒開腳步""甩開腳步""洒開腳步""踀開腳步"應該是一個意思。《集成》清經綸堂本《萬花樓演義》第十七回:"狄青听了,又盼咐向王提督府衙而去,侍官應話,提燈引道,洒步頻頻。"(236頁)"洒步頻頻"是描寫狄青酒醉後腳步不穩的樣子。《集成》清刊本《玉支璣小傳》第十回:"長孫肖見不是勢頭,忙撒身要往後逃走。"(171頁)我們也發現了"踀"用於手的甩的例子,《集成》清刊本《後宋慈雲走國全傳》第二十五回:"太子只道各人拿捉他,即兩臂展開,左右一踀,數名家丁各各跌仆下。"(470頁)這個"踀"明顯是指

第十三章 俗字與歷時詞彙的探討

手臂的甩動。

"甩"字出現很晚,是作為俗字出現的。《集成》明刊本《三刻拍案驚奇》第十八回:"雙手挈了,竟趕到講堂,扑地一甩,衆僧見了掩口。"(585頁)同前:"早被他'朴洞'一聲,甩下水去。"(595頁)《集成》本《鼓掌絕塵》第十六回:"只見半空中撲的甩下兩條白雪雪的東西來,衆人趕上去一看,却是死的兩个玉面狐貍。"(500頁)據說此刊本不會早於明崇禎年間。《集成》清光緒刊本《兒女英雄傳》第六回:"那瘦子說着,甩了外面的僧衣,交給禿子。"(203頁)第二十六回:"說着,拉住姑娘的袖子只往那邊一甩。"(1166頁)同前第二十八回:"張金鳳生怕惹出他的累贅來,一面甩脫了袖子就走,一面回頭笑向新娘道:'屈尊成禮。'"(1249頁)從對明清小說的調查來看,"甩"字雖明末偶見,但使用較多是在清代以後。或作"樧",《集成》清刊本《躋春臺》卷四《螺旋詩》:"這仇氏人材體面,行動輕狂,兼之不識尊卑,不分内外,挺起肚子,劣起性子,走路樧袖子,說話帶欄子,開腔充老子,見人肘架子,常與長年訕談子。"(838頁)"樧"當是"甩"的異體,依據俗字原理,"樧"當從"扌",俗寫"木""扌"旁不別。

既然"摔""甩"均是元明之後的俗寫,那麼較早一點的詞形是哪一個呢?我們以爲最有可能是"撒"字。這樣能把中古漢語和近代漢語的歷時發展有機聯繫起來。《世說新語》卷上《言語第二》:"俄而雪驟,公欣然曰:'白雪紛紛何所似?'兄子胡兒曰:'撒鹽空中差可擬。'"《太平廣記》卷三十三《馬自然》:"又於遍身及襪上摸錢,所出錢不知多少,擲之,皆青銅錢,撒投井中,呼之,一一飛出。"《五燈會元》卷二十《烏巨道行禪師》:"試問九年面壁,何如大會拈華?

南明恁麽商確,也是順風撒沙。"《集成》貫華堂本《第五才子書水滸傳》第三十回:"武松道:'這口鳥氣今日方才出得鬆臊。"梁園雖好,不是久戀之家",只可撒開。'"(1679頁)此"撒開"即抛開。《集成》清光緒刊本《兒女英雄傳》第六回:"和尚見他的兵器被人吃住了,咬着牙,撒着腰,往後一拽;女子便把棍罷鬆了一鬆,和尚險些兒不曾坐個倒蹲兒。"(212頁)同前:"他立脚不穩,不由的撒了那純鐵禪杖,仰面朝天倒了。"(213頁)"撒"即甩、抛的意思。當然,"摔""甩"從"撒"字分化出來後,相對待出現,詞義有一定的分工和發展,詞音也有變化。"摔""甩"的含義帶有用力的成分,而"撒"强調分散、分開,如"播撒"。

踩

"踩"是一個晚出俗字,出現在近代漢語中。"踩"來源於"躧",蓋後世語音發生變化,"躧"詞音讀如采。我們可以舉出類似的例子,如"釃"後世音籭,《元曲選》無名氏《鴛鴦被》第三折:"着去處依着便行,教釃酒愿隨鞭蹬。"《音釋》:"釃,音籭。"[1]又如"筵"或作"籭",是其例。《馬王堆漢墓帛書·戰國縱橫家書》:"夫實得所利,尊得所願,燕趙之棄齊,說(脫)沙(躧)也。"類似的如"曬"字,慧琳《一切經音義》卷五十九"中曬"條:"又作㬢,《方言》:曬,暴也,乾物也。郭璞音霜智反,北土行此音;又所隘反,江南行此音。"[2]"釃"或寫"灑"。《集成》明刊本《醒世恒言》第二十九卷《盧太學詩酒傲公侯》:"即令家人撒開下面這卓酒席,走上前居中向外而坐,

---

[1] 臧懋循《元曲選》第46頁,浙江古籍出版社1998年影印。
[2] 慧琳《一切經音義》第2379頁,上海古籍出版社1986年版。

叫道:'快把大盃灑熱酒來,洗滌俗腸!'"(1744頁)《集成》本《今古奇觀》第十五卷《盧太學詩酒傲公侯》亦作"灑"(587頁),今標點本《今古奇觀》徑改為"篩"字[1]。

《集成》明刊世德堂本《西遊記》第七十一回:"形容體勢十分全,動靜腳跟千樣躧。拿頭過論有高低,張泛送來真又楷。轉身踢个出牆花,退步翻成大過海。輕接一團泥,單槍急對拐。"(1826頁)"躧"與"楷""海""拐"等押韻。又同前:"平腰折膝蹲,扭頂翹跟躧。扳凳能誼泛,披肩甚脫洒。絞當任往來,鎖項隨搖擺。踢的是黃河水倒流,金魚灘上買。"(1827頁)"躧"與"灑""擺""買"等押韻。明代湯顯祖《牡丹亭》第二十三齣《冥判》:"〔末〕宜男花。〔淨〕人美懷。〔末〕丁香花。〔淨〕結半躧。〔末〕豆蔻花。〔淨〕含著胎。〔末〕奶子花。〔淨〕摸著奶。〔末〕梔子花。〔淨〕知趣乖。〔末〕柰子花。〔淨〕恣情奈。"[2]文中"躧"與"懷""胎""奶""乖""奈"等押韻,可知當時"躧"的實際語音。明代沈璟《紅蕖記》第六齣,南呂過曲【紅衲襖】:"〔小生〕莫不是一片歸帆自遠浦來?〔淨〕這敢不是。〔小生〕莫不是一帶平沙被落雁躧?〔淨〕怕也不是。〔小生〕這些時烟寺晚鐘空萬籟,又不是那晴嵐山市臨水開,更非關夜雨瀟湘滴兩涯,也非因夕照漁村將網曬,渾一似暮雪江天有個啄食的寒鴉也,敢只是洞庭秋月弄珠的神女儕。"[3]從"躧"字與"來""籟""開""儕"等押韻看來,"躧"字的音讀已為 cai 音,故後世根據語音變化,或俗寫作"踩"。《集成》明刊本《封神演義》第五十二回:"刺虎穿胸連樹倒,

---

[1] 抱甕老人《今古奇觀》第223頁,岳麓書社1992年版。
[2] 湯顯祖《牡丹亭》第124頁,人民文學出版社1963年版。
[3] 《沈璟集》第21頁,上海古籍出版社1991年版。

降魔鋒利似秋霜,大將逢之翻下馬,冲營躎陣士俱亡。"(1354頁)第六十回:"忽腦後伸出一隻手來,五個指頭好似五個大冬瓜,把武榮抓在空中,望下一摔,一脚躎住大腿,兩隻手端定一隻腿,一撕兩塊,血滴滴取出心來。"(1597頁)第八十七回:"南宫适曰:'料一小縣,今損無限大將,請元帥着人馬四面攻打,此縣可以躎為平地。'"(2405頁)明代鄭曉《今言》卷三:"近日東南倭寇類多中國之人,間有膂力膽氣謀略可用者,往往為賊。躎路踏白,設伏張疑,陸營水寨,據我險要。"[1]《集成》明刊本《大宋中興通俗演義》卷四《岳飛用計破曹成》:"時河口山水泛漲,橋道不堅,纔過却一半軍馬,土橋已躎塌,餘軍不能進。馬進遙見土橋躎塌,引五千人復回邀殺岳飛。"(356頁)《集成》貫華堂本《第五才子書水滸傳》第一回:"时耐史進那厮,前日我去他莊上尋矮丘乙郎,他道我來相脚頭躎盤,你原來倒和賊人來往。"(134頁)"躎盤"即踩盤的意思。《集成》明刊本《醒世恒言》卷二十三《金海陵縱欲亡身》:"且把這環釧留在我這里,待我慢慢的看覷個方便時節,躎探一個消息回話你。"(1317頁)明末刻本《新刻增校切用正音鄉談雜字大全》:"鄉談:踏熟土;正音:躎熟泥。""躎"字注音"采"[2]。

現在我們說一說"躎"字簡化的問題。《集成》本抱甕老人《今古奇觀》第六卷《李謫仙醉草嚇蠻書》:"李白此時昂昂得意,躎襪登褥,坐於錦墩。"(175頁)"躎"字,今標點本《今古奇觀》作"踹"[3]。"躎"字,今《新華字典》《現代漢語詞典》不收,而標點本將此字類推

---

[1] 鄭曉《今言》第136頁,中華書局1984年版。
[2] 李國慶《雜字類函》第1冊,第12頁,學苑出版社2009年版。
[3] 抱甕老人《今古奇觀》第66頁,岳麓書社1992年版。

第十三章 俗字與歷時詞彙的探討

簡化為"踊",非。《集成》明刊世德堂本《西遊記》第二十回:"妖怪!趁早兒送我師父出來,省得掀翻了你窩巢,躧平了你住处!"(485頁)第二十一回:"這行者腳躧著虎怪的皮囊,手執的如意的鐵棒,答道:'你孫外公在此,送出我師父來!'"(492頁)第九十九回:"老黿馱着他們,躧波踏浪,行經多半日,將次天晚,好近東岸。"(2519頁)這些"躧"字,標點本《西遊記》一般都簡化為"踊"[1]。"躧"字在國家頒布的簡化字總表中沒有直接列出簡化字形,而在可作簡化偏旁用的簡化字中,"麗"簡化為"丽",故人們將"躧"類推簡化為"踊"。按:從漢語歷史看來,"躧"簡化為"踊"非,當作"跿",如古籍中"灑"俗寫為"洒","曬"為"晒",是其例。可知漢語"踩"的歷時變化軌跡,"躧"字最古老,在古代漢語中一般用"躧";在近代漢語時,"躧"或俗寫"跿",又因詞的讀音已發生變化,音如"采",故俗寫為"踩";在現代漢語中"踩"成為規範正字。《古本小說叢刊》第一輯舒元煒序本《紅樓夢》第四十回:"他只顧上頭和人說話,不防底下果跿滑了,咕咚一跤跌倒。"(2811頁)《漢語大字典》"踩"字條引《紅樓夢》第四十回此例,不知是據何版本,而舒元煒序本、戚序本、庚辰本、程甲本、楊継振藏本均作"跿"(估計是據今標點本簡化字引的語例)。《集成》戚序本《紅樓夢》第四十七回:"及至從湘蓮馬前過去,只顧望遠處瞧,不曾留心近處,反跿過去了。"(1755頁)《漢語大詞典》"踩"字條引《西湖二集·商文毅決勝擒滿四》:"遥望見山下一股清泉,項忠一步步踩將下來,走到泉水

---

[1] 吳承恩《西遊記》第247頁、250頁、1183頁,人民文學出版社1980年版。

邊，喫了數口。"而《集成》傅惜華藏本《西湖二集》作："遥望見山下一股清泉，項忠一步步探將下來，走到泉水邊，吃了數口。"（780頁）又《漢語大詞典》引《醒世姻緣傳》第九六回的"又怕踩慣你的性兒，倒回來欺侮你"，《集成》本《醒世姻緣傳》"踩"作"躧"（2625頁）。《辭源》不收"跴"和"踩"字。清人《彙鈔三館字例》云："躧：不作跴。堂籤。"①此書是從正字角度說的，反過來可見"躧"俗寫一般作"跴"。另外，我們從"灑"字或音借為"跴"，可證"跴"是"躧"之俗。《集成》清刊本《走馬春秋》第四回："亞父行了法，隨下了高峯，至原处，跨上青牛，跴了点别泪，仍進東門，回歸王府不提。"（61頁）這裏"跴"就是灑的意思。

"踩"字出現很晚，清道光二年刻本陳端生《再生緣全傳》卷一："暗暗叫聲吾好恨，恨不能，雙靴一踩刎龍泉。"清道光七年刻本劉祖憲《橡繭圖說》卷下《上機度梭成綢第四十一》："先以左足踏右踩板，使前綜下而後綜上，中開魚口。織者以右手擲梭過左，推神框一下。又以右足踏左踩板，使後綜下而前綜上，中開魚口。"清光緒刻本丁寶楨《四川鹽法志》卷二《銼大口圖》："舷口砌好，即置花滾子，踩架中用一堅實之木，以稱大銼，謂之碓板；人在踩架上，往來跳躍，謂之搗銼，又謂之搗碓。"或有寫作"採"的。《集成》清道光丁未年經綸堂本《綠牡丹全傳》第二回："任大爷開言向駱公子道：'馬上馬下十八般武藝，都是你我曉得的，可以不必，只叫他賣賽採軟索，就給他八兩銀子罷了。'"（17頁）此《綠牡丹全傳》共出現"採軟

---

① 《續修四庫全書》第243冊，第179頁，上海古籍出版社2002年版。

索"9次,今標點本均改為"踩軟索"①。《集成》本《潛龍馬再興七姑傳·陶府請贅》:"如不放出太子,我將你庄上採為牧之郊。"(92頁)從寫"採"字看來,當時俗寫"踩"尚沒有固定。或寫"彩"。《集成》清刊本《兒女英雄傳》第二十一回:"你從大路綴下他去,看看他落那座店,再詢一詢怎麼個方向兒,扎手不扎手。趁他們諸位都在這裡,我們聽個准信,大家去彩一彩。"(871頁)

以下是"躧""跴""踩"出現的數量統計,為了排除今人徑改因素,調查底本盡量以影印本為準。

	躧	跴	踩
《史記》	4	0	0
《文選》	14	0	0
《西遊記》(世德堂)	23	0	0
《今古奇觀》	3	0	0
《封神演義》	5	0	0
《兒女英雄傳》	1	0	0
《紅樓夢》(戚序本)	0	6	0
《紅樓夢》(楊継振藏本)	0	9	0
《醒世姻緣傳》	7	0	0
《紅樓復夢》	0	5	0
《紅樓夢補》	0	6	0
《四川鹽法志》	0	0	4

"跴"在《漢語大字典》中音 cǎi,有兩個義項如下:

①方言。追蹤。《紅樓夢》第九十四回:"便叫鳳姐跟到邢夫人

---

① 《綠牡丹》第7頁,上海古籍出版社1993年版。

那邊,商議蹯緝不提。"清嚴如熤《苗防備覽·藝文志上》:"按季給以工食,以為蹯緝引路之貲。"清頤瑣《黄繡球》第二十一回:"快些請官衙裏出差四面兜拿,並飛移鄰境,一體蹯緝。"

②同"踩"。踐踏。《紅樓夢》第九十七回:"雪雁也顧不得燒手,從火裏抓起來,撂在地下亂蹯。"《封神演義》第七十六回:"三軍踴躍縱征駐,馬蹯人身逕過。"清林則徐《廣和京控案覆訊大概情形摺》:"伊不敢妄行扳認,致被跪鍊蹯槓。"

《漢語大字典》上舉《封神演義》第七十六回的"馬蹯人身逕過",而《集成》日本內閣文庫本《封神演義》作"躍"(2046頁)。因為字典都以為"蹯"是"踩"的俗寫,所以在簡體字本的古籍出版中,大量"蹯"字逕改為"踩"。例如:《中國古代珍稀本小說》第四册《宋太祖三下南唐》第八回:"但此位少王生來性急鹵莽,有老父遺風,一進王府大門,大呼母親那裏,一程大步踩進。"①"踩"字,據《集成》影印清刊本作"蹯"。同上第十六回:"公子喜悅,一馬當先,眾兵隨後踩入,無不奮勇,以一當百。"②"踩"字,據《集成》原刊本作"蹯"。同上第十八回:"又思此女是英勇之人,何不令他再冲踩唐營。"③同前第十九回:"主婢再抖精神,即飛馬復向北門衝殺入踩戰。"④又第三十五回:"當夜見報道唐主被宋踩營來奔,安慰一番,即欲提兵恢復故營。"⑤這些"踩"字,據《集成》,原刊均作"蹯"。這

---

① 《中國古代珍稀本小說》第 4 册,第 556 頁,春風文藝出版社 1994 年版。
② 同上,第 603 頁。
③ 同上,第 618 頁。
④ 同上,第 621 頁。
⑤ 同上,第 711 頁。

第十三章 俗字與歷時詞彙的探討

種逕改的地方還有不少,不再備舉。

如上例子,在古籍整理時改"跐"為"踩"或"踏"是不妥當的。實際上,"跐"應該是"躧"的俗字,從俗字常識也可以類推出來。如"曬"或作"晒",《集成》明刊本《韓湘子全傳》:"鶴童托胎去後,他便逐日在這潭口晒衣遊玩。"(234頁)我們再看《漢語大字典》"跐"字條列的"追蹤"和"踐踏"兩個義項,"躧"字均有,嘉慶年間修《東台縣誌·方言》:"尾人之後偵其所之與所為曰躧。"《清朝野史大觀·清朝史料·淀山湖洋人劫案》:"其一逃往廣東……未幾亦躧獲於廣東之香港。"我們再舉"躧"的踐踏義,《集成》明刊本《韓湘子全傳》第三回:"手執着象牙簡,足躧着皂朝靴。"(67頁)可參考《漢語大字典》"躧"字條。這也說明"跐"就是"躧"的俗寫。《唐代墓誌彙編》麟德○○三《大唐故處士呂府君陳夫人墓誌銘》:"惟君粃糠名利,畢志丘園,杖藜丹桂之叢,躧步紫蘭之徑。"①另外,從異文比較也可看出"跐"是"躧"的俗字,《集成》清刊本《七俠五義》第六十回:"小人昨奉此差,一來查訪馬剛的破綻,二來暗躧花蝶的形蹤,與兄弟報仇。"(420頁)同前:"因他最愛躧花,每逢夜間出入,鬢邊必簪一枝蝴蝶,因此人皆喚他是花蝴蝶。"(420頁)此兩例"躧"字,《集成》清抄本《忠烈俠義傳》第六十回均作"跐"(1916頁)。《集成》本《小五義》第五十六回:"他在烏龍崗這裏開著座黑店,手下跐盤子的小賊有一百號人。"(277頁)第五十九回:"有個老跐盤子的,姓毛叫毛順,外號兒叫百事通,有能耐,無運氣,老看不起人。"(289頁)我們再看"跐盤子"一語,同書或寫"躧盤子",《集成》本《小五

---

① 周紹良主編《唐代墓誌彙編》第397頁,上海古籍出版社1992年版。

義》第八十回:"毛二說:'怎們落在這老西手裏了? 莫不成高寨主有禍,怎們也沒見躧盤子的夥計報信哪?'"(395頁)可見,"踋"是"躧"之俗。今燕山出版社標點本《小五義》把"踋盤子"或"躧盤子"均徑改為"踩盤子",未當。

從歷史的角度看,"躧"字是古漢語直到近代漢語均存在使用的正字,而"踋"與"踩"是晚出俗字,"踩"字不見於《說文》《廣韻》等較早的字書韻書。"踩"是個非常晚出的字,大概是有些區域方言發展到後來踐踏義音讀如"采",覺得"躧""踋"並不能表達實際語音,故又另造了一個俗寫"踩"。"踩"在現代漢語中成為規範正字,反而使用最為頻繁。在古籍整理中,將"踋"逕改為"踩"是不符合歷史觀的,未免本末倒置。甚至將"躧"徑改為"踩",這是糟蹋古籍的做法,如《集成》清刊本《小五義》第八十六回:"按舊路而回,從新又到廟這裏躧道,俱都看明,轉頭回店。"(432頁)今標點本《小五義》第八十六回將"躧"改為"踩"①,非。下面這個例子也可以明確看出"踋"是"躧"之俗,《集成》清刊本《忠烈俠義傳》第三十七回:"又听那人道:'这是甚庅? 稀潭的踋了我一脚。哎哟,怎庅他口子上有个脖子呢? 敢則是被人殺了他,快快告訴員外去。'"(1217頁)"踋"字,《集成》清刊本《七俠五義》第三十七回作"躧"(257頁),說明"踋"是"躧"的俗字,而簡體字本《三俠五義》作"踩"②。《集成》清抄本《忠烈俠義傳》第四十二回:"衆丫环搀扶步上楼梯,这个说:'你踋了我的裙子咧!'那个说:'你站稳些,你硼了

---

① 石玉崑《小五義》第429頁,北京燕山出版社1997年版。
② 石玉崑《三俠五義》第220頁,人民文學出版社2001年版。

第十三章　俗字與歷時詞彙的探討

我的花兒了。'"(1382頁)"跴"字,《集成》清刊本《七俠五義》第四十二回作"躧"(294頁)。《集成》清抄本《忠烈俠義傳》第四十四回:"王朝道:'咱們信步行去,固然往熱鬧叢中跴訪,難道反往幽僻之處去広?'"(1425頁)《集成》清刊本《七俠五義》第四十四回作"躧"(302頁)。可知其演變脈絡是:躧→跴→踩。

《集成》清刊本《野叟曝言》第九回:"那知這一跑開去,雙人一隻脚,絆住一條繩子,用力一躧,只聽得許多人聲口,齊叫一聲'啊呀',早鑽出一個人來,把雙人拉住。"(248頁)同前:"四邊地下,都用小木橛釘了繩子,把那布棚緊緊的綳住,繩子躧脱木橛,木架倒下,便把棚裏的桌子倒翻。"(248頁)又同前:"雙人躧脱了他的棚帳,不好回他,只得坐下。"(249頁)這些"躧"字,中國文史出版社標點本均作"踩"。

或作"跐"。陸德明《經典釋文》卷二十七《莊子音義·秋水第十七》:"方跐:音此,郭時紫反,又側買反。《廣雅》云:蹋也,蹈也,履也。司馬云:側也。"[1]"跐"的音側買反即今之踩。《廣雅·釋詁》:"跐,履也。"曹憲《博雅音》"跐"字注"側買"反。《正字通·足部》"跐"字條:"鉏買切,釵上聲。行貌。又蹈也。《莊子》:'跐黄泉而登大皇。'《列子》:'蹸步跐蹈。'又紙韻,音子,義同。韓愈《曹成王碑》:'行跐汉川。'《通雅》曰:'以今鄉音考之,阻買之音為近,俗作踹。'"《集成》貫華堂本《第五才子書水滸傳》第二十一回:"宋江仰着臉,只顧踏將去,正跐在火鍬柄上。把那火鍬裏炭火,都掀在

---

[1] 陸德明撰、黄華珍編校《日藏宋本莊子音義》第147頁,上海古籍出版社1996年影印。

那漢臉上。"(1175頁)同前:"那莊客便把跐了火鍬的事說一遍。"(1177頁)同前第二十二回:"話說宋江因躱一杯酒,去淨手了,轉出廊下來,跐了火鍬柄,引得那漢焦燥,跳將起來,就欲要打宋江。"(1185頁)《集成》清刊本《兒女英雄傳》第三十一回:"那賊不知就裡,一脚跐空了,'咕咚'一聲掉下去了。"(1423頁)章太炎《新方言》卷二:"今人謂踏爲跐,讀初買反,俗用'踹'字爲之。"楊樹達《長沙方言考》第四十八條:"今長沙謂足踐地曰跐,音如采。"或俗寫作"蹂""蹂"。明萬曆刊本《金瓶梅詞話》第二十一回:"我搠你去,倒把我一隻脚蹂在雪裡,把人的鞋也蹂泥了。"①又同前:"你看賊小淫婦兒,躧在泥裡,把人絆了一交,他還說人跳泥了他的鞋。"② "跳"字不通,當是"跐"字之訛;人民文學出版社標點本據崇禎本改"跳"爲"踹"③。有趣的是,這段文字中"躧""蹂""蹂""踹"都同時使用;當然,古籍中也常見正字與俗寫夾雜使用的情況。明萬曆刊本《金瓶梅詞話》第三十回:"若是六月的,蹂小板凳兒糊險道神,還差着一帽頭子哩!"(784頁)同前:"潘金蓮用手扶着庭桂兒,一隻脚跐着門檻兒,口裡磕着瓜子兒。"(785頁)"蹂""跐"爲同詞異寫。《集成》戚序本《紅樓夢》第二十二回:"這會子犯不上跐著人借光兒問我。"(789頁)

或作"蹅"。《集成》清刊本《唐鍾馗平鬼傳》第十二回:"再說無二鬼到了城邊,剛開城門,進城到了蹅徧街自己門首。"(114頁)小說中"蹅徧街"是地名,其他多處作"跐徧街",如第一回:"里中有一

---

① 蘭陵笑笑生《金瓶梅詞話》第570頁,香港太平書局1982年影印。
② 同上。
③ 蘭陵笑笑生《金瓶梅詞話》第259頁,人民文學出版社1985年版。

踙徧街,街内有一人,姓無,名耻,字是不為。"(3頁)同前:"滑鬼不敢強去,遂同衆鬼轉回踙徧街來。"(8頁)故知"蹋"是"踙"的異寫。《集成》清刊本《昇仙傳》第十八回:"小塘推門進去,見徵、苗二人背綁着,吊在樑上,急叫衆人鮮將下來,二人腳蹋寔地。"(122頁)第二十回:"这倭寇舍了城池,大蹋步闖進大乙陣去。"(136頁)第二十二回:"不消半日,早到了北直保定府交界,一齊收了遁法,脚蹋平地。"(155頁)《集成》本《春秋配》第十一回:"正是'蹋破鉄鞋無覓處,得來全不費工夫'。"(115頁)《四庫全書》本元代陳椿《熬波圖》卷下《擔灰入淋》:"又用生灰一擔,盖面,用脚蹋踏堅實。實則滷易流,虚則滷不下。"宋佚名《詞林韻釋》十三嘉華:"蹋,小步。"《五侯宴》第五折:"我這裡見來,料來這箇英才入門來,兩步為一驀,大蹋步一夥上前來。"或寫"叉""趴"等。《集成》清刊本《綠牡丹全傳》第十六回:"花振芳大笑道:'这才是个好漢,不愧我輩朋友也!'將手一拱,道聲:'多承京動!'大叉步的去了。"(160頁)"叉"是"叉"的俗字。"叉"是動詞,踩踏義,即是"趴"字。《集成》清抄本《忠烈俠義傳》第廿六回:"妇人听了,便大义步兒走上堂来,'咕咚'一声就跪倒了。"(898頁)"乂"是"叉"的俗寫,《三俠五義》第二十六回正作"叉"[1],《集成》清刊本《七俠五義》亦作"叉"(186頁)。《五燈會元》卷十八《子陵自瑜禪師》:"僧問:'如何是古佛心?'師曰:'赤脚趴泥冷似冰。'曰:'未審意旨如何?'師曰:'休要拖泥帶

---

[1] 石玉崑《三俠五義》第160頁,人民文學出版社2001年版。

水。'"①《集成》清刊本《西遊原旨》第四十回:"他再拽步趕上唐僧,恨不得一步趺過此山。"(1116頁)或俗寫"扠"字。明萬曆刊本《金瓶梅詞話》第二十一回:"一面從粉壁前扠步走來,抱住月娘。"(541頁)或作"叾"。《集成》清刊本《兒女英雄傳》第十四回:"說完,大叾步便走了。"(516頁)

或作"蹉"。《集成》清刊本《儒林外史》第二十二回:"不覺一脚蹉了个空,半截身子掉下塘去。"(760頁)《董解元西廂記》卷二:"待蹉踏怎地蹉踏,待侉吊如何侉吊。"清乾隆李玉書刻本喻仁《元亨療馬集》卷五《論馬一十六般蹄頭痛》:"蹄尖着地掌中痛,蹙步難行病在尖。外蹉裏疼側向内,裏側外痛外跟翻。"

現代漢語的"踩"這一意義,在古籍中還有寫作"踹"的,前文章太炎《新方言》中也有提及。《集成》清刊本褚人穫匯編《隋唐演義》第七回:"接踵就是幾個騎馬打獵的人衝過。叔寶把身子一讓,一隻脚跨進人家大門,不防地上一個火盆,幾乎踹翻。"(162頁)"踹"字下音注:"音采。"又如上揭《綠牡丹全傳》的"採軟索",同書還説"踹軟索",《集成》清刊本《綠牡丹全傳》第三回:"忽聽得對過亭子内大叫一声,猶如半空中丢了一个霹靂,即時踹軟索的也不頑了。"(29頁)《集成》清刊本《五美緣全傳》第四十一回:"他二人能在波濤浪裡走踹,直如平地。"(578頁)第四十三回:"鍾有德道:'小弟同兄踹水过去,將舡奪來,渡过江去就有生路了。'"(593頁)有不少方言稱"踩水",如贛南客家方言"踹"音如"踩"。明代方以智《通

---

① 普濟《五燈會元》第1164頁,中華書局1984年版。

雅》卷四十九"趾蹈"條:"趾,淺氏切,又側氏、阻買二切,大步也。《列子》曰:'躇步趾蹈',《莊子》'跳(趾)黄泉而登大皇',以今鄉語考之,'阻買'之音為近,俗便書作'踹'字。"①又《通雅》卷三十五云:"高絙,今之踹索也;躧蹻,長蹻伎也。漢晉以來,有高絙、長蹻,兩女子切肩繩上是也,今曰踹索。趫戲今曰踹高蹻。《山海經》喬國,郭璞曰:'今伎家喬人,蓋象此也。'"《集成》戚序本《紅樓夢》第二十二回:"我要有外心,立刻化成灰,叫萬人踐踹。"(795頁)同前第二十四回:"秋紋碧痕正對抱怨,'你濕了我的裙子',那個又說'你踹了我的鞋'。"(893頁)《集成》清刊本《兒女英雄傳》第一回:"這地原是安家的老圈地,到了安老爺的老太爺手裡,就在這地裡踹了一塊吉地,作了墳園,蓋了陰陽兩宅。"(6頁)同前第三十八回:"却把那包香的字紙扔得滿地,大家踹來踹去,只不在意。"(1899頁)或寫"揣"字。《集成》清刊本《說唐演義全傳》第五十六回:"我今此去,情願獨揣唐營,即死在戰場之中,也得瞑目。"(1000頁)同前:"化落落一馬直至唐營,大聲喝道:'呔!唐營將士,囉子來揣營了!'把槊一擺,揣進營來。"(1001頁)

現在來說說"躧"字的後世發展為什麼會有衆多不同的俗寫。蓋"躧"音所綺切,與"醯"同音,因後來語音的發展變化,不少地方此詞的韻母讀作 a 音了,故造成古籍中"撒""躧""跴""灑"同音,故"躧"俗寫為"蹅""跛""扠""蹉"等諸形;有的地方韻母音讀為 ai,故有"蹂""踹""趾""踩"等俗寫。

---

① 《方以智全書》第一册,《通雅》第1452頁,上海古籍出版社1988年版。書中"蹈"字誤錄為"踣",據《四庫全書》本改。古籍中"舀""臽"二旁俗寫不別。

捻脚

《集成》貫華堂本《第五才子書水滸傳》第三回："門子只得捻脚捻手，拽了拴，飛也似閃入房裏躲了。"（257頁）"捻"即是"躡"的異寫。"躡""捻""捏"通用，在漢語史中有一個長期的使用過程，我們將之放在漢語史的大背景下就會很清楚，這個口語詞一直到明清小說中還有使用。敦煌卷子斯328《伍子胥變文》："慮恐此處人相掩，捻脚攢形而暎樹；量（良）久穩審不須驚，漸向樹間偷眼覷。"（1/123）關於"捻"字，學界有不同的理解。項楚先生謂："捻脚攢形：輕提脚步，收縮身體，也是形容躲躲藏藏之貌。'捻'通'跾'，《集韻·帖韻》：'跾，行輕也。'"[①]其說可從。上揭語例"捻"就是"躡"的異寫，因是口語詞，字面形式不固定。敦煌卷子也有寫"躡"的，斯328《伍子胥變文》："晝即途中尋鬼路，躡影藏形恒夜遊。"（1/125）古籍也多見"捏"或寫"躡"的，日本獅谷白蓮社本慧琳《一切經音義》卷五十二"捻挃"條："古文敜，同，乃頰反，指持謂手躡也。下豬栗反，《廣雅》：挃，刺也。"[②]"手躡"即手捏。玄應《一切經音義》卷十一"捻桎（挃）"條作："古文敜，同，乃頰反，指持謂手捻也。"[③]又慧琳《一切經音義》卷七十八"捻挃"條："上念牒反，《廣雅》：捻，塞也。顧野王云：'捻乃穿'也。《漢書音義》云：'陳平手捻漢王'，是也。或作躡，《聲類》作敜，《古今正字》從手念聲也。"[④]此謂"躡""敜""捻"為異體。由此可見，"捻""躡""捏"在民間俗寫中

---

① 項楚《敦煌變文選注》（增訂本）第25頁，中華書局2006年版。
② 慧琳《一切經音義》，第2081頁，上海古籍出版社1986年影印。
③ 同上，第233頁。
④ 同上，第3089頁。

第十三章　俗字與歷時詞彙的探討

長期混用,故敦煌卷子"躡脚"或寫"捻脚"是不足為怪的。《集成》清刊本《梁武帝西來演義》第十二回:"喝左右速擒吳僧智斬首,柳慶遠連忙躡蕭衍的衣服,說道:'不可,不可!明公今舉義師,弔民伐罪,前臨強敵,勝負未分,今荊州挾天子以令諸侯,不過一時為人所使,豈他日之長計乎?⋯⋯'"(288頁)這裏"躡"即捏的意思。《集成》清刊本《儒林外史》第三十一回:"王鬍子出去,領着鮑廷璽捏手捏脚一路走進來。"(1046頁)"捏手捏脚"即今之"躡手躡脚"。《集成》明刊本《醒世恒言》卷十三《勘皮靴單證二郎神》:"分付已畢,太尉便同一人過去,捏脚捏手,輕輕走到韓夫人窗前。"(663頁)同前卷三十三《十五貫戲言成巧》:"那賊略推一推,豁地開了,捏手捏脚,直到房中。"(1985頁)

躡足的"躡"或作"攝"。《集成》清刊本《說唐演義全傳》第十回:"叔寶攝足輕輕走進老母的臥房來,兩個丫頭三年不見,多長大了。"(167頁)"攝足"即躡足。

瞪

《集成》清刊本《豆棚閒話》第四則:"那公子驚得心瞪目呆,往家急走,嘆氣道:'我父親如此為人,我輩將來無噍類矣!'"(107頁)"瞪"也可用於眼睛以外的器官,"心瞪"謂發愣。《集成》高麗刊本《九雲夢》卷二:"生愕然無語,推琴而起,惟瞪視小姐之背,魂飛神飄,立如泥塑。"(74頁)因"瞪""頓"不少方音無別,如"頓時"或寫"登時";而指口發呆發愣的狀態,"瞪"從目,字形似乎不太合適,故或用"頓"字表示口的發愣狀態。《集成》清刊本《五更風‧鸚鵡媒》:"秋寔頓口無言,水老也將前日拶朝宗的刑具用在秋寔手上。"(56頁)《集成》清刊本《豆棚閒話》第三則:"眾人被他數落,頓口無言。"(75頁)《集成》清刊本《幻中真》第二回:"說得易任滿臉通紅,頓口無言。"(41頁)"頓"就是呆滯的意思。大概是跟"目瞪口呆"的"瞪"同源,還會說"目定口呆","瞪"即是指眼睛發愣。這個"瞪"與"怔"同源,《集成》清抄本《忠烈俠義傳》第五回:"只見他坐不多時,發了囬怔,連那壺中酒一鐘未吃,便匆匆会了錢而去。"(191頁)《集成》清刊本《天豹圖》第三十八回:"花子能此時那裡敢吐口氣,只是定定任他們去罵。"(773頁)"定定"即癡呆狀。《集成》清刊本《品花寶鑑》第四十二回:"亮軒道:'你們還認得我麼?'天福道:'有些面善,想不起來,好像那裏見過的?'天壽眼瞪瞪的看了一會,問道:'你能不是去年同一位喫煙的老爺來?那位喫煙的同我師父打起來,還是你能拉開的。'"(1708頁)《集成》清抄本《笏山記》第十八回:"你哥哥是甚人?百巧又裝醉,把眼瞅着足足,涎瞪瞪的,只是笑。"(255頁)

或寫作"蹬"。《集成》清刊本《綠牡丹全傳》第四回:"從頭至尾說出情由,訴了一遍,把个王倫氣得目蹬痴呆,半日說不出話來。"(39頁)同前第五回:"花奶奶將如此這般情由,析說了一遍,把个花振方(芳)氣得目蹬痴呆。"(55頁)或作"磴"。《集成》清刊本《兩交婚小傳》第十四回:"甘頤看了告示,方知辛祭酒陞了光祿少卿,帶着兒子進京去會試了,心下喫了一磴。"(475頁)"磴"是驚呆的狀態。或作"鄧"。《集成》清抄本《笏山記》第三回:"武舉呆着眼聽着,忽的大叫一聲,吐出鮮血來,昏鄧鄧倒着。"(31頁)

或寫作"睜"。《集成》明刊本《警世通言》卷二十八《白娘子永鎮雷峰塔》:"衆人把那先生齊罵,那先生罵得口睜目呆,半餉無言,惶恐滿面。"(1154頁)"睜"也是指發呆的狀態,跟眼睛無關;今人

第十三章 俗字與歷時詞彙的探討

注釋或不了解此義,謂"口睜目呆""按文意應是'眼睜口呆'"①,非是。或俗寫作"挣"。《集成》清刊本《夢中緣》第六回:"這個中年尼姑出離山門,將那吳瑞生看了一眼,不覺挣了;吳瑞生將那個中年尼姑看了一眼,也不覺挣了。二人看罷多時,遂放聲大哭。看官,你道這是甚麼緣故?這位中年尼姑,不是別人,就是吳瑞生的嫂嫂宋氏。"(154頁)從上下文可以看得很清楚,"挣"就是怔、發呆的意思。《集成》清刊本《夢中緣》第十二回:"且說知府回到宅中,挣挣坐着,也不言語,那怒氣尚忿忿未平。"(312頁)"挣挣"謂發呆的樣子。

或寫"瞋"。《集成》清抄本《忠烈俠義傳》第一百四回:"韓彰見盧方这番光景,惟恐有失,連忙過來搀住道:'大哥,且在那边向火去,四弟不久也就上來了。'盧方那里肯動,兩隻眼睛直勾勾的往水里瞋瞅。"(3273頁)"瞋"不是表怒視,據小說上下文,是描寫盧方專注呆瞅的樣子,"瞋"也是發愣的意思,蓋小說作者方音-n、-ŋ不分。《集成》清刊本《快心編》第三回:"湘烟便把巫仙商議的話,悄悄細述一徧,凌駕山唬得目瞋口呆。"(96頁)

這、適

一直到明清小說,還有近指代詞或作"適"的。《集成》清刊本《兩交婚小傳》第十一回:"適日辛祭酒正在後廳閑坐,接了來書,拆開細看,看見王知縣稱贊的甘夢,恰正是兒子要求甘頤的妹子。"(374頁)"適日"即這日的意思。

"這"在漢字系統中頻繁使用表示指示代詞,但"這"本來是音

---

① 馮夢龍《警世通言》第429頁,陝西人民出版社1985年版。

言建反,迎的意思。《玉篇·辵部》:"這,宜箭切,迎也。"①《說文》無此字,文獻中很少用"這"表示迎的例子。"這"字後來借用表指示代詞,為什麽會用音言建反的字表示指代詞?《增韻·馬韻》:"這,凡稱此個爲者個,俗多改用這。"應該是"這"字有一段時期有讀"者"音之類的情況,這樣假借纔有可能。原來"這"表指示代詞來源於"適",並且跟俗寫有關。

從古籍文獻看,"適"有許多俗寫爲"這"的例子。《大正藏》本《經律異相》卷四十四《舅甥共盜甥黠慧後得王女爲妻十二》:"其人久久果重來盜。外甥教舅:年尊體羸力少,若爲守者所得,不能自脫,更從地穴,卻行而入。如令見得,我力強盛,當濟免舅。舅這入穴,爲守者所執。"(53/230/a)"這"字,《大正藏》校勘記曰:宋本、元本、明本、宮本作"適"。慧琳《一切經音義》卷七十九對《經律異相》"這入"條云:"言建反,《蒼頡篇》:這,迎也。《文字典說》:从辵言聲。"②說明慧琳所看到的《經律異相》也作"這入",不過從版本異文和具體上下文意看,"適"字是,不當音言建反,"這"應該是"適"俗寫。《磧砂藏》本《經律異相》亦作"適入"③。慧琳《一切經音義》卷七十四對《僧伽羅刹集》的"這入"音義:"言件反,《字書》云:這,迎也。《文字典說》:從辵言聲。"④《大正藏》本《僧伽羅刹所集經》卷上:"是時迦藍浮王往入深山,欲獵麋鹿,適入山中,見此忍辱仙人。"(4/119/a)慧琳所看到的佛經"這"字,應是"適"的俗寫,慧琳

---

① 《宋本玉篇》第198頁,北京市中國書店1983年影印。
② 徐時儀《一切經音義三种校本合刊》第1906頁,上海古籍出版社2008年版。
③ 僧旻、寶唱等《經律異相》第234頁,上海古籍出版社1988年影印。
④ 徐時儀《一切經音義三種校本合刊》第1820頁,上海古籍出版社2008年版。

第十三章　俗字與歷時詞彙的探討

誤按"這"的正字讀音和意義去解釋。

佛經中有不少"這"作"適"用的語例,如《大正藏》本西晉竺法護譯《文殊師利普超三昧經》卷中:"時一幼童,這說此已,尋虛空中八千天子俱讚歎曰:'善哉善哉!快說此言。今仁發意,天上世間,悉蒙救護。'"(15/414/a)《大正藏》校勘記曰:"這"字,宋本、元本、明本、宮本、聖本均作"適"。《文殊師利普超三昧經》卷中:"欲入舍衛大城分衛,于中路念:'吾行分衛,時如大早,寧可造見濡首童真?'這設斯念,尋便往至,則與濡首言談敘闊,演說堅要。"(15/419/a)同前:"濡首童真這興斯定,從其室宇至於城門,自然莊嚴,途路平整,既廣且長。"(15/419/b)同前:"譬師子之子這生未久,雖為幼少,氣力未成,其師子子有所游步,其氣所流,野鹿諸獸,聞其猛氣,皆悉奔走。"(15/419/c)同前:"濡首這向嚴莊寶路,則雨天花,無數伎樂,不鼓自鳴。"(15/420/a)同前《文殊師利普超三昧經》卷下:"王阿闍世所入地獄名賓跎羅,這入尋出,其身不遭苦惱之患。"(15/425/c)這些"這"均是"適"的意思。我們推測,"適"俗寫為"這"大概是因為"適"的隸寫與"這"的隸寫形近,故"適"往往訛寫作"這"。《大正藏》本《佛五百弟子自說本起經·貨竭品第九》:"適見大眾會,即疾奔走趣,意欲於彼中,希望飲食具。"(4/192/c)校勘記曰:"適"字,聖本作"這"。"這"是"適"的俗訛,陳治文先生有論[1],參蔣禮鴻師《敦煌變文字義通釋》[2]。馬王堆漢墓帛書"適"

---

[1]　陳治文《近指指示詞"這"的來源》,《中國語文》1964年第6期。
[2]　蔣禮鴻《敦煌變文字義通釋》(第四次修訂本)第513頁,上海古籍出版社1988年版。

或作"適"①,銀雀山漢簡或作"適""適"②,可見隸寫"啇""言"二旁形近。敦煌卷子中也見"適"俗寫為"這"者,北6642號(昃35)《佛說太子瑞應本起經》卷下:"佛即澡洗,前入火室,持草布地,這坐須臾,〔毒〕龍瞋恚,身中出煙;佛亦身中出煙。"③同前:"迦葉這去,佛如人屈伸臂頃,東過弗於逮界上數千萬里,取樹果名閻逼,盛滿鉢還。"④同前:"明日食時,迦葉復請佛。佛言:'便去,今隨後到。'〔迦葉〕這去,佛便西詣拘耶尼界上數千億萬里,取阿摩勒果,盛滿鉢還,先迦葉坐床上。迦葉後至,問大道人:'從何而來?'佛言:'卿這去,我西這拘耶尼地,取阿摩勒果香美。'"⑤又同前:"佛以神足,北這欝單曰界上數千億萬里,取自然粳米,滿鉢而還,先迦葉坐床上。"⑥同前:"迦葉喜言:'大道人來,一何善也! 我這欲相供養,中間何為七〔日〕不現?'"⑦同前:"時迦葉五百弟子,這俱破薪,各一舉斧,皆不得下,憜共白師。"⑧此卷子為隸體風格,屬南北朝抄本,這些"這"即"適"的俗字,今《大正藏》本均作"適"(3/481/a)。我們舉這麼多例子,是想說明"適"俗寫"這"不是個別現象。

《大正藏》第3冊《佛本行集經》卷九《相師占看品第八上》:"往

---

① 陳松長《馬王堆簡帛文字編》第69頁,文物出版社2001年版。
② 駢宇騫《銀雀山漢簡文字編》第54頁,文物出版社2001年版。
③ 黃永武主編《敦煌寶藏》第101冊,第57頁,臺灣新文豐出版公司1986年版。
④ 同上,第58頁。
⑤ 同上,第58頁。
⑥ 同上,第58頁。
⑦ 同上,第59頁。
⑧ 同上,第59頁。

第十三章 俗字與歷時詞彙的探討

昔有一婆羅門名曰殺羊,復有婆羅門名拔迦利,復有婆羅門名拔伽婆,復有婆羅門名末檀地,復有婆羅門名迦吒囉唎,復有婆羅門名般適尸棄,彼等皆得阿修羅王算計之法,得勝得上。"(3/695/a)"般適尸棄",《大正藏》校勘記曰:宋本、元本、明本作"般遮尸棄"。說明"適"與"遮""者"音同。

《大正藏》第85册《佛說決罪福經》卷下:"雖刑竟得出為人,會當遭死。或遇縣官,囹圄繋閉。或得重病。如是人輩,非適一類。或尊或卑,或貴或賤。或通道或信俗,或用法或不用法。用法者皆應立塔廟,出身中所愛之物,以用上佛,及故檀施奉上幡彩,燃燈燒香,乃可勉危,還年服壽耳。"(85/1331/b)"非這一類"即"非適一類","適"表示只是、僅僅的意思。同前:"塔修治者,這可得福,不當得罪也。"(85/1332/a)"這"也是"適"之俗。"這"作為"適"的俗寫,各種大型辭書不見收錄。

由此可見,至少從漢代以來,經過較長的一段時期,在古籍中隸寫"適"頻繁地俗寫成"這",使得原來正字"這"表示迎的意思反而被人淡忘,"適"有之石切讀音,這樣"這"就與"遮""者"同音,為"這"借用為指代詞提供了可能,最後促成"這"正式作為指代詞的角色[①]。這是俗寫音義顛覆了正字的音義,有強大的民意基礎。不瞭解漢字這樣的歷史,是無法解釋迎義的"這"字怎麼突然去表示指示代詞的。

[①] 據吕叔湘先生的研究,近指指示詞"這"源自"者"。參吕叔湘《近代漢語指代詞》,學林出版社1985年版。

饡、俴

宋代周去非《嶺外代答》卷八《百子》:"人面子,如大梅李,生青熟黃,核如人面,兩目鼻口皆具,肉甘酸,宜蜜餞。鏤為細瓣,去核按匾煎之,微有橘柚芳氣,南果之珍也。"明代萬曆寶顏堂祕笈本陳繼儒《岩棲幽事》:"海味不鹹,蜜餞不甜,處士不傲,高僧不禪,皆是至德。""蜜餞"本字為"蜜饡"。《四庫全書》本明代宋詡《竹嶼山房雜部》卷四《養生部四》:"煎饡治魚:微油煎,以醬、酒水、胡椒、川椒、葱白調和。"胡文英《吳下方言考》卷九"饡"字條:"《楚辭·九思》:'時混混兮澆饡。'案:饡,染醢而食也。吳中謂以餅餌染醢醬而食曰饡。"明代陳士元《古俗字略》卷四"十五翰":"饡:羹和飯也。䉤、䉤:並古。"①"饡"有的方俗讀音起了變化,有了介音 i,就如"濽"有的地方語音變化為"濺",原理一致。陳士元《古俗字略》卷四"十五翰":"濽:水濺。渆、濺:並同上。"因俗寫聲旁"贊"往往換用"戔",如"瓚"或作"盏""琖"。《禮記·明堂位》:"季夏六月,以禘祀周公於太廟,牲用白牡,尊用犧象、山罍,鬱尊用黃目,灌用玉瓚、大圭。"章太炎先生謂"玉瓚"乃今之盏或琖字。《禮記》有"琖",《方言》有"盏",《說文》皆無。或寫作"俴",《文選》:"離離列俴。"凡從戔之字皆有圓而中空可容物之意,如"錢鎛"之錢是②。章太炎先生又謂:凡贊聲之字,皆有亢雜義,如問一告二曰囋,以羹澆飯曰饡③。《說文》:"饡,以羹澆飯也。"明白《說文》的字形構義,對於我們探討後世俗語詞的語源也是有巨大幫助的。如近代漢語中的

---

① 《續修四庫全書》第 238 冊,第 98 頁,上海古籍出版社 2002 年版。
② 《章太炎說文解字授課筆記》"瓚"字條,第 13 頁,中華書局 2010 年版。
③ 同上。

"蜜餞","餞"的本字當作"饡"。前文已述"贊"旁或寫作"戔",如"瓚"或作"琖"。饡是以羹澆飯,蜜餞則是以蜜拌雜果品,原理一致。我們還可用"瀢"俗寫作"濺"作為旁證,前章已述。蓋"瀢"字較古老,"濺"是有些方俗音變化發展了,有了介音,音如"戔",故造了反映語音變化的俗字"濺"或"喽"。《說文》中有"瀢"無"濺","濺"應是後起的。因蜜饡本字少用,後世或俗寫為"蜜煎"。《集成》明刊本《三寶太監西洋記通俗演義》第七十二回:"波羅蜜大如斗,甘甜甚美,淹摩羅香酸味佳,又糖霜蜜煎之類各百十,以貴賤為多寡。"(1958頁)"蜜煎"就是今之蜜餞。"蜜煎"的"煎"是取浸漬雜拌義。今贛南客家方言猶有"饡"音濺,表示浸漬、拌漬的意思,且不僅僅表示以蜜或糖漿浸漬果品,還可以表示蔬菜等的浸漬,如"辣椒油饡芋子"指用辣椒油浸拌芋子,"醬油辣椒水饡年糕"即用醬油辣椒水拌漬年糕。蜜饡寫"餞"字是借正字來俗用,而"蜜餞"的"餞"與餞行是沒有任何關係的,本字是"饡"字,將"饡"換聲旁為"戔",俗寫作"餞"是更符合發展變化了的語音。

揸

《集成》清刊本《西遊原旨》第十一回:"判官道:'陛下,那叫做奈何橋。若到陽間,切須傳記那橋:長可數里,闊只三揸,高有百尺,深却千重。……'"(335頁)《集成》明刊世德堂本《西遊記》第十回:"橋長數里,闊只三戟,高有百尺,深却千重。"(235頁)"揸"和"戟"音義同,就是張開大拇指與中指所量的尺寸。因俗寫"支"和"扌"義近可互換,故"戟"或作"擔""扭"。就其語源來說,"三揸"的"揸"語義與"磔"有關。慧琳《一切經音義》卷四十六"磔牛"條:"古文厇,同,知格反,《廣雅》:磔,張也。磔。開也。《說文》:

磔,辜也。《爾雅》:祭風曰磔。孫炎曰:既祭,披磔其性以風散也。論文作'挓',未見所出也。"①"磔"本是古代分裂肢體的酷刑,引申為張開的意思②,如《廣雅·釋詁一》:"磔,張也。"或作"挓",義同。《大正藏》第1冊《中阿含經》卷五十三《癡慧地經》:"比丘,云何地獄苦?眾生生地獄中,既生彼已,獄卒手捉則以鐵地洞然俱熾,令仰向臥,挓五縛治,兩手兩足以鐵釘釘,以一鐵釘別釘其腹,彼如是考治,苦痛逼迫。"(1/760/b)"磔"由動詞張開的意思引申指名詞手指張開所量的距離。慧琳《一切經音義》卷二十"一磔手"條:"張革反,《廣雅》云:磔,張也,開也。《古今正字》云從石,桀聲。經本從足作蹠,非也。"③又卷七十"磔手"條:"古文庀,同,竹格反。《廣疋》:磔,張也。磔,開也。《通俗文》:張申曰磔。論文作'磔(蹠)',未見所出。"④"庀"與"挓"義同,實際就是"厇"字俗寫增了一點。

篤、瞀、䂿

《集成》明刊本《警世通言》卷四十《旌陽宮鐵樹鎮妖》:"纔把那腦後的杵兒架住,忽一杵在心窩一篤;纔把心窩的杵兒一抹,忽一杵在肩膀上一錐。"(1719頁)表示擊的意思,"篤""竺""築"音同,如"天竺"或寫"身篤"。"篤"音義同"瞀",《集韻·燭韻》:"瞀,擊也。"或作"䂿"。《虛堂和尚語錄》卷一:"若不看者兩個老凍膿面,

---

① 慧琳《一切經音義》第1827頁,上海古籍出版社1986年影印。
② 另可詳參曾良《明清通俗小說語彙研究》第35頁,江西教育出版社2008年版。
③ 慧琳《一切經音義》第756頁,上海古籍出版社1986年影印。
④ 同上,第2771頁。

第十三章　俗字與歷時詞彙的探討　421

塈殺爾者尿床鬼子！"①或寫"躅""擉"。《明容與堂刻本水滸傳》第三十八回："那人便望肋下躅得幾拳，李逵那里着在意裡。"②胡竹安《水滸詞典》："躅（zhú）：用拳擊人。字當作'擉'。"③《集成》貫華堂本《第五才子書水滸傳》第三十七回："那人便望肋下擢得幾拳，李逵那里着在意裏。"（2089頁）"擢"字，顯然與胡竹安先生所據版本"躅"義同，即以拳擊人。《集成》清刊本《一片情》第十回："若伴着粗粗蠢蠢的，就是躅這兩躅，也不見妙。"（382頁）第十一回："巴不著將根竹頭，向樓板上亂躅。"（432頁）"躅"即捅的意思。同前第十一回："冷靜幾時，羊振玉要做好漢的，如何被人指擉得過，遂移清涼門去住了。"（463頁）"指擉"即指戳的意思。"躅""擉"義同。

《大正藏》第51冊《續傳燈錄》卷十三《定慧信禪師法嗣》："蘇州穹窿智圓禪師上堂：福臻不說禪，無事日高眠。有問祖師意，連擉兩三拳。大眾且道：為什麼如此？不合惱亂山僧睡。"（51/551/b）又同前卷二十九《太平懃禪師法嗣》："鑑云：'十方無壁落，何不入門來。'師以拳擉破窗紙，鑑即開門搊住云：'道，道！'"（51/665/a）《卍續藏》第20冊《金光明經照解》卷下："譬如狂象，蹋蓮華池。大經云：譬如醉象狂逸，暴惡多殺。有調象師，以大鐵鉤，鉤擉其頂，即時調順。一切眾生亦爾，三毒醉故造惡，諸菩薩等以聞法鉤擉之，即時調伏。擉，勅角切，刺也。"（20/518/b）"擉"後世或寫

---

① 引自袁賓《禪宗著作詞語匯釋》第255頁，江蘇古籍出版社1990年版。更多語例，參看該書。
② 《明容與堂刻本水滸傳》卷三十八，第12頁，上海人民出版社1975年影印。
③ 胡竹安《水滸詞典》第553頁，漢語大詞典出版社1989年版。

"攲""戬"。《卍續藏》第 82 册《五燈全書》卷一百十四《虔州鳳日山本珠淨玥禪師》:"擖瞎金剛眼,何處覓生滅。"(82/693/c)《大正藏》本《密菴和尚語錄》之《送先知客》:"頂門歔瞎金剛眼,去住還同珠走盤。"(47/978/a)而《卍續藏》本《五燈全書》卷四十八作:"頂門戬瞎金剛眼,去住還同珠走盤。"(82/143/b)《卍續藏》本《續指月錄》卷三:"頂門攲瞎金剛眼,去住還同珠走盤。"(84/39/c)《卍續藏》本《禪宗頌古聯珠通集》卷三:"頂門歔瞎金剛眼,恩大難酬雨露寬。"(65/490/c)根據俗寫知識,很明顯"戬"是"攲"的訛變;而"支"旁或作"攵",訛變為"欠",故或作"歔"。《廣韻·覺韻》:"攲,刺也。"宋代普濟《五燈會元》卷十一《風穴延沼禪師》:"時有僧問:'如何是正法眼?'師曰:'即便攲瞎。'曰:'攲瞎後如何?'師曰:'撈天摸地。'"①按:例中這兩個"攲"字,《卍續藏》本《五燈會元》作"戬"(80/230/b)。

"攲"字因"支""扌"義近而换旁為"擢"。《四庫全書》本明代羅玘《圭峰集》卷十七《故蘭雪居士墓誌銘》:"自少喜讀書,不求甚解,而析義顧搯,擢入筋骨。"

物體往某一方向使力還可寫"築"字。《集成》本《隋煬帝艷史》第二十四回:"衆人聽說要打,便大家沒性命的舉起鍬鋤,往下亂築。不築猶可,築狠了,只聽得下面錚錚有聲。"(763 頁)

的、掉

《集成》清刊本《飛龍全傳》第三回:"當時鐘鳴鼓的,早已驚動了掌院太監,慌忙往各院裏去吆喝傳呼。"(69 頁)"的"字似乎也不

---

① 普濟《五燈會元》第 673 頁,中華書局 1984 年版。

是誤字,從"勺"聲,就是敲擊的意思。《說文》:"扚,疾擊也。"或俗寫為"掉"。《集成》清刊本《後西遊記》第四回:"孫小聖道:'樣樣皆無,也忒覺慢客。就是我肯空回,這條鐵棒也不肯空回。'遂拿着鐵棒,東邊指指,西邊掉掉。"(75頁)這是孫小聖到西王母宫殿,討要仙桃、丹和酒,仙吏不肯給。"掉"即敲、點的意思。普通話一般說"指點"。今贛南客家方言猶有此詞,音讀 duo,如"細人崽用石頭掉瓦片","用手指腦在臺子上掉節拍"。《後西遊記》第二十一回:"這一班惡人,走到面前,便跳的跳,舞的舞,亂指亂掉。"(442頁)同前:"你跑過東,無非做唬嚇之勢;我跑過西,只要揚殺伐之威。指的指,掉的掉,何曾歇手?罵的罵,嚷的嚷,絕不住聲。"(444頁)

五、特別要關注方俗音的詞彙擴散

有一些古籍用漢字去記方俗音,我們一看就知道,并沒有擴大到通語中去。例如:"去"作"處"字用,《集成》清刊本《五美緣全傳》第六十六回:"林公道:'有多少財帛?今尸首在何去?'"(881頁)《集成》清刊本《粉粧樓》第四十一回:"俺們如今無去安身,不如我到登州程老伯家,訪問羅焜的下落,那時就有利助了。"(364頁)第四十二回:"先將拿下的家人婦女,一個個上了刑具,押在一去,然後前前後後四下裡搜了一遍。"(371頁)我們估計,并不是作者寫不出"處"字,而是方音讀音如"去",故寫此字。有的則長期俗寫後,人們習以為常,擴大到通語中去了。明白漢語中這種詞彙擴散形象,也能很好地解釋漢語的一些具體問題。這些俗音俗寫,隨着通俗小說等媒介,擴散到通語之後,一定程度上豐富了通語的詞彙。如前面所舉的"跐"字,《經典釋文》卷二十七《莊子音義·秋水第十七》:"方跐:音此,郭時紫反,又側買反。《廣雅》云:蹋也,蹈也,履也。司馬云:側也。"①"跐"字音側買反即今之"踩"。章太炎《新方言》卷二:"今人謂踏為跐,讀初買反,俗用'踹'字為之。"《集成》清刊本褚人穫匯編《隋唐演義》第七回:"接踵就是幾個騎馬打獵的人衝過。叔寶把身子一讓,一隻脚跨進人家大門,不防地上一個火盆,幾乎踹翻。"(162頁)"踹"字下音注:"音采。"《集成》清刊本《紅樓幻夢》第八回:"却說有個丫頭因到後院走動,聽見屋上響聲,像許多人踹得瓦響,忙喊起來。"(341頁)本來"跐""踩""踹"是同一個詞的異寫,被通語吸收後,"跐"(cǐ)、"踩"(cǎi)、"踹"(chuǎi)各以官話的字本音讀之。

趁是

《集成》明刊本《戚南塘剿平倭寇志傳·阮都院奉命入閩》:"其所謂軍者,每糧一石加銀伍分,每丁加銀三分,餘皆趁是。"(40頁)"趁是"即"稱是"。"稱"在中古本是蒸韻字,"趁"中古屬真韻;此《志傳》當是南方人所撰,故"稱""趁"不分。《集成》明刊本吟嘯主人《近報叢譚平虜傳》卷二《兵部捉獲假印賊犯》:"不如我和你造下兵部一個假印信,或替人脫罪,或替人博換文書,大家稱他幾萬両銀子,却不是終身的富貴?"(161頁)"稱他幾萬兩銀子"即趁他幾萬兩銀子,"稱"通"趁",謂賺取。從吟嘯主人自稱"予坐南都燕子磯上閱邸報"看來,他也是南方人。又如"新""興"不分,《集成》清

---

① 陸德明撰、黃華珍編校《日藏宋本莊子音義》第147頁,上海古籍出版社1996年影印。

刊本《綠牡丹全傳》第十八回："重興擺祭柩前,又差人送柩至黃河渡口。"(182頁)"興"字,今標點本作"新"[①]。《集成》清抄本《忠烈俠義傳》第廿六回："樂子是貪財不要命的,你趁早还我便罢了。"(886頁)"樂子"即老子的方音記字,原本在"趁"字旁注音"秤",也是"趁""秤"不分。同前第一百十回："称着这月朗星稀,站在峯頭,往对面一看,恰对青簇簇、翠森森的九截松樹。"(3466頁)"称着"即趁着。《集成》明刊本《醒世恒言》卷十七《張孝基陳留認舅》："稱身邊還存得三四兩銀子,可做盤纏,且往遠處逃命,再作區處。"(908頁)《集成》明刊本《鎮海春秋》第十六回："咱即與賀世賢計議,稱着一邊去攻毛文龍,一邊就好去攻寧遠地方。"(199頁)

《集成》清刊本《白圭志》第八回："但已至此,無家可歸,不如稱此二人機會,往湖南一走。"(192頁)第十二回："大姑曰:'爾欲往湖南,雖(須)稱早回家,必以功名為念,宜自儆悟。'"(300頁)"稱"即"趁"。《集成》日本抄本《郭青螺六省聽訟錄新民公案·分柴混打害叔》："郭爺曰:'姚循明明是姚忠利其家財,称此机會,半夜用毒手打死,圖賴沈青。'"(288頁)"称"字,原抄本旁改一"趁"字,說明二字音借。

原本是一些區域方俗音"趁""乘"不別,隨着通俗小說而擴散到官話中,造成"乘船"可作"趁船"。《集成》明刊本《醒世恒言》卷三十二《黃秀才徼靈玉馬墜》："忽見巨舟泊岸,蓬窓雅潔,朱欄油幕,甚是整齊。黃生想道:'我若趁得此船,何愁江中巨浪之險乎?'"(1928頁)同前："水手道:'船頗寬大,那爭趁你一人? 只是

[①] 《綠牡丹》第72頁,上海古籍出版社1993年版。

主人家眷在上,未知他意允否若何?'"(1929頁)又同前:"明明曉得趁船那秀才夜來聞箏而作,情詞俱絕,心中十分欣慕。"(1933頁)《集成》清刊本《情夢柝》第一回:"掌鞭道:'相公,我們牲口是要趁客的,不如送你在飯店安歇,打發我先去罷。'"(8頁)《集成》清刊本《合錦迴文傳》第六卷:"艄公果然高聲叫道:'前面快船可肯趁兩個客人麼?'那快船上人聽得招呼,便停了櫓,問道:'什麼人要趁船?'"(253頁)《合錦迴文傳》據傳是李漁所著。今普通話中"趁"字沒有了"用交通工具或牲畜代替步行、坐"這一義項,而是用"乘"字表示。《現代漢語詞典》"乘"字條:"利用(機會等):~勢|~勝直追。注意:口語裏多說'趁'chèn。"

怎奈、曾奈、爭奈

"怎奈"一詞,在古籍中有不同的字面形式。《集成》清刊本《雲鍾雁三鬧太平莊全傳》第三十六回:"次日又來索戰,怎奈黃勇、朱蓋二人防備甚緊,總不開兵。"(777頁)同前第三十七回:"王老虎道:'聞得哥哥在外交戰,几番要來,怎奈不得出關。今日是假意巡更的,逃出來會會哥哥的。'"(780頁)《集成》明刊本《警世通言》卷三十一《趙春兒重旺曹家莊》:"燈下設盟,爭奈父親在堂,不敢娶他入門。"(1265頁)在南方不少方音中,"怎""曾""爭"是沒有語音差別的。《集成》清刊本《合浦珠》第四回:"恰值友梅立誓要嫁錢生,意在情濃之際,怎肯出來接見。"(103頁)原書在"怎"字側注曰:"今俗讀作爭上聲。"(104頁)《集成》福建建安元刊本《前漢書續集》卷上:"既足下囯之將,吾爭忍受此名利。"(7頁)《集成》明刊本《鼓掌絕塵》第一回:"許叔清道:'本當再談半晌,爭奈天寒日晚,不敢相留。'便携手送出觀門。"(22頁)《集成》貫華堂本《第五才子書

第十三章　俗字與歷時詞彙的探討　　427

水滸傳》第五回:"老和尚道:'你是活佛去處來的,我們合當齋你。爭奈我寺中僧衆走散,竝無一粒齋糧。老僧等端的餓了三日。'"(335頁)第六回:"既蒙到我寒舍,本當草酌三盃,爭奈一時不能周備。"(415頁)胡竹安《水滸詞典》云:"爭奈:同'怎奈'。"[1]是。《水滸傳》中也有寫"怎奈"的,《集成》貫華堂本《第五才子書水滸傳》第十六回:"楊志道:'怎奈這秃厮無禮,且把他來出口氣!'"(870頁)

《集成》清廈門文德堂刊本《海公小紅袍全傳》第十一回:"孫爺吩咐左右,將狀子接上,展開一看,喝道:'大胆! 堂堂相府,你曾敢大胆前來妄告! 左右,將這狗才趕出去!'"(104頁)"曾"字,以此爲底本的標點本却改爲"竟"[2],非。"曾敢"即怎敢義,南方方言"曾""怎"不别。還有寫"曾奈"的,《集成》清刊本《海公小紅袍全傳》第十四回:"餘人慌忙扒起,曾奈張府家將十分勇猛,船中之人又被他砍倒几人。"(137頁)"曾奈"二字,今標點本改作"怎奈"[3]。《集成》清刊本《海公小紅袍全傳》第二十五回:"那高爺曾敵得過楊家小英雄? 心中想到:'楊家將果然名不虛傳。'"(230頁)"曾"比"怎"古老,今標點本錄作"怎"(91頁),不當改。漢代揚雄《方言》卷十:"曾、訾、何也。湘潭之原、荆之南鄙謂何爲曾,或謂之訾,若中夏言何爲也。"《集成》清刊本《海公小紅袍全傳》第二十九回:"海爺忙奏道:'萬歲若然許他告退,楊家兵馬曾能退去乎? 望皇上速速獻出。'"(248頁)《集成》明刊本《征播奏捷傳通俗演義》:"今欲鼎造琉璃大殿,以雄居止;曾奈工程浩大,錢糧不敷,特與兄等計

---

[1] 胡竹安《水滸詞典》第539頁,漢語大詞典出版社1989年版。
[2] 《海公小紅袍全傳》第42頁,上海古籍出版社1993年版。
[3] 同上,第54頁。

議,有何良策足以濟之?"(26頁)同前:"曾奈數年兵微將寡,粮草無餘,恐不濟事,故此遲回,未敢輕動。"(168頁)我們從這些例子可以看到,不少方俗音"曾""怎"不別,而在通語中是讀音不同的。章太炎《新方言》卷一:"《方言》:'曾、訾,何也。'今通語曰曾,俗作怎。或曰訾,音轉如債,四川成都以東,謂何曰訾,揚越亦如之。訾轉債者,脂、支相轉。"但南方的方俗口語記錄字,隨着小說擴散到北方各地時,人們則用通語的讀音去讀該字。另外,南方不少方言"曾""爭"不別,即聲母z、zh不分,故"怎奈"或寫"曾奈""爭奈",當"爭奈"隨着小說擴散到北方或通語區後,人們將"爭"字按通語的讀音去讀"爭奈",造成通語"爭"可表示"怎"的用法。江藍生先生在《近代漢語斷代語言詞典系列·序》中說道:"每個時代可以說都有其代表性的詞彙,比如'阿堵''寧馨'是六朝詞語;'是物''爭(怎)''可中(如果)''遮莫(盡教)'等是唐代始見的詞語。"應該也是承認"爭"(表示怎義)一詞進入通語了。

因為一些方言"曾""爭"不別,故"睜"字或俗寫為"贈"。《集成》清刊本《說唐演義全傳》第三十七回:"尚師徒氣得目贈口開,只得算計自回関去。"(661頁)

鑌鐵、幷鐵、冰鐵

《集成》明刊世德堂本《西遊記》第十九回:"此是煅煉神冰鐵,磨琢成工光皎潔。"(445頁)今標點本亦作"冰鐵"[1]。楊閩齋梓本《西遊記》作"氷鐵"(204頁)。《集成》清刊本劉一明《西遊原旨》第十九回作"水鐵"(551頁),當是"冰鐵"之訛。"冰鐵"一詞,諸家無

---

[1] 吳承恩《西遊記》第230頁,人民文學出版社1980年第2版。

第十三章 俗字與歷時詞彙的探討

釋,實即鑌鐵之義,即精煉的鐵。《玉篇》:"鑌,鐵也。"《集韻·真韻》:"鑌,利鐵也。"《正字通·金部》:"鑌,鑌鐵。為刀甚利。"冰,《廣韻》筆陵切,屬幫母、蒸韻,收-ŋ尾;而鑌字,《廣韻》必鄰切,幫母、真韻,收-n尾。蓋當時《西遊記》作者的方音中"冰""鑌"音同。又明清時期北方話中,也有iŋ語音演變發展為in的,如"聘""姘"等字。《集成》明萬曆二十五年刊本《三寶太監西洋記通俗演義》第三十四回:"其刀俱是上等雪花冰鐵打的,其柄金銀,或用犀角,或用象牙,雕刻人形鬼臉之狀,至極精巧。"(919頁)"冰鐵"即鑌鐵,標點本《三寶太監西洋記通俗演義》第三十四回作"雪花鑌鐵"①,其是以光緒七年申報館本為底本。明代曹昭《格古要論·鑌鐵》:"鑌鐵,出西番。面上有旋螺花者,有芝蔴雪花者。凡刀劍器打磨光淨,用金絲礬礬之,其花則見。價值過於銀。古語云,識鐵強如識金。假造者是黑花。"慧琳《一切經音義》卷三十五"鑌鐵"條:"上音賓。鑌鐵出罽賓等外國,以諸鐵和合,或極精利,鐵中之上者是也。"②依據慧琳的說法,鑌鐵出自罽賓等地,蓋"鑌鐵"即罽賓之鐵,簡稱"賓鐵",因是金屬,再加上受上下文"鐵"字類化的因素,故增"金"旁為"鑌"字。《集成》本《小五義》第九十六回:"還有一個大身量的,九尺開外,腰圓背厚,肚大胸寬,青緞六瓣壯帽,青箭袖袍,皮挺帶幷鐵搭鉤,三環套月,繫著一個大皮囊,裏面明顯著十幾隻鐵鐅,抝著一個亞圓長把大鐵錘。"(495頁)"幷鐵"就是"鑌鐵"。《小五義》第八十三回:"已經有幾載的工夫,一點的風聲沒有,極其

---

① 羅懋登《三寶太監西洋記通俗演義》第443頁,上海古籍出版社1985年版。
② 慧琳《一切經音義》第1422頁,上海古籍出版社1986年影印。

嚴密,可巧有綺春園的幷鐵塔崔龍到來。"(411頁)又第九十七回:"再看這個,幷鐵盔,幷鐵甲,皁羅袍,獅蠻帶。"(496頁)此兩例"幷鐵"字,今燕山出版社標點本作"鑌鐵"(493頁)。

"鑌鐵"會寫成"幷鐵",從音韻上說,"幷"字屬勁韻,可以看出清代有的勁韻字韻尾由-ŋ演變為-n,王力先生《漢語史稿》擬測為iɛŋ→in。故"幷""鑌"音同。我們也見"賓""冰"相混的例子,《集成》清刊本《品花寶鑑》第四十九回:"但仁兄與蘇老師如此交情,弟此時如請賓人,定非如兄不可了。"(2017頁)"賓"當作"冰",今標點本也作"冰"①。

《集成》清刊本《說唐演義全傳》第三十四回:"只見右隊旗開,閃出李元霸,頭戴一頂束髮烏金冠,兩根短翅雉毛,身穿一副鉄氷穿成寶甲。"(610頁)"氷"此為"鑌"義。《集成》貫華堂本《第五才子書水滸傳》第十二回:"頭戴一頂鋪霜耀日鑌鐵盔,上撒着一把青纓。"(674頁)

《集成》清刊本《雲鍾雁三鬧太平莊全傳》第三十四回:"使一根六十斤重的冰鉄棍,有萬夫不當之勇。"(726頁)"冰鉄"即鑌鐵,此小說為江南刻本。同小說或寫"邠鐵",第三十四回:"黃勇拿了那條六十斤重的邠鉄棍,抖了抖,就地滾來,好不利害。"(739頁)

《集成》清刊本《梁武帝西來演義》第三回:"王茂用的是一根鑌鐵槊,陳剛用的是宣花大斧。"(67頁)同前第十六回:"袋内弓彎三尺五,囊中箭插鑌州鐵。"(391頁)《集成》清刊本《說唐演義全傳》第二十二回:"扯出來一看,却是一個黃包袱,打開一看,却是一頂

---

① 陳森《品花寶鑑》第501頁,中華書局2004年版。

鑌鉄盔，一副鉄葉黄花甲。”(379 頁)同小說有寫“氷鉄”的，第三十一回：“坐下追風逐兔千里馬，左掛寶雕弓，右插狼牙箭，手中使着兩根水(氷)鉄鋼鞭。”(542 頁)該小說“鑌”“氷”方俗音不別，另可從“鷹架”或作“陰架”得到證明。《集成》清刊本《說唐演義全傳》第二十八回：“茂公分付取些木頭，搭起陰架來，左右一聲答應，連夜搭起陰架來。到了次日，陰架早已搭完。”(491 頁)從上語例可知，“鑌鐵”“氷鐵”本是同詞異寫，進入通語後，“鑌”“氷”的讀音將各以字音去讀。

“鑌鐵”俗寫或作“鋲銕”。《集成》明刊本《皇明開運英武傳》卷六：“飄飄纓舞，搭蓋紫金盔；焰焰袍鮮，遮籠鋲銕甲。”(281 頁)

占、瞻、張

明清時期“張”有張望、張看的意思，這并不是“張”字本身引申出來的。《集成》清刊本《說唐演義全傳》第二十六回：“叔寶在馬上，眼睛不定，四下裡張看，叫聲：‘不好！’”(467 頁)張望義當來自“占”“瞻”，蓋最初是方俗音“占”“瞻”與“張”不別，“占”“瞻”用“張”代替，後來擴散吸收到通語詞彙中。揚雄《方言》卷十：“䁯、豂、闚、貼、占、伺，視也。凡相竊視南楚謂之闚，或謂之䁯，或謂之貼，或謂之占，或謂之豂。豂，中夏語也。闚，其通語也。自江而北謂之，或謂之覗。凡相候謂之占，占猶瞻也。”占、覘、瞻義通，清錢繹《方言箋疏》云：“《說文》：‘覘，窺視也。’《廣雅》：‘覘，視也。’成十五年《左氏傳》曰：‘公使覘之，信。’《檀弓》篇〔下〕云‘我喪也斯沾’，鄭注云：‘沾讀曰覘。覘，視也。’《淮南・俶真訓》‘其兄掩戶而入覘之’，高誘注同。《學記》篇‘佔其佔畢’，鄭注：‘佔，視也。’字並與

'貼'通。《說文》：'占，視兆問也。'字與'貼'亦通。"[1]章太炎《新方言》卷二："《方言》：'凡相竊視謂之瞵，或謂之貼，或謂之占。'今音轉如張。"《集成》明刊本《南海觀世音菩薩出身修行傳》卷四《莊王被魔受难》："善才對龍女曰：'師父已去，我等在此清閑无事，同去岩后千仞峰观洒片時，有何光境。'二人同上到高崖之處，左盼顧右占望。"（124頁）"占望"就是張望、顧望的意思。後世也還有寫"瞻"的，清代喬于洞《思居堂集》卷九《觀蟻》："出穴倉皇任所之，東瞻西望每揚眉。"

《大正藏》本《長阿含經》卷一："於其中路逢一病人，身羸腹大，面目黧黑，獨臥糞除，無人瞻視，病甚苦毒，口不能言。"（1/6/b）《楊家將演義》第三十回："時六使與焦贊隔窗張視，私笑曰：'若是沒皇法，憑他橫行鄉村。今日不遇我來，真被他騙去此女。'"

搞

現代漢語口語中常用"搞"字，《漢語大詞典》均是當代的語例。《集成》酉陽野史編《三國志後傳》第三十三回："不數里，忽聽得山頂鑼聲搞響，兩邊四員川將，引兵殺出。"（524頁）這個"搞"就不能以今天的用法來理解，它是"敲"的俗寫。《集成》清光緒刊本《躋春臺》卷一《雙金釧》："倘婦女犯六戒行為不道，罪落在家長身難免板搞。做喜事都要来幫忙跑跳，有憂事大齊家努力効勞。"（6頁）又："近年來家綱隳風氣不好，一個個把宗祠當作蓬蒿。有門扇和窗格搞去賣了；有桌凳與木料伐作柴燒。"（7頁）前揭語例，"搞"是"敲"的俗字。蓋敲打是動作，故俗寫改旁從"扌"作"搞"。另從小說看

---

[1] 錢繹《方言箋疏》第371頁，中華書局1991年版。

第十三章 俗字與歷時詞彙的探討

來,"搞"與"勞""茅""蒿""燒"等押平聲韻,也可證"搞"是"敲"的俗字。現代漢語的"搞"是弄、做的意思,清末已有語例。《躋春臺》有不少語例就是今天"搞"的用法。《躋春臺》卷一《十年雞》:"到冬天搶鋪蓋又藏草薿,乱穀草睡不熱凍做一團。還罵我不攢積把草搞爛,敗家子想討口快出門闌。"(44頁)又卷一《過人瘋》:"端公搞忙了,急唸咒語。"(104頁)卷一《啞女配》:"他女桂英走來,曰:'媽為何搞得滿地是酒?恭喜你老人家,生個好孫兒,胖嘟嘟的。'"(263頁)卷二《巧姻緣》:"見人東西莫眼淺,搞壞皮氣惹人嫌。"(310頁)卷二《白玉扇》:"誰知命運乖舛,兼之先年大使大用搞慣,儉約不來,這些庄家怎能夠用? 不得已又將押租抵借。"(343頁)同前:"天星曰:'張老爺快來做個中人,看把這事搞得成么?'"(354頁)卷二《川北棧》:"這川北棧自張么師去了,生意歹了大半,兼之兒子夜嫖日賭,幾年把錢搞完,至今在坐後房。"(506頁)卷二《平分銀》:"朝夕吵鬧,好吃懶做,幾年把錢搞完,改嫁而去。"(513頁)小說中尚有不少語例,不具引。從上語例看來,"搞"表示做、弄的意思常見。現代漢語的"搞"應該來自"攪",而北方官話的"攪"語音已發展為 jiǎo,但在南方等地方言"搞(敲)"的口語聲母仍然讀舌根音。特別是"攪"字許多方俗音即讀 gǎo,這樣方俗詞寫"搞"的做、弄的用法被通語吸收,語音也得到保留。而通語中"攪"字也同時使用,僅限於表示攪拌義和擾亂義,音 jiǎo。李國正《現代漢語詞義探索》謂"搞"來自西南方言①。

---

① 李國正《現代漢語詞義探索》,《學術論文集》第八輯,第22頁,馬來亞大學中文系2008年版。

"攪"或寫作"蒿"。《醒世恒言·大樹坡義虎送親》："又且素性慷慨好客,時常引着這夥三朋四友,到家蒿惱,索酒索食。"《集成》明刊本《今古奇觀》第二十二卷《鈍秀才一朝交泰》："又過了幾時,和尚們都怪他蒿惱,語言不遜,不可盡說。"(859頁)《集成》清刊本《梁武帝西來演義》第三十回："就是往常看顧他的,侯景也一概抹殺,轉眼無情,故此人畏怕他,就蒿惱得家家不寧。"(751頁)愚謂"蒿惱"即攪惱。《水滸傳》第二十四回："他便央你做得件把衣裳,你便自歸來吃些點心,不值得攪惱他。"第五十七回："山上有一夥強人……聚集着五七百小嘍羅,打家劫舍,時常攪惱村坊。""攪"由實義動詞泛化為弄的意思,《拍案驚奇》卷十一《惡船家計賺假屍銀　狠僕人誤投真命狀》："嚴刑之下,就是凌遲碎剮的罪,急忙裡只得輕易招成,攪得他家破人亡。"

"搞"字有俗讀"高"音者,《集成》明刊本《征播奏捷傳通俗演義》："即叫庖廚安排筵宴,搞(音高)撈來人。"(33頁)"搞"字明刊本有音注"音高",這裡"搞"雖然是"犒"的俗寫,但可見"搞"俗音"高"。

怎、這

《集成》清刊本《說唐演義全傳》第二十七回："魏文通把自己馬上金鈴取下來,與叔寶繫在馬上,說道:'爵主爺,請用酒去。'叔寶道:'怎到不消了。有乾糧取些來。'"(472頁)同前第六十回："看官,你曉得劉文靜這紙伏辯從何得來？皆因徐茂公躲在他府上,等定陰陽,早早差人到天牢中,問秦王取出怎伏辯,又設此計策,救了尉遲恭出來。"(1064頁)"怎"就是這的意思,蓋方俗音聲母 z、zh 不別,又陰陽對轉,故"這"寫"怎"。

鬆顙、鬆爽

不少方俗音"顙"與"爽"同音。《集成》貫華堂本《第五才子書水滸傳》第三十回:"武松道:'這口鳥氣今日方才出得鬆滕。"梁園雖好,不是久戀之家",只可撒開。'"(1679頁)《三遂平妖傳》第九回:"後生道:'娘!你放鬆顙些,開了眼!'"(192頁)一些方俗音"爽"讀同"顙",但"鬆顙"一詞傳播到通語,則"顙"字讀其本音 sǎng。

錸

《集成》清刊本《平閩全傳》第十回:"只見宋營冲出一隊宋兵,大旗下一員大將,手提金頂棗羊掤,向前大喝曰:'認得大將高明否?'提錸便砍。"(91頁)這裏"錸"顯然就是指前文的"金頂(釘)棗羊掤(槊)"。小說第四回提到高明的形象裝飾:"蜈蚣旗下有一員番將,頭戴金盔,身穿金甲,面如重棗,口下微鬚,手執金丁棗羊鎙,騎下青騘馬。"(38頁)這是閩南鷺江崇雅堂刻本,屬於南方人寫的普通話,有不少閩南詞語,如今晚說"今冥"、天亮說"天光"等。從上文看來,"錸""掤(槊)""鎙"應該就是同一個詞。"錸"字還有不少語例,《集成》清刊本《平閩全傳》第十一回:"高明提錸接住,地列夫人舉刀相迎,戰上三十合,地列夫人詐敗而走。"(98頁)同前第二十七回:"馬殷提金鐧,余德挺大刀,高明提錸,馮習執鞭,將方萬春困在垓心。"(260頁)"錸"就是槊的意思,如果此詞收入字典或傳播到通語,"錸"字最大可能就是讀其本音 sù。

嫩筍、嫩鬆

《集成》清刊本《一片情》第十一回:"你說那嫩鬆鬆小手兒,可打得痛的麼?"(401頁)清光緒《隨盦徐氏叢書》本元代楊朝英《樂府新編陽春白雪》後集卷四《越調·鬭鵪鶉》:"臉襯朝霞,指如嫩筍。"《四部叢刊續編》景明嘉靖刻本明郭勛《雍熙樂府》卷之六《粉蝶兒·離思》:"他生的粉臉似秋蓮,春纖如嫩笋。"《集成》清刊本《生綃剪》第一回:"老婆舅兩三個,串進串出,嚼得白骨如山,箇箇白鬆鬆。"(19頁)《集成》本《醋葫蘆》第四回:"把隻嫩鬆的手兒,竟向褪裏和根拽將出來。"(122頁)因不少方俗音"鬆""筍"同音,故"嫩筍"或作"嫩鬆"。"鬆"就是嫩的含義,來自"筍"字。《集成》本《隋煬帝艷史》第二十七回:"煬帝接了酒,就將他一隻白鬆鬆的手兒拿了,說道:'娘娘叫賜你坐在傍邊,好麼?'"(872頁)同前第三十一回:"那幼女真個乖巧,便慌忙取一隻碧玉甌子,香噴噴斟了一甌龍團新茗,將一雙尖鬆鬆的纖手,捧了送與煬帝。"(981頁)

"嫩筍"方俗音還寫"嫩生""嫩森"等,音同;估計詞語擴散到通語,則依通語的字本音去讀了。《集成》清刊本《續金瓶梅》第三十三回:"見他生得一表人材,白生生的,和美女一般。"(851頁)《集成》明刊本《醒世恒言》卷十五《赫大郎遺恨鴛鴦縧》:"且說靜真、空照是嬌滴滴的身子,嫩生生的皮肉,如何經得起這般刑罰。"(804頁)《集成》明刊本《石點頭》卷十二:"這一个瘦怯怯書生,嫩森森皮骨,如何經得這般刑罰!"(833頁)《集成》明刊本《魏忠賢小說斥奸書》第一回:"媽媽子道:'他賺你錢來?你瞧那邊張總兵,也穿蟒衣,他也不識個字;這裏王太監,白森森玉帶繫着,他曾讀書麼?'"(7頁)

毫、毛

今天的"一毛錢"的"毛",本來是來自"毫"。《集成》本《五鼠鬧東京傳》卷一:"終畏佛法諸神,不敢放縱分毛。"(16頁)"分毫"俗

第十三章　俗字與歷時詞彙的探討

寫簡省為"分毛"。同前："自思自忖道：富貴金玉米穀堆積如山；似我処此空洞之中，毛無所有，若有人來看見，說我如此窮乏。也要尋些東西來，方成模樣。"（29頁）"毛"即"毫"的俗寫。《徽州千年契約文書》宋元明編卷三3140390《萬曆十六年休寧程大意賣地並屋赤契》："其地併屋門壁俱全，坐落本邊，東至　　，西至　　，南至　　，北至　　，盡行立契出賣與程　　名下為業，本家並無系毛存留。"（199頁）"系毛"即"絲毫"。蓋"分毫"的"毫"俗寫為"毛"之後，按正字"毛"的讀音去讀，故有今現代漢語的"一毛錢""五毛錢"的說法。

第十四章　古籍整理中的俗寫訛誤舉例

明清小說中充斥着許多俗寫,我們在古籍整理時,必須利用漢語俗字學原理,這樣可以有效地減少古籍整理中的一些訛誤。

克

標點本《隋唐演義》第三十六回:"裴矩又奏道:'高麗所恃,有二十四道,阻着三條大水,是遼水、鴨綠江、浿水,如欲征勦,須得水陸並進方好。目今沿海一帶城垣,聞得傾圮,未能修葺。陸路猶可,登萊至平壤一路,俱是海道,須用舟楫水軍,若非智勇兼全之人,難克此任。'"[1]"克"字,據底本《集成》清刊四雪草堂本《隋唐演義》作"克"(860頁),是"充"的俗字,錄為"克"字非。蓋古籍俗寫中"口""ム"二旁可以互換,如"統"或作"綋"、"強"或作"強",是其例,故"充"俗寫為"克"。我們可以舉一些同書"充"俗寫"克"的例子,《集成》清刊本《隋唐演義》第二十一回:"當初曾販賣私鹽,拒了官兵,問邊外克軍,遇赦還家。"(476頁)同前:"但各捕人稟稱,秦瓊原是捕盜,平日慣受響馬常例,謀克在老大人軍前為官,還要到上司及東都告狀。"(498頁)同前第三十九回:"大凡女子,可以克

---

[1] 褚人穫《隋唐演義》第263頁,江蘇古籍出版社1996年版。《隋唐演義》第270頁,上海古籍出版社1981年版。

第十四章　古籍整理中的俗寫訛誤舉例　　439

選入宮者,決沒有個無鹽嫫母,最下是中人之姿。"(933頁)"尭"均是"充"的俗字。第五十回:"范願領命,綂兵至聊城。"(1229頁)同前:"分派已定,軍士飽飡戰飯,三聲大砲,夏主綂兵直逼聊城。"(1232頁)"綂"即"統"之俗。

《集成》清刊本《生綃剪》第十五回:"有一富翁,姓言名淵,字子龍。起家素封,半耕半讀,年餘而立,不曾入學。農賈之業,却又不肯怯氣,乘三殿起工,納資**尭**附,大號工生是也。"(795頁)"**尭**"字,今標點本《生綃剪》作"克"①,非。"**尭**"是"充"的俗寫,"納資充附"謂言淵納資充附於起造佛殿的費用中。《集成》清刊本《生綃剪》第十九回:"古怪蹊蹺窮得奇,冬天葛布夏綿衣。堪堪粞粒難**尭**口,枵腹秋蟬風樹啼。"(995頁)"**尭**"也是"充"的俗字。

古籍也有"充"訛作"克"者。《集成》明刊本《南海觀世音菩薩出身修行傳》卷一《彩女承旨勸公主》:"親言絮聒空克耳,婢語勞切枉送情。"(38頁)"克"當作"充"。《集成》明刊本《戚南塘剿平倭寇志傳‧汪五峯復寇台州》:"臣綸半生竊祿,克位府官,捫心嘗自愧恥。"(36頁)《集成》清刊本《癡人福》第八回:"邊陲告急,司轉運者克耳不聞;賦役久逋,奉催徵者忍心不顧。"(327頁)"克"當是"充"之俗訛。

古籍有"克"訛為"充"者。《集成》清刊本《北宋金鎗全傳》第四十五回:"六使仰天歎曰:'値戎馬擾亂之日,若非二人效力**充**敵,焉致太平?正好安享,輒自喪亡,傷哉!傷哉!'"(715頁)"充"字,《集成》明刊本《南北宋志傳》作"克"(874頁)。按:"克敵"是。《北宋金鎗全傳》第四十六回:"即往教塲中催集軍馬齊備,充日離汴京

---

① 《生綃剪》第295頁,春風文藝出版社1987年版。

望雄州進發。"(730頁)"充"字,《集成》明刊本《南北宋志傳》作"克"(874頁),按:"克日"是。

屈臀

屠紳《蟬史》卷一:"阿爹你何苦屈臀好像彎弓樣,弄得阿娘身子好像死蝦蟇。"①"屈臀"意思不通,據《集成》清刊本《蟬史》作"朏臀"(19頁),是。"朏臀"指臀部、屁股。朏或作腽,《集韻・沒韻》:"朏,䯊也。或從屈。"《玉篇・肉部》:"朏,苦骨切,臀也。一曰:朕朏也。""朏"實際上取骨肉突出義,《集韻・沒韻》:"朏,朕出。或從屈。"屁股剛好是堆朕突出的形狀,故名。

杌楻

《蟬史》卷二:"雖然,太白化小兒為謠言,未必時人能解,大都此邦杌楻,斷非從容坐論之時。"②"杌楻"二字,《集成》清刊本《蟬史》作"杌㮆"(64頁)。按:"楻"是"㮆"之俗寫,如"曰"俗或作"曱",《集成》戚序本《紅樓夢》第四回:"卻只以紡績并曱為要,取名李紈,字宮裁。"(124頁)"㮆"或寫"陧"。《尚書・秦誓》:"邦之杌陧,曰由一人。"孔傳:"杌陧,不安;言危也。"《卍續藏》第75冊《釋門正統》卷二"知禮"條:"法智祖師愾邪說之縱橫,樅然亂雅;念正宗之杭陧,僅若懸絲。屈佛子之尊嚴,向海隅而出現,三陽用泰,一氣皆春。"(75/281/c)"杭陧"當作"杌陧"。

秅侯

《蟬史》卷六:"自謂封秅侯之日碑,勝于去帝號之尉佗。"③"秅

---

① 《蟬史》第7頁,人民文學出版社2006年版。
② 同上,第22頁。
③ 同上,第100頁。

第十四章 古籍整理中的俗寫訛誤舉例

侯"不通,這是用金日磾之典故。"秅"字,《集成》清刊本《蟫史》作"秪"(300頁),是"秅"的俗寫。《漢書·霍光傳》:"遺詔封金日磾為秅侯,上官桀為安陽侯,光為博陸侯,皆以前捕反者功封。"①《漢書·金日磾傳》:"初,武帝遺詔以討莽何羅功封日磾為秅侯,日磾以帝少不受封。"②又同前:"元始中繼絕世,封建孫當為秅侯,奉日磾後。"③《集韻·莫韻》:"秅:漢侯國名,在(或)〔成〕武。通作秅。""秅"字,《漢語大字典》引《集韻》作"秅"。《正字通·禾部》:"秅:同秅。漢孝昭時所封國名,在濟陰。金日磾封秅侯。本作秅,舊注改音荼去聲,開張屋貌,尤誤。"可見"秅""秅""秪"均是同詞異寫,字形略有訛變。《康熙字典·禾部》:"秅:《集韻》都故切,音妒。漢侯國名,通作秅。"

雪

中國文聯出版社標點本《兩漢開國中興傳志·王莽弒平帝立子嬰》:"莽自篡位,復行秦法,酷雪軍民,四月收夏稅,八月徵秋糧,徭役甚苦,民皆懷怨。"(162頁)"雪"字不通,據《集成》明刊本《兩漢開國中興傳志》作"雪"(337頁),是"虐"的俗字。古籍俗寫中,"虍""雨"二旁不別,可參拙著《俗字及古籍文字通例研究》。《集成》明刊本《兩漢開國中興傳志·文叔兵取南陽五郡》:"莽賊弒君篡位,慢天雪民,乃吾漢氏不共戴天之仇。"(390頁)"雪"即"虐"之俗。

古籍中也有"虐"訛作"雪"的,《集成》清刊本《錦香亭》第十一

---

① 《漢書》第2933頁,中華書局1962年版。
② 同上,第2962頁。
③ 同上,第2963頁。

回:"今見他父子荒淫暴雪,荼毒生靈,眼見得不成大事;嗒不如于中取事,幹下一番功業,也不枉為人在世。"(190頁)"暴雪"即"暴虐"之訛。

尤來

中國文聯出版社標點本《兩漢開國中興傳志·王莽弒平帝立子嬰》:"時天下賊巢一十二處:大鎗賊、小鎗賊、五番賊、富春賊、五樓賊、懷挾賊、□□□、龙來賊、鉄頂賊、銅馬賊、綠林賊、赤眉賊。"①按:"龙"字,據底本《集成》明刊本《兩漢開國中興傳志》作"尢"(337頁),實為"尤"的俗字,即把右上一點移位到下部而已。我們還可以史書來印證,西漢末有"尤來賊"。《後漢書·耿弇傳》:"於是悉發幽州兵,引而南,從光武擊破銅馬、高湖、赤眉、青犢,又追尤來、大鎗、五幡於元氏,弇常將精騎為軍鋒,輒破走之。"《後漢書·吳漢傳》:"及青犢破,而尤來果北走隆廬山,躬乃留大將軍劉慶、魏郡太守陳康守鄴,自率諸將軍擊之。"《後漢書·馬武傳》:"世祖擊尤來、五幡等,敗于慎水,武獨殿,還陷陣,故賊不得迫及。"下面我們舉幾例同書"尤"俗寫"尢"的例子,《集成》明刊本《兩漢開國中興傳志·漢軍大戰昆陽城》:"一連數日,按兵不出,嚴尢聽知此事,大懼。"(422頁)同前《衆將表秀即帝位》:"臣聞黃帝臨朝,蚩尢作亂,始起兵刀。"(499頁)

尒

中國文聯出版社標點本《兩漢開國中興傳志·漢王軍敗被困滎陽》:"又受金銀數百兩,寫書與陳平,令彼代尒妝藏,尒且私贈漢

---

① 《兩漢開國中興傳志》第162頁,中國文聯出版社2004年版。

第十四章　古籍整理中的俗寫訛誤舉例　　443

王粮草,諫吾勿攻城以作尔之功勞,此皆实事,焉得推托?"① 按:"妆"字不通,據底本《集成》明刊本《兩漢開國中興傳志》作"奴"(175頁),是"收"的俗字。

揔、篆煙

中國文聯出版社標點本《兩漢開國中興傳志·子陵占卜文叔應試》:"一室清幽掩畫扉,瓦爐風細蒙煙微。客來若問人間事,除却琴聲揔不知。"(166頁)按:據底本《集成》明刊本《兩漢開國中興傳志》,"蒙"字實作"篆"(347頁),是"篆"的俗寫;"揔"字實作"揔"(347頁),是"總"的俗字。"篆"是"篆"的俗寫,我們可以比較"錄"或作"錄","綠"或作"綠",即可明白。"篆煙"在古籍中習見,《全唐詩》卷二百七十三戴叔倫《宮詞》:"尘暗玉階綦跡斷,香飄金屋篆煙清。"《全宋詞》王之道《好事近·程繼誠生日》:"一枝紅皺石榴裙,簾卷篆煙碧。"

畎畆

《集成》明刊本《兩漢開國中興傳志·王莽弑平帝立子嬰》:"原日太祖亦是沛上一布衣,身居畎畆,一旦奮臂而興,創成一統大業,傳祚二百餘年。"(344頁)"畎畆"二字,中國文聯出版社標點本改為"畎陌"(165頁),非。"畎"是"畎"的俗字,"畆"是"畝"的俗寫。

回

《集成》清刊本《海公大紅袍全傳》第三十回:"嵩泣奏道:'臣回獲咎,蒙陛下殊恩,格外姑寬,令臣到雲南司衙門過堂。不料主事海瑞,意圖陷害,無端將臣重打四十狼狠棒,可憐臣體受傷過重,只

---

① 《兩漢開國中興傳志》第83頁,中國文聯出版社2004年版。

恐性命不保,伏乞陛下作主。'"(555頁)"回"字不通,書業堂本作"因",是。蓋"因"俗寫作"囙",與"回"形近。如《集成》清刊本《北宋金鎗全傳》第二十五回:"小可是楊家女子,囙為哥哥六郎被番兵所困,今來探訪的實。"(408頁)

坍、攤

《集成》明隆慶刊本《錢塘湖隱濟顛禪師語錄》:"長老大笑道:'我寺中原有壽山福海藏殿,如今坍壞了,若得三千貫錢,便可起造。你化得否?'"(59頁)"坍"字,音義同"坍"。《古本評話小說集》錄作"塌"(27頁)。《集成》明隆慶刊本《錢塘湖隱濟顛禪師語錄》:"太后曰:'毛君實,子童夜來三更時分,見一金身羅漢言道:淨慈寺壽山福海藏殿崩坍,化鈔三千貫。再言疏頭在汝家,後有名字。'"(62頁)《集成》清刊本《濟顛大師醉菩提全傳》第十回:"西湖淨慈寺,有一座壽山福海藏殿近來崩坍,來要化我三千貫錢修造。"(150頁)

或作"攤"字。《集成》明刊本《醒世恆言》卷十八《施潤澤灘闕遇友》:"且說施復新居房子,別屋都好,惟有廳堂攤蹋壞了,看看要倒。"(997頁)

《集成》清刊本《生綃剪》第五回:"宮垣傾圮,廟貌攤頹。香爐裡無焰無灰,神帳上多塵多漬。"(301頁)

連帚

《蟬史》卷七:"知古曰:'待入宮見嫉之年,即携手同歸之日,拔茅連帚,如磁石之引鍼耳。'"[①]"連帚"文意不通。"帚"字,據《集

---

① 《蟬史》第105頁,人民文學出版社2006年版。

成》清刊本《蟫史》作"彙"(314頁),是"彙"之俗。"連彙"即連類之義①,《唐代墓誌彙編》長安○四二《大周故潞州司士參軍高君誌文并序》:"拔篆連彙,拾芥登科,解褐豫州參軍,從班例也。"②按:"拔篆連彙"不通,"篆"當作"茅",碑誌的"篆"字,據《千唐誌齋藏誌》原碑拓片正作"茅"③,是。今十三經本《易·泰》:"拔茅茹,以其彙,征吉。"④而古籍引此語作"拔茅連茹"。《前漢紀·孝元皇帝紀》卷第二十二:"在下位,則與類俱進。故《易》曰:'拔茅連茹,以其彙,征吉。'"《三國志·魏志·崔林傳》裴注引《魏名臣奏》載安定太守孟達薦雄曰:"臣聞明君以求賢爲業,忠臣以進善爲效,故《易》稱'拔茅連茹',《傳》曰:'舉爾所知'。"《藝文類聚》卷第八十二《草部下》"茅"條引《易》曰:"拔茅連茹,以其彙,征吉。"《文選》卷五左太沖《吳都賦》"薑彙非一",劉淵林注曰:"彙,類也。《易》曰:'拔茅連茹,以其彙,征吉。'所謂薑彙非一也。"《後漢書·竇武傳》注:"案:《易》曰'拔茅連茹',茅喻群賢也。"《集韻·宵韻》:"茅:管也。《易》:'拔茅連茹。'鄭康成讀。"⑤

兒

中華書局標點本《宋高僧傳》卷三十《梁四明山無作傳》:"至明,各說所夢,母曰:'意其腹中必沙門也。'矢之曰:'如生貌,放於流水寺出家。'及生果岐嶷可愛。且惡葷羶之氣。"⑥案:"貌"字文

---

① 可參曾良《隋唐出土墓誌文字研究及整理》第166頁,齊魯書社2007年版。
② 周紹良《唐代墓誌彙編》第1020頁,上海古籍出版社1992年版。
③ 《千唐誌齋藏誌》第503頁,文物出版社1984年影印。
④ 《十三經注疏》第28頁,中華書局1980年影印。
⑤ 范曄《後漢書》第180頁,中華書局1965年版。
⑥ 贊寧《宋高僧傳》第748頁,中華書局1987年版。

意不通，當是"兒"字。核底本《磧砂藏》本《大宋高僧傳》作"皃"（113/269/a），是"兒"的俗字。《大正藏》本亦作"兒"（50/896/c）。蓋點校者把"皃"誤讀為"貌"的古字"皃"，非。前面章節已經列舉過"兒"俗寫"皃"的例子，此不再列。所以，面對俗字，必須結合具體上下文靈活分析。古籍中也有"皃"字是"兒"的俗字的，《集成》清刊本《紅樓幻夢》第二十二回："俏人皃睡朦朧。我合你檀口搵香腮，吐吐吞吞，丸在舌尖皃上弄。"（1077 頁）很明顯這兩個"皃"是"兒"的俗寫。

攇

《集成》本《型世言》第五回："我道：'夜間我懶得開門，你自別處去歇。'攇了他去，咱兩箇兒且快活一夜。"（224 頁）"攇"字，今標點本改作"趕"[1]，無據。按：此字從扌、嚴聲，當是"撞"的俗寫。不少方俗語音"嚴""輦"同音。

摁

《集成》本《型世言》第五回："鄧氏道：'是誰？'董文道：'是咱適纔忘替嫂子摁摁肩，蓋些衣服，放帳子，故此又來。'"（227 頁）"摁摁肩"，今標點本改作"摁摁肩"[2]，非。這是黑早起來，董文剛出門又回家關心體貼妻子的細節，鄧氏還在睡夢中，丈夫董文不可能替她摁摁肩，這樣會攪掉睡意的。"摁"字不當改，此是"塞"的俗字。"塞塞肩"是說冬天寒冷，睡覺時肩膀部分容易透風，故把肩膀邊的被子塞一塞。《型世言》第二回："只是近來官府糊塗的多，有錢的

---

[1] 《韓國藏中國稀見珍本小說》第五卷，第80頁，中國大百科全書出版社1997年版。
[2] 同上，第81頁。

便可使錢,外邊央一箇名色分上,裏邊或是書吏,或是門子,貼肉摁,買了問官。"(68頁)"貼肉摁"即貼肉塞。

己向

標點本《西湖拾遺》卷九《鷲嶺老僧吟桂子》:"不期唐高宗皇帝晏駕,武則天太后臨朝,初還恐人議論,立太子為帝,後見人心已向,遂將帝貶到房州,竟做了女主,自稱皇帝,改唐為周,漸漸將唐家宗室子孫殺戮殆盡。"①古籍俗寫中"已""己"往往不別,不過據《集成》清刊本《西湖拾遺》卷十二作"己向"(369頁),是。"人心己向"謂人心向着自己。

垻

標點本洪楩《清平山堂話本》之《欹枕集》下《李元吳江救朱蛇》:"行李已搬下船垻,拜辭父親,與王安二人離了杭州,出東新橋官塘大道,過長安,至嘉禾,近吳江,從舊歲所觀山色江湖景跡,意中不捨。"②按:"垻"當是"垻"之訛,即"垻"的俗寫。古籍俗寫中,"具"字往往裏面只有兩橫。敦煌卷子斯4458《社邑印沙佛文》:"伏惟諸社衆,乃英靈俊傑,應間超輪,忠孝兩全,文武雙具。"(册六,83頁)"具"即"具"之俗。這樣就造成"具""貝"相混。《集成》清刊本《飛龍全傳》第五十一回:"待等雨甚,水發之時,放開閘垻,其水冲下,周兵盡為魚鱉矣。"(1236頁)《集成》清刊本《忠烈全傳》第十三回:"船家同家人說道:'稟老爺,船到杭州了,今夕只好在江頭,明早盤垻呢!'"(206頁)"垻"是"垻"的異體,即"壩"的

---

① 《西湖拾遺》第128頁,浙江古籍出版社1985年版。
② 洪楩《清平山堂話本》第171頁,上海古籍出版社1992年版。

俗字。《集成》明刊本《熊龍峯四種小說·孔淑芳雙魚扇墜傳》："是日市罷,沿河取路而歸,行到新河圳上,孔墳之側。"(135頁)同前："臨安郡從今清淨,新河圳永絕妖氣。"(156頁)又同前："今新河圳孔家墳見存。"(157頁)"圳"即"圳"字,或誤還原作"圳"。同前："鄰翁曰:'孔墳於新河圳側,僑居湖北,柩葬在彼。此子宿世偶遇,猶恐妖氣甚濃,汝宜速救,急請符籙治他,方保無事。'"(138頁)《集成》清抄本《忠烈俠義傳》第八十六回："不多几日,圣旨已下,急刻動工,按着圖樣,当洩当圳,果無差謬。"(2701頁)《集成》本《三教開迷歸正演義》第四十三回："區區見亮跑將來,撞見鯉魚長橋圳。收為羽翼做腹心,這個魚精真不亞。"(644頁)《集成》清刊本《紅樓復夢》第五回："這條道兒,小的也曾走過,盤山過圳,還要過梅嶺。"(177頁)"圳"即"圳"字。明陳士元《古俗字略》二十二禡："壩:土障水。礵、圳:並同上。"①

我們再看寫作"圳"者,《集成》清抄本《忠烈俠義傳》第八十四回："包公說了些治水之法,雖有成章,務必隨地勢的高低,總要洩圳合宜,方可成功。"(2637頁)

覷

我們在古籍整理時,碰到疑難俗字往往根據意思而徑改。標點本《西湖拾遺》卷八《壽禪師濟世兩生同》："那壽禪師覷着這個方便,離了西方極樂世界,來到南瞻部洲,投胎轉世。"②"覷"字,據《集成》清刊本《西湖拾遺》卷十一《壽禪師濟世兩生同》作"覷"

---

① 《續修四庫全書》第238册,第106頁,上海古籍出版社2002年版。
② 《西湖拾遺》第116頁,浙江古籍出版社1985年版。

(333頁),當是"覷"的俗字"覰"的微訛,即誤多了一豎。後人對此字疑惑,故改為"觀",誤。可比較同書"覷"字的俗寫,《集成》清刊本《西湖拾遺》卷十四《岳武穆千秋遺恨》:"屯據湖中,僭號為大聖天王,時時上岸來騷擾地方,擄掠居民,官兵不敢正眼覷他。"(448頁)《西湖拾遺》卷三十六《賣油郎繾綣得花魁》:"秦重定睛覷之,此女容顏嬌麗,體態輕盈,目所罕覩。"(1358頁)

畱

標點本《兩漢開國中興傳志·漢王濉水敗陣奔滎陽》:"子房奏曰:'自今大軍五十餘萬,恐糧草不接,臣往陳晋連糧。'"[1]同前:"次早奏曰:'子房陳晋連粮道路艱阻,難以濟急,臣往簫縣聚粮,以應軍用。'"按:這兩例中的"陳晋連粮",據底本《集成》明刊本《兩漢開國中興傳志》均作"陳畱運粮"(129頁),是。"畱"是"留"的俗字,如《集成》明刊本《唐三藏出身全傳》卷一《猴王勒寶勾簿》:"金星道:'聖旨在身,不敢久畱。'"(31頁)《集成》明刊本《兩漢開國中興傳志·漢王濉水敗陣奔滎陽》:"平即拜別,暗畱計與夏侯嬰保駕。"(129頁)

---

[1] 《兩漢開國中興傳志》第61頁,中國文聯出版社2004年版。

第十五章　俗寫與辭書編纂

一些大型辭書收字量多,有一大批就是俗字。按照道理,正規辭書不應該收太多的俗字,因為字典、詞典無形中具有規範性質。俗字最好以俗字典、俗字譜的方式收集。當然,俗字也可轉化為正字。既然辭書與俗字有繞不開的關係,我們的辭書編纂就必須了解一些俗字學的理論和知識。通過古籍俗字知識,認識一些字詞的來源,對詞典編纂也是有好處的。

一、糾正辭書的錯誤

衬

"衬"字,《漢語大字典》(修訂本)釋為:"同'衬'。宋王禹偁《謝降御劄表》:'覃恩而已滅祆星,轉衬而尚憂時雨。'明鄭之珍《目蓮救母勸善戲文·社會插旗》:'只教你閉門屋裏坐,衬從天上來。'按:'衬'字右旁為'衬'字右旁之變形而已。"(2555頁)"衬"字,《漢語大字典》釋為"災"的異體。

按:"衬"釋為"災"字非,當是"禍"的俗寫。在古籍中有大量語例,本書前面已舉例子。蓋因"過"俗寫作"过",以"咼"旁作"寸"類推,故"禍"俗作"衬"。或作"衬",《集成》明刊本《皇明開運英武

傳》卷五："漢兵又從江西夾攻，則我国有分爭之衬矣。"(204 頁)

砵

《漢語大字典》(修訂本)"砵"字條："(一)è《龍龕手鑑·石部》：'砵，俗。五合反。又音碎。'《字彙補·石補》：'砵，於合切，義闕。'"(2592 頁)

按：《龍龕手鑑》的"又音碎"，表明"砵"又是"碎"的俗字，這是可從的。俗寫"卒""本"相混。《大正藏》本《經律異相》卷二十《比丘修不淨觀得須陀洹道六》："我今凡夫，未脫諸縛；然此心賊，不見從命。以是之故，日往曠野，為說惡露不淨之想，復與心說，心為卒暴，亂錯不定，心今當改，無造惡緣。"(53/111/b)《大正藏》校勘記曰："卒"字，宮本作"本"。《〈經律異相〉整理與研究》曰："'為卒'，中華大藏經本、資福藏作'為本'。"[①]。這裏"卒"異文為"本"，"卒"字是。依俗字原理，異文"本"是可以解釋的。因"卒"的手書作"**卒**"，與"本"形近致訛，這不是個別現象，可以類推。伯 2536《春秋穀梁經傳》："夏五月癸丑，衛侯朔夲。"(15/203)同前："言葬不言夲，不葬者也。"(15/204)同前："夏四月丁未，邾子瓁夲。"(15/205)同前："卅有一年春，築臺于郎。夏四月，薛伯夲，築臺于薛。"(15/206)這些"夲"，今《十三經注疏》本《穀梁傳》均作"卒"，是"卒"的俗寫。黃征《敦煌俗字典》"卒"收有此字。蓋由"卒"進一步訛變為"夲"。另外，《龍龕手鏡·手部》"捽"的俗字或作"扌夲"[②]，從中也可悟出俗寫"卒""本"相混。

---

① 董志翹主撰《〈經律異相〉整理與研究》第 369 頁，巴蜀書社 2011 年版。

② 行均《龍龕手鏡》第 218 頁，中華書局 1985 年影印。

瞝

《漢語大字典》(修訂本)"瞝"字:"同'瞎'。《玉篇·目部》'瞝',同'瞎'。《集韻·舝韻》:'瞎,目盲也。或从曷。'唐元結《崔潭州表》:'使蒼生正瞝而去其休廕……時艱道遠,州人等不得詣闕寃訴。'"

按:語例舉《崔潭州表》有誤,《四庫全書》本元結《次山集》卷九《崔潭州表》:"會國家以犬戎為虞,未即徵拜。使蒼生正暍(於歇反)而去其庥廕,使蒼生正渴而敝其清源,時艱道遠,州人等不得詣闕寃訴。"可知"瞝"當作"暍",熱的意思,《漢語大字典》舉例失當。《大正藏》本《歷代三寶紀》卷一:"到其子發武王伐紂,徙都鎬京,路逢暍人,下車而扇,卑輕萬乘,子愛兆民。"(49/23/a)

"瞝"也是"瞌"的俗寫。《集成》清刊本《大清全傳》第四十八回:"天有過午之時,小酒鋪正清淨,就有一个人在牀上倒着聑睡。"(618頁)依據上下文,"聑"明顯是"瞌"的俗字,但瞌睡實在跟耳朵沒有什麼關係,疑"聑"當是"瞝"之訛。說明"瞝"可作"瞌"的俗寫。或寫"瞎",明陳士元《古俗字略》十五合:"瞎:欲睡皃。瞌、膉:並同上。"《玉篇·目部》:"瞎,困悶眼。"

二、增加辭書的義項

古籍中的俗字材料,可以大大增加辭書的新義項。有的可以通過俗字學知識,很好地處理古籍的異文,從而確定義項。

噲

《漢語大字典》"噲"字釋為同"喑",實際上"噲"還可作"飲"字

第十五章 俗寫與辭書編纂

用。如《集成》清刊本《快心編》第五回："又牽着馬走到小巷盡頭去,有一個塘子在那廂,便把馬嚐了水。"(227頁)

苏

《古本小說叢刊》第一一輯清咸豐刊本《瓦崗寨演義全傳》第十三回："江陵蕭銑用苏洪爲元帥。"(2446頁)同前："明州張稱金用苏定方爲元帥。"(2447頁)"苏"是"蘇"字之簡省,略去了"魚"旁。"苏定方"是人名,可比較同書第十四回："蘇定方回明州殺張珍金,自稱夏明王。"(2462頁)第十七回："罗成見了竇建德先鋒苏定方,大怒,登時挽住便打,打得鮮血併流,無人敢勸,因爲苏定方取了燕州,到鈎鎗鈎死罗藝,係殺父仇人。"(2503頁)同前："罗成本欲打死苏定方,以報父仇,今碍着乕人,含恨而罢,苏定方亦深恨罗成打他,故此後來用計害了罗成,此是後話,我且放过一边。"(2504頁)"苏"明顯是"蘇"之俗字,《漢語大字典》"苏"字條音hé,只有"草名"的義項,不合上文語義。

綁

"綁"又是"綁"之俗字,《漢語大字典》失收此義項。《集成》李百川《綠野仙踪》第十三回："到起更後,夢魂中一声喊起,各睜眼看時,已被衆軍用撓鈎搭住,拉出廟來綑綁了。"(288頁)前面章節已有舉例。明代李詡《戒庵老人漫筆》卷三"搖籃"條："今別有綁車之制,綁一作綁(音榜),此字《玉篇》、《廣韻》俱無,乃出《兔疑韻》中,葢後人所造也。"[1]

扨

明代無名氏《輪迴醒世》卷一《剔弊加年》："凡有人送倉與送

---

[1] 李詡《戒庵老人漫筆》第98頁,中華書局1982年版。

監,郭令問倉夫與禁子曰:'昨某犯送倉與進監,送汝多少見面錢?'答曰:'有數錢。'郭令曰:'可取出某犯放去,似你這等看覷他,不如不送倉送監。'以後倉夫禁子,極其扐揹。"(7頁)"扐"字,不能按一般辭書去解釋,此是"勒"的異體,"扐揹"即勒揹。《輪迴醒世》卷五《平生五大俠》:"備述其秤頭若何,罪贖若何,剝貧民若何,扐富戶若何,合邑恨不得飲其血,餐其肉,豈止訕毀已也。"(159頁)《輪迴醒世》卷七《自致其貧》:"輸錢未滿數日,索討已到跟前。扐得資囊乾淨,今將房產地田。"(243頁)

沰

《集成》清刊本《兒女英雄傳》第十三回:"安太太只得接過來,遞給一個丫鬟,摸了摸那錢,還是沰的滾熱的。"(495頁)同前第十六回:"又用烤熱了的乾布手巾沰了一回,擦一回。"(627頁)同前第二十回:"到了今日,心靜身安,又經了安老爺這番琢磨點化,霎時把一條冰冷的腸子沰了個滾熱。"(803頁)"沰"字,這裏當是敷、捂的意思,今大型辭書失收此義。

各佛

《大正藏》本《經律異相》卷十一《為大魚身以濟飢渴十五》:"月月哀慟,由至孝之子遭聖父之喪,精誠遠遠有名。佛與五百人來其國界,王聞心悅,奉迎稽首,叩頭涕泣。"(53/60/c)按:"遠遠"二字,《大正藏》本原經《六度集經》卷一作"達遠"(3/2/a),是;又"有名"二字,原經《六度集經》作"即有各"(3/2/a),是。當從"達遠"句絕,"即有各佛"當連屬而讀。"各佛"指辟支佛。《大正藏》本《經律異相》卷十一《為大魚身以濟飢渴十五》:"諸佛答曰:'爾為人君,慈惻仁惠,德齊帝釋,諸佛普知。令王受福,慎無感也,勅民種穀。'"

(53/61/a)"諸佛咎",《大正藏》本原經《六度集經》卷一作"諸各佛"(3/2/a),是;而《六度集經》此處校勘記曰:宋本、元本、明本作"諸咎佛"。按:"咎"是"各"之訛,其原因是可解釋的。蓋"咎"字俗作"各",與"各"形近,故"各"訛為"各",又還原為"咎"。《唐代墓誌彙編》天寶〇五九《唐故吏部常選王府君墓誌銘并序》:"或黃綬安卑,書功竹帛;或素履□□,傲迹丘園。"①"□□"二字,據《千唐誌齋藏誌》原碑拓片作"旡各"②,是"無咎"二字的俗寫。《千唐誌齋藏誌》八九〇《吳府君墓誌銘并序》:"積善無應,凶各荐臻。"③"各"字《唐代墓誌彙編》錄為"咎"④,是。《唐代墓誌彙編》元和〇〇五《楊府君墓誌銘并序》:"履素無各,積善有慶,楊君立身,執德之柄。"⑤"各"字,據《千唐誌齋藏誌》拓片作"各"⑥,是"咎"的俗字。

現在我們來進一步解釋"各佛"的問題。《大正藏》本《增壹阿含經》卷六十《大愛道般涅槃品第五十二》:"自毘舍羅婆去世,更無出佛,爾時各佛遊化。"(2/824/b)"各佛"即辟支佛。依據佛教義理,辟支佛是出生於無佛之世,當時佛法已滅,但因前世修行之因緣(先世因緣),自以智慧得道。同前:"爾時,彼婢即出家中,在外求覓沙門!遇見各佛城内遊乞,然顏貌麁惡,姿色醜弊。時彼婢使語各佛曰:'大家欲見,願屈至家。'"(2/824/b)同前:"時彼婢便授與沙門,各佛受此食已,飛在虛空作十八變。"(2/824/b)同前:"時

---

① 周紹良主編《唐代墓誌彙編》第1571頁,上海古籍出版社1992年版。
② 《千唐誌齋藏誌》第818頁,文物出版社1984年版。
③ 同上,第890頁。
④ 周紹良主編《唐代墓誌彙編》第1693頁,上海古籍出版社1992年版。
⑤ 同上,第1952頁。
⑥ 《千唐誌齋藏誌》第992頁,文物出版社1984年版。

彼各佛手擎鉢飯,遶城三匝。"(2/824/c)這些"各佛",《大正藏》校勘記曰:宋本、元本、明本均作"辟支佛"。"各佛"實際是辟支佛的異譯。《六度集經》本身還有語例"各佛"表示辟支佛的,《大正藏》本《六度集經》卷七:"夫得四禪,欲得溝港、頻來、不還、應儀、各佛、如來至真平等正覺無上之明,求之即得。"(3/39/b)同前:"三禪之行除去歡喜,心尚清淨,怕然寂寞,眾祐、各佛、應儀曰:'諸能滅欲淨其心者,身終始安。'"(3/39/c)此處"各"字,《大正藏》校勘記:元本、明本作"名"。又同前:"十方經道,爾為明主,眾聖之尊,天人之師,應儀、各佛所無有也。"(3/43/b)此"各"字,《大正藏》校勘記曰:宋本、元本、明本作"名"。按:諸本"名"是"各"形近之訛,說明古代已經有不少人不明白"各佛"的意思了,纔訛寫為"名"。《大正藏》本《大明度經》卷一《行品第一》:"夫大士者,如一切知意,無齊同志於弟子、緣一覺(注:如佛意,不與弟子、各佛齊同也),在彼無著。"(8/480/c)這裏注文用"各佛"解釋"緣一覺",辟支佛又作獨覺、緣一覺、因緣覺。《大正藏》本《私呵昧經》:"私呵昧白佛言:如來滅度後,有幾功德,非應儀、各佛所能及? 佛言:童孺如來滅度後,有六功德非應儀、各佛所及也。"(14/812/a)"應儀"即阿羅漢,"各佛"是辟支佛的早期譯法,謂因先世因緣各自成佛。僧祐《出三藏記集》卷一《前後出經異記第五》云:"舊經各佛(亦獨覺),新經辟支佛(亦緣覺)。"[1]今各種辭書均不收"各佛"詞條,當補。

---

[1] 僧祐《出三藏記集》卷一,第15頁,中華書局1995年版。

三、補充辭書的語例

辭書的語例是詞條的血肉,特別是俗字,如果沒有具體上下文,我們是不好認定它是記錄哪個詞的。通過明清小說材料,可以補充《漢語大字典》許多字條無語例的問題。

热

"熱"俗寫作"热"。《集成》清刊本素庵主人編《錦香亭》第一回:"你母親昨夜發了一夜寒热,今早痰塞起來。"(8頁)《乾隆抄本百廿回紅樓夢稿》第二十九回:"那小厮便问賈蓉道:'爺還不怕热,哥兒怎么先凉快去了?'"(246頁)《集成》清刊本《吳江雪》第十回:"丘石公道:'不作折的呢。為何只淂二兩七錢?'姬賢道:'小弟昨夜原是這等子稱的。'丘石公道:'難道學生手热,挈得一挈,就洋了三錢不成?'"(173頁)"热"字,《漢語大字典》只簡單解釋為:"'熱'的簡化字。"(2201頁)

摠

《集成》本《三教開迷歸正演義》第八回:"貧窮富貴,虛有名色,摠是一般。"(123頁)"摠"是"總"的俗寫,《漢語大字典》已收,而無語例。或訛變為"搃"。

"總"或作"縂"。《集成》清刊本《品花寶鑑》第三十七回:"次賢道:'縂是你不好,誰叫你講這些人。'"(1501頁)字書不載。

四、明白字詞之間的有機聯繫

辭書中收了很多字條,實際上有不少字是同一個詞的不同寫法,或者是由某個詞派生的後起義。通過俗字理論和知識,可明白字詞之間的有機聯繫。

砇

《漢語大字典》"砇"字條:"chāi 小石。《玉篇·石部》:'砇,石名。'《集韻·佳韻》:'砇,小石。'"按:釋義是正確的,依據俗字原理,"砇"與"碴"同詞。"砇"即"砂"的異寫。俗寫中"叉"常常寫"乂"。

硁

《漢語大字典》(修訂本)"硁"和"砫"均釋為"像玉的美石"。此二字當為異體關係。《玉篇·石部》:"硁,石次玉。"則"硁"字為正,"砫"為俗字。另外,"硴"也是"硁"的俗字。我們可以拿"怪"字來類比,"怪"俗或作"恠""忹""忾"。《高麗大藏經》本《釋迦譜》卷四:"尔時阿那律告諸比丘:'止,止!勿悲。諸天在上,儻有忾責。'"(55/152/c)《高麗大藏經》本唐道宣《集神州三寶感通錄》卷上:"斯則育王所統一閻浮洲,處處立塔,不足可㳥。"(58/535/b)"在"的俗字《隸釋》中作"㐀",與"左"字形似,在古籍中往往容易相混。《隸釋》卷一《魯相韓勑造孔廟禮器碑》:"惟永壽二年,青龍㐀涒歎。"[1]《全上古三代秦漢三國六朝文·沛相楊統碑》:"故吏戴

---

[1] 洪适《隸釋》第 19 頁,中華書局 1985 年版。

條等,追左三之分。感秦人之哀。"①而在《隸釋》中為:"故吏戴條等,追在三之分。感秦人之哀。"②按:"在三"是,指君、親、師,楊統與故吏戴條等是上下級關係,古稱"君臣"關係。《全上古三代秦漢三國六朝文》中的"左"就是將"在"的俗字誤認為"左"而造成的。"在""左"形訛也見於其他古籍,《南齊書·劉悛傳》:"鄧通,南安人,漢文帝賜嚴道縣銅山鑄錢,今蒙山近青衣水南,青衣在側並是故秦之嚴道地。"③中華書局標點本改"在"為"左",校勘記曰:"據《南史》改。按張校森校勘記云:'在側'當作'左側'。""左"字是。因"在"俗字作"左",與"左"字非常形似。

探

《漢語大字典》(修訂本)"探"字條:"同'搩'。《龍龕手鑑·手部》:'探,俗,正作搩。'"按:《漢語大字典》初版有"一說同'搩'"之語。就字形本身來說,"探"字構形實際上是"撍"的異寫。《龍龕手鑑》說正作"搩",這個"搩"也是指張開義和手度物的含義而言,如"一搩手"。

硐

《漢語大字典》(修訂本)"硐"字條:

(一) bō《集韻》北角切,入覺幫。

① 石。《玉篇·石部》:"硐,石也。"

② 石砌之岸。《篇海類編·地理類·石部》:"硐,石硐岸。"明李實《蜀語》:"石砌曰硐。"清嚴如熤《防苗備覽》:"沿河硐岸碼

---

① 嚴可均輯《全上古三代秦漢三國六朝文》第 1016 頁,中華書局 1958 年版。
② 洪适《隸釋》第 87 頁,中華書局 1985 年版。
③ 蕭子顯《南齊書》第 653 頁,中華書局 1972 年版。

頭悉巨石修砌。"

按：這個"砢"或寫作"駁""剝"，前面章節我們介紹了古籍俗寫中"剝""駁"長期通借。《後漢書·胡廣傳》："若事下之後，議者剝異。"王先謙《集解》引沈欽韓曰："邵伯溫《聞見錄》：'剝，當作駁。剝、駁古字通。'"明張内藴《三吳水考》卷十三："三忠、三高二祠砌石剝岸，見今工完三分之二；臨近佃戶民居砌石者，亦完三分之二。"同前："其三忠、三高二祠，催督砌石剝岸，其近堆處所，隨挑隨漲，乃舊土不實，新土過重所致。"清于敏中《日下舊聞考》卷三十四："今厚載門修砌剝岸，若命軍搬出右順門，由啓明門前下北甚近，就以此石作剝岸，填堵不須減工部估料，但省軍士勞力亦可。"清百一居士《壺天錄》卷中："一日，於接官亭擔水，見駁岸銀鐲一雙，知係他人遺失者。"何以"駁""剝""砢"可以表示石砌的意思？竊謂來自"駁運"的"駁"義之引申。辭書收錄"駁"有"用船轉載搬運"義，另外《漢語大詞典》"駁"字條還有義項："方言。把岸堤向外擴展。如：這堤窄了，要駁出去一米。"按：無論是"駁貨"還是"岸堤駁出去"，這個"駁"實際上是交接、連接、轉接的含義，船駁運貨是將貨物由一船交接到另一船，或者是由船轉接到岸上，都有一個交接、連接的過程，有交接、連接就可稱"駁"。"岸堤駁出去"，就是將堤岸連接出去。現在說"石駁岸"的問題，石砌堤岸實際上是將一個個石塊緊靠、連接，故有"駁岸"之說；"砢"則是對石砌岸的"剝""駁"的增旁俗字。因搬運碼頭就是交接轉運貨物的過程，故搬運碼頭也可稱"駁岸"。在贛南客家方言中"駁""剝"還可使用得更廣泛，如從一火源去點燃蠟燭可說"駁蠟燭"，它有一個火火交接的過程，或說"駁火"；架接樹苗可說"駁樹苗"；骨頭扭傷錯位重新連接起來,稱為"駁骨";繩子連接起來稱"繩子駁起來",衝垮的河岸用土石連接起來稱"河埂駁起來"。寫作"駁""剝"均是記音俗字,本字未詳。

磉

《漢語大字典》(修訂本)"磉"字釋為:"礎石,柱下石礅。"(2623頁)而"碟"字釋為"墊鼓的石礅"(2613頁)。"碟"實為"磉"的俗字。釋作礎石、柱下石礅是。《字彙補·石部》:"磉,鼓磉也。"字書解釋礎石以"鼓磉"稱之,也容易解讀,因中國傳統的柱石多如鼓形。竊謂"磉"還與"䍡"有語源關係,《廣韻·蕩韻》:"䍡,鼓匡木也。"䍡大概就是鼓的木框架。我們知道鼓的兩面蒙上皮,木框架部分即䍡。《高麗大藏經》本《佛說老女人經》:"譬如鼓不用一事成,有皮,有䍡,有人持桴打鼓,鼓便有聲。是聲亦空,當來聲亦空,過去聲亦空。是聲亦不從皮,亦不從䍡,亦不從桴從人手出,合會諸物乃成鼓聲。"(20/393/b)慧琳《一切經音義》卷三十三"有䍡"條云:"乘朗反,《考聲》云:鼓匡也。《字書》:鼓材也。《說文》從壴,桑聲。壴音胡也。"唐南卓《羯鼓錄》:"䍡如漆桶,下以小牙牀承之,擊用兩杖,其聲焦殺鳴烈。"蓋礎石如䍡,故製"磉"字。

"磉"在有的方言中讀如"送",猶如"搡"字有的方言作"挷"。"磉"也可作動詞,指用石等物墊高。贛南客家方言"磉"音送,如"人太矮看不到牆內,用塊石頭磉起腳就能看到","米籮在地上,狗會偷食,用隻凳磉起來"。

蟒

《磧砂藏》本《衆經撰雜譬喻經》卷二:"即勅吏往呼人蟒,遙見師子,徑往住前,毒氣吹師子即死,蟒爛消索,國致清寧。"(91/

195/a)“蝑”字,《大正藏》本同(4/541/a)。《漢語大字典》(修訂本)“蝙”字條:“爛。疑即‘螎(融)’字。《改併四聲篇海·虫部》引《俗字背篇》:‘蝙,考詳恐螎字,出《羣字函》第六也。’《字彙補·虫部》:‘蝙,爛也。出《釋藏·羣字函》。僧真空曰:考詳經義,恐是螎字。’”《漢語大字典》对釋義不太肯定。

按:“蝙”就是“融”的俗字。俗寫中“聶”“鬲”往往相混。俗寫中“攝”或作“槅”,敦煌卷子俄 Дx01741《雜阿含經》卷第廿六:“有愚癡士夫,依止聚落城邑,晨朝著衣持鉢,入村乞食。不善護身,不守根門,不槅其念,觀察女人少壯好色而生染著。”(6/361)“槅”是“攝”的俗字。“槅”字,今《大正藏》本《雜阿含經》正作“攝”字。或俗寫作“搹”,伯 2087《佛說像法決疑經一卷》:“是故四攝法中,財搹(音攝)最勝。”(5/34)“搹”即“攝”的俗字,《大正藏》本《佛說像法決疑經》亦作“攝”。

“攝”或俗作“搹”。敦煌卷子俄 Φ180《佛經論釋》:“四搹者,夫時皇好道,遠近歸焉,大士汎惠,遐途從化,故化附己謂之爲搹。搹義塵沙,略云此四:布施、受(愛)語、利行、同事,是其四名也。運心周普,謂之爲布,惙己惠物,名之爲施。以施錄物,爲布施搹。受(愛)語搹者,夫宮商清巧,妙苑華言,物情所翫,秤爲愛語,翫語附己,爲愛語搹。利行搹者,彼脩檀等六度,德能被物,名之爲行,行沾群品,字曰利行;利行錄物,名利行搹。同事搹者,彼脩禪智,我習定惠,彼我共習,秤爲同事;以同錄物,名同事搹。”(4/201)“四搹”,如果按一般正字去理解,佛教中無此說法,根據佛教術語,當作“四攝”,四攝包括布施攝、愛語攝、利行攝、同事攝,即所謂的“四攝法”。“搹”是“攝”的異寫。又同前:“內者,如尸毗王割宍貿鴿,

第十五章　俗寫與辭書編纂

摩訶薩埵投身飤虎,諸如是等,爲求菩提,是名内施搙。"(4/202)俄Φ180V《佛經論釋》:"如來具足,所有秘密法藏,皆是波羅所搙。"(4/204)以上"搙"字均是"攝"的俗寫。《大正藏》第2册《別譯雜阿含經》卷二:"比丘住何處？能度五駛流？六駛流亦過,入何禪定中,得度大欲岸,永離有攝縛?"(2/383/c)"攝"字,宋、元、明三本作"槅"。下文又有"能度大欲結,並離有攝流"。(2/384/a)"攝"字,宋、元、明三本亦作"槅"。按:根據俗字知識,"攝"字是。此述訛變之源流,"攝"的俗寫作"搙",張參《五經文字·手部》:"攝:作搙訛。"①正字法的書會這樣說,說明當時"搙"流行很廣。敦煌卷子BD00057《維摩詰所說經》卷下:"何等爲十？以布施搙貧窮,以淨戒搙毀禁,以忍辱搙瞋恚,以精進搙懈怠,以禪定搙亂意,以智慧搙愚癡,說除難法度八難者,以大乘法度樂小乘者,以諸善根濟無德者,常以四搙成就眾生,是爲十。"(1/339)斯4433《太玄真一本際經》卷第四:"常施法財,搙引眾生。"(6/72)同前:"以此四行,搙取眾生,善誘殷勤,令住正道。"(6/72)或將"攝"字的右下二"耳"訛變爲"用",如《唐鈔文選集注彙存》卷八《三都賦序》:"聊舉其一隅,搙其體統,歸諸詁訓焉。"②"搙"就是"攝"的俗字,注意右下的二"耳"已合併,如同"朋"字俗寫合成"刕",原理一致。"搙"與"搙"形似,而手民在傳抄過程中訛作"搙";又因古籍中"扌"旁與"木"旁不別,或有將"搙"又轉換爲"槅"字。其訛變軌迹,即:攝→搙→搙→搙→搙→槅。

---

① 張參《五經文字》第10頁,《叢書集成初編》本,商務印書館1936年版。
② 《唐鈔文選集注彙存》第1册,第10頁,上海古籍出版社2000年影印。

我們明白"聶""鬲"二旁訛變的過程，則能有效地解決古籍中的一些俗字問題。"融"字俗寫"蟲聶"也很容易理解，蓋"融"或作"蝸"，"鬲"旁再俗寫為"甬"，進而抄成"聶"旁，故寫"蟲聶"。"鬲"中的"口"的訛變，可比照"高"或作"髙"，即可悟出。《漢語大詞典·阜部》的"䲶""隒""𨼆"三字，張涌泉先生《漢語俗字叢考》有論[①]，均是"隔"的俗字，此為之具體論及俗變過程。"最"旁應是"聶"的形訛，其中的"又"或"く"是"耳"旁的重文符號。"隔"字寫"䲶"等的俗訛過程，與"蟲聶"字同，即鬲→聶→最。

---

① 張涌泉《漢語俗字叢考》第131頁、132頁，中華書局2000年版。

附錄:俗字待考錄

扠

《集成》清抄本《忠烈俠義傳》第十回:"趙虎便將私行改扮,暗地訪察,怎庅遇見葉阡兒,怎庅扠出屍首,怎庅將葉阡兒捆住的話,說了一扁。"(431頁)"扠"疑是"扯"一類的字。

氼

《集成》清刊本《野叟曝言》第二十六回:"你聽着春紅一句話兒,你那魂靈兒已同猪鬃蔴線穿進那皮氼子去了。"(752頁)同前:"春紅手快,一把先撈在手裏,格格地笑道:'這纔是真贓實犯哩!敢是怕小人進來,掮門掮戶的費力,帶這銀子去丟給他哩!若說是還氼子錢,却不消這許多。'"(754頁)"氼"字,《中州音韻》之賞切。

嘽

《集成》清刊本《夢中緣》第十二回:"剣請尚方自愧難,舌鋒筆嘽可除奸。"(306頁)

竹楛

《集成》明刊本《雲合奇蹤》第七十九則:"我們舟中更將鐵銃之士,并善于泅沒者,長矛相向,中間再以防牌竹楛遮護前邊,我師

方可安然濟江。"(933頁)

𪘁

《集成》清刊本《生綃剪》第十三回:"這裡來來往往的人且是多,碗磁𪘁了腳底,是我的罪過。"(710頁)同前:"既摸完了,一把椀片要往水裏拋,他想想道:'日後有人下水。莫不𪘁了他的腳底,又是我的罪過。'欲得要往田裏拋,他又想想道:'日後有人落田,𪘁了他的腳底,也是我的罪過。'"(710頁)"𪘁"字,明顯是刺、劃破的意思,今標點本《生綃剪》同(262頁)。

疨

《集成》清刊本《品花寶鑑》第三回:"這蓉官瞅着那胖子,說道:'三老爺你好疨,人說你常在全福班聽戲,花了三千吊錢,替小福出師。你瞧瞧小福在對面樓上,他竟不過來呢!'"(104頁)"疨"字,今標點本作"冤"①。《漢語大字典》引《字匯補·疒部》:"疨,音妒,義未詳。"似為遲鈍義。

撿

《集成》清刊本《後宋慈雲走國全傳》第二十回:"即將背上葫蘆解下,口念咒詞一遍,將葫蘆口封皮撿去。忽一陣沙塵飛出,向半空中而起。"(382頁)"撿"疑是"揭"字的陰陽對轉。我們看同回後文有:"道人在陣前觀看,只見官兵漸漸勢弱,即胸前解下葫蘆,將封皮揭去,神荳一撒,紅光一陣,萬數陰兵隨天而下,一仝喊殺。"

---

① 《品花寶鑑》第25頁,上海古籍出版社1994年版。《品花寶鑑》第27頁,中華書局2004年版。

附錄:俗字待考錄　　　　　　　　　　　　　　　　　467

(388頁)

瞍

《集成》清刊本《品花寶鑑》第十八回:"一箇兒臉麻,一箇兒眼花,瞍眼雞同着癩蝦蟇。"(739頁)"瞍"字,今標點本均作"瞎"①。"瞍眼"疑即今"沙眼",是一種疾病。

搔

《集成》清刊本《紅樓幻夢》第一回:"鬼役進去,見判官在堂上伺候城隍老爺查點案卷,向前跪禀道:'現有本城土地,帶領女鬼一名,前來搔號。'"(5頁)前文有"本方土地一見黛玉的魂飄渺而來,忙引至城隍廟挂號"之語(3頁),故"搔號"應該是"挂號"一類的意思。標點本錄為"搔"(2頁),不可從。據孫奕《履齋示兒編》卷二十二謂"蚕音腆",則"搔"疑或是今"填"字。

撜

《集成》明刊本《詳刑公案·吳推府斷船戶謀客》:"船內皆空,細觀其中,見船底有隙,皆無稜角。乃令左右啟之,內有暗栓不能啟。令取刀斧撜開,見內物廣多,衣服器用皆有,兩皮箱皆是銀子。"(47頁)《詳刑公案·劉縣尹訪出謀殺夫》:"許氏獨宿,子龍往撜開許氏房門,許氏正在夢寐。"(64頁)《集成》明刊本《詳情公案·斷僻山搶殺》:"二人不過半日,至其家。二人床頭果隻(獲)得蔑(篾)簀一隻,挑入獻上。推府令撜開簀看,皆是雜貨,始知所殺者是賣雜貨之人。"(142頁)此"撜"字,《詳刑公案》同(266頁)。

---

① 《品花寶鑑》第165頁,上海古籍出版社1994年版。《品花寶鑑》第185頁,中華書局2004年版。

"㩌"當是攀、撬之類的意思。

抔

《集成》清刊本《大清全傳》第二十九回:"自己把衣包斜插式抔於腰間,翻身上房。"(342頁)"抔"字,今標點本作"系",這是改字。

參考文獻

司馬遷《史記》,中華書局1959年版。
司馬遷《史記》,宋刻十四行本,鳳凰出版社2011年影印。
班固《漢書》,中華書局1962年版。
揚雄《方言》,周祖謨校箋,中華書局1993年版。
許慎《說文解字》,中華書局1963年影印。
范曄《後漢書》,中華書局1965年版。
葛洪《抱朴子》,上海古籍出版社1990年影印。
劉義慶《世說新語》,徐震堮校箋,中華書局1984年版。
顧野王《原本玉篇殘卷》,中華書局1985年影印。
《宋本玉篇》,北京市中國書店1983年影印。
蕭統《文選》,李善注,胡刻本,中華書局1977年影印。
《六臣注文選》,《四部叢刊》本,浙江古籍出版社1999年影印。
僧祐《弘明集》,上海古籍出版社1991年影印。
賈思勰《齊民要術》,繆啟愉校釋,中國農業出版社1998年版。
蕭子顯《南齊書》,中華書局1972年版。
魏收《魏書》,中華書局1974年版。
張參《五經文字》,《叢書集成初編》本,商務印書館民國二十五年印。
顏元孫《干祿字書》,《叢書集成初編》本,商務印書館民國二十五年印。
《景刊唐開成石經》,中華書局1997年影印。
《唐鈔文選集注彙存》,上海古籍出版社2000年影印。
歐陽詢《藝文類聚》,上海古籍出版社1982年版。
道世《法苑珠林》,磧砂藏本,上海古籍出版社1991年影印。
慧琳《一切經音義》,日本獅谷白蓮社翻刻本,上海古籍出版社1986年影印。
可洪《新集藏經音義隨函錄》,《中華大藏經》本,中華書局1993年影印。
陳彭年《宋本廣韻》,北京市中國書店1982年影印。
丁度《集韻》,上海古籍出版社1985年影印。
李昉等《太平廣記》,上海古籍出版社1990年影印。
贊寧《宋高僧傳》,中華書局1987年版。

普濟《五燈會元》，中華書局 1984 年版。
賾藏主編集《古尊宿語錄》，中華書局 1994 年版。
洪适《隸釋、隸續》，中華書局 1985 年影印。
王觀國《學林》，中華書局 1988 年版。
洪邁《夷堅志》，中華書局 2006 年版。
蘇軾《蘇軾詩集》，清王文誥輯注，中華書局 1982 年版。
孫奕《履齋示兒編》，《知不足齋叢書》本，中華書局 1999 年影印。
陸游《老學庵筆記》，中華書局 1985 年版。
行均《龍龕手鏡》，中華書局 1985 年影印。
施耐庵、羅貫中《水滸傳》，人民文學出版社 1975 年版。
《水滸忠義志傳》，《古本小說叢刊》第二輯，中華書局 1990 年影印。
《容與堂刻本水滸傳》，上海人民出版社 1975 年影印。
陳士元《古俗字略》，北京大學圖書館藏明萬曆刻本。
臧懋循《元曲選》，浙江古籍出版社 1998 年影印。
郎瑛《七修類稿》，文化藝術出版社 1998 年版。
徐霞客《徐霞客遊記》，上海古籍出版社 2011 年版。
于潤琦點校《兩漢開國中興傳志》，中國文聯出版社 2004 年版。
楊之鋒點校《古今律條公案》，中國文聯出版社 2004 年版。
馮夢龍輯《古今小說》，《古本小說叢刊》第三一輯，中華書局 1991 年影印。
無名氏《輪迴醒世》，中華書局 2008 年版。
歸正寧靜子輯《國朝名公神斷詳刑公案》，《古本小說叢刊》第四輯，中華書局 1990 年影印。
蘭陵笑笑生《金瓶梅詞話》，香港太平書局 1982 年影印。
楊朝英《明鈔六卷本陽春白雪》，瀋陽書社 1985 年影印。
抱甕老人《今古奇觀》，岳麓書社 1992 年版。
《征播奏捷傳》，《古本小說叢刊》第一八輯，中華書局 1991 年影印。
《古本平話小說集》，人民文學出版社 2006 年版。
洪楩《清平山堂話本》，上海古籍出版社 1992 年版。
褚人穫《隋唐演義》，江蘇古籍出版社 1996 年版。
褚人穫《隋唐演義》，上海古籍出版社 1981 年版。
洪琮《前明正德白牡丹傳》，《古本小說集成》本，上海古籍出版社 1994 年影印。

《海公大紅袍全傳》,上海古籍出版社1993年版。
曹雪芹《楊繼振藏本紅樓夢》,瀋陽出版社2008年影印。
《桃花女陰陽鬥傳》,《古本小說叢刊》第四輯,中華書局1990年影印。
《繪圖施公案》,光緒刊上海光益書局本,浙江人民出版社1985年影印。
《雙鳳奇緣》,《古本小說叢刊》第一七輯,中華書局1991年影印。
荑秋散人《玉嬌梨》,人民文學出版社2006年第2版。
《石點頭等三種》,江蘇古籍出版社1994年版。
《生綃剪》,春風文藝出版社1987年版。
陳森《品花寶鑑》,中華書局2004年版。
惜陰堂主人《二度梅》,吉林文史出版社1999年版。
《封神榜》,人民文學出版社1992年版。
丁耀亢《金瓶梅續書三種》,齊魯書社1988年版。
《斬鬼傳》,《古本小說叢刊》第一輯,中華書局1987年影印。
《鬼神傳終須報》,《古本小說叢刊》第十一輯,中華書局1990年影印。
梁朗川《瓦崗寨演義全傳》,《古本小說叢刊》第十一輯,中華書局1990年影印。
《繡球緣》,《古本小說叢刊》第十一輯,中華書局1990年影印。
香嬰居士《麴頭陀傳》,人民文學出版社2006年版。
陳少海《紅樓復夢》,北京大學出版社1988年版。
花月癡人《紅樓幻夢》,北京大學出版社1990年版。
無名氏《隔簾花影》,大眾文藝出版社2002年版。
《宛如約》,《古本小說叢刊》第一輯,中華書局1987年影印。
曹雪芹《紅樓夢》,舒元煒序本,《古本小說叢刊》第一輯,中華書局1987年影印。
吳敬梓《儒林外史》,人民文學出版社1962年版。
秦子忱《續紅樓夢》,北京大學出版社1988年版。
石玉崑《小五義》,北京燕山出版社1997年版。
張自烈《正字通》,國際文化出版公司1996年影印。
張玉書等《康熙字典》,上海書店1985年影印。
段玉裁《說文解字注》,上海古籍出版社1981年影印。
郝懿行《爾雅義疏》,上海古籍出版社1983年影印。
錢繹《方言箋疏》,中華書局1991年版。

錢大昕《恒言錄》,《續修四庫全書》本,上海古籍出版社 2002 年版。
顧南原《隸辨》,北京市中國書店 1982 年影印。
唐塤《通俗字林辨證》,《續修四庫全書》本,上海古籍出版社 2002 年影印。
黃生撰、黃承吉合按《字詁義府合按》,中華書局 1984 年版。
杭世駿《訂訛類編、續補》,中華書局 1997 年版。
俞正燮《癸巳存稿》,《續修四庫全書》本,上海古籍出版社 2002 年版。
徐鼒《讀書雜釋》,中華書局 1997 年版。
翟灝《通俗編》,《續修四庫全書》本,上海古籍出版社 2002 年版。
鮑廷博《知不足齋叢書》,中華書局 1999 年影印。
李光地《榕村字畫辨訛》,《續修四庫全書》本,上海古籍出版社 2002 年版。
章太炎《新方言》,浙江圖書館刻章氏叢書本。
《十三經注疏》,中華書局 1980 年影印。
《全唐詩》,中華書局 1960 年版。
《千唐誌齋藏誌》,文物出版社 1984 年版。
《草書大字典》,中國書店 1983 年影印。
《篆隸楷行草五體字典》,黃山書社 1985 年影印。
《磧砂大藏經》,線裝書局 2005 年影印。
《永樂北藏》,線裝書局 2000 年影印。
《大正新修大藏經》,佛陀教育基金會印。
《俄藏敦煌文獻》第 1—17 冊,上海古籍出版社 1992—2001 年版。
《法藏敦煌西域文獻》第 1—34 冊,上海古籍出版社 1995—2005 年版。
《高麗大藏經》,河北省佛教協會 2010 年影印。
《國家圖書館藏敦煌遺書》第 1—130 冊,北京圖書館出版社 2005—2011 年版。
《英藏敦煌文獻》第 1—14 冊,四川人民出版社 1990—1995 年版。
北京圖書館金石組編《北京圖書館藏中國歷代石刻拓本匯編》,中州古籍出版社 1989 年版。
長澤規矩也編《明清俗語辭書集成》,上海古籍出版社 1989 年版。
陳華昌、黃道京主編《中國古代禁毀小說文庫》,太白文藝出版社 1998 年版。
陳松長《馬王堆簡帛文字編》,文物出版社 2001 年版。
陳支平主編《臺灣文獻匯刊》第一輯,九州出版社、廈門大學出版社 2004 年版。

甘肅省文物考古研究所編《敦煌漢簡》,中華書局1991年版。
古本小說集成編輯委員會《古本小說集成》,上海古籍出版社1990—1995年影印。
何華珍《日本漢字和漢字字詞研究》,中國社會科學出版社2004年版。
何琳儀《戰國古文字典》,中華書局1998年版。
侯忠義主編《明代小說輯刊》第一輯,巴蜀書社1993年版。
侯忠義主編《明代小說輯刊》第二輯,巴蜀書社1995年版。
侯忠義主編《明代小說輯刊》第三輯,巴蜀書社1999年版。
胡樸安《中國文字學史》,上海書店1984年影印。
胡竹安《水滸詞典》,漢語大詞典出版社1989年版。
黃典誠《切韻綜合研究》,廈門大學出版社1994年版。
黃文傑《秦至漢初簡帛文字研究》,商務印書館2008年版。
黃永武《敦煌寶藏》第1—140冊,臺灣新文豐出版股份有限公司1981—1986年版。
黃征、張涌泉《敦煌變文校注》,中華書局1997年版。
黃征《敦煌俗字典》,上海教育出版社2005年版。
蔣禮鴻《敦煌變文字義通釋》(第四次增訂本),上海古籍出版社1988年版。
蔣禮鴻主編《敦煌文獻語言詞典》,杭州大學出版社1994年版。
蔣禮鴻《蔣禮鴻語言文字學論叢》,浙江古籍出版社1994年版。
蔣禮鴻《蔣禮鴻集》,浙江教育出版社2001年版。
蔣紹愚《漢語詞彙語法史論文集》,商務印書館2000年版。
雷漢卿《禪籍方俗詞研究》,巴蜀書社2009年版。
林世田《國家圖書館藏西夏文獻中漢文文獻釋錄》,北京圖書館出版社2005年版。
馬向欣《六朝別字記新編》,書目文獻出版社1995年影印。
駢宇騫《銀雀山漢簡文字編》,文物出版社2001年版。
秦公《碑別字新編》,文物出版社1985年版。
孫兆霞等《吉昌契約文書彙編》,社會科學文獻出版社2010年版。
唐圭璋編《全宋詞》,中華書局1965年版。
滕志賢編《新輯黃侃學術文集》,南京大學出版社2008年版。
王力《漢語史稿》,中華書局1980年版。
王力《漢語語音史》,中國社會科學出版社1985年版。

王寧主持整理《章太炎說文解字授課筆記》,中華書局 2010 年版。
王汝梅、朴在淵主編《韓國藏中國稀見珍本小說》,中國大百科全書出版社 1997 年版。
徐時儀校注《一切經音義三種校本合刊》,上海古籍出版社 2008 年版。
徐時儀《玄應和慧琳〈一切經音義〉研究》,上海人民出版社 2009 年版。
徐中舒主編《甲骨文字典》,四川辭書出版社 2003 年版。
許寶華、宮田一郎主編《漢語方言大詞典》,中華書局 1999 年版。
姚奠中主編《元好問全集》,山西古籍出版社 2004 年版。
袁賓《禪宗著作詞語匯釋》,江蘇古籍出版社 1990 年版。
曾良《俗字及古籍文字通例研究》,百花洲文藝出版社 2006 年版。
曾良《明清通俗小說語彙研究》,江西教育出版社 2009 年版。
曾良《敦煌佛經字詞與校勘研究》,廈門大學出版社 2010 年版。
曾上炎《西遊記辭典》,河南人民出版社 1994 年版。
張金泉、許建平《敦煌音義匯考》,杭州大學出版社 1996 年版。
張涌泉《漢語俗字研究》,岳麓書社 1995 年版。
張涌泉《漢語俗字研究》(增訂本),商務印書館 2010 年版。
張涌泉《漢語俗字叢考》,中華書局 2000 年版。
趙平安《隸變研究》,河北大學出版社 2009 年版。
中國科學院考古研究所《居延漢簡甲編》,科學出版社 1959 年版。
周紹良主編《唐代墓誌彙編》,上海古籍出版社 1992 年版。
周欣平主編《清末時新小說集》,上海古籍出版社 2011 年影印。
周志鋒《〈大字典〉論稿》,浙江教育出版社 1998 年版。
周志鋒《明清小說俗字俗語研究》,中國社會科學出版社 2006 年版。

後　　記

　　由上海古籍出版社影印出版的《古本小說集成》收輯宋、元、明、清四代所出現的有代表性的白話小說，兼及重要的文言小說，總計達五百餘種。這些刻本、抄本往往是善本、孤本或稀見本，俗字眾多，具有重要研究價值。我有逛書店的愛好，因素來對俗字俗語甚感興趣，當時承蒙廈門思無邪書店老板的好意，幫我從外地購得一套，得之甚為欣喜。

　　2009年我申報的以"三百種明清小說俗字研究"為題的國家社科基金一般項目獲得批準，便主要以《古本小說集成》中的三百餘種小說作為俗字研究的基礎，還參考了中華書局影印的《古本小說叢刊》等材料。2012年年底課題結項時，形成文稿四、五十多萬字。此次做了一些修訂和刪節，並作為國家社科基金重大招標項目"漢字發展通史"(11&ZD126)的階段性成果之一出版。在研究過程的前前後後，得到魯國堯教授、黃征教授、黃德寬教授、張涌泉教授、徐時儀教授、毛遠明教授、方一新教授、汪少華教授、徐在國教授、楊軍教授、曾昭聰教授、周志鋒教授等諸多師長和學友的關心鼓勵、支持和幫助，在此謹表衷心的感謝。同時，也非常感謝商務印書館對學術書出版的支持，余桂林先生為此書的出版給予了很多幫助,責任編輯王玉先生為本書審稿、行文推敲等付出了許多艱辛的勞動,提出了很多有益建議,這也非一句感謝的話所能完全盡意的。

限於本人的水平,本書肯定存在諸多不足,懇請讀者批評指正。

曾良

2013 年 10 月於合肥磬苑寓舍